Best Time

白马时光

帝王业

DI WANG YE

寐语者 著

上

百花洲文艺出版社
BAIHUAZHOU LITERATURE AND ART PRESS

开卷十年，合卷一世

——《帝王业》十周年版 自序

被猫爪子踩醒的清晨，拿起手机，看见一条编辑发来的短信——“《帝王业》十周年版的序言写好了吗？”

没有。我大概是自我催眠般地故意忘了这件事。

十年，这么一个时间概念，仍然令我讶异。

起床一边煮咖啡一边想着写什么好呢。猫跳上餐台，闹着让我拉开窗帘，它要看看鸽子是不是又来侵犯它的领地了。窗外晨雾正浓，鸽子们还未睡醒，欧洲的清晨总是宁静得像一幅凝固了时光的油画。这座城市的冬季和十年前我所居住的城市有些相似，也是湿润多雾的。那时候我刚开始写这个故事，从一个虚托的中古年代，从一个十五岁少女的及笄写起。

这个女孩的人生，开始得漫不经心，安逸自如，没有野心企图，也没有套路迂回，她只是好奇地推开了一扇命运之门，边走边看，好奇地想知道，未来会遇见谁，会发生什么……书外的作者，也没有大纲，甚至没有写作的概念，只想陪这个女孩一起往前走，去看看她的这一生，会是怎么样。

她带着不谙世事的勇敢，坚定前行，遇到爱也遇到恨，遇到背弃也遇到坚守，走过黑暗如永夜也迎来朝阳铺展于脚下。她的生命里有多少光彩，也有多少遗憾。也许更多人记得她立于光彩中，身披霞光，登临绝顶；而我每每想起她，眼前浮现的总是那个及

笄礼上的，转身望向远方的少女。我仿佛是旁观又或是参与了她的一生，乃至书中每个人物的一生。

是我创作了这些人和他们的人生，而她和他们，也融进了我内心的某一部分，交融在我的时光里、经历里。不仅是我，更有千万读者伴随这个故事走过了十年。

这十年里，她们走出大学校园，走进职场，走进婚姻，有的人做了父母……而我走过了万里重洋，走过了一个个自己的故事。得知《帝王业》将出十周年版时，一个老友说，“才十年吗？怎么觉得已经几世了”。开卷合卷，书尽一世，这些年一直读着我笔下故事的读者们，难道不正是相伴经历了几世的轮回悲欢吗？

这奇妙的缘分，始于一个少女在她十五岁及笄礼上的抬头一笑。

她是王儇，是与我们携手一起成长的小阿妩。

十年一别，故人归来。

这些年，你们可好？

寐语者

二〇一六年十一月

目录

第一卷 ○ 繁华落尽

目录

第二卷 〇 天阙惊变

第一卷

繁华落尽

#【风华】

今年八月十三是我十五岁生辰，也是行及笄之礼的日子。

我的及笄礼由晋敏长公主主行，皇后为正宾。

前来观礼的诸内命妇与京中望族女眷，鬓影连云，宝马香车在家庙前蜿蜒里许。

东房之内，兰汤沐浴，熏香缭绕。

吉时至，礼乐毕，自外传来礼官曼声长奏："上阳郡主行笄礼——"

我着彩衣彩履，绾双鬟，在司礼女官的导引下徐步走过长长的铺锦礼毡，来到华堂之上，望见盛装的太子妃已在西阶就位。我向主位上的父母与正宾位上的皇后行了跪礼，便起身面南深揖谢宾，步入礼席正坐。

我仰头看着神容端丽的太子妃，悄悄地挑了挑嘴角。

她目光如水，端庄得一丝不苟，亲手将我双鬟散开，拿起盘中玉梳为我梳头。

梳罢，太子妃退至一侧，正宾盥手，皇后与长公主一并步下玉阶。

我屏息垂目，见一双朝凤宫履与杏黄鸾纹织金裳映入眼中。

皇后站在我的面前，庄严吟诵："令月吉日，始加元服。弃尔幼志，顺尔成德。"

她着席正坐，从长公主手中接过玉梳，将我长发绾起，梳作高髻，加以透雕牡丹纹金笄。

我缓缓仰起脸，看见母仪天下的皇后，我的嫡亲姑母，眼中含笑如绵绵春日。

晋敏长公主，我的母亲，站在她的身侧，额前凤坠摇曳，眼中泪光晶莹。

初加笄，再着素衣襦裙。

我正跪叩拜父母，谢宾，向东正坐。

姑母再次步下玉阶，从母亲手中接过如意莲花垂珠簪，为我加簪祝颂。

复加曲裾深衣，再拜。

敛容正坐，待三加八宝连枝金凤冠，着广袖长裾礼服，再颂再拜。

层层繁复华服加身，钗冠巍巍，垂璎摇曳，宽且长的裙幅逶迤身后，往日罗衫轻灵不再，渐觉一举一动都似有无形压力，令我不得不挺直身姿，端肃心神，来支撑这分量与庄重。

三加三拜，笄礼已成。

尊长们端坐主位，身后是王氏历代先祖的挂像高高在上俯瞰着我，画像上的每张面孔，每双眼睛，都透着这个姓氏的荣耀与高贵，凝结了无声悲欢，穿过百年岁月将我笼罩。

礼官长声唱诵着每个女子笄礼上都要聆听的话：

“事亲以孝，接下以慈。和柔正顺，恭俭谦仪。不溢不骄，毋诐毋欺。古训是式，尔其守之。”

余音悠悠回响于华堂，亦回响在我心上。

“儿虽不敏，敢不祗承。”

我屏息正跪，双掌平举齐眉，深深俯首叩拜。

拜谢祖先恩荣，拜谢皇后加笄，拜谢父母兄长。

我礼成而起，徐徐回转身来。

远近华彩，明堂深旷，四下肃然。

脚下玉砖如鉴，映出一抹淡淡的影子——高髻嵯峨，广袖垂云，这身影陌生得让我恍惚。

皇后、长公主、太子妃依次向我称贺，父亲与兄长称贺，宾客称贺。

我逐一还礼，一次次敛容低首，复又抬起脸庞，迎着众人目光，独立于异彩流光的中央。

少时双鬟散去，冠簪深衣之下，万千光华汇集一身。

父母兄长第一次站在我身后，再无人挡在我面前，张开庇护的双臂。

堂前玉阶长远，似要将我引向漫长得不敢设想的人生，而彼端的人们离我如此遥远。

我知道，从这一刻起，年少岁月一去不返。

次日清晨，我早早被徐姑姑催促起身，天未亮就开始着衣、敷粉、梳妆。

今天是我第一次以成年女子的身份，去给父母请安。

妆成，徐姑姑为我加上玉色连枝披帛，含笑退至一侧，让我转身看向立地鸾镜。

镜中人斜梳螺髻垂步摇，白素为裙，烟霞为襦，腰采窄束，玉带缠臂……我笑着在镜前旋身一转，衣带飞扬撩起幽幽香气，“今日熏的什么香？”

我抬袖嗅去，诧异熏香与往日不同。

“郡主且看脚下。”徐姑姑笑道。

尘香履上薄玉为花，履底有蔷薇香粉，从莲瓣镂空中细细印洒。

“真巧的心思！”我欣喜跃然，玩心忽起，提起裙摆在地上踩出淡淡蔷薇色的印子，仿若无数花朵绽开尘中，一路轻灵地随我向回廊开去。徐姑姑和侍女们在后边匆忙相随，叫着“郡主慢些”，我佯作没听见，将她们都抛在身后……

恰是雨后初晴，清晨的微风吹落廊外桂花，纷纷扬扬，撒落一地细碎香蕊。

待我转过东廊，迎面便见了哥哥——漆纱小冠，白衣广袖，手持犀柄麈尾翩翩而来。

他驻足廊下，将我看了又看，一双斜飞的秀眉挑得老高：“谁家女儿生得这样俊俏，可比我家的野丫头美多了。”

我高扬起头，学他挑眉的样子：“这又是哪里来的轻薄儿，惯会装模作样！”

“啧啧，凶起来也是巧笑倩兮，美目盼兮。”他越发装腔起来，乌黑眸子透出促狭笑意，曼声谑道，“莫非是齐侯之子，卫侯之妻，东宫之妹……”

我夺了麈尾，扬手打去，才将后面的浑话截住。

哥哥笑着躲开，口中兀自戏谑：“卫侯，卫侯，我家小阿妩的卫侯在哪里？”

我咬唇，耳后直热，双颊瞬间发烫。

“哪来什么卫侯，你也不是东宫。”我绕过花树，将麈尾朝他掷去，“尽说些浑话！”

“虽不是也，亦不远也，难道你不是东宫之妹，莫非子澹……”

听见这名字，我心一跳，急急截住他的疯话：“叫爹爹听见不掌你的嘴，拿谁比不好，偏拿个薄命的！”哥哥一怔，想起《硕人》所颂的美人庄姜果真薄命不祥，忙掩了口：“罪过罪过！”

这恶人嘴上讨饶，却又笑着凑过来，将话一转：“昨日为兄替你占了一卦，依卦象所示，我家阿妩今岁红鸾星动，将遇良人。”

我探手向他胁下挠去，哥哥最怕痒了，慌忙闪身躲让，与我闹作一团。

侍女们看惯我与哥哥嬉闹，退在一旁也不避忌，纷纷掩唇而笑。

徐姑姑啼笑皆非地将我拦住："郡主快别闹了，相爷已回府了。"

哥哥趁机抽身，扬长而去，笑声在簌簌而下的落英间飘远。

我一甩衣袖朝徐姑姑嗔道："每次都偏袒哥哥，你最偏心了！"

她掩口而笑，姿态秀雅，悄声道："行过笄礼便该出阁了，岁末离人当归，难怪红鸾星动……"

侍女们在身后轻笑。

只有自小陪在身边的锦儿安静乖巧，没有取笑我。

我羞得说不出话来，一跺脚道："锦儿，我们走，不理她们！"

说罢，我转身掩饰着双颊发热的窘态，直往母亲居处快步而去，而身后笑声依旧盈盈不绝。

"郡主当心。"

锦儿追上来，在阶上搀住我。

我拂开她的手，羞恼未消，抬眼却见廊外有风吹过，细碎纷黄的桂花扑簌簌掉落，馥郁袭人。

今年的桂花开得早了些，现在便已凋落。

心念忽动，惊觉桂子开谢，已是秋深，岁末当真不远了。

岁末，岁末，他真能回来吗……

虽听母亲私下说起，圣上有意召他提早回朝，可姑母又说守孝之期，三年未满，皇子身为天下表率，不可不守孝制。徐姑姑只听母亲那样讲，却未曾听见姑母的话，她是不会懂的。

我自然明白深宫里有许多无奈之事，可他们却总以为我仍不懂。

我怔怔地望向远处朦胧天色，叹了口气——皇陵偏远，被遥隔于重山之外，此时已渐入秋凉了吧。

一时间，惆怅暗生，说什么红鸾星动，将遇良人……我的良人去了皇陵，为他母妃守孝，未满三年之期，怎能回来娶我。

三年，不知道是多漫长的时光。

一直站在我身侧的锦儿忽而细声说："郡主终归是要等到殿下回来的。"

我脸上一热，"锦儿，你也来多嘴。"

锦儿低了头，知道我不会真的恼她，继续柔声道："除了殿下，谁还配求娶王氏之女？"

【风流】

我出身琅琊王氏。

母亲是当今圣上的亲姊，最受太后宠爱的晋敏长公主。

姑母入主中宫，母仪天下，成为王氏一门第五位皇后，延续了王氏被尊为“后族”的荣耀。

我的名字叫王儇，受封上阳郡主。

从太后到太子妃，却都只叫我的乳名——阿妩。

而我小时候，也总分不清皇宫与相府哪个才是我的家。

自我记事起，幼年大半辰光都在宫中度过，至今凤池宫里还留着我的寝殿，任何时候我都可以直入中宫，任意在御苑嬉戏，与皇子们一起读书玩耍。

当今皇上没有女儿，只育有三位皇子，太后唯一的女儿就是我的母亲。

姑母曾戏言：“长公主是天朝最美的花，小郡主便是花蕊上最晶莹的一粒露珠。”

我一出生就被太后抱入宫中，养在她身边，在外祖母、母亲与姑母的无限宠爱中长大。

皇上和姑母一直很想有个小公主，可惜，姑母却只有子隆哥哥这一个儿子。而皇上对我的疼爱似乎比太子还多——他有乌黑胡须与一双柔软白皙的手，他会将我抱到膝上喂食新橘，让我扯了他的龙袍抹嘴；在他批阅奏疏时，让我趴在一旁睡觉，直到姑母将我抱走，抱回昭阳殿的凤榻上安睡。

我喜欢姑姑的凤榻，又深又软，陷在里头谁也找不着我。

母亲领着哥哥来带我回府，我不肯走，说家里没有这样的凤榻。

年少精怪的哥哥揶揄说：“阿妩好不识羞，只有皇后才睡凤榻，莫非你想嫁给太子哥哥？”

母亲和姑姑都笑起来。

“她哭起来好凶，我不要娶。”太子子隆坏笑，又想扯我的头发，被我挥手打开。

那年我只七岁，不大明白什么是嫁娶，只讨厌子隆哥哥总欺负人，生气说：“我才不要做皇后！”

姑姑抚着我的脸，微笑叹息：“阿妩说得对，凤榻太深，难得好眠，还是不做皇后的好。”

没隔几年，姑姑却改变了心意，竟然真想让子隆哥哥等到我及笄，迎我做太子妃。

太后、皇上与母亲全都不允，姑母无奈作罢，任皇上亲自选中了谢家阿姊。

太子妃谢宛如，才貌娴雅，温柔敦厚，年长我五岁，曾与我一同在谢贵妃宫中学琴。

谢妃琴技天下无双，她是三皇子子澹的母亲，也是宛如姐姐的姑妈。

她们谢家的人都生有修长柔软的双手，与温暖清澈的眼睛。

我喜欢这样的人，而姑姑却不喜欢。

太子哥哥大婚后，也对宛如姐姐不冷不热，在东宫置了成群的姬妾。

无论宛如姐姐多么贤淑温惠，她终究是谢家的女儿。

姑姑厌恶谢贵妃，厌恶所有的谢家人，尤其厌恶谢妃的儿子——三殿下子澹。

我悄悄地以为，除了姑姑，世上再没有人会不喜欢子澹。

他是那样美好的一个人。

比太子哥哥与二皇子子律好，甚至比我家哥哥都好。

我与哥哥自小入宫伴读，与皇子们相伴长大，宗室中再没有女孩比我更了解他们。仗着太后宠溺，少时的我们总是无法无天地玩闹。

而不管闯下什么祸，只要躲进万寿宫，赖在外祖母怀里，任何责罚都会被她挡得远远的，连皇上也无可奈何。她就像华盖稳稳笼住我们，让我们永远不必担心会有风雨。

那时鬼主意最多的总是哥哥，闯祸最多的是太子子隆。二皇子子律体弱多病，孤僻寡言，常受太子欺负。我有时看不过太子捉弄人，也会不服气地帮子律哥哥说话。每当这时候，从不与人相争的子澹，就会静静地站出来护着我，在我跟前做永远的挡箭牌。

这个温润的少年，承袭了皇室高贵的气度，性情却淡泊，一如他那柔弱善感的母亲，仿佛天生就不会为任何事情失态。不论旁人怎样，他只会用那双清澈的眼睛，静静地注视你，让你也无法对他生气。

在我眼里，子澹一直是最好的。

那些无忧岁月，在不经意间飞逝如电。

豆蔻梢头，青涩年华，少时顽童渐渐长大。

不记得什么时候起，哥哥与殿下们一出现，总引来宫人女眷张望的目光。

尤其哥哥经过的地方，总有女子隐在廊下帷后悄悄地窥望。

每有聚宴游春，那些骄矜高贵的世家女儿们，兰心巧妆，欲博哥哥一顾一笑。

可其实世人皆道，京华美少年，王郎居第二，而风华犹胜一筹的，正是三殿下子澹。

子澹贵为皇子，风仪俊雅，才貌非凡，却从不像哥哥那样流连于女儿家的顾盼秋波——他的目光只停留在我身上。

我说什么，他都微笑倾听；我去哪里，他便陪到哪里。

连皇上也笑他是痴儿。

那年皇上寿筵，我们并肩祝酒，薄有醉意的皇上抬手揉眼，跌落了手中金樽，笑着对身侧谢妃说："爱卿，你看，九天仙童下凡给朕贺寿来了！"

谢贵妃轻柔地笑着，望着我们。

姑姑却凤目生寒。

寿筵之后，姑姑告诫我年岁渐长，男女有别，不宜再和皇子们走动亲近。

我不以为意，仗着太后的宠溺，依然背着姑姑去谢妃宫中学琴，看子澹作画。

延昌六年，仲秋，孝穆太后薨。

那是我第一次经历死亡，不管母亲流着泪怎样劝慰，我都不肯接受这个事实。

大丧过后，我仍如太后在世时一样，天天跑去万寿宫，抱着外祖母最喜欢的猫儿，独自坐在殿里，等待外祖母从内殿走来，笑着唤我"小阿妩"……

宫人来劝我，被我发怒赶走，我不许任何人踏进殿来打扰，怕她们吵扰，外祖母的魂魄就不肯回来了。

我坐在外祖母亲手种下的紫藤旁边，呆呆地看着秋风中枯叶零落——原来生命如此易逝，转眼就消弭于眼前。

秋日轻寒，透过薄衣单袖钻进身子，我只觉得冷，冷得指尖冰凉，冷得无依无靠。肩头忽有暖意，一双温暖的手轻轻将我拢住——我竟没觉察何时有人到了身后。

我怔愣间，熟悉的双臂从身后环抱住我，将我揽在他胸口——他襟袖间淡淡的木兰香气充盈了我的天地。

我不敢转身，不敢动弹，茫然听见自己的心跳如鼓，周身却软绵绵地失了气力。

“祖母不在了，还有我在。”他在我耳后低喃，语声忧伤而柔软。

“子澹！”

我转身扑入他怀抱，再也忍不住眼泪。

他捧起我的脸，垂眸看我，眼里蕴有一种我从未见过的迷离，他衣襟上传来的亲密又陌生的男子气息，让我不知所措——似茫然，似慌乱，又似甜蜜。

“看见你哭泣，我会心疼。”他将我的手捉了，贴在自己心口，“我想看见阿妩笑。”

我怔怔地说不出话来，整个人都快要融在他的目光里，从耳后到脸颊都起了炙热的温度，热到滚烫。

一片落叶飘坠，恰落在我的鬓间。

子澹伸手拂去那片叶子，修长的手指拂上我眉间，一点奇妙的战栗透过肌肤传进身体。

“别蹙眉好吗？你笑起来，多美。”他的脸上也有了红晕，静静地将脸颊贴上了我的鬓发。

这是子澹第一次说我美。

他看着我长大，说过我乖，说过我傻，说过我淘气，唯独没说过我美。

他和哥哥一样，无数次牵过我的手，摸过我的发绺，唯独没这样抱过我。

他的怀抱又温暖又舒服，让我再也不想离开。

那天，他对我说，人间生老病死皆有定数，无论贫富贵贱，生亦何苦，死亦何苦。

说这话的时候，他眉目间笼罩着轻烟似的忧郁，还有一脉悲悯。

我的心上像有泉水淌过，变得很软很软，至亲离去的惶恐渐渐被抚平。

从此，我不再惧怕死亡。

外祖母的去世没有让我悲伤太久。

彼时，我还是少年心性，再大的伤痛也能很快痊愈，而懵懂情愫已在心中悄然滋长，我开始有了真正的秘密，自以为旁人都不曾觉察的秘密。

不久，哥哥以弱冠之年入朝，被父亲遣往叔父身边历练。

叔父奉皇命将往淮州治理河道，便偕哥哥一同赴任。

哥哥这一走，宫里宫外，仿佛突然只剩下了我和子澹两个人。

暖春三月，宫墙柳绿，娉婷豆蔻，少女春衫薄袖，一声声唤着面前的少年——

子澹，我要看你作画。

子澹，我们去御苑骑马。

子澹，我们再来对弈一局。

子澹，我弹新学的曲子给你听。

子澹，子澹，子澹……

每一次，他都会微笑着应允，满足我的任何要求。

当实在被我闹得没有办法了，他会故作忧愁地叹息："这么调皮，何时才能长大嫁人？"

我羞恼，像一只被踩到尾巴的猫，扭头便走："我嫁人与你何干！"

背后传来子澹轻轻的笑声，甚至过了许久，那笑声还会在我心头萦绕不散。

别的女孩都不舍得离家，怕行了笄礼，便有夫家来许字提亲，从此远离父母膝下，要去战战兢兢侍奉翁姑，相夫教子，如宛如姐姐那般活得沉闷无趣——若是一辈子都要同一个素不相识的男子朝夕相对，一直到老——想起来，就那么可怕。

幸好，我有子澹。

太子与二殿下都已册妃，世家高门之中，身份年纪可与子澹匹配的，只有王氏女儿。

反之，也只有皇子可配长公主与宰相之女。

皇上与谢妃都乐见子澹与我亲近，而母亲也早已默许了我的心事。

只有姑姑与父亲，对此不置一词。

每当母亲在父亲面前委婉提起，父亲总是神色冷淡，以我尚未成年为由，略过不言。

我在宫中长大，五岁之前得见父亲的时候都不多，与他不甚亲近。

长大后虽知父亲也极爱我，却总是多了威严，少了亲昵，但父亲似乎也奈何不得。而我的亲事，只要皇上赐婚，是谁也不能违逆的。

子澹已经十八岁，到了可以册妃的年龄，若不是我还未及笄，谢妃早已向皇上请求赐婚了。

我真嫌时光过得太慢，总也不到十五岁，真担心子澹等不到我长大，皇上就糊里糊涂地将别人赐婚给他。

等我十五岁时，子澹年满双十，已是弱冠之年。

我问他："你为什么这样老，等我长大，你已经快成老头子了。"

子澹半晌不能说话，啼笑皆非地看着我。

然而，没等我十五岁笄礼来临，谢贵妃竟辞世了。

美丽如淡墨画出的一个女子，仿佛岁月都不舍得在她身上留下痕迹。

不论姑姑如何强横，谢贵妃从来不与她争，也不恃宠而骄，在人前总是一副静默柔顺的姿态。

只因一场风寒，谢贵妃病势急沉，良医束手无策。等不及每年春天专门为她从千里之外进贡的梅子送到，就匆匆辞世了。

在我的记忆中，谢妃一向体弱多病，郁郁寡欢。她总幽居宫中与琴为伴，即便皇上万般恩宠，也少见她有笑容。她病中时，我与母亲前往探望——她卧病在床，妆容却仍是整齐，还问起我新学的曲子……母亲落了泪，而她目光幽幽，只是久久地望着我，欲语却休。

后来，我听子澹说，直到临终，她也没有流露凄色……只带着一丝淡漠厌倦，永久睡去。

雨夜，哀钟长鸣，六宫举哀。

子澹独自守在灵前，长跪不起，他颊上泪水沿着脸庞滑下。

我站在子澹身后许久，他都没有察觉，直至我将丝帕递到他面前。

他抬头看我，泪水落到我的手上，湿了丝帕。

脆弱的冰绡丝帕，沾了水汽便会留下皱痕，再不能抚平。

我用帕子为他拭泪，他却将我揽到怀中，让我不要哭。

原来我自己的眼泪，比他流得更厉害。

我依偎着子澹单薄的身体，陪他跪了整整一夜。而那条丝帕从此被我深锁在匣底，因为上面皱起的印痕，是子澹的眼泪。

子澹失去了母亲，偌大的宫中，他再也没有人可以依靠。我虽还年少，却已经懂得母族对皇子的重要。

自父亲位居宰辅，太子地位日益稳固，谢家虽有太子妃宛如，却失宠于太子。

皇上虽对谢妃有情，对幼子子澹也格外怜惜，但也对姑姑有敬有忌——他可以为了宠妃，冷落中宫，却不能轻易动摇东宫，储君乃是国本。

后宫是帝王家事，朝堂上两大权臣世家的争锋，乃是国事。

谢氏与我的家族曾经相抗多年，姑母在宫中最大的对手也是谢妃。但谢家到底是争不过的，他们终究渐渐失势——历来与琅琊王氏相争的人，少有善终。

琅琊王氏，自开国以来，一直是士族首领，与皇室世代缔结婚姻，执掌重权，在世家中声望最盛，鸿儒高士层出不绝，衔领文藻风流，深受士人景仰，是为当世第一高门。

自王氏以下，谢氏、温氏、卫氏、顾氏，四大望族同为中流砥柱，士族高门的风光，一直延续到肃宗时期。

当时三王夺位，勾结外寇发动叛乱。

那场战争整整打了七年，士族精英子弟，多半都热血激扬地上了沙场。

太平盛世之下，谁也没有想到，那场仗会打得这么久。

鲜衣怒马的贵族子弟只想着驰骋沙场，建立不世的功业，可多少年少才俊，最终却将他们滚烫的热血和鲜活的生命永远留在了疆场。

大劫过后，士族元气尽伤。

连年征战，致使农耕荒废，百姓流离失所，更遭逢经年不遇的大旱，死于饥荒和战乱的黎民数以万计。世族子弟不事稼穑，代代依赖田产农租为继，骤然失去了财力支撑的世家，再无力支撑庞大的家族，门第倾颓于一夕之间。

乱世之际，寒族出身的武将，却在疆场上军功累升，迅速掌握了兵权。昔日备受轻慢的卑微武人，逐渐接近权力的顶峰，与世家分庭抗礼。

那个煌煌盛世的时代，终于一去不返。

数十年争斗下来，各个世家纷纷失利，权势不断地被并吞着。最终剩下的不过是王谢顾温等寥寥几家，外抗武人，内里又自争斗，其中尤以王谢两族结缘最深。

王氏族系庞大，从琅琊故里到京师朝堂，从深宫内闱到边塞军帐，均有王氏盘根错节的势力，深植在整个皇朝的根基之中。尤其到了这一代，王氏既是后族，又居宰辅，更兼兵权在握。我的父亲以两朝重臣，官拜左相，封靖国公。而两位叔父，一个统辖禁军，拜武卫将军；一个署理河运盐政，远镇江南。甚至朝野上下乃至各地州郡，广布父亲的门生。

要想轻易动摇我的家族，只怕没有人可以办到，连皇上也不能。

我真正明白王氏作为门阀世家之首，权势之强横，正是在谢妃死后。而贵为皇子的子澹，在母亲刚刚故去之时，便被一道诏书，逐出宫廷。

按礼制，母丧，守孝三年。

昔日皇家并没有严格恪守此制，往往其只在宫中服孝三月，便可从宗族中择人代替自己，往皇陵守孝至期满，只是若要婚娶，仍需三年孝满。

然而，谢妃丧后，一道懿旨颁下，称子澹纯孝，自请亲赴皇陵，为母守孝三年。

姑姑行事之强横，是我万万没想到的——她想拔去子澹这眼中钉已有多年，如今谢妃一去，她再无忌惮。

无论我跪在昭阳殿外如何哀求，姑姑都不肯改变心意。

我知道姑姑从来不愿让王氏女儿嫁给子澹，不愿谢妃的儿子因联姻得到更多庇护。可是子隆哥哥已经是太子，是不可动摇的东宫储君，子澹与世无争，对帝位绝没有一丝非分之想，我不明白姑姑为何还要忌惮他，连容他在父皇膝下侍奉尽孝都不肯，定要将他远远逐走，将他带离我的身边。

生平第一次，我不愿相信昭阳殿里戴着凤冠的人是我嫡亲的姑母。

我在昭阳殿外跪到深宵，惊动母亲夜入中宫，姑母终于出来见我。

她高高在上的神容不见了往日慈爱，眉梢眼底都是冷硬。她抬起我的下巴：“阿妩，姑姑可以疼你，皇后不能疼你。”

“那就求您多做一次姑姑，少做一次皇后。”我强忍着眼泪，“只这一次。”

“我十六岁戴上这后冠，何尝有一日能脱下。”她冷冷地答。

我僵直了身姿，泪如雨下，任凭母亲垂泪相劝，也不肯罢休。

姑姑向我母亲低下了头，看不清她的神色，只听她低声说：“长公主，即便今日阿妩恨我，终有一日她会谢我。”

母亲哽咽。

我拂袖起身，退后数步，看着她们华美宫装下悲戚的样子，心底对这冷冰冰、空洞洞的天家尽是绝望，再也说不出话来，只是对姑姑缓缓摇头——我不会记恨，也永远不会感激她。

我离开昭阳殿之时，以为还有最后的希望——皇上，既疼惜子澹又宠爱我的皇上，是我的姑丈也是舅父。

我求他降旨留下子澹。

他看着我，疲倦地笑了笑说，皇陵是个安全的地方，守孝也没什么不好。

他坐在御案后，瘦削的身子陷在金碧辉煌的龙椅里，像一夕之间老去了十岁。

谢妃死后，他也病了一场，许久没有上朝，至今还在养病。

我记不清从什么时候起，他变成了一个阴郁的老人，从前会将我抱在膝上，喂我吃新橘的那个人已不知去向，我再也见不着他清朗和悦的笑容。他不喜自己的皇后，甚至不喜太子，只有偶尔对着子澹时，才像一个慈父，而不是莫测高深的皇帝。

可如今他却任凭皇后逐走自己最钟爱的儿子。

我不明白他到底是怎样的父亲，怎样的皇帝。

看着我的泪眼，他叹息："阿妩这般乖巧，可惜也是姓王的。"

从他眼中，我看到了一丝身不由己的厌恶。

这目光将我余下的哀求冻结成冰，碾碎成灰。

子澹离京的那天，我没有去送他，记着他说过，见我流泪他会心疼。

我希望子澹能如往日一般微笑着离去，他是我心中最骄傲高贵的皇子，不要被任何人看见他的悲伤和眼泪。

子澹的车驾行至太华门，我的侍女锦儿会等候在那里。

我命锦儿带去一只小小木匣，里面有一件东西，会替我陪伴在他身旁。

他出城的时候，我悄然立在城头，远远地望着锦儿跪在他的马前，呈上匣子。

子澹接过看了，久久驻马停立，纹丝不动——我看不见他的神情。

锦儿朝他叩拜，仿佛也哭泣着说了什么话。

他蓦地扬鞭催马，绝尘而去，再不回头。

【风雨】

笄礼过后，日子平静如旧，桂子落尽便到了深秋。皇陵那边依然没有传来任何消息——哥哥说的红鸾星动果真只是浑话。

母亲又要去寺里长斋礼佛了，问我可要同去。我正好也有些厌倦了京中浮华日子，便应了下来。

这日，我正与母亲商议着如何布置山间别馆，要带哪些物什，却听见父亲与哥哥下朝回来，带回一个轰动帝京的消息——豫章王凯旋，不日还京。

月余之前，捷报传来，我朝南征大捷。

豫章王大军远征南疆，一路势如破竹，击败南夷二十七部族，夷酋逐一归降，将我朝疆土向南拓展千里，直抵海域，震慑四方，动荡了多年的南疆至此终于平定。

捷报传来，朝野振奋，哥哥也为之激越，将战事绘声绘色讲给我听。

父亲对战事忧心许久，接到捷报反而平淡，虽有欣慰，也像有什么隐忧。

我问哥哥这是为何。

哥哥说，父亲喜的是南疆平定，忧的是豫章王这一胜，寒族武人的权威更加壮大了。

今上登基之初，北方突厥犯境，南夷滋扰，边患不断。朝中国库空虚，疫病横行，各地官吏趁乱中饱私囊。穷极生恶，在建安六年终于酿成十万灾民之变。叛乱四起，皇上调集各藩镇大将平乱，武将们却趁征战之机，扩充实力，拥兵自重，一大批寒族武人的势力渐渐崛起。逼迫朝廷不得不以高爵大权相笼络。其中最得势者，由卒至将，由将至帅，破了异姓不得封王的先例，成为当世第一个异姓藩王。

此人便是豫章王，萧綦。

我当然听过这个名字。

上至宫廷，下至市井，无人不知豫章王的赫赫威名。

他出身扈州庶民，十六从军，十八升为参军，随靖远将军征讨突厥。

朔河一役，他率百余铁骑，奇袭敌后，烧尽粮草辎重，以一人之力杀敌过百，堆尸成山，虽身受十一处重伤，竟得以生还。萧綦一战成名，受靖远将军器重，从参军一跃而为裨将。

他驻守边关三年间，击退突厥百余次进犯，阵前斩杀突厥大将三十二人，连突厥王爱子也命丧萧綦手下，令突厥元气大伤。萧綦乘胜追击，收复了被突厥侵占多年的朔河以北三百里肥沃土地。

至此，萧綦威名远震朔漠，封宁朔将军，北疆百姓以“天将军”呼之。

永安四年，滇南刺史屯兵自重，勾结白戎部族，自立为王。宁朔将军萧綦奉旨征讨，强行在崇山峻岭中开出栈道，出其不意直袭叛军心腹，斩杀叛将。白戎王挟持城中妇孺，激怒了本欲将其招降的萧綦，屠城而过，将白戎灭族，叛军首领尽数枭首。这一役，萧綦以平南之功，拜定国大将军。

永安七年，瘟疫肆虐的南方叛乱又起，定国大将军再度领军南下，在遭遇洪灾之后，粮草不继，苦战拒敌，几番身陷险境，终于被萧綦杀出重围，孤军直入叛军腹地，一夜连下三镇，杀得叛军望风披靡，退守不出。

萧綦于阵前接到嘉赏的圣旨，封爵豫章公。

次年，大军休整之后，萧綦率军浩荡南下，截断南疆蛮族与叛军的勾结，将剩余叛军一路追击，全歼于闽地。萧綦以此奇勋，封豫章王，成为当朝皇族之外，唯一的异姓藩王。

如今南疆二十七部族也尽数降服。

近十年间，豫章王统率大军征战四方，力挽狂澜，威震天下。

萧綦成为寒族武将之中，位高权重之第一人。

他一无门庭，二无渊源，仅凭一身血肉，踏过白骨累累的疆场，攀上比我父亲还高的权位，至此他不过才至而立之年。

这到底是怎样的一个人，竟传奇至此，离奇至此。

而他的名字，我是早已听过，从父亲口中，从哥哥口中。

他们说起他，有时像在说一个令人敬畏的战神，有时像在说一个叫人生厌的煞星。

甚至不问朝政的子澹，也曾经以凝重语气，提到萧綦的名字。

他说，天降此人，是家国之幸，也是苍生之苦。

我从来没有见过真正的将军。

即便是叔父，也和京中许多士族子弟那样，华胄明盔，美威仪，善行猎，在我看来，就像皇家仪礼上镶满明珠金玉的剑，却不是能够杀敌上阵的剑。他们大多到老也没上过疆场，只在帝京外的大营和校场上每日操练，遇典礼则穿戴堂皇出来，装点天家威仪。

我真不知道一个年仅而立，就已征伐四方，杀戮无数的将军会是什么样的。

当听到父亲对哥哥说，此番豫章王回朝，皇上原想亲自出城迎候，却因龙体抱病已久，只得命太子率百官出迎，代天子犒赏三军。身为左相的父亲，与右相大人，会陪同太子一起前往。

父亲叫哥哥也去城楼观礼，好生看看豫章王的军威。

我在旁，脱口而出："爹爹，我也想看！"

父亲和哥哥一时转头，惊诧于一个女儿家，竟对犒军有了兴趣。

那个铁血金戈的世界只属于男子，与红粉温柔的闺阁格格不入，女子一生一世只需藏在父兄良人的荫庇之下，戎马杀伐，只是一个遥不可及的传奇。

我自己也不知道，为何突然想去看犒军，也许只是好奇。

父亲问："你去看什么？"

我想了想道："女儿想看看，上阵杀敌的将军与不曾上过疆场的将军有什么不同。"

父亲一怔，意味深长地笑了："我王家女儿果然胜寻常男儿多矣。"

五日后，哥哥带我去看犒军。

时值正午，烈日照耀长空。

我在承天门最高的城楼上，居高俯瞰，可以清楚看见豫章王入城的盛况。

成百上千的百姓早早将入城官道围挤个水泄不通，但凡可以看见城门的楼阁，都挤满了人。

听说豫章王带了三千铁骑驻于城外，只有五百骑作为仪卫随他入城。

我以为五百骑是很少的，姑姑离宫上香一次，仪从都不止五百。

然而，当一声低沉肃远的号角吹响，城门徐徐开启，自远而近传来的齐整震地之声，仿佛每一下都撼动着巍巍帝京。

正午耀眼的阳光陡然暗了下去，空气中凝结了一丝寒意，天地在这一刹那肃穆森严。

我屏息睁大了眼睛，不敢相信眼前所见——这是幻觉吗？

我竟看见，无边无际的黑铁色的潮水，在阳光下闪烁着金属的寒光，自天边滚滚而来。一面巨大的黑色滚金边帅旗跃然高擎，猎猎招展风中，赫然一个银钩铁画的“萧”字。黑盔铁甲的铁骑，分作五列，严阵肃立。

一人重甲佩剑，盔上一簇白缨，端坐在一匹通身如墨的战马之上，身形笔挺如剑。

他提缰徐行，一马当先，身后铁骑依序而行，步伐齐如一人，每下靴声都响彻承天门内外，震得大地隐隐颤抖着——这就是传说中如魔似神的人，这就是传说中战无不胜的军队。

敌寇之血洗亮铁甲，将军手中长剑怒指苍穹，划过四方边疆，耀亮天阙——皇族之外唯一的异姓藩王，战功彪炳的定国大将军，世人口中恍如神魔的人。

豫章王。

这三个字有如魔咒，瞬间令我想到了杀伐、胜利和死亡。

城下礼乐齐鸣，金鼓三响，太子着朝服，率百官从承天门内走出，天家仪仗赫赫，明黄华盖，羽扇宝幡，两列禁军甲胄鲜亮，驻马立于两侧。

那黑甲白缨的将军，勒缰驻马，右手抬起，身后五百铁骑立时驻足，行止果决划一。

他独自驰马上前，在十丈外下马，除盔，按剑，一步步走向太子。

他离我如此之远，远到让我无法看清他的面目，虽只是遥遥望去，却已让我生出压迫窒息之感。

萧綦伫立于太子五步之外，以甲胄在身，只屈一膝侧跪，微微低头，按剑为礼。

连低头的姿态也如此倨傲。

太子展开黄绫，宣读犒赏的御诏。

朝服庄严的太子，身姿修长，金冠灿然。

然而在那一袭黑如暗夜的铁甲之前，所有的光彩都被夺去，被凝注到那雪色盔翎上，正午阳光照得黑白二色熠熠生辉，似有寒芒闪耀。

太子宣诏毕，萧綦接过黄绫诏书，起身，转向众将，巍然立定，双手平举诏书。

“吾皇万岁。”

这个声音威严沉肃，连我在这远处城楼都能隐约听到。

潮水般的五百黑甲铁骑，齐齐发出震天的三呼万岁之声，撼地动瓦，响彻京城内外。所有人都被淹没在这雄浑的呼喊声中，而赫赫皇家仪仗的马匹，竟也被这声势惊得局促不安。

左右禁军无不是金盔明甲，刀剑鲜亮，而这黑色铁骑，连甲胄上的风霜征尘都未洗去。在他们面前，风光八面的禁军成了戏台上的木偶一般。

他们才是万里之外喋血归来的勇士，曾用敌人的热血洗亮自己的战袍。

那刀是杀敌的刀，剑是杀敌的剑，人是杀敌的人。

杀气，只有浴血疆场，身经百战，坦然直面生死的人，才有那样凌厉而沉敛的杀气。

传闻中仿佛是从修罗血池走来的人，如今就屹立在众人面前，凛然如天神。

我从不知道，这世间，竟会有这样的人。

皇家天威，庙堂庄严，于我也只是家中闲常，不识畏惧为何物。

然而此刻，遥隔数十丈之远，我却不敢直视那个人。

那人身上有正午烈日般炽盛的光芒，远远迫得我睁不开眼。

传闻中如神似魔的人，从血海白骨中走出来的人，近在眼前，却可望而不可即，虽然明知道他看不见城楼上的我，可我仍不自由主地缩了缩肩头。待我想到自己是上阳郡主，为何要怕一个赳赳武夫，这才又挺直了身姿。

我心中不甘，便紧抿了唇，竭力地想看清楚那人的面貌，想看看他的容貌是不是如传言中可怖，那双杀人如麻的手又是什么样子。

我的心跳得急促，莫名畏惧又隐隐雀跃，莫名竟有一种冲动，想奔下城楼，走到近前看个仔细。

太子身侧站着我的父亲，他离豫章王只有数步。

思及此，我竟胸口微窒，替父亲感到一惊，手心渗出了汗。

我向身侧的哥哥靠去，却感到他的身子也有些僵。

哥哥一反常态，目不转睛地望着城下黑铁潮水般的军阵，薄唇紧抿，搭在扶栏上的手紧握成拳，指节隐隐透白。

看毕犒军，登车回府，到家门前，侍女挑帘，却不见哥哥如往常般来到车前接我。

我探身看去，见哥哥已下马，只挽了丝绦紫辔在手，一手抚着马鬃，若有所思。

“公子，别发呆了，到家了。”我走到他跟前，笑着学侍女欠了欠身。

哥哥回过神来，随手将马鞭抛给侍从，睨我一眼，“看个犒军也这么欢喜。”

“哪有欢喜了……”我被他说得一愣，转念想来，有些心虚。

“下次不带你瞧热闹了。”哥哥又来气我。

“何来下次，又不是天天有犒军，除非你去打仗凯旋，跟人家一样神气来看。”我同哥哥斗嘴惯了，不假思索地抢白。哥哥却怔了怔，也不反驳，垂下目光一笑。

这人今天真古怪，我看着他径自走入家门，不由得摇头纳闷。

我随哥哥刚步入庭中，却见母亲宫装高髻，偕徐姑姑和侍女们施施然而来，看似正要出门。

“娘是要进宫吗？”我迎上前挽住母亲。

“刚从宫里回来。”母亲笑道，抬腕掠了鬓发，“还未来得及换上常服呢。”

“怎这么早就回来了？”我奇怪，姑姑总爱留母亲用过晚膳才回的。

“宫里今日夜宴，皇后且有得忙，我便不扰她了。”母亲一笑，“她倒叫我与你父亲同赴宫宴，我没那等闲气，让你父亲去便是了。”

听出母亲话里不对，我转眸一想，“皇上是要设宴给豫章王接风吗？”

母亲讶然，“连你都知道？”

我一时得意，“何止知道，方才还同哥哥去看了犒军呢！”

母亲脸色沉了下来，“你这孩子真不成话，打打杀杀的武人不是你这金枝玉叶该去看的。”

我看向默不作声的哥哥，暗自咋舌。

维护世家荣耀最最执拗的，反而是母亲这皇家公主——她素来不喜寒族，厌恶武人粗野。皇上将一介武夫封王，她已颇为不屑，如今更在宫中为豫章王设宴，要尊贵的长公主也赴宴为他接风，难怪母亲如此不悦。

“不过是瞧瞧热闹嘛……”不想惹得母亲生气，我一面软声哄她，一面朝哥哥眨了眨眼。

“母亲此言差矣，豫章王军容齐整，威仪不凡。”哥哥蓦地开口，说出话来吓我一跳，他竟当面顶撞母亲，露出罕有的正经神色，一字字道，“儿子羞愧，今日方知，大丈夫当如是！”

我和母亲都听得呆了。

半晌，母亲蹙起纤纤娥眉，茫然问我：“你哥哥这又是犯的什么浑？”

我忙笑道：“他书呆气又犯了，娘不要理他，随他去！”

母亲被我不由分说地挽走，顾不得数落哥哥。

我悄悄回头瞪了他一眼，他却兀自站在那里，真似丢了魂一般。

当夜宫中盛宴，父亲去了，很迟才归，我在母亲房中陪她刺绣，见到父亲略有醉意。

离开父母房中时，父亲仿佛一直盯着我看，令我一头雾水，不知是不是哪里失仪。

随后几日，阴雨绵绵，而我也待在家中懒得装扮外出。

父亲总是很晚回府，母亲也闭门抄经，似乎人人都有事忙，只有我百无聊赖，缠着哥哥讲豫章王的事来听。眼下也没别的事比这更新鲜有趣，我仍未能满足好奇。

可惜哥哥也没有机会亲见豫章王，那夜宫宴不比寻常家宴，他和我都没有机会出席。

我问他知不知道豫章王长什么样子，他想也不想就答：“方面大耳，狮口虎髯，熊心豹子胆。”

虽知是他胡诌，想一想那等模样，我笑得跌落了手中绢扇。

这雨越下越发绵密了，没有停歇的意思，雨势最大这天，宫里却传话来，说姑姑要见我。

我正昏昏欲睡，也无心装扮，换了身衣裳便乘驾入宫。

姑姑今日真是奇怪，把我召来，她却不在昭阳殿中，宫人说她去见皇上了。

不知她什么时辰回来，我等得烦闷，便往东宫去找宛如姐姐。

东宫有新贡的梅子，我一边啜着新梅，一边将亲眼看见豫章王犒军的一幕，绘声绘色地讲给宛如姐姐听，直把她和几名姬妾听得目瞪口呆。

“听说豫章王杀过上万人。”卫姬按着心口，神色间满是厌憎惊惧。

另一姬妾压低了语声，“哪里才只万人，怕是数都数不过来，听说他嗜饮人血哩！”

我颇不以为然，正欲驳她，却听宛如姐姐摇头道：“市井流言怎么可信，若真如此，岂不是将人说成了妖魔？”

卫姬嗤笑：“杀戮太重，有违仁厚，满手的血腥与妖魔何异。”

我不喜欢这个卫姬，仗着太子宠爱，在宛如姐姐面前一贯无礼。

我挑眉斜睨她一眼，笑道："如今外寇内患，烽烟四起，若是卫姐姐做了将军，想必不需上阵杀敌，讲一句仁厚，便能退敌千里，什么突厥人，什么叛军，全都乖乖放下刀兵。"

卫姬粉脸涨红，"依郡主之见，杀戮倒是仁者之术了？"

我掷了手中梅子，正色道："征伐既起，即便有所杀戮，豫章王也是为国为民，他不杀敌，敌人便杀我百姓，他不仁厚，谁又仁厚？若无将军血染边疆，你我岂能在此安享太平？"

"说得好。"

姑母优雅沉静的声音在殿外响起。

众人忙起身行礼。

宛如姐姐侧身一旁，将姑母迎进殿内。

姑姑在首座坐下，扫了一眼面前众人，缓声问："太子妃在忙些什么？"

宛如姐姐敛容低眉道："回禀母后，臣媳正与郡主闲叙家常。"

姑姑微笑，眼里却没有半分笑意，"有些什么趣事，也说来我听听。"

"儿臣等，在听郡主说豫……"宛如姐姐全无心机，竟然照实回禀。

我忙打断她话头，抢道："她们在听我讲游春的趣事，姑姑，今春城外的花，开得比往年都好呢！"

我一边说，一边挨到姑姑身旁跪坐下来，亲手奉上茶盏。

姑姑看了我一眼，转向宛如姐姐，"容许女眷议论朝臣，这是东宫的规矩吗？"

"儿臣知罪！"宛如姐姐最怕姑姑，一时间脸色都白了，慌忙直身跪下，身后姬妾跪倒一片。

"是阿妩多言，错在阿妩。"我也跪下，却被姑姑拂袖一挡。

我抬头触上姑姑的目光，却见她神色有些异样，只是侧头避开不看我。

"太子妃言行须得自重，不可再有造次。"姑姑的脸色沉郁威严，"你们都退下。"

宛如姐姐领着众姬叩首退了出去，空荡荡的殿内只剩我与姑姑。

"姑姑真生阿妩的气吗？"我依偎到她身边，小心地看她脸色，猜想她今日是不是又同圣上有了冲撞——帝后不睦，尽人皆知，可往日姑姑待我，从未这样严厉。

姑姑不说话，直望着我，这般奇怪神色，倒让我有些忐忑起来。

“总觉得你还是孩子，不觉已长成这般容华，我见犹怜。”姑姑唇角牵起一抹勉强的笑容，语声温柔，分明是夸赞的话，我听在耳中却是莫名不安。

不等我答话，姑姑又问：“子澹最近可有信来？”

姑姑忽然提及子澹，我心中忐忑，只是摇头，不敢对姑姑说实话。

姑姑凝视我，目光有些恍惚怅惘，“女儿情怀，姑姑明白的。子澹是很好的孩子，只是，你是王家的女儿，生在了这般门庭……”她欲言又止，目光竟有些凄楚。

我见过姑姑的疾言厉色，也见过她冷若冰霜，却第一次见她这样子同我说话，一定是有什么不寻常的事，隐隐不祥之感袭上心头，将我定住，作声不得。

姑姑伸手抚上我的脸颊，指尖微凉，“告诉姑姑，从小至今，你可曾受过什么委屈，有过什么不情愿？”

我呆了呆，要说委屈，要说不情愿，自然是子澹的离去，可这话又岂能对姑姑说。

我低头想去，除此之外，也再无人能让我委屈勉强。

“有的，子隆哥哥总欺负我。”我佯作娇痴，希望能哄过姑姑，不要再问我这么奇怪的话。姑姑的手顿住，复又缓缓掠过我鬓间发丝，目光幽幽，慈爱中隐有痛惜。

我害怕她这样看我，上一次见到这种目光，是我跪求她不要逐走子澹时。

此刻她眼里伤感痛惜竟比当日更甚。

“你已及笄，是大人了，还不知什么叫作不情愿。”姑姑垂眸，笑意惨淡，“那时候，我也曾与你一般不知忧愁，生来便被奉如掌珠，以为诸般心事都会成真，这一生会按我想要的样子……终有一天，我明白，少年美梦会有醒来之时，每个人注定要承担自己的命运，谁也不能永远被庇佑在家族羽翼之下。”

我听得迷茫惊悸，心底抽紧，如有冰冷潮水缓缓漫上来。

这是什么意思，何谓美梦醒来，什么是自己要承担的命运。

姑姑直望着我，目光清寒迫人，“若有一天，姑姑要你受极大的委屈，放弃心中珍爱，去做一件万般不情愿的事，甚至付出极大代价，阿妩，你可愿意？”

我心中惊跳，指尖发凉，无数念头电闪而过，却是一团乱麻。

我想转身逃开，不回答，也不再听她说下去。

“回答我。”姑姑不容我迟疑回避。

刹那间我能想到最委屈、最不情愿的事，自然是与子澹分离——她不要子澹娶王氏女儿，于是终究要我眼睁睁地看着旁人嫁给他吗？

“不，我不愿意！”心中陡然涌上的惊怒惶急令我微微发抖。

“姑姑既知是心中珍爱，为何一定还要我放弃？”我强抑住语声的颤抖。

“因为，你还有比那更珍重的事需承担。”姑姑的目光深凉如水。

“什么是更珍重？”我忍泪反驳，“在姑姑你眼里最珍重的，对我未必重要！”

她眼里只有后位、权势、储君的地位，这些与我何干，与子澹何干。

“每个人心中珍爱未必相同，抑或都没什么不同，但有一样是相同的，昔日于我，今日于我，一代一代从未改变。什么是最重要，什么又是最值得？”

她在问我，又像是在问自己，深凉目光仿佛穿过了我，投向更遥远的时光。

她的语声变得低哑。

“我也曾有极珍爱的人，他曾是我一生中最大的喜悦与伤悲……那喜悦伤悲，是我一人的喜悲，得到抑或失去，只我一人承受。可是另一种得失，远比我一人悲欢更深，更重，终此一生我逃不开。那是，家族的荣耀与责任。”

家族的荣耀与责任。

每一个字都不陌生，却又像从未听过。

听在耳中，如有一只巨锤骤然击中我的心，发出巨响，久久激荡着。

姑姑眼中有泪光莹然，泪光之下却是冷冷的坚定与决绝。

她缓缓开口：“当年战事方歇，朝中派系林立，四大世家各不相让。我的长兄迎娶了晋敏长公主，公主下嫁带来皇家荣耀，却不足以支撑王氏在朝野之争中的力量。我的妹妹，被许配给年长她许多却手握兵权的庆阳王，而我必须击败那许多世家淑媛，成为太子妃，日后入主中宫，才能真正撑起家族名望与权威，压倒宿敌的咄咄相逼，使王氏免遭今日谢家的颓败下场。若非如此，你们今日岂能安享荣华，岂能风光无双？”

天地在我眼前悄无声息转暗，曾如琼华仙境一般的世界褪去了颜色，显出底下的灰败。

我从不知道，父母的锦绣姻缘，姑姑的母仪天下，竟潜藏着这一番无奈因由。

有生以来，我所栖居的，原来是个琉璃幻境。

而琉璃一旦有了第一条裂缝，就会顺势破裂下去，直至粉碎。

我不敢再听，不敢再想，却不得不望着姑姑迫人的眼睛，听着她雍容语声中透出金铁般铿然。

“阿妩，你我出生之日，就被荣耀笼罩，无不在光环中长成。普天之下除了公主，就是我们王氏女儿最为尊贵。你身在其中，尚无知觉。我在宫中多年，从东宫到这昭阳殿，看过多少悲辛离合，多少命数起落。你可知那些出身卑微、家族失势的女子，在这深宫中有多卑贱飘零，人命尚且不如蝼蚁！一旦失势落败，任你再煊赫的世家，落魄起来不如市井小民！”

姑姑凝望我双眼，一字一句道：“你引以为傲的身份、容貌、才情，无不是家族的赐予，没有这个家族，我与你，乃至后世子孙，都将一无所有。我们享有这荣耀，便要承担同样的责任。”

荣耀与责任，原来一切美满均有代价。

我僵坐住，无法呼吸，周身忽热忽寒，心里有烈火在烧，手足却似浸在冰水里。

那个与我执手走过深宫无忧岁月的少年，终究，不能娶我了。

“他会娶谁家女子？”

绝望里，尚有一丝不甘，我想知道是谁会夺走他。

“不是子澹。”

姑姑目光里有种奇异的悲哀与冷酷。

“是豫章王萧綦求娶长公主之女为妃。”

【良人】

鸾驾离开宫门，驶往回府的路。车驾轻微摇晃，层层繁绣的垂帘隔绝了外面天光。

幽暗里，我什么也看不见，微弱光亮照不开一天一地的冰凉。

离开时，我拭去泪痕，挺直身姿，在姑姑的目光相送下，以从容高傲的姿态一步步走出东宫，穿过宫门，步上鸾车，心中只有一个念头：不能流出眼泪，不能有可耻的软弱……直至车帘垂下，暗影合围，终于只剩我独自一人。僵直紧绷的身子再也不受控制，那强大而森寒的力量，压倒了我。

我软软地伏在铺锦堆绵的车中，支撑着我走出宫门的最后一点儿意志也完全溃散去。

我脑中一片空白，神思昏沉，如同坠入茫茫迷雾之中，看不清四周，抓不住一切。即使已经离宫城很远，姑姑的话，却还在我耳边清晰萦绕。

一句句，一字字，像用刀锋刻进了心头，既痛，且深。

我交握双手，指甲用力地掐进了自己掌心——连这尖锐的痛，也冲不开我心头溺水般窒闷。

我深深喘息，依然透不过气来，像要溺死在无边幽暗中。

我攀住了沉沉的车帘，用尽力气掀开，光亮骤然刺入眼中——路边争睹鸾驾的人群中发出了惊呼喧哗。

前面传来侍卫扬鞭开道，呼喝驱逐的声音。

人群沸腾，潮水般远远向我涌来，只为了看一眼车中突然掀起车帘的上阳郡主，甚至甘愿被侍卫的长鞭抽打。可隔着两旁仪仗森严，即使挤到近前，也未必看得清我的脸。

他们却仍争先恐后，挤到近处的男子，奋力地推开了前面的人——踮足翘首，如痴如狂。

一个从未见过我一根手指头的男子，为了谁痴狂如此，就为了“上阳郡主”这名头，为了王家女儿的姓氏吗？我想笑，想让他们看个清清楚楚——看吧，长公主与左相之女，流着皇室与王氏的血脉，名动天下的世家千金，就是这样一个绝望无措的样子，戴着钗冠，穿着宫衣，维持着可笑的高贵，走在自己也不知去向的路上。

他们看不见，世人眼里只看到鸾车辉煌的纹章彩饰，只看到我高高在上的影子。

我是谁，是美是丑，是哭是笑，并没有人在意。

如果我不姓王，如果没有生在如此门庭，此刻便不会坐在高高的鸾车里，受人争睹……或许我会像那个卖花少女，挤在人群中踮脚张望，抑或是某个侍女，跟在车驾后面，任由尘土沾衣。

生作坊中卖花女，还是生作王氏女，原不是我选的，却终归由我承担。

喧哗声中，我握住车帘，将整幅垂帘掀开，让光亮无遮无挡地照进车中。

四下人潮骤然安静了。

我从锦绣围遮里现身，从大梦里惊醒，在这绚烂秋阳下，看见世间悲喜真容。

人丛中爆发了更热烈的呼声，铺天盖地的喧哗几乎将我湮没。

侍从驱赶向前推挤的人群，侍女们惊慌地拉起车帘，重新将我藏入深深幽暗中。

我跌回绵软的锦垫，靠着车壁，闭目而笑，却连一颗眼泪也流不出来。

我不知自己究竟是怎样回到家中，也不知怎样走进家门，恍惚里我只念着母亲。

此刻只想看见她。

从前庭到内堂，短短一段路，我走了那么久，走得那么艰难。

我到了母亲房前，没见到她的面，却听到了她的哭声。

永远仪态温雅的母亲，竟哭得如此凄厉，仿佛撕心裂肺。

我扶着锦儿的手，只觉脚下的地面直往下沉，天地微晃，整个人却像要飘起来，望着眼前熟悉的庭院，熟悉的门，竟没有勇气迈进半步。

哐啷一声裂响，惊得我一颤。

母亲心爱的双鲤青玉瓶被掷出门外，跌得粉碎，伴随着她的悲声。

“你算什么父亲，算什么宰相！”

“瑾若，身为长公主，你当知这是国事，并非一门家事。”

父亲的声音苍凉无力。

我停步，立在门口，一动不动。

衣袖被锦儿牵住，传来轻微颤抖，我侧头看去，这小小的女孩子被吓坏了。

我想给她一个镇定的笑，却在她乌黑仓皇的眼中照见自己的面容，比她更加苍白惨淡。

母亲的声音嘶哑哀恸，往日雍容尽失："什么公主，什么国事，我只知道我是一个母亲！为人父母者，谁不是爱儿女远胜爱一己私利？难道你不是阿妩的父亲，难道你就不痛心？"

"这不是私利！"父亲的声音陡然拔高。

片刻冷寂，父亲语声低下去，疲惫沙哑："这不是我一人私利，我已官至宰辅，还有什么权位可逐……瑾若，你是母亲，是公主，我是阿妩的父亲，也是王氏一家之主，是士族之首。"

他的声音也在微微发抖："你和我，不仅有女，有家，还有国！阿妩的婚事，不只是你我嫁女，是王氏，乃至士族与权将的联姻！"

"让我的女儿去联姻，去笼络军心，你们满朝文武却做什么去了？"母亲这一句问得凄厉，针一样扎在我心上——是的，娘，这也是我最想问的话。

你们是皇后，是宰辅，却为何要让我一个十五岁的女孩去做皇后和宰相都做不成的事。

父亲良久没有回答——沉默，让我喘不过气的沉默。

我以为父亲不会回答了，却听到他沉痛无力的声音："你以为，如今的士族还是当年的风光，如今的天下仍若当年太平吗？"

这个声音如此苍老，真是父亲的声音吗？我那丰仪英伟的父亲，何时变得这样苍老无力？

"你生在深宫，嫁入相府，所见所闻都是满目锦绣，可是瑾若，难道你真的从不知道，朝廷沉疴已久，兵权外落，民间流乱四起，当年何等煊赫的门阀世家，如今早就风光不再……你也眼看着谢家和顾家败了下去，哪一家不曾权势遮天，哪一家没有皇室姻亲？你以为，王氏能够显赫至今，只有阿妩一人付出代价？这些年，我苦苦维系周旋，但若没有庆阳王在军中威望，皇上未必能下定决心立储，王氏也未必能击败谢家。"

父亲的话，如同冰水从头浇下，将我冻住。

庆阳王，已经死去五年的人，听到他的名字还是令我一震。

这个名字曾经是皇家军威的象征。

我的两个姑姑，一个是皇后，另一个便是庆阳王妃。

只是小姑姑很早就病逝了，我尚年幼，对她的记忆仅只寥寥；姑丈庆阳王长在军中，在我印象里，是个威严的老人。他辞世时，我才十岁，只记得禁军将士，全都为他换上白缨为悼。

“自庆阳王过世，皇室和士族在军中的势力倾颓殆尽，再也无人为继。”

父亲的声音沉痛无奈。

那漫长的七年争战之后，崇尚文士风流，性好清平的士族子弟，再也没有人愿意从军。

他们只爱夜夜笙歌，诗酒雅谈，终生无所事事，也一样有世袭的官爵俸禄。

留在军中征战的，只剩下寒族庶人，凭一身血肉，硬打下功名，再不是昔日任人轻贱的武夫。如今豫章王萧綦一步步崛起，军威犹胜庆阳王当年。

“从前，寒族子弟绝无指望获取功名，士族则天生贵胄，日久离心，难以为继……如今士族衰颓，子弟孱弱，哪里还有可用的兵将，放眼京中高门，你看看谁能上阵杀敌？没有寒族武人卖命，没有萧綦征伐内寇外敌，这世道早已乱了！皇上一再给他加封晋爵，及至封王，不如此笼络，寒族武人又如何肯为天子效命？莫说求娶王氏女，他便是求娶公主，皇上也会准了！”

父亲声嘶力竭，看不到他神情，也能觉出他的痛楚。

母亲已说不出话来，只长声抽泣，似肝肠寸断。

她的哭声将我的心紧紧揪住，像是被一只看不见的手紧紧抓着，慢慢撕扯。

父亲沉沉地道：“瑾若，你不是真的不懂，只是不肯相信罢了。”

母亲一声哀鸣：“不，我不相信！”

我再也忍受不了，咬了咬牙，便要推门而入。

却骤然听见，身后传来哥哥的声音：“父亲，用一个女子的婚姻来巩固家族权位，非大丈夫所为！”

我惊回首，哥哥竟一直站在身后。

他俊美的脸庞苍白如纸，目光却定定地越过我，广袖飞扬地走过我身旁，走向父母面前。

我惊慌地伸手想拦住他，指尖被他袖角擦过，想唤他，枯涩的喉中发不出声音。

我不假思索地追着他进房，抬头间，泪水模糊双眼，看不清父母的表情。

哥哥一掀衣摆，长身直跪："父亲，我愿从军！"

我一震。

父亲站在那里，胸前美髯微微颤抖，挺拔伟岸的身躯刹那间仿佛佝偻下来。

母亲身子晃了一晃，软软地跌坐在椅子上。

我奔向她，张开双臂将她柔软的身子紧紧抱在怀中。

她睁大美丽的眼睛，定定地看看我，又看看哥哥，嘴唇不住地颤抖。

父亲抬手指着哥哥，想说什么，却良久说不出话来。

一向敬畏父亲威仪的哥哥，昂首直视父亲怒容，毫不退让："家国荣耀是男子的事，不必牺牲女子终身！请让儿子从军，儿虽无能，愿效庆阳王，长守边疆！"

"胡闹！"父亲气得扬起手掌。

母亲猛地挣脱我，上前拽住了父亲衣袖，仰首切齿，冷冷道："无论是你，还是皇上的旨意，谁若夺走我的儿女，我便死在他面前。"

父亲僵立如石，红了眼角，举起的手掌阵阵发抖。

"女儿愿嫁给豫章王为妻！"

我用尽力气说出这句话，膝弯一软，朝父母亲重重跪下。

哥哥猝然抬头，失声叫道："阿妩！"

父亲转头看着我，像不认识他的女儿。

母亲脸上血色在一瞬间褪尽，她直勾勾地看着我，呓语般地问："你方才说什么？"

我咬了唇，挺直身子："女儿仰慕豫章王已久，嫁给英雄男儿，是女儿的心愿，请爹娘成全。"

母亲踏前半步，靠近我，极缓极低地问："你说你要嫁谁？"

我深吸一口气："我愿嫁豫章王萧綦为妻。"

耳边脆响，颊上火辣，一阵剧烈的疼痛令我眼前骤暗——是母亲拼尽全身力气的一掌，将我掴倒在地。

我伏在冰冷坚硬的地上，只觉天旋地转，眼前更是人影摇晃纷乱。

哥哥抱起我，张臂将我护在怀中，用胸膛作我的倚靠。

母亲哭叫着在父亲手中挣扎，声声叫着我的名字："阿妩，你疯了，你们都疯了……"

我没有疯癫。

我倚在哥哥怀中，心里却出奇地寂静，心中更是清清楚楚地知道自己在做什么。

我对哥哥仰起脸，微微一笑，“哥哥，阿妩没有做错，对不对？”

泪滴自哥哥眼中滚出，落到我脸上。

他没有回答，抱着我的手更冷了，却也将我抱得更紧了。

我将脸埋在他胸前，闭上了眼睛。

母亲再也无力挣扎，被侍女扶持着，虚脱般地跌回椅中，掩面饮泣。

父亲过来俯下身，满目悲辛，伸手轻抚我火辣辣的脸颊，“疼吗？”

我侧头，避开了他的手，不愿被他触碰，不愿再被任何人触碰。

赐婚的旨意择日颁下，阖府上下跪迎谢恩。

豫章王迎娶上阳郡主，成为轰动帝京的盛事。

来道贺的人说豫章王英雄盖世，说郡主德容无双。

谁不爱看英雄美人，谁不艳羡神仙眷属，人人称羡这金玉良缘，天作之合。

没有人再提子澹，好像一夜之间他们全都忘了自己也曾说过三殿下与上阳郡主是最般配的璧人。

我想，我也应当忘了。

原来那不是我的命数，上天早已将我与子澹的缘分拦腰截断，只是我懵然无觉。而今，我终于明白，姻缘不关我的事，不关他的事，只关家族朝堂的事。只需利益相称，无须门庭匹配，更无须两情相悦。

那么，与谁一生相守，都没什么不同，没什么可喜，也没什么可悲。

豫章王妃，或是别的什么王妃，于我而言皆无不可。

他们如何看，如何说，我毫不关心。

父亲、母亲、哥哥，每个人都对我说了许多的话，我隐约记得，又隐约不记得。

皇上和皇后召见我，说了什么，我也不大记得。

豫章王的聘礼十分隆厚，称得起他和我的身份。宫中赐下的恩赏也令人目不暇接。而皇后赐给我的嫁妆，一连三天源源不绝地抬进家门：嫁衣、凤冠、奇珍异宝——满目宝光耀眼，挤得相府像座宝山。京中好久没有这样盛大的喜事，去岁二皇子大婚，也没见这样奢华铺排。

宛如姐姐来看我，以太子妃的身份向我贺喜。待屏退侍女，只剩我们两个人的时候，她却哭了。

“子澹还不知道你被赐婚的消息。”她凄然垂泪。

“迟早要知道的。”我垂下目光，平静地开口。

知道了又如何，倘若可以，我倒宁愿是他先迎娶了别人，而不是我先另嫁。

宛如姐姐打开玉匣，里面是她送给我的嫁妆，一支出自不世名匠之手，镶上千年鲛珠的凤钗，美得教人屏息，“这凤钗，我原想你与子澹大婚时，亲手为你插在髻上。”

她语声哽咽。

我痴痴地看了发钗许久，眼前浮现出子澹与我大婚的场面如蜃影，一瞬美好。

合上玉匣，我淡淡道：“多谢阿姊，这凤钗，还是留给他日后的王妃吧。”

她摇头，取了凤钗在手中端详，凄然道：“换了谁，都不是你。”

我窒住，良久，勉强一笑，“或许那是更好的人。”

她也泫然失语。

望着她越发清瘦单薄的样子，想起幼时笑容烂漫的她，自入东宫便日渐落寞，一时心中凄怆，我脱口问道：“阿姊，为何小时候心心念念盼的，与长大后得来的总是不同？为何再好的玩伴也要分开，一个个都去远，各自的路，南辕北辙？”

宛如姐姐回答不来，幽然抬目，一双泪眼望定我，“你当真自愿嫁给豫章王吗？”

“是不是自愿又有什么分别。”我抿住唇，强抑胸中悲酸，垂目一笑，“我与子澹终究无缘……豫章王是英雄男儿，嫁了他，也是不错的。”

就让宛如姐姐当作我是甘愿的吧，让天下人都知道我的甘愿，知道我的负情。

子澹会从她那里知道我的话。

子澹会怨我，会恼我，然后会忘了我。

子澹会册妃，会迎娶一位美丽贤淑的王妃。

子澹会和她恩爱相守，红袖添香，举案齐眉，一起度过漫漫时光，直至老去。

子澹，子澹，子澹……天旋地转，漫天都是他的名字，都是他的容颜。

缠丝绕缕的痛，不锋不锐，却慢慢地在心底至深至软处，洇开沉郁的钝痛。

“那便恭贺郡主大喜了。”

宛如姐姐的泪光凝在眼中，抬腕将那支凤钗插到我鬟间，望着我的眼，笑意凉薄。

那之后，直到大婚，宛如姐姐都没有再来看过我。

婚期很近。

豫章王不能在京中长留，还要回到宁朔，镇守北境，突厥人在北边正蠢蠢欲动。

行完大婚，我仍会留在帝京的豫章王府中，他回他的北方大营。

于我而言，也许只是换一个住处，从家中到他的王府，会见到这个人的时候也不会太多，只要忍受过了大婚，过了那一夜……忍一忍也就什么都过去了，徐姑姑是这样对我说的。

她和宫中的嬷嬷开始教导我新婚妇人需懂得的那些事了。

这原是母亲该教我的，但母亲气病了，不肯教我，甚至闭门不肯见我，更不见父亲和姑母。

我的婚事没有因她的执着、无效的反抗而改变分毫——一切如常筹备。

我这待嫁新妇仅学习大婚前后礼仪就已筋疲力尽。

晨昏朝暮，在混沌匆忙中无声滑过。

我等待嫁期如囚徒等候蹈刑。

一恍惚一怔愣间，总有青衫翩翩身影浮现眼前，我知道子澹不会出现，却又忍不住幻想他会突然来到我身边，带着我远走高飞……这只是我的梦，某一夜曾让我笑着醒转的美梦。

我只梦见子澹这一次，却梦见另一个人三次。

梦中的那个人，遥远模糊，却有异常清晰的名字，萧綦……看不清他的身影，从未见过他的容颜，却有犒军时那惊鸿一瞥，在眼前挥之不去。他在我的梦中，一次周身浴血，一次变作通天巨人，一次策马向我冲来，每次都令我一身冷汗惊醒，呆呆挨到天明。

萧綦，这个名字，就要与我相系一生了。

从此我将不再是上阳郡主，而将以豫章王妃这个新的身份，与一个素昧平生的男子走向不可知的此生。

我出阁那日，倾城争睹。

大婚按公主之礼，夜半始妆，梳合欢广髻，簪珥加步摇，绣衣黄绶。

天未亮就向父母跪恩辞行，随后入宫谢恩，黄门宣旨，登舆出宫，钟鼓奏鸣。

仪仗过处铺设百子锦帐，红绡华幔，翠羽宝盖，六百名宫人仪卫前后簇拥着我所乘的宝顶六凤銮舆，逶迤如长龙，一路撒下的金屑花瓣，飞扬了漫天碎红。

我身上嫁衣像一袭锦绣重甲般地压制住我。而我头上凤冠是百余枚南海珍珠以金丝连缀，点翠绘彩，加翡翠璎珞，金丝凤凰的双翼连了两鬓珠钿，额前垂珠，冠后长簪，沉沉盖住了我的目光，使我只能垂首敛容，藏在自己双手所执的合欢团扇后。

送亲迎亲的仪仗连绵看不到尽头。

我就这样被送入了豫章王府。

在浑浑噩噩中，被人导引着，行了一道又一道烦冗琐碎的礼仪：跪拜，起身，行止，进退——恪谨恪严，不过不失，早已疲惫的躯壳仿佛不是我自己所有。

团扇遮挡了我的脸，脂粉掩盖了我的倦。

何如花烛夜，轻扇掩红妆。[①]

一道纨扇隔着中间，却扇，要等到洞房里夫妇单独相对。

那个人出现在眼前，我仍然看不清他，他也看不见我的模样。

只从扇底看见他吉服下摆的森然龙纹与云头靴尖，透过扇子影影绰绰看见，他有极高的身量，站得挺拔昂扬——当日远远望见，已令我震慑生畏的人，如今近在咫尺，成了我的夫婿，在满京公卿的注目下，与我交拜行礼，结白首之誓约。

这个世人敬畏如神魔的人，骤然闯入我的人生，此刻终于离我这样近了。

原来他也是血肉之躯的凡人。

我不再惧怕。

与其惶惶，不如坦然。

洞房之中明烛高照，我敛容正坐，等待夫婿入内，行合卺之礼。

丝竹喜乐之声从外边直传入内院，喜宴深宵未歇。

喜娘仆妇们环绕在侧，各进吉辞，烦琐的礼数仿佛没有尽头。

我又累又乏，支撑着凤冠吉服的重负，盼望这一夜快些熬过去。

再过片刻，就要面临平生最忐忑的辰光。可想到那个人——顿时，我心底收紧，乏意全消。

我强自振作精神，不想新婚之夜就委顿如此，在那人跟前示了弱。待我抬起目光，却

① 注：出自南朝·梁·何逊《看伏郎新婚诗》。

古代女子出嫁有以扇子遮面的习俗，称“却扇”，见于晋至唐代。

见喜娘们在交头私语，似有什么不太寻常。

我怔了片刻，终于察觉外面的喜乐，不知什么时候停了。

我看向陪侍在侧的锦儿。

她也满是迷茫，悄声道："郡主安心，奴婢出去瞧瞧。"

"且等一等。"

我摇头，又等了片刻，起身想要卸下沉重的凤冠。

喜娘们忙拦住我，正劝阻间，听见门外传来匆匆的脚步声，一个侍女叫着"郡主，郡主"，直闯进来，朝我胡乱一欠身，急得礼数也没有了。

我蹙眉看，是母亲身边的侍女，在府中侍奉多年，不是没有见过世面的，出了什么事能教她乱成这样。她面如土色，张口便是，"郡主，不好了，长公主惊怒之下晕了过去！"

"母亲怎么了？"我大惊。

"只因，只因……豫章王……"侍女抖抖索索道，"豫章王方才喜堂之上接到军报，突厥大军犯境，他……他当堂脱了喜服，连夜便要离京出征！"

我恍以为听错，"你是说，豫章王要走？"

侍女颤颤点头，声不敢出。

我一时呆立，脑中空白。

喜娘们都大惊失色，面面相觑，洞房里陡然死寂。

剧变横生，春宵惊破。

从未见过新郎临阵而去，弃洞房不顾的，众人都被这变故惊得不知所措，各个噤若寒蝉。

洞房花烛夜，我的夫婿连洞房也未踏进一步，就要走了。

我连他的样貌声音都一无所知，就这样被丢在洞房中，一个人度过了新婚之夜。

说什么离京出征，就算突厥犯境，十万火急，当面辞行又能用得了多少时间。

纵然军情如火，也未必就差了这一时半刻。

堂堂的豫章王，是他自己要求娶王氏之女，要与我的家族联姻。

不管他图的什么，不管在不在乎，总也是他自己要娶的。

我委曲求全，却换来如此羞辱。

一道军情告急的传书，他便拂袖而去，连敷衍周全的工夫都懒得花。

我不在乎他是否跟我洞房，不在乎他是否顾全我的颜面，但我绝不容忍任何人羞辱我的父母，轻藐我的家族。

我站起身，扔下遮面团扇，直往门口走去。

喜娘们将我拦住，有的叫王妃，有的叫郡主，纷纷跪倒，叫嚷着大婚之礼尚未完成，万万不可走出洞房，于礼不合，冲撞不吉。

我陡然怒了，拂袖喝道："都给我退下！"

众人震慑无言，噤若寒蝉。

我一把推开结彩张红的洞房大门，夜风扑面，冷簌簌吹起嫁衣红绡。

我踏出洞房，疾步走向前堂，环佩璎珞随急行的脚步撞击摇动。

仆从见了一身嫁衣而来的我，惊得失色，退避呆立，不敢阻挡。

喜堂上宾客都散了，侍从都乱了，入目一派冷清寥落。

我看见堂前有数名甲胄佩剑的武士，当先一人似要闯进来，被人拦阻，一时间人声纷乱。

"将军甲胄佩剑在身，刀兵之物乃大凶，不可靠近洞房，请将军止步。"

"末将奉王爷之命，务必当面禀报王妃。"戎装之人的声音强横不近人情。

我立在堂上，冷声道："何人求见？"

堂前一静，众人惊回首，见到我俱都呆了。

那一身铠甲的人，竟不跪拜，只按剑低头，朝内欠身禀道："末将宋怀恩求见王妃，事出紧急，王爷吩咐一应从权，请恕末将甲胄在身。"

我冷冷地看着他，"豫章王有何吩咐？"

那人沉默了一刻，硬声道："启禀王妃，王爷收到边关火漆传书，急告冀州刺史作乱，引突厥犯境，三镇失守，北境十万火急。王爷即刻回师平乱，无暇向王妃当面辞行，特遣属下相告，待得胜回朝，王爷自当向王妃请罪。大局为重，还望王妃见谅。"

好个豫章王，自己不辞而别，麾下一个小小将领也硬声硬气地欺上门来，当真嚣张。

父亲说得没错，这些拥兵自重的粗野武人，对世家皇室都已没有礼敬之心，狂妄至极。

我置身在虎狼般的武人之中——这就是我嫁入的将门。

夜风透衣而过，我紧握了拳，心中绝望的灰烬里迸出火星，烧成烈火。

我缓步走向门口，在明烛光亮下站定。

凤冠压得颈项生疼，忍无可忍，他们声声说大局，声声要我见谅。

“好，既为大局从权，这身虚礼也用不着了！”

我抬手除下凤冠，用尽全力往地上掼去——凤冠砸落在地，碎溅了一地明珠，璎珞玉片也跌得零落绽裂，滴溜溜的珠子四下溅跳，打在这班武人的革靴上，溅到铁甲佩剑上，激灵灵的脆响不绝。那人惊呆了，见我怒掷凤冠，鬓发纷乱地站在堂前，竟不知低头回避，目光直勾勾地定在我脸上。

我含怒迎视。

他的目光在触及我眼睛的刹那一颤。

“末将惶恐！”

他低头，单膝一屈朝我跪下。

后面几人跟着屈膝跪地，身上冷硬铁甲刮划发出铮铮之声。

周遭王府仆从也吓得纷纷跪倒，一声声叫着“王妃息怒”。

我冷冷地环视面前跪了一地的人，最终目光凝在这个一身铁甲闪着冰冷寒光，跪如石刻般纹丝不动的军人身上，这就是豫章王的亲卫，他说他叫宋怀恩。

他的主公，我那良人，用这样的方式让我领教了豫章王萧綦的跋扈强横。

我克制着双手的颤抖，除下了束发之缨。

女子一朝许嫁，便以五色长缨束起头发，待新婚之夜由夫婿亲脱妇之缨，是为结发。

“结发为夫妻，恩爱两不疑。”我不怒反笑，扬手将五色缨掷在宋怀恩脚下，“婚姻乃礼义之本，上事宗庙，下继后世，君子重之，慎始善终！烦请将军将此物转交王爷，代我转告，这结发之缨，我为他代劳了！”

喜娘们慌忙劝阻，直道于礼不合，于人不吉。

“豫章王乃不世英豪，自然吉人天相，我得遇良人，嫁入将门，何谓不吉？”我冷笑，新婿走也走了，凤冠摔也摔了，脱不脱缨，结不结发又有什么差别。

“末将不敢，请王妃收回此物，末将自当将王妃心意转达王爷，望王妃珍重。”

宋怀恩俯首拾起彩缨，双手奉上，末一句话低了声气，不复刚才的强硬。

我一笑，冷声道：“将军敢直闯喜堂，还怕这区区小事吗？”

宋怀恩面红耳赤，一手按剑，深深俯首，“末将知罪！”

罪不在他。

看着这年轻武人锐气尽挫，跪在堂前的样子，我没有丝毫快意可言，即便是当面折挫了萧綦又怎样，事已至此，婚是悔不了了，命也改不了了。

面对这场门阀与武人的联姻，我心中的最后一丝希望，也破灭得如此彻底而狼狈。

一时间我心中惨然，万念俱灰。

我望向天际无边浓夜，仰头间发髻已然松散，一头长发披散两肩，发丝被夜风吹得纷扬。

“将军请回，我不送了。”

我转身，穿过明烛犹照，锦绣高悬的喜堂，缓缓走向后堂。

嫁衣长裾拖曳着我的脚步，每走一步，便耗去一分力气。

这一夜，我将自己锁在洞房，任凭任何人恳求都不开门。

徐姑姑赶来了，哭得柔肠寸断的母亲来了，哥哥和父亲也不顾礼法地来了。

我将他们全都拒之门外，谁也不想见。

可笑的喜娘们竟惊慌地收走了房中一切硬质锐器，怕我寻短见。

真是多虑了，我既不觉得伤心，也不再愤怒，只是累了，累极了。

不想再对任何人强作骄傲的笑颜，我就这样倒在龙凤红绡金流苏的床上，裹着一身锦绣嫁衣，涂一脸胭脂红妆，茫然地望着帐顶连枝合欢，鸳鸯交颈雁比翼，心中说不出是荒凉还是冷寂。我捂着胸口，仿佛找不到跳动的痕迹，心底只觉得空空荡荡，一如这空空的洞房，只有我自己的影子映衬着满眼锦绣辉煌。蒙眬里，我依稀能够听见，守在门外的锦儿哽咽地对谁说着：“郡主歇下了，且让她睡吧，别再惊扰她……”

锦儿很好。

我侧身向内，将自己藏进罗帷深影里，心口泛起一丝暖意。

梦里谁也没有见到，没有父母，没有哥哥，没有子澹。

只有我孑然一人，赤足走在潮湿阴冷的雾霭中，看不到光亮与边际。

【惊变】

时光容易把人抛，转瞬已三年。

我斜卧廊下，四月暖风熏人醉，一片花瓣被风吹到脸上，酥酥的痒。

我的浓醉还未褪尽，身子依旧绵软无力，伸手时，不经意拂倒了玉壶，它滴溜溜滚下阶去，洒出最后一滴残酒，风中便平添了一缕馥郁酒香。

哥哥半月前从京城带来的青梅酒，又被我喝光了，等他下一次寻机赴晖州，再来看我，不知又是何时了。我慵然撑起身子，唤了两声锦儿，没有人答应。

这丫头自从离开京城来了此处，也是越发疏懒起来。

我起身赤足踏了丝履，懒懒地穿过回廊，却不经意瞥见院子里那树玉兰，一夜间竟开得欺霜胜雪。

我有些恍惚，神思飘忽，依稀回到了家中的兰庭。

“郡主可算是醒了，醉里睡了这半日，连外袍也不穿就出来，当心着凉。”锦儿一面絮絮叨叨埋怨，一面将长衣披在我肩头。

我倚着栏杆，“家里的白玉兰也该开花了，不知道今年的花，开得怎样。”

“京城天气比这里暖和，花儿也开得早。”锦儿叹了口气，复又脆声笑道，“不过这边虽冷些，晴天却比京城多，不会时常下雨，我更喜欢这里呢。”

这小妮子越来越会哄人开心，见我抿唇微笑，没有应声，她便轻轻倚着我坐下，低声道：“若是在晖州住腻了，不如回京看看，出来三年，郡主也想家了吧？”

我收回神思，自嘲一笑，伸展了腰肢，“是有些想念家中的青梅酒了，不过比起这里的神仙日子，我还舍不得回去。”

我说罢，便起身拂去襟上的落花，“大好春光，我们出去逛逛。”

锦儿追在后面急道：“昨日王爷遣来的信使还等着郡主……等着王妃复信呢！”

我驻足，心头掠过一丝不耐。

“你替我回了吧。”我头也未回，漠然道，“瞧瞧他这次又送来些什么，挑好玩的留下，贵重的留给徐医官，余下的随你打发。”

过两日，徐医官又该到了，这次得备些厚礼贿他。

母亲又来信催问我的病为什么总不见好转，迟迟不回京，叫徐医官很是提心吊胆，唯恐遮掩不下去。虽说父母那里，有哥哥做内应；而徐医官虽胆小怕事，却好在贪婪好财，多打点些，总能堵住他的嘴。母亲那里还好应付，怕只怕姑姑一道懿旨召我回京。

只要别再让我回去，怎样都行。

我实不想再踏进帝京一步，不想再回到那噩梦般的日子。

这三年，在晖州幽居养病，神仙般逍遥自在，也全拜我那良人所赐。

大婚之夜，我的夫婿连洞房都未踏入一步，就匆匆出征去了。

南疆初定，北方边患又起，突厥犯境，烽烟直逼中原。

豫章王萧綦连夜挥师北归，一肩担天下，策马平四海，朝野闻之，无不敬慕他心系社稷，国事为先，也赞叹豫章王妃深明大义。父亲非但没有责怪这位佳婿不辞而别，反而上表朝廷，对他大加褒奖。姑母也对其嘉赏有加。

母亲的不谅解与我的狼狈，就这样冠冕堂皇被掩盖下去，无人提及。可愈是如此，背后的指指点点、明嘲暗讽，愈是来得无情。

我不用亲耳闻听也知道他们如何绘声绘色传述上阳郡主嫁作豫章王妃的第一夜就被新婿撇下。

昔日天之骄女的落魄，满足了多少人落井下石的快慰。

大婚次日，我独自盛装一新，平静地入宫谢恩。

那些追逐在我身后的目光，那些等着看我悲伤落魄的人，大概都没有如愿。

随后我像所有新婚燕尔的妇人那样，穿上喜气洋洋的华服，出入煊赫，宴饮如旧。

直至半月后，一场风寒袭来，我突然病倒。

病得连自己也措手不及，似乎所有力气早都耗尽，只剩不堪一击的空壳，被区区风寒拖延在病榻上两月之久，终日咳嗽，瘦到形销骨立。

最险的一夜，太医说我性命垂危。

那夜母亲在佛堂长跪祈求，以泪洗面，对父亲说，如果阿妩离去，她终此一生永不原谅父亲。

父亲一言不发，守在我卧房外一整夜，夜露湿透他衣摆。

我在天明时分醒来，望见床前苍老憔悴的母亲，听见锦儿悄声说，父亲还站在门外……那一刻，淤积在我心底的怨，颓然消散，我握住母亲的手，流出大婚之后第一行眼泪。

望着喜极而泣的母亲，我只觉得深深疲惫，再不想怨，也不忍怼，只想有个角落给我躲藏。

终于看够了父母亲人的小心翼翼，每个人见到我总有藏不住的歉疚。

我却宁愿他们如从前一样数落训责，再不想忍受这般异样的压抑。

京城的雨季来了，我病后久咳不愈，太医担忧阴雨绵绵的潮湿不利康复，进言父母，让我去南方温暖之地休养。叔父在晖州为官时，曾在山中修有别业，刚刚建成就被调任，那别院至今闲置。晖州气候晴好，风物宜人，正合休养。

父母虽不舍，为着我的康健，还是将我送来了此地。

初来晖州，父母派来的仆从护卫竟有百余人，加上医侍，将小小别院挤得人满为患，晖州刺史偕夫人上门拜见，扰得我烦不胜烦，终将喧杂的一干人等赶回了京城，只留下身边几个侍女和医侍，总算耳目清净。

住下来才知叔父这院子别有洞天，山居幽静，修竹叠泉，晨见山岚夕傍晚霞，庭中碧树繁花，幽池飞鸟，楼台别有情致，比之京中园林的绮华，更合我意。

最妙是叔父还在地窖里深藏了陈年美酒。

晖州之远，天地之大，退开一步，我竟有一种脱胎换骨，再世为人之感。

父母原以为我只是散心休养，住不多久就会回去，未料一到晖州，我竟爱上此处逍遥闲逸，自此长住下来，乐不思归。哥哥帮着我以财帛贿赂太医，哄得父母不敢催我回京。

三年间，只在新岁元春与父母生辰，我才回京暂住，住上几日便称身体不适，动身返回晖州。

豫章王府自大婚后，我再未踏入一步。

豫章王也一直驻守北境宁朔大营，再没有回京。

嫁为人妇三年，三年不知夫婿面目。

他在边关，我在晖州，相隔千里。

那夜我怒掷凤冠，将彩缨交他下属带去，却是七分负气三分恨，恨不能与之决绝。

他的亲笔修书，却在我病中送到，信中言辞恳切，诚挚表歉。

从此，每过数月他都遣人送来书信，更有丰厚金帛财物。

我从初时厌恶不屑，到现在也渐渐习惯，甚至觉出这武人粗鲁之下的一丝有趣——莫非他是觉得有愧家室，便尽心竭力送来财帛将我供养，以为这便是为人夫婿的分内？虽如市井商贾一般粗蠢，却也难得实心。他的书信总是三言两语问安，看行文自是同一个幕僚手笔，加盖上他的印信，便算是家书。连字迹也未必是他手书，想他一介武夫，断然写不出这般落拓豪迈的好字。但总算他略知礼数，略顾夫妻一分颜面，抑或多少有些负疚。

只是我从未回书予他，连问安敷衍也懒得。

人在此间，担着豫章王妃的名头，便是给他的回礼了。

他那些刻板如公函的家书，初时我还看看，久了连拆看的兴趣也不再有。

说来是堂堂豫章王，位极人臣，兵权在握，对家室亦慷慨，更不会出现在眼前给我添烦恼，这便够了——多少女子嫁入夫家，再不甘愿也少不得强作笑颜，侍奉翁姑，持家教子，装出相敬如宾的体面，来给家门增光添色。像宛如姐姐贵为太子妃，更要忍受妻妾争宠。

倒不如我这样，省了敷衍，落得清净。如此这般相安无事，过完一生也未尝不可。

这段姻缘，这位良人，我也该是满意的吧。

初来还是入秋时节，看了黄叶飘尽，又看冬夜落雪，雪融春来，夏荫渐浓……韶光易逝，流年似水，一天天，一月月，一年年……我开始觉得，自己变了。

从心底最软弱处开始，渐渐变得坚硬，也变得凉薄。

昔日承欢父母膝下的小阿妩已不在了，如今我是嫁为人妇的王儇。

有些东西，一旦变了，再也回不去从前了。

只有哥哥不曾改变，在他眼里，我既不是豫章王妃，也不是上阳郡主，永远只是跟在他身后玩闹的那个小小女孩。只是他也不能常来看我，他已入朝为官，公务缠身，只能互通书信，一年见上寥寥几面。

就连子澹也许久不曾出现在我梦里。

他在皇陵守孝之期已过，皇上却又是一道圣旨，命他督造皇陵，修缮宗庙。

这一修造便是遥遥无期，不知何时才能返京。

昔日我不明白，皇上明明疼爱子澹，为何却任凭姑姑将他逐去皇陵。

如今我却懂了。

让子澹远离宫闱，才是真心怜他、护他……在那权势的旋涡中，稍有行差踏错便是粉身碎骨。哥哥说，当年皇上曾有易储之心，为此与姑姑彻底反目，谢妃却在东宫废立最扑朔迷离的时候，突然间撒手逝去。她的死，给了皇上沉重的打击，也令皇上明白王氏与太子羽翼已丰，之后更与萧綦联姻结盟，赢得了军中权臣的支持。

改易储君，再无可能。

作为父亲，他能做的，只有护住子澹平安，将他放逐到远离宫廷的地方，消除皇后对他的忌惮。如今我才明白皇上的苦心，而子澹，一直都是明白的。

所以他默默离去，自始至终没有一声反抗。

此生缘尽，我已嫁为人妇，只在偶尔午夜梦回，为远在皇陵的子澹，遥祝一声安好。

晖州位于南北要冲，交通通衢，河道便利，历来是商贾云集的富庶之地。

这里天气和京城很是不同，不像京城多雨，夏来郁热，冬来阴冷。

四季分明的晖州，一年到头总是阳光明媚，天色明净疏朗。

自古南北两地的百姓不断迁徙，混居于此，此地民风既有北人的爽朗质朴，又有南人的温和灵巧，即便在饥荒之时，此地也少有天灾，鱼米富庶。

晖州刺史吴谦，是父亲一手提携的门生，也是昔年名噪一时的才子，很受父亲青睐，在任四年颇有不俗政绩。自我在晖州住下，吴大人一直殷勤照拂，吴夫人也常来拜望，唯恐稍有不周，对我百般奉迎。

对攀附裙带的官场奉迎，我素无好感，却偏偏不忍回绝吴夫人的殷勤。

吴谦凭着一方政绩和我父亲的提携，仕途顺畅，升迁有望，本无须迎奉于我。只是他膝下独生女儿已近成年，长年随父母外放在晖州，无从结识京中高门子弟。如今婚嫁之龄将近，吴氏夫妇心中焦虑，只盼为女儿找个好人家，嫁入京中，攀上好门第。

天下父母心，为儿女牵挂，竟至于此。

我也有心帮着吴家女儿物色一门亲事，却想不出京中那些纨绔子弟，哪个才算得上是好归宿。

这两天，城里最热闹的事情，莫过于“千鸢会”。

春日赛纸鸢，本是京中习俗，盛行于世家女眷之间。

每到阳春三四月，京中仕女们总要找来能工巧匠，做出美轮美奂的纸鸢，邀约亲眷闺友去郊外踏青、宴饮、赛纸鸢、赏歌赋……晖州原本没有这习俗，自我来后，却年年由吴夫人亲自主持，邀集全城望族女眷，四月初九，在琼华苑办“千鸢会”。

锦儿暗里取笑她们附庸风雅。

我倒感激吴夫人用心良苦，多少解了思乡之情，总是一番心意。

能在晖州亲手升起纸鸢，是幽居独处时光里莫大的欣慰。

往年在家中，哥哥总能找到最巧手的工匠为我做纸鸢，再亲笔绘上他最擅长的仕女图，题上我所赋诗词。我们的纸鸢放飞出去，任它飘摇，也不在意。外人偶然拾到，却奉为至宝，竞相出价争购，时人名之“美人鸢”。

今年不知哥哥又会为哪家闺秀绘制美人鸢呢?

锦儿说得对，我是真的有些想家了。

晖州的纸鸢再热闹，也比不了家中哥哥亲手所绘，我想着，三年的避世幽居也够久了，劳父母如此牵挂，是我的不孝——过了这个春天，我是该回家了。

四月初九，琼华春宴。

芳菲仲春，群芳争妍，晖州名门闺秀云集，但凡有些身份地位的人家，都来了女眷。

许多人家都同吴夫人想的一样，那些韶龄女子都企盼在千鸢会上，一展风姿，得到豫章王妃的青睐，得以攀附高门。

在她们眼中，我是高不可攀的贵人，是一念之间可以改变她们命运的人。

她们渴望被贵人改变命运，却不知我的命运也不过为人摆布罢了。

我在吴夫人与一众贵妇的随侍下，步入苑中。

众姬俯身见礼。

一眼看去，春日娇娥，红红翠翠，各自争妍。

三年前的我，也有这般巧心巧手，曾一个月里天天梳不同发式，换不同新妆，引宫中竞相效仿而自得其乐。自来晖州，却日渐疏懒，脂粉钗环都嫌累赘。今日赴宴也是一身流云纹锦深衣，素帛缓带，发髻低绾，宛如姐姐所赠的凤钗是唯一不离身的首饰，除此再无半粒珠翠点缀。

而此时我置身于这些芳华正好的女子之间，恍惚觉得，我已老了。

礼毕宴开，丝竹声中，彩衣舞姬鱼贯而出，蹁跹起舞。

伴着丝竹乐舞，苑中率先升起一只绛红洒金的蝴蝶纸鸢，盈盈随风而起。形貌富丽，并无灵气，所花工夫却是不少，看来是吴家千金的手笔。

我淡淡笑道："薄翅腻烟光，长是为花忙。"

"小女技拙，让王妃见笑了。"吴夫人欠身，口中谦辞，喜上眉梢。

座下一名黄衫少女应声而起，垂首敛身，朝我盈盈一拜。

吴夫人笑道："小女蕙心，素来仰慕王妃。"

我含笑颔首，让那少女近前，心想着，依礼要赏她什么才好呢。

鹅黄罗衫的少女低头走来，身姿窈窕，脸上戴了薄薄一层面纱，迎风轻拂。

听闻南方有旧俗，未出阁的女子须戴上面纱方可外出，却不知晖州今时仍有这样的风俗，这吴家女孩在女眷之中也以纱覆面，想来是家教极严。

正凝目细看这少女，忽听一声哨响，苑中一只翠绿的燕子鸢迎风直上，灵巧可人，翻飞穿梭如投林乳燕。还未看得仔细，又一只描金绘红的鲤鱼升起，接着是仙桃、莲花、玉蝉、蜻蜓……一时间，漫天纸鸢翻飞，异彩缤纷，煞是热闹，看得人目不暇接。

座中众人都仰头望着空中，赞叹称奇。

吴家女儿步态袅娜，弱柳扶风般徐行到我座前，盈盈下拜。

"好标致的女孩。"我回头向吴夫人笑道，却见她神色有异，定定望着面前的少女，张了口，似要说什么话，话音却被陡然而来的一声尖厉哨响盖过。

这哨音刺耳怪异，与之前大不同。

我错愕，抬眼见苑外东南方向飞快掠起一片灰影，挟疾风而来，竟是只巨大的青色纸鸢冲天而起，形似苍鹰，双翼张开近丈，比一人还高，赫然掠过园子，向这里直冲过来。

我直觉不妙，起身离座，向后急退。

眼前黄影一晃，那吴家女儿突然迫近，身形快如鬼魅，一探手扣住了我的肩头，五指紧锁，深嵌入肉，痛得我筋骨欲折，半身顿时软麻无力。

"你不是蕙心，你是谁？"吴夫人惊骇的尖叫声中，黄衫少女窄袖一翻，亮出森然刀光，冰冷刀锋抵上我颈间，"谁敢近前，我便杀了王妃！"

与此同时，那纸鸢带着巨大的阴影，席卷而至。

黑暗铺天盖地压了下来。

我咬牙挣扎，只见她扬起手掌，狠狠切来，我旋即颈间一痛，眼前一暗……最后清晰的意识里隐隐听见锦儿惊叫着"郡主"，便觉身子被一股巨力凌空拔起，耳边刮过猎猎风声……

【贺兰】

漆黑，颠簸，窒闷。

在笃笃马蹄声中，我醒了过来，我以为我只做了一场噩梦，此时却惊觉自己无法动弹，甚至口中也被塞了布条，发不出任何声音，眼前更是漆黑不见光亮……这是梦，一定只是场噩梦，我要醒来，立刻醒来。

黑暗中，我竭力睁大眼睛，却什么也看不见。

我用尽全力，四肢却没有半分力气，连一根手指也抬不起来。

心脏急促地跳动着，在窒闷漆黑的空间里回响着，几乎要撞出胸口。

我喘不过气来，冷汗瞬间湿透衣裳。

这是哪里，我在什么地方？

耳边只听见马蹄声急，时有吱嘎碰撞之声，不断颠簸摇晃——我定是在疾驰中的马车上，可这前后左右都是木板，像在一口狭窄的长形箱子里……这难道是，棺木？

只有死人才会躺进棺木，一股寒意蹿遍了周身，竟怀疑自己是不是真的还活着。

除了双手双足被捆绑得僵痛发麻，我并没有觉出自己受伤迹象——看来我还没死。

是什么人胆敢谋害我？是父亲的政敌、宿仇，或是乱党逆贼……劫掠了我，对他们有何用？

我一时间又惊又怕又怒。

千百个念头在脑中盘旋纷杂，身子控制不住地发起抖来，恐惧与孤独铺天盖地袭来。

黑暗窒闷中，我发了狂地挣扎起来，拼尽全力想要挣开捆绑，身子却陡然撞上一个软而温热的物事……不，是个人……漆黑狭窄的棺中竟还有一人躺在我身旁！

这令我魂飞魄散，骇得就要从喉中发出惊恐含糊的呼救。

“嘘。”

幽冷语声在身旁响起。

“安静。”

我僵如木石。

“别吵醒我睡觉，若是再将我……将我惊醒……”这语声顿住，异常低弱，带着连连喘息，下一刻却有只死人般冷冰冰的手，摸到我脸颊，令我簌簌颤抖。

这手指滑过我的嘴唇下巴，停在颈上，慢慢收紧：“我会掐断你的脖子。”

这是谁，是人还是恶鬼。

我狠狠地咬紧了唇，仍控制不住发抖。

黑暗中却传来急促的咳嗽声，身旁这人，咳得像要死去。

马车疾驰的势头仿佛缓了，外边有人忧切地问：“少主可还安好？”

这人嘶声怒道：“谁叫你停，走，快走！”

马车立刻加速飞驰，颠簸剧烈，撞得我浑身疼痛，一阵阵天旋地转。就连我身旁的恶魔也忍不住低声呻吟，仿佛痛苦不堪，冰冷的手胡乱在我身上游走，抓住我的衣衫，像在忍耐剧烈煎熬。

那滋味像被一条毒蛇缠住。

此时，我冷饿交加，惊恐忐忑，浑浑噩噩。

马车一刻不停地疾驰，我努力维持着清醒，分辨着能听到的声响——有水声、市井人声，甚至风雨之声……一次次昏睡过去，又一次次在马车颠簸中醒来。不知道过了多久，越来越冷，越来越饿，昏沉中，我觉得自己快要死了。

我再次醒来，只听砰一声响，刺目的光线突然间让我睁不开眼。

“少主，少主！”

“当心，快将少主抬出来！”

乱纷纷的人声人影里，依稀看到他们从我旁边抬起一个人。

我的神志还处于混沌状态，只觉被人架住，从棺材里拖了出来，扔在冷硬的地上，全身疼得似要裂开，喉间干涩，连一丝动弹的力气也没有了。

“这小娘看着不妙，要死不死的，快叫老田来瞧，别刚弄来就咽了气。”

“老田正给少主疗伤，且把她丢到地窖去，给一碗菜粥就死不掉了。”

说话之人口音浊重，不像中原人氏，后一个冷戾的声音竟是女子。

我的眼睛稍稍适应了眼前昏暗光亮，依稀看去，房梁破败，悬尘积土，似是一处破旧民舍。

眼前站着几个人，高矮各异，都做北地牧民打扮，面目掩在毡帽之下，不可分辨。

有人解了我手中绳索，扯了口中所塞的破布，将一碗凉水浇了上来。

我一个激灵有了几分清醒，随后被两个大汉架起，跌跌撞撞地推进了一扇门内。

他们将我扔在铺了干草的潮湿地上。

片刻又一个人走了进来，将什么东西搁在了地上，接着便折身关上了门。

我伏在草堆上，周身僵冷、麻木，奄奄的没有一丝力气。

鼻端闻到莫名异香，陡然令我感觉到饥饿。

我平生第一次知道饥饿的滋味，像无数只猿猴的爪子在肺腑间抓挠。

面前三步开外，搁着一只豁口土碗，盛有半碗灰色的黏糊东西。

异香——谷物的异香正从这个碗里散发出来。

肺腑间的“猿猴爪子”抓挠得更急了，令我勉力挤出最后一丝力气，撑起身子，竭力伸出手，指尖差一点儿，竟够不到碗。

我眼前阵阵发黑，伏在地上，用尽全力爬过去，终于够到碗。

我大口咽下碗中黏糊食物，粗糙的谷物糠皮顿时刮得干涩的喉咙生痛，想吐出来，却耐不过“猿猴爪子”的索求抓挠，只一口一口强往下咽，直哽出了眼泪。

待我口中尝到一缕咸苦，却因是自己的眼泪流到腮边，与糠同咽的缘由。

碗里见空，我的喉咙隐隐作痛，谷物的回甘滋味却在舌尖化开，顿觉胜过往日珍馐百倍。

我咽下最后一口米粥，用手背抹净嘴唇，静静地伏在干草上，等待力气慢慢回来，等候三魂六魄重新活过来。

我终于明白，世上再没有什么事，能比活着更重要。

我会活下去，活着逃出这里，活着回家。

我心底的声音一遍遍重复着这个念头，我对自己说——琅琊王氏的女儿，不能不明不白死在这地窖里。

父亲和哥哥一定会来救我，子澹会来救我，姑姑会来救我……或许，豫章王也会来救我。

豫章王。

这个名字跃入脑中，眼前冰冷迷雾里浮现出犒军那日的铁骑寒甲，黑盔白缨，那策马仗剑独立的身影顶天立地，马蹄踏过胡虏枯骨，旌旗猎猎，一个“萧”字仿佛能铺天盖地……那个战神般的人，是我的夫婿，是能征服天下的英雄！

不错，我的夫婿是一个盖世英雄，他能平定天下，击败这区区几个贼寇易如反掌。

我伏在潮冷地面，周身起了一阵战栗，强烈希冀自心底迸出，化作力气涌向四肢。

此刻如果有人在此，看见豫章王的妻子竟伏在地上，像垂死的兽一样匍匐着……不，我不能如此软弱，如此被人羞辱！这念头激得我慢慢地撑起身子，挪动麻木的双腿，扶着墙壁坐了起来。

我的双目终于适应了黑暗，让我能看得见地窖隐约轮廓。

此处虽然潮湿阴冷，比起之前可怖的棺材，已经好了太多。

至少有干燥的草堆，不再颠簸，不再窒闷，更没有那毒蛇般森冷的人缠在身旁。

想起被他们称为“少主”的那人，和冷冷地掐在颈上的手，我打了个寒战，不由得蜷缩进草堆。

这一刻，我强烈地想家，想念父母，想念哥哥，想念子澹……默念着那些牵挂我的亲人，每想到一个名字、一张面容，勇气便多一分。

最后想到的是萧綦。

还是那日城楼上远远望见的身影，给我最笃定的支撑。

疲惫如山倒般地压了下来，昏沉中，我似梦似醒，看见了子澹青衫翩翩站在紫藤花下，朝我伸出手，我却够不到他，连身子也动不了。

我焦急地朝他喊：“子澹，你过来，快到我身边来！”

他来了，一步步走近，面容却渐渐模糊隐入雾里，身上青衫变成寒光闪闪的铠甲。

我惶然后退。

他骑在一匹黑色巨龙般彪悍的坐骑背上，战马张开愤怒的鼻孔，喷出火焰。

马背上的人，俯身向我伸出了手，我却看不清他的面容。

大梦初醒，门上锁响，有人进来将我拽起。

那人押着我出了地窖，来到一间破陋木屋，我又见到了那日黄衫娉婷的“吴蕙心”。

她换了一身臃肿的棉袍，头戴毡帽，做男装打扮，面孔秀美，神色却狠厉，看上去比立在她身后的几名彪形大汉更有地位些。

那几人身形魁梧，高靴佩刀，曲髯结辫，显然不是中原人。

见我直视她，“吴蕙心”狠狠剜来一眼，“不知死活的贱人！”

我不理会，转目打量这屋子，见门窗紧闭，四下空空落落，桌椅歪斜，像是荒弃的民宅。里间有道门，严严实实地挂着布帘，一股浓烈药味从那屋内飘出。

外面不知昼夜，却有凌厉风声，中原的风不是这样，这里怕是北边了。

身后有人将我一推，我踉跄几步到那门前。

“少主，人带来了。”

“让她进来。”那个熟悉冰冷的语声传出。

一个佝偻蓄须的老者挑起布帘，将我从头到脚打量一遍。

内间光线更是昏暗，迎面土炕上，半倚半卧着一个人。

满屋都是辛涩浓重的草药味，还有一股冰冷的，像是死亡的气味，如同那日棺材中的气味。

身后老者无声地退了出去，布帘重又放下。

炕上那人似有伤病在身，拥在厚厚棉絮里，斜靠炕头，冷冷地看着我。

“过来。”他语声低弱。

我抬手理了理鬓发，缓缓走到他榻前，极力不流露丝毫恐惧。

迎着窗缝微光看去，我的目光，落入一双漆黑冰冷的眸子。

竟是一个年轻俊美的男子，苍白脸庞，轮廓深刻，长眉斜飞，紧抿的薄唇毫无血色，一双眼睛却森亮逼人，含了针尖似的锋芒，看我的眼神像冰针刺过。

这样一个人，便是劫掳我的匪首，是棺中那凶狞的恶人。

他的目光，肆无忌惮地扫过我周身。

“车里摸着你的身子，很是香软，便想瞧瞧你这张脸……果真是个绝色，萧綦艳福不浅。”他目光妖邪，言语像在说一个娼妓，以为这样便能轻辱我吗？

我轻蔑地看着这卑劣之人。

他迎着我蔑视的目光，森然一笑，“过来躺下，替我暖身，这儿太冷了。”

我忍住心头嫌恶，淡淡道：“你病得快死了，只剩下凌辱女流的能耐了吗？”

他脸色一僵，苍白里浮上病态的怒红，骤然自炕上探起身子，出手疾如鬼魅地抓向我。

指尖只差毫厘，几乎触到我的咽喉。

我骇然抽身退后。

他力颓，撑着炕沿，俯身大笑，笑得一阵喘咳，身上萧索的白衣，立时露出点点猩红血迹，像个浴血的鬼魅。

“你倒有几分胆色。”

他抬起凌厉目光，毫无收敛，放肆地盯着我，尽是轻藐玩味之色。

“过奖。”我昂首与他对视。

他依然在笑，笑容却渐渐阴冷，“人为刀俎，你为鱼肉，再伶牙俐齿的鱼肉终究难逃刀俎，你不如想想何种死法有趣些，是剥去衣衫悬在木桩上给风沙吹至皮开肉绽，还是半夜扔到野狼群里，一口口让狼撕去皮肉……对了，狼吃女人喜欢先吃脸，最后只剩头皮连着发丝，这个我喜欢。”

肺腑里一阵翻涌，脊梁生寒。我紧咬了牙，极力维持平稳语声，缓缓开口，“都不好，你想杀我，最好是当着我夫君的面，在豫章王眼前杀，让他看着你动手。”

他的冷笑凝固在唇边，森然看向我，“你以为我怕他？”

“这不正是你劫我北上的图谋吗？”我鄙夷地看着他脸上血色全无、怒色如狂，便知心中猜测十有八九是对了——这个人果然是萧綦的仇敌，他提起萧綦名字时恨声切齿。他若只想刺杀我，在千鸾会上一刀便杀了，却大费周章地将我藏匿在棺材里，带到接近边塞的北方。他的目标，显然不在我，只在萧綦。

恐怕我是他要挟萧綦的人质，抑或诱饵。

“可见，我对你很有用，一时还不能死。”

我不动声色地退到一张旧椅前，拂去上面灰尘，大方落座。

他眯起眼睛看我，目光如芒，仿佛一只打量着猎物的豺狼。

这目光令我双臂肌肤泛起凉意。

“不错，你很有用，但要看我喜欢怎么用。”他笑得恶毒，将我从头看到脚。

我默然握拳，愤怒从心底直冲上来。

“你那夫君自命英雄，若是知晓他的王妃，失贞于他亲手灭其族，屠戮如猪狗的贺兰族人——”他目中如有两簇鬼火跳动，唇角勾起阴寒的笑，“你说，萧大将军会作何感想？”

我如被惊电击中。

贺兰，他说他是贺兰族人。

贺兰氏，这个部族几乎已被世人遗忘，已被萧綦一手从舆图上抹去。

百余年前，贺兰部从一个小小的游牧氏族逐渐壮大，划疆自立，建国贺兰，向我朝按岁纳贡，互通商旅。许多贺兰族人与中原通婚，渐渐受中原礼教同化，语言礼仪都与中原无异。

后来战乱纷起，突厥趁机进犯，贺兰国为求自保，归附了突厥人，斩杀我朝镇守使，掠杀中原商旅，与我朝决裂为敌。

此后突厥人占据北疆多年，直至被萧綦于朔河之战打得丢盔弃甲，僵持三年，终于败走大漠。

那一战，贺兰王拒绝了萧綦的招降，杀了萧綦传书的信使，帮着突厥出兵，偷袭我军粮草必经之路，放火烧我粮草。时为宁朔将军的萧綦震怒，只率一万精兵，兵围贺兰王城，断其水源，绝其食粮。贺兰王求突厥发兵来救，突厥却自顾不暇，正被萧綦大军主力追堵痛击。

贺兰世子知大势已去，发动叛乱，逼其父王自尽，开城向萧綦投降。

萧綦接受了贺兰人的降表，立世子为新王，新王对天立誓效忠我朝。

随即，萧綦取道贺兰，挥师向北夹击突厥，留下守将驻城。

未料贺兰氏王族趁萧綦一走，再次叛乱，杀死守将，企图与突厥两面夹攻，合击只带了一万铁骑的萧綦于大漠。他们低估了萧綦最精锐的亲卫之师，那一战，贺兰人倾一国之兵五万人，血战两天两夜，被萧綦的一万精骑杀得只剩五千，溃退回王城。新王再次请降，萧綦连使臣送去的降表也没看一眼，挥师破城而入，将贺兰王族三百余人尽数处死，亲手斩下新王的头颅，作为给背盟者的惩戒，悬城十日。

这一段大漠屠城的血腥传奇，细枝末节我都记得清楚。

赐婚之后，父亲命人将朝廷多年来旌表萧綦战功的文书，尽数抄了送与我看。

我明白父亲的苦心，逐字逐句地看了，即便没有自幼过目成诵的记性，想要忘记那字里行间都惊心动魄的故事也是很难——至今我还没见过萧綦的容貌，没听他说过一个字，却已熟知他平生所经大小战役，有如亲见。

“王妃，你可知你那夫君的赫赫功勋，是如何得来？豫章王一门荣耀，又是多少冤魂枯骨堆积而成？”这个贺兰氏的遗孤，倾身逼视我，目光如霜刃，面孔煞白得怕人，“覆国之日，王族三百余人尽数被屠，连刚降生的婴儿也不放过！平民被他铁蹄践踏，有如碾死蝼蚁！”

我咬唇凝坐不动，手足冰凉，热血却从耳后直冲上脸颊，眼前不由自主地浮现出一幕幕血红景象。

我从纸上看来的屠城灭族只觉慑然，此刻听着此人裂眦欲狂的喝问，却如置身极寒深渊。

他眼底那两簇怨毒火焰，直迫向我，“王妃，你这金枝玉叶，可曾见过孤寡妇孺，活生生冻死饿死，倒毙道旁，尸骨任野兽啃啮；白发老人亲手掩埋惨死儿孙；村庄转眼就成火海……你可知眼睁睁地看着国破家亡的滋味？”

“我知道那是人间至惨至痛。”我克制着语声的微颤，闭了闭眼，驱散了眼前血色幻象，缓缓言道，“我也知道，当年若不是贺兰王出尔反尔，背盟于前，绝不会招致灭国惨祸。”

我眼前骤然一黑，只闻衣袂风动，那人竟离了炕，状若疯魔地朝我扑来，猛然将我摁在椅中。

他狠狠地扼住我颈项，整个身躯压上来，将我抵在坚硬的椅背上，让我的背脊几欲断裂。

我咽喉被锁紧，动弹不得，呼吸不能，连一声痛呼都发不出来。

只望见他赤红如血的双目逼近，气息直逼眉睫。

“你是说，我堂堂贺兰王族就该坐以待毙，反抗便是死有余辜？”他暴怒喝问，双手钳得我几欲窒息。身下破旧木椅发出裂响，不堪重压地倒了，带得我同他一起跌在地上。

我趁此挣扎，急喘着撑起身，抓到手边一根木条向他打去。

“贱人！”他将我猛拽起来，抵上墙壁，欺身贴了上来。

我周身都僵了，不知从哪里来的力气，奋力举起两肘护在身前，撞向他胸口。

他一声痛哼，钳制我的力量陡然松开。

我跌倒在地，看见他踉跄退后，以手捂胸，胸前白衣洇出一抹鲜红。

他恨恨地看着我，面孔惨白如纸，身子颤了颤，猛地呛出一口血，唇上尽是猩红。

点点血沫溅上我的衣襟。

我掩口将一声惊叫捂住，惊骇地退到窗下，心口突突剧烈地跳动着。

他倚着炕边软软倒下，张了口，却发不出声音。

布帘隔断了门外视线，即使有人听见里面的响动，也只听见他凌辱我的话，和撕裂我衣襟的声音，听见椅子翻倒和我的挣扎喘息声……没人会在此时闯进来，打扰他们少主的“好事”。

窗户虽然被钉死，炕上却有一柄匕首。

我没有半分迟疑，立即扑上前将匕首抢在手中。抽剑出鞘，寒光耀目，与哥哥那柄海底精铁所铸的宝剑一般无二。

我咬牙挥匕，削铁如泥的刀锋，果然三两下便砍开了窗户。

倒在炕边的那人，张口急剧喘息，像要呼喊出声。

我心头一紧，回身逼近他，将手中匕首举了起来，刀尖直指他胸膛。

这人伤病发作，毫无反抗之力，只需一刀下去就可取他性命。

我紧咬了唇，手上发颤，对上他怨毒却无惧的目光。

他胸前洇开的血迹已大片，喉中发出低哑呻吟，单薄身躯在痛楚中蜷缩如婴孩，脸色惨白近乎透明，漆黑眼里映出我手中刀光——命在顷刻，他眼里的仇恨愈浓烈如火，看不到半分软弱恐惧。纵是恶人，这份勇气，教人不得不佩服。

他是恶人吗?

我迟疑于举刀欲刺的一刹那。

想起他说，堂堂王族难道该坐以待毙，反抗便是死有余辜吗?

在我眼中他是异族余孽，在他眼中我何尝不是异族死敌。

王族也罢，平民也好，终归是一条命。

我缓缓放下了手中匕首，望着他冰一般的眼睛，心中有刹那恻然。

这也是一个活生生的人。

虽是异族蛮夷，也有美得孤清的面容，这霜雪般的孤清，是我藏在心底的那个人，留给我最深刻的印象……子澹，子澹，昔日病中的他，也曾这般单薄无助。

这人的凄厉眼神，竟与子澹冰雪般的目光叠合在一起，在我心底最软处，戳了一刀。

罢了，罢了。

我将匕首一横，贴在他颈上，咬了咬唇道：“豫章王杀你族人，是为国杀敌，他没有错；你为国复仇，也没有错，所以……我不杀你。”

他定定地望着我，眼中凄厉如血，却在这一刻浮起悲伤迷茫。

推开破损的窗户，一股朔风直卷进来。

外面是灰黄凌乱的草场，我咬了咬牙，小心翼翼地钻过窗洞，跃了下去。

我跌在松软的草垛上，待踉跄爬起，便发足急奔。可奔出不过数丈，我的脚被衣带缠住，整个人摔在地上，撞得膝头生痛。

眼前却亮了，雪亮，刀光雪亮。我的心直坠入深谷，咬牙缓缓坐起。

“你当外头十几个人是瞎子吗，说跑就跑得了？”一个粗浊的男子口音正哈哈大笑着。

他伸手来拖我。

我侧头避开，冷冷道：“别碰我，我自己会走。”

“嘿，好辣的娘儿们！”那汉子探手又抓来。

我霍然抬头，目光冷冷地瞪着他，“你敢放肆！”

他一怔。

我站起身，从容理好衣带，转身朝那刚刚逃出的屋子走去。

我跨进门内，脚下未待站稳，眼前人影一动，耳边脆响，脸上是火辣辣的剧痛。

是那男装少女扬手一掌掴来，“贱人，胆敢冒犯少主，罪该万死！”

眼前一阵发黑，口中渗出血腥味，我咬牙，怒目迎视，耳中嗡嗡作响。

少女再度扬起手，却听一声呵斥：“住手，小叶！”

佝偻长须的老者从那门后掀帘而出，沉声道：“少主吩咐，不可伤她。”

“少主怎样了？”那少女顾不得理我，忙扯住老者急问。

老者淡淡地看我一眼，没有答话。

我被再次押回地窖。

这一次，大概是为防我逃跑，双手双脚都被粗绳捆绑。

地窖门重重地关上，黑暗中，我苦笑。

早知道跑也是白跑，倒不如一刀杀了那人，一命赚一命。

过了一夜，那名叫小叶的男装少女亲自将我押出，带去后院，推进一间毡棚。

竟然有一桶热水，还有干净的粗布衣衫。

我满足地长长叹了口气——管他们有什么目的，能有一桶热水沐浴，已足够欢喜。

我换上干净衣物，擦干湿发，绾起，神清气爽地步出毡棚。

小叶姑娘二话不说，上前又将我双手捆绑，麻绳特意扎得紧了又紧。

我忍痛对她笑笑，“你穿男装不好看，还是穿回那天的黄色衫子更美。”

她寒着脸，在我肋下狠掐一记。

姑姑说过，女人折磨女人，比男人狠多了。

我又被带到那少主的房中。

他倚躺着，脸色更苍白了些，阴沉目光在我脸上流连半晌，移到我手上。

“谁将你缚住的？”他皱眉。

“过来。”他探起身，伸手来解我腕间绳索，手指瘦削纤长，凉得没有什么温度。

“瘀青了。”他握住我的手腕。

我抽出手，退开一步，冷淡地注视着他。

他也静静地看着我，良久，眯起眼睛，“后悔没杀我？”

“无妨，或许还有机会。”我笑笑，等着看他假惺惺又有什么新法子来羞辱我。

他纵声笑，“萧綦杀人如麻，娶的王妃倒是心慈手软，有趣，有趣至极！”

我一笑，“将军自该为国杀敌，我虽不愿手染血腥，若逼不得已，也在所不辞。”

他冷笑，“你很维护夫婿，可惜豫章王不知怜香惜玉，如此佳人，却冷落空闺三年。”

我紧抿住唇，抑制心中羞愤，怕被他窥去了半分窘态，冷冷道：“在下家事，何足为外人道。”

“天下皆知你的委屈，王妃又何必强撑颜面。”他笑得幸灾乐祸。

“你非我，怎知我委屈。”我扬眉一笑，“我的夫婿为国征战，光明磊落，又不是鬼鬼祟祟小人专与妇孺为难，有什么可委屈的。”

他目光雪亮，怒色勃发，笑容隐含恶毒，“当弃妇当得如此甘愿，好生下贱。”

我怒极反笑，“仇人有妻如此，你也无须嫉妒。”

他灼灼地盯着我，胸膛起伏，似压抑着极大的愤怒，“滚，滚出去！”

【险行】

至此，我依然被关在地窖，白天却被带到房中侍候他。

所谓侍候，除了端药递水，就是坐在一旁听他说话，不时受他辱骂。

我沉默顺从，不做无谓反抗，只暗自留心，寻找出逃的机会。

他伤病时好时坏，性情也乖戾无常，时而恹恹安静，找些无关紧要的闲话同我说，像忘了我是仇人的妻子；时而阴郁暴躁，动辄斥骂下属，责罚甚重。

昏睡时，他偶尔会呓语，眉眼间流露出无助脆弱，像换了个人。

那些下属却对他忠诚无比，无论怎样喝骂，都恭敬异常，绝无怨言。

这人却实在孤傲敏感之极，最厌恶受人怜悯同情，旁人即便出于好心，对他多些照拂，他便觉得旁人是在可怜他，立刻发怒翻脸。

窗纸被风吹得哗哗作响，几欲吹破，外面风声越发呼啸锐急。

算日子已经过了七天，这里不知道是什么地界，四月天里还常常刮风，近两日更是风急雨骤。冷风丝丝灌进来，草草补上的窗户有些松动，我探手去关窗，袖口却被木条挂住，一时钩在那里。我用力一扯，不慎撞上木刺，手背被划出血痕。

“还想逃？”

他不知几时醒转，倚躺在炕上，斜眼冷冷瞧着，以为我又想弄破窗户逃走。

我懒得应声，用力将窗掩好，皱眉看着冒出血珠的伤处。

“你过来！”他喝令。

我只得过去，在离他一步之外小心站定。

他却抓起我的手，看了眼，竟低头张口吮上冒血的伤处。

男子嘴唇的温热印上手背，我惊得猛抽回手，下意识地甩了甩。

他脸色一寒，睨着我，“不知好歹！”

我的脸却热了，羞恼窘迫，低头看手背，只觉被他嘴唇吮过的地方火辣辣的，恨不得剜去。

他盯着我这模样，突然间莫名其妙地大笑起来。

“少主？”门帘掀动，小叶探身问，被他的笑声惊动，有些惊疑不定。

却听他一声怒喝，“出去，谁要你进来！”

小叶怔在门边，欲语还休地望着他。

他大怒，抓过炕边药碗，向门边掷去，“滚！”

小叶惊骇失色地退出，眼中仿佛有泪。

我远远避到屋角，看着这人，觉得像在看一头被困的野兽。

这几日他伤势好转得很快，虽未痊愈，精神却已恢复大半。

他病中憔悴时还有些令人恻然，一旦精神好转，便越发乖戾莫测，发起火来毫无理由。

他骂走了小叶，仍不解气，越发烦躁不安。

“药呢，我要服药！”他厉声问。

我转身向门外走去。

“混账，我叫你走了吗？”他怒道。

“刚才碗被你砸了，服药总要有碗。”我头也不回地驻足门边。

身后沉默片刻，传来冷冷一声，“在你眼里，我很肮脏？”

我怔了下才明白过来，他是说我嫌恶地甩手的举动。

“男女授受不亲。”我只得这样回应。

他没有作声。

仿佛有窸窣之声，我正待回头，腰间蓦然被一双手臂环住，身子被圈入他怀抱。

“你是说这样吗？这样才叫男女授受……”他贴在我耳边恶毒地笑，“王妃想来还不曾这般服侍过萧綦吧？”

我惊怒交加，一时间止不住地发抖，却又被他圈住动弹不得。

语声都哽在了喉头，所有的悲酸、愤怒、委屈，陡然在心底爆裂开来。

先是晴天霹雳的赐婚，再是不辞而别的洞房，直至被人劫持，身陷险境，一切莫名厄运，都拜我这位素未谋面的夫君所赐。我因他而受辱，如今他却身在何处？被劫至今已十余日，父母远在京城，鞭长莫及，可他身为大将军，镇守北境，却连自己的妻子也保护不了。

我忍辱负重，等待来人救援，却至今不见半分希望。

如今还要忍受此人的轻薄凌辱。

愤怒已到极处。

我……

“你这有名无实的王妃，是否至今守身如玉，还是处子之身？”他扳转我身子，迫我仰头看他。

我拼尽全力，扬手一记响亮的耳光甩上他的脸。

他一震，侧了头，苍白脸上浮现出红印。

他缓缓回首，冷冷地看着我，唇边笑意令我不寒而栗。

“我倒要看看，豫章王妃是如何三贞九烈！”

胸前骤然一紧，裂帛声过，我的衣襟被他撕开。

我浑身颤抖，“你若是血性男儿，就堂堂正正跟萧綦在沙场上决战！凌辱一个女人，算什么复仇，贺兰氏先人有知，必会以你为耻！”

他的手在我胸前顿住，俊秀面容渐渐扭曲，眼底被怒焰熏得赤红。

“先人有知？！”他厉声大笑，“贺兰氏二十年前便以我为耻，再多今日一次，又有何妨？”

他猛然扯下我胸前亵衣，双手沿着我裸露的肌肤滑下。

“你无耻！”我拼命挣扎，鬓髻散乱，头上唯一的凤钗松脱。

凤钗被我反手抓住，绝望中，我咬牙握紧发钗，全力向他一刺——钗尖扎进皮肉，我已感觉到血肉的绵软，却再也刺不下去。

手腕被他死死钳住，剧痛之下，发钗脱手。

他目中杀机大盛。

腕上碎骨折筋般的痛，令我冷汗透衣，终于失声痛呼。

他反手拔出扎在肩颈的金钗，鲜血从他颈上蜿蜒流下。

“你果然还是想杀我。”他的声音暗哑。

“我后悔没有早一些杀你。”我恨声道。

他的瞳孔慢慢收缩，眼底一片冰凉，像杀气又像绝望。

我闭上眼睛，等候死亡降临。

肩上一热，锐痛传来——他竟低头在我裸露于外的肩头咬了一口。

“你如何伤我，我便如何回报于你。”他以手背拭去唇上血迹，笑意阴冷，目光灼热，手攀上我颈项缓缓摩挲，“这伤痕便是印记，你的主人，从此以后都是贺兰箴！”

一连两天两夜，我被锁进地窖，再没出去过，除了送饭，也再没有人进来。

想到贺兰箴，依然令我不寒而栗。

那日侥幸逃过他的凌辱，不知道下一次，他还会想出什么法子折磨我。

他恨萧綦，却将满心恶毒倾泻在我身上，此人竟是疯魔了。

他若真想以我为诱饵，要挟萧綦，怕是要失望了，比我还失望。

一天天等待救援无果，我渐渐想到，也许我的生死，豫章王是全不在意的。

我只是他与门阀世家联姻的一枚棋子，死便死了，大可另娶一个。

蜷缩在地窖里，我只对自己说——如果还能活着逃出这里，我会立刻去见豫章王，向他求取休书一封——我宁可独身终老，也好过做这豫章王妃。

夜里，纷乱的声响将我惊醒。

地窖门开，小叶悄无声息地进来，将手中的衣物抛到我身上。

“将衣服换了！”她狠狠地盯住我，像要在我脸上剜出两个洞才罢休。

我身上衣物已残破不堪，只靠一件罩袍蔽体。

我捡起她抛来的衣服，却是一套花花绿绿的胡人衣衫。

穿戴整齐后，小叶亲自动手，将我一头长发梳成两条辫子，垂下肩头，又披上一条艳丽的头巾，遮去大半张脸。

她将我推出地窖，一路带到门外。

上次仓皇逃出，未及看清四下，此时虽是夜里，却灯火通明。

依稀看去，竟是一处颇热闹的营寨，远处燃着三两堆篝火，周围都是简陋的土屋，近处停着多辆马车，四下都有人奔忙来去。周围人多是关外打扮，有几个女子畏畏缩缩地被押在一处，也像我一般胡人穿戴。

天色隐约发白，透出蒙蒙天光，凉意透骨，大概已过五更。

两名大汉与小叶一起将我押向其中一辆马车，车上垂着厚厚的帘子，似已整装待发。

忽听得妇人的哭泣哀号，继而是喝骂鞭打声。

“求大爷大发慈悲，我家中孩儿还未断奶，离了娘活不下去，求您放我回家吧！”

“少啰唆，你男人将你卖给我，收了白花花的银子，你就给大爷老老实实做买卖，过个十年八年，说不定就放你回来，要不然，现在就打死你！”

有辆马车前，一个年轻妇人死死攀住车辕不肯上去，被后面的大汉一顿鞭打，哭声凄厉。

我心头发寒，不觉缩了缩肩，手臂却被人一把抓住。

身后是贺兰箴，也是胡人打扮，神色淡淡，正冷眼看着我。

“这些都是私娼，一同押去宁朔，卖到军中做营妓的。”

我悚然一惊。

“上车，别让我也拿鞭子抽你。”他似笑非笑，将我拽上马车。

车帘放下，马车向前驰去。

我靠住厢壁，听得马蹄声急，心念纷乱如电。

原来他们扮作经营私娼的掮客，将我混在这批营妓之中，竟是要混入宁朔城。

送往军中的营妓，按例是跟在粮草军需之后，一并押行。

为了保障粮草能够畅通无阻运往前方，沿途均有兵部特颁的通关令符，不必通过盘查。

携带一个女子，还有什么比混入贩运营妓的私娼队伍更安全。

此去宁朔，就到了萧綦的眼皮底下，他们终于要与萧綦白刃相见。

萧綦，我的夫婿，睥睨天下的大将军，果真能来救我吗……我将头埋在臂弯，蜷膝苦笑。

“笑什么？”

贺兰箴忽然伸手抬起我的下巴，语气莫名温软。

我侧过头，不愿理他。

“此去宁朔，成全你们夫妻团聚，你不喜悦吗？”

他冰凉的手指沿着我脸庞摩挲，令我一阵战栗。

我一语不发，任凭他说什么都不再理睬。

他亦沉默下来，不再纠缠，只静静地看着我。

猛然，马车一个颠簸，将我重重地摔向前面，撞上车壁。

贺兰箴伸手来扶。

我往后缩，冷冷地躲开他。

“我就如此可嫌可憎？”他望着我，莫名自嘲地一笑，“你不是说，我没有错吗？那日听你这样说，我是很欢喜的……想不到除了娘亲，第一个这样对我说的人，竟是你。”

我是对他说过，为国复仇没什么错。

这句话在我看来平平无奇，为何对他却如此特殊。

他脸上浮现恍惚笑容，喃喃道：“从前我做什么事，说什么话，都被人奚落呵斥；旁人打我，我若还手，也是我的错。只有娘每次都搂了我说，箴儿，你没有错……”

不知他为何突然说起往事，我蹙眉听着，有些酸楚。

他目光迷离，“那日，你这样说……我就想起了娘亲，以为是娘在对我说话呢。”

我心念微动，低低问：“令慈可知道你如今所作所为？”

他一僵，冷声道：“她已过世很久了。”

我不知再说什么是好，默然垂目。

“她总是叫我箴儿。”他忽然问，“你娘叫你什么？”

“阿妩。”我如实答了，旋又有些后悔被他知道。

他长眉微挑地笑起来，眼底阴霾顿时化作春水。

“阿妩，阿妩。”他低声念了两遍这名字，声气温存和缓，“真是好听。”

我一时怔忡，分不清眼前的温柔男子，和阴鸷易怒的少主，谁才是真实的贺兰箴。

一路上，只有贺兰箴与我单独相对，相安无事。

虬髯大汉在前驾车，其他人跟随在后面的马车上。

每到一处驿站歇脚喂马，小叶也扮成营妓模样，寸步不离地跟着我。

我处处留心，却连示警求救的机会也没有，更不必说伺机逃走。

眼看一天天往北行去，宁朔，渐渐近了。

我曾经无数次在皇舆江山图上，看过这个地方。却不曾想，当我真正踏上那片土地，却是在这样的情形之下。

这座边关重镇原本不叫宁朔。

当时还是宁朔将军的萧綦，曾经在此大破突厥，一战成名，结束了北境多年战祸，威名远震朔漠。朝廷为嘉赏如此奇功，遂将这座城池改名为宁朔。

这座城，凝结了太多血泪传奇。

萧綦率雄兵四十万，驻守宁朔多年，将北境经营得固若金汤，牢不可破。

连突厥铁骑都不能撼动半分的宁朔，只凭贺兰箴这一行十数人，竟敢直入虎穴。

他究竟设下怎样险恶的阴谋向萧綦复仇？离宁朔越近，我越发忐忑不安，不敢想象当我踏上宁朔，将会面对什么结果——萧綦，我与他，会在怎样的情形下会面，他会如何应对贺兰族人的复仇，又会如何待我？

入夜，大雾弥漫了山道，马车负重更是崎岖难行，一行人马只得在前面的长风驿歇脚。

过了这个驿站，再走半天的路程，就到宁朔了。

一下马车，小叶便将我押入房中，寸步不离地看守着。

这几天我态度温顺沉默，不再反抗，对贺兰箴也时而温言相向。

也许是因我表现顺从，贺兰箴对我的敌意似乎淡了，一路上不乏关照。

唯独小叶，稍有机会便对我厉色恶语——如果我没有猜错，她应当是爱慕贺兰箴的。

外头送来了饭菜，今天是肉糜韭叶粥，我坐到桌前刚拿起木勺，却被小叶劈手打落。

她扔过来两只冷馒头，“你也配喝肉粥，馒头才是给你的！”

馒头砸到我身上，滴溜溜滚落桌下。

我缓缓抬眸看她。

“死娼妇，看什么，再看我剜了你的眼睛！”

“好，你来剜吧。”我一笑，“最好捧了我的眼珠给贺兰箴，看你家少主如何奖赏你。”

她腾地站起来，面红耳赤，怒不可遏，“你也配口口声声提少主，以为我看不出，你这贱女人死到临头还妄想勾引少主！”

“可惜你不曾亲眼看到，不知是谁妄想谁。”我淡淡扫她一眼。

小叶气结，面孔涨得通红，眼里像要射出刀来。

“不要脸，不要脸的贱人！”她气得全身发颤，“不出三天，我就看你怎么死！”

三天！

我心头一颤。

莫非他们这么快就要动手了？

“贺兰箴或许会改变主意呢。”我扬眉，挑衅地激怒她，“说不定他看上我，不忍心杀我。”

她哈哈大笑，笑得面容几近扭曲，“凭你就能破坏少主复仇大业？萧綦毁我家国，与少主有不共戴天之仇！你们这对狗男女，都要给我贺兰族人偿命！”

她的笑声尖厉，充满报复的快感。

我不再作声，寒意却从心底涌上……三天之后，一旦入城，只怕他们就要动手了。

桌上油灯忽明忽暗，不远处的床榻大半都罩在墙角阴影中，上面散乱地堆着一床棉被。

这是最后的机会，我已没有时间观望等待，唯有舍命一搏。

我默默弯腰，捡起地上的馒头。

小叶冷哼，“贱人，有骨气就别吃啊。”

我不理她，将馒头凑近油灯，仔细拂去上面沾到的尘土。

“不能糟蹋了这么好的馒头。”我回头对她一笑，拿起油灯，用力向墙角的床榻掷去。

油灯落到棉被上，灯油泼出，棉被轰然燃烧起来。

小叶大惊失色，慌忙扑上去扑打着火的棉被。

北地气候干燥，棉絮遇火即燃，火舌迅速舔上屋顶，岂是轻易可以扑灭的。扑打间她身上衣物也被火苗舔到，衣摆竟燃了起来。小叶慌忙将棉被一丢，火苗乱窜，舔到了桌椅，火势顿时大盛。

我折身夺门而出。

贺兰箴等人住在左边房间，我便不顾一切沿着右首走廊急奔。

很快身后传来呼喊声：“走水啦，走水啦——”

顷刻间驿站内人声鼎沸，一团大乱。

有人从我身边跑过，迎面又有救火的人拎桶提水奔来。

我低头，散发遮面，趁乱朝大门奔去。

【赴死】

驿站大门就在前方，然而此刻人员混杂，不辨敌友，我不敢贸然求救。

眼看门外夜色深沉，浓雾弥漫，却再无犹疑的余地，我咬了咬牙，发足奔向门外。

斜角里闪出一人，我眼前忽暗，一个魁梧身形将我笼罩在阴暗中。

我骇然抬头，却被那人一手捂住了嘴，拖进檐下僻静处。

“王妃切莫轻举妄动，属下奉豫章王之命前来接应，务必保护王妃周全。”

我一震，不敢置信地瞪大眼睛。

黑暗中看不清此人的面目，只觉得这带着浓重关外口音的嗓门似曾相识。

不待我从震骇中回过神来，这汉子竟拦腰将我扛起，大步往回走。

我伏在他肩上，动弹不得，心中剧震，千万个念头回转，纷乱至极。

甫一踏入院内，他便放声高喊：“谁家的小娼妇逃了，老子逮到就算老子的人啦！”

“他奶奶的，这小娘儿们不知好歹！”那虬髯大汉的声音响起，“多谢兄弟帮忙擒住她，要不然白花花的银子可就没了！”

眼前一花，我被抛向那虬髯汉子。

他将我的双手扭住，扭得肩头奇痛彻骨。

我佯作绝望地挣扎，趁势偷偷打量方才擒住我的汉子。

只听这灰衣长靴的汉子嘿嘿冷笑道：“好说，好说，不过这么个大活人不能白白还给你。”

虬髯大汉赔笑，从袖中摸出块碎银子，“一点儿小意思，给大哥打壶酒喝。咱是初次出来跑买卖，往后路上还请多照应。”

灰衣汉子接过银子，往地上唾了一口，哼道："这小娘儿们可俊着哪，铁定能卖个好价。"

虬髯大汉手上一紧，不动声色地将我挡在身后，呵呵笑道："这娘儿们是个疯婆子，能脱手就不错了，没指望赚多少钱。等兄弟做成了买卖，再好好请大哥喝上一顿！"

灰衣汉子哈哈大笑，凑近了瞅我，一副垂涎模样，"好俏的脸子，疯不疯不打紧……老哥可看紧点儿，眼看这两日就能做成买卖，别让到手的银子给飞了！"

他说着，便伸手来捏我下巴。

虬髯大汉一边赔笑一边将我拖了回去。

我被反剪双手，痛彻筋骨，回想那大汉临走前的话，心中悲欣交集。

他说"眼看这两日就能做成买卖"的时候，伸手来捏我下巴，趁机紧紧地盯了我一眼——我猜，他是借此暗示，救援就在这两日。

他若真是萧綦派来的人，那么，萧綦已知道贺兰箴的行踪，知道他们将在三天后动手。

原来他派来的人早已悄然潜入，盯着贺兰箴一举一动，伺机制敌。

豫章王萧綦，我所嫁的夫婿，到底没有令我失望。

我的掌心里因紧张出了一手的汗，心口如有风云激荡——他到底还是来救我了。

本以为身入绝境，孤立无援，不再冀望于他人施救。却在最绝望处，霍然照进一线光亮，驱散了眼前浓黑。最不敢指望的那个人，在最紧要时出现。

我咬住嘴唇，强忍酸楚欣喜，心中再无惧怕。

那灰衣汉子的面目声音不断闪现眼前，总觉似曾相识，我苦苦思索，脑中骤然灵光一闪！

是他！

出发那日有个大汉鞭打一名哭泣哀告的妇人，如今回想起来，正是此人。

我周身一僵，膝弯却发软。

原来在草场，他们就已被萧綦的人盯上。

从我被劫持到边关，萧綦就已知道他们的行踪。

贺兰箴的人千方百计混入贩运营妓的私娼队伍，萧綦却不动声色地看着，只等他们入瓮。

萧綦在想什么，既然早就能将我救出，却为何按兵不动？

他可知道我身陷险境，随时可能遭受凌辱折磨？

他竟一点儿也不顾惜我的安危，放任他名义上的正妻受困敌手。

我周身阵阵发冷，茫然似被抛上云端，又荡入谷底。

火势已扑灭，廊上一片烟熏火燎的狼藉。

虬髯汉子将我推入贺兰箴房中。

一干人等都在，各个垂手肃立，没有半点声响。

贺兰箴端坐椅上，白衣萧索，面无表情。

小叶跪在地上，蓬发污面，异常狼狈，鬓发间犹有烟火燎到的焦迹。

贺兰箴并不看我，目光只扫过她，“小叶，她是怎么逃的？”

小叶抬头，盯着我，眼里似要滴出血来。

“奴婢失察，被她放火烧屋，趁乱逃走。”小叶咬唇。

贺兰箴侧目看我，不怒反笑，“好烈性的女人，很好，我喜欢。”

我冷冷与他对视，心下镇定，无所畏惧。

他睨了小叶一眼，“你这一时疏忽，几乎坏我大事。”

小叶重重地叩下头去，“奴婢知罪，听候少主责罚。”

他脸色一寒，“废物一个，罚你又有何用。”

小叶伏地瑟缩。

贺兰箴漠然道：“不是我不怜惜你，总要教人都知道，做废物是个什么结果……索图，废她一条臂膀便是了。”

小叶一颤，脸色死灰，双目空洞地望着他。

虬髯汉子沉了脸上前，鹰爪般的手将她肩头拿了，反手抽刀，森然刀光高高扬起。

“不，不要！我还要伺候少主，不要砍我的手——”小叶像是从噩梦中猛然醒过来，挣脱了钳制，扑上前抓住贺兰箴的衣袍下摆，以头触地，叩得声声惊心。

大汉一把扯住她的头发，反剪了她右臂，眼看便要砍下。

“住手！”我叫道，“贺兰箴，难道你只会迁怒无辜，欺凌女子？”

贺兰箴侧首，冷冷地睨了过来。

“火是我放的，与她无关，就算你亲自看守，我也一样会逃。”我扬眉怒视他。

他目光如冰，看我半晌，忽然阴冷地一笑，“好，我就亲自看守你。”

这人说到做到，果真把我留在他房里，由他亲自守着。

虽共处一室，贺兰箴却没有再滋扰我，倒让人抱来棉絮铺在地上，他盘膝席地而坐，闭目入定。

我不敢在他的床上入睡，半寐半醒，凝神警惕地挨过了一夜。

天色一亮，人马上路，直奔宁朔。

正午时分，马车渐渐缓行，外面人声马嘶，隐约有热闹气象。

隔着车帘，什么都看不见，声音也嘈杂难辨。

我倾身，隔着密不透风的车帘，侧耳倾听，又深深呼吸，哪怕只在这干燥寒冷的空气中，闻到一丝亲近的气息也好。

这里就是宁朔，萧綦所在的宁朔。

这念头让我陡然添了勇气与安心——终于不再是孤零零一个人。

就算身陷狼群，却已看见远处隐约的火光。萧綦，这名字，就是那簇火光，远远照耀。

随着车轮滚动，将我带到宁朔城下，带到他所在的这方土地，我竟第一次有了企盼，盼望见到他，无论何地、何时、何种境况。

到了人声渐杳处，我被推下车，立即被罩上风帽。

那一瞥之间，我似乎看见了远处的营房。

脚下穿过数重门槛，左穿右拐，终于停下。风帽被扯下，眼前竟是一间窗明几净的厢房，门外是青瓦白墙的小院。

我讶异，转头张望，却不见贺兰箴身影，只有小叶冷冷立在眼前。

这一整日，小叶寸步不离左右，门外有护卫看守，贺兰箴却不见踪影。

看来平静如死水，水面下看不见的暗流，正汹涌翻腾。

入夜，我和衣而卧，小叶仗刀立于门口。

边塞的月光透窗而入，洒落地上清冷如霜。

“你站一天不累吗？”

我辗转无眠，索性坐起，同小叶说话。

她不理我，目光相触依然冰凉。

我叹了口气。

“我欠你一份人情，你临死若有什么心愿，可对我说。”她冷冷开口。

我想笑，却笑不出，一时间竟想不出有什么心愿。

眼前掠过哥哥、父母和子澹的身影，我抱膝摇头，微微苦笑。

“你没有心愿？”小叶诧异地回眸瞪我。

过往十八年，玉堂金马，锦绣生涯，竟然一无所求，竟没什么心愿可挂碍。

就算有一天，我从人世间消失，父母、哥哥、子澹……他们固然会悲伤，但忘却了暂时的悲伤之后，他们也会继续活下去，在一生荣华后平静终老，没有什么会不同。

“参见少主！”

门外忽有动静。

我忙拉过棉被挡在身前，遮住来不及整理的衣衫。

门开处，贺兰箴负手迈了进来。

身后淡淡月色，映得他白衣胜雪，愈见萧索。

他进来也不出声，只看着拥被坐在床上的我，面目隐在夜的暗色中，如影似魅，不可分辨。

然后他走近床前，拂了拂袖，“你们退下。”

“少主！”

小叶似乎发了急，屈膝跪下，“奴婢大胆，求少主以复仇大业为重！”

贺兰箴低头看她，“你说什么？”

小叶身子一抖，颤声道：“奴婢死不足惜，求少主看在奴婢往日侍奉的分儿上，容奴婢说完这句话！”她倔强地抬起头，含泪道，“我们为了复仇，等了那么多日子，死了那么多人，成败就在明日一举……若少主为女色所迷，坏了复仇大计，怎对得起贺兰氏的血海深仇！”

贺兰箴静默，月光照在他脸上，煞白得怕人。

“多谢你尽忠。”他淡淡开口。

话音未落，却见他骤然翻手一掌，将小叶击飞出去。

小叶直撞到墙角，喷出一口鲜血，委顿倒地。

惊骇之下，我跳下床，顾不得只着贴身中衣，慌忙扶起小叶。

鲜血从小叶唇角淌下，她面如金纸，颤颤地说不出话来。

“贺兰箴，你……”我惊怒交加，难以相信眼前这白衣皎洁，仿佛不染纤尘的人，竟能对一个忠诚于他的弱小女子下得去手。

他只掸了掸衣袖，“来人，将她拖走。”

门外护卫进来拖走了小叶。

临去前，她目光涣散，仍凄然望着贺兰箴。

贺兰箴来到床边坐下，用刚刚打伤小叶的手，抚摸我的脸。

我僵住，退无可退，周身泛起寒意。

“杀人其实很简单。”他笑了笑，将我脸前的一缕乱发拨开，“杀多少人我都不在乎，可是想到明天就要杀了你，我很不快活。”

他一双幽黑瞳孔，在月光中闪动着妖异的光，眼底有真切悲哀。

“老天但凡让我得到一件美好之物，必会在我眼前将之毁去。越是喜欢，越得不到。”他逼近我，望着我的眼睛，逼得越来越近，“不错，我生来不祥，是被诅咒之人，但凡我所爱的，都将毁灭在我眼前。”

他眼神凄恻，有如疯魔。

然而他口中的“所爱”，令我怔住。

“你配做我的女人，又凶又美又坏。”他抬起我的下巴，痴痴地看，“假如我不是贺兰氏的王子，不是你们的仇敌，你会不会……没这么厌恶我？”

“我厌恶你，与你的身份无关。”我看着他美得妖异的眉目，果然应当是一位王子的面容，“我只厌恶你欺辱弱小，迁怒无辜，一心只想杀戮报复。”

他并未恼怒，眼里有些悲哀，“我生来已是这样的人，这样的命。”

我想反驳，一时却不知能用什么话来反驳，那是一种怎样惨烈的际遇，我一无所知。

他的目光流连在我脸上。

“你可知道我是怎样活下来的，不狠，不先下手，就会死在别人手里。没有人会对我心慈手软，除了娘亲，除了你。”他垂目苦笑，“你们都有很软的心肠。”

眼前的贺兰箴陌生得像个孤苦无依的孩子，全然不见平日的狠厉。

“你那天拿着刀，想杀我的时候，丝毫没有怯懦，你是敢杀人的，我知道……但你没有，就那么一点儿软软的眼光，像娘亲一样美，那时候我几乎愿意死在你的刀下，知道吗？”

他握住我肩头，慢慢，慢慢地，将我拥入怀抱。

我听得到他胸膛下的心跳急乱。

这一刻我没有挣扎反抗，安静顺从，在他最心软脆弱的时刻，放软了语声唤他的名字：“贺兰箴，不是没人肯对你好，你若是好好去过安宁日子，总会有许多女子温柔陪伴……”

他打断我的话，微笑凝望，“我不要许多女子，我要你，还要你夫婿的人头。”

从头到脚的寒意，令我僵了半晌，只得冷冷一笑，“即便杀了萧綦，你的国也回不来，无非搭进更多族人的命，令他们为你陪葬。”

残忍冰冷的笑意，像一层夜雾在他漆黑的眼里慢慢散开来。

“我讲一个故事给你听。”他在榻边坐下。

“贺兰国有过一位美丽高贵的公主，高贵得让人多看一眼也是亵渎。”

他垂眸看我，“你很像她。”

“贺兰王将她嫁给全族最高贵的勇士，成婚那天，来观礼的突厥王子见她美貌，婚礼上当众将她抢去。贺兰王不敢得罪突厥，只得眼睁睁地看着她受辱。她只是个懦弱女子，没有勇气反抗。被突厥王子玷污之后，她生下一双孪生儿女。”

贺兰箴仿佛在说一个遥远的故事，娓娓道来，唇角犹带一丝笑容。

“她和那一双儿女，被王族看作莫大耻辱。贺兰王从此不肯承认她的身份，将她母子三人逐出宫外。只有她宫中忠心耿耿的侍卫长一直跟随着她，帮她将一双儿女带大，教她的儿子读书习武。”

我望着贺兰箴清秀的侧脸，心中不忍，泛起一丝疼痛。

“她的儿女渐渐长大，母子三人相依为命，过得贫苦艰辛。有一年女儿病得快死了，她带着儿子去向昔日皇族的亲眷求救，他们却指着那男孩子骂孽种，将她赶走。谁知过了多年，突厥王子却派人寻来，强行抢走她的儿子。”

我脱口道：“为什么，他之前不是不肯认这孩子吗？”

他冷笑，“他唯一的儿子战死，没了继承人，才想起当年还有个遗留在贺兰的孽种。”

我沉默。

“那孩子被抢走不久，中原与突厥开战，贺兰夹在两国之间，饱受战祸荼毒，民不聊生。那孩子身在突厥，明知亲人受尽煎熬，却无能为力。”

他仰头，抑不住泪水滑落。

“贺兰城破之前，突厥也被击败，向北方溃逃。那孩子以死哀求，突厥王子才答允他带一支卫队赶回贺兰救母。”他的声音一顿，瞳孔骤然收缩，道出最残酷的一幕，“他去晚了，只晚了一天……贺兰王都已被萧綦攻破，尸积如山，血流成河。王族上下全部处死，妇女婴儿无一幸免。原本他还有最后一丝期望，指望母亲被逐出王族，不在处死之列。可当他赶到母亲所居的村庄，整个村子都已经化为一片火海。他在家中残垣断壁里，找到了两具焦黑的尸首，母亲紧抱着妹妹，双双惨死。”

我听得喘不过气来，眼前浮现出那可怖的一幕，仿佛看见一个绝望疯狂的少年，在废墟中发出凄厉哭喊。战祸里人命如蝼蚁，上至皇族，下至平民，概莫能免。纵然萧綦没有屠杀平民，平民也受池鱼之苦，受害最烈。哪个将军手上没有血债累累，谁的功勋不是白骨堆积。

贺兰箴依然仰着头，似已僵化为石。

他狠狠攥紧我的手，手指冰凉，没有一丝温度。

“我在这世上仅有的牵挂，都在那一天化成灰烬。从此没有国，没有族，没有家。我成了一个孤魂野鬼，哪里也回不去。索图，母亲的侍卫长找到我，带着一帮侥幸逃出的宫人，拥戴我为少主，誓死为贺兰氏复仇。”

他眼中闪动着妖异的癫狂，“可笑，我为什么要替贺兰氏复仇？一个被亲族抛弃的突厥野种，算什么少主？不过没有关系，这些都没有关系！野种也好，少主也罢，只要能为母亲和妹妹复仇，我什么都肯做！害死她们的人，必将付出惨烈百倍的代价！”

我无言以对，满口满心都是苦涩。

不仅贺兰箴，饱受战火荼毒的黎民百姓，谁又没有母亲、姊妹、父兄……在那个孤苦激愤的少年心中，母亲和妹妹只怕是他仅存的美好与牵念。

背负一身伤痛，不是不可怜。

然而，他的恨、他的仇，却指向我的夫婿、我的家国。

而我已成为他复仇的棋子。

【惊魂】

姑姑曾说，每个人都藏有最珍爱的过往。

这一刻我想起她的话。

无论好人恶人，心中皆有坚持，皆有珍爱，一旦遭人侵犯，必全力维护，不惜以命相搏。

换作是我，目睹亲人至爱遭此惨祸，也会拼尽余生向凶手复仇。

“你恨过吗？”他目光幽冷地逼视我。

恨——这个字，令我恍惚半晌。

“没有。”我垂眸，怅然一笑，“我没人可恨。”

平生负我弃我者，却是亲人与夫婿，我不能恨。

然而我抬首直视他双目，“如果有朝一日，你统领大军南征中原，可会放过我们中原的妇孺老人？”

他定定地看着我，目光阴晴不定，良久侧头不答。

我望定他，“你若杀我，何尝不是伤及无辜？你有母亲姊妹，我也有父母兄长，己所不欲，勿施于人。你今日所作所为，与萧綦相比如何？他是为国征战，你却只为私怨。假若你认为自己没有做错，萧綦当日又有什么错？”

“住口！”他暴怒，扬起手，掌风掠过我的脸颊，却没有落下。

他仿佛极力克制着凶戾，双目赤红，杀机大盛，“你一心只想为萧綦开脱，不知悔罪，你们中原人个个虚伪狡诈，男子皆可杀，妇人皆不可信！总有一日，我会杀尽南蛮，踏平中原！”

我被他逼到墙角，后背抵在壁上，退无可退。

望着他疯狂扭曲的面目，我却清清楚楚明白过来——两族之间的刻骨血仇，世代绵延，杀戮永无休止。

战场之上，只有成王败寇，没有是非对错。

我不屠人，人亦屠我。

将军血染疆场，才换来万千黎民安享太平。

若没有豫章王十年征战，保家卫国，只怕无数中原妇孺都将遭受异族凌辱。

“贺兰箴，你会后悔。”我傲然微笑，“你必将后悔与萧綦为敌。”

贺兰箴瞳孔收缩，俯身逼近，捏住我的下颌。

“连自己的女人也守不住，算什么英雄，萧綦不过一介屠夫！”

我在他的钳制下，挣扎开口：“我死不足惜，你却不会得逞。”

贺兰箴手上用劲，如铁钳扼住我的咽喉，看着我痛苦地闭上眼，他俯身在我耳边冷笑，“是吗，那你就睁大眼，好好看着！”

他的手探进我衣襟，慢慢挑开衣带，嘴唇冷冷地贴在我耳际，“不如先将你变成我的女人，等我杀了萧綦，你便不用守寡。”

我口中尝到了一丝血腥味，嘴唇被自己咬破，这痛楚，却被屈辱愤怒所淹没。

他将我重重地压倒在床上。

我不挣扎，亦不再踢打，只仰了头，轻藐地笑。

“贺兰箴，你的母亲正在天上看着你。”

贺兰箴蓦地一僵，停下来，胸口急剧起伏，面色铁青骇人。

我看不清他的目光与神情。

仿佛一切如死一般凝住了。

僵持良久，他缓缓起身，再未看我一眼，离去的背影僵硬森冷，像个了无生气的活死人。

又是一日过去。

算来今晚该是他们动手的时候了，可无论贺兰箴还是萧綦的人，都全无动静。

再没有人进来过，亦没有人送饭送水，我被独自囚禁在这间斗室中。

入夜一室森暗。

我蜷缩在床头，拉扯衣袖领口，想遮住这些日子被折磨出的累累伤痕。

可是怎么拉扯，都不能遮住被羞辱的痕迹。

我不想以这副落魄狼狈的模样出现在萧綦眼前，哪怕是看见我的尸首，也要洁净体面。

忽有一线光，从门口照进来。

贺兰箴不知何时出现在门口，一身黑衣，披风曳地，与身后夜色相融在一起。

跟随在他身后的虬髯大汉，领了八名重盔铁甲士兵，从头到脚罩在披风下，幽灵般守在门外。

他走到我面前，幽魂般注视着我。

“时候到了？”我从容地站起身来，抚平散乱的鬓发。

贺兰箴突然抬起我的脸。

月光下，他的脸色苍白如雪，手指冰凉，薄唇微颤。

“今日之后，若你不死，我不死……我便带你回大漠……”他满目恍惚，似有一瞬不忍。

“即便是我的尸首，萧綦也会夺回，你什么也带不走。”我淡淡回答。

他的手僵住，一瞬不瞬地看着我，灼热目光渐渐冷却成灰。

虬髯汉子进来，将一只黑匣捧到贺兰箴面前。

贺兰箴一只手搭上那匣子，眼角似在微微抽跳。

“少主，莫误了时辰。”虬髯大汉低声催促。

贺兰箴的脸色比方才更加苍白，手上颤了颤，蓦地掀起匣盖。

匣中是一条普通的玉版束带。

他缓缓取出玉带，似要给我束在腰间。

我往后瑟缩，躲开他的触碰，隐隐察觉那玉带隐伏着危险，似一条毒蛇将我缠绕。

虬髯大汉上前将我制住。

贺兰箴双手绕上我腰间，嗒一声扣上玉带，掌心轻轻摩挲上来。

“自这一刻，你最好别再妄动。”他笑着，面色却如罩寒霜，“玉带中藏有最烈性的磷火剧毒，一旦触动机栝，磷火喷发，丈许内一切皆会烧为灰烬。”

我僵住，连呼吸也凝固成冰。

“你可以祈求上天，助我一举斩杀萧綦，那样你也可免一死。”贺兰箴轻抚我的脸，笑意渐冷。

他将一件玄黑披风给我罩上，借着月光，那披风上熟悉的朱红虎形徽记赫然入眼。

朱红虎徽依稀是兵部钦查使的徽记。

难道，他们要假扮兵部钦查使的护卫混入军营？

我一惊非小，隐隐有可怕的念头浮上心头。

未及细想，贺兰箴已经将我手腕牢牢扣住，“跟着我走，记着，一步不慎就是毒焰焚身。”

我手足冰冷，木然地随着他，一步步走出门外。

边塞寒冷的夜风吹得袖袂翻飞，远处依稀可见营房的火光。

此时月到中宵，夜阑人静，我却已经踏上一条死亡之途，不能回头了。

贺兰箴已经动手，萧綦，却仍似不动声色。

院子里一众下属已经候命待发。

我看见面色惨白的小叶也在其中，被两名大汉挟着，看似伤重，摇摇欲坠。

她竟然换上一袭宫装，满头珠翠，云鬓高绾，俨然侯门贵妇。

我心头惴惴，猜她是要假扮成我，去接近萧綦。

四下皆有营房火光，远远绵延开去。

虬髯汉子走在最前面，我被贺兰箴亲自押解在后，一行人沿路经过重重营房，巡逻士兵远远见到我们，肃然让道。每过一处关卡，虬髯汉子亮出一面朱红令牌，均畅通无阻。

如果我没有猜错，那一定是兵部钦查使的印信。

见火漆虎贲令，如见兵部钦查使亲临。

果然，通过了关卡，便见到钦查使的虎徽牙旗矗立在帅旗一侧，朱红虎纹映照着猎猎火光。

过了最后一道关卡，竟是北疆大营的校场。

校场依山而建，场外广阔林地，通向山脚。

场中已筑起高达数丈的烽火台，台前三十丈外是主帅登临阅兵的点将台。

记得叔父讲过，每有兵部钦查使出巡边关，便要举行阅兵演练，在校场燃起烽火，主帅升帐点将，主将登台发令，六军将士列阵操演，向钦查使显示赫赫军威。

我抬头望去，那烽火台上硕大的柴堆已经层层叠叠架起，巍然如塔。

夜色中，一行人迎面而来，同样披着黑色斗篷，披风上有钦查使护从徽记。

“何人擅闯校场重地？”

“我等奉钦查使大人之令，特来检视。”虬髯大汉亮出令牌。

对方为首一人上前接了令牌，细细看过，压低声音问：“为何来迟？”

虬髯汉子回答：“三更初刻，并未来迟。”

那人与同伴对视一眼，点头收下令牌。

“阁下是贺兰公子？”那人欠身道。

我身旁的贺兰箴扮作寻常护卫模样，斗篷覆面，不动声色。

“主上另有要务在身，先行一步。”虬髯大汉低声道，“我等自当遵令行事。”

那人颔首道：“人手已安排妥当，一旦动手，即刻接应。”

“有劳大人！”虬髯汉子拱手欠身。

我看着那一行人擦身而过，如魑魅隐入暗夜。

一时间全身生凉，丝丝寒气从四面八方钻进身体。

果真有内应，这内应竟还是钦查使的人！

难怪他们可以轻易逃出晖州，混入押运军需的队伍，更在光天化日之下直入宁朔大营。

我一直惊疑贺兰箴何来通天之能，却原来背后另有内应。

勾结贺兰余孽，挟持王妃，谋害豫章王，不惜与萧綦和王氏为敌——这人是何方神圣，竟有这样的胆子，贺兰箴又用了什么好处，诱他亡命至此？

贺兰箴真有这样大的能耐，还是背后另有主谋？

内应是混入钦查使手下的，还是钦查使本人？

我被他们押着出了校场，进到场外那片林地。

林中有开阔地，设了许多木桩屏障，乃至千奇百怪的攻战之物，大概是供阵法演练之用。

时过四更，四下巡逻筹备的兵士正在往返奔忙，没人阻拦我们这一列“钦查使”的人。

每当巡逻士兵经过面前，我略有动作，贺兰箴立刻伸手扣住我腰间玉带。

生死捏于他人之手，我不敢求救，更没有机会脱逃，只能苦苦等待时机。

我被贺兰箴带到一个设在高处的哨岗，随众人隐伏下来。

天色放亮，营房四下篝火熄灭，校场在晨光中渐次清晰。天边最后一抹夜色褪去，天光穿透云层，投在苍茫大地上。

蓦然间，一声低沉号角，响彻方圆数里的大营。

战鼓催动，号角齐鸣，万丈霞光跃然穿透云层，天际风云翻涌，气象雄浑。大地传来隐隐震动，微薄晨曦中，校场四周有滚滚烟尘腾起。

校场四面赫然出现了一列列兵马重装列阵，依序前行，靴声撼动地面，卷起黄龙般的股股沙尘。

三声低沉威严的鼓声响过，主帅升帐。点将台上，一面黑色滚金帅旗赫然升起，迎风招展，猎猎作响。

帅旗招展处，两列铁骑亲卫簇拥着两骑并驾驰出，登临高台。

当先那人骑墨色神驹，依然是熟悉的黑盔白羽，身披藩王服色的蟠龙战袍，按缰佩剑，身形傲岸，玄色大氅迎风翻卷。旁边一人骑紫电骝，着朱红袍，高冠佩剑。

那就是萧綦。

他再一次远远进入我的眼中，如城楼上初见，却已天地迥异。

我眼前骤然模糊，有泪水涌上。

“主帅升帐——”

号角声呜咽高亢，六军将士齐声呐喊，声震四野。

九名重甲佩剑的大将，率先驰马行到台前，按剑行礼。

萧綦俯视众将，微微抬手，校场上数万兵将立刻肃然，鸦雀无声地聆听。

他的声音威严沉厚，远远传来，“钦差使徐绶代天北巡，亲临宁朔，勤劳王事，抚定边陲。今日校场点兵，众将士依我号令，操演阵容，扬我军威，以飨天恩！”

数万兵将齐齐高举戟戈，发出惊天动地的呼喊，令人心旌震荡，耳际嗡嗡作响。

鼓声隆隆动地，一声声直撞人心。

传令台上四名兵士，各自面向东西南北四面而立，舞动猎猎令旗。

号角吹响，金鼓齐鸣，鼓声渐急。

一队黑甲铁骑率先奔入校场，纵横驰骋，进退有序，随着将校手中红旗演练九宫阵形。

随即是重甲营、步骑营、神机营、攻车营……每一营由一名将校统带，排阵操演，训练精熟。

一时间，四周俱是沙尘飞扬，旗帜翻飞，杀声震天。

虽不是真正的沙场厮杀，我仍看得心魄俱震。

这浩然军威，比之当日京城犒军，更雄浑百倍，令我震慑得忘了置身险境。

身侧贺兰箴扣紧剑柄，眉锋如刀，面色越发凝重肃杀。

四下沙尘滚滚，一眼望去，只见旌旗招展，金铁光寒。

只见高台之上，萧綦振臂一掀大氅，接过巨弓在手，张弦如满月，一支火矢破空飞去，正中烽火台上柴堆。随着烽火熊熊腾起，号角声再起，高亢直裂云霄。

校场众将士齐声发出山摇地动般呼喝。

高台之上，萧綦拔出了佩剑，寒光划过，直指天际。座下通身漆黑的神骏战马一声长嘶，扬蹄立定。

场下阵列如潮水般齐齐向两侧退散，留出正中一条笔直大道。

萧綦一马当先，钦查使徐绶紧随在后，双双驰入场中。

徐绶，会是那个与贺兰箴暗中勾结的内应吗?

此刻眼见他跟随在萧綦身后，我心急若焚，恨不能奔到他面前示警。

身侧贺兰箴冷笑一声，手按在我腰间，低声道：“若不想陪他同死，就不要妄动。”

我咬唇，一语不发。

他压低声音，笑得阴险，“好好瞧着，很快你便要做寡妇了。”

我霍然回头看向场中，萧綦已至校场中央，九员大将相随于后。他身后传令官挥动令旗，分指两侧，号令一队黑甲铁骑迅疾而至。

此时，萧綦突然掉转马头，向右驰去。身后铁骑一字横开，重盾步兵截断去路，阵形疾驰如灵蛇夭矫，转眼便将萧綦与徐绶分隔左右两翼。

萧綦领了右翼，竟径直向我们藏身的林地驰来。

徐绶被围在左翼，勒马团团四转，进退无路，四下重盾甲兵如潮水涌至，收紧阵形，将他迫向阵形中央。徐绶几番催马欲退，却已身不由已。

“不好！”贺兰箴失声低呼。

【夺魄】

轰然一声巨响，大地震颤，尘土飞扬，校场正中腾起火光浓烟。我被那一声巨响震得心惊目眩，耳中嗡嗡，几乎立足不稳。

顷刻间惊变陡生，校场上尘土漫天飞扬，情形莫辨，人声呼喝与惊马嘶鸣混杂成一片。

徐绶驻马而立之地，被炸出一个深坑！

外围甲兵有重盾护身，虽有伤者倒地，看似伤亡不大。

唯独徐绶一人一马，连同他周围亲信护卫，恰在深坑正中，只怕已是粉身碎骨，血肉无存。

方才还是活生生的人，就这样在我眼前消失。我只觉脑中一片空白，恐惧和震惊一起翻涌上胸口，冷汗透衣而出。

却见硝烟中，一面黑色滚金帅旗自右翼军中高高擎起。

帅旗猎猎飞扬，通身漆黑的战马扬蹄跃出——萧綦端坐马上，拔剑出鞘，如有惊电划破长空，剑光耀亮我双眼。心中从未有过的激荡，陡然令我血气翻腾。

“传令察罕，发动狙杀！”贺兰箴森然发令。

“少主不可，萧綦已有防备，我们只怕中计了！”虬髯汉子急道。

“那又如何？”贺兰箴扣住我肩头的手陡然收紧，我顿时觉得奇痛难忍。

我咬唇，不肯痛呼出声。

虬髯汉子恨声道：“眼下不利，恳请少主撤回人马，速退！”

“贺兰箴生平不识一个退字。”贺兰箴狞然笑道，“今日大不了玉石俱焚！”

身后死士齐声道："属下誓与少主共进退！"

虬髯汉子僵立，终究长叹一声："属下誓死相随。"

忽听场中号角响起，呜呜声低沉肃杀。

萧綦威严沉稳的声音穿透一片惊乱，远远传来，"贼寇行刺，死罪当诛！"

随着他声音传开，场上兵将立时肃然。

但见萧綦横剑立马，纵声喝道："众将听令，封锁四野，遇寇杀无赦！"

全场齐呼："杀——"

一片杀声如雷，刀剑出鞘。

就在这一刹那，异变又起！

一点火光挟尖促声直袭萧綦马前，萧綦策马急退，火光落地竟似雷火弹般炸开，碎裂的石板四下激飞。几乎同一瞬间，周围兵将中，几条人影幽灵般掠出。一道黑影凌空跃起，兜头向萧綦撒出一蓬白茫茫的粉雨，漫天石灰粉末铺天盖地罩下，左右两人就地滚到马前，刀光横斩马蹄。

石灰漫天里，刀光乍现，纵横如练，杀气织就天罗地网，罩向萧綦一人一马。

一切都在刹那间发生，快得不可思议。

然而比这更快的，是一道墙——盾墙。

寒光森然的重甲盾墙，仿如神兵天降，铿锵乍现。

一列重盾甲卫自乱阵中骤然现身，行动迅疾如电，手中黑铁重盾铿然合并为墙，于千钧一发之际挡在萧綦马前，如一道刀枪不入的铁墙，阻截了第一轮击杀。

一击不中，六名刺客当即变阵突围。

众护卫齐声暴喝，盾影交剪，刀光暴涨，形成围剿之势，与刺客搏杀在一起。

忽一声怒马长嘶，声裂云霄，萧綦策马杀出重围。

两名刺客厉声长啸，飞身追击，其余刺客俱是舍了性命，近身格杀，招招玉石俱焚，硬生生将一众护卫缠住，为那两名刺客杀开一条血路。

那两人一左一右扑到萧綦身侧，铁枪横扫，长刀挟风，欲将萧綦刺于马下。

我没能看清那一刻，死亡是如何降临。只看到一道惊电，一片雪光，一抹耀眼的肃杀。

刺客的剑，是血溅三尺；将军的剑，是一剑光寒十四州。

电光石火的一击过后，萧綦连人带马跃过，风氅翻卷如云。

身后一蓬血雨洒落，两名刺客赫然身首异处，伏尸当场。

而此时石灰犹未全部落尽，白茫茫灰蒙蒙的粉末，夹裹了猩红血色，犹在风中飘飞，落地一片红白斑斓。

伏击、交锋、突围、决杀，刺客伏诛——只在瞬息。

“豫章王妃在此，谁敢妄动！”

这一声暴喝，声震全场，竟是从校场烽火台下传来。

我一震，望向烽火台上，见一名红衣女子被绑缚而出，身侧一人横刀架于她颈上。

眼前掠过临行前身穿宫装的小叶，假王妃，真陷阱，分明是一个有毒的诱饵！

那人厉声道：“萧綦狗贼，若要王妃活命，你便单骑上阵与我决一胜负！”

众兵将已如潮水涌至，将那烽火台团团围住，正中留出一条通道，直达萧綦马前。

萧綦勒马立定，“放了王妃，本王留你一个全尸。”他语声淡定，蓄满肃杀之意。

台上之人厉声狂笑，“若杀我，必先杀你妻！”

我再也忍耐不住，拼尽力气呼喊：“不，那是假——”

话音骤断，再也发不出声，我被贺兰箴猛地捏住了下颔。

他森然靠近我耳畔，“你很想救他？我倒想看看，他肯不肯为了‘你’，舍命相救？”

我狠狠一扭头，咬在贺兰箴手上。

他负痛，反手一掌掴来。

口中涌出血腥味道，我立足不稳跌倒，被他箍在怀中。

“很好，他果真救你去了。”贺兰箴冷笑。

我被那一掌掴得天旋地转，眼前发黑，听见这句话，心中震动，挣扎抬首望去——只见萧綦一人一骑，果真驰向那烽火台下，台上刺客的弓弩齐齐对准了他。

不，那是假的，那不是我！

我惶急得一阵眩晕，在贺兰箴手中拼命挣扎。

然而两侧军阵中，蓦然吼声震天。四块巨石同时从阵中飞起，投向那烽火台四角，所过之处，摧石裂柱，惨呼不绝。那军阵中竟早已设下投石机弩，持盾士兵，叠成盾墙挡在萧綦身前。伏于四角的弓弩手纷纷被激飞的石屑打中，跌下高台，落地非死即伤，更被枪戟齐下，剁成肉泥。

碎石飞溅，凶险异常，那“王妃”深陷其中，也不知道死活……他，到底还是动手了。

萧綦遥指高台，悍然道："攻上去，格杀勿论——"

这一声，惊得我心头剧颤，震荡不已，为他的决绝魄力，也为他的冷酷无情。

宁为玉碎，不受胁迫，好个豫章王。

可那是他的"王妃"，那是"我"，他竟毫不在乎"我"的死活。

"他连你也格杀勿论……"贺兰箴恨声，却带着恶毒笑意，扳起我的脸，迫我看向前方，"你果然只是他笼络权贵的棋子，救下来的是人是尸，他不在乎！"

每个字都像毒针直刺心底。

他说得不错，我只是棋子罢了，死活并不那么重要。

我眼前模糊，泪意被咬牙忍回。

却见此时阵中队列变换，队后弓弩掩射，左右精兵持短刀攻上，迅捷勇悍如尖刀，饶是贺兰死士拼死抵挡，依旧一个个被斩于阵前。

那假王妃被挟着步步退缩，挟她之人厉声高呼："王妃在我手里……"

被一支狼牙白羽箭截断，箭尖洞穿了他咽喉。

射出那一箭的人，傲然立马张弓，一箭破空之声撕裂云霄。

三年前犒军初见，也是遥遥一眼，也是这般雄姿英发……今日往昔，俱在这一刻重叠。

猎猎长风吹乱鬓发，我闭上眼睛，凄楚如潮水淹没心底。

贺兰死士尽数伏诛。

当先攻上的兵士小心翼翼带下了那名"王妃"。

萧綦策马驰向前去，没有护卫，只一个持长枪的银甲军紧随在侧。

贺兰箴紧紧地扣住我的咽喉。

我发不出声音，这一刹那，悲哀地记起，萧綦不认得我，连我的容貌也不曾瞧过一眼。

搀扶着"王妃"的士兵已将她送到马前，离萧綦不过丈许。

萧綦驻马，那"王妃"颤巍巍地挣脱旁人，向他走去，衣袂鬓发迎风飘拂。

她抬头，双臂扬起。

"她不是王妃！"萧綦身侧的银甲将军蓦然大喝，跃马抢出，红缨铁枪横扫，于半空中银光交剪，铿然击飞一物。假扮王妃的小叶不退反进，扬手又是两道寒光射出。眼见那银甲将军闪避不及，剑光乍现，萧綦一剑横削，击落飞刀。银甲将军反手一枪刺倒了小叶。

“留下活口！”萧綦大喝。

左右一拥而上，便要擒下小叶。

小叶一声凄厉长笑，翻腕将最后的飞刀扎进自己胸膛，“少主珍重——”

最后一个字猝然而断，她扑倒，血溅黄沙。未待我看清眼前变故，只觉身子一紧，旋即腾起，竟被贺兰箴拖上马背。

他紧紧将我挟在身前，催马扬蹄，冲向校场。

人惊马嘶风飒飒。

晨光照耀铁甲，枪戟森严，一片黑铁般潮水横亘眼前。

在那潮水中央，萧綦英武如神祇的身影，迎着晨光，离我越来越近。越过千万人，越过生死之渊，他灼灼目光终于与我交会。

我看不清那盔甲面罩下的容颜，那目光却直烙进心底。

眼前军阵霍然合拢，步骑重盾在后，矛戟在前，齐刷刷发一声吼，将我团团围住。

数千张弓弩从不同方向对准这里——箭在弦上，刀剑出鞘，金铁锋棱折射出一片耀目寒光。

萧綦抬手，众军鸦雀无声。

贺兰箴紧贴我的身躯僵硬紧绷，在这一刻微微发颤。

他只剩我这唯一的筹码——失去镇定，便已是输了一半。

“豫章王，别来无恙。”贺兰箴的语声如冰。

“贺兰公子，久违。”萧綦面无表情，目光冷冷扫过贺兰箴，停在我脸上。

他对贺兰箴连眼角也未抬一下，像是全未将他放在眼里，只凝目看我。

贺兰箴捏起我下巴，掌心汗出，指尖发颤，却笑得轻慢，“这次看仔细了，真真假假，要杀要救在你一念之间。”

萧綦的目光锋锐更甚他的剑光。

我极力想将他看个仔细，眼前却蓦然涌上水雾。

时隔三年，真正的初相见，竟在这般境地。此刻他以怎样的目光看我，是王妃，是妻子，还是棋子……这些都已经不重要了，一念之间，便是他的取舍，我的生死。

四目相对，万语千言，只成缄默。

贺兰箴将那柄寒气森森的匕首，抵在了我颈上。

萧綦身后的弓弩手也早将弓弦拉满。

“王妃……”那银甲将军欲言又止，却被萧綦抬手制止。

我认出他，是大婚那日在喜堂上被我怒斥的那个人，犹记得他的名字是宋怀恩。

我对他微微一笑。

萧綦的目光幽深，望向我，竟像夏日正午的阳光照在我脸上，睁不开眼的炽烈之下，有种被灼痛的快意。

“你想怎样？”萧綦淡淡开口。

这样问，便是接受贺兰箴的要挟，肯与他交涉。

贺兰箴一字字道：“其一，开启南门，不得追击；其二，若想要回你的女人，就单枪匹马与我一战。”

萧綦沉声问：“仅此而已？”

贺兰箴冷哼，一抖缰绳，策马退开数步，贴在我颈上的匕首闪动寒光。

六军当前，万千双眼睛注视下，萧綦策马出阵，缓缓抬起右手，“开启南门。”

南门外即是那片陡峭山林，一旦纵人脱逃，再难追击。

贺兰箴横刀将我挟在身前，徐徐策马后退，与所余残部一起退至南门。

轧轧声过，营门升起。

森寒刀刃紧贴颈侧，我回眸，于生死交关之际，匆匆一眼，仍是来不及看清萧綦的样子。

贺兰箴已掉转马头，驰出营门，一骑当先，直往山间小道奔去。

【生死】

一入山林，横枝蔽日，险路崎岖。

残余贺兰死士二十余骑冲入林中，三五成队，分散向南奔逃。贺兰箴一骑绝尘，非但不往南逃，反而奔上盘山羊肠小道，朝山林深处驰去。虬髯汉紧随在侧，其余两骑断后，护卫着贺兰箴驰上山道。

一路全无阻拦，也不见追兵，萧綦果真信守诺言。

山路盘旋崎岖，交错纵横，贺兰箴却轻车熟路，显然早已选好了这条退路。

“少主，萧綦跟至山下岔道，突然不见踪影。”虬髯汉纵马上前。

贺兰箴勒缰，回马望去，只见林莽森森，山崖险峭，瞧不见半个人影，只有山风呼啸不绝。

“莫非萧綦贪生怕死，没有跟来？”虬髯汉紧张地问，有些慌了神。

“他一定会来，留心伏击。”贺兰箴冷冷道。

是的，我也相信，他一定会来。

我狠狠咬住唇，压下心中纷乱。

原以为到了这一步，生死已不足为惧，没什么值得惶恐。可是萧綦现身，带来生之期待，也带来忐忑惶恐。

这一刻，我丝毫不怕刀刃相挟，却害怕被放弃。

“少主……”虬髯汉方欲开口，贺兰箴却一抬手，示意噤声，只凝神侧耳倾听。

山风呼啸过耳，盖过了所有声音。

贺兰箴脸色凝重异常，“各自小心戒备，不可大意。”

虬髯汉应道："前面过了鹰嘴峪、飞云坡，就是断崖索桥，我们的人已在桥下接应。此段河道湍急，顺流而下，不出半个时辰就可越过边界。"

贺兰箴颔首，扬鞭催马，疾驰向前。

山路越发险峻，劲风如刀，狠狠刮过我脸庞，吹得鬓发散乱飞舞。

我被贺兰箴箍在怀中，裹在他披风下，蓦地听见他说："抓紧我。"

这三个字，令我一怔……花月春风共少年，昔日我和子澹也曾并肩共骑，那个白衣飞扬的少年，也曾低头在我耳边说："别怕，抓紧我。"

一时恍惚，酸楚不能自持。

山路陡转，眼前豁然开朗，一座栈桥凌空飞架于断崖上。崖底水声拍岸，似有激流奔涌。

虬髯汉纵马上前，探视片刻，回首道："就是这里！垂索已备好，属下先行下去接应。"

贺兰箴勒住缰绳，"小心行事。"

眼看着虬髯汉下马，检视桥边垂索，我再难镇定——难道我真要被贺兰箴挟去塞外，死也不得死在中土吗！萧綦怎么还不来，他不会将我放弃，他不是那样的懦夫！

贺兰箴在我耳边切齿道："既然他不要你，跟了我去塞外也罢。"

轻飘飘一句话，刺中我心底隐痛，刺得恨意如烈火勃发。

我咬牙恨道："就算今天他不杀你，总有一天，我必亲手杀你！"

贺兰箴厉声长笑。

笑声未歇，劲声破空，尖啸而至！

惨呼，溅血。

一名负弓善射的随从，栽下马来，滚在地上。

一支狼牙白羽箭洞穿他颈项，箭尾白羽犹自颤颤。

猩红的血，大股大股从他口鼻涌出。

这垂死的人，口鼻扭曲，双眼瞪如铜铃。

"少主小心！"

虬髯汉高声示警，翻身跃上马背，将贺兰箴挡在身后。

几乎同时，贺兰箴俯低，将我紧紧按住，拔刀怒喝："他在东南方向！"

虬髯汉反手抽出箭来，张弓开弦，对准东南方。

我拼力大叫："小心——"

嗖嗖连射三箭，没入林莽，毫无声息。

东南方只有一条小路从山坡下斜斜探出，前方却被一片低矮树丛遮蔽。

"在那里！"几名护卫纵马冲了出去。

虬髯汉惊喝："回来！"

他话音未落，又一声疾矢厉啸，一箭之力，竟将冲在最先那人，从马背上掼倒，一头栽下来，脖子被一支狼牙白羽箭贯穿。

只听怒马长嘶，声裂云霄。那通体如墨的神骏战马，凛然跃下坡顶，扬蹄俯冲而来，一路踏出尘泥飞溅。马背上的萧綦，横剑在手，甲胄光寒，风氅如鹰展翼。

一人一骑，挟风雷之势，仿如血池修罗。

人未至，杀气已至。

"少主先走！"

虬髯汉子策马掉头，拔出九环长刀迎上，纵声怒吼："狗贼，与我一战！"

贺兰箴夹马跃出，抢上仅容一骑通过的栈道，直奔栈桥。

萧綦与那虬髯汉迎面交锋。

山道狭窄险峻，两骑战在一处，刀剑交击之间，金铁声划破长空。

陡然一蓬猩红溅开，不知是谁血洒当场。

我心胆俱寒，眼前只见刀剑寒光，看不清激战在一起的两个身影，身上钳制却一松。

贺兰箴放开我，勒马立定，反手搭箭，从背后对准了萧綦。

萧綦与虬髯汉刀剑交剪，背后空门大开。

弦开满月，蓄势已足。

我扑上去，用尽全力，一口咬在贺兰箴手腕。

贺兰箴吃痛，一箭脱手射出，偏了准头。

那一箭，斜擦萧綦脸侧飞过。

齿间尝到浓重血腥气。

"贱人！"

贺兰箴怒发如狂，翻手一掌击在我后背。

我只觉肺腑剧震，喉头发甜，一口鲜血喷出，眼前骤然发黑。却见这电光石火的一瞬，萧綦错马回身，手中剑光暴涨，一道寒芒裂空。

漫天血雨如蓬，虬髯汉的头颅滚落马下。

萧綦跃马，从当空血雨中跃过，盔上白羽尽红。

眼前摄人心魄的一幕，却令我精神大振。

腥热冲上喉头，我呛出一口血，每吸一口气都痛彻肺腑。

贺兰箴已退至栈桥边上，挟了我，横刀而立。

桥头居高临下，栈道仅容一人通过。

我被贺兰箴挟住，摇摇欲坠，再没有力气站立。

“你不是要与我一战吗？”萧綦跃下马背，缓缓抬剑，藐然冷笑。

正午日光照在他平举的剑锋上，杀气森然，不可逼视。

他周身浴血，整个人凛然散发着无尽杀意，人如锋刃，剑即是人。

贺兰箴扣紧我肩头，指节发白，杀机仿佛溢满紧绷的每一寸身躯。

对峙间，山风呼啸，林涛有如杀声阵阵。

贺兰箴森然一笑，“是要这女人，还是要我的命，你选。”

萧綦静静凝立，不动如山，正午阳光将他眼中锋芒与剑尖寒芒，隐隐连成一线。

“本王都要。”

贺兰箴的指尖骤然扣紧，纵声大笑。笑声中弥散的杀机，令山风也凝结成冰。

萧綦振腕一抖长剑。

贺兰箴的手滑向我腰际，扣住了玉带机关。

我悚然惊呼：“不要过来！”

语声落，两人身形同时展动。

寒光交剪，刀锋擦着我鬓角掠过。

剑气如霜，迫人眉睫俱寒。

然而这一切，都不若腰间喀的一声轻响可怖。

贺兰箴一刀虚斩，将我挡在身前，趁势倒掠而出，弹指触动我腰间玉扣。

一束银丝从玉扣中激射而出，彼端紧扣在贺兰箴手中。

我骤然明白了——

说什么玉石俱焚，玉带中磷火剧毒可焚尽三丈内一切，他却以银丝牵引机关，待自己飞身跃下栈桥，银丝自断，引发磷火，我与萧綦俱会化为灰烬，他则全身而退。

我霍然抬头，与贺兰箴冷绝的目光相触。

“阿妩，来生再见！”他目中凄厉之色大盛，扣了银丝，纵身跃下。

我咬牙，拼尽最后的力气，张臂抱住了他。

我身子骤然腾空，风声过耳。

“王儇——”

萧綦抢到桥边，凌空抓住我衣袖。

裂帛，衣断。

转瞬间，我全身凌空，随贺兰箴悬于桥下吊索。

贺兰箴脸色惨白，单凭一臂悬挽，阻住下坠之势。

萧綦只抓住我半幅衣袖，见势不顾凶险地探下身来，欲抓住我的手。

“别碰我，有磷火剧毒！”

仰头望着他，我颤声道：“你快走，我与他同归于尽！”

萧綦脸色一变，竭力伸出手来，“别乱动，抓住我的手！”

我决然摇头。

“好一对同命鸳鸯！”贺兰箴狂笑，扬手将银丝一扣，“罢了，我们黄泉路上再决胜负！”

我骇然，见腰间银丝急速收紧，机关一触即发。

萧綦半身探出，勃然怒道：“手给我！”

他甲胄浴血，凛然生威，目光凌厉不容抗拒。

生死一念间，我将心一横，奋力抓住了他的手。

腰间银丝传来断裂的脆声——就在这一刹那，眼前匹练般剑光斩下！

骨头断裂的声音，原来也脆如碎瓷。

滚烫猩红溅上我的脸。

贺兰箴的惨呼凄厉不似人声，一团鬼火般的幽绿磷火毒焰，堪堪在身后爆开，随他那声惨呼，一同飞坠桥底深渊。

那握住我的大手，猛地发力，将我凌空拽起。

一拽之力，将我与他双双掼倒。

我跌入坚实温暖的怀抱，被一双有力的手臂紧紧抱住。

腰间玉带完好，银丝的彼端赫然连着一只齐腕斩下的断手。

是贺兰箴扣住银丝的手，被萧綦一剑斩了下来。

“王妃，没事了。”

萧綦低沉的声音在耳边响起。

我已力竭虚脱，张口欲言，却呛出一口腥甜，睁大眼睛想要看清楚他的容颜，却只看见到处是血，天地一片猩红，旋即无边无际的黑暗向我压了下来。

火，熊熊烈火，笼罩了天地，呼呼的风声刮过耳边，一道剑光陡然掠起，大股大股的鲜血如洪水一般涌来，即将没顶……我在血海中浮沉挣扎，神志渐渐清醒，却怎么也睁不开眼。仿佛置身熊熊火焰之中，周身痛楚无力，稍稍一动，便传来牵心扯肺的剧痛。

混沌中几番醒来，又几番睡去。

梦中似乎有双深沉的眼睛，映着灼灼火光，直抵人心；又似乎有双温暖的手，抚在我额头；又是谁的声音，低低同我说话？我听不清他说什么，只听着这声音，便渐渐安宁下去。

我再次醒来的时候，眼前一线模糊光明，终于慢慢睁开了眼。

床幔低垂，烛火摇曳，弥漫着一股浓重的药味。我缓缓呼吸，触摸到柔软温暖的被衾，才相信不是在梦中。

那场噩梦真的过去了，此刻安然躺在床榻上，我已经安全了。

回想起梦里，血光剑影，生死顷刻……纵身而下，身在虚空……千钧一发，刀锋掠鬓，那双温暖坚定的手将我从黄泉路上夺回人世……我蓦然一颤，口中犹有血气的腥甜，喉中干涩欲裂，不禁低低呻吟出声。

垂幔外有人影晃动，低沉的男子声音仿佛从很远处传来，“她可是醒了？”

“回禀王爷，王妃伤势已见好转，性命无虞，只是尚未清醒。”一个老者的声音答道。

“已经两天了，她身受内伤，经脉受损，当真无性命之忧？”那声音透出焦急，竟然是萧綦。

“虽是伤在要害，但未损及心脉，王妃脉象微弱，不能用药过急，否则反受其害。”

外面良久无声，只有浓郁的药味弥散，我勉力抬了抬手，想掀开垂幔，却没有力气。

只听沉沉一声叹息，“若是贺兰箴那一掌用了全力，只怕她已不在了。”

“王妃吉人天相，必能逢凶化吉。”这又是谁的声音，不是方才的老者，隐隐有些熟悉。

“此番大意轻敌，想来后怕，险些害了她。”萧綦的声音低沉，透着愧疚，“枉我驰骋疆场，半生戎马，却牵连她一个弱女子，来受这样的罪。”

“如今王妃已平安，王爷且放宽心，守了这几昼夜，您都没怎么歇息。”

“她没醒，我不放心。”

“王爷这是……”

萧綦低笑了一声，“怀恩，你欲言又止什么？”

“末将只知，关心则乱。”

外头再无声息，良久沉寂。

我隔着床幔望去，隐隐见一个挺拔身影映在屏风上，侧脸起伏鲜明的轮廓，坚毅如凿。他的身影静立不动，似乎隔了屏风，正凝望我所在的内室。

我屏息，一时竟怕被他看到脸上滚烫的红潮。

关心则乱，这四个字在我心头萦绕，滋味莫辨。

【爱憎】

垂帘动，珠玉簌簌有声，他的脚步声转入内室，身影清晰映上床帷。

我的心里怦怦急跳。

他沉默地伫立在床前，隔着一道素帷仿佛在看我。

五月间的天气已换上了轻软的烟罗素帷，隔在其间如烟雾氤氲。

我看他，隐约只见形影；他看我，也只怕不辨面目。

侍女悄然退了出去，一室静谧，药香弥漫。

他抬手，迟疑地抚上罗帷，却不掀起。

我不知所措，心中怦然，一时屏住呼吸。

“王妃，我知你已醒来……”他语声沉缓，“我有负于你，不能妄求宽恕，你若肯给我机会弥补，便请开口；若不能，萧某也不再惊扰，待你伤好，便送你回京休养。”

我静静听着，心底却已风急云卷，如暴雨将至前的窒迫。

未等我质问责备，他已自称“有负”，一开口便将姿态放到了低处。我还未想好怎样面对往日恩怨，他却已为我定好了选择——我只需要选择开口，或是沉默，选择原谅，或是离去。

我隔了罗帷，定定地看着他，分不清心中酸楚滋味，到底是不是恨。

他立在床前，负手沉默等待。

一室寂静，光影斑驳，只有沉香缭绕。

这是何其决绝，何其霸道的一个人，要么原谅，要么离开，不容我有含糊的余地。

我该对此愤怒的，可是偏偏，他给的选择和我想到了一处，或者原谅，或者恨，没有

第三条路可走——竟有默契至此。

他已伫立良久，等待我的选择，等待我开口唤他，或是继续沉默。

望着这陌生又亲近的身影，我心中万千慨然，无从启齿。

他却叹了一声，不掩落寞，僵立片刻，转身一言不发而去。

“萧綦。”我轻声唤他的名字。

嗓音低哑，力气微弱，连自己都听不分明。

他没有听见，大步走向外间，眼看便要转出屏风。

我恼了，尽力提起声气，“你……站住！”

他身影一顿，驻了足，怔怔回头，“你，叫我站住？”

这一声耗尽气力，牵动胸口伤处，我一时痛得说不出话来。

他大步赶过来，亲手掀开床帷。

眼前光亮一盛，我抬眸，直落入一双灼人深邃的眼里——就是这双眼，悬崖之上惊彻我心魄，昏迷中予我无穷尽的力量与安稳。

这双眼愈发幽黑，深不见底，令我失神。

此刻我的样子一定狼狈得难看，不由转头向内，羞于被他看见。

“别动。”他蹙眉，俯身按住我的肩头，急忙传唤大夫。

大夫匆匆进来，满屋子的人忙着端药倒水，诊脉问安。

侍女端了药上来，欲将我扶起进药。

他亲手接过药盏，侧坐榻边，极小心地扶起我，让我靠在他胸前。

陌生而强烈的男子气息将我包围，即使隔了衣襟，我也隐隐能感觉到他的体温。

“这样舒服吗？”他扶住我的肩头，低头凝望着我，目光温和专注。

我脸上发烫，低眸不敢看他。

他笑了，“你我早已成婚，不必羞怯拘礼。”

为何一场伤病竟将我变得这样胆小了，一时暗恼，倨傲心起，抬头看向他……终于看清楚了他的样子，浓眉飞扬，深目薄唇，不怒自威，竟也是个轩昂不凡的伟男子。

“看清了吗？”他看着我，不掩揶揄。

我连耳后也发烫起来，只怕脸上已是红透，索性大大方方地将他从头看到脚。

“如何？”他含笑看我。

我淡淡转头道：“并没有三头六臂。”

他朗声笑，将药碗递到我唇边，一面看着我喝，一面轻拍我后背，落手极轻，也笨拙至极。

我低头喝药，背后感觉到他掌心的温热，心里不知为何，软软的，似塌下去一个地方。

药味辛涩，我皱眉喝完，转过头，“蜜酪呢？”

“什么？”他愕然，我也一呆……往日在家，母亲知道我怕苦，每次喝过药，总是立即递上雪莲蜂浆调制的蜜酪。可此间哪里去寻，想起母亲、父亲和哥哥，想起家中种种，我低头，泪水不争气地涌上。

泪水滑下脸颊，溅在他手背。

一路凶险，命悬顷刻的关头，都不曾落泪……而此时，在他面前，我竟傻乎乎地落了泪。

他放下药碗，伸手替我拭泪。

我低头躲避，眼尾仍被他手指抚过，隐隐感到指头硬茧的摩挲。

他柔声道：“良药苦口，睡一觉醒来伤势好转，便不疼了。”

口中药味仍觉辛涩，我心头却不那么酸楚，渐觉温暖安稳。

“睡吧。”他将我放回枕上，握住我的手，浓浓暖意从他掌心透来。

我有些恍惚，不知是药效发作，还是一时错觉，眼前模糊见到小小的子澹，如幼时一样伏在榻边，踮起足尖，伸手来摸我的额头，趴在我耳边细声说：“阿妩妹妹，快些好起来。”

我睁开眼，却见子澹的面容渐渐模糊，变成了萧綦的眉目。

此刻抚着我额头，握紧我手的人，是我已嫁了三年，却初相见的夫婿，再也不会是子澹了。

酸楚袭上心头，比伤痛更难挨。

之后数日，我总在药效下整日昏睡，内伤日渐好转。

偶尔清醒的片刻，我会期待从侍女口中听到萧綦的消息。

但是，他并没有来过，自那日离去就没有再来过。

只有那叫宋怀恩的将军，每日都奉命前来询问医侍，将我的情形回报萧綦，只说王爷军务繁忙，要我静心休养……我默然以对，分不清心中晦涩滋味，是不是失落。

或许原本就不该存有期许，或许什么都没有改变，他仍是他，我仍是我。

我只想知道，京中是否已经得到我脱险的消息，父母是否已安心。

再者，便是贺兰箴的下落。

那日贺兰箴断腕坠崖，惨烈景状历历如在眼前。

我随他一起跃下之际，满怀与之俱亡的恨意。

想来我是恨他的，一路上的屈辱折磨，均拜他所赐，至今伤痕累累，受他那一掌的内伤也还未愈。昏迷的噩梦里，时而见到那个白衣萧索的身影，见到他满身浴血，坠向无底深渊。那么高的悬崖，又被斩断手腕……想来此刻，他已是白骨一堆。

然而，他狂怒之下的一掌，并未下足狠手，到底手下留情。

每每想起那一掌，想起当日种种，恨意不觉淡去，徒留怜悯。

那一天，死了那么多人。

先是校场之上血肉杀戮，继而山中栈道，夺路追杀，萧綦接连斩杀三人，洞穿咽喉的箭矢、身首分离的头颅、断臂、热血……有生以来，我从未见过，想也不曾想过这般景象。

从前在御苑猎鹿，第一只鹿被哥哥射到，献于御前。太子妃谢宛如看到死鹿，只一眼便昏厥过去。皇上感叹，称太子妃仁厚，姑姑却不以为然。

想来，我一定是不仁厚的，目睹这样的血腥也没昏厥过去。

钦查使串通贺兰余孽劫持王妃，行刺豫章王，事败身亡——出了这样的大事，朝廷震动，京中只怕早已掀起万丈风浪。萧綦会如何上奏，父亲会如何应对，姑姑又会如何处置?

我虽神志昏沉，心中却清醒明白，前后种种事端，翻来覆去地思量，隐隐觉出叵测，似有极重大的关系隐藏其中。我却什么也不知道，被他们里里外外一起蒙在鼓里。

萧綦不来，我只能向身边医侍婢女询问。

可这些人通通只会回答翻来覆去的几句话，要么“奴婢遵命”，要么“奴婢不知，奴婢该死”。

只有一个圆脸大眼的小丫头，年少活泼些，偶尔能陪我说说闲话，也不过是有问便答。

烦闷之下，我越发思念锦儿。

晖州遇劫之后，就此与她失散，也不知道她是留在晖州，还是已被送回京中。

夜里，我靠在床头看书，不觉乏了，刚恹恹合眼，便听见外面一片跪拜声。

橐橐靴声直入内室，萧綦的声音在屏风外响起，“王妃可曾睡了？”

“回禀王爷，王妃还在看书。”

他突然到来，一时令我有些慌乱，不知该如何应对，匆忙间放下书，闭目假寐。

“这是要做什么？”萧綦的脚步停在外面。

“禀王爷，奴婢正要替王妃换药。”

“药给我。”萧綦顿了一顿，又道，“都退下。”

侍女退出内室，静谧的房中更是静得连每一声呼吸都清晰可闻。

床幔被掀起，他坐到床边，与我近在咫尺。

我闭着眼，仍感觉到他迫人的目光。

肩头一凉，被衾竟被掀开，他掀开我贴身中衣的领口，手指触到肩颈伤处。

他的手指与我肌肤相触，激得我一颤，全身血液似一瞬间冲上脑中，双颊火辣辣地烫。耳中听得他低声笑谑，“原来有人睡着了也会脸红？”

我张开眼睛，被他的目光灼烫，从脸颊到全身都有如火烧。

羞恼之下，我躲开他的手，拉起被衾挡在胸前。

他肆无忌惮地笑着看我，突然目光一凛，伸手捉住我手腕。

我痛得蹙眉，腕上青紫瘀伤处被他握得生痛。

萧綦脸上笑容敛去，寒声问：“他们对你用刑？”

“只是皮肉伤，也没怎样。”我抽回手，抬眸却见他目光如霜，杀气慑人。

我话到嘴边再说不出口，仿佛被寒气冻住。

“我看看。”萧綦突然揽过我，一把拂开我的衣襟。

我惊得呆住，在他凛冽目光下，竟忘了反抗。

灯影摇曳，我的肌肤骤然裸露在他眼前，仅着小小一件贴身亵衣，浑若无物。

见我身上并无更多伤痕，他眉心的纠结这才松开，将我衣襟掩上，淡淡道：“没事就好，他若对你用刑，那十七个贺兰人也不用留全尸了。”

他说得漫不经心，我听得心神俱慑，怔了一刻，才低声问他：“那些贺兰死士，你都追获了？”

我记得当日，他是允诺过贺兰箴，三军概不追击的。

“区区流寇，何需劳动三军。”他淡然道，“突厥的人马早已挡在疆界，岂会放他们过去。”

“贺兰箴不是突厥王的儿子吗？”我愕然。

萧綦一笑，“不错，可惜突厥还有一个能征善战的忽兰王子——贺兰箴的从兄，突厥王的侄子。”

“你同突厥人……”我惊得呆住，掩口不敢说后半句。

怎能相信与突厥多年恶战的豫章王萧綦，竟会与敌方王子合作。

可那灰衣大汉一路跟随，照理说只能探得行踪，未必能获知贺兰箴的计划。原来真正的内应是他们自己人，出卖贺兰箴的正是他的兄弟，与他有着王位之争的忽兰王子。

一时间，我不寒而栗。

贺兰箴自以为有钦差为内应，想不到萧綦会与忽兰王子联手。

一环环都是算计，一处处都是杀机，谁若算错一步，便是粉身碎骨。

他们都活在怎样可怕的圈套中。

我凝望萧綦，只觉他的眼睛深不见底，什么也看不清。

他亦凝视我，“你怕我？”

方才还寒意凛冽的一双眼睛，仿如深雪渐融。

当年遥遥望见他率领三千铁骑踏入朝阳门，那一刻，我是怕过的。

如今却与他共历生死，见过他在我眼前杀人。

我扬眉看他，往事历历浮上心头，百般滋味俱全。

“我恨你。”我抿紧唇角，耳后却发热。

他目光一凝，随即笑了，“我确实可恨。”

连一句辩解开脱的话都没有，就这么承认了，我倒一时语塞。

“你可有话对我说？”我咬了咬唇，心下有些颓软，事已至此，便给彼此一个台阶吧。

“你想知道什么？”他竟然这样反问我。

胸中一口怒气涌上，我气极，转眸见他笑容朗朗，整个人身上有灼人的光芒。

当年洞房之夜，不辞而别，他一直欠我一个解释。

我不在乎他能弥补什么，但这个解释，攸关我的尊严，和我家族的尊严。

耿耿三年，最令我不能释怀的，就是这一口意气。

我看着他的笑容，怒极反笑，缓缓道：“我欠了你一件东西，现在还给你。”

萧綦略微一怔，笑容不减，“是什么？”

我靠近他，扬眉浅笑，挥手一掌掴去。

这脆生生的一掌，用尽了我的全力，不偏不倚掴在他左颊。

他受了这一巴掌，没有闪避，灼人目光迫住我，脸上渐渐显出泛红指印。

“这本是大婚之夜，就该送给你的，不料欠了这么久。”我直视他，手掌火辣辣的，心中畅快，积压许久的郁愤，终于宣泄而出。

“多谢王妃，如今我们两清了。”他唇角微牵，握住我火辣作痛的手掌，翻过来看了一眼，见掌心红肿一片，似笑非笑道，“旧伤未去，又添新伤。”

我挣脱不得，却见他的目光从我面孔滑下，移向胸前——陡然察觉，我衣襟半敞，胸口大片雪白肌肤都被他看在眼中。

“你，你转过头去！”我羞窘，偏偏双手被他控住，半分挣脱不得。

他一手将我圈住，一手拿起药膏，“你再乱动，只好脱光了衣服上药。”

我相信他说得出，自然做得到，狠狠咬了唇，不敢乱动。

他用手指蘸取药膏，仔细涂在我肩颈手腕的外伤处。伤处已经愈合，不觉怎么疼痛，他的手指停留在我肌肤上，缓缓按揉药膏，带起一片酥痒……偏偏，他还含笑看着我。

侍女上药从来没有这许多麻烦，他是故意捉弄我。

我瞪着他，气结无语。

他颇有深意地看我一眼，“如此凶悍……很好，命中注定嫁入将门。”

【祸福】

烛影跳动，将他的侧影映在床头罗帷，忽明忽暗。

我无奈地侧了脸，不看他，也不敢再挣扎，任由他亲手给我上药。

此时已近深夜，罗帐低垂，明烛将尽，内室里只有我与他单独相对。这般境地下，我偏偏是这副衣衫不整的模样，更与他肌肤相触……纵然已有三年夫妇之名，我仍无法抑制此刻的紧张惶惑，手指暗自绞紧了被衾一角。

萧綦一言不发，间或看我一眼，那似笑非笑的神色越发令我心下慌乱，耳后似火烧一般。

“下来走走。”他不由分说，将我从床上抱起来。

脚一沾地，我顿觉全身绵软无力，不得不攀住他手臂。

“你躺得太久了。”萧綦笑笑，“既然内伤已好，平日可以略作走动，一味躺着倒是无益。”

我抬眸看他一眼，倒觉得新鲜诧异。自幼因为体弱，稍有风寒发热，周围人总是小心翼翼，一味叫我静养，从没有人像他这般随意，倒是很对我的脾性。

他扶我到窗前，径直推开长窗，夜风直灌进来，挟来泥土的清新味道，与淡淡的草木芬芳。

我缩了缩肩，虽觉得冷，仍贪婪地深吸一口气，好久不曾吹到这样清新的晚风。

肩上忽觉一暖，却见萧綦脱下自己的风氅，将我紧紧裹住。

我僵住，整个人陷入他臂弯，裹在厚厚的风氅下，被他身上独特而强烈的男子气息浓浓包围住。

我从来不知道，男子身上的气息会是这样的……无法分辨的味道，温暖而充满阳刚，让我想起正午炽热的阳光，想起马革与铁，想起万里风沙。

我记得哥哥和子澹的味道，哥哥偏好杜若，子澹独爱木兰。他们行止之间，总有一缕隐隐香气。京中权贵之家，都存有远自西域进献的香料，都有美貌的稚龄婢女专司调香。连贺兰箴那样的异族男子，衣上也有熏香的气息。

唯独萧綦没有，在这个人身上，我看不到一丝一毫的绵软，一切都是强悍、锋锐而内敛的。

月白，风清，人寂。

我似乎听得见自己心口怦怦急跳的声音，竟有些许恍惚。

“我不冷。”我鼓足勇气开口，想从他臂弯中挣脱，挣脱这一刻的慌乱心跳。

他低头看我，目光深不见底。

“为何不问我这几日去了哪里？”他似笑非笑。

方才见他风尘仆仆地进来，面有倦色，我已猜到他是远行而归。

这大概是他一连几日都没有来看我的原因。

可他若有心让我知道，大可以提前知会，如今才来问我，算是一种试探吗？

我回眸，“王爷自然是忙于军务，去向岂由我来过问。”

萧綦牵了牵唇角，“我不喜欢口是心非的女人。”

“是吗？”我一笑仰头，任夜风吹在脸上，“我还以为，自视不凡的男人，大都喜欢口是心非的女子。”

他一怔，旋即扬声大笑，爽朗笑声回响在寂静夜里。

我亦莞尔，抬眸静静地看他，心绪起伏莫名。

看着他下颌微微透出湛青的胡茬，越发觉得落拓飒然。

即便抛开权位名望，抛开加诸在他身上的耀目光芒，单论风仪气度，他亦是极出色的男子。

假如没有当年的赐婚，假如与他今日方始初见，假如不曾识得子澹……我们会不会一见倾心，成全了这段英雄美人的佳话？

世事弄人，这桩姻缘，从一开始就不圆满。

我紧闭双唇，那些在心中兜转了千百回的话，迟迟不能出口。

如果闭口不提从前，一切从此刻开始，还来得及吗？

夜风更凉了。

萧綦走到窗边，合上了长窗，背向我而立，似漫不经心道："这两日，我去了疆界上一处荒村。"

我在案几旁坐下，心下略作思量，已明了几分。

"是去见一个特殊的敌人？"我蹙眉看他。

萧綦转身，含笑看我，"何谓特殊的敌人？"

我低眸，不知该不该让他知道我的思量，踌躇了片刻，终究还是缓缓开口："有时候，敌人可以变成盟友，朋友也可能变成敌人。"

"不错。"萧綦颔首微笑，语带赞赏，"此人确是我的敌人。"

他果真是去见了忽兰，难怪数日不见踪影，王府中人只知他在外巡视军务，谁也不知他在何处。主帅私会敌酋，传扬出去是通敌叛国的大罪，此番行踪自然不能泄露半分。

我蹙眉道："徐绶已死，贺兰伏诛，一应罪证确凿，为何还要走这一遭？"

他并不回答，眼底仍是莫测高深的笑意，隐含了几许惊喜。

然而我实在不明白，就算那忽兰王子手中另有重要罪证，他也只需一道密函，遣人传达即可，何必冒了这等风险，亲自去见那突厥王子。

或者说，他还另有计算？

"你猜对一半，却猜错了人。"萧綦笑道，"这个特殊的敌人，并非忽兰。"

我怔住，却听他淡淡道："忽兰此人，倒也骁勇善战，在沙场上是个难得的对手。可惜悍勇有余，机略不足，论心机远不是贺兰箴的对手。"

烛光映照在萧綦侧脸，薄唇如削，隐隐有藐然笑意，"若非这蠢人送来的信报，误传了贺兰箴布下的假象，延误我部署的时机，你也不至落入贺兰箴手里。"

他冷哼，"日后与贺兰箴交手，只怕他死状甚惨。"

我惊得霍然站起，"你是说，贺兰箴还活着？"

萧綦侧首看我，眼中锋芒一掠而过，但笑不语。

"你去见了贺兰箴！"我实在惊骇太过，那个人断腕坠崖而未死，倒也罢了。真正令我震惊的是，萧綦非但没有派人追击格杀，反而私下密会此人。

迎着他深不可测的目光，我只觉得全身泛起寒意。

"我不仅见了他，还遣心腹之人护送他回突厥，击退忽兰的追兵。"萧綦的笑容冷若严霜，缓缓道，"此去全看他的造化，但愿他能返回王城，不负我此番苦心。"

我低了头，脑中灵光闪过，前因后事贯通，万千扑朔思绪，霍然明朗——萧綦原本与忽兰王子联手除掉贺兰箴，更将计就计铲除徐绶一党。而今见贺兰箴侥幸未死，而徐绶已除，他便改了主意，非但不杀贺兰箴，反而助其回返突厥。以贺兰箴的性子，势必对忽兰恨之入骨，王位之争再添新仇，就此两虎相争，突厥必陷入大乱。

一时之间，我心神震动，恍惚又回到当年的朝阳门上，初见犒军的那一幕。

当时，他威仪凛凛，气魄盖世，豫章王萧綦的名字，在我心中只是一个传奇。待得嫁了他，三年独守，我仍对他一无所知。

宁朔重逢，生死惊魂，目睹他喋血杀敌，方知那赫赫威名，尽是铁血铸就。

及至此时，他就站在我面前，轻描淡写说来，浑如夫妻间闲谈。然而挥手之间，早已搅动风云翻覆，设下这庞大深远的棋局……只怕天朝边疆、突厥王廷、两国黎民，都已被置入这风云棋局之中，不知有多少人的命运就此改变。

一介武夫，岂能做到这一切。

此刻站在我面前的人，不只是一个疆场上的英雄，而是翻手为云，覆手为雨，握有生杀予夺之权的藩王，是名将亦是权臣。望着他月色下的身影，仿佛看见一代英豪将要叱咤风云，虎视天下。这念头令我心神俱震，心中激荡难抑。

然而思及贺兰箴的怨毒，我忍不住道："那人恨你入骨，此去纵虎归山，不知日后又会想出什么恶毒的法子来害你。"

萧綦淡淡笑道："知己难逢，能得一个有能耐的对手，何尝不是乐事。"

英雄当如是。

"你敢放他走，自有再制住他的把握，放虎归山不是为了打虎，是为驯虎。"我由衷地感叹道。

萧綦笑而不语，负手深深地看着我，眼中不掩喜色。

"一个闺阁女子，竟有这番见识。"

从他口中说出的赞赏之语，竟令我微微红了脸。

从前，哥哥总说我心高气傲，目中无人。

他却不知，并非我心气高傲，只是未曾遇到胸襟气度足以令我折服之人。

而今，我是遇到了。

正自低头出神，萧綦不知何时走到面前，伸手抬起我的脸。

"你担心贺兰箴对我不利？"他噙了一丝笑意，目光意味深长。

我似被什么烙烫在心头，慌忙侧头避开他的手。

分明还是五月的天气，我却莫名一阵发热，只觉得房内窒闷异常。

“你，要喝茶吗？”局促之下，我不知如何掩饰自己的慌乱，答非所问地回了这么一句。

借着起身去取茶盏，我背转了身子，却仍能感觉到他灼人目光。

我强自敛定心神，取了杯子，默默往杯中注茶。然而心中怦然跳动，竟让我手腕微微发颤……这是怎么了，有生以来，从不曾失态至此。

蓦地，手上一紧。

我的手被他从身后握住，这才惊觉拿错了壶，这只壶是空的，而我茫然无觉兀自倒了半晌。

他笑着，也不说什么，只接过我手中的茶壶，另取了一只杯子，重新倒茶。

我羞窘，他却悠然将茶倒好，含笑递了过来。

“还是我来侍候王妃为好。”他语声低缓，笑意温煦。

这一杯茶稳稳地端在他手里，我却没有伸手去接。

我静静地抬眸看他，想分辨出他眼底的情愫有几分是真，几分是假。

四目相对，一时沉静无声。

他目光深邃，“以茶代酒，补上大婚那日，我该当面向你赔的罪。”

我望着他的眼睛，往事重回眼前，苦楚依旧。

大婚之夜，是我一生难忘的耻辱。

烛影摇曳，映照在萧綦脸上，将他的神色照得格外清楚。

他唇角紧抿，似乎不知如何开口，默然良久，沉声道：“当日情非得已，我亦歉疚。”

时至今日，他仍在说情非得已，不肯承认当日骄横。

我抬眸，冷冷道：“就算突厥进犯，急待你出征，未必就差那一时半刻。”

萧綦眼底异样之色掠过，似听见了咄咄怪事。

我气极反笑，“怎么，王爷已经不记得？”

萧綦沉默，那错愕之色也只一闪即逝，再无痕迹。

“左相……岳父大人当日没有告诉你别的？”他沉声问。

“王爷这话什么意思？”我心头一跳，定定地看向他。

他眉心紧锁，目光深沉慑人，“那之后，左相一直都是这么说？”

这一番话，连同他的神色，令我心底阵阵发寒。

我仰起头，强自镇定地与他对视，“恕王儇愚昧，请王爷说明白些。”

房里陡然陷入僵持的死寂。

我与他四目相对，谁也没有开口，却能感觉到他的凝重。

烛芯突然剥的一声，爆出一点儿火星，陡然令我想起那个红烛空燃的夜晚。

浓重的悲哀从心底涌上来，压得我透不过气来。

萧綦深深地看着我，眼里神色莫测，“你真想听我说个明白？”

“是。”我抿唇直视他。

他缓缓道：“也好，不论你愿不愿意接受，知晓真相总是公平些。”

我咬唇点头。

他踱至窗下，背向我而立，缓缓道：“你可曾想过，大婚那日，若没有左相大人的手谕，我岂能调动王氏一手控制的京畿戍卫，连夜出城离京？”

我仿佛被人骤然抽了一鞭，心口抽紧。

“说下去。”我挺直脊背，定定地望着眼前烛火。

他的语声平缓，仿若在说一段无足轻重的闲事，“皇上不满太子顽劣，外戚专权，早有易储之心。而太子倚仗王氏之势，若要易储，则务必废去外戚。这些年，皇后和你父亲已把持了半壁朝政，唯有右相温宗慎与皇族亲党，力拒外戚干政，暗中支持皇上易储。两派势力，一直相持不下，朝中门阀世家，纷纷陷入争斗，无心边关军务，守土开疆尽仰赖我等寒族武人之力。及至我平定边关，独揽四十万大军之时，朝廷始知忌惮。右相温宗慎力主削夺武人兵权，又恐动摇边疆，不敢贸然动手。他却不知，皇后与左相，已经另有计量。”

他顿住，我却已明白他言下所指。

仿佛一桶冰雪从头顶浇下，霎时寒彻——原来那时候，他们便已想到了联姻之计。

难怪姑姑一直反对我与子澹的情事，难怪父亲总是谢绝那些提亲之人。其中不乏京中望族，甚至是与王氏齐名的侯门世家。那时母亲曾笑叹：“只怕在你爹爹眼里，除了皇子，谁也配不上他的掌上明珠。”

那时，我也是这样想的。却不知道，爹爹一早看中的东床快婿，并不是空有一个尊贵身份的子澹，即便子澹将来即位，父亲也不会满足于国丈的空名。

姑姑更不会容忍旁人夺去她儿子的皇位。

王氏需要拥有更大的势力，除了朝堂与宫闱，更需要来自军中的支持。

从一开始，他们就已经看中了萧綦，而萧綦也看中了王氏。

我竟然想笑，一面笑，一面望向萧綦，“让皇上赐婚，是你的主意，还是皇后的授意？”

萧綦转身，迎着我的目光，眼中有些不忍，“是我密见皇后与左相时议定的。”

他不必直言，我已明白，再没有什么可以支撑仅存的骄傲。

“那么大婚当日，又是怎样？”我缓缓开口，一字字说来，竭力不让声音发抖。

萧綦蹙眉看我，隐有负疚之色，目光久久流连在我脸上。

我仰头，执拗地望定他，等他说下去。

“我以平定南疆之功，御前求娶王氏之女，得皇后亲口允诺，皇上无奈，当廷赐婚。右相一党就此坐立不安，遂与皇上密谋，欲趁我回京成婚之际，密调他人赶赴宁朔，接掌军权。待大婚之后，皇上便要将我留困京城，架空兵权。此事是皇上与右相合力谋定，隐秘迅捷，待我得知风声，已经是大婚当日。左相当机立断，调遣禁军，连夜开城让我离京。恰逢突厥北犯，天意助我，令朝廷削权之计落空。所以从那之后，我便以突厥扰境为由，固守宁朔，三年不归，与左相内外相应，令皇上莫可奈何。”

我恍惚回想他的每一句话，想找出一个漏洞来反驳他，证明这一切都是假话。

可是没有用，非但找不到漏洞，反而越想越明晰，许多被遗忘的细节，此时回头想来，竟与他的话一一吻合。甚而，一些事，当年我也曾暗自质疑过……只是那时，我绝不会想到，这一切都来自我至亲至信的家人。

我不会，也不敢这样想。

父亲和姑母，怎么可能是他们欺骗了我——骗了我，利用我，到如今依然隐瞒我，将一切罪咎推与萧綦，让我永远沉沦于孤独怨愤之中，如同又一个姑母，身边再没有可亲之人，只能永远依附于家族，忠于家族，直至将毕生奉献于家族。

然而，是他们，偏偏就是他们。

别人可以骗我，我却再也骗不了自己。

一切都已经清楚明了，再透彻不过。

五月的天气，我却像浸在冰水之中，这样冷，冷得寒彻筋骨。

萧綦揽住我肩头，将我紧紧拥住。

他的怀抱很温暖，如同他的声音，满是怜惜，“你在发抖。”

我抬头，自心底迸发的倔强，令我陡然生出力气，从他怀中挣脱，“谁说我发抖，我没有……不要碰我！”

我觉得痛，全身都在痛，不能容忍任何人再触碰我一下。

“你，出去。”我撑着桌沿，勉力站定，再也忍不住全身的颤抖。

他一言不发地望着我，那歉疚负罪的目光，越发如刀子割在我身上。

我转过头，不再看他，颓然道：“我没事，让我一个人歇歇。”

他不语，过了许久才听见他转身离去，脚步声走向门边。

我再也支撑不了，颓然跌伏在案前，将脸深深埋入掌心。脑中一片空茫，什么都想不起来，也说不出口，只有泪水决堤。身上骤然一暖，我回首，忘了拭去泪痕。

萧綦俯身将那件大氅披在我肩上，只说一句：“我就在外面。”

看着他转身离去，我陡然惶恐，只觉铺天盖地都是孤独。

“萧綦……”我哑声唤他。

他回转身，蓦地将我拥入怀中。

“都过去了。”他抚过我鬓发，“那些事，已经都过去了。”

他将我抱得这样紧，手臂压到了伤处。

我忍住痛楚，一声不吭，唯恐一出声，就失去了这温暖的怀抱。

他的下巴触到我脸颊，微微胡茬轻扎着我，刺痛而又安恬。

“虽是过去了，你也终究要面对，不能一生一世躲在家族羽翼之下。”他凝视我的眼睛，一字一句说道，“从今往后，你是我的王妃，是与我共赴此生的女人，我不许你懦弱！”

【疏离】

一路孤身而来，唯有对亲人的牵挂和信赖，始终支撑着我。而这份支撑的力量，终于随着真相的到来而崩塌。

在我心中，那个曾经完美无瑕的琉璃世界，自大婚之日，已失去全部光彩，而今终于从九天跌落到尘土，化为一地瓦砾。从此，即便宫阙依旧，华彩不改，我记忆里的飞红滴翠、曲水流觞、华赋清谈……也再不复当时光景。

一切，都已经不同。

有生以来，我从不曾哭得那般狼狈。

失去外祖母的时候，固然伤心，却还不曾懂得世间另有一种伤，会让人痛彻心扉。

当时尚有子澹，尚有家人……如今却只得一个陌生的怀抱。

那一夜，我不记得自己说过什么，也不记得萧綦说过什么。

只记得，我在他怀里，哭得像个孩子。

蜷缩在他怀中，他的气息令我渐渐安静下来，再也不想动弹，不想睁眼……

醒来时，已是次日清晨，萧綦不知何时悄然离去。

我躺在床上，手里还抓着他搭在被衾外的风氅，难怪梦中恍惚以为他还在身边。

心里突然觉得空空落落，仿若丢失了什么。

被婢女侍候着梳洗用膳，我任凭她们摆布，怔怔失神，心里一片空茫。

一个圆脸大眼的小丫头，双手捧了药碗，半跪在榻前，将药呈上。

这小小的女孩，个头还不足我未嫁前的身量。

我瞧着她，一时不忍，抬手让她站起来。

她将头埋得极低，小心翼翼地站起，手上托盘却是一斜，那药碗整个翻倒，药汁泼了我半身。

众侍婢顿时慌了，手忙脚乱地拥上来收拾，个个嚷着“奴婢该死”。

那小丫头伏地不住地叩头，吓得话也说不出来。

“起来吧。”我无奈，看了看身上污迹，叹道，“还不预备浴汤去。”

我看着眼前这些战战兢兢的婢女，想一想自己的境地，不由低头苦笑。

同样是韶龄女子，他人命若蝼蚁，尚且努力求生，我又何来自弃的理由。

伤病之后未曾下床，每日由人侍候净身，多日不曾沐浴。

幸好北地天凉，若是热天，怕是更加难耐。

这些日子，我都不曾仔细照过镜子，不知变成了怎样一副模样。

就算家人离弃我，旁人不爱我……我总还是要好好爱惜自己。

水汽氤氲里，我微微仰头而笑，让眼泪被水汽漫过。

谁也不会看到我的眼泪，只会看到我笑靥如花，一如大婚之后——当日我是怎样笑着过来，如今，仍要一样笑着走下去。

没有温泉兰汤，香樨琼脂，这简单的木桶，腾腾的热水，倒也清新洁净。

濯净了尘垢，四体轻快，神气为之一爽。

看到侍女呈上的衣物，我顿时啼笑皆非。一件件锦绣鲜艳，华丽非凡，却没有一件可穿。

“这都是谁预备的？”我随手挑起一件茜红牡丹绣金长衣，又看了看托盘中那副祖母绿手镯，骇然笑道，“穿成这样，好去唱戏吗？”

那小丫头俏脸涨红，慌忙又要跪下请罪。

“罢了。”我抬手止住她，懒得再看那堆衣饰，“挑一套素净的便是。”

我转身而出，散着湿发，缓缓行至镜前。

镜中人披了雪白丝衣，长发散覆，如墨色丝缎从两肩垂下。

雪肤、云鬓、修眉如旧，眉目还是我的眉目，只是下颔尖尖，面孔苍白，比往日消瘦了许多。

然而这双眼睛，一样的深瞳长睫，分明却有哪里不同了。

是哪里不同，我却说不上来，只觉镜中那双漆黑的眸子，如有水雾氤氲，再也不见清澈。

我笑，镜中的女子亦微笑，而这双眼里，却半点儿笑意也无。

“王妃，您看这身合适吗？”小丫头捧了衣物进来，怯怯低头。

我回眸看去，不觉莞尔，她倒挑了一袭天青广袖罗衣，素纱为帔，清雅约素，甚合我意。

“你叫什么名字？”我一面梳妆更衣，一面打量这小女孩。

她始终垂眸，不敢看我，“奴婢名唤玉秀。”

“多大了？”我淡淡问她，随手挑了一支玉簪将湿发松松绾起。

“十五。”她声音细如蚊吟。

我凝眸细看她，心下一阵怅然……才十五的年纪，和我出嫁时一般大。

细看这女孩子，虽不及锦儿玉雪可人，却也眉目秀致，颇具灵气。

想起锦儿，刚刚才抑下的酸楚又浮上心头……虽是主仆，却自小一起长大，情分不同旁人。我而今自顾不暇，身如飘絮，更不知她又漂泊到了何处。

一时间，心下窒闷。

我默然走到窗前，却见庭中一片明媚，阳光透过树荫，丝丝缕缕洒进屋内。

原来，竟已是暮春时节，连夏天都快到了。

“这屋里太闷，陪我出去走走。”我遣退众人，只留玉秀跟在身边。

步出门外，和风拂面，阳光暖暖地洒在身上，眼前高柱飞檐，庭树深碧，顿觉豁然开朗。

“王妃……您添件外袍，外头凉呢。”玉秀急急赶上来，手中抱了外袍，一脸忧切。

我回眸看她，心中感动，却只笑道：“这时节，哪还穿得了外袍。”

往年我是最喜欢夏天的，京中暑热，每到了五月春暮，宫中女眷都换上轻透飘逸的纱衣，行止间袖袂翩翩，衣带当风，一个个都恍若琼苑仙子。

玉秀听我说起这些，满面都是神往。

一路行来，所见庭院连廊简单朴拙，看似普通北方人家的深宅，却又有几分像是官衙。

“王爷日常都住在这里？”我回头问玉秀。

玉秀想了想，迟疑地点头，“有些时候王爷也住在军营里。”

我大致明了，想来萧綦一直以官衙为居所，并没有单独修造王邸。

听闻他出身寒族，性好俭素，看来果真如此。若换作哥哥，哪里受得了这般简陋居处。

我一时好奇，问玉秀："王爷平日在府中，都做些什么？"

"王爷总是忙，回到府里，也常忙到半夜。"玉秀侧首想了想，"偶尔闲了，会与宋将军、胡将军他们饮酒下棋，有时独个儿看书、练剑……没别的了。"

玉秀说到萧綦，满脸敬畏，话也渐渐多起来。

我低头抿唇而笑，只觉那人好生古板，终日过得这样乏味。

"府里连个歌姬都没有？"我随口笑谑，语声未落，却听一阵女子笑声传来。

我驻足抬眸，却见前面廊下转出几名女子。

她们乍见到我，呆在原地，只望着我发怔。

当先一人慌忙跪下，口称"王妃"，众人这才急急跪了一地。

我凝眸看去，当先两名女子做女眷打扮，一人穿杏红窄袖衫，面容俏丽，身段窈窕，发间珠翠微颤；另一人衣饰素净些，年貌略轻，眉目更见娟秀。

这身不同于寻常侍婢的打扮，我一眼看去，便已明白。

心头似被狠狠捏了一下，我窒住，只觉喉间发紧。

是了，我竟忘了这一层。

杏红衣衫的女子抢在我之前开口："玉儿给王妃请安。"

她一面说，一面抬起眼角看我，目光扫过我衣摆，低头间，耳畔翠环，莹莹光华一转。

这对耳环令我想起了方才的祖母绿手镯，依稀是同一副物件。

蓦地，大约明白了那些华艳衣饰是何人为我置办。

"玉儿？"我含笑道，"我到来后，起居是由你备办吗？"

她略抬了眼角，"侍候王妃是奴婢的本分，只怕下人愚笨，让王妃受了委屈。"

这般伶俐口齿，倒是一副主母同客人说话的口气。

我诧异到极处，不觉失笑。

见我笑，她胆色更壮了些，索性抬头看我。

迎上我的目光，她呆了呆，目中有惊羡之色。

"好标致的丫头。"我微微一笑，"正愁身边缺个伶俐的人，明日你就过来跟着玉秀。"

玉儿面红耳赤，像受了极大的羞辱，提起声气道："回禀王妃，奴婢是在王爷身边服侍的。"

我挑了挑眉，"哦，王爷身边的丫头，是差遣不得的？"

玉儿一僵，俏脸变得煞白。

我蹙眉问玉秀："王府里可有这样的规矩？"

玉秀脆生生答道："回王妃的话，不曾听过有这规矩。"

玉儿满面羞愤，低头咬唇，肩头微微发抖。

她身后那娟秀女子忙叩头道："奴婢知罪，玉姐姐鲁莽无知，并无意冲撞王妃，求王妃饶恕。"

我扫她一眼，淡淡地笑，"我喜欢知轻重的人，明日你也一起过来。"

跪在地上的众女相顾瑟瑟，身子越伏越低，噤若寒蝉。

我转身拂袖而去。

转过回廊，至无人处，玉秀忍不住欢笑出声，"这可好，王妃一来再没她放肆的分儿了！"

我驻足，冷冷抿了唇，沉下脸来。

玉秀触及我的目光，身子一缩，再不敢开口。

胸口像堵了一团火，气息翻涌，再难平静。

是我愚钝了，这是早该想到的，谁家没有几个姬妾，何况似萧綦这般位高权重，孤身在外的盛年男子。莫说贵为藩王，就连寻常府吏也有妾室，更遑论风流如我家哥哥。

哥哥迎娶嫂嫂之前，已有三名宠姬相伴。嫂嫂进门，带来四名陪嫁媵妾，及至两年后，嫂嫂病逝，哥哥虽不曾再娶正妻，却又陆续纳了几名美人。

母亲贵为长公主，下嫁父亲之后，也曾容许父亲纳了一房妾室。

在我出生之前，那位韩氏就已去世，此后父亲再未纳妾，与母亲恩爱甚笃。

不错，这些都是再寻常不过的。

可是，无论想到哥哥还是父亲，无论这世间有多少男子纳妾，都无法平息我的恼怒。分不清这心绪，是恼怒，是不屑，还是什么。

从未尝过这种滋味，往日子澹在我身边，绝不会再看别的女子一眼，不像太子哥哥左拥右抱，东宫姬妾争宠闹得不成样子。那时我还懵懂，却也断然想，日后嫁了人，绝不许他再纳别的女子，不许旁人分享我的夫婿。

可那是子澹，是与我青梅竹马的人，我眼中只有他一个，他心中也理当只有我一个。

萧綦不一样。

我与他又不曾两情相悦，不曾两小无猜。他不过是我名义上的夫婿，是父亲以我为筹码，换来的一个盟友。

成婚三年不相见，他独居在外，另有妾室再寻常不过——纳多少姬妾都是他的事，与我何干。

转念至此，我自嘲地笑，心口却有莫名苦楚，有苦亦难言。

我倚了廊柱，抚着胸口，兀自苦笑出声。

玉秀慌了神，“奴婢说错话了，王妃息怒，别气坏了身子……”

“不，我不在乎。”我摇头，只是笑，说着自己也难相信的话。

“奴婢不该多嘴的，都是奴婢的错！”玉秀手足无措，几欲哭出来。

看她焦急神情，是真为我担忧，越发令我心酸。

这里有我的夫婿，是我名义上的家，仆从众多，一呼百应，却只有这小丫头在意我的喜怒。

我靠着廊柱，茫然望向四周，眼前一切越看越觉陌生，哪里才是家。

我想回家。

可又该回哪里去……京城，晖州，还是这里？

满心荒凉，冷意透骨。

我低头掩住了脸，隐忍心中凄楚，强抑懦弱的眼泪，任由玉秀怎么唤，也不抬头。

及至她猛地拉扯我袖子，在我身侧匆匆跪了下去。

我抬头，见走廊尽处，萧綦负手而立，身后几名武将尴尬地退到一旁。

他大步而来，我一时恍惚，来不及拭去眼角一点泪痕。

今日他未着戎装，穿一袭宽襟广袖的黑袍，高冠束发，显得清俊轩昂。

“怎么不在房里？”他皱眉，语声却温存，“北边天气凉，当心受寒。”

听着他关切的言语，我心头越发刺痛，漠然低下目光，“有劳王爷挂虑。”

他一时无语。

庭外风过，吹起我衣带飘拂，透衣生凉。

他深深地看着我，似有话说，却良久缄默。

咫尺疏隔，说什么也乏力。

我敛首为礼，转身不顾而去。

我回到房中，胸闷气乏，小睡片刻，却辗转难以入眠。

闭了眼，眼前一时掠过萧綦的身影，一时又是父母的模样。

想起姑姑，想起她说，离开了家族的庇佑，我将一无所有。

而今的境地，果然是失去了家族的庇护，孤身漂泊，荣辱祸福，乃至生死都握于一人手中。

从什么时候开始，我已不再是万千宠爱于一身的郡主，不再是父母膝下娇痴任性的小女儿，不再是被子澹永远呵捧在掌心的阿妩……这些都已经永远不再了。

自踏入喜堂，成为豫章王妃的那一天，注定这一生，我都将站在这个男人身边，冠以他的姓氏，被他一起带入不可知的未来。

边塞长风，朔漠冷月，在这边荒之地，我仅有的，不过是这个男人。

如果他愿意，或许会为我支撑起一个全新的天地。

如果他走开，我的整个天地，是否再次坍塌于瞬间？

我辗转枕上，满心悲酸无奈。

这世上连父母亲人都会转身离去，还有谁会不离不弃。

耳边隐约萦绕着他昨夜的话，忘不了他说："从今往后，你是我的王妃，是与我共赴此生的女人，我不许你懦弱。"

如果可以，我愿意相信，相信他口中的此生……此生，还这样漫长。

此生此间，原来，不只有我和他两人，还隔着这么些不相干的人和事。

不相干，我原以为是不相干的。

直到那活生生的女子站在我眼前，他的侍妾，他的女人……怎能不相干。

正恍惚间，外头隐隐传来人语声，入耳越发叫我心烦。

"谁在喧哗？"我坐起来，蹙眉拢了拢鬓发。

玉秀忙回禀道："是卢夫人领了玉儿和青柳两位姑娘，在外头候着王妃。"

我沉了脸，第一次对下人厉色道："这王府还有半点儿规矩吗，我寝居之处，也由得人乱闯？"

众侍婢慌忙跪了一地，瑟缩不敢回话，玉秀怯怯道："回禀王妃，卢夫人说是奉了王爷口谕，带两位姑娘过来，硬要在此处等候王妃醒来，奴婢……奴婢不敢阻拦。"

又来一个卢夫人，我满心烦闷都化作无名火，倒也想看看，这里还有多少放肆的奴才，不把我这空有虚名的王妃放在眼里。

"传我的话，让方才喧哗之人到庭前跪候。"我掀帘起身，更衣梳妆。

【彼此】

我端了茶盏，以瓷盖缓缓拨着水面漂浮的茶叶，一言不发。

跪在堂下的妇人，一身新绸夹衣，腕上戴一只金钏，此刻面如土色，低头伏跪在地。这卢氏之前已经同两个侍妾在庭前跪了半晌，我只传她一人进来，依旧让二女跪在外头。

待她向我叩拜之后，我只低头啜茶，也不开口，任由她继续跪着。

此前更衣梳妆时，听玉秀说了个大概，王府中诸般人事，我已有数。

卢冯氏原是萧綦身边一名卢姓参军的继室夫人。

萧綦忙于军务，身边幕僚副将都是一群男子，长久没有女人打理王府内务。卢参军便举荐了他在宁朔新娶的续弦夫人，暂时进府执事。卢冯氏出身富家，知书识字，人也精明干练，将王府打理得有理有条。萧綦从不过问府中内务，日常事都由卢氏做主，俨然是王府总管的身份。

两年前，卢氏从亲族中物色了两个美貌女子带入王府，近身服侍萧綦。

听玉秀说来，萧綦常年征战在外，很少亲近女眷。那玉儿与青柳虽有侍寝，却无名分。只因我远在晖州，府里没有别的女眷，一时以主子自居，盼着往后封了侧妃，从此飞黄腾达。

以萧綦的年纪身份，在宁朔之前，想来也有过别的侍妾。

然而却不曾听说他有过子嗣。

我问玉秀，玉秀却还年少懵懂，红了脸答不上来。

我苦笑，生在侯门宫闱，别的不曾多见，姬妾争宠夺嗣倒是见得多。

堂前鸦雀无声，众人垂首噤声，卢氏汗流浃背跪在地上，初时的傲慢神色已全然不见。

我搁了茶盏，淡淡开口：“何事求见？”

卢氏忙叩头道：“回王妃的话，奴婢是奉王爷之命，带两位姑娘前来赔罪，听候责罚。”

“我几时说过要责罚？”我闲闲一笑，“这话是怎么传的？”

瞧着卢氏眼神闪烁，我懒懒道：“你将人领回去吧，这里没什么责罚可领。”

卢氏脸色阵阵青白，垂首道：“老奴糊涂，王爷原是遣了两名婢子过来服侍王妃……老奴自愧调教无方，斗胆领了她二人前来请罪，甘愿领受王妃责罚。”

我冷冷地看她，原来是想大事化小，向我讨得责罚，就此搪塞了过去，挽回最后一线希望。胆子倒是不小，可惜这卢氏太不经唬，一看势头不对，便将旧主子丢了，急急朝我靠过来。

“原来如此。”我闲闲端坐，只笑道，“王爷是怎么说的？”

卢氏低了声气，弱声道：“王爷说……既是王妃要两个丫头，送去便是。”

我沉默，心下五味杂陈。

此前斥责那两名侍妾，是我故意为之，料想她们在我处受了委屈，必会找萧綦哭诉。我要借此看看，萧綦如何应对——眼下看来，他对那两名女子，丝毫也不放在心上。

这结果，本也在我意料之中。

萧綦不是那多情之人，不会为了两个侍婢，与身份显赫的正妃翻脸。然而，想到他对待侍妾之凉薄，难免心起狐悲之感。莫说色衰爱弛，便是当宠之际，也不过是随手可弃的玩物。

卢氏见我沉吟不语，赔笑道：“那两名婢子已知悔改，该当如何处置，还望王妃示下。”

“逐出府去。”我淡淡道。

卢氏一震，忘了礼数，骇然抬头望向我，“王妃是说……”

我不再多说一个字，冷冷垂目。

“奴婢明白了。”卢氏面色如土，僵硬地叩下头去，颤声道，“奴婢这便去办。”

她以为我只是耍耍王妃的威风，将两个婢子责罚凌辱一番也就罢了。毕竟是萧綦身边的人，如今拨给我做婢女使唤，已算给足了我颜面，至多受些责罚，吃些苦头。等我气消了，总还有机会翻身的。或许连萧綦也以为，我不过是吃醋犯妒，妻妾争宠而已……我低头端详自己修削的指尖，微微一哂。

我不会给他丝毫机会再看低我。

两个侍妾连我的房门也未踏入一步，便被带了出去。

庭外传来玉儿与青柳哭叫挣扎的声音，渐渐去得远了，声音也低微下去。

我走到门口，默然驻足立了一阵，回身正待步入内室，忽的一阵风起，吹起我衣带飘扬。

转身回望庭外，庭前夏荫渐浓，暮春最后的残花，被一阵微风掠过，纷纷扬扬洒落。

残花似红颜一般薄命。

生错命，选错路，遇错人。

有人固然生错命，往后乐天知命，原也可安度一生。最可怜的，一种是心比天高，命比纸薄。另一种便是身不由己，步步荆棘，要么拓路前行，要么困死旧地。

我从众人眼前缓步走过，所过之处，人尽俯首。

一干仆从侍女立在旁边，自始至终，大气不敢喘。

看着往日最得势的两人，就这样被逐出王府，从头至尾不过半天光景。

从前一呼百应，人人折腰，却不过是敬畏我的身份。而今，她们敬畏的只是我，只是我的铁石心肠，强横手段……我不是什么善类，生来骨子里就流淌着权臣世家冷酷的血液。

从此这阖府上下，再没有人敢藐视我的尊严，忤逆我的意愿。即便萧綦，也休想在我这里看到妻妾争宠的戏码。

这个姓氏和骨子里流淌的血液，不允许我接受这样的侮辱。

身为女子的自尊，更不允许我接受一个被分享的男人——我等着看，看堂堂豫章王、大将军、我的夫君，如何来应对我的决绝。

案前已堆满了揉皱的废纸，没有一张画成。纸上勾出亭台水榭，芭蕉碧浓，樱桃红透，依稀还是旧时光景。我怔怔地望着满眼的墨痕狼藉，心神再不能宁定。

五月，又是分食樱桃的时节……“树下分食樱桃，嫣红嫩紫凭侬挑，非郎偏爱青涩，为博阿妹常欢笑”。这歌谚，是京中少年男女常常吟唱的，曾几何时，也有那样一个少年，与我分食樱桃。

心神一时恍惚，手腕不由自主颤了，一团浓墨从笔尖坠下，在纸上洇开。

“又废了。”我直起身，将笔搁了，淡淡叹口气。

书以静心，画以怡神，可眼下的心绪，画什么不是什么，越发叫人烦乱。

我整日闭门不出，只埋头书画之间，叫旁人看来，怕是一派悠闲自得。

真是怡然自得，还是负气为之，只有我自己清楚。

一连几天过去，萧綦没有半分回应。

侍妾被逐，好像与他一点儿关系也没有。我做了什么，他似乎也不在意。这件事，再也无人关注，浑若一块石头投进深潭，就此无声无息地沉没了。

一连几天，我甚至没有再跟萧綦说过一句话。他偶尔来看我，也只匆匆一面便离去。

有两日夜深时分，他悄然过来，我已经就寝。分明内室还亮着烛光，我仍倚在枕上看书，他却不让侍女通禀，只在庭前静静站上一会儿，便又离去。

他在外边，我是知道的，玉秀嘴上不敢说，只拿眼神不断瞟向外面。

我只佯装不知，熄了灯烛，侧身睡去。

他不过是在等我低头，等我先开口向他解释。

我枯坐窗下，对着白纸废墨发了半日呆，不觉已是斜阳西沉，入暮时分。

玉秀张罗着侍女们传膳，这些时日，她与我熟稔了，胆子渐渐大起来，更显出聪明利落。一个十五岁的女孩，能学得这般精乖，只怕也是吃过太多苦头，越发令我怜惜。

“都下去吧，这里有我侍候就行了。”玉秀学着一副老成的口气，将侍婢们遣出。

我好笑地瞧她一眼，却见她左右张望，悄悄打开了食盒。

“王妃，我找来了好东西呢！”她笑眸弯弯，微翘的鼻尖俏皮可爱。

一股浓烈的酒香弥散开来，我一怔，旋即惊喜道：“你找了酒来！”

“小声些，可别叫人听到！”玉秀慌忙扭头看向门外，悄悄掩了嘴道，“我是从厨房偷来的。”

我被她那模样逗笑，玩心大起，生平从未喝过偷来的酒，立时来了兴致。

自到宁朔以来，伤病缠身，大夫再三嘱咐了戒酒。到如今伤病好了大半，我却还未尝过一口酒。此时闻到酒香清冽，自然是心花怒放，满心惆怅也暂且抛到一边。

我遣走其他侍女，与玉秀一起动手，将案几移到庭前花荫下，逼着玉秀留下来陪我对饮。

不想这小妮子竟也贪杯，酒至微醺，渐渐脸热话多起来。

玉秀说起她爹嗜酒如命，常常醉后打骂她。

“你爹现在何处？”我已有三分酒意，撑着额头，蹙眉问道。

“早过世了，娘也不在了……”她伏在案上，语声含糊，“有时想让爹再骂我一顿，也找不着人了，就剩下我一个了……”

我怔怔地想起了父亲，心中悲酸，正待再问她，却见她已呼呼睡了过去。

夜色花荫下，她脸色酡红，分明还是个孩子。我笑着摇头，拎了半壶残酒起身，摇摇踏向花影绰约处，想寻个清净无人的地方，独自喝完这壶残酒。

四下一时寂静，只听草丛中促织夜鸣，边塞月色如练，星稀云淡。

“树下分食樱桃，嫣红嫩紫凭侬挑，非郎偏爱青涩，为博阿妹常欢笑。”我不知不觉又哼起这谚谣，脚下一时虚浮，就近倚了一块白石坐下。发髻早已松松散了下来，索性脱了绣履，举壶就口，仰头而饮。

一样的良夜深宵，一样的月色，曾经是谁伴我共醉。

我竭力不去想起那个名字，却怎么也挥不去眼前白衣皎洁的身影。

眼前渐渐迷离，明知是幻象，也恨不得再近一些。然而只一瞬间，诸般幻象都消失，徒留花影繁深，夜静无人。我苦笑着举起酒壶，任那酒液倾注，激灵灵洒了一脸，将我浇醒。

壶中渐渐空了，我仰头，想饮尽最后一口，陡然手中一空，酒壶竟不见了。

身后有人劈手夺去了酒壶，将我揽住。

“别闹，子澹……”我合目微笑，放任自己沉沦在幻象里。

不待我再睁眼，腰间一紧，身子蓦然腾空，竟被人拦腰横抱起来。

我只觉轻飘飘的，只疑自己身在梦中，不由喃喃道：“我如今已嫁了人，你不知道吗……”

可他的手臂只将我抱得更紧。

泪水滚落，我紧紧地闭了眼，不敢见到子澹的面容，黯然道：“他，他待我很好……你走吧……”

他顿住，继而双臂一紧，将我箍得不能动弹。

我不由自主地伸手去推他，触手之处，却是冰凉的铁甲。

这一惊之下，我愕然抬眸，酒意顿时惊去大半，神志随之醒转——眼前，是萧綦盛怒的面容。

我刹那间失了神，一句话也说不出，只觉天旋地转。

萧綦一言不发，将我抱进内室，俯身放在榻上。房中尚未点灯，昏暗中看不清他的神色，只见他侧颜的轮廓似被月色蒙上一层寒霜。

胸前一凉，衣襟竟被他扯开，半边外裳已褪下肩头。

“不要！”我猛然回过神来，掩住衣襟，仓皇往床角躲闪。

他冷冷地看着我，眼中似有锋芒掠过，“不要什么？”

我一时喘不过气来，心头急跳，只慌乱摇头，瑟缩在床角。

见他再度俯身过来，我惊得起身欲逃，手腕却被他一把扣住。

“浑身是酒，还不脱下来，你以为我要做什么？”他陡然发怒，双手一分，扯下我半湿的衣衫，连同里面亵衣也被一起扯下。

我呆住，看着自己衣衫尽褪，雪白耀眼的肌肤就此袒露在他眼前，寸缕不存。

这不是他第一次脱掉我衣衫，也不是第一次被他看到我的身子。我已是他的妻子，就算什么都被他看去，也是天经地义——可唯独不能是这样的方式，这样的冒犯！

他再次俯下身去脱我裙裳的时候，我反手一记耳光挥出。

“我是你的夫君。”他头也不抬，便将我手腕捏住，“不是你可以随便动手的人。”

他冷冷地看着我，唇角紧抿如薄刃，“我的女人可以骄傲，不可骄纵。”

我倒抽一口气，酒意上涌，连日压抑的愤怒委屈一起逼上心头。

“我也是你的妻子，不是你的敌人，不是你要驯服的烈马！”我抬眸直视他，一句话出口，已是哽咽，泪水不由自主地落下。我咬唇侧过脸去，懊恼这止不住的眼泪，泄露了我的脆弱。

他沉默片刻，松开我的手腕，拿过一件外袍将我裹住，抬手来抚我的脸庞。

我猛然拂开他的手，脱口怒道：“我若骄纵，又岂会一再受你羞辱。成婚三年，我独守晖州，没有半分对不起你，你却在此安享齐人之福……萧綦，你扪心自问，可曾真心当我是你妻子？”

他怔住，定定地望着我，目中神色莫测。

“不管你为了什么娶我，也不管你是否将我当作妻子，从前的事就此揭过，我也不怨你！”我泪如雨下，连声音也在颤抖，“从今往后，我再不管你三妻四妾，你在宁朔，我回京城，就此天长地远，各自太平。你做你的豫章王，我做我的郡主，与其同床异梦，不如——”

“住口！”他蓦地怒斥。

我的下巴被他狠狠捏住，再说不出话来。

他一双眼亮得灼人，映着月华，清晰照出我的影子。而我眼里，只怕也全是他的影子。

这一刻，我们眼里只有彼此，再无其他，天地俱归澄澈。谁也没有开口，我却一直颤抖，眼泪滑落鬓角，滑下脸颊，滑到他掌心。我从不知道自己能有这么多泪水，似乎隐忍了三年的悲酸都在这一刻流尽。

他久久地凝望我，目中怒色稍敛，竟有些许黯然。

良久沉默，只听他沉沉叹道："如此恩断义绝的话，你竟能脱口而出。"

我一窒，乍听他口中说出"恩断义绝"四字，竟似被什么一激，再说不出话来。

"你当真不在乎？"他迫视我，幽深眼底不见了平素的锋锐，只觉沉郁。

这一问，问得我心神俱震。

我当真不在乎吗？这段姻缘，这个男人……都已将我的一生扭转，我还能骗自己说不在乎吗？

清冷月光映在他眼底，只觉无边寂寥，我恍惚觉得这一刻的萧綦变成了另一个人，不是叱咤天下的大将军，也不是权倾朝野的豫章王，只不过是个落寞的男子。

他也会落寞吗？我不信，却又分明在他眼里看到了深浓的落寞和失意。

月华好像化作了水，缓缓从我心上淌过，心底一点点绵软，透出隐约的酸涩。

他深深地迫视我，"既然不在乎，又为何对两个侍妾耿耿于怀？"

我一时气苦，脱口道："谁耿耿于怀，我不过是恼你……"话一脱口，方才惊觉失言，却已收不回来了。我窘住，怔怔地咬了嘴唇，与他四目相对，他眼里陡然有了暖意。

"恼我什么？"他俯身迫过来，似笑非笑地望着我，"恼我有别的女人，还是恼我不闻不问？"

他这迭声一问，将我的心思层层拆穿，拆得我无地自容。

我狠狠地瞪他一眼，奋力挣脱他双臂的钳制。这可恨之人反倒哈哈大笑，将我双手捉住，顺势摁倒在枕上。他俯身看我，只离咫尺之距，气息暖暖拂在颈间，"你这女人，总不肯好好说话，非得逼急了才肯显出真性子。"

我被他气得发昏，也顾不得什么仪态，只朝他踢打。

他在我耳畔低低笑，"这便对了，凌厉悍妒，恰是那日悬崖边上爱憎如火的真女子！"

我恰好挣脱出右手，正欲愤然朝他掴去，听得悬崖边上这一句，顿时心下一震，怔愣地伸了手，再也打不下去。生死相依的一幕历历如在眼前，他的手，他的剑，他的眉目……他捉过我的手，按在胸前，那一身冰凉铁甲触手生寒。

我怔怔地望着他，满心都是柔软，再也恼怒不来。

"为什么穿着甲胄？"我低声问，这么晚了，莫非还要外出。

他淡淡一笑，"正要巡视营防。"

"已经过了子时……"我蹙眉，想到他近日连番的忙碌，不由心中一凛，"可是有事发生？”

“没事，军务不可一日松懈。”他笑了笑，眉宇间又回复往常的肃然，“时辰不早，你歇息吧。”

我垂眸点了点头，却不知该说什么。看他转身便走，骤然想起来，我忙起身叫住他：“等等！你的风氅还在这里……外面夜凉……”

迎着他熠熠目光，我的声音不觉轻细下去，耳后发热，再说不出口。

他也不说话，默然回身，从我手里接过那件风氅。

我低了头，不敢看他。

他突然抬起我的脸，未容我回过神，他的唇已覆了下来……陡然间天旋地转，仿佛炽热的风暴将我席卷，强烈的男子气息，不容抗拒的力量，仿佛一场攻城略地的袭击，强悍而直接，没有半分迟疑，狠狠击溃我心底最隐秘的一处情怀。

很久以前，久远得我几乎已经忘记，那时有一个少年，曾温柔地亲吻过我……在摇光殿的九曲回廊下，清风拂衣，新柳如眉，那个温雅如春水的少年，俯首轻轻吻上我的唇。酥酥的、暖暖的，奇妙得令我睁大了眼睛。

那个初吻的记忆，终结于我不解风情的尖叫：“啊，子澹，你咬了我！”

子澹，子澹。

周身的力气都消失，我站立不稳，被他一手揽住腰肢。这有力的手臂，属于萧綦，属于我的丈夫……今非昨，那个温雅的少年已经同我的昨日一起远去，恍如隔世。

萧綦的声音低哑而强硬：“你我之间，再没有旁人。”

我一颤，闭了眼不敢抬头。他是知道的，或许一早娶我便已知道。昔日京中，人人皆知上阳郡主与三殿下是一对璧人……方才醉后之言，也尽被他听见了。

我一阵瑟然，蓦地觉得冷，这才发觉自己赤脚踏在地上。

萧綦看着我散发赤足的模样，却是莞尔一笑，重新将我抱回床上。

他凝视我，神色温柔，眉心犹带一道皱痕，宛如刀刻一般。

“往后，我不会再有别的女人。”他淡淡一笑，旋即站起身来，“你我之间，也再没有旁人。”

他头也不回地走了出去，我怔怔地望着他的背影，过了好一阵子，仍觉他的气息还萦回在四周。

【进退】

卢氏殷勤地呈上姜茶，垂手躬立在侧，看我只皱眉喝了一口，忙赔笑道："王妃可是嫌味道重了，奴婢这就让人重新煎过。"

我摆了摆手，只冷淡地问道："都安置好了？"

"奴婢已将银两送至青柳家中，够她做嫁妆，只是玉儿不知好歹日日吵闹……"卢氏撇了撇嘴，正待再说，我打断她，"总是服侍过王爷一场，不可薄待了她。"

"王妃宅心仁厚，是咱们下人的福分。"卢氏忙躬身道。

我一笑，只觉仁厚一说无比讽刺。

我问过卢氏，才知道侍妾皆无子嗣，并非偶然。

卢氏说，每有侍寝，王爷必有赐药，大约是嫌侍妾身份卑贱，不配诞育王爷的子嗣。

这话我是不信的。若是世家子弟，有此一举倒不奇怪，萧綦却不应是这样的人。

这卢氏心思灵活，说话头头是道，颇会察言观色。见我留意询问王爷的起居，她一面偷眼看我，一面笑着凑近来，低声道："这阵子王爷都是一个人独宿，如今王妃身子见好了，还将王爷冷落在旁，只怕于礼也不合……"

我转头掩饰脸上的发热。

她却越发说得不像话，"王爷每晚都来探视，虽说王妃性子贞淑，可这夫妻闺中之事……"

我耳根发烫，冷冷道："卢夫人，你在府中执事也有年头了，一言一行都是底下诸人的表率，不可不知主仆分寸。"

卢氏脸上阵阵青白，退在一旁不敢多话。

我蹙眉看她，只觉此人性好谄媚，心术不正，留在身边终究不可长久。当下起了念头，想将她一并逐走，然而念及她年事颇高，又在府中操劳了一些日子，终究有些不忍。

脸颊耳后的火热却久久不曾消退，卢氏的话虽俚俗孟浪，却不是全然没有道理。

这几日来，萧綦越发繁忙，常常整天不见人影，一旦回府又有将领不断进出议事……纵然如此，他仍然每晚过来看我，多少总要陪我说一会儿话，有时非要看着我安然入睡，方才离开。

自那晚过后，他待我再无轻薄唐突之举，偶尔举止亲昵，也从不逾矩。

连玉秀也曾红着脸问我，为什么王爷从不留宿。

她们都不懂得，我却明白，萧綦只是在等待。他是太高傲的一个人，容不得半点儿勉强和屈就——这一点，我们何其相似。他要等我心甘情愿，将旁人的影子抹得干干净净，一如他所言，“我们之间，再没有旁人”。

我怔怔地立在廊下，满心都是怅惘，百般滋味莫辨。

萧綦不会明白，那不是旁人，那是子澹……有太多的情分交缠在子澹和我之间，即便抛开男女之情，我们还是兄妹，是知己，是共同拥有过那段美好岁月的人。即便用一句“旁人”，可以将一切都抹得干干净净，然而，那些镌刻在生命里的记忆，只怕这一生都抹不去了。

午后正欲小憩片刻，一名婢女匆匆而来，“启禀王妃，王爷刚刚到府，请王妃即刻往书房去一趟。”

我微怔，自到这里以来，从未踏足他书房一步，心下不觉忐忑。

当下未及梳妆，只拢了拢鬓发，我便匆匆而去，一路上心神不定，隐约感觉有事发生。

到了书房门口，我一时心急，不等侍卫通禀，便径直推开虚掩的房门。

一脚踏进去，我却怔住，只见房中还有旁人——萧綦负手而立，全神贯注地盯着一张舆图，他身后左右各立着一名将领，见我进来，均是一怔。

我见惊扰了他们议事，忙歉然一笑，转身退出。

却听萧綦的声音从身后传来，威严中流露出淡淡笑意，“往哪里去？”

我只得回转身，泰然而入，向那两名将领微微颔首一笑。左边那浓髯魁梧的大将，只愣愣地看了我一眼，便慌忙低头，面色尴尬。右边却是一名英朗挺拔的年轻将军，见我进来，也不知低头回避，儒雅眉目之间，竟是一派痴愣神色。

我敛眸低眉，微扬唇角，向萧綦欠身行礼。

萧綦敛去笑意，沉声道："既然王妃在此，你们先退下吧，此事明日再议。"

"属下遵命。"二人齐声应道，那粗豪大将略一躬身，转头便走，那儒雅将军却似愣了一刻，才匆匆转身，退了出去。

我这才忍不住笑了出来，"尽是些不知礼数的莽将军。"

萧綦笑着摇头，"自己莽撞，倒嫌旁人无礼，哪有这般不讲理的女人。"

我挑眉看他，"我来见自己的夫君，还需跟谁礼让三分？"

这话让萧綦听得满眼都是笑意，携了我的手，将我领至那幅巨大的舆图前面。

"这是，皇舆江山图？"我睁大了眼，被图上广袤疆域深深吸引。

萧綦淡淡一笑，伸手指了图上，傲然道："这是我戎马半生，率百万将士，守护开拓的山河。"

我被他的神色震慑，此刻的萧綦，隐隐竟有虎视龙蟠之态。顺着他所指之处看去，那绵延于舆图上的锦绣江山，也令我心神激荡，良久无言。

这些日子，虽然一点儿风声都不曾听到，我却隐隐觉察到不同寻常的紧张。那些匆忙进出的将领，通宵达旦的议事，眼前巨幅的舆图……这一刻，我终于知道，必是有事发生了。

自来宁朔不过月余，那些安宁恬淡的日子已在不经意间流去，此时想来，陡生怅惘。

我叹了口气，抬眸望向萧綦，等待他开口。

萧綦凝视我，"你可记得温宗慎？"

我愕然，无论如何都想不到他竟提起这个名字——当朝右相，与父亲比肩的权臣，唯一敢与王氏抗衡之人，也是父亲多年的老对头。我不由展颜笑道："为何突然提起右相？"

萧綦神色淡然，转身走回案后，侧首道："他已不是右相了。"

我一时未能回过神来，怔怔问道："温相另有晋爵？"

"九日前，温宗慎获罪革职；七日前，温氏满门下狱。"萧綦的声音冰凉如铁，"若按密函递送的行程算来，三日之前，便是他问斩之期。"

我猝然退后数步，背脊直抵上屏风，眼前掠过那张曾经熟悉的面容。昔日风骨清俊，傲岸不群的当世名士，位极人臣的首辅之一，如今已是一具躺在棺木中的尸首吗？

透骨寒意从脚底直冒上来，我一阵恍惚，喃喃道："京中发生了什么？姑姑，父亲，娘……他们怎样了……”想到京中可能剧变横生，我顿时心乱如麻，诸般怨念都抛在了九霄云外，只恐家人有个闪失。

萧綦向我伸出手来，柔声道：“过来。”

我茫然地任他牵住了手，被他揽在臂弯，怔怔地迎上他的目光。他眼里仿佛有种奇异的力量，令我觉得安稳，心绪渐渐宁定下来。

“这些事迟早要让你知道，算不得什么，往后你要担当的还多。”他笑意淡定，替我拢了拢散落的鬓发，“就算天翻过来，我也还在这里，没什么可惊怕。”

五月的边塞，竟然如此寒冷。

我听着萧綦将温相一案的始末简略道来，指尖越发冰冷，寒意从四面八方透来。

原以为徐绶伏诛，贺兰败走，一切危机都已经过去——可我万万没有想到，这才仅仅是另一场杀戮的开始。

太子轻薄寡德，早已令皇上失望，姑姑虽与皇上自幼结发，却并无深宠。多年来，皇上一直专宠谢贵妃，偏爱子澹，帝后之间日渐疏离，令皇上一度起了废储之心。至谢贵妃病故、子澹被逐，内有姑姑干政，外有父亲专权，而我与萧綦的婚姻，更使王氏的权势如日中天。

皇室与外戚之争，随着萧綦的北归，终成水火之势。皇上终于明白，太子羽翼已成。这一去纵虎归山，四十万大军与北方六郡尽在萧綦手中，一朝有他在，一朝动摇不了王氏。

一旦将来太子即位，天下尽落入王氏之手。

皇上孤陷于京中，皇室诸王分封各地，北方诸王的势力早已在战乱中消亡。唯有江南诸王，当年偏安一隅，侥幸保存了相当的实力，却与京城相隔千里，鞭长莫及。

唯有右相温宗慎支持皇上废储，在朝中与父亲相抗衡，暗中与江南诸王密谋。

萧綦婚后北归宁朔，在姑姑和父亲的支持下，迅速掌控北境六镇，数次以军务紧急为由，违抗皇命，拒不奉诏回京。朝廷忌惮他手中四十万兵马，一时间无可奈何。

太子内有外戚之势，外有重兵相挟，若要废储，第一个要除去的就是萧綦手中兵权。

眼见萧綦公然违抗君命，皇上终于下了狠心，与右相温宗慎一同设下毒计——派出亲信大将徐绶，与兵部左侍郎杜盟，以代天巡狩之名进驻宁朔，计划暗中挟制萧綦，伺机夺取兵权。

岂料徐绶野心勃勃，一心想借机取代萧綦，竟私下与贺兰箴勾结，欲借刀杀人，将萧綦一举刺杀，再推赖于贺兰氏头上，从此永绝后患。

萧綦是何等人物，早已获知风声，索性将计就计，将徐绶的借刀杀人，化作一箭双雕——明里一箭射杀徐绶，击溃贺兰；暗地里一箭，却是射向徐绶背后的温宗慎，乃至温相背后真正的主使之人，给了皇上反戈一击。

当日行刺事败，徐绶身死，杜盟逃脱，十余名贺兰族刺客被缉捕下狱，落下铁证如山。

萧綦一道奏疏，并举铁证十三条，弹劾温宗慎勾结外寇，谋逆作乱。同时父亲在京中，联同各部大臣一同上奏弹劾，逼迫皇上将温宗慎一党下狱，按律问斩。

右相一党拼死反扑，弹劾王氏外戚专权，反指萧綦拥兵自重，抗旨犯上。

皇上迫于父亲与姑姑的压力，只得舍弃温宗慎，将其下狱候审，令他做了代罪羔羊——温宗慎被定以重罪，革职削爵，举家流徙岭南。原本事情到这一步，皇上已经全盘皆输，向外戚低头。然而不知为何，父亲竟不顾姑姑的劝阻，执意要将温宗慎处斩方可罢休。

父亲最终一意孤行，擅自篡改旨意，直接下令刑部，于三日前处斩温宗慎。

“不会的！”我再听不下去，霍然拂袖而起，触上萧綦霜雪般清冽的目光，却是周身一僵，终究颓然跌坐回椅中。萧綦对我再无隐瞒，他与父亲往来传达的密函，都一一摊开在我眼前，父亲的字迹，是我再熟悉不过的……

即便当日得知父亲与姑姑在暗中筹划了我与萧綦的联姻，我也不过是伤心失望，而此刻，我却无论如何都无法将萧綦口中的左相，与我那气度雍容、卓然若谪仙的父亲联系在一起。

谁也不知道，究竟是因为父亲的跋扈，还是因为别的缘故，那个在我印象中一直懦弱多情的天子，终于被逼入绝境，被我的家族激怒，誓与王氏放手一搏！

在父亲刚刚送到的密函中，那一手挺秀苍劲的行楷小字，写着触目惊心的字句——就在数日之前，皇上下诏废黜太子，改立子澹为储君，封謇宁王为太子少保，令謇宁王即刻北上，至皇陵迎奉储君入京！

江南謇宁王是皇上的堂兄，诸位藩王之中，除萧綦外，便属他手中十五万兵权最重。此时皇上命他入京辅佐子澹，已是旗帜鲜明地向外戚宣战。

父亲与姑姑立刻封闭了宫禁，宣称皇上病重垂危，太子临危受命，代行监国之职。叔父同时调集五万禁军，将京城四面守住。姑姑派出内廷禁卫前往皇陵，将子澹幽禁。

朝中局势势成水火，一触即发。

一旦謇宁王发兵，唯有萧綦挥军南下，方可解京城之围。

父亲的密函，便是向萧綦求援，要他火速备齐粮草，南下屯兵备战。

我缓缓回头望向那巨幅舆图，方才见到图上勾勒的数条红线，尚且不明所以。此刻，却陡然明白过来，那猩红朱笔标注之处，正是萧綦的行军方略——从宁朔出三关，渡长河，直插中原心腹，截断南北要冲，在临梁关兵分三路，阻截东西南三面来犯之敌，将京师牢牢掌控在他的手中，犹如一座弹丸孤城！

我直直地望着那舆图，从指尖，到双手，一寸寸冰凉。

事成定局，这一战已是在所难免。

卷入这场纷争的人，却都是我的至亲。

不知萧綦何时来到我身后，按住我双肩，我这才发觉自己周身都在微微发颤。

他缄默不语，随我一起凝望那巨幅的舆图，良久才淡淡道："你会看舆图？"

我点头，僵然回应他的发问，"是，哥哥从前很爱绘制水道舆图……"

"王氏儿女的确才识不凡。"他微笑，从身后将我揽住，意态从容，仿佛只在闲话家常，"这些事原本早该让你知晓，只是你伤病未愈，只怕平添了烦恼。"

他说得这样轻松淡定，几乎让我错觉，这不过是一场小麻烦，而不是关乎我亲族存亡、天下纷争的大事。我怔怔地看着他，不敢相信他此刻面上犹带笑容。

他知不知道，一旦起兵南下，等待他的将是一场生死恶战。他将与我的亲族一同站在命运的边缘，退后一步便是万丈深渊。

"到底为了什么？"我颓然掩住脸，再也抑制不住心底的惶惑，失声哽咽。

我不明白这一切都是为了什么。金风细雨的京城，往日诸般美景，至亲至爱的家人……甚至是眼前刚刚重新绽放的天地，都随着这场纷争而坍塌。我和我身边的每一个人，或许都将从此改变。这荒唐可怕的一切，到底是为了什么？

"为什么要废储，为什么要打仗？"我喃喃颤声问他。

他陡然笑了，朗朗笑声却是冰凉透骨，我听不出半分笑意。

"为了什么……"他淡淡重复我的问话，唇角微扬，"无非四个字，帝王霸业。"

我霍然抬眸看他，震骇无言。

自古多少英雄，竟折腰在这“帝王霸业”四个字上。

“一朝踏上此路，成王败寇，再无回头。”他竟含笑看我，淡淡说出我此刻心中所想的话。

我凝望萧綦，一时间，心中念头百转千回。他明白我此刻心中所想，如同我也明白他那四个字的寓意。如果一切重来，我是愿做侯门深闺中的柔弱女子，如母亲那般安享荣华一生，抑或依然愿意站在他的身旁？

他静静地等待我半晌，目中渐有失落。

“左相还有一封家书给你。”他不动声色地转身，从案上密匣中取出一封盖有我家徽的漆封信函。

这是我到宁朔以来，父亲送到的第一封家书。

此前他与萧綦密函往来，竟没有一封家书予我，似乎早已将我这嫁出的女儿遗忘。

或许他早知道，我会从萧綦这里得知真相，并且不会原谅他。

我接过父亲的信函，默然垂眸，心下黯淡。

萧綦也不作声，转身行至窗下，负手而立，待我独自拆阅家书。

我望着他孤峭背影，将父亲的家书紧紧地捏在手中，不觉已捏皱。

“既然你我已是夫妻……”我轻轻一叹，“庙堂之高，江湖之远，我总要随你一起的。”

午后阳光透过窗棂，斑驳地洒在他肩头，将他挺拔身影长长地投在地上，愈显孤绝。

他背向着我，看不到脸上神色，隔了良久才听他低低说了一声：“好。”

我低头盯着信上父亲的字迹发呆。

“阿妩。”他突然唤我。

“嗯。”我曼声应了，忽然一呆，他竟叫了我的乳名。

萧綦突然转过身来，满目笑意地望着我，“你叫阿妩。”

我从未见过他这般明朗温暖的笑容，仿佛有淡淡光华自他眼底焕发，令我一时看得呆住。

“你怎知道我在家时的乳名？”话一出口，我才想起手中信函，上面分明有父亲写下的“阿妩亲启”。我不觉莞尔，抬眸迎上他的目光，相视而笑。

书房里有一股若隐若现的墨香，弥散在五月的阳光中，恍惚似回到了柳媚花好的昔日光景。

被他这样看着，我越发有些局促，低头去拆父亲的信。

手腕却突然被他捉住，信也被他劈手夺了去。他将手指按在我唇上，止住我的发问，低低笑道："回来再看，先随我去一处地方！"

我一时愕然，被他牵了手，不由分说地带出书房。回廊庭院中那么多的侍卫仆从，他也不顾有人在侧，一路紧紧地牵着我的手，泰然大步走过，惊得府中仆从纷纷回避。起初我还羞窘，渐渐觉得莫名雀跃，轻巧好奇地跟上他的步伐，不知他要将我带到何处。

他的手掌那么大，将我的手完完全全握住。我偷眼看他的侧颜，却被他发现……

"到了。"他笑着一指前方，竟是马厩所在，"快去挑马！"

"挑马？"我错愕莫名，啼笑皆非地挑眉看他，"你难道要带我领兵打仗？"

他大笑起来，"哪来这么多话，叫你挑便挑，选好马再叫下人找一套布衣胡服给你。"

我恍然明白过来，惊喜道："我们要微服出行？"

他瞪我一眼，"再嚷大声些，全城都知道王妃要出行了。"

忽听一声清越马嘶，那马厩中最抢眼的一匹高大黑马朝我们迎上来，浑身毛色漆亮如墨，四蹄矫健修长，鬃毛猎猎，神骏昂扬。

"那是墨蛟。"萧綦微笑，丢了我的手，径直向他的爱马迎去。

看他待马倒比待人热情，我不觉心头暗恼，忽起玩心，将手指并入唇间，短促地吹响一声呼哨，这是驯马师常用来警戒马群的讯号，幼时我缠着太仆寺最好的牧丞学了很久才学会。厩中马群果然一凛，齐齐向我看过来，连墨蛟也微微侧头看我。

萧綦惊诧地回头，笑道："你竟会这个！"

我淡淡一笑，扬眉看他，"除了舞刀弄剑、行军打仗，你会的，我未必不会。"

#【缠绵】

夕阳余晖斜照在苍茫大地上，远山雄浑，隐约有云海翻涌，山峰的轮廓被夕阳勾勒上淡淡金边。我的眼前是大片深浓的绿，绿得没有尽头，仿佛一直延伸到天边。我从不知道，这塞外的牧野竟能辽阔至此，比之皇家猎场何止数倍。天地之阔，山河之壮，即便是帝王家也不能尽揽囊中。

萧綦带我出城，来看这壮阔边塞，无际旷野，来看他一手开拓的疆土。十年之前，我们脚下还是突厥的疆土，这肥沃美丽的绿野仍被外族霸占。直至宁朔一役，萧綦大破突厥，将天朝疆域向北拓伸六百余里，直抵霍独峰下。

我第一次被天地之美所震撼，原来九重宫阙之外，另有一种力量，比皇家天威更令人折服。

萧綦扬鞭指向远方，“那就是霍独峰，北境最高的山峰，峰顶积雪万年不化，从未有人能攀过山腰以上。北地牧民相传，那峰顶是神灵的居所，凡人不可亵渎。”

“我从未到过那么高的地方。”我由衷感叹，心下无限神往。

“我也只到过山腰。”他慨然一笑道，“这世上唯一令我敬畏的，便是天地之力。”

如此大逆不羁之言，已不是第一次从他口中说出。初时听来震骇，而今我竟也泰然。若是旁人说出这话，未免轻狂犯上，唯独从他口中说出，却是轻描淡写，叫人听来也觉理所当然。

“翻过那座高山便是大漠，四面茫茫皆是黄沙，高丘转瞬就成平川，流沙之壑深不见底，一直向北绵延数百里才见绿洲，再往北，就是突厥的疆土了。”

顺着他扬鞭所指的方向，遥想朔漠狂沙，我不禁心驰神往。

长风猎猎，吹动他风氅翻卷，将我的长发吹得纷乱如拂。

我们并缰策马，徐徐而行，没有侍卫跟随，抛开俗事纷扰，唯此两骑并肩徜徉于宁静旷野之中。

天愈高，心愈宽，人愈近……天际最后一抹残阳焕发出灿烂的余晖，将天地万物洒上璀璨金光。

遥望那天地尽头的红日，我陡然生出豪气万丈，回首对萧綦扬眉一笑，“王爷与我较量一下骑术如何？”

萧綦朗声大笑，勒缰驻马，“让你三百步！”

我也不答话，反手扬鞭，朝他座下黑马狠狠抽去。那墨蛟大概从未被旁人鞭打过，暴烈脾性受这一激，立时扬蹄怒嘶。萧綦一惊，不待他出手制止，我已猛夹马腹，催马跃出。

我座下名唤“惊云”的白马也不是凡种，通身如雪，长鬃压霜，奔驰之间仿如御风踏云。

萧綦纵马追了上来，那墨蛟果然神骏非凡，来势迅若惊雷。

黑白两骑渐渐并驾齐驱，萧綦侧头看我，满目惊艳，朗声笑道：“你究竟还有多少能耐？”

我笑而不答，扬鞭催马，任长风猎猎，掠起衣袂翻卷，长发飞扬，仿佛御风飞翔在一望无垠的绿野之上，风中混杂了泥土与青草的清香，令人心神俱醉。

我的骑术自小由叔父亲自教授，连子澹也曾甘拜下风。

然而萧綦的骑术，到底叫我心悦诚服，墨蛟的能耐也胜惊云一筹。我与它都已经感到乏力，萧綦却还气定神闲，墨蛟更是越发神气昂扬。

“罢了，你赢了！”我深喘一口气，不忍再催马，笑着将马鞭掷给萧綦。

“王妃承让。”萧綦含笑欠身，勒缰缓行，温柔凝望我，“累了吗？”

我摇头微笑，掠了掠鬓发，这才惊觉已经走得太远，四周都是无边无际的旷野，天色也已暗了下来。暮色四合，缤纷野花盛开在绿野之间，远处有数座毡房木屋，牧民们已经生起了篝火炊烟。成群的牛羊正被牧童驱赶回家，欢快悠扬的牧歌声，从羊群中传来。

“这是哪里，我们竟走得这么远了！”我讶然笑叹。

萧綦一脸正色道：“看来今晚回不了城，只能露宿了。”

我吐了吐舌头，佯作惊恐，“怎么办，会不会有狼？”

“狼是没有。”萧綦似笑非笑地瞧着我，“人却有一个。”

我耳后蓦地发热，装作听不懂，侧头回身，却忍不住失笑。

天色已经黑了，我们索性去到那几户牧民家中，正赶上晚归的牧人回家，妇人们煮好了浓香扑鼻的肉汤，盛上了热腾腾的羊奶。

我们这一对不速之客的到访，让热情淳朴的牧民大为高兴。也没人追问我们的来历身份，只拿出最好的酒肉来款待，将我们奉若贵宾。几个少年围着墨蛟与惊云啧啧称羡，女人们毫无羞涩扭捏之态，好奇地围拢在我们周围，善意地嬉笑议论着。她们惊叹我的容貌，惊叹我的肌肤像牛乳一样洁白，头发像丝缎一样光滑——这是我听过的赞美中，最质朴可爱的话语。

酒至酣时，人们开始围着篝火歌唱舞蹈，弹着我从未见过的乐器，唱起一些我听不懂的歌。

萧綦在我耳边微笑道：“那是突厥语。”

我已瞧出些端倪，轻声道：“他们不全是中原人吧。”

萧綦笑着点头，“北地一向各族杂居，彼此通婚，牧民大多是胡人，民风与中原迥异。”

我微微点头，一时心中感慨。我们与突厥征战多年，两国仇怨甚深，然而百姓依然和睦相处。百余年来相互通婚，共同生存于此。疆域虽可以凭刀枪来划定，可血脉风俗是轻易割不断的。

萧綦慨叹道：“胡汉两族本是唇齿相依，数百年间你征我伐，无论谁家胜负，总是苍生受累。只有消弭疆域之限，使其血脉相融，礼俗相渗，你中有我，我中有你，合为亲睦之族，方能止杀于根本。”

妇人们奉上大盘牛羊肉，就那么切也未切，滋滋冒着油地放在我面前，焦香烤绽的肉皮下，还有血丝筋连。她朝我比画个吃的手势，一脸促狭期待。

我求助地看向萧綦。

他抽出袖底一柄寒光如雪的短剑，刀锋闪处，令妇人低呼，男子惊羡。

我不识刀剑，略略一眼，也知是不世宝刃。

却见他将这短剑在手中一掂，只当切肉刀，随手一削，挑起薄而嫩的一片肉，递到我唇边。

我怔住，从未在剑尖上吃过肉。

他笑睨，笑得那么可恶。

看着近在眼前的剑尖，和那滴油的肉，我深吸了口气，将心一横，倾身就口衔过，嚼上两口，狠狠咽下，油香肉甜一起在舌尖化开。

他倾身过来，在我耳畔低声道："这是杀过人的剑。"

我喉头一哽，肉已咽下。

他体贴而及时地递来水碗。

顾不得细看，我接过便喝了一大口，惊觉碗中是烈酒，热辣辣地从口中直烧向肺腑周身。

霎时间呛咳出眼泪，透过狼狈泪眼，我看见萧綦笑不可抑。

周遭哄笑声声。

我拿起酒碗，将剩下的酒仰首一饮而尽。

牧人们轰然拍手叫起好来。

萧綦笑着夺下酒碗，轻轻拍抚我后背，被我一掌推开。

"傻丫头，逞什么能。"他收紧臂弯，将我揽得紧了。

我恼他捉弄，正欲挣脱，却见一个脸庞红润的姑娘端了酒碗上来，大胆地递给萧綦，周围男女都哄笑起来，坐观好戏地看向我。

我不懂得他们的风俗，却见萧綦看我一眼，笑着摇头，"我已有她。"

那姑娘非但不羞怯，反而一昂头，挑衅地打量我，用生硬汉话问："你是他的女人？"

"我是他的妻子。"我迎上她的目光。

她眸子闪闪地望着我，"我想邀他一同跳舞，你能允许吗？"

原来只是跳舞，我一怔，不觉失笑。

转头看萧綦，我倒想看看他跳舞是什么模样，只想想那场景便忍俊不禁。

他眼里颇有些紧张期待。

我忍住笑意，回首正色道："我不能允许。"

"为什么？"她目光火辣，一派坦荡。

我直视她，微笑道："国之疆土不容敌人踏足毫厘之地，我的丈夫也不许旁人沾染一根手指。"

她呆了。

周遭也是一静。

僵了半晌，她一跺脚，伸出了大拇指，“你，好样的！”

牧人们鼓起掌来，冲我们举起酒杯，有个高大的青年站起来，朝这姑娘唱起我听不懂的歌，歌声热烈缠绵，让她羞红了脸……想来我自己的脸色，大概也不比她好得了多少。

只因火光映照下，萧綦深深地看着我，笑意如醇酒，炽热目光里似有火星迸溅，灼烫了我。

他在我耳边低声说：“此地风俗，一个男子若接受女子的邀舞，便要做她的情人。”

我讶然，“即便已有家室也可以吗？”

他笑着点头，颇有得色。

我眯了眯眼睛，看向那一圈围着篝火唱和起舞的牧人，其中多有矫健年轻的男子，也有飒爽舞姿，“那不如，我也邀请一个男子共舞……”

“你敢！”

我大笑。

他的眼神令我透不过气来，分明未喝太多酒，却已眩然。

夜已渐深，我们辞别了热情的牧民，踏上回城的方向。

夜空深远，漫天星光璀璨，宁静的旷野中只有马蹄声声，夜的温柔将天地万物拥抱。

我仰头任夜风吹去脸颊的发烫，心潮依然未能平静。

“过来。”萧綦伸臂揽住我，不由分说将我抱到他的马上，用风氅裹住我。

我仰头看他，他亦低头望着我，目光深邃温柔，“喜欢这里吗？”

“喜欢。”我含笑望着他，“我从未见过这么美的地方，好久没有这么快活过。”

萧綦笑意愈深，在我耳边柔声道：“等战事平息，我带你遨游四方，去看东海浩瀚，西蜀险峻，滇南旖旎，杏花烟雨……天地之大，河山之美，超过你所能想象的极致。”

战事，终究还是躲不开这二字。我靠在他胸前，无声叹息。这一整晚，我们谁都没有提起此事，明知道战事在即，仍尽力将那纷争烦恼都抛开，哪怕只贪得半日无忧也好。

我合目微笑，“好，到那时，我们游历四海，找一处风光如画的地方，盖一座小小院落，日出而作，日落而息……”萧綦揽紧了我，在我耳边低声道，“我便盖一座天下最美的院落给你，那里只有你我两人，谁也不能打扰。”

我仰望苍穹，只觉良夜旖旎，此生静好，眼底不觉湿润。

他揽在我腰间的手慢慢收紧，薄唇轻触到我耳畔，气息暖暖拂在颈间，激起奇妙的酥软，仿若饮过醇酒。我微微颤抖，再无一丝力气躲闪，不由自主地仰了头，任他的唇落在我颈项。

“抱紧我。”他低低开口，宁定如常，声音却骤冷，“之后无论怎样，都不要松手。”

我霍然睁开眼睛，惊觉周身悚然，四下仍是一片夜色静好，却有凛冽寒意从萧綦身上传来——杀气，如刀剑出鞘般的杀气。座下墨蛟似也察觉了什么，缓下步子，警觉地竖起耳朵。跟在它身后的惊云，不安地低嘶了一声。

萧綦凝神按剑，暗暗将我揽得更紧。

墨蛟缓步前行，马蹄一声声都似踏在人心坎上。

浓云不知何时遮蔽了天空，风里渐渐裹挟了湿意，五月的夜空骤起雨意。

我们已经驰近牧野边缘，远近低丘起伏，已能望见城郊村落的隐隐灯火，道旁错落高低的草垛，在夜色中影影绰绰掠过。我心中却暗暗发紧，越发有不祥之感。方才在空旷无际的原野上，放眼四下无遮无挡，即便一只飞鸟也躲不过萧綦的眼睛。然而这牧野边际，地势已变，周遭低丘草垛阻住了视线，似巨大的野兽潜伏在黑暗中，森然欲择人而噬。

低沉的雷声滚过天际，风愈急，就要下雨了。

我将双手环在萧綦腰间，指尖触到革带金扣上镌刻的兽首，金铁的冰凉坚硬，透入心底，令我觉得安稳。墨蛟突然停下，低头发出短促警觉的鼻息声。我屏住气息，只觉萧綦将我揽得更紧，不动声色地催马前行。

有冰凉的雨点洒落，湿了脸庞，这雨究竟还是来了。

右前方有几点幽碧的萤火飘浮，忽而四散开来。

“伏身！”萧綦蓦然低喝，将我身子按倒在鞍上。我什么也未看清，只听一声尖厉劲啸，旋即有劲风擦脸而过。冷汗遍体，我知道方才那一瞬间，已与死亡擦身而过。

墨蛟也在同一刻骤然发力，惊电般跃出，向那萤火后的草垛冲去。

风声呼啸，眼前一切飞掠如电，耳畔是萧綦镇定不紊的呼吸声，他的手臂稳稳地揽住我，一手按剑，剑作龙吟，匹练般的寒光骤然亮起，划开浓墨般夜色。

萧綦出剑，剑光照彻丈许，就在这一刹那，我看见了绰绰黑影，如鬼魅而至！

眼前一暗，萧綦霍然展开风氅，将我完全挡在臂弯下——最后一眼，我只看到逼近跟前的黑衣人，露在面罩外的眸子森寒，劈空刀光挟一刃惨碧迎头斩来……剑光陡然暴涨，吞噬那刀光，如狂风倒卷，横扫千军！

眼前彻底陷入黑暗，我再瞧不见半分，徒留鼻端一丝腥热气息，方才电光石火间，有什么溅上我脸颊。惊雷乍起，雨声骤急，墨蛟腾跃惊嘶，剑风呼啸，耳边响起急如骤雨的诡异之声，间或有金铁交击，更多是热血喷溅时的飒飒，骨肉折裂间的闷声……经过贺兰一役，这杀戮之声，我已不再陌生。浓重的血腥气，在这暗夜里弥漫开来，直扑鼻端。

我将脸颊紧贴在萧綦胸前，一动不动，任那风氅将我密密遮裹。隔着衣衫，我清晰地听到他心跳的声音，强劲稳定；他的手臂、身体、肌理在发力张弛之间，爆发出惊人的力量，仿佛能摧毁天地间一切。

墨蛟奋力驰骋，仿如腾空御风，我不知道它会奔向何处，眼前的黑暗却不曾令我惶惑——我从未有过如此的镇定从容，想到身后坚定温暖的胸膛，想到与他同在，哪怕前方是修罗炼狱、万丈血池，我也一往无前。

周遭金铁杀伐声消退，血腥的味道还未散去，风雨声却更急。雨水湿了风氅，渐渐渗入我衣衫，带来湿浸浸的凉……隔着冰凉的衣衫却有温暖从他身上不断传递过来，靠在他胸前，周身温暖依然。我抬头，却睁不开眼，雨水挟了急风唰唰打在脸上，转瞬眉睫发丝尽湿。

“别出声。”萧綦揽在我腰间的手臂陡然一紧，下一刻我已身子凌空，被他抱住滚下鞍去。

我们滚倒在道旁，身下恰是绵软的草垛。萧綦翻身而起，揽了我迅速缩身避入草垛后面。墨蛟与惊云竟不顾我们落马，径直向前飞奔，一路疾驰而去。我心头顿时冰凉，只听纷乱马蹄声踏破水声四溅，从后面赶来，直追两骑而去。

萧綦一动不动，左臂一刻没有离开过我腰间，始终稳稳将我揽住。雨水顺着草垛流下，湿透全身，我顾不得冷，只屏息抓住萧綦的手。他反手将我五指扣紧，默默传递着抚慰的力量。

待那追赶的马蹄声去得远了，他沉声道：“跟我来。”

他牵住我大步冲进风雨中，疾奔在漆黑的夜里，天地茫茫一片大水，脚下泥水四溅……眼前隐约见到一座屋舍的廓形，隐在大片草垛与木桩之后。

萧綦踹开房门，急风挟雨直扑房中，眼前漆黑一片，只有干草的清香扑面而来。

我慌忙返身将房门掩上，虽是薄薄一扇木门，至少能将风雨杀机暂时挡在外面。

这里是一处废弃的军马草料场，萧綦曾经来巡视过草料仓库，隐约记得这处简陋的屋舍，曾是守仓人值夜之所。

萧綦点亮火折子，检视过门窗都已紧闭，外面不会见到火光，这才将火塘中残留的木炭点燃。北地寒冷，寻常人家都以火塘取暖，屋里除此只有一张简陋的木桌，四下散乱堆放着干草。

我靠着那木桌，身子微微发颤，不知道是冷还是后怕。刺客暂时已被引开，方才萧綦一力击退数人狙杀，从精心设伏的杀阵中冲出，若非身边有我这么一个负累，他或许可以杀出重围……我抬眸看向他，却蓦地一震，只见他风氅湿透，仍在往下滴水，那水滴蜿蜒流到地板上，竟带着触目惊心的暗红。

“你受了伤！”我大惊，掀开他风氅，慌了神地在他周身寻找伤处。

他按住我的手，竟还有心思笑，“摸什么，男女授受不亲。”

我什么也顾不得，惶急道：“你到底伤在哪里，要不要紧？”

萧綦不说话，定定地望着我。我见他风氅湿透，底下的外袍也半湿了，染上血污斑斑，竟看不出伤处在哪里，一时间手脚都软了，只抓住他不肯松手。

“我没受伤。”他低低开口，语声轻柔。

我这才一口气缓过来，却什么话都哽在了喉咙里。

“都是刺客的血。”他以为我不相信，忙脱下风氅。

我怔怔地望着他，一句话都说不出，不知是哭是笑，仍未从方才的惊怕中回过神来。

“脸色都吓白了。”他叹息，满眼暖意，“傻丫头，你怕我会死掉吗？”

听着一个“死”字从他口中说出，我心中一紧，呆呆地望着他的面容，想到他若真的死去，留我一人孤单单做这豫章王妃，那又有什么意思，此生既已做了他的妻子，有彼有我，共同进退，大不了生死相随。

我强作镇定地笑，“我才不愿做寡妇，百年之后也需我先死，留你去做鳏夫。”

萧綦啼笑皆非，伸臂将我拽进怀抱，箍得我几乎不能呼吸。

“好吧，百年之后我让你一步。”他在我耳边含笑低语，“在那之前，你要陪我到老，一起变成鹤发翁妪，即便发脱齿摇，也各不嫌弃。”

刺客人多，我们力寡，萧綦当机立断，大胆弃了马匹，让墨蛟惊云引开刺客，我们趁着夜色掩蔽，藏身此处。雨水冲刷掉了足迹印痕，刺客不熟地势，绝难找到这隐蔽之所。

我们相偎倚坐在火塘边上，萧綦脱去染满血污的外衣，仅着贴身中衣，胸前紧实肌肤隐隐可见。我垂下眸子，竟不敢看他。他俯身去拨那火塘中的木炭，自顾凝神思索，未曾察觉我的窘态。

我轻咳一声，叹道："眼下可怎么办，难道一直等到天亮？"

萧綦微笑，"天亮之前，自有救兵来援。"

我愕然侧眸，见他神情笃定，对我一笑道："我们彻夜未归，怀恩必会警觉，带人出城来寻。我放了墨蛟回去，它认得路，也记得我的气息，自会带了怀恩寻来这里。此处离城郊已近，天亮之前，他们必会赶到。"

我长长嘘一口气，心下略定，却见萧綦的脸色阴沉下来。

他淡淡道："我们的行踪被刺客知晓……王府里，潜进了奸细。"

我心头一凛，只觉一股寒意从背脊升起，此番知道我与萧綦微服出城的人，只有府中那几个贴身的下人，若连身边的人也混进了奸细，还有什么人可信。

"难道又是贺兰……"我沉吟片刻，蹙眉道，"不对，突厥人与贺兰箴此时自顾不暇，哪来余力向你动手。"萧綦唇角扬起，却没有半分笑意，目中精光流转，深不可测，"你以为，此时谁最想取我性命，谁又能带着数十名刺客潜入宁朔？"

我正倾身去拨那木炭，闻言手上一颤，铁钳几乎脱手。

不知道是不是湿透的衣衫贴在身上太冷，我竟有些微微颤抖，靠近了火塘还是周身发冷。

"还是冷吗？"萧綦从背后环住我，捏了捏我湿透的衣袖，断然道，"这样不行，脱下来！"

我心中一慌，却挣不开他双臂，此前两次被他脱掉衣衫的狼狈，至今还令我耿耿于怀，此时眼见他又来解我衣襟，忙羞恼道："不用，我不冷……"

他双臂一紧，俯身贴近我耳边，低低道："为什么总是怕我？"

我窒住，忽觉口干舌燥，似乎周身都烫了起来，结结巴巴道："我，我没有……"

他不再言语，静静地抱着我，温热气息暖暖拂在我耳根。

火塘中偶有一点儿火星爆开，分明方才还觉得冷，此刻却似周身血脉都一起沸热了。

"阿妩。"他沉沉唤我，语声低哑温柔，"我已经错过你三年。"

他的唇落在我耳垂，轻轻贴在我耳畔，沿着颈项一路细细吻了下来。

我紧紧闭上眼睛，不敢动弹，甚至不敢喘息，心头剧跳，一颗心似要蹦出胸口。

大婚之前，宫里的起居嬷嬷已经教过我闺中之事，甚至很早很早之前，我曾不经意间撞到太子哥哥与姑姑的侍女偷欢……男女之欢，我虽羞怯懵懂，却不是全然无知。

他薄削双唇灼烫在我光裸的颈项肌肤上，激起阵阵酥麻。我被他拥在怀中，浑身一点儿力气也没有，仿佛沉沦在无边无际的温暖潮水之中，缓缓漂浮，忽起忽落。

他的呼吸渐渐急促，环在我腰间的手缓缓上移，修长手指挑开我衣襟，隔着一层薄薄丝衣，掌心暖暖地覆了上来，极轻极柔，仿佛捧住一件无比贵重的珍宝。

我忍不住喘息出声，颤声低唤他的名字，手指紧紧与他交缠。

他停下来，扳转我身子，令我仰头直视他的眼睛。我痴痴地看着他，他的鬓发，他的眉目，他的唇，无处不令我久久流连。我抬手攀上他的脖颈，指尖轻划过他喉间微凸的一点，抚上他薄削如刃的唇……他的手臂猛然一带，将我揽倒在臂弯。我的发簪松脱，长发散开，如丝缎垂覆，铺满他臂弯。他将我放在柔软的干草上，俯下身来深深地看着我，目光缠绵迷离。

我的衣衫被他层层解开，处子皎洁之躯再无最后的遮蔽。

火塘中木炭爆出细微的毕剥声，火光暖融融，隔绝了风雨暗夜的清冷。

迟来了三年的洞房花烛，从王府中锦绣香闺换到这边塞木屋的火塘边，喜娘环绕换作了刺客夜袭……也只有他遇着我，我遇着他，才有这番际遇。或许我们注定要在惊涛骇浪里相携而行，这便是夙命，我们的一生。

【别离】

外面仍是风雨声急，火炭却将这简陋木屋烘得暖融融的，一室春意盎然。

我静静地伏在萧綦怀中，一动不动，长发缭绕在他胸前，几绺发丝被汗水濡湿，贴着他赤裸胸膛，与铜色肌肤上深浅纵横的伤痕交织在一起。他身上竟有这样多的旧伤，甚至有一道刀痕从肩头横过，几乎贯穿后背……虽早已愈合，只留淡淡痕迹，却依然触目惊心。

那十年戎马生涯，究竟经过了多少生死杀戮，踏着多少人的尸骨，才能从血海里杀出，一步步走到今天……我不敢想象那十年里，他一个人走过的日子。

此刻浓情过后，他揽着我合目而卧，似乎陷入安恬沉睡，眉目依然冷峻，唇角还紧紧抿着，出鞘长剑就在他手边，但有风吹草动，他会随时按剑而起，没有一刻是能松懈的。我久久地凝望他平静的睡颜，心里有丝丝痛楚，夹杂着微酸的甜蜜。

我伸出手，以指尖轻轻抚平他眉心那道皱痕。他闭着眼，一动不动，紧抿的唇角略微放松，勾出一抹极淡的笑意。我探起身子，拉过已经半干的外袍将他赤裸上身盖住。他忽然勾住我腰肢，翻身将我压在身下。

我一声嗔呼还未出口就凝在了唇边，只见萧綦目中精光闪动，脸色凝重，按剑屈膝而立，将我护在他身下。我屏息不敢动弹，分明没有听见任何动静，却隐隐察觉有什么正在逼近……萧綦目光变幻，忽然振腕一陡剑尖，那雪亮长剑发出苍凉龙吟，在静夜中低低传了开去。

屋外一声剑啸相应，旋即传来铿锵低沉的男子声音，“属下来迟，令主上受惊，罪该万死！”

我心头一松，旋即羞窘，忙披了外袍起身，替萧綦整理衣袍冠戴。

萧綦还剑入鞘，淡淡含笑道："很好，你的动作越发迅捷了。"

"属下惶恐。"那人恭然应答，止步于屋外，不再近前，那声音听来似曾相识。

"刺客眼下去向如何？"萧綦的语声冷冽威严。

"刺客在东郊与属下等遭遇，七死九伤，其余十二人向城外溃退。唐竞将军已带人追击，宋将军已封闭全城搜捕，属下未敢耽误，随即赶来接应主上。"那人的声音冷硬，有浓重的关外口音……关外，我心中蓦地一动。

萧綦打开房门，冷风挟雨直灌进来，我冷得一颤，却看见那门外雨中，一名全身铁甲森严的武士垂首屹立，身后十余骑肃立在数丈开外，执了松油火把，置身风雨之中，依然身如铁石，纹丝不动。那浸透松油的火把摇曳于风中，燃出浓浓黑烟，兀自不熄。

萧綦负手按剑而立的身影，逆着火光，有一种漫不经心的倨傲。

一名侍卫恭然撑了伞上前，萧綦将伞接过，含笑回身，向我伸出手来。

我掠一掠鬓发，徐步走到他身侧，将手交到他掌心，随他一起迈进风雨中。雨丝簌簌抽打在伞上，冷风吹得发丝飞扬，他的肩膀却挡住了雨夜的凄冷，将暖意源源不断传递到我身上。

我们走到屋外空地，那十余名骑士一起翻身下马，单膝跪地，向萧綦俯首。冰凉铁甲带起整齐划一的铿然之声，在这风雨声中，格外震慑心神。

墨蛟与惊云果然跟在众侍卫之后，见了我们分外亢奋欢跃。

我侧首望向那身形魁梧的铁甲将军，终于看清他的面貌，他亦微微抬目看向我，我回以会心一笑——果然是他，是那驿站中接应我的灰衣大汉。

府中最清楚我们行踪的莫过于玉秀和卢氏。

回到王府，萧綦下令囚禁全部知情的仆役，包括婢女和马夫在内的数人全部下狱候审。

侍卫来带走玉秀的时候，她一声不吭，没有哭喊，倔强地咬住嘴唇，任由侍卫将她拖走。临到了门边，她蓦地回首望着我，瘦小身子被侍卫拖得歪倒，一双眸子却坚定熠熠。

"玉秀没有背叛王妃。"她只轻轻说了这一句，旋即被侍卫拖了出去。

我抿唇定定地看着她，看着她越去越远，终究脱口道："住手。"

两名侍卫回身停下来，玉秀跌在地上，咬唇看着我，目光凄苦含悲。我懂得这样的目光，这是被自己信重敬仰之人遗弃的悲苦，是我曾经感受过的无奈。只在这一刻，我望着这瘦弱倔强的女孩子，心中涌起深深感动。没有任何缘由，我就是信了她。

“不是玉秀。”我转向侍卫，淡然道，“放了她。”

玉秀猛然抬头看我，眼中蓄满泪水。两名侍卫面面相觑，有些迟疑不决。

我缓步上前，向玉秀伸出手，亲自将她从地上扶起。侍卫相顾尴尬，不得不躬身退下，玉秀这才放声哭出声来，一面拭泪，一面屈膝向我跪下。

我拉住了她，轻拍她肩头，柔声道：“玉秀，我信你。”

她哭得一句话也说不出。身后侍女垂首静立，一个个红了眼圈，唏嘘不已。

就在当夜，卢氏的丈夫，那位冯姓参军竟在家中自尽。卢氏在狱中被拷打不过，终于招认，是她将萧綦的行踪告知了冯参军。她未曾料到，自己的丈夫受人胁迫，为那刺客背后的主使者做了内应。

刺客逃至东郊官道，被唐竞率人合围，落下三名活口，其余死战而亡。

宋怀恩及时封闭宁朔全城，严密搜捕，在混迹于城南商贾的人群中缉捕了一名中年文士。

此人正是随徐绶一同赴宁朔犒军的监军副使，兵部左侍郎，杜盟。

这个名字我并不陌生。此人年过三十，其貌不扬，出身北方望族，非但文采斐然，骑射武艺也十分了得，更是右相温宗慎一手提携的得意门生。如此才俊之士，却因狭隘古怪的性子和不合时宜的脾气，与权贵格格不入，成为众人的笑料谈资。

当世名士豢养的多是宝马良驹、仙鹤名犬，唯独此人爱牛，家中养了十余头耕牛，更是常常以牛自比，自号“牛癫”，脾气倔比老牛。许多官员都曾因一点儿小错被他弹劾，就连爹爹也多次被他当面顶撞，只碍于右相的颜面，才拿这怪人无可奈何。

我仍依稀记得那个面色黧黑，宽袍大袖，总是一副怒气冲冲模样的杜侍郎。却万万料想不到，他会主使右相豢养的暗人，行刺朝廷重臣。

暗人，是一个暗影般神秘的存在，我知道叔父手下有一群誓死效忠王氏的暗人，没有人知道他们是谁，潜藏在何处；但有一声令下，他们随时会像影子一样出现，执行主上的使令。

耿介狂放的杜侍郎，会是暗人的首领。我那清名高望的父亲，会矫诏犯上。英雄盖世的豫章王，会向朝廷悍然发难……忠义也罢，奸佞也罢，我第一次知道，这世上原本没有绝对的忠奸。说到底，不过“成王败寇”四个字——每个人都是一样的血肉之躯，都有一样的利欲私心，在断头刀下，生命也是一样的脆弱。譬如此时，杜盟的头颅正悬挂在宁朔城头。

他曾在朝堂之上雄辩滔滔，指挥暗人来去如影，一生忠勇，以死报答温相知遇之恩。然而有朝一日，他的大好头颅断送在屠刀之下，也只不过血溅三尺而已。

萧綦令宋怀恩招抚杜盟不成，再没有余话，断然下令，将他一刀断头——能用则重恩以待，若不能为他所用，那便是死路一条。父亲或许会有惜才之仁，萧綦却不会，他是运筹帷幄的权臣，也是谈笑间生杀予夺的大将。杀徐绶，诛杜盟，剑锋直指朝廷——贺兰氏伏诛，徐绶当场受死，连最后一个宁死不肯招供的杜盟，现在也悬尸城头。

父亲的第二道密函紧跟着送到。

京中再起变故——右相党羽并未清净，且竟在行刑当日当市劫囚，欲将温宗慎救走。幸被叔父手下的御林军击退，而叔父奉旨监斩，也被刺客所伤。温宗慎随后被押入天牢，为恐再生变故，姑姑亲赴牢中，以一杯毒酒将其赐死。

京中风云诡谲变幻，已到水火不容之势，江南謇宁王也已剑拔弩张，前锋大军悄然拔营，恰在此时，右相党羽派遣暗人行刺豫章王——这一切，都给了萧綦出兵南下最好的理由。宁朔驻军训练有素，军威严整，粮草辎重齐备，萧綦留下二十五万驻军留守边塞，亲率铁骑劲旅十五万，三日之后，挥戈直捣京城。

我随萧綦登临城楼，检阅三军操演。

这已不是我第一次目睹他麾下军威，然而，当三军举戟，齐声高呼，马蹄卷起满天沙尘，滚滚如雷霆动地之际……我再一次被这铁血之景震撼，一如三年前在朝阳门上。我回望萧綦的侧颜，见他玄色战袍上的绣金蟠龙纹章，被夕阳染得灿然夺目。

今时今日的萧綦，羽翼已丰，剑锋也已霍然雪亮。

宁朔的长空朔漠虽辽阔，只怕已容纳不了他铁血铮铮，万丈雄心。

是夜，我吩咐玉秀整理行装，准备即日随大军一同南下。

玉秀第一次离开宁朔远行，便是随军出征，当下又是紧张又是雀跃。

我见她收拾了许多厚重衣物，不由笑道："越往南走越是温暖，到了京城就再穿不着厚重之物，这些都不用带了。"

身后却听得萧綦的声音淡淡含笑道："都要带上。"

他大步走进内室，甲胄未卸，侍婢们慌忙躬身退下。

我笑吟吟地看着他，"这你便不知道了，此时若在京中，已经是纱袖罗衣，霓裳翩翩，谁还要穿得这般笨重难看。”

萧綦没有说话，只望着我，那目光看得我心中隐隐有些不安。

我上前帮他解开胸甲，笑着揶揄道：“回府也不换上常服，这么冷冰冰一身很舒服吗？”

“你在想家。”他握住我的手，目光深深，“很想回到京中，是吗？”

我微窒，默然转过头去，心中最不愿碰触的念头被他一语道破，一时有些黯然，只得勉强笑了笑，“反正就要回去了，倒还有些舍不得宁朔。”

他伸手抚过我鬓发，眼底有一丝歉疚，“等战局稍定，我便接你回京，不会让你等得太久。”

我怔住，退开一步，定定地看着他，“你不要我同你一起？”

“这一次不能。”他自袖中取出一封信函，递到我眼前，“左相的信，你现在可以看了。”

是那封父亲的家书，昨日他不肯给我，要我出游归来再看的。

我一时恍惚，心中有片刻空茫，接过那信函却没有勇气拆开。

当我知道他要南征，没有半分迟疑，也未曾想过战事之凶险，只觉得与他共同进退，是天经地义之事。更何况京城还有我的父母亲族，他们还在謇宁王大军的虎视之下，逢此危难之际，我是王氏的女儿，总要与我的家族生死与共，患难同当，断然没有退缩之地。

“我要回京。”我冷冷抬眸，与萧綦的目光相对，“你休想留我一人在此。”

他望着我，缓缓道：“明日一早，你就起程去琅琊郡。”

“琅琊？”我几疑自己听错，他说琅琊，怎会莫名提及我们王氏故里？

“长公主已经前往琅琊。”萧綦轻按住我的肩头，“你应当与她同往。”

母亲竟在此时前往琅琊故里，这突兀的消息令我呆住，隐约想到了什么，却又一片惶然……手中那薄薄一封信函只觉重逾千钧。

拆开熟悉的文锦缄札，一目十行地看完，我竟一时拿捏不稳，素笺脱手飘落。

萧綦一语不发，只握住我肩头，默默地看着我。

父亲只在信里说，母亲身染微恙，宜离京休养，已偕徐姑姑远赴琅琊故里。此去路途遥远，她孤身一人，思女心切，盼我能与她相伴。

我掩住脸，心里纷乱如麻，却又似浸过雪水一般清透明白。

母亲，可怜的母亲，在这剑拔弩张的当口上，竟然没人想到过她的处境，连我也几乎忽略了过去。谁会在意一个侯门深闺中的妇人，她的名字都几乎被淡忘，只剩一个长公主的尊号，或者是左相靖国公夫人的身份。

那个被软禁在宫中的软弱天子，不但是皇上，更是她的手足。被她夫家削夺了权势与尊严的皇室，是她引以为傲的家族。她是晋敏长公主，当今圣上唯一的姐姐，她的身上流淌着皇室高贵的血脉。我不相信母亲会在这个时候选择逃避，她虽柔弱善良，却不是懦弱之人。

此去琅琊，她必然是被迫的——是父亲强行将她遣走，不愿让她目睹夫家与亲族的反目。

我该说父亲仁厚，还是残忍?

想到父亲说她身染微恙，思女心切，我再隐忍不住满心悲苦，转身伏在萧綦怀中，泪流满面。

我尚且还有他的怀抱，而可怜的母亲，此际身边连一个亲人都没有，只剩徐姑姑相伴。

萧綦轻轻拍抚我的后背，并不打断我的悲泣，任由我将脸深深埋在他胸前，泪湿了他衣襟。

良久，他柔声叹道："坚强些，见了你母亲，不可再这般哭泣了。"

我哽咽点头，他托起我的脸，并不若往常那般温柔抚慰，只握住我双肩，以不容置疑的口吻道："在这里有我做你的依靠，到了琅琊，你便是他人的依靠！"

"是，我明白。"我强忍住泪，咬唇抬起头来，"明天我就起程。"

四目相对，一时无言，萧綦眼底的冷毅渐渐融化，流露出几许无奈，更有深浓眷恋。

昨天他不肯让我拆信，更抛下紧迫军务，微服带我去看塞外牧野，让我度过了在宁朔最快活的一天……其实，那也是我有生以来最快活难忘的一天。

他是知道，离别便在明日，只是不愿让我多一天的伤感而已。

离别，又是离别——子澹远赴皇陵的时候，我以为余下的日子都会失去光彩，甚至不敢亲自去送他。而这一次的离别，我却暗暗对自己说，离别是为了与他重聚，正如他大婚当日的离去，却换来今时的相见恨晚。

红烛高烧，夜已深沉，我却还想和他多说一会儿话，多看一看他。他强行将我抱上床去，迫我安稳睡好。我闭上眼睛，却牵住他衣袖，不肯放手。

"我很快回来。"他宠溺地轻吻我额角，语含无奈，"怀恩还在西厅候着，我打发了他便来陪你。”

我低眸不语，手指轻划着他领口蟠龙纹样，负气道：“没有我这个负累，你求之不得！”

他低笑道：“你这般悍妇，上阵做个前锋也有余，岂能是负累。”

我嗔怒，在他臂上用力一拧，他一把捉住我的手指，狠狠吻住我的唇……

我趴在枕上，回想萧綦方才气息急促，意乱情迷，几乎不可自拔的模样，不觉低低笑出声来。他狼狈地挣扎起身，仓促离去之前，在我耳边恼道：“晚些再收拾你！”

我双颊直烫了起来，不由回想起昨晚在木屋的一幕，双颊越发烫若火烧。

辗转枕上，怎么都睡不着，我翻身起来，看到案前绣架上那件未缝完的外袍，不觉叹了口气。自小我就不爱学习女工，那些针线功夫一辈子也轮不到我自己来做，被母亲逼着学来，到底还是粗陋笨拙的。那日也不知怎么就听信了玉秀的馊主意，竟拿了衣料来缝……虽说大半都被玉秀做好了，只剩襟领的纹样要我绣上，可那么繁复的蟠龙纹，也不知道要费多少工夫。

我取过那绣了一半的外袍，呆呆地看了半晌，重新披了衣服，挑亮灯烛，一针一线开始绣。

更漏声声，不觉四更已过了。萧綦还未回来，我实在支撑不住困意，伏在枕上，想着稍稍歇息一会儿，再来绣……

蒙眬中，似乎谁要拿走我手中外袍，情急之下，我猛然醒转，却是萧綦。

他见我醒来，便夺过那外袍，看也不看就掷开，一脸愠怒，“你不好好歇息，又在胡闹什么！”

我呆了呆，见那外袍被扔在地上，还剩一只龙爪没有绣好，顿时恼了，“捡起来！”

我指着那袍子，怒道：“我绣了整晚的东西，你要敢扔在地上，往后休想我再做给你！”

“做给我的……”萧綦愣住，老老实实躬身捡回来，抖开看了看，竟怔在那里，一句话都说不出。我被他这呆样子逗笑，随手将一只绣枕掷向他，嗔道：“反正你不要，我也不做了。”

他只是笑，将外袍仔仔细细叠了，放回我枕边，正色道：“不做也罢，我就这么穿出去，叫人都来瞧瞧我家阿妩绣的三足蟠龙。”

我啼笑皆非，扬手要打他，却被他笑着揽倒在枕上……银钩摇曳，素帷散作烟萝。

帘外朝霞映亮了边塞的长空。

晨起，我亲手替萧綦整理好冠戴，他身量太高，我踮起足尖才能帮他束上发冠。他勾住我的腰肢，低低笑道："娶你的时候，还以为是个孩子……"

我一怔，不觉眼圈有些发热，喟然道："转眼三年，那时的小女孩，已经长大了。"

"这一次，不会让你等太久。"他将我抱紧，"悬崖边上生死一线，你我也一起过来了，往后祸福生死，我亦与你一起承担……阿妩，我要你记得，当日如是，此生如是。"

四目相对，他的目光仿佛能容纳我一生的喜悲。

我笑着用力点头，说不出话来，竭力忍回泪水，不让自己在离别的一刻哭泣。

当日如是，此生如是——这淡淡的八个字，从此刻进心底，是再也抹不去的了。

萧綦遣亲信副将宋怀恩护送我到琅琊。

我步出府门，没有驻足回头，也没有让萧綦送我。

登上车驾，卫队列道，马蹄疾驰，道旁景物飞一般向后逝去。

直到此时，我才回头望去，任泪水潸然滑落。

当日来到宁朔，是身不由己，而今离开的时候，也同样匆忙无奈。

来的时候，我是孑然一身，生死未卜，而今离开的时候，却不再孤单凄惶。

转瞬三年间，命运起起落落，兜了偌大的一个圈子，终究还是走到宿命的彼方。

他还在那里，我也还在这里，都不曾走开，也再不会错过。

天阙惊变

【陷围】

五月，京中皇上病重，太子监国，皇后与左相共同辅政。

江南謇宁王称皇室凋零，君权旁落外戚之手，召集诸王共同起兵，率勤王之师北上，讨伐外戚专权。与此同时，豫章王萧綦挥师南下，遵奉皇后懿旨，“清君侧，诛奸佞”，抗御江南叛军，守卫京畿皇城。

謇宁王倾十万兵马北上，江南诸王纷纷起而响应，勤王之师直逼二十万之众。

豫章王内抗叛军，外御突厥，为防外寇乘虚而入，留下镇远将军唐竞与二十五万大军驻守宁朔，亲率麾下十五万铁骑南下。

此去琅琊，路途遥远，我们务必尽早通过晖州，再向东去往琅琊。

晖州是南北要冲之地，扼守鹿岭关下河津渡口。一旦渡过长河，向西南出临梁关，一路再无险阻，直指京师咽喉，而从临梁关往南过础州，再渡沧水，便是江南。

我们渡河之后，还需往东行经三郡，才到东海琅琊。那里偏处东域，青山沃野临海，尚礼知文，自古是刀兵不到的灵秀之地，也是王氏根基所在。

一连急行数日，日夜兼程地赶路，终于在傍晚抵达永阑关。

此处地界风物越发熟悉，过了永阑关，便是我曾独居三年的晖州。

斜阳西沉时分，我们离城尚有十余里路，已是人倦马乏。车驾在一处野湖边停下，稍作休整，又要加紧赶路，方可在入夜之前赶到晖州。

我恍恍惚惚地倚在车上，只觉周身酸痛，索性步下马车，携玉秀往湖边散步。

这些日子赶路辛苦，玉秀又忙于照料我起居，圆润小脸已略见瘦削。

我瞧着她面庞，心下越发不忍，便笑道："等到了晖州城里，就可以好好歇息一晚。我那行馆里还藏有不少美酒，今晚便可邀了宋将军一同过来饮酒。"

玉秀还是孩子心性，一听有美酒，顿时雀跃，"多谢王妃，奴婢这就传话给宋将军！"

"末将荣幸。"身后的男子声音令我们一惊，回首却见是宋怀恩。

"呀，将军怎么也在这里！"玉秀拍着胸口，颊透红晕，似乎被他突然现身吓得不轻。

这年轻将军一如往日般不苟言笑，按剑立在我身后五步外，欠身道："此地荒僻，末将奉命保护王妃周全，未敢远离半步。"

我柔声笑道："宋将军一路辛劳，我感激之至。"

宋怀恩闻言似有片刻局促，却又肃然道："此地离城不过十余里路，末将认为不宜在此久留，应尽快赶赴城中。"

我转头看向远处席地而坐休息的士兵，有人还在忙碌着喂马……我乘了车驾尚觉劳累，更何况是他们。我低叹了声，"兵士们实在辛苦，与其多赶这点儿路，不如让大家再多休息一会儿。"

宋怀恩毫不退让，"我等奉命护送王妃，只求王妃平安抵达琅琊，不敢言苦。"

我哑然失笑，这人实在固执得有趣，便也不再与他争执，"好吧，我们起程。"

此时暮色渐深，湖上起了风，掠过野外高低密林，簌簌有声。

玉秀忙将一件雀翎深绒披风披到我肩头。

宋怀恩一直缄默地跟在我们身后，此时却开口道："夜凉露重，望王妃珍重。"

我蓦然驻足，心中微微一动。

借着暮色中最后一抹光亮，我侧头向他看去，这年轻的将军清瘦挺拔，英气之中不乏温文，一向令我有亲切之感。在宁朔时，曾与他有匆匆数面之缘，这几日忙于赶路，也未仔细瞧过他面目。此时细看之下，只觉他眉目俊朗，竟有似曾相识之感。

尤其令我诧异的，是他方才那句话，竟似在哪里听过。

见我驻足看他，宋怀恩脸色越发紧绷，缄默低头，如临大敌一般。

我扬眉一笑，曼声道："宋将军很是面善？"

他霍然抬头，目光灼灼直望向我。这眼神从我记忆中一掠而过，仿佛很久以前，也有人这般灼灼地凝望过我……

"是你？"我脱口道，"大婚那夜，闯了我洞房的那人，竟是你？"

宋怀恩双颊腾地红了，眼中生出异样光彩，张口似要说什么，却又顿住。

玉秀莫名地望着我们，我不由大笑出声：“原来是你！”

他低下头去，默然片刻，终于红着脸微笑，“正是属下，当日唐突王妃，万望恕罪。”

我一时感慨万端，思绪飘回那个改变我一生的夜晚……洞房门口，那个年轻气盛，目中无人的年轻将领被我劈面呵斥，跪地不敢抬头。那时大约是恨极了萧綦，也不问情由，就迁怒于他的属下。想不到今日重遇故人，又勾起前情旧事。

“当日是我言辞失礼，错怪了将军。”我侧首一笑，再看这沉默严肃的年轻将军，顿觉亲切了许多。他却越发局促了，不敢抬头看我，“王妃言重，属下愧不敢当。”

玉秀突然掩口而笑，这一笑，叫宋怀恩耳根都红透。

倒还是个腼腆的年轻人呢，在军中待得久了，遇上女眷越发不善言辞。

我掩了笑意，正色道：“算来王爷已经领军南下了，不知眼下到了哪里。謇宁王的前锋只怕已提早过了沧水，也不知础州还能坚守多久……”

宋怀恩沉吟道：“王爷举兵南下的消息，已经通告北境六镇。北境远离中原，饱受战乱之苦，这些年仰赖王爷守疆卫国，百姓才得安居。北方六镇对王爷敬若神明，拥戴之心远胜朝廷。此番王爷举兵，各州郡守将无不归附，各地大开城门，备齐粮草恭候大军到来。一旦过了晖州，顺利渡河，以王爷行军之神速，必定能抢在謇宁王之前，抵达临梁关下。”

我微笑颔首，“晖州刺史吴谦是我父亲门生，有他全力襄助，大军渡河应是易如反掌。”

抵达晖州城外已是夜深时分。

宋怀恩已事先遣人通报了晖州刺史，此时虽已入夜，城头却是灯火通明，吴谦率了晖州大小官员，仪仗隆重地出城迎候，一路恭谦备至，将我们迎入城内。

我静静地端坐车中，从帘隙里所见，熟悉的风物人情，入目依然亲切。只是此时的我，却不复从前淡泊颓散的心绪，那些踏歌赏青、杏花醇酒的日子，已经褪色。我想起锦儿，不知道她此时身在何处，也不知行馆换作了怎样光景。院中的海棠，可还有人记得照看……

车驾入城，却未进入城中街市，反而径直出官道去了城西，眼前依稀是去驿馆的路。

我略觉诧异，令车驾停下，唤来吴谦询问：“为何不往城中去？”

吴谦忙躬身笑道：“众将士一路辛苦，下官在驿馆设下酒肴，待宋将军与各位将士先行安顿，下官自当亲自护送王妃返回行馆……从城西往行馆，路途也更近些。”

宋怀恩立时蹙眉道：“王妃所在之处，末将务必相随，不敢稍离半步。”

吴谦赔笑道：“将军有所不知，城郊行馆乃王妃旧居，只怕旁人不便叨扰。”

他这话，暗示宋怀恩若随我同往行馆，于礼不合，果然令宋怀恩一僵。

以吴谦素来之谦卑顺从，今日竟一再坚持，甚至出言顶撞我身边之人。

我心下越发诧异，侧眸淡淡看他，不动声色道："承蒙吴大人盛意，我也正想邀大人与宋将军同往行馆，尝尝窖藏的佳酿。"

"多谢王妃盛情！"吴谦连连欠身，笑得颔下长须颤抖，越发谦恭，"只是这随行侍卫，难免人多喧杂……若是扰了王妃清净，下官怎么向王爷交代。"

他一再坚持，言下之意似乎定要将我与随行侍卫分开，我暗自一凛，转眸看向宋怀恩。

却见宋怀恩按剑而笑，不着痕迹地与我眼神交错，朗声道："吴大人说笑了，王妃只是体恤弟兄们辛苦，设宴与众同乐，至于怎么安顿，稍后自然客随主便。"

"只是……"吴谦踌躇，"驿馆中已经备好了酒肴……"

"我离开晖州好些时日，十分想念城中繁华盛景。"我有意试探，向他二人笑道，"明天一早又要起程，不如现在取道城中，让宋将军也瞧瞧我们晖州的酒肆宵灯，可比宁朔热闹多了。"

宋怀恩欠身而笑，与我四目相对，似有灵犀闪过。

吴谦的脸色却越发不自在了，强笑道："王妃一路劳顿，还是早些回行馆歇息吧。"

"数日不见，吴大人似乎小气了许多。"我转眸，笑吟吟地看向吴谦，"我只是取道城中，并不叨扰百姓，连这也不允吗？"

吴谦慌忙赔罪不迭，目光却连连变幻。

我与宋怀恩再度目光交错，都已觉出不同寻常的诡谲。

手心暗暗渗出冷腻的细汗，只恨自己愚笨，竟轻信了父亲的门生，没有半分提防。

若是晖州有变，吴谦起了异心，此刻我们便已步入他设好的局中，回头已晚。

此去驿站行馆，只怕早已设下伏兵，纵然五百精卫骁勇善战，也难挡晖州近万守军之敌。

只是，吴谦若要翻脸动手，自我们踏入城中便有无数机会。此人一贯谨小慎微，对我们也不无忌惮之心——我终究是皇室郡主，这五百精卫亦是跟随豫章王南征北战的骁勇之师。

未到策应周全之地，我料定吴谦不敢提早翻脸。

片刻之间，我这里心念电转，闪过无数念头，吴谦也是沉吟不语。

"王妃有此雅兴，下官自当奉陪。"吴谦阴沉的脸上复又绽出谦恭笑容，"王妃请。"

心中紧悬的大石落地，我暗暗松了口气，向宋怀恩颔首一笑，转身登车。

车驾扈从掉头，直往城中而去。

我掀起车帘，回望身后城头，但见灯火通明，隐约可见兵士巡逻往来。

去往行馆的路上，街市景象依稀与往日无异，我却越发察觉到隐隐的异样，仿佛平静水面之下，正有着诡异的暗流。吴谦带来的仪仗亲卫不过百余人，自车驾踏上去往城中的官道，吴谦又急召了大队军士赶来，声称城中人多杂乱，务必严密保护我的安全。

此话看似合情合理，却令我越发笃定有异——以晖州守军一贯的松懈，若是事先毫无准备，绝不可能这么快招之即来。看这甲胄严整之态，分明是早已整装候命。吴谦之前刻意让宋怀恩与众人先往驿站，分明是调虎离山之计。眼见此计不成，又再调集人马赶来，只怕此时的行馆也已设下天罗地网，只待将我们一网打尽。

我握紧了拳，心中突突急跳，冷汗遍体。

往日哥哥总说我机变狡黠，不负名中这个"儇"字，可真到了这一刻，却越急越是茫然，恨不能将全部心思立时掏尽。眼下敌众我寡，吴谦严阵以待，我们已尽落了下风……

昔日在禁苑猎兔，曾见悍勇狡猾的兔子假死以麻痹猎鹰。趁猎鹰不备之际，猝然发难，猛力蹬踢，往往将毫无防备的猎鹰蹬伤，趁机脱逃。父亲说，以弱胜强，以少搏众，无外乎险胜一途。

制胜之机，便在一瞬间，获之则生，失之则亡。

隔了车帘，外面灯火渐渐繁多，已经接近城中市井繁华之地，沿路百姓不明就里，乍见车驾煊赫，仪仗如云，非但不知回避，反而涌上道旁争睹。此时正是晖州入夜最热闹的时分，城中街市酒坊，已是人群熙攘……我蓦地一震，眼前似有惊电闪过！

若要逃逸隐蔽，自然是往人群中去最容易。

这念头甫一浮出，我亦惊住。

马蹄愈急，声声敲打在心头，冷汗不觉透衣而出。

这已是我所能想到的唯一的生机了，纵然代价惨烈，也再无选择。

"停下！"隔着车帘，突然传来玉秀脆生生的声音，叫停了车驾。

我心头一紧，却听她扬声道："王妃忽觉不适，车驾暂缓前行。"

这丫头搞什么鬼，我蹙眉探身而起，却见她半挑了垂帘，伶俐地探身进来，一面向我眨眼，一面大声说道："王妃您觉得怎样，可要紧吗？"

我立即会意，扬声道："我有些头疼，叫车驾缓一缓。"

“宋将军叫我传话……”玉秀急急压低声音，放下一半垂帘，侧身挡住外头，“稍后人多之处，见机突围，不必惊慌。”

他竟与我想到了一处！闻言我骤惊又喜，心中怦怦急跳，越发揪紧。

“告诉宋将军，不可硬拼，突围为上，但留得一线生机，再图制胜。”我摘下颈间血玉，紧紧扣在玉秀掌心，以飞快的语速对她附耳说道，“晖州南郊揽月庄，是叔父昔日蓄养暗人之所，如无变故，可执此物前往，上有王氏徽记……”

外面传来吴谦焦急的探问，宋怀恩也随之来到车驾前。

我将玉秀一推，咬牙道：“千万小心，不可令吴谦起疑！”

玉秀尖削脸庞略见苍白，神色却还镇定，默然一点头，便自转身而去，垂帘重又掩下。

我瞧不见外头诸人的反应，只听她脆稚声音，平稳如常道：“王妃并无大恙，只是路上乏了，吩咐车驾尽快到达行馆，这便起驾吧……”

也不知道玉秀用什么法子，能在吴谦眼皮底下，传话给宋怀恩。眼下我也顾不了这许多，但求宋怀恩能觑准时机，一击成功，即便有所牺牲，也务必要有人冲出城去，向萧綦报讯。

大队人马，车驾森严，已经引得沿路百姓围观争睹，越往前走，人群越是熙攘，几乎将道路围了个水泄不通。吴谦亲自领了仪仗护卫在前面开道，宋怀恩与五百精卫紧随在我车驾后方……此地已是晖州城中最繁华之处，道旁灯火通明，人头攒动。

此时便是最好的时机，却迟迟不见外面的动静，我在车驾中坐立不安，心神悬于一线，掌心汗水越来越多。倘若再不动手……蓦然一声断喝，仿若雷霆乍起——

“晖州刺史吴谦谋反，豫章王麾下骁骑将军奉命平叛，将吴谦拿下！”

这一声断喝，犹如晴天霹雳当头劈下。

顷刻间，剧变横生，五百铁骑刀剑出鞘，行动迅如惊雷。

马嘶、人声、惊叫、呼喝响作一团！

周遭亲兵护卫尚未回过神来，骁骑铁蹄已到面前，雪亮刀光划破夜色。

只听吴谦魂飞魄散地喊道：“来人，快来人——将乱党拿下——”

毫无防备的市井平民，无不惊恐失措，四下哭号奔走，车马如流的繁华街市，瞬间变成杀戮之地。平素养尊处优的晖州守军，在这彪悍铁骑面前毫无招架之力，连连败退，连阵势也未看清，便被踏入铁蹄之下，如衰草般伏倒……城中街巷狭窄，跟在后面的大队守军一时无法赶上前来，更被惊慌奔走的百姓冲散，陷入混乱之中，鞭长莫及。

车驾四周都是吴谦的亲兵仪仗，变乱一起，纷纷败退奔走，无暇顾我。玉秀跳上车来，挡在我身前，全身抖若筛糠，兀自对我说："王妃别怕，有奴婢守在这里！"

我猛地将她揽在身侧，两人紧靠在一起，周遭乱军冲突，杀声震天……我屏息不能动弹，脑中一片空白，父母亲人和萧綦的身影不断自眼前掠过……

蓦然有马蹄声逼近，冲我们而来！

我霍然抬头，眼前刀光闪动，一骑如风卷到，横刀挑开鸾车垂帘。

宋怀恩战甲浴血，横刀在手，俯身向我伸出手来，"王妃，上马——"

我拉了玉秀，正欲伸手给他，忽听一声劲啸破空，一枚流矢从后面射来，擦着他肩头掠过。

"小心！"他一把将我推回鸾车，无数箭矢已纷纷射到马前。

大队守军已从后面赶来，弓弩手箭发如雨，正向我们逼来。

宋怀恩举盾护体，被迫勒马急退三丈，身后铁骑精卫已有人中箭落马，却无一人惊慌走避，进退整齐，严阵相向。

大军已到，他们再不走就功败垂成了……而我的鸾车已在大军箭雨笼罩之下，眼前箭势一缓，宋怀恩又要策马向我冲来，我将心一横，向他喝道："你们先走！"

又一轮箭雨如蝗，四散的亲兵又攻了上去，宋怀恩似疯魔一般，横盾在前，反手一刀将马前亲兵劈倒，不顾一切朝鸾车冲来。

我拾起射落在鸾车辕前的一支长箭，将箭镞抵上咽喉，决然喝道："宋怀恩，我命你即刻撤走，不得延误！"

宋怀恩硬生生勒止坐骑，战马扬蹄怒嘶，浴血的将军目眦欲裂。

我昂首怒目与他相持。

"遵——命！"咬铁断金般的两个字，从他唇间吐出，宋怀恩猛然掉转马头，向身后众骑发出号令，严阵如铁壁般的五百精骑，齐齐勒马扬蹄，马蹄如雷动地，掉头踏过溃散奔逃的亲兵，向城中错落密布的街巷深处绝尘而去……

我陡然失去力气，倚了车门，软软跌倒。

晖州之大，五百精卫就此突围而出，四下分散藏匿，便如水滴汇入湖泊，一时半会儿之间，吴谦也未必能将整个晖州翻过来。更何况，城中还潜藏有叔父豢养的暗人——纵然吴谦身为晖州刺史，王氏遍布天下，无处不在的耳目势力，他也一样奈何不了。

【降将】

吴谦将我押至行馆软禁，里里外外派了大队军士看守，将一个小小行馆守得铁桶一般。

再次踏进熟悉的庭院厅堂，景物一切如旧，我却从主人变成了阶下囚。

我微微笑着，泰然落座，朝吴谦抬手道："吴大人请坐。"

吴谦冷哼一声，依然面色如土，形容狼狈不堪，"好个豫章王妃，险些让老夫着了道！"

我向他扬眉一笑，越发令他恼怒难堪，朝我冷冷道："念在往日情面，且容你在此暂住，望王妃好自为之！若敢再生事端，便怪不得老夫无礼了！"

"若说往日情面，那也全靠大人辅佐家父，对我王氏忠心耿耿。今日更蒙大人厚待，我愧不敢当。"我含笑看他，不恼不怒，直说得吴谦面色涨红。

"住口！"他厉声呵斥我，"老夫堂堂学士，无奈屈就在你王氏门下，半生勤勉为官，却升迁无望！你在晖州遇劫本非老夫之错，待我专程入京请罪，竟被左相无端迁怒，非但严词呵斥，更扣我俸禄，令我在朝堂中颜面扫地！若不是右相大人保奏求情，只怕连这刺史一职，也要被跋扈成性的令尊大人削去……"

他一径怒骂，我却恍惚没有听进去，只听他说到父亲因我遇劫而发怒——父亲，果真对我的事情如此在意吗？当初我离京远行，他不曾挽留，而后晖州遇劫，也不见他派人救援，及至在那封家书中，他也没有半句亲昵宽慰之言……记得幼时，父亲无论多么繁忙，每天回府总要询问哥哥与我的学业，常常板起脸来训斥哥哥，却总是对我夸赞不已，最爱向亲友同僚炫耀他的掌上明珠。及至将我嫁出之前，他都是天下最慈爱的父亲。

至今我都以为，父亲已经遗忘了被他一手送出去的女儿，遗忘了这颗无用的棋子。我的生死悲欢，他都不再关心，毕竟我已冠上旁人的姓氏……可是……

眼底一时酸涩，我侧过头，隐忍心中酸楚。

吴谦连声冷笑，“王妃此时也知惧怕了？”

我抬起眼，缓缓微笑道：“我很是喜悦……多谢你，吴大人。”

他瞪着我，略微一怔，嗤笑道：“原来竟是个疯妇。”

“费尽心机擒来个疯妇，只怕新主子看了不喜。”我淡淡道，“倒让你白忙一趟了。”

吴谦脸色一青，被我道破心中所想，恼羞成怒道：“只怕届时三殿下未必还瞧得上你。”

子澹的名字从这卑鄙小人口中说出，令我立时冷下脸来，“你不配提起殿下。”

吴谦哈哈大笑，“人说豫章王妃与三殿下暗通款曲，如今看来，果然不假。”

我冷冷看着他，指甲不觉掐入掌心。

“既然王妃的心已经不在王爷身上，老夫就再告诉你一个喜讯。”吴谦笑得张狂，往日文士风度已半分无存，“謇宁王大军已经打到础州，接获老夫密函之后，已亲率前锋大军分兵北上，取道彭泽，绕过础州，直抵长河南岸，不日就将渡河。”

我掌心一痛，指甲已是折断。

“不可能！”我缓缓开口，不让声音流露出半丝颤抖，“彭泽易守难攻，叛军岂能轻易攻克。”

吴谦仿若听到了天下最可笑的笑话，仰头大笑不止，“王妃难道不知，彭泽刺史也已举兵了？”

我喉头发紧，一句话也说不出，心口似被一只大手揪住。

“一旦謇宁王渡河入城，饶是你那夫婿英雄盖世，也过不了我这晖州！”吴谦逼近我跟前，施施然负手笑道，“那时勤王之师攻下础州，直捣临梁关，自皇陵迎回三殿下，一路打进京城，诛妖后，除奸相，拥戴新君登……”

他最后一个字未能说完，被我扬手一记耳光掴断。

这一掌用尽了我全部气力，脆响惊人，震得我手腕发麻，心中却痛快无比。

吴谦捂脸退后一步，瞪住我，全身发抖，高高扬起手来，却不敢落下。

“凭你也敢放肆？”我拂袖冷笑，“还不退下！”

吴谦恨恨而去，留下森严守卫，将我困在行馆内，四下皆是兵士巡逻。

我久久端坐厅上，一动不动，全身都已僵冷。

“王妃！您手上流血了！”玉秀一声惊叫，将我自恍惚中惊醒，低头见掌心渗出血丝，竟被折断的指甲刺破，我却浑然不知疼痛。玉秀捧住我的手，回头迭声唤人。

我盯着手上伤痕，只觉那股红越发刺痛我的眼睛，方才吴谦的一番话仍在我耳边盘旋不去。假若真如他所言，謇宁王亲率前锋奇袭晖州，截断了通往京城的道路，要在这晖州城下出其不意地伏击萧綦……就算萧綦击败了謇宁王前锋，大军在晖州受阻一日，父亲在京城就危险一日。础州面临三面夹击，难以持久，一旦临梁关失守，萧綦未及赶到……父亲、姑姑、叔父、哥哥，我所有的亲人都将陷入灭顶之灾！

我只觉冷汗渗出，狠狠地咬住唇，却也抵挡不了心底升起的寒意。

手脚阵阵冰凉，所有的恐慌都汇集成一个念头——不能坐视他们危害我的亲人，无论如何也不能……我要去找萧綦！找他救我的家人！

我霍然起身，甩开玉秀的手，发狂般奔到门口，却被守门兵士迎头截住。

玉秀惊叫着追上来，将我紧紧抱住。我脚下一软，眼前发黑，紧悬了半日的心直往深渊里坠去，恍惚听得玉秀唤我，却怎么也没有力气回应她……

仿佛过了许久，妇人轻细的啜泣声传来，我恍惚以为是母亲。

“可怜她，到底还是个孩子。”那悲悯的声音，听来有些熟悉，却不是母亲。

一双温软的手覆在我额上，我心中一警，猛地睁开眼，翻手将她手腕扣住。

她惊跳起来，几乎撞翻身后玉秀托着的药碗。

“王妃醒来了！”玉秀喜极奔到床前，“王妃，是吴夫人来瞧您了。”

我头痛欲裂，神志昏沉，挣扎着撑起身子，定定瞧了那妇人片刻，才认出果真是吴夫人。

玉秀赶紧扶住我，“可吓死奴婢了，多亏夫人及时找来大夫，说是偶染风寒，一时急怒攻心，没有大碍。瞧您这会儿还在发热，快快躺着吧！”

吴夫人却怔怔地绞着手看我，忽然屈身向我跪倒，哽咽道：“老身该死，老身对不起王妃！”

看着她斑白鬓发，我默然思及往日在晖州，她待我的万般殷勤。当时只觉是曲意迎奉，如今换我做了阶下之囚，想不到她仍待我一片忠厚，果然是患难之际，方知人心。

我叫玉秀去搀扶，她却不肯起来，只伏地流泪叩头。

我叹口气，起身下地，赤足散发便去扶她。

她体态丰腴，我一时扶不起来，周身酸软无力，不由软软地倚在她身上。她不假思索便将我搂在怀中，我亦轻轻地抱住了她。这绵软温暖的怀抱，衣襟上传来淡淡熏香气息，恍然似回到了母亲身边。我们谁也没有开口，只是静静相依，玉秀立在一旁已是泫然欲泣。

半晌，我轻轻推开她，柔声道："吴夫人，你的情谊，王儇铭感不忘。天色已晚，你回府去吧，不必再来看我，以免吴大人不快。"

她黯然垂首道："实不相瞒，老身确是瞒着我家老爷私自来的，老爷他……"

"我明白。"我含笑点头，让玉秀搀了我起来，也将吴夫人扶起。

我退开一步，向她行了大礼。

吴夫人慌得手足无措，我抬眸直视她，"患难相护之恩，他日王儇必定相报。"

她又是一番唏嘘垂泪，方才黯然向我辞别。我含笑点头，凝视她斑白鬓发，却不知此地别后，再相见又是何种光景。正欲再向她嘱咐珍重，却听房门外有人低声催促，"姑母，时辰不早，姑丈大人将要回府了！"

吴夫人面色微变，匆匆向我一拜，便要转身退出。

我诧异道："门外是何人？"

"王妃莫怕，那是我嫡亲侄儿。"吴夫人忙道，"老爷命他看守行馆，这孩子心地甚好，对王爷一向崇仰，绝不会为难了王妃。我已嘱咐过他，务必给王妃行些方便……老身无能，也只得这点儿微末之力。"

看着吴夫人戚然含愧的面容，我脑中却似有一线灵光，一闪即逝，仿佛记起什么。

"您的侄儿，可是您从前提起过的牟……"我蹙眉沉吟，"牟……"

"牟连！"吴夫人惊喜道，"正是牟连，王妃竟还记得这傻孩子！"

我莞尔，披了外袍，亲自将她送出门外。

四下守卫果然已经退避到远处廊下，只有一名高大青年守在门边，见我们出来，慌忙欠身低头。我不动声色地将吴夫人交到他身侧，抬眼细看了看，不觉失笑——这吴夫人口中的"傻孩子"只怕比我还年长，身形魁梧，浓眉虎目，颇具忠厚之相。

目送牟连护送吴夫人远去，我仍立在门口，等了半晌才见牟连大步而回，远远见了我，驻足按剑欠身。我侧目左右，向他微微颔首。牟连略一迟疑，还是近前行礼道："末将牟连，参见王妃。"

左右守卫仍在走动巡逻，我淡淡道："方才吴夫人遗落了物件，你随我来。"

说罢我转身径直往房中去，牟连急急唤了两声，不见我停步，只得跟进来。

转入垂帘后的内室，牟连停步不前，在帘外尴尬开口道：“王妃寝居之处，末将不敢擅入。”

我取下腕上一副翡翠衔珠朝凤钏，让玉秀捧了出去。隔了垂帘，只见牟连接过，低头凝神细看，神色随即一变，满脸涨红，屈膝跪地道：“王妃恐怕弄错了，这副钏子是皇家之物，价值连城，并非姑母所有。”

我隔了垂帘对他微微一笑，“是吗，那就送给尊夫人吧。”

牟连窘急，“末将惶恐，有负王妃盛意，请王妃收回此物。”

我依然微笑，“这是昔年明昭皇后御用之物，世间只此一副，其价何止连城。”

牟连不假思索，语声已隐有怒意，朝我大声道：“请王妃收回！”

我凝视他刚强面容，心下一线明光亮彻。

“吴夫人所言不假，牟将军果真是磊落君子。”我拂帘而出，含笑立在他面前。牟连怔住，目光亮了一亮，这才松了口气，忙将凤钏交与玉秀。

“王妃谬赞，在下愧不敢当。”他向我俯首行礼，低声恳切道，“王妃不必担忧，在下虽位卑力薄，也当竭尽所能，维护王妃周全。”

“是吗？”我笑了笑，陡然沉下脸来，“你身为朝廷将领，不思为国效命，反而投靠叛军，此乃不忠；既已投靠了吴谦，却又违背军令，暗中维护于我，此乃不义。堂堂七尺男儿，空负一身本领，为何专行不忠不义之事？”

我话音未落，牟连早已脸色大变，额头青筋凸绽，黧黑脸膛涨作紫红。

玉秀惊得脸色发青，连连以目光警示我，唯恐牟连被此言激怒，做出危险之举。我只作未见，冷冷凝视牟连，见他低头按住剑柄，指节因用力而发白，整个人似已僵冷。

半晌对峙，漫长似寒夜。

他哑声开口，一字字似从牙缝迸出，“王妃所言不差，牟连空怀报国之志，所行却是不忠不义，人神共弃。然则人各有命，如今回头已晚，牟连亦无从选择……望王妃恕罪！”

此话出口，再也掩藏不住冷面下的困窘难堪，他猛一顿首，起身掉头，大步而去。

“命由天，事由人，果真愿意回头，何时都不嫌晚。”我望着他的背影，悠悠开口。

他身形一滞，脚步稍缓。

“豫章王惜才爱才，不以出身为意，俊杰当与英雄相惜。你托身吴谦手下多年，至今一事无成……”我厉声斥责，不容他有反驳的余地，“难道说，将军十年磨剑，还未踏上沙场半步，今日却要与同袍相残？从前吴夫人说你崇仰豫章王，恨不能追随麾下。如今豫章王大军即将兵临城下，你却要与他为敌吗！”

牟连顿足不前，魁梧背影僵硬如石，听得我最后那句，肩头更是一颤。

如果以利、以理、以义，都不能令其心志动摇，我亦无计可施了。

望着那一动不动的背影，我手心微微渗出汗来，心知最后转机就在此人身上了，若此时不能将他打动，只怕以后再无机会。父亲说过，但凡世人，总有弱点可袭……而我对这牟连并无所知，仅仅听闻他崇敬萧綦，一心建功卫国，苦于怀才不遇。这便是他的弱点，是我唯一可击破的地方。

我叹息道：“成魔成佛，或取或舍，只在一念间。”

咔嚓一声，剑柄上似有铜饰被他握得太重而折断，这声响也惊得我心头一颤。

牟连转身，定定地望着我，满目震动，喉头微微滚动。

仿佛绷紧的弓弦骤然放开，我心里一松，后背冷汗反而透衣而出。

“言尽于此，望牟将军好自为之。”我略一欠身，转身步入帘后，留他呆立原地。

转入垂帘，我忙抚住胸口，只恐急促的气息泄露了自己的忐忑。

过了半晌才听得牟连沉重的脚步声渐渐远去，连告退的话也忘了说。我倚着屏风，这才长长嘘了口气，向玉秀莞尔一笑，“或许我们有救了。”

玉秀连连拍着胸口，“吓死人了，王妃……你怎么如此大胆，方才若激得他翻脸，可怎么办！”

我叹口气，“横竖已经到了绝境，不如放手一搏。”

“那人，果真可靠吗？”玉秀惴惴开口，一脸愁苦，“眼下宋将军生死不知，这里连同随行侍女在内，也不过十余名女子，外头守军却那么多……”

我沉默，方才对牟连的一番试探游说，我亦没有半分把握，手心里何尝不是攥着一把汗。那牟连比我年长，到底也是统兵之人，岂能轻易被我一个小小女子所震慑，又岂能被我寥寥数语所动摇。我所倚仗的，不外有二，一是他心志不坚，二是萧綦的赫赫威名。

对于一个年轻热血的卑微将领，豫章王的名字恐怕已是一个不可动摇的神话。

之前我以财物试探，他若是贪婪短视之人，那也绝不能信赖。所幸此人品性端厚，心思缜密，若能为我所用，必是难得的人才……方才见他已经动摇，我及时打住，若是逼迫诱劝过急，激起他的抵触之心，反而坏事。

风寒带来的发热还未退去，再经这一番折腾，我已疲累不支。玉秀忙侍候我睡下，复又放心不下我，执意抱了被衾在外间值守。

甫一躺下，我便有些恍惚，依稀见一骑绝尘而来，马背上的俊雅少年锦衣雕鞍，神采飞扬——正是哥哥骑了姑姑赐他的大宛名马，正得意非凡地驰来。却听父亲冷冷负手说道："驯马容易驯人难，烈马亦如良将，你可悟出了驯人之道？"

耳边隐隐似听得父亲在问我："你可悟出了驯人之道？"

我觉得甜蜜雀跃，仿佛回到承欢父亲膝下的日子，依然可以拖着他袖袍撒娇。

"阿妩悟出了……"我喃喃笑着，翻身拥紧被衾，眼角似有温热湿润，旋即坠入沉睡。

一夜噩梦频发。

四更敲过，耳边隐隐有刀兵交接之声，我恹恹将脸埋入枕衾间，竭力挥去噩梦留下的幻觉。

忽然间听得房门一声骤响，侍女跌跌撞撞的脚步声闯入，惊慌叫道："玉秀姑娘快醒醒，有人杀进来了，快叫王妃，快——"

我一惊，探身坐起，扯过外袍披上。

"王妃快走，叛军来了，奴婢保护您冲出去！"玉秀赤着脚奔进来，手里抓了一支烛台，不由分说拽了我便要往外跑。随行被俘而来的侍女们惊慌失措地跟在她后面，一个个披头散发。

"都慌什么！"我厉声呵斥，甩开玉秀的手，"给我站好！"

乱作一团的众人被我厉声震住，停下来瑟缩不知所措。外面果然传来阵阵刀兵喊杀声，听来已经不远，只怕即刻便要杀到这里。我心中急跳，竭力稳定心神，飞快地寻思对策——夜袭行馆之人，若非杀我，便是救我。城中除了吴谦，未必没有旁人想杀我。此时敌友难辨，万万不能冒险。

我立刻走到帘边，见门口守卫兵士如临大敌，刀剑都已出鞘，便回头向众人低声道："稍后若有变故，我们趁乱闯出去，一直沿曲廊到西厢，经兰庭，过曲水桥、流觞台，便是行馆侧门，平素鲜有人知。你们可记清楚了？"

我话音还未落，喊杀声已到了门口，竟来得这么快！

【夺城】

门口刀兵交击，守卫惨呼连连，猛然一声巨响落在门外，硝火闪烁，伴着浓烟滚滚，裂石碎木之声，地面随之巨震。

“小心！”玉秀扑在我身上，我被浓烟呛得说不出话，眼前一片模糊，只紧紧抓住玉秀。

陡然听得一个男子声音，“属下庞癸，参见郡主！”浓烟中只见一个鬼魅般身影靠近，向我屈膝跪下。他唤我郡主，自报名号“庞癸”——暗人没有自己的名字，各地暗人首领以天干为组，地支为号，来人果然是自己人。我惊喜交加，脱口道：“原来是你们！”

庞癸按剑在手，“事不宜迟，宋将军在外接应，请随属下走！”

我们疾步奔出房外，借着浓烟夜色的隐蔽，随行暗人一路掩杀，直冲到内院门口。

门外大群守卫正与百余名铁甲精卫厮杀在一起，当先一人正是宋怀恩。

我们身后火光蜿蜒，脚步声震地，正有大队追兵赶来。

庞癸大喝一声：“王妃已救出，宋将军护送王妃先走，我等断后！”

宋怀恩策马跃出重围，俯身将我拽上马背，紧紧将我揽住，夹马向外冲去。他手臂上一股温热渗湿我衣衫，竟是伤处汩汩涌出的鲜血。我不假思索，慌忙以手按住那伤处，想止住流血。

“无妨。”他反手格开一柄刺到马前的长戟，咬牙喘息，对我颤声说，“别弄脏王妃的手。”

这话竟叫我心里一痛，眼见这些大好男儿为我流血拼命，刀剑虽没有落在我身上，却依然剜心刻骨，恨不能立即叫他们住手。

“住手——”

蓦然一声断喝从身后传来。

惊回首，但见牟连仗刀立马，凛然立在十丈开外，身后大队士兵严阵以待，弓弩张弦，枪戟林立，手中火把映得天空火红，刀剑甲胄的寒光熠熠耀花人眼。

身后宋怀恩气息一沉，缓缓将我揽紧，横剑在前，全神戒备。

庞癸等人迅捷围拢呈扇阵，挡在我们马前，杀红了眼的两方都停下手，相向对峙。

我心神悬紧，凝眸望向牟连。

火光烈烈，将他脸庞映得半明半暗，夜风中满是硝石与松油的味道，隐隐裹挟着血腥气。

宋怀恩将手缓缓移下，无声无息地扣住了鞍旁所悬的雕弓。

“虚惊一场，原来是自己弟兄。”牟连淡淡开口，举剑发令，“放行——”

话音落地，四下众人尽皆一震，身后宋怀恩亦是愕然，唯有我长长地松了口气。

片刻僵立之后，门外守军齐齐退后，刀剑还鞘，枪戟撤回，让出中间一条通道。

庞癸回首与宋怀恩眼神交错，我低声对宋怀恩说：“此人可信。”

宋怀恩微微颔首，向牟连朗声道：“多谢。”

牟连点头，将手臂一挥，“路上当心。”

他望着我们，昏暗中神色莫辨，我只觉得他欲言又止。

蓦然一骑从他身后掠出，拔剑指向我们，“他们是豫章王的人，王妃在他们手中！”

庞癸等霍然一惊，不待我们回应，牟连已怒斥道：“混账！哪有什么豫章王，你他妈眼花了！”

那副将勒马逼近两步，“好你个牟连，竟敢私自纵敌！来人，将这叛贼拿下！”

四下守军毫无动静，一个个坚定如铁石，只望向牟连。

牟连冷冷侧首，一言不发，凛然有杀气迫人而来。

那副将仓皇环顾左右，大惊失色，“你们……你们都造反了不成？”

陡然一声暴喝，牟连拔剑，手起剑落，将那人劈翻落马，连哼都未及哼出一声！

眼前惊变只在一瞬之间，那人的尸首在地上滚了几滚，左右才爆出惊悸低呼之声。

我亦未曾想到牟连会当众斩杀副将，一时间惊得说不出话。只见牟连定定地望着手中滴血长剑，僵立半晌，霍然抬头向我们嘶声吼道：“还不快走！”

宋怀恩将马一勒，我按住他的手，“且慢。”

所有人的目光堪堪汇集于我，我深吸一口气，扬声肃然道："逆贼吴谦谋反，犯上作乱。牟连大义灭亲，忠勇可嘉。待豫章王大军入城，平定晖州之乱，必当上奏朝廷，褒扬功勋，众将士平叛有功，皆有嘉赏。"

牟连定定地望着我，仿如呆了一般。

恰在僵持中，宋怀恩扬剑指天，高声道："吾等誓死追随豫章王，效忠皇室，吾皇万岁——"

"吾皇万岁！"铁骑精卫与庞癸等人随即跪地响应。

四下守军将士再无迟疑，尽皆伏跪在地，山呼万岁之声响彻夜空，令我心神震荡。

牟连翻身下马，默然垂首片刻，屈膝跪倒，"吾皇万岁！"

事不宜迟，一旦吴谦获知行馆之变，我们便先机尽失。

宋怀恩与牟连、庞癸等人当即在行馆议定大计，兵分三路行事。

牟连率领手下戍卫，趁城头换岗之机，夜袭北门，分兵拿下防守薄弱的东西二门；庞癸派出暗人，持我的密函从北门出城，趁夜赶往宁朔方向，向萧綦前锋大军报讯；宋怀恩率领五百精骑，趁乱杀入刺史府，挟制住吴谦，再与牟连会合，往城南驻军大营夺取兵符，号令全城守军；同时，由庞癸率领手下暗人四下潜入晖州机要之地——官仓、府库、营房，在城中四下纵火，散布豫章王攻城的消息，动摇晖州军心，令全城陷入混乱。

此刻天色微明，已过五更，正是人们将醒未醒，最为松懈的时刻。

我们只有一次机会，要么一击得手，要么全军覆没。

宋、牟、庞三人各自点齐兵马，整装上马。

宋怀恩勒马回头，向我按剑俯首。

我深深凝望他年轻坚毅的面容，向他们三人俯身长拜，"王儇在此等候三位平安归来！"

两百余名侍卫留下来守护行馆，我带领玉秀等侍女，照料夜间拼杀受伤的士兵。行馆内一切有条不紊，侍卫们严阵以待，只等城中的讯号。我这才抽身回房，匆匆梳洗整装。

约莫过了两三炷香的时间，侍卫来报，称城中火光已起。

我匆忙登上行馆后山最高的流觞台，凭栏俯瞰城中。

浓云阴霾笼罩下的晖州已是一片惊乱景象，城中四下腾起熊熊火光，天际第一缕晨光还未出现便已被浓烟遮蔽。阴云沉沉压顶，看来今天将有暴雨倾盆。

我眼前隐约浮现出兵荒马乱、人群奔走呼号的惨景……想来此时，整个晖州都已陷入大难临头的惊恐和混乱。自睡梦中惊醒的人们，睁眼所见，亦如我眼前这般景象，依稀似末日将临。

片刻，北门方向吹响号角，惊彻全城——那是我们约定的讯号，牟连已经得手。

天际浓云低垂，天色依然昏黑如夜。

北门被牟连拿下，飞马报讯的暗人顺利出城。我遥望北面，闭目默祷，只盼萧綦快快赶来。

按庞癸所献之计，此刻百余骑兵应当已出城，沿路燃起狼烟，以树枝缚于马尾，在离城一里外往来奔驰，踏起沙尘漫天，一路狼烟滚滚，扬尘延绵。城中守军素来敬畏豫章王威名，骤然听得萧綦亲率大军到来，已是魂飞魄散，待亲眼望见北门已破，城外一片烟尘冲天，在天色昏暗中远远望去，恰似千军万马浩荡而来，哪里还顾得上分辨真伪——果然未出半个时辰，东门、西门相继传来低沉号角，两处守军不战自溃，皆被牟连拿下。

城中混乱之状愈演愈烈，火光映红了半边天空，浓烟升腾，如莽莽黑蛇舞动。

此时晖州生变，全城火光冲天，浓烟蔽日，料想謇宁王在河对岸也看到了这番光景。

他会不会相信是萧綦的大军攻城，如果骗不过这个老狐狸，依然被他强行渡河，又当如何是好？我的手心后背俱是冷汗，纵然经历过一次次生死险境，面对这满城烽火，恶战在即，仍禁不住心神俱寒。

忽听身后有低微的哽咽声，我回头，却见玉秀脸色苍白，正抬手拭泪。

“你怕什么？”我沉下脸来，目光缓缓扫过身后戎装仗剑的护卫们，向玉秀沉声道，“这里没有胆小怯弱之人，众将士舍生忘死个个都是真正的勇士，能与他们共生死，是你的荣耀。”

身后众侍卫尽皆动容，玉秀扑通跪倒在地，“奴婢知错。”

到底还是个十五岁的孩子，她已算十分勇敢。我心中不忍，神色稍缓，伸手将她扶起，“将士们正在搏命拼杀，我不想看见任何人在此刻流泪。”

玉秀的泪水在眼眶中打转，颤声道：“奴婢不怕，奴婢只是，只是怕宋将军他们有危险。”

这女孩子一双圆圆亮亮的大眼中，满是关切惶恐。我心中怦然牵动，顿时有几分了然，今日若换了萧綦在阵前拼杀，我也未必能如此镇定。

眼前隐隐浮现萧綦从容睥睨的眼神……似有莫名的力量注入心里，令我神思澄明。

我直视玉秀，决然开口："他们都是最骁勇的战士，必定会平安回到我们身边。"

我的话音未落，南面城外传来雄浑嘹亮的号角，其声冲天而起，直裂晨空，随即是千万战鼓齐擂，鼓声动地，滚滚而来，声势之间杀气震天。

那应该是宋怀恩夺下了驻军大营，按事先约定，擂响战鼓，吹起号角，隔河向謇宁王示威。

我站在高台之上，一时心神俱震，握紧了围栏，不敢相信一切如此顺遂。

玉秀已顾不得礼制，抓住我袍袖，连连追问："王妃你听！那是什么？那头怎么样了？"

我紧抿了唇不敢开口，没有听到他们亲口传来消息之前，不敢妄存一丝侥幸。

半炷香时间的等待，漫长难熬，几乎耗尽我全部定力。

"报——"

一名侍卫飞奔上来，"晖州刺史吴谦伏诛，守将弃甲归降，四面城门皆已拿下，宋牟两位将军已接掌晖州军政，庞大人正率兵赶回行馆！"

玉秀跳起来，忘乎所以地欢叫："谢天谢地，谢天谢地！"

身后众侍卫欢声雷动，振奋鼓舞之色溢于言表。

"很好，预备车驾入城。"我含笑点头，强抑心中激动，没有让声音流露半分颤抖。

我转身仰望天空，闭上眼，在心中重复玉秀方才的话，恨不得立时跪倒，叩谢上苍佑我。

庞癸赶回行馆时，大雨终于倾盆而下。

我抢在他跪拜之前，亲手扶住他，向他和他身后浴血沐雨的勇士们含笑致谢。

庞癸弃了头盔，狠狠抹一把脸上雨水，朗声笑道："做了半辈子暗人，今日能随两位将军冲锋阵前，痛快厮杀一场，是属下平生大幸！"

如此豪迈的汉子，可惜身为暗人，注定终生不见天日。我凝视庞癸，微笑道："若是随我回京，从此跟随豫章王麾下，你可愿意？"

庞癸二话不说跪倒，"属下身为暗人，曾受王氏大恩，立誓效忠，至死不得易主。"

我一怔，心下怅然，忽而回过神来，"那么，若是跟随于我呢？"

"但凭王妃驱策！"庞癸抬头，目光炯炯，露出一线微笑。

望着庞癸和他身后黑压压跪倒一地的暗人，这一刻我猛然惊觉——昔日王氏一明一暗，在朝在野的两大势力，分别由父亲和叔父所主宰，而今我却被时势推到了他们之前，第一次取代父辈的权威。我所接掌的不仅是眼前众人的生死命运，更是他们对王氏的忠诚信重。

只在一念之间，似有强大的力量涌入心中，将心底慢慢变得坚硬。

车驾和随行侍卫穿过城中，沿路百姓纷纷惊慌走避，再无人敢像昨日一般围观。

全城已经戒备森严，经此一场变乱，晖州已是人心惶惶，富家大户纷纷席卷细软出城躲避，普通百姓无力弃家远行，则急于屯粮储物，以防再起战祸。

路上时有见到守军士兵趁乱扰民，昨日还是繁华盛景的晖州，一夜之间变得满目苍凉。

我放下垂帘，不忍再看。

车驾到达刺史府前，入目一片狼藉。

门前石阶上还残留着未洗尽的血迹，依稀可见昨夜一场混战的惨烈。庭前文书卷帙散乱遍地，却不见一个仆从婢女，到处是重甲佩刀的士兵在清理洒扫。

宋怀恩带着晖州大小官员迎了出来，一众文吏武将都是往日在晖州见过的，当时每逢节令筵饮，总少不了诸人的迎奉。我所过之处，众人皆俯首敛息，恍惚还似当年初来晖州的情境，然而此时此地，一切已然迥异。

宋怀恩战甲未卸，臂上伤处只草草包扎，眼底布满血丝，依然意气飞扬。

他简略将战况一一禀来，对其间惨烈只字不提，只说吴谦仓皇出逃，混入乱军之中，被他亲手射死。謇宁王那边派出十余艘小艇沿河查探，暂且不见动静。

一时间千头万绪，我也暗自焦虑，当着晖州大小官吏，只得不动声色。

我嘱咐了三件要务：其一，稳定民心，天黑之前平定城中骚乱；其二，加强城防，随时准备抵御謇宁王大军；其三，储备粮草，等待豫章王大军到来。

府中不见牟连的身影，问及宋怀恩，却见他面色迟疑。

遣退了其余官吏，我回到内堂，蹙眉看向宋怀恩。

他低声道：“牟统领正在吴夫人房中。”

我将眉一挑，心中已有不祥之感，只听他说：“吴谦死讯传回之后，吴夫人便自刎了。”

吴夫人的尸首是牟连亲手殓葬的。

她没有留下只言片语，走得异常决绝。吴谦的两个妾室哭哭啼啼，只说夫人将蕙心小姐交给她们，自己回了房中，不料竟以老爷平日的佩剑横颈自刎。

一个足不出闺阁的妇人，平生从未碰过刀剑，却选择这样的方式，追随丈夫而去。

我没有踏进她的灵堂，也没去送她最后一程——她必然是不愿见到我的。昨日离去之前，言犹在耳，我曾对她说："患难相护之恩，他日必定相报。"

她的患难相护，换来家门惨变，我的报答便是诱叛她引以为傲的亲侄，杀死她的夫君。

"王妃，天都快黑了，您出来吃点儿东西吧。"玉秀隔了门，在外面低声求恳。

我枯坐在窗下一言不发，望着北边天际发呆，看夜色一点儿一点儿围拢。什么人也不愿见，什么话也不想说，我将自己关在房里，没有勇气去看一看牟连，看一看那个叫蕙心的女孩。听说吴蕙心哭晕过去多次，悬梁未遂，此时还躺在床上，水米未进。

玉秀还在外面苦苦求我开门，我走到门口，默然立了片刻，将门打开。

"领我去看看吴蕙心。"我淡淡开口，玉秀怔怔地看着我的脸色，没敢劝阻，立即转身带路。

还未踏进闺房门口，就听见女子的哭泣声，伴着碎瓷裂盏的声音。

一名妇人匆忙迎了出来，素衣着孝，面目清丽，不卑不亢向我行礼，自称妾身曹氏。

我无心多言，径直步入房中，恰见那苍白纤弱的女孩将侍女奉上的粥肴摔开。

我接过仆妇手里的粥碗，走到她床前，垂眸凝视她。

周围侍婢跪了一地，蕙心含泪抬头，惊疑不定地望向我，双眼哭得红肿。

"张口。"我舀了一勺粥，喂到她唇边。

她睁大眼睛瞪着我，我冷冷开口："粥里有毒，是送你上路的。"

蕙心一颤，满目骇然，嘴唇剧烈颤抖。

"你想死，我便成全你。"我将勺子强行送到她唇间。

她不由自主地瑟缩，抖成一团，眼泪大颗大颗地落下，"你是谁……"

我将碗放下，凝视她双眸，缓缓说道："我是豫章王妃。"

她双瞳骤然大睁，尖声道："是你害死了我爹娘！"

我不闪不避，任由她扑上来抓住我衣襟，眼前一花，被她一掌掴在颊上。

身后玉秀与曹氏抢上来格挡，我抬手阻住她们。

蕙心不顾一切，扑上来想与我厮打，被我冷冷扣住了手腕。

我谙熟骑射，腕力不同于寻常闺阁女子，这女孩却羸弱单薄，挣扎的力气也甚微弱，被我扣住动弹不得。

“这一掌是我欠你母亲的。”我迫视她双目，“若是你自己想报仇，活下来再说。”

我放开吴蕙心，起身拂袖而去。

曹氏一路随我到了庭中，俯身道：“多谢王妃。”

“蕙心不是真心求死，她会好好活下来。”我疲倦地叹息一声，恍然记起玉秀之前提过，吴蕙心由牟连的夫人在照料……我侧首看她，“你是牟夫人？”

曹氏低头称是。

我一时无言相对，沉默片刻道：“牟将军可好？”

“多谢王妃垂顾，外子已赶往营中，协助宋将军署理防务。”曹氏语声低柔，落落大方，不似一般闺阁女子。我颔首道：“辛苦牟将军与夫人了。”

曹氏脸上一红，欲言又止。我觉得蹊跷，回眸细看她。她迟疑片刻，终究开口道：“外子只是戍卫统领，位分卑微，当不起将军的名衔。”

我怔住，讶然道：“牟连的职位怎会如此低微？他不是吴夫人之侄吗？”

曹氏有些窘迫，沉默片刻，似鼓起极大勇气开口：“外子不肯依附裙带之便，姑父也唯恐带累了官声……是以外子空怀报国之志，却多年不得升迁。此番姑父投靠叛军，外子也曾力劝。及至王妃入城，终令外子临崖勒马，未致铸成大错。妾身虽愚昧，亦知好马需遇伯乐，良将需投明主。恳请王妃为外子美言，不计门庭之嫌，勿令良将报国无门！”她一气说来，脸颊涨红，向我俯身拜倒，“妾身在此叩谢王妃！”

这一番话虽是出于私心，唯恐牟连受到牵连，身为降将受人轻视，故而为他开脱求情……然而从她口中道出，却是诚挚坦荡，并无半分谄媚之态。看她年纪似与哥哥相仿，心机胆识不输须眉，叫我油然而生敬佩之心，忙亲手将她扶起。

“牟连有贤妻若此，可见他非但是良将，亦是一员福将。”我向她扬眉一笑，不觉起了亲近之心，“王儇年轻识浅，若蒙牟夫人不弃，愿能时时提点于我，共商此间事务。”

曹氏喜出望外，忙又拜倒。

是夜，辗转无眠。

宋怀恩执意要我从行馆迁入刺史府，虽是守卫森严，安全无虞，我却一闭眼就想起吴夫人，想起蕙心，哪里还能安睡。已是夜阑更深，我仍毫无睡意，索性披衣起来，步出庭院。

夜空漆黑，不见一丝月色，只有隐隐火光映得天际微明，依稀可见守夜的士卒在城头巡视走动。我只带了几名值夜的侍女，没有唤起玉秀，她连日惊累不堪，回房便已酣睡了。

信步走到内院门口，却见外院还是灯火通明，仍有军士府吏进出繁忙。

我悄然行至偏厅，示意门口侍卫不要出声。只见厅中几名校将围聚在舆图前面，当中一人正是宋怀恩。他换了一身深蓝便袍，在灯下看来，愈显清俊，言止从容坚定，隐有大将之风。

想来当年，萧綦少年之时，也是这般意气飞扬吧。

我在门外静静地站了片刻，他也未发现，只专注地向众将部署兵力防务。我心中欣慰，转身正欲离去，却听身后有人讶然道："王妃！"

回头见宋怀恩霍然抬头，定定地望着我。

"时辰已晚，若非紧急军务，诸位还是早些回府歇息吧。"我步入厅中，向众人温言笑道。

宋怀恩颔首一笑，依言遣散了众人。

我徐步踱至舆图前，他沉默地跟在我身后，保持着数尺距离，一如既往的恭谨拘束。

"你的伤势如何？"我微笑侧首。

他低头道："已无大碍，只是皮肉伤，多谢王妃挂虑。"

见他神色越发局促，我不禁失笑，"怀恩，为何与我说话总是如临大敌一般？"

他竟一呆，似被我这句笑语惊住，耳根竟又红了。

见他如此尴尬，我亦不敢再言笑，侧首轻咳了声，正色道："按眼下情形，你看謇宁王会否抢先渡河？"

宋怀恩神色有些恍惚，愣了片刻才回答道："今日晖州大乱，烽烟四起，謇宁王素来谨慎多疑，见此情形，势必不敢贸然渡河。然而，属下担心时日拖得越久，越令他起疑。"

我颔首道："不错，若果真是大军已到，必定不会守城不出。越是按兵不动，越是露出破绽，迟早被他觑出我们的底细。"

"王爷接到信报，假使路途顺利，不出五日应能赶到。"宋怀恩深深蹙眉，"如何拖过这五日，便是关键所在。牟连已依计将豫章王帅旗遍插城头，驻军大营增加炉灶炊烟，日夜巡逻不息，造出大军入城的假象……即便如此，依属下看来，最多也只能拖到三日。"

我沉默，心下早已有此准备，最坏的可能也莫过于刀兵相向。

"照此说来，三日之后，一场鏖战在所难免了？"我肃然望向他。

宋怀恩毅然点头，"我们至少仍需坚守两日，将謇宁王挡在晖州城外，等待王爷赶来。”

我蹙眉缓缓道：“晖州兵力远远不足，守军素来吃惯了皇粮，惫懒成性，疏于操练，又逢人心浮动之际……若是硬拼起来，我担心能否拖过两日。”

“挡不住也要挡！”宋怀恩抬眸，眼底宛如冰封，“属下已经传令全军，一旦城破，我便纵火焚城，叫全城守军、老弱妇孺皆与叛军同葬！”

我一震，骇然望着他，半晌不能言语。

他凛然与我对视，缓缓道：“如此，则破釜沉舟，再无退路，唯有以命相搏！”

【并肩】

晖州的夜风比宁朔温软，五月深宵，透衣清凉，吹起我鬓发纷飞。

我立在中庭，仰首望向天际，微微叹息："交战一起，不知道这座城池将会变成怎样。"

宋怀恩默然片刻，"彭泽刺史已经举兵叛乱，烽烟燃及东南诸郡，一旦水泽之路失陷，琅琊也不再太平。长公主此时还在路途中，获知彭泽兵乱，只怕不会再往琅琊去了。"

我黯然叹道："家母此时应当已在返回京城的路上……依她的性子，回去了也好。"

"难道长公主不知京城之危？"宋怀恩蹙眉看我，神色略见忧急。

"正因京城陷于危急，家母才肯回去吧。"我无奈一笑，到底是数十年夫妻，对父亲纵有万般怨恨，当此生死关头，她总要和他在一起的。晋敏长公主的性子，若真执拗起来，谁又阻得住她。彭泽之乱将京城逼到危急边缘，或许也逼出了母亲的真情。

"王妃此话何解？"宋怀恩惴惴开口，犹自疑惑。

我却不愿再与旁人提及家事，只淡淡一笑，"我确信她会返回京城，正如我也会留在晖州。"

"你要留在晖州？"宋怀恩语声陡然拔高，连敬辞也忘了，朝我脱口怒道，"万万不可！"

夜色下，他一双剑眉飞扬，满目焦灼关切。

我看在眼里，心下怦然一紧。这样的目光，没有敬畏与谦恭，只是无遮无挡的热切，再不是臣属之于主上，仅仅是一个男子看向一个女子的目光。

只听他急急道："晖州一战在即，属下预备明日一早就让庞癸护送王妃出城，北上与王爷会合……无论如何，绝不能让王妃涉险！”

我侧首转身，避开他灼人目光，心下竟有些许慌乱。

一时相对无语，唯觉夜风吹得衣袂翻飞。

“你只需全力守城，至于是去是留，我自有分寸。”我敛定心神，淡淡开口。

宋怀恩气急，张口欲说什么，却又陡然止住，将唇角紧抿作一线。

我回眸静静地看着他，“你跟随王爷身经百战，可曾因战况危急而临阵退缩过？”

他蹙眉道：“将军自当战死沙场，王妃你身为女子，岂能相提并论！”

“那么，”我微微一笑，“若是王爷在此，他可会抛下你们，独自离城避难？”

“那也不同！”宋怀恩勃然怒道。

我含笑直视他，“有何不同，我是豫章王妃，自当与豫章王麾下将士共进退。”

宋怀恩默然垂下目光，不再与我争执。在折返内院的路上，他沉默地跟在身后护送，于门边驻足目送我入内。

我步入曲径深处，却仍依稀感觉到身后的目光……我忍不住驻足回头，见那淡淡身影孑然立于门下，袖袂飞扬，说不出的寂寥孤清。

天色刚亮，潜去鹿岭关外打探虚实的军士回报，謇宁王大军正在加紧督造战船，曾派出数队小艇于凌晨时分靠近河岸，打探我军消息，皆被巡夜守军发现，劲弩齐发，将其逼退。

牟连已经封闭四面城门，下令城中军民储粮备战，调集重兵驻守鹿岭关，不准任何人从南境入城。鹿岭关将在今日正午封闭，此刻关门内外已是人马如潮，附近百姓扶老携幼，抢在封关之前入城躲避战事。

一连两天过去，謇宁王的战船已在河岸列开阵势，天色晴好时，依稀可见对岸飘扬的战旗。

到第三天，渡河刺探的小艇骤然增多，不时向城头射来箭矢，叫嚣挑衅。牟连与宋怀恩交替值守城头，严令死守，不准守军士兵回应反击。謇宁王越是试探，越显出他疑虑心虚，摸不准我方的虚实。

城头风云诡谲，城内人心惶惶。

百姓忙于屯粮避战，城中米行纷纷告罄关门，贫民哀告无门。晖州多年未经战事，官仓所储粮草许久不曾清点，竟已霉坏了许多，也不知能供军中多久的用度。

眼前一团乱麻，叫我无从应对。自幼所见所学，虽也不乏兵书韬略，耳濡目染却大多是宫闱朝堂间弄权之术，这最最寻常的民生衣食之事恰是我闻所未闻的。晖州大小官吏平素饱食终日，最擅歌赋清谈，真正到了用兵之际，一个个只会空谈。

正值一筹莫展之际，牟夫人曹氏举荐了数名出身寒庶的下吏，包括她的族兄在内一共七人，均是在各处府衙执事多年的清吏，深谙民情，行事勤勉，这才解了我的燃眉之急。连日里，众人不眠不休，逐一清点官仓府库，供给军中的粮草皆已就位，另开了仓廪专司赈济。城中人心稍定，骚乱渐止。

从前虽知朝廷吏治败坏，贵胄子弟庸碌无为，却不知已到了这样的地步。

我抚额长叹，想起在京中的哥哥，只觉深深无奈，心中隐有忧虑。

已是入夜时分，照宋怀恩的预料，只怕謇宁王的耐心难以耗过今晚。

我与曹氏相携而至城头，时近子夜，今夜的晖州月明星稀，分外静好。

城头守备一切如旧，不见半分慌乱，暗中却已全城警戒，四门守军皆是枕戈待旦。

宋怀恩与牟连闻讯赶来，两人皆是重甲佩剑，眼有红丝。

听曹氏说，牟连已经三日未曾回府，一直值守在营中。此刻他夫妇二人相见于城头，生死之战或许就在转瞬，两人沉静对视，没有只言片语，却似已道尽一切。

我心中触动，含笑转身，对宋怀恩道："宋将军请随我来。"

离开牟氏夫妇数丈远了，我才止步回身，向宋怀恩微微一笑，"且让他们聚一聚吧。"

宋怀恩含笑不语，深深看我一眼，复又目光微垂。

这三日来，我有意回避，每日除了商议要事，并不与他见面。偶有琐事，总是命玉秀往返传话。平素听她回来说起宋将军，总是眉飞色舞，此刻宋怀恩就在眼前，她却低头立于我身后，看也不敢看他一眼。少年情事，莫不如此。

眼下战事在即，我却被眼前的牟氏夫妇，与玉秀的女儿心事，勾起了满心温柔。

宋怀恩亦微微含笑，凝望远处江面，只字不提战事，似不愿惊扰这城头片刻的宁静。

良久无语，倒是玉秀轻轻开口打破了沉寂，"江面起雾了，王妃可要添衣？"

我摇头，却见江面果真已弥漫了氤氲水雾，似乳色轻纱笼罩水面，随风缓缓流动。

"再过两个时辰，便是江面雾霭最浓的时候。"宋怀恩低低开口，语声带了一丝肃杀，"那便是攻城最好的时机。若是过了寅时，未见敌军来袭，我们便又撑过一日。"

我心下一凛，依然朗声笑道："已经过了子时，现在是第四日了，王爷的前锋大军离我们又近了许多。或许明日此时，援军便能到了。"

“智者多疑，勇者少虑。”他含笑沉吟道，“我们闭门不战本是拖延之策，所幸此番遭遇的对手是謇宁王，此人年老多疑，见此情状只怕越是谨慎，唯恐有诈。”

我拊掌而笑，戏谑道：“不错，但愿他再多几分慎重沉稳，切莫学少年莽撞。”

宋怀恩与我相视而笑。

回到房中，再也不能入睡，听着声声更漏，将两个时辰一分分挨过。

问了玉秀不知第几遍，从子时三刻数到寅时初刻，我与她俱是困倦不堪，伏在案头不知不觉竟睡去……待我被更声猛然惊起，推醒玉秀，一问值夜的侍女，才知已是卯时初刻了！

果真又挨过一天。

望着东方微微泛白的天际，远观城头灯火，我只觉又是宽慰又是疲惫。

连日来，一直不曾安睡，此时心头一块大石暂且落了地，困意却再也抵挡不住。

合眼之前还嘱咐玉秀，辰时一过便叫醒我，然而未等玉秀回答，我神志已迷糊过去。

这一觉睡得恬然无梦，酣沉无比。

将醒未醒之间，依稀见到萧綦骑着他那神气活现的墨蛟，从远处缓缓而来，竟走得那么慢……我恨不得狠狠一鞭子抽上墨蛟，叫这顽劣的马儿跑快一些。

“到了，到了，王爷到了……”梦中竟还有人欢呼。

我笑着翻身，却被人重重推了一把，立时醒转过来。却是玉秀拼命摇着我，口中连连嚷着什么，我怔了片刻才听清——她是说，王爷到了。

身旁侍女皆喜上眉梢，门外传来侍卫奔走出迎的脚步声——果真不是在梦中。

我跳下床，扯过外袍披上，胡乱踏了丝履便飞奔出门。

袖袂飘拂，长发被风吹得散乱飞舞。这可恶的走廊甬道天天行走，怎么从不觉得如此漫长难走！众目睽睽之下，我第一次顾不得仪态规矩，提起裙袂大步飞奔，恨不得生出翅膀，瞬间飞到他面前。

甫至大门，远远就望见一面黑色缬金蟠龙帅旗高擎，猎猎招展于耀眼日光之下。

那是豫章王的帅旗，所到之处，即是定国大将军萧綦亲临。

那个威仪赫赫的身影高踞在墨黑战马之上，逆着正午日光，有如天神一般。

我仰起头，眼前是正午耀目的阳光，比阳光更耀目的是那光晕正中的一人一马。

黑铁明光龙鳞甲、墨色狮鬃战马、玄色风氅上刺金蟠龙似欲随风腾空而起。在他身后，是肃列整齐的威武之师，仿如看不到尽头的盾墙在眼前森然排开，又似黑铁色的潮水正自远方滚滚动地而来。

众人跪倒一地，齐声参拜，只余我散发单衣立于他马前。

晨昏寝寐都在企盼的人，真真切切地站在眼前，我却似痴了一般，怔怔不能言语。

他策马踏前，向我伸出手来。

脚下轻飘飘向他迎去，犹似身在梦中。

他握住我的手，掌心温暖有力，轻轻一带便将我拽上马背。耀眼阳光之下，我看清他的眉目笑容，果真是萧綦，是我心心念念，一刻也不能放下的那个人。

“我来了。”他笑容温暖，目光灼热，语声低沉淡定。这笑容只有我看得见，这淡淡三个字也只有我听得见。整整五天的路途被他硬赶在此刻到达，其间披星戴月，忧心如焚，全军将士马不停蹄……我虽不能目睹，却能想见。

四目相顾，无须蜜语柔情，他来了，便已经足够。

豫章王前锋大军踏着烈烈日光，浩浩荡荡进入城内。

众目睽睽之下，他与我共乘一骑，穿过欢呼迎候的人群，径直驰上城楼，接受脚下如潮的欢呼。三军将士欢声如雷，士气勃然高涨，满城百姓奔走相庆，潮水般呼声远远传开，在城中回荡不息。这是我生平从未见过的狂热，仿佛濒临绝望的人终于迎来拯救万众于水火的神祇。这也是我第一次亲眼看到，豫章王的威望竟至于此。

而此时此刻，我以豫章王妃的身份，与他并肩共骑，一同接受万众景仰。

这发自肺腑的欢呼，即便尊贵如皇族，也未必能得到。

这，便是民心。

眼前一幕将我深深震撼，良久不能言语。

及至离开城头，驰返府衙，这才惊觉自己一直长发散覆，素颜单衣，就这样被萧綦揽在怀中。

而左右将领，乃至城下三军将士都看到了我们这个样子……我顿时双颊火辣辣地发烫，恨不能钻进地缝里去，慌忙将头低下，不敢触到身后诸人的目光。

“你做什么？”萧綦诧异地低头问我。

我脸颊愈热，声音轻细得不能再轻，“你竟让我这副样子出来。”

身后诸将随行，相隔不过丈余，他竟朗声大笑，“你连整座城池都敢夺下，这时倒怕了羞？”

有低抑笑声从后面传来……我羞窘难当，再不敢接口与他调笑。

一回到府衙，我便跳下马背，头也不回地往内院而去，心中暗恼，赌气不去理他。

等我匆忙沐浴更衣，梳妆整齐了出来，玉秀说王爷已去了营中，并未来过这里。

我一呆，旋即苦笑。他自然是以军务为重的，日夜兼程赶来也未必是为了我。

黯然倚坐妆台，心中恼也不是，叹也不是。挨过了连日的惊虑忐忑，已是心力交瘁，好容易盼来了他，本该满心欢喜却又莫名怅惘……他不在时，我也独自一人撑过来，错觉自己刀枪不入；而今他来了，我便回复原形，只愿从此被他护在身后，犹如宁朔那夜。

一时间意兴阑珊，我拆了钗环发髻，又觉倦意袭来。

这两日着实太累，我倚回锦榻，本想小寐片刻，不觉却又睡去。

蒙眬间，有人帮我盖好被衾，熟悉的男子气息淡淡地笼了下来。

我不愿睁开眼睛，默然侧首向内。

"不想看见我？"他的手指抚过我鬓发，语声温暖低沉，"之前是谁疯了一样奔到我马前？"

提及当时，我顿觉心软，睁了眼静静地看着他。

他眼底尽是红丝，下巴渗出湛青一层浅浅胡茬，满面都是倦色。

我再也硬不下心肠，伸臂揽住他的颈项，幽幽开口："到底几天没合眼了？"

他笑一笑，并不答话，只将我拥住。

"王妃，此番你做得很好。"他正色望着我，"本王甚为钦佩。"

我一时愕然，未及开口，却听他话锋一转，厉色道："可是阿妩，即便你有通天彻地之能，我也不屑拿你的安危，来换区区一座城池！"

"什么凶险不曾见过，即便謇宁王夺下晖州，我也无须忌惮。"他已是声色俱厉，"你本有机会全身而退，却擅自发难夺城……须知刀兵无眼，当日若有半分差错，就算我插翅赶来也捞不回你一个全尸！"

此时想来，当晚确是万分凶险，我也心知后怕，却仍坚持道："可我们终是赢了。"

"赢又如何？"萧綦陡然怒了，"萧某身经百战，赢得还少吗！区区一个晖州赢来又如何？可若是输了你，我到哪里再去找一个王儇？纵然输了十个百个晖州，也不能……"

他怒视我，一句话到了嘴边，却不肯说出口。

"也不能什么？"我心中明明知道，依然轻声问他，笑意已忍不住浮上唇边。

萧綦瞪了我半晌，无奈一叹，将我狠狠揽紧，下巴轻抵在我颈侧，“也不能……输了你。”

这般柔情蜜语从他口中说出，似有千般艰难，万分沉重。

我笑出声，伏在他肩头，眼泪却已涌上。

“一路上我只想着将你狠狠抽一顿鞭子！叫你胆大妄为！”他苦笑，“越近晖州，却越怕……想到你若有个闪失，恨不能踏平此城，叫謇宁王全军相殉！”

我攀着他衣襟，只是笑，一面笑一面偷偷在他襟上蹭去眼泪，泪水却一直不停。

他低头看了看自己前襟，啼笑皆非，“你这女人……”

室内渐渐昏暗，窗外已是暮色渐浓，我不知不觉竟已睡到了黄昏时分。

看他风尘仆仆，满脸倦色，一到城中就忙于部署军务，整饬城防，只怕已忙碌了半天。

我轻轻将他环住，“眼睛都红了，睡一会儿吧。”

萧綦笑了笑，“倒真是倦了。”

我忙起身下床，让侍女送来热水热茶，一面绞了帕子让他洗脸，一面笑道：“妾身这就侍候王爷就寝。”

“王妃贤良。”萧綦慵然笑着，便要和衣躺下。

我忙拉住他，“哪有穿着衣服就睡的！”

“城头兵不卸甲，闺中岂能宽衣？”他倒还有心思调笑，将我拽到床上，柔声道，“陪我躺一会儿，半个时辰过后叫醒我。”

我无奈点头，轻轻给他盖上被衾。

正要同他说话，却听他呼吸沉缓，已经沉沉睡着，薄削唇边犹带笑意，眉心那道皱痕略微舒展开来。他的手还紧紧地环在我腰间，睡着了也不肯放开。我一动不敢动，唯恐将他惊醒。躺在他怀中，我静静地凝视他的眉目，只觉一生一世都看不够。

待我猛然惊醒，翻身去叫醒他，却见枕边空空无人。

帘外已经夜静更深，我自己一觉睡到此时，连萧綦何时起身离去都不知道。

几乎一整个白日都睡过来了，总算是神清气爽。用过晚膳，我略略梳妆，带上一件风氅去往城头。玉秀一路上都在嬉笑打趣我，越来越是大胆。

登上城楼，远远见到他披甲佩剑，率一众将领深夜仍在巡查防务。

我缓步走近，只恐打断了他们议事，忙示意侍卫不要出声，只静静地伫立在不远处。

萧綦身形挺拔，站在一众魁梧的将领当中仍是格外夺目。

此时城头一派灯火通明的忙乱景象，修造战船的民夫在河岸忙碌不休，筑防军士匆匆往返，连夜修筑工事。巡逻兵士穿梭来去，不时有弓弩手向河面上空射出燃烧的箭矢，借火光察看河面敌情。这番情形，竟比往日更加忙乱，俨然虚张声势一般。

我蹙眉沉吟，一时想不到是何道理。正思索间，一个粗豪的声音朝这边喝道："何人在此？"

我一惊，却是萧綦身边一名莽豪大将发现了我。

见我徐徐步出，众将都是愕然，忙躬身行礼。

萧綦微微一笑，"你怎么来了？"

我将手中风氅递上，笑而不语。

他接过风氅，温柔地凝视着我，却只淡淡道："城头夜凉，回去吧。"

那莽豪将军忽哈哈一笑，冲我抱拳道："想不到王妃一个娇滴滴的女子，竟能妙计破城，实在是女中豪杰，俺老胡佩服得紧哪！"

我一怔，听他粗豪之言甚觉有趣，欠身笑道："胡将军谬赞了。"

宋怀恩与牟连相顾而笑。

萧綦负手微笑道："这是征虏将军胡光烈。"

有一人接口道："此人浑话最多，人称莽将军。"

众人哄然大笑，胡光烈无奈挠头，却也不恼。可见私下里，这班将领一向与萧綦说笑惯了，叫人看来其乐融融，果真是手足一般。见众人言笑随意，牟连也不复之前的拘谨。

萧綦对牟连大加赞赏，赞他行事缜密，此番夺下晖州，当属牟连居功至伟。

牟连忙谦辞，少不得又将我与宋怀恩、庞癸等人赞颂一番。

胡光烈嘿嘿一笑，冲旁人挤了挤眼，"咱们王爷和王妃可真是绝配！"

我一时羞窘，众人俱是低头失笑。

萧綦也笑了笑，旋即对诸将正色道："时辰不早，众位暂且回营歇息，轮值守夜，务必养精蓄锐，不可有半分松懈！"

"是！"众将齐声遵令，当即退下。

城头夜风猎猎，萧綦携了我的手，沿着城楼走去。

我静静地依在他身边，只想没有征战、没有杀伐，一直这样走下去，走到天荒地老也好。

“晖州一战，就在今夜吗？”我驻足叹息。

萧綦侧目看我，不掩赞叹之色，“可惜你身为女子，枉费了如此将才。”

“若不是女子，岂能与你相遇。”我回眸一笑，“你这般虚张声势，自然事有蹊跷。謇宁王小心翼翼试探了数日，只怕耐心也快耗尽了。”

萧綦颔首而笑，抬手指向河岸南面，“謇宁王年老多疑，亦知我用兵之道长于攻战，素喜以攻为守。而今他连日试探，都不见我出阵，必定怀疑我不在城中。殊不知，恰与你们的缓兵之计不谋而合，前番是实，今日是虚，恰好虚实颠倒。我此时故弄玄虚，继续虚张声势，便越发要他起疑，令他以为我至今尚未入城，晖州空虚，大可放手来攻。若不出我所料，今日寅时，河面雾浓，謇宁王便会渡河而来。届时先放他前锋登岸，待大军渡河过半，便将他拦腰截断……”

我眼前一亮，接口道：“届时收网获鱼，瓮中捉鳖，果真痛快至极！”

萧綦大笑，“纵是勇悍老将，今日也叫他折戟在晖州城下！”

【杀伐】

凌晨，风骤起，霹雳惊电撕裂了天际黑云。

大雨滂沱，闷雷滚滚。

一场突如其来的暴雨倾盆而下，将整个晖州城笼罩在不辨昼夜的昏暗之中。

已没有人在意风声呼啸若狂，没有人在意惊雷连番炸响。

风声雨势雷鸣，俱被城下酷烈的杀伐之声淹没。

謇宁王三万前锋抢在天明之前，横渡长河，趁夜杀上岸来，强攻鹿岭关。

数十艘高达数丈的楼船，每艘楼船携舰艇若干，以铁索交横，赫然连成铜墙铁壁一般。

五色旌旗招展，擂鼓鸣金，乘风势，破激浪，浩浩荡荡从河上杀来。

战鼓号角一声紧过一声，一遍高过一遍，震天的喊杀声与金铁撞击声交织莫辨。鹿岭关外云梯层叠，飞石如蝗，攻城强兵如潮水般源源不绝地涌入。

暴雨哗哗而下，雨势越发迅急，风雨中仿佛裹挟了淡淡的血腥气，狠狠冲刷着晖州城墙。

我随萧綦登上最高的城楼，河岸与鹿岭关外惨烈战况尽收眼底。

一名将校战袍浴血，冒雨飞马来报，“禀王爷，敌军来势凶猛，我军已退至鹿岭关下！”

萧綦转身坐上麒麟椅，冷冷问道：“河面情势如何？”

“前锋尽数登岸，主力大军已开始渡河。”

“等。”萧綦面沉如水，波澜不惊。

片刻，又有飞马来报。

“禀王爷，敌军已渡河过半。”

“再等。”萧綦面色不变，目中掠过一丝笑意，浓烈的杀气自他身上隐隐传来。

我肃然坐在他身侧，分明是初夏时节，却如置身隆冬，天地间尽是肃杀之气，令人遍体生寒。我执起案上酒壶，将面前一樽虎纹青玉杯中斟上烈酒，未及斟满，一人飞马入内。

“禀王爷，敌军攻势迅猛，大军均已登岸，征虏将军已率众退入鹿岭关内！”

萧綦微微抬目，恰此时一道惊电划下，劈开天幕，映亮他眼底寒意胜雪，“传令左右两翼，截断登岸大军，夺船反攻！”

来人遵令，上马飞奔而去。

萧綦按剑而起，“传令后援大军，夺回鹿岭关，剿杀入城兵马！”

“末将领命！”一名将领遵令而去。

左右将领按剑肃立，甲胄兵刃雪光生寒，均已跃跃难耐。

萧綦举杯一饮而尽，掷杯于地，“备马，出战！”

我默然立于城头，目送萧綦风氅翻飞的身影远去。

这一场鏖战，直杀到雨停风歇，云开雾散，红日渐出……直至黄昏残阳如血。

左右两翼兵马挟雷霆万钧之势，从城外两侧山坡俯冲，攻入刚刚登岸的謇宁王大军，纵横冲杀，锐不可当，趁对方立足未定，杀了个横尸遍野，哀号震天。再令三千弓弩手伏击在侧，专杀楼船上操舵控桨的兵士，令楼船失去控制，无法掉头回航。渡河大军在滩头陷入混乱，进退不得，大小战船皆以铁索相连，拥挤突围之中引发战船自相冲撞，士兵纷纷落水，上岸即遭铁骑践踏，强弩射杀……一时间，杀声震野，流血漂橹，岸边河水尽被染为猩红。

抢先攻入鹿岭关的前锋兵马，被阻截在内城之外，强攻不下，后方援军又被截断，顿成孤军。

退守关内的胡光烈部众，与萧綦亲率的后援大军会合，掉头杀出关外。胡光烈一马当先，率领后援大军杀出城门，一柄长刀呼啸，连连斩杀敌军阵前大将，所过之处莫可抵挡。

謇宁王治军多年，麾下部众骁勇，眼见中伏失利，仍拼死顽抗，不肯弃战。

但听敌军主舰上战鼓声如雷，竟是謇宁王亲自登上船头擂响战鼓，阵前一员金甲大将挥舞巨斧，猛悍无匹，硬生生杀出一条血路，率领受困将士掉头突围，往岸边战船退去。

一时间敌军士气大振，奋哀兵之力，抵死而战，大有卷土重来之势。

但见一骑迎上阵前，白马红缨，银甲胜雪，正是宋怀恩擎一柄碧沉枪，横扫千军，迎面与那金甲悍将战在一起。船头战鼓声震云霄，謇宁王催阵愈急。

我在城头看得心神俱寒，眼前血雨腥风，杀声震天，仿佛置身修罗地狱。

陡然一声低沉号角，城门洞开，旌旗猎猎，正中一面帅旗高擎。

萧綦立马城下，遥遥与船头謇宁王相持，手中长剑光寒，直指南岸。

剑锋所指处，怒马长嘶，左右齐呼："豫章王讨伐叛军，顺者生，逆者亡——"

我军欢声雷动，枪戟高举，齐齐呼喝呐喊。

豫章王帅旗招展，萧綦跃马而出，身后亲卫铁骑皆以重盾锁甲护体，随他逼向阵前。战靴声橐橐划一，每踏下一步，宛如铁壁动地，枪戟寒光压过了风雨中晦暗天光。

阵前敌军声势立弱，謇宁王战鼓声亦为之一滞，旋即重新擂响。楼船战舰上弓弩手齐齐将方向对准帅旗所在之处，箭雨铺天盖地，急骤打在重铁盾墙之上。

我从城头俯瞰，一切尽收眼底，满心惊颤已至木然，只疑身在惊涛骇浪间，随着城下战况起落，忽而被抛上云霄，忽而跌落深渊。

只听謇宁王战船上有数队士兵高声叫阵，喝骂不绝，直斥萧綦犯上作乱，在战鼓声中听来分外刺耳扰人。阵前敌军虽节节败退，仍悍勇顽抗不下。胶着之际，萧綦与亲卫铁骑已强顶着箭雨逼近阵前。

又一轮箭雨稍歇，就在下一轮将发未发的刹那，忽见萧綦挽弓搭箭，三支惊矢连环破空而去。

箭到处，夺夺连声，竟不是射向阵前主帅，反而堪堪射中主舰前帆三道挂绳！

船头众人惊呼声中，轰然一声巨响——那数百斤重的篷帆应声坠落，砸断横桅，直坠船头，生生将那雕龙绘金的船头砸得碎片飞溅，走避不及的将士或被砸到桅帆之下，或是坠落河中。而那篷帆落处，恰是謇宁王擂鼓之处。

眼见战船受此重创，主帅被压在碎木裂桅之下，生死不明——敌军部众皆骇然失措，阵前方寸大乱。那金甲大将正与宋怀恩苦战不下，惊见此景，一个分神间，被宋怀恩猛然回枪斜刺，当即挑落马下。

謇宁王大势已去，河面完好的十余只战船纷纷丢下伤兵残将，径直掉转船头，向南岸溃退。

至此，敌阵军心大溃，再也无心恋战。

有人抛下兵刃，发一声喊："我愿归降豫章王！"阵前顿时有十数人起而响应，夺路来奔。统兵将领尚未来得及阻拦，又有百余人弃甲奔逃，转眼溃不成军。

经此一役，謇宁王前锋折没殆尽，过半人马归降萧綦，顽抗者皆被歼灭。辛苦营造的楼船除主舰毁坏，其余尽被我军所夺，不费寸钉而赢得渡河战船，来日饮马长河，易如反掌。

然而最后寻遍战场也未见謇宁王尸首。

只怕此人老奸巨猾，见战况危急，早已换了替身上阵，自己退缩至副舰，眼见前锋惨败，立即弃残部于不顾，率军往南而逃。

是夜，萧綦犒赏三军，在刺史府与众将聚宴痛饮。

随后而来的十万大军也在子夜之前赶到。萧綦下令三军暂作休整，补充粮草，次日渡河南征。

犒赏一毕，我便称不胜酒力，从聚宴中告退，留下萧綦与他的同袍手足相聚。

萧綦没有勉强我留下，只低声问我，是否不喜众将粗豪。

我摇头，莞尔一笑——铁与血，酒与刀，终究是男人的天地。

我说："我无意效仿木兰，无意效仿……"这句话没有说完，最后两字一时凝在唇间。

胡光烈上来拉住萧綦敬酒，醉态憨然可掬。趁萧綦无奈之际，我忙欠身告退。

匆匆步出府衙，我一时神思恍惚，仍陷在方才的震动中……那几欲脱口的两个字，将我自己惊住，不知何时竟浮出这鬼使神差的念头。吕雉，我险些脱口说出，"我无意效仿木兰，无意效仿吕雉"！

一路心神起伏，车驾已悄然停在行馆门前。

明日一早大军即将南征，这一次离去，不知前路如何，也不知何日再能重来。

缓步流连于深深回廊，花木繁荫之中，置身曾独居三年的地方，已有隔世之感。那个喜欢散发赤足，醉卧花荫，闲时对花私语，愁时对雨感怀的小郡主，如今已无影无踪了。

我回到书房，依稀想起锦儿与我一起下棋的情形……问遍了行馆与府衙的仆妇管事，只说在我遇劫之后，锦儿姑娘也杳然无踪，只怕也遭了毒手。

锦儿，那个巧笑嫣然的女子，果真就此香消玉殒了吗?

站在锦儿曾巧手为我梳妆的镜台前，我黯然失神，伸手贴上冰冷的镜面，触摸那镜中的女子——如此熟悉，又如此陌生的眉目，眸光流动处，只有无尽幽冷。

萧綦在赶赴晖州的路上接获京中密报，确证我母亲已返京。他将自己随身多年的短剑给了我，又从最优秀的女间者中挑出数名忠诚可靠之人，以侍女身份跟随在我身边。此去征战沙场，相看热血洗白刃，夜深千帐灯，生死胜败都是两个人并肩承担，谁也不会独自离去。

回到府衙，众将已经散了，却见庞癸匆匆迎上来，“王妃夜里外出，王爷甚是担心。”

我微微一笑，“王爷已经歇息了吗？”

庞癸道：“宴罢后，王爷略有醉意，已经回房。”

“你也辛苦多日，今晚好好休整。”我含笑颔首，正欲举步入内，庞癸忽而赶上一步，压低声音道，“属下有事禀告。”

我一怔，回身看他，只听庞癸低声道：“属下夜巡城下，捉获一名身藏密信的侍卫，暗中传递晖州战况，疑是謇宁王所派间者，已被属下扣住。”

两军阵前互派间者亦是常事，不足为怪。我蹙眉看向庞癸，淡淡道：“既是侍卫，理当交与宋将军处置，为何私自将人扣住？”

庞癸将声音压到极低，迟疑道：“属下发现，密信竟有左相大人徽记。”

“什么！”我大惊，忙环顾左右，见侍从相距尚远，这才缓过神来，急急追问道，“此人何在，可曾招供什么，还有何人知晓此事？”

庞癸垂首道：“事关重大，属下不敢张扬，已将此人单独囚禁，旁人尚不知晓。此人自尽未遂，至今未曾招供。”

我心下稍定，“密信呢？”

庞癸从袖中取出一支竹管，双手呈交于我。其上蜡封已拆，管中藏有极薄一张纸卷，上面以蝇头小楷密密写满，从吴谦变节伏诛至晖州战况，均写得巨细靡遗。信末那道朱漆徽记清晰映入眼中——我手上一颤，似被火星烫到，这千真万确是父亲的徽记!

薄薄一纸信函，被我越捏越紧，手心已渗出汗来。

我当即带了几名贴身侍从去往书房，命庞癸将那人带来见我。

此时已是夜阑人静，书房外侍卫都已屏退，只燃起一点儿微弱烛火。那人被庞癸亲自带来，周身绑缚得严严实实，口中勒了布条，只惊疑不定地望着我，作声不得。

我凝眸看去，见他身上穿戴竟是萧綦近身亲卫的服色。

庞癸无声退了出去，将房门悄然掩上。

我凝视那人，缓缓道：“我是上阳郡主，左相之女。”

那人目光变幻不定。

“你若是左相的人，可以向我表明身份，无须担心。”我向他出示那封密函，“我不会将此信交给王爷，也不会揭穿你的身份。”

那人低头沉吟半晌，深吸一口气，终于点了点头。

我将信置于烛火之上，看它化为灰烬，淡淡问道：“你一直潜伏在豫章王近身亲卫之中，为家父刺探军情？”

那人点头。

“你可有同伴？”我凝视着他问道。

那人决然摇头，目光闪动，已有警觉。

我默然看他半晌，这张面孔还如此年轻……

“你为家父尽忠，王儇在此拜谢。”我低了头，向他微一欠身，转身步出门外。

庞癸迎上来，默不出声，只低头等待我示下。

我自唇间吐出两个字：“处死。”

从未觉得晖州的夜风如此寒冷。我茫然低头而行，心头似被一只看不见的手狠狠捏住，越捏越紧，紧得我喘不过气来，脚下不觉越走越快。

这世上，没有人比我更了解我的父亲，左相大人。他一生宦海沉浮，数十年独断专权，论心计之重，城府之深，根本不是我所能想见。他与萧綦不过是棋逢对手的两个盟友，以翁婿之名行联盟之实……而这所谓的盟友，也只不过是暂时的同仇敌忾。

我知道父亲从未真正信赖过萧綦，正如萧綦也从来没有信任过父亲，甚至从来都称呼他为左相，极少听他说起“岳父”二字。

当年我穿上嫁衣，跨出家门的那一刻，父亲在想些什么？是否从那时起，他已不再将我当作最亲密可信的女儿，而只是对手的妻子……从他将我嫁给萧綦，便开始戒备这个手握重兵的女婿，不仅在他身边安插耳目，更连带着将我一同疏远。

此番起兵，虽是为了拥立太子，维护王氏，却也让萧綦借机将军中的势力渗入朝堂。一旦我们成功，只怕豫章王便要取代当初的右相，与父亲在朝廷中平分秋色。

父亲自然深知这一点，只是已经别无选择，明知是引狼入室，也只能借萧綦之力先将太子推上皇位。一旦萧綦击退各路勤王之师，拥立太子顺利登基，届时父亲必不会坐视萧綦崛起，拱手将大权让给旁人。

这一番谋算，萧綦何尝不是心中有数。

父亲能在他的亲卫之中安插耳目，他对京中的动向亦是了如指掌。父亲有暗人，萧綦亦有间者，只怕他们两人斗智斗法，已不是一两日了。

从前并非没有想过，如果有朝一日，他们终将为敌，我又当何去何从。

一边是亲恩，一边是挚爱，任是谁也无法衡量其间孰轻孰重，放下哪一边都是剜心的痛！

直至今晚，亲眼见到密函，见到那人……一切终于明明白白摊开在我面前，逼我做一个取舍。

是放，是杀？是装作从不知情，还是将此事彻底抹去，不让任何人知道？

那一刻，在我骨子里流淌十八年的血液，推动我做出本能的抉择。

我不知道哪一边是对，哪一边是错，只知道一边已是我的过往，而另一边却是我的将来。

在我的血液里，流淌着这个权臣世家历代积淀而来的冷酷和清醒。

父亲曾给予我天底下最美好的一切，直至他亲手将我推向萧綦……那美好的一切，便已跌落尘土，化为飞灰。那个时候，我是自己甘愿的，义无反顾地踏上父亲为我指出的路……没有抱怨，没有后悔，只是心底就此种下被遗弃的绝望，永不能愈合。

数番风雨，生死险途，终于知道人生多艰。我要站在谁的身旁，才能有一方晴空遮挡风雨？当曾经的庇佑已经不再，我又能选择哪一处容身？

父亲，我的忠诚只有一次。

三年前我忠诚履行了你的意愿，而这一次，我选择站在自己丈夫身边。

一个高大的身影挡住去路，黑色蟠龙纹锦袍的下摆赫然映入眼帘。

心中纷乱如麻，我低了头，停不下急奔的步子，收势不住撞进他怀抱。

“一晚上跑到哪里去了？”他身上有浓重的酒气，语声低沉沙哑，隐有薄怒。

我不抬头，将脸伏在他胸口，只是紧紧地抱住他，唯恐再失去这最后的浮木。

他伸手来抚我的脸，柔声问：“怎么了？”

我说不出话，强抑许久的悲酸尽数哽在喉间，抵得我喘不过气，满嘴窒苦难言。

“可是怪我只顾饮酒，一晚上没陪伴你？”萧綦戏谑含笑，抬起我的脸庞。

我紧闭双眼，不愿被他看见眼底的悲哀。

他以为我在赌气，低笑一声，将我横抱在臂弯，大步走向房中。

到了房里，侍女都退了出去，他将我放在榻上，俯身凝视我，“傻丫头，到底怎么了？”

我努力牵动一丝微笑，却怎么也藏不住心里的苦涩。

他凝望我，敛去了笑意，“不想笑的时候你可以不笑……我不会勉强你做任何事，你也无须敷衍我。”

我陡然掩住面孔，将脸藏在自己掌心，藏住满面狼狈的笑与眼泪。

这一刻我蓦然惊觉父亲与萧綦的不同——让我做任何事，父亲都以为是理所当然，不会问我有没有勉强，而萧綦不会，他偏偏要我心甘情愿，容不得有半分的勉强和敷衍。

或许这一次，我总算没有做错，总算为自己选择了一条心甘情愿的路。

无论悔与不悔，至少这一次，总是我自己选的。

萧綦默然将我拥紧，没有追问，只让我在他怀中失声痛哭。

我竟如此悲伤，哭得停不下来。心中渐渐清晰，终于明白过来，这一次我是真的背叛了父亲，从此失去了他，再也找不回承欢膝下的时光了……

“什么事能让你这样悲伤？”萧綦沉沉叹息，抬起我的脸庞，目中满是怜惜。

我按住他的手，突然觉得恐慌，“如果有一天我失去所有，一无是处，你还会不会像现在这般待我，会不会陪伴我，一直到老？”

他不语，深深地看着我，全无一丝笑容。

我不由得苦笑，心中一片冰凉。

他俯下身来，淡淡叹道：“在我看来，你本就什么都不是，只是我的女人！”

翌日，碧空如洗，东风大作，日光照耀在滚滚长河之上，如莽莽金龙，乘风破浪。

天地间一派豪壮气象，昨日的血雨腥风一扫而光。

金鼓声中，三军齐发，甲胄光耀。

船头旌旗鲜明，黑色帅旗猎猎招展于风中。

楼船升起巨帆破浪而出，首尾相连，浩浩荡荡横渡长河。

我和萧綦并肩伫立船头，河面风势甚急，吹起我乱发如飞。

抬手间，与他的手触碰在一起，他含笑凝视我，伸手替我掠起鬓发。

“为官莫若执金吾，娶妻当娶阴丽华。”他扬眉而笑，意态间无限飞扬，“我少年时，一心钦仰光武皇帝，也曾立此宏愿。”

昔日少年的梦想已被他牢牢握在手中，莫说执金吾，只怕藩王之位亦不能困住他的雄心。

我迎上他熠熠目光，一时心旌摇曳，含笑叹道：“光烈皇后得以追随光武皇帝，也不枉红颜一生。遥想帝后当年，携红颜，定江山，何等英雄快意……”

萧綦朗声大笑，“此去征战千里，有你长伴身侧，若是光武有知，也应妒我！”

眼前长河悠悠，天地辽阔，然而他眼中万丈豪情，竟令这壮丽江山也失色。

【天阙】

五月，謇宁王兵败晖州，率残部投奔胥州承惠王，与康平郡王、储安侯、信远侯、武烈侯、承德侯、靖安侯会合。豫章王大军出三关，夺四城，直插中原心腹。

六月，謇宁王勤王大军集齐麾下二十五万兵马，分三路夹击反扑，础州告急。豫章王平定彭泽之乱，斩彭泽刺史，各州郡忌惮豫章王军威，皆归降。

七月初三，础州终告失守，武烈侯率麾下先锋长驱直入，截断入京必经之路。七月初五，豫章王左翼大军奇袭黄壤道，鏖战四天三夜，武烈侯兵败战死。

七月初九，豫章王右翼大军攻陷西麓关，伏击康平郡王部众于鬼雾谷，征虏将军奇袭謇宁王后方大营，生擒靖安侯、信远侯，重伤康平郡王。

七月十一，豫章王亲率中军进逼新津郡，与承惠王大军狭路相逢，血战怒风谷。謇宁王分兵脱身，屯兵临梁关下。承惠王大败，只身弃城逃遁，残部倒戈归降，豫章王挥师追击。

七月十五，謇宁王与豫章王两军对峙于京师咽喉——临梁关下。

临梁关距离京城不过三百余里，已是京师最后一道屏障。

抵达临梁关的次日，探子飞马传来消息。

二殿下子律纵火焚宫，于宫门伏击武卫将军，乔装禁卫逃出皇城，连夜执皇上密诏投奔謇宁王军中。密诏称，王氏与豫章王谋逆，矫诏逼宫，帝室危殆。诏令废皇后王氏为庶人，命储君子澹即位。武卫将军王栩遇刺身亡。

消息传来，我正在萧綦身侧忙碌，亲手整理案上堆作小山一般的文书军帖。

听到子律焚宫时，我怔怔地回身抬头，忘了将手中那叠书简搁下。

那一句“武卫将军王栩遇刺身亡”，我听来竟不似真的……他在说什么？我的叔父，统领禁中的武卫将军王栩死了？我茫然回眸看萧綦，他亦定定地望着我。

那传讯的军士还跪在地上，萧綦头也未回，唇角绷紧，淡淡说了声：“知道了，退下。”

僵然放下那叠书简，有一册滑落在地上，我缓缓俯身去捡。甫伸出手，却被萧綦紧紧攥住。他起身拥住我，双臂坚定有力，不许我挣扎退开。

我茫然地望着他，喃喃道：“不是真的，他们弄错了，叔父怎么会死……叔父……”那笑容爽朗，美髯飘拂的身影自眼前掠过，自小将我托在臂弯，带我骑马，手把手教我射箭的叔父，怎么会在这个时候死去？我们已经来了，离京城不过数百里，只差最后一步！

“是，武卫将军殉难了。”萧綦凝望着我，目光肃杀，隐有歉疚痛心，“我终究来迟一步！”

我立足不稳，软软地倚靠着他，身子向下滑坠，却连一声哽咽都发不出。

萧綦揽紧了我，一言不发，身子绷得僵硬。

过了良久，他在我耳边一字字说道：“阿妩，我答应你，必以子律的人头祭奠武卫将军！”

子律——我一震，如被冰雪侵入周身，怎么会是子律。

太子哥哥子隆、二殿下子律、三殿下子澹……这三个截然不同的少年，曾与我一起度过了十余年漫长而美好的宫闱岁月。论血缘，太子哥哥与我最近；论情分，子澹与我最亲；唯独子律，却是那样孤独沉默的一个少年，与谁都不亲厚。

太子身份尊贵，子澹生母又有殊宠，唯独子律却是一个身份低微的婕妤所出，生母早早病死，幼年即由太后代为抚育。外祖母对自幼体弱多病的子律怜恤有加，照顾无微不至，一直到他成年之后，身边还总有侍从寸步不离地守候，寝殿里终年弥散着淡淡的药味。

就在哥哥成婚的那年，子律大病一场，病愈后对每个人都变得冷若冰霜，甚至对我也再无笑颜。那时我尚年幼懵懂，只觉子律哥哥不肯和我玩了……那一年，发生了许多悲伤的事，嫂嫂出嫁半年便病逝了，到秋天又失去了外祖母，哥哥亦离京去了江南。

太后薨逝之后，子律越发沉默冷淡，终日埋头书卷，足不出户，身子也时好时坏。

我竟不太记得他的容颜。记忆里最后一次见他，依稀在我大婚前夕——他从东华殿侧门转出，手握一册古旧书卷，青衣广袖，纶巾束发，立在那一树浅紫深碧的木芙蓉下，对我淡淡一笑，仿若寒潭上掠过一道微澜，旋即归于宁静。

一整夜，我手足冰凉，不住颤抖，即使被萧綦抱在怀中，仍没有半分暖意。

萧綦披衣起身便要传召医侍。

我抓住他的手不肯放开，黯然笑了笑，摇头道："我没事，陪着我就好。"

他的目光透过我的双眸直抵心底，仿佛洞察一切，"悲伤的时候便哭出来，不要强笑。"

而我始终没有哭出来，只觉空茫无力，从指尖到心底都是寒冷。

叔父死了，我失去一位亲人，连他最后一面也未能见到。

叔父，那样宠我的叔父。

帐中灯烛已熄灭，外面鸦鸣声声，催人心惊。

我静静地躺在萧綦怀中，从他身上汲取到仅有的温暖。

"怎么会是子律……"黑暗中，我茫然睁大眼睛，紧握住萧綦的手。

他却没有回答，仿佛已经睡着。

我不能相信，竟是子律害死了叔父，不能相信那文秀孤绝的少年也会卷入这一场皇权生死的争夺。或许早该料到这结果，只是不曾想到，当这一天来临的时候，竟是如此惨烈。

连子律也是如此，那么他呢，我最不愿想到的一个人，他又会如何?

周身泛起寒意，不敢闭眼，怕一闭上眼就看见子澹，看见满身血污的叔父。

我不管萧綦是否已经睡着，径自喃喃对他说着幼时往事，说着叔父，说着记忆里模糊的子律。

他忽然翻身将我压在身下，目光幽深，"旧人已矣，什么皇子公主，都同你没有干系了！"

他不容我再开口，俯身吻了下来……唇齿间灼热痴缠，呼吸温暖，渐渐驱散了眼前黑暗。

夜里我不住惊醒，每次醒来，都有他在身边抱紧我。

黑暗里，我们静静相依，无声已胜千言。

子律的出逃，皇上的密诏，令謇宁王师出有名，给了我们措手不及的一击。

然而到了眼下刀兵相见的地步，一道圣旨又岂能挡住萧綦的步伐，成王败寇才是至理。

说什么诏令天下，讨逆勤王——天下过半的兵马都在萧綦手上，敢于追随皇室，对抗萧綦的州郡也已败的败，降的降，仅剩承惠王和謇宁王两名老将，还在抵死顽抗。其余寥寥几支藩镇兵马，心知皇室大势已去，螳臂安可当车，索性明哲保身，只作壁上观。

储君远在皇陵，受人所制，传位子澹不过是一句空谈。或者说，这不过是皇上最后的反抗——他拼尽力气也不愿让姑姑称心遂意，不愿让太子的皇位坐得安稳。

结发之妻，嫡亲之子，帝王家一朝反目终究是这般下场。

姑姑机关算尽，却没有算到半路杀出的子律。这道密诏一经传出，将来太子的帝位便永远蒙上了洗不去的污点，纵然他日如何圣明治世，也无可能光彩无瑕。

纵有密诏，也挽回不了謇宁王兵败如山倒的颓局。

八月初三，距我十九岁生辰十天之际，萧綦大破临梁关。

謇宁王身受七处重伤，死战力竭而亡。

子律与承惠王率其余残部，不足五万人，沿江逃遁，南下投奔建章王。

萧綦厚殓謇宁王尸身，命他麾下降将扶灵，三军举哀。

这位忠勇的亲王，以自己的生命捍卫了皇族最后的尊严。

萧綦说，能赢得敌人的尊敬，是军人最大的荣耀。

我不懂得军人的荣耀，但我明白，能够敬重敌人的将军，也必赢得天下人敬重。

次日，大军长驱直入，在距京城四十里外驻扎。

姑姑懿旨传到，命萧綦退兵三百里，不得携带兵马入朝觐见。

萧綦以“后宫不得干政，懿旨不达六军”为由，拒不接旨。

僵持两日后，父亲终于出面斡旋，说服姑姑，向萧綦低头妥协。

八月初八，从朝阳门自大营，四十里甬道皆以净水洒道，黄沙铺地，禁卫军沿途列仗，持节侍立，所经之处，庶民一概回避。太子亲率文武百官，出朝阳门，郊迎豫章王入京，自王公以下官员，皆列道跪迎。

三千铁骑精卫再一次浩浩荡荡踏入朝阳门。

沿路帅旗高扬，旌徽招展，所过之处，百官俯首。

萧綦卸下染满征尘的战甲，以亲王服色入朝。我亲手为他穿戴上九章蟠龙缬金朝服，纹龙通天冠，以七星辉月剑换下那柄寒意慑人的古旧长剑。自大婚后，我亦再次换上王妃的朝服，朱衣紫绶、九钿双佩，乘鸾驾，携仪仗，随他马踏天阙。

一身战甲，一身朝服，从边塞长空，到九天宫阙，他终于踏出了这一步。从鸾车里凝望他傲岸身影，我知道，从这天开始，那个英雄盖世的大将军，才真正成为权倾天下的豫章王。

当日在楼阁之上我远眺他凯旋英姿，为他赫赫军威所慑，甚至不敢抬目直视。

而今天，我却成为豫章王妃，与他并肩齐驾，一同踏入九重天阙。

这至高无上的皇城，是我生于此，长于此的地方，我曾无数次从天阙上探首张望，好奇于尘世的缤纷。未曾想到，终有一日，我将登临这高高的宫门，以征服者的姿态，俯瞰众生。

太子哥哥金冠黄袍，神采张扬跳脱，一如往日。他身后是我紫袍玉带，风度轩昂的父亲，连哥哥也已身着银青光禄大夫服色，越发风神秀彻，朗如玉树。

我的至亲，在这样的境地，以这样隆重煊赫的方式，与我相见。

父亲与我目光相接的那一刻，露出淡淡微笑，鬓角银丝在阳光下微微闪亮。隔了这些时日，他鬓间又添了几缕灰白。

萧綦在御前十丈外下马，我亦步下鸾车，徐徐走向他身后。每迈出一步，似离父亲更近又似更远。

京城八月的阳光明亮刺眼，令我眼中酸涩，明晃晃的光晕里看去，仿佛周遭一切都虚浮得不真切。

“微臣救驾来迟，令殿下受惊，恳请赐罪！”萧綦语声铿锵，昂然单膝侧跪，却不俯首。

我随之重重跪下，却是朝着父亲和哥哥的方向。

“豫章王劳苦功高！”太子趋前一步将萧綦扶起。

听着一句句宽宏嘉恩的套话，从太子哥哥口中说来，庄重而刻板。我低头垂眸，暗自莞尔，心中涌起暖意……这些话不知叫他背诵了多久，他是最厌恶这些字眼的。此时的太子哥哥，端着储君的威仪，眼底却犹带着那副漫不经心的神气。

紫色袍服的下摆映入眼中，我猛一抬头，见父亲已到面前。

隐忍多时的酸楚似潮水决堤，令我猝不及防。

“父亲……”我脱口低呼，却见父亲微微俯首，率众臣见礼。

萧綦身为藩王，我是他的正妃，身份已在父亲之上。

纵然如此，我仍向父亲屈膝跪下。

“王妃免礼。”父亲温暖的双手，将我稳稳扶起，面上不动声色，手上却有轻微的颤抖。

萧綦向父亲行了子侄之礼，在众臣之前，仍称呼他“左相大人”。

越过父亲肩头，我看见倜傥含笑的哥哥，他静静地看着我，复又看向萧綦，眼中喜忧莫辨。

万般酸楚在心中翻涌，我轻抿了唇，仰脸微笑相对。

太子率文武百官踏上金殿，萧綦与父亲，一左一右，分立两侧。

我被内侍迎入偏殿等候，隔了金缕缀玉的垂帘，遥遥望见丹墀下众臣俯跪，重病的皇上由姑姑亲自扶持上殿。

那个身着龙袍，蹒跚枯槁的老者，与我记忆中正值盛年，意气风发的皇上，已经判若两人。

站在他身旁的皇后，凤冠朝服，高贵不可仰视。我看不清楚姑姑的容貌，只看到她朱红朝服上纹章繁绣，华服盛妆异常夺目——她仍是这般刚强，在人前永远光彩夺目，绝不流露半分软弱。这殿上，成王败寇的两个男人，分别是她的丈夫和儿子；那迟迟垂暮的皇帝，是与她结发多年的人。他已经走到了尽头，却还剩下她形只影单，独对半生凄凉。

我从垂帘后默然凝望姑姑，身后无声侍立的宫婢们，何尝不是在帷幕后悄然看我。这渊深如海的宫廷里，究竟有多少眼睛在看；风云诡谲的朝堂上，又有多少人在看；变乱不息的天下间，更不知有多少人在看着我们。

皇上已经不能开口说话，太子以监国之位，当廷宣旨，嘉封一众平叛功臣。

左相加封太师，豫章王加封太尉，宋怀恩等一众武将皆进爵三等，牟连亦获晋封。

以二皇子子律、謇宁王、承惠王为首的叛党以矫诏篡逆之罪，废为庶人，其余党羽皆以谋逆论罪。

满朝文武山呼万岁之声，响彻九重宫阙。

父亲与萧綦相对而立，无声处暗流湍急。

我静静合上眼，仿佛看到汹涌的鲜血流过宫门玉阶。

这一出皇位更迭的生死之争，终于尘埃落定。

那些死去的人将会化作尘土，被永远掩埋在煌煌天威之下。

罢朝之后，皇上与姑姑退往内殿，百官鱼贯而出。

萧綦走向父亲，两人在殿上含笑叙话，仿若一对贤孝翁婿。哥哥欠身退了出去，似乎并不愿与萧綦敷衍。

我想追出去唤住哥哥，想跟着他回家，想去看一看母亲……而我终究只是一动不动地端坐。

回到了这里，再不是那番自在光景，由不得我任意而为。上阳郡主可以无忧无虑，跑回父母府上撒娇，而豫章王妃却必须紧紧跟随在豫章王的身边，不能行差踏错。

眼睁睁地看着哥哥离开大殿，越行越远，我只得茫然垂眸，盯住自己指尖发呆。

恍惚间，我又想起大婚那日，满身锦绣光艳，高高端坐，静观旁人摆布一切，我却只能不语不动，如一只无瑕的玉雕人偶。

“皇后有旨，宣豫章王妃觐见。”

尖细的声音在身后响起，回首却见一名赭色锦衣的内侍恭然立在门口。

是薛公公，我认出是在姑姑身边随侍了多年的老宫人。

他躬下身子，满面微笑，“一别多时，王妃可还认得老奴？”

姑姑甫一退朝就宣我觐见，我却不知如何面对她，一时间心思纷乱，只勉强一笑，“薛公公，许久不见了。”

“请王妃移驾中宫。”薛公公领着我，一路向中宫而去。

熟悉的回廊殿阁，庭花碧树，无处不是当年……我低下头，不忍四顾。

昭阳殿前一切如旧。

我停下脚步，默然伫立片刻，令侍女们留在殿外，独自缓步而入。

从前在昭阳殿进出，从不需内侍通禀，今日殿前侍卫见到我，也恭然俯首退下。

“启奏皇后，豫章王妃觐见。”薛公公在门口跪下。

内殿环佩声响，步履匆匆，熟悉的熏香气息骤然将我带回到往日。

“是阿妩吗？”姑姑转出屏风，快步而来，身上朝服还未换下，脚步略见虚浮。

终于离她近了，看清楚她的容貌，我惊呆在原地。

浓重宫粉已遮不住她额头眼尾的皱痕，今年元宵回京，我还见过她，短短大半年时间，姑姑竟似苍老了十年！

我站在殿上，离她不过数步，她却目光涣散地望过来。

“是阿妩来了吗？”姑姑依然微笑雍容，眯起眼睛努力要看清我。

我慌忙抢上前去扶她，“姑姑，是我！”

就在一刹那，身后一道寒光掠起。

刀光、杀气与危险，我已熟悉不过。

“小心——”我不假思索地扑向姑姑，将她推向一旁。

几乎同时，那个赭色身影扑到眼前，举刀向我们砍下，“妖后，纳命来！”

我推倒了姑姑，自己也跌倒在她身旁。

明晃晃的刀刃劈空斩到，电光石火之间，我只知合身抱住姑姑，将她护在身下。

雪亮刀光晃得眼前一片惨白，臂上微寒，四下宫女已经尖叫四起，一片大乱。

我抬头看见薛公公狰狞的面目，粉粉团团的一张脸扭曲可怖，手中短刃堪堪差了一分，没有刺中我。

他被玉秀从后面死死拖着，玉秀抱住了他执刀的胳膊，张口狠狠地咬在了肘上。

薛公公痛叫挣扎，举刀便往玉秀头上砍去。

“来人啊，有刺客！”殿上宫女们惊叫奔走，有人冲上来抵挡，其中一人猛然向他撞去。

薛公公身子一晃，刀刃砍中玉秀肩头。

我狠命拽起姑姑，不顾一切奔向殿门，殿前侍卫与我的侍女们已闻声奔来。

然而昭阳殿的台阶那么长，眼睁睁地看着侍卫已到跟前，姑姑突然一个踉跄，被长长的裙幅绊倒。

我被她拽得立足不稳，两人一同摔倒，姑姑不住尖叫着：“来人——”

厚重朝服之下，有什么硬物冷冷硌在腰间，我猛然记起，是那柄短剑！

身后惨呼响起，那个非男非女的尖厉嗓音咆哮着逼近。

我咬牙拔剑，挣扎起身，只见玉秀半身浴血，死死抱住了薛公公的腿。

薛公公返身举刀又向玉秀斩下，后背堪堪朝向我。

我双手握剑，合身扑出，全身力气尽在那五寸削铁如泥的寒刃之上。

剑刃直没至柄，扎进血肉的闷声清晰入耳，我猛然拔剑，鲜血激射，一蓬猩红在眼前溅开。

薛公公僵然回转身，瞪住我，缓缓举刀——

人影闪动，一名侍卫飞身跃起，踢飞他手中刀刃，左右枪戟齐下，将他牢牢地钉死在地!

薛公公粉圆肥白的一张面孔，转为死灰，唇边涌出鲜血，濒死发出厉笑，“皇上啊，老奴无用！”

我浑身虚软，紧握短剑不敢松手，直到此刻，冷汗才透衣而出。

仅仅刹那之间，刀光、杀戮、生死……一切就此凝定。

“阿妩，阿妩！”姑姑俯在地上，颤颤发抖，向我伸出手来。

我忙俯身去扶她，却发现自己也在发抖，脚下一软，竟跪倒在姑姑身旁。

“有没有伤到你？”她忙抱住我，慌忙来摸我身子，却摸到我满手滑腻的鲜血，顿时又尖叫起来。

“姑姑不怕，我没事，没事了……”我用力抱住她，惊觉她身子消瘦，几乎只剩一把骨头。

姑姑盯了我片刻，双目无神，大口喘着气道：“好，你没事，我们都没事。”

“启禀皇后，刺客薛道安已伏诛！”殿前侍卫跪地禀道。

姑姑身子一僵，陡然狂怒，“废物，都是一群废物！我要你们何用，给我杀！杀！”

殿前侍卫与宫女们战战兢兢跪了一地，瑟瑟不敢近前。

我回头看见玉秀血人似的倒在地上，慌忙传召太医，命侍卫四下检视可有同党。

除玉秀伤重昏迷外，另有两名宫人受了轻伤，姑姑最信任的近身女官廖姑姑颈项中刀，倒卧于血泊中，已然气绝。

我环视四下，勉力镇定下来，对众人厉色道：“立刻调派禁军守卫东宫，严密保护太子殿下，加派昭阳殿侍卫。传豫章王与左相即刻至中宫觐见。今日之事不得传扬出去，若有半点风声走漏，昭阳殿上下立斩无赦！”

【亲疏】

姑姑被扶进内殿，宫女们侍候我更衣清洗，内侍匆忙清理掉殿上的血污狼藉。

我察看了玉秀的伤势，她伤在肩头，虽流血甚多，尚不致命。

宫人脱下我外衣时，牵扯到手臂，这才察觉疼痛难忍。方才堪堪避过的那一刀，还是划破了左臂，所幸伤口甚浅。

姑姑鬓髻散乱，面色惨白，金章紫绶的华美朝服上也是血污斑斑，却不让宫女为她更衣清洗，只是蜷缩在床头，口中喃喃自语。宫女呈上一盏压惊定神的汤药，被她劈手打翻，“滚，都滚，你们这些奴才，一个个都想加害于我，你们休想！”

我匆忙让宫女裹好伤口，趋前搂住她，心中酸楚无比，“姑姑不怕，阿妩在这里，谁也不能害你！”

她颤颤抚上我的脸，掌心冰凉，“真的是你，是阿妩……阿妩不会恨我……”

“姑姑又在说笑了。”泪水险些涌出眼眶，我忙强笑道，“衣服都脏了，先换下来好不好？”

这次她不再挣扎，任凭宫女替她宽衣净脸，只定定地盯着我看，脸上又是笑容，又是凄切。我被她这般目光看得透不过气来，不由侧过头，隐忍心中凄楚。

蓦然听得她问：“你恨不恨姑姑？”

我怔怔地回头，望着她憔悴容颜，百般滋味一起涌上心头。

她是看着我长大，爱我宠我，视我如己出的姑姑，却又是她将我当作一枚棋子，亲手推了出去，瞒骗我，舍弃我。从前黯然独对风霜的时日里，或许我是怨过她的。那时，我不知道应该将她当作皇后，还是当作嫡亲的姑姑。

可在刀锋刺向她的那一瞬，我不由自主挡在她身前，没有半分迟疑。看着她如今凄凉憔悴，似有千针万刺扎在我心上，再没有半分怨怼。

我扶住她瘦削的肩头，将她散乱的鬓发轻轻理好，柔声道："姑姑最疼爱阿妩，阿妩又怎么会恨您？太子哥哥就快登基了，您将是万民景仰的太后，是普天之下最尊贵的母亲，姑姑应该开心才是。"

姑姑脸上浮现苍白的笑容，迷茫双眼又绽放出光彩，望着我轻轻笑道："不错，我的皇儿就要登基了，我要看他坐上龙椅，做一个万世称颂的好皇帝！"

我小心翼翼地察看着她的眼睛，不知她还能看清楚多少。

"可是，他恨我，他们都恨我！"姑姑突然一颤，抓紧了我的手，眼角一道深深的皱痕不住地颤动，"他到死都不肯求我，不肯见我！还有他，他负我一生，还敢废黜我，派人杀我！连亲生的儿子也厌恶我！我做错了什么，我这么多年记着你，忍让你，你究竟还要我怎样……"

姑姑陡然放声大笑，复又哽咽，抓住我不肯放开，目中满是绝望凄厉，指甲几乎掐入我手臂。

左右宫女慌忙将她按住，我惊得手足无措，不明白她颠三倒四的话，到底在说什么。

无论我说什么都无法让她平静下来，反而越发癫狂。太医一时还未赶到，我正忐忑焦灼间，一名小宫女怯怯奔上前来，手里托着一只小瓶，飞快地说："王妃，奴婢见过廖姑姑给皇后服药，每次皇后这样，都要吃这个玉瓶里的药。"

这小宫女不过十四五岁，眉目婉丽，尚显稚气。我蹙眉接过药瓶，倒出几枚碧色丹药，气味清香芳冽。

姑姑已经狂躁不宁，开始大声喝骂，似乎连我也不认得。

我将一枚药丸递给那小宫女，她膝行上前，毫不犹豫地吞下。

一名宫女匆匆奔进来，"启禀王妃，豫章王与左相已到殿前。"

"叫他们在外头候着！"姑姑满口胡言，怎能出去见人，我再无暇犹豫，将那丹药喂入姑姑口中。

她挣扎几下，果真渐渐平静下来，神情委顿，恹恹昏睡过去。

我望着她憔悴睡颜，心底一片空洞的痛。

正欲起身，忽见她枕下露出丝帕的一角，再看她额上，隐约有细密冷汗。我叹口气，抽出丝帕来替她拭汗，触手却觉有些异样。这丝帕皱且泛黄，十分陈旧，隐有淡淡墨痕。

展开一看，只见八个淡墨小字——琴瑟在御，莫不静好。

我心中一跳，凝眸细看那字迹，风骨峻挺，灵秀飞扬，放眼天下，再没有第二个人能写出——只有他，以书法冠绝当世，蜚声朝野，上至权贵下达士子，皆风靡临摹他自创的这一手“温体”。

那个名字几乎脱口而出——温宗慎，以谋逆获罪，被姑姑亲自赐下毒酒，在狱中饮鸩而死的右相大人。

我步出外殿，一眼看见父亲和萧綦，心中顿时一软，再没有半分力气支撑。

“阿妩！”两人同时开口，萧綦赶在父亲前面，箭步上前握住我肩头，急问道，“可有受伤？”

父亲僵然止步，伸出的手缓缓垂下。

我看在眼里，心头一酸，再也顾不得别的，抽身奔到父亲面前。父亲叹了口气，将我揽入怀中……这个怀抱如此温暖熟悉，仿佛与生俱来的记忆。

“平安就好。”父亲轻轻拍抚我后背，我咬唇忍回眼泪，却感觉父亲的肩头明显枯瘦了，再不若记忆中宽阔。

“再这般撒娇，让你夫君看笑话了。”父亲微笑，将我轻轻推开。

萧綦也笑，“她向来爱哭，只怕是被岳父大人宠坏了。”

父亲呵呵直笑，也不申辩，只在我额上轻敲一记，“看，连累老夫名声了。”

他两人言笑晏晏，真似亲如父子一般……然而我心中明白，这不过是在我面前，两个男人的默契罢了。

我是左相的女儿，豫章王的妻子，是他们心照不宣，以微笑相守护的人——即便这默契只停留短暂一刻，我亦是天下最幸运的女子。

内侍行刺之事，他们已略知经过。我将前后诸般事件，细细道来，父亲与萧綦目光交错，神色俱是严峻。

殿前血污已清理干净，却仍残留着阴冷肃杀气息。

我看了看父亲神色，惴惴道：“姑姑虽没有受伤，但受惊过度，情形很是不妙。”

父亲没有开口，眉头紧锁，眼中忧虑加深。萧綦亦皱眉问道：“如何不妙？”

“姑姑神志不甚清醒……”我迟疑了下，转眸望向父亲，“说了些胡话，服药之后已睡下。”

“她说胡话，可有旁人听到？”父亲声色俱厉地追问。

他不问姑姑说了什么，只问可有旁人听到，我心中顿时明白，父亲果然是知情的。

那方丝帕藏在袖中，我垂眸，不动声色道：“没有旁人，只有我在跟前。姑姑说话含糊，我亦未听明白。”

父亲长叹一声，似松了口气，“皇后连日操劳，惊吓之余难免失神，应当无妨。”

我默然点头，一时喉头哽住，心口冰凉一片。

萧綦皱眉道：“你说刺客是皇后身边的老宫人？”

我正欲开口，却听父亲冷冷道：“薛道安这奴才，数月前就已贬入尽善司了。”

“怎会这样？”我一惊，尽善司是专门收押犯了过错，被主子贬出的奴才，从事最粗重卑贱的劳役。而那薛道安侍候姑姑不下十年，一直是御前红人，至我前次回宫，还见他在昭阳殿执事。

“这奴才曾经违逆皇后旨意，私自进入乾元殿，当时只道他恃宠生骄，本该杖毙。”爹爹眉头深皱，“可惜皇后心软，念在他随侍十年的分儿上，只罚去尽善司。想不到这奴才竟是皇上的人，十年潜匿，居心恶毒之至。”

我惊疑道：“罚入尽善司之人，岂能私自逃出，向我假传懿旨？”

父亲面色铁青，“昭阳殿平日守卫森严，这奴才寻不到机会动手，必是蓄谋以待，正好趁你回宫之际不明就里，给他做了幌子，堂而皇之进入内殿。”

萧綦沉吟道：“单凭他一人之力，要逃出尽善司，更易服色，身怀利刃躲过禁廷侍卫巡查……没有同党暗中相助，只怕办不到。”

“不错，我已吩咐加派东宫守卫，防范刺客同党对太子不利。”我望向父亲，焦虑道，“宫中人众繁杂，只怕仍有许多老宫人忠于皇室，潜藏在侧必为后患。”

“宁可错杀，不可错漏。但有一人漏网，都是后患无穷。”萧綦神色冷肃，向父亲说道，“小婿以为，此事牵涉甚广，由禁卫至宫婢，务必一一清查，全力搜捕同党。”

我心下一凝，立时明白萧綦的用意，他向来善于利用任何机会。

我与他目光交错，不约而同地望向父亲。

父亲不动声色，目光却是幽深，只淡淡道：“那倒未必，禁中侍卫都是千挑万选的忠勇之士，偶有一尾漏网之鱼，不足为虑。”

萧綦目光锋锐，“岳父言之有理，但皇后与储君身系社稷安危，容不得半分疏忽！”

“贤婿之言也是，不过，既然是宫中事务，还是奏请皇后决断为宜。”父亲笑容慈和，话中滴水不漏。萧綦步步紧逼的风头，在他圆滑应对之下，似无施展之地。朝堂宫闱是不见血的沙场，若论此间修为，萧綦到底还是逊了父亲一筹。

“舅父错了！”殿外一个声音陡然响起。

却是太子哥哥在大队侍卫的簇拥下，急匆匆进来，手中竟提着出鞘的宝剑。

我们俱是一惊，忙向他俯身行礼。

“舅父怎么如此大意，你就确定没有别的叛党？连母后身边的人都信不过，谁还能保护东宫安全？”他气哼哼地拎着剑，迭声向父亲发问。

“微臣知罪。”父亲又是恼怒，又是无奈，当着满殿侍卫更是发作不得。

太子左右看看，面有得色，正要再开口时，我朝他冷冷一眼瞪过去。他一呆，复又回瞪我，声气却弱了几分，“豫章王说得不错，这些奴才没一个信得过，我要一个个重新盘查，不能让奸人混入东宫！”

萧綦微微一笑，“殿下英明，眼下东宫的安全，实乃天下稳固之本。”

太子连连点头，大为得意，越发顺着萧綦的主张滔滔不绝说下去。

看着父亲涨紫的脸色，我只得暗暗叹息。太子哥哥自小顽劣，姑姑对他一向严厉，皇上更是时有责骂。除了宫女内侍，只怕极少有人褒赞支持他的主意。如今却得萧綦一赞，连豫章王这样的人物都顺从于他，只怕心中已将萧綦引为大大的知己。

父亲终于勃然怒道：“殿下不必多虑，禁军自能保护东宫周全。”

太子脱口道：“禁军要是有用，还会让子律那病秧子逃出去？”

此话一出，诸人脸色骤变，他自己也愕然呆住。

子律是刺杀了叔父才逃出去的，叔父之死，是我们谁也不愿提及的伤痛，却被他这样随口拿来质问。

我看见父亲眼角微抽，这是他暴怒的征兆。

父亲踏前一步，我来不及劝止，只见他抬手一掌掴向太子。

这一巴掌惊得众人都呆了，萧綦怔住，殿上侍卫懵然不知所措——储君当殿受辱，左相以下犯上，理当立即拿下，却没有人敢动手。

锵啷一声，太子脱手丢了宝剑，捂住脸颊，颤声道：“你，舅父你……为何……”

父亲怒视太子，气得须发颤抖。

“殿下息怒！”

“父亲息怒！”

我与萧綦同时开口，他上前一步，挡住太子，我忙将父亲挽住。萧綦挥手令众侍卫退下，殿上转瞬只剩我们四人。

父亲恨恨拂袖叹道：“你何时才能有点儿储君的样子！”

萧綦拾起地上的剑，将宝剑还鞘，“岳父请听小婿一言。宝剑初锋虽锐，也需上阵磨砺。殿下虽年少，终有一日君临天下。如今皇上卧病，太子监国，正是殿下历练之时。窃以为，殿下所虑不无道理，还望岳父大人三思。”他这番话，明是劝谏父亲，实是说给太子听，且于情于理都不可辩驳。

太子抬目看他，大有感激之色。

父亲却是一声冷哼，目光变幻，直直迫视萧綦。萧綦意态从容，眼中锐芒愈盛。两人已是剑拔弩张。

我心中紧窒，手心不知何时渗出了微汗。

当此峻严时刻，太子左右看看二人，似乎终于有些明白过来，却是惴惴地望向萧綦。

父亲脸色一变，冷冷地瞪着他，令他更是惶然无措。

他一向敬畏父亲，今日也不知是受了刺客的惊吓，还是坐上监国之位，得意忘形，竟一反常态，惹得父亲暴怒，当着众人的面，令他储君的颜面扫地。

我不忍见太子如此窘态，开口替他解围，“皇后受了惊吓，殿下进去看看吧。”

不料父亲又是劈头呵斥，“皇后还在静养，你休要胡言乱语惊扰了她，还不回东宫去！”

太子猛然抬头，脸庞涨得通红，向父亲冲口道：“我怎么胡言乱语了，难道在舅父眼里，我说什么都是错，连阿妩一介女流都不如？今日母后差一点儿遇害，只怕下一个就会轮到我！我要豫章王带兵入宫保护，有什么错？身为储君，若是连命都保不住，我还做这个皇帝干什么！”

“你住口！”父亲大怒。

我张口欲劝太子，却触上萧綦的目光，被他不动声色地逼回。

“我偏要说！”太子涨红了脸，硬声相抗，“豫章王听令，我以监国太子之名，命你即刻领兵入宫，清查乱党，保护皇室！”

“臣遵旨。”萧綦单膝跪下。

内殿传来姑姑的咳嗽声，似已被惊醒。

父亲定定地看着太子，再看萧綦，最后转头看我，脸色渐渐惨淡，满目惊怒转为失望懊悔。

这殿上的三个人都已站在了他的对面。连同他手中最稳固的筹码，一向被他视为废物的太子，也背弃他投向了萧綦。

父亲呆立片刻，连声低笑，“好好好，殿下英明，得此贤臣良助，老臣就此告退！”

从宫中出来，天色竟已将黑。萧綦策马在前，我独自乘了鸾车，大婚后第一次回返王府，却是一路无话。鸾车渐渐远离宫门，我颓然合上眼，只觉疲惫。臂上伤口此时才开始疼痛，纷乱的一幕幕不断掠过眼前，心中有些许钝痛，却已不知悲喜。

车驾停下，已到了敕造豫章王府。自大婚次日愤然离去，我便不曾踏入此地。

车帘挑起，却是萧綦立在车前，向我伸出手，淡淡含笑道：“到家了。”

我一时呆了，心头被这三个字击中。

是的，这里是家，我们的家。

遥望朱门金匾，“豫章王府”四个金漆大字隐约可见，门内灯火辉煌，府中仆役侍婢已早早跪列在门前迎候。

萧綦亲自扶了我步下鸾车，无意间触到臂上伤口，我瑟缩了下，没有出声。

他止步看我，眉心微蹙，正欲开口，却见一列素衣翩跹的美貌婢女从门内鱼贯而出，徐步向我们迎来。

我与萧綦面面相觑，一时愕然，却见最后两名美姬分众而出，一人红衣，一人绿裳，向我们盈盈下拜，与众姬左右分列。明光辉映处，哥哥缓步踱出，长身玉立，白衣广袖，身侧群美环侍，初上梢头的月轮，在他身后洒下皎洁银辉。

他向我们微微一笑，袖袂飞扬地走来，恍若月下谪仙。

萧綦笑了，我亦回过神来，脱口叫道：“哥哥！你怎么在此？”

哥哥先与萧綦见礼，这才向我戏谑一笑，“我特来迎候妹妹与妹婿回府。”

我望向他身后那一片锦绣花团，原以为见了哥哥必是悲欣交集，可眼前这番景象，却叫我啼笑皆非，“迎候我们，也不必如此……”

如此铺排做作——若换了从前，我必定直说，但碍于萧綦在侧，不得不给哥哥留些颜面，只得苦笑道：“这排场可算是隆重。”

萧綦亦笑，“有劳费心。”

哥哥对我的调侃只作未闻，向萧綦一笑，“阿妩自幼娇养，性子挑剔得很，我怕府中仆役不知她喜恶，特地带自家婢子过来收拾。府里一切都照你素日习惯布置好了，你瞧瞧可还满意？”他对萧綦神色淡漠，最后一句却笑着说与我听，目光温暖，隐含宠溺……我一时呆住，酸甜滋味堵在胸口，眼底渐渐发热。

萧綦不动声色地谢过哥哥，请他入府叙话，哥哥淡淡推辞了。

“也罢，今日事繁，改日设下家宴，再聚不迟。”萧綦微微欠身，对哥哥的态度并不以为意。

我知道哥哥心中仍对萧綦存有芥蒂，却也无可奈何，只得向萧綦一笑，“我送哥哥。”

他的车驾已停在不远处，我们并肩徐行，一众姬妾远远随在后面。

我低了头，千言万语不知从何开口，却听哥哥低低一叹，“他可是你的良人？”

当年那句戏言，哥哥仍记得，我亦记得——红鸾星动，将遇良人。

“只怕是被你算准了。”我静默片刻，轻声一笑。

哥哥驻足，凝眸看我，“真的？”

月华将他面容映得皎皎如玉，漆亮的眸子里映出我的身影，总是淡淡挂在唇角的倜傥笑容，化作一丝肃然。

“真的。”我坦然迎上他的目光，轻声而决绝地回答。

哥哥久久地凝视着我，终于释然一笑，“那很好。”

我再也忍不住，张臂搂住他颈项，“哥哥！”

他不假思索地搂住我，笑叹道：“你又瘦了。”

小时候我总喜欢踮脚挂在哥哥脖子上，总怪他为什么可以长这样高。如今我身量已高，却仍要踮脚才能够到他……似乎还和幼年时一样，一切并没有变。

“母亲好吗？”我仰脸问他，“她知道我回京了吗？明天一早我就回家看她……不，今晚就去，我跟你一起去！”

想起母亲，我再顾不得别的，回家的念头从未如此刻一般强烈，恨不得马上飞奔到母亲面前。

哥哥侧过脸，看不清神色，静了片刻才回答我：“母亲不在家中。”

我怔住，却见哥哥笑了笑，“母亲嫌府里喧杂，住进慈安寺静静心。今日已晚，明日我再陪你去看她。”

“也好。”我勉强笑笑，心底一片冰凉。哥哥说来轻描淡写，我却已经明白——母亲在这个时候避居慈安寺，只怕已是心如死灰。

萧綦浓眉紧锁，小心抬起我左臂检视伤口，眉宇间隐有薄怒。

我不敢出声，默默地伸出手臂，任他亲手上药裹伤。

他动作虽纯熟，手脚到底还是重了些，不时疼得我倒抽冷气。

“现在知道疼？”他板着脸，“逞英雄很威风吗？”

我不出声，听着他继续训斥，足足骂得我不敢抬头，豫章王还没有一点儿息怒的意思。

“好了没有，明天再接着骂行吗……”我懒懒地趴上床头，笑睨着他，“现在我困了。”

他瞪着我，无可奈何，冷冷地转过身去。

直至熄了烛火，放下床帷，他也不肯和我说话。

我睁着眼，看黑暗中的床幔层层叠叠，上面依稀绣满鸾凤合欢图。甜沉沉的熏香气息萦绕，如水一般浸漫开来。这眼前一切似曾相识的，依稀似回到了大婚之夜，我一个人裹着大红嫁衣，孤零零地躺在喜红锦绣的婚床上，和衣睡到天明。第二天就拂袖回家，再未踏入这里一步，甚至没有好好看过一眼。这恢宏奢华的王府还是当年萧綦初封藩王时，皇上下令建造的。而他长年戍边，并不曾久居于此。王府落成至今，依然鲜漆明柱，雕饰如新。往后，这里就是我和他将要度过一生的地方了。

“萧綦……”我蓦然叹了口气，轻轻唤他。他嗯了一声，我却又不知该说什么，默然片刻，转过身去，“没什么了。”

他陡然搂住我，身上的温热透过薄薄丝衣传来，在我耳畔低声道：“我明白。”

我转身将脸颊贴在他胸前，听着他沉沉心跳。

“伤口还疼吗？”他小心地圈住我的身子，唯恐触痛伤处。

我笑着摇头。伤处已上了药，并不怎么疼，可心底却泛出丝丝的隐痛。

他似乎想说什么，却只是轻轻吻上我额头，带了一声低不可闻的叹息，“睡吧。”

这欲言又止的歉疚，我何尝不明白，然而忍了又忍，还是说出口：“父亲老了，姑姑病了……无论如何，他们终究是我的亲人。”

萧綦久久没有回答，只是紧紧地握住我的手，十指交缠间，我亦明白他的沉重无奈。

清晨醒来，萧綦早已上朝。他总是起得很早，从不惊动我。

我一早去探视玉秀，她已被送回王府，仍在昏睡之中。从宁朔到晖州，再到京城，她一直陪伴在我身边，生死关头竟为我舍命相搏。如果不是她拼死拖住薛道安，只怕我也避不开那一刀。我望着她憔悴睡颜，心中暗暗对她说："玉秀，我会给你最好的一切，报答你舍命相护之恩。"

若是等她醒来，能看见宋怀恩在跟前，想必是再喜悦不过了。只是宋怀恩数日前便已悄然领兵前往皇陵，只怕要过些时日才能回来。

我立在窗下，黯然遥望皇陵的方向，心头诸般滋味纠缠在一起——子澹应该是暂时安全了吧。

破了临梁关之日，萧綦便命宋怀恩领兵赶往皇陵，将被禁军囚禁的子澹接走。

子澹是姑姑心头大忌，我一直担心姑姑向他下手，以清除后患。所幸姑姑颇多顾忌，不愿让太子落得残害手足的恶名，迟迟没有动手。如今子澹落在萧綦手里，成了萧綦与姑姑对抗的筹码，至少眼下，他不会伤害子澹。

宋怀恩离去之前，我让玉秀将一句话带给他——"我幼时在皇陵的道旁种过一株兰花，将军此去若是方便，请代我浇水照料，勿令其枯萎。"

玉秀说，宋将军听完此言，一语不发便离去了。

我明白那个倨傲的人，沉默便是他最好的应诺。

"禀王妃，长公主侍前徐夫人求见。"一名婢女进来禀报。

竟是徐姑姑来了，我惊喜交加，不及整理妆容便奔了出去。

徐姑姑青衣素髻，仪态娴雅，含笑立在堂前，老远见我奔来，便俯下身去，"奴婢拜见王妃。"

我忙将她扶起，一时激动难言，她眼里亦是泪光莹然。细细看去，见她鬓发微霜，竟也老了许多。

果真是母女连心，我才想着今日去慈安寺，母亲便已派了徐姑姑来接我。

当即我便吩咐预备车驾，也顾不得等哥哥到来，匆匆更衣梳妆，定要穿戴得光彩照人去见母亲，让她看到我一切安好，才能叫她放心。

【昨非】

慈安寺本是圣祖皇帝为感念宣德太后慈恩所建，独隐于空山云深处，沿路古木苍苍，梵香萦绕。

站在这三百年古刹高高的石阶前，我怔怔止步，一时竟没有勇气迈入那扇空门。

皇上和母亲虽是异母姐弟，却自幼相依长大，亲情深厚犹胜一母同胞。自我大婚生变，远走晖州，既而是父亲逼宫，与皇室反目——可怜母亲贵为公主，一生无忧无虑，深藏侯门闺阁，如今人到暮年，本该安享儿孙之乐，却遭逢连番的变故，蓦然从云端跌落尘土。

我比任何人都清楚，那一刻，她跌得有多痛——数十年相敬如宾的夫婿，转眼便与自己的亲人生死相搏，堂堂天子之家沦为权臣手中傀儡，这叫母亲情何以堪。

偌大京华，九重宫阙，竟没有她容身之地，唯有这世外方寸之地，能给她最后一分宁静。

一步步踏上石阶，迈进山门，禅房幽径一路曲折，掩映在栀子花丛后的院落悄然映入眼帘。

咫尺之间，我望着那扇虚掩的木门，抬手推去，却似重逾千钧。

吱呀一声，门开处，白发萧萧，纤瘦如削的青衣身影映入我蒙眬泪眼。

我呆立门口，不敢相信眼前所见。今年离京时，母亲还是青丝如云，风韵高华，颜如三旬妇人，如今却满头霜发，俨然老妪一般。

“可算回来了。”母亲坐在檐下竹椅上，朝我柔柔地笑，神色宁和淡定，目中却莹然有泪光。

我有些恍惚，突然不会说话，一个字也说不出口，只怔怔地望着母亲。

她向我伸出手，语声轻柔，“过来，到娘这里来。”

徐姑姑在身后低声戚然道：“公主她腿脚不便。”

方寸庭院，我一步步走过，竟似走了许久才触到母亲的衣摆。她葛布青衣上传来浓郁的檀木梵香，不再是往日熟悉的兰杜香气，令我陡然恐慌，只觉有无形的屏障，将我和她遥遥隔开。我跪下来，将脸深深地伏在母亲膝上，泪流满面。

母亲的手柔软冰凉，吃力地将我扶起，轻叹道：“看到你回来，我也就没什么挂碍了。”

“有的！”我猛然抬头看她，泪眼迷蒙，“还有许多事等着你操心，哥哥还没续弦，我还成婚未久，还有父亲……谁说你没有挂碍，我不信你舍得我们！”来路上原本想好了许多的话，想好了如何劝说母亲，如何哄她回家……可真正见了她，才知通通都是空话。

“阿妩……”母亲垂眸，唇角微微颤抖，“我身为长公主，却一生懦弱无用，终究令你失望了。”

我抱住她，拼命摇头，泪水纷落如雨，“是阿妩不孝，不该离开娘！”

直到这一刻，我才明白自己的自私——在我离家的三年里，恰是母亲最孤苦的时候，而我却远远躲在晖州，对家中不闻不问，理所当然地以为父母会永远等候在原地，任何时候我愿意回家，他们都会张开双臂迎候我。

“娘，我们回家好不好？”我忙擦去泪水，努力对她微笑，“山上又冷又远，我不要你住在这里！跟我回去吧，父亲和哥哥都在家中等你！”

母亲笑容恍惚，“家，我早已没有家。”

我一呆，万万想不到她会说出这般绝望的话。

“你已嫁了人，阿夙也有自家姬妾。”母亲垂下眸子，凄然而笑，“相府是你们王氏的家，我是皇家女儿，自当回到宫中。可宫中……我又有何面目去见皇上？有何面目去见太后、先帝、列祖列宗于地下？”

母亲一番话，问得我哑口无言，仿佛一块巨石蓦然压在我胸口。我喃喃道：“父亲也是为了辅佐太子登基，等殿下登基之后，一切纷争也就止息了……”我说不下去，这话分明连自己都不能相信，又如何忍心去骗母亲。只怕她尚不知道萧綦与父亲之争，尚不知道父亲已与太子反目。

“太子不过是个幌子。”母亲幽幽地抬眸望向远处，眼底浮起深深悲凉，“你还不懂得你父亲，他等这一天已经许久了。”

若说父亲真有篡位之心，我也不会惊讶，然而母亲早已一切洞明，却是我意想不到的。

她的笑容哀切恍惚，低低道：“他一生的心愿便是凌驾于皇家之上，再不肯受半分委屈。”

“父亲真的想要……那个位置？”我咬住唇，那两个大逆的字，终究未能说出口。

母亲却摇头，“那个位置未必要紧，他只想要凌驾于天家之上。”

凌驾于天家之上，却又志不在那龙椅——我骇茫地望着母亲，不明白她究竟想告诉我什么。

“他一生心高气傲，唯独对一件事耿耿于怀，那便是娶了我。”母亲闭上眼，语声飘忽，听在我耳中却似惊雷一般。

母亲问我可曾听过韩氏。我知道，那是父亲唯一的侍妾，在我出生之前便已病逝。

“她不是病死的。”母亲幽幽开口，“是被太后赐下白绫，绞死在你父亲眼前的。”

我骇然望着她，震惊之下，竟不能言语。

“你父亲真心喜爱的女子是那青梅竹马的韩氏……当年人人称羡他才俊风流，得以尚公主，却不知他心有不甘。我们大婚之后，本也相敬如宾，岂知时过两年，阿夙都已过了周岁，他却告知我韩氏有了身孕，欲将她纳为妾室。原来这两年里，他一直将她藏在外面。我一怒之下，回宫向母后哭诉。母后当晚在宫中设下家宴，命他携韩氏入宫，向我赔罪。原以为母后是要劝和的，岂料宴至酣时，母后突然发难，怒责他二人，竟赐下白绫，当着他和我，还有太子与太子妃……将那韩氏活生生绞死在殿上……”母亲的声音不住颤抖，我握住她的手，却发觉自己比她颤抖得更厉害。

那是怎样凄厉的一幕往事，我不敢相信，亦不能想象，记忆里尊贵慈和的外祖母竟有如此严酷手腕，恩爱甚笃的父母竟是一对怨侣！

“当时他跪在殿上，不住向母后叩头，向我求情，你姑姑也跪了下来。可是已经太迟了，白绫套在韩氏颈上，她吓得瘫软，任两个内侍左右架住，只微微挣扎了一下，就那么……我吓得蒙住，只看到你父亲的眼光像刀一样，我便晕了过去。”

风从廊下吹过，我和母亲都良久沉寂，只听着风动树梢的声音，萧萧飒飒。

“过后呢？”我涩然开口。

母亲恍惚了好一阵子，缓缓道：“此后我心中愧疚，处处谦让隐忍，再无公主的盛气。你父亲也再未提及韩氏，从此将心思都投在功名上，官爵越做越高……过了几年，又有了你，我生产时却险些死去。那之后，他便待我好了许多，更将你视若珍宝，百般娇宠……我想着，这么些年过去，或许他已淡忘了。直至阿夙成婚那年……”

母亲神色惨然，半晌不能开口。

哥哥成婚之时我已十二岁，隐约记得那场轰动京华的喜事。

“我一心要从宗室女眷中选一个身份才貌都配得上阿夙的女子，你父亲却决然反对。我问缘由，他只说娶妻当娶贤，不必苛求身份。你父亲是怎样的人，我岂会不知，这话又岂能令我相信。我们相争不下之际，阿夙却自己看中了一名女子，便是那桓宓。”

我一时愕然，从未想到嫂嫂竟是哥哥亲自看中的女子。在我幼时记忆里，嫂嫂是琴书双绝的才女，虽不算绝色，却生得纤弱秀丽，清冷寡言，仿佛极少见过她笑。依稀记得母亲并不喜欢她，哥哥待她也不甚深情。婚后不久，哥哥便独自远游江南，嫂嫂终日闭门不出，时而听见幽怨琴声。半年过后，嫂嫂染了风寒，一病不起，未等哥哥远游归来便逝去了。嫂嫂在世时，哥哥待她十分疏离，及至死后，却见哥哥黯然良久，以至多年不肯续弦。我一直以为哥哥的婚事是父亲所迫，他自己并不情愿，之后也不过是愧疚使然。

却听母亲缓缓说道：“阿夙起初却不知道，那桓宓已被选中，即将册立为子律的正妃。”

“子律！”我一震，惊得后背阵阵发冷。一段段尘封往事从母亲口中说出，竟似每个人身后都有扯不断的恩怨纠缠，我却懵懂了十余年，一所无知。

“我不愿让阿夙娶那桓宓，你父亲却一口应允。次日他就入宫去见你姑母，要她将二皇子妃的人选改为旁人，将桓宓嫁与阿夙。当年那事之后，我只与他争吵过两次，一次是为你的婚事，一次是为阿夙。”母亲低头苦笑，“那日，是我第一次见他跋扈霸道，也终于听他脱口说出真话……”

“父亲说了什么？”我紧紧地望着母亲。

母亲一笑，“他说，我半生屈于皇家之势，断不能令阿夙重蹈此路。阿夙看中的女子，便是皇子妃又如何，我偏要夺了给他！嫁与我王氏长子，未尝就逊于龙孙凤子！”

离开慈安寺，一直走出山门，步下石阶，我才驻足回头。寺中钟声敲响，在山间悠扬传开。

云雾遮断山间路，一扇空门，隔开数十年恩怨爱憎。我终究没能劝回母亲，她已决定在我十九岁生辰之后，削发剃度。

她说我的生辰已近，要再为我庆生一次。若不是她提及，我已几乎忘了。再过几日，我便十九岁了……十九岁，为何我已觉得心境苍凉至此。

这一生还这样漫长，往后还有十年，二十年，三十年，我难以想象年华老去，如母亲一般白发满头，又是何种光景。

脚下是万丈浮华，回头是青灯古佛，我却茫然而立，任山风吹得衣袂激扬，心中一片冰凉。

徐姑姑送我至山下，鸾车将起驾时，她突然扑至帘外，含泪道："郡主，连你也劝不回公主吗，她……真要削发出家？"

"我不知道。"我茫然摇头，怔了片刻，哑声道，"或许，只有一个人能劝回她。"

徐姑姑颓然垂手，再无言以对。

我望着她，勉强笑道："我会劝说父亲，或许，仍有峰回路转也未可知。"

"相爷曾来过数次，公主不肯见他。"徐姑姑黯然摇头。

"会见到的。"我淡淡一笑，心下万般苦涩。往年每到此时，我总嫌虚礼烦琐，万般不情愿应付。却想不到，这或许将是父母陪我共度的最后一个生辰。

一路恍恍惚惚，不知道过了多久才回到府中。

侍女为我换下外袍，奉茶、整妆，我只如木偶一般，不愿开口，不愿动弹。

"王妃，玉秀姑娘已经醒来。"

我听在耳中，无动于衷，依然恍惚出神。

侍女一连又说了几遍，我这才回过神来，玉秀，是玉秀醒来了。

听说玉秀醒来，第一句话便是问，王妃有没有受伤。

玉秀看见我，忙要挣扎了起来，连声责怪自己没用。我一言不发，将她紧紧搂住，强压在心底的悲酸陡然铺天盖地将我湮没。

她呆了呆，轻轻伸手环住我肩头，如在晖州那夜，与我静静相依。

一连数日的忙碌，周旋于宫中、王府与诸般杂事之间，萧綦亦是早出晚归，他与父亲的争斗已是越发激烈。

太子想要摆脱我父亲的钳制已久，有了萧綦做盟友，大有扬眉吐气之感。趁着姑姑卧病之际，他一面撤换宫中禁卫，大量安插萧綦的人手，一面以清查叛党的名义，排挤了许多宫中老人。父亲恼恨太子忘恩负义，越发加紧在朝中对他的钳制，处处打压萧綦，与他们针锋相对。

几乎每天我都能与父亲在宫中相见，然而思及母亲的话，思及他的所作所为……我不愿相信，也无法面对这样一个父亲。

我盼着见到父亲，却又远远见到他便避开。他身边总是跟着侍从属官，偶尔与他单独相对的时候，分明心底有许多话要问他，却只字不能出口。

父母间的恩怨往事，我不能告诉萧綦，每夜暗自辗转，白日又在宫中忙碌，短短几日下来，已是疲惫不堪。

姑姑的病已经强撑了许久，经此一劫，病势越发沉重。虽然神志已经清醒，却仍时常恍惚，精神十分不济。

时值多事之秋，连番变故波折，家国朝堂风云起伏，乾元殿里的皇上只剩一息犹存……姑姑这一病倒，后宫顿时无主，一干嫔妃都是庸怯之辈，大小事务便压在身怀六甲的太子妃谢宛如肩上。姑姑当即将我召入宫中，命我协助太子妃署理宫中事务。一时之间，这偌大的深宫里，竟只剩我们三人相互依持。

我自幼与姑姑亲厚，她的心意不需多说，便能心领神会，而宛如遇事犹疑，常与姑姑的想法相左。

这日宛如不在跟前，姑姑恹恹地倚着锦榻，望着我叹息，“你为何不是我的女儿？”

“姑姑病糊涂了。”我柔声笑道，“我自然是王氏的女儿。”

“是吗？”她抬眸看我，黯淡眸子里有一道锐光转过。

我心里一凛，怔怔地迎上她的目光，她却颓然合上了眼，无声叹息。

太子与萧綦越走越近，姑姑是知道的，萧綦的势力渗入宫禁，她也是知道的。如今她已放手让太子主政，不再管束东宫，亦对萧綦再三退让，似乎真的忌惮他手中兵马，忌惮子澹的存在。然而，以我所知的姑姑，绝非轻易低头之人。她召我入宫，将宫中事务交给我与宛如，却从不让我们单独行事，身边总有人盯着我们的一举一动……她从未信任过宛如，在她眼里，宛如始终是谢家的人。至于我，自然也是萧綦的人。

她将我们二人置于身边，究竟有几分是依赖，有几分是戒备，我从不敢深想。有时我亦问自己，我待姑姑又有几分是真心，几分是防范。

我从来看不透她幽深的眼睛里，藏着怎样的心思。而她也常常若有所思地看我、看宛如、看太子……看身边的每一个人。

她在人前依然倔强硬朗，唯有昏睡之中，却会不自知地抓着我的手。

太医说姑姑的病根郁结在心，非药石可治。

我知道她是强撑着一口气，逼自己康复过来。她和母亲不同，她还有太多的牵挂，不能放任自己就此躺下。

看到她强撑精神，我越发心酸不忍。姑姑这一生，三分给了家族，三分给了太子，还有三分不知系在谁身上，只怕仅有一分是为自己活着。

只怕皇上的日子也不多了。姑姑每日询问皇上的病况，若是听闻他一切安好，便漠然不语，听闻皇上病势加重，亦闷闷不乐。

她在我面前并不避讳，时常表露出对皇上的恨意。可若真到了皇上驾崩之日，只怕她求生的意念，便又失去一分。

爱也罢，恨也罢，那个人都已融入她的一生。

那日之后，我趁她昏睡之际，仍将那方丝帕悄然放回原处，没有惊动她——这若是她仅存的幻梦，就让她在这梦里长醉不醒吧。

这深宫中身份至高，亲缘最近的三个女子，终究是各怀心事，谁也不肯全心信任谁。

我与宛如多年疏离，曾经那样要好的姐妹，如今各有际遇，再回不到最初的亲密无间。深宫岁月催人老，她已生养过一个女儿，容颜虽还秀美，体态却已臃肿，昔日含情流波目，也已黯淡下去。当年那个莲花一样的女子，现在已是一个淡漠宁定的妇人。姑姑如何待她，她并不在意。太子在朝中做些什么，她亦不甚关心。只有在提及两岁的女儿，和将要出生的孩子时，她苍白的脸上才有光华绽放。

那一个名字，我不提，她也不提。

当年她曾含泪质问："你真忘得了子澹吗？"……那时的宛如姐姐依然美丽多愁，依然天真地期盼着这段青梅竹马，能有善终。

我们都一样出身名门，都曾万千殊宠于一身，都同样被推入宿命的姻缘。只是，我遇到了萧綦，而她独守深宫，眼看着太子姬妾环绕，终日流连花丛，却只能谨守着母仪风范，一日比一日沉默下去。最初的挣扎不甘，被岁月渐渐磨平，任是才情无双，也敌不过日复一日的深宫寂寥。

东宫琼庭的回廊下，我与她静静对坐，含笑忆起昔年温酒论诗的日子……她抱着膝上的女儿，对我说，这一生漫长无涯，总要有个牵念才好。

她说，身份会变，恩爱会变，只有孩子，一个跟自己血脉相连的孩子，才是完完全全属于你的。一切浮华都不长久，只有母亲，这个天底下最尊贵的身份，才是任何权势都超越不了。

宛如淡淡笑着，“阿妩，等你做了母亲才会明白。”

我茫然一笑，想起母亲，想起姑姑，亦想到宛如……这锦绣深宫，于我只是烂漫年华的回忆，于她们却是一生的惆怅。

在我生辰的前一天，宋怀恩从皇陵回京复命。

子澹被萧綦软禁在距皇陵不远的辛夷坞，层层重兵看守。

宋怀恩并没有来见我，却悄然探望了玉秀。

甫一踏入玉秀房中，便听见她笑语如珠，脆声催促侍女道：“移过去一些，再过去一些。”

“为何这般开心？”我含笑立在门口，见她倚靠床头，正挥舞着手臂向侍女指点什么，看来伤势已好了许多。

玉秀转头看到我，面孔却腾地红了，眼睛晶亮，“王妃，刚刚宋将军来过了！”

她指了那一堆滋补疗伤的佳品给我看，都是宋怀恩送来的。我暗暗失笑，此人全不懂得风雅，哪有拿这些俗物赠佳人的。看玉秀欣喜得脸颊绯红，我故意闲闲逗她，“这些吗？王府里多了去了，也不怎么稀罕。”

玉秀咬唇含嗔，我莞尔一笑，“只这份心意可贵！”

她一张清秀小脸刹那红透，秀发柔柔地垂在脸侧，别有一分妩媚娇羞。我随手帮她掠了掠鬓发，笑道：“怎么也不梳妆，就这个样子见人家？”

玉秀微微垂眸，低声道：“他没有入内，只命人带了东西来。”

我有些意外，玉秀伤势无碍，已经可以起身至厅外见客。他既有心探望，却又过门不入……正思忖间，玉秀抬眸，羞怯轻笑道：“他还叫人送了那花，特地嘱咐要放在向阳处呢。”

“花？”我回头看去，原来她方才指点人移来移去的，就是那一盆……兰花。

我站起身，缓缓走到案前，只见那普通蓝瓷花瓯里，种着小小一株蕙兰，翠萼修叶，枝叶光润完整。

“他还说，是特地从辛夷坞带回来的。”玉秀的声音含羞带笑，浓甜似蜜。

我久久凝视着兰花，心绪翻涌，半晌才能平静开口："这花真好。"

"我幼时在皇陵的道旁种过一株兰花，将军此去若是方便，请代我浇水照料，勿令其枯萎。"

这是我托玉秀带给他的话，他果真将这株兰花照料得完好无损。

宋怀恩，我该如何谢他，又该如何偿还他这一番心意。

#【今是】

我将宋怀恩探望玉秀一事，当作家常闲话，不经意地告诉萧綦。

“玉秀虽说身份寒微，倒也是个忠贞的女子，只是这品貌人才……”萧綦沉吟道，“与怀恩果真相配吗？”

我转过身，避开萧綦的目光，微微一笑，“身份倒是容易，只要两情相悦，又有什么配不配的。”

“众多部属之中，我最看重的便是怀恩。”萧綦慨然笑道，“军中弟兄跟随我征战多年，大多误了家室。如今回到京中，我也盼他们各自娶得如花美眷。以怀恩的人才，前程不可限量，能被他看上的女子，倒也是有福的。”

我回眸看向萧綦，似笑非笑，“原来你也有这般世俗之见。”

萧綦笑而不语，将我揽到膝上，“不错，世俗之人自当依循世俗之见。我若是昔年一名小小校卫，上阳郡主可会下嫁？”

我敛去笑容，定定地看着他，心知他所言确是实情，却依然令我觉得苦涩。

他见我变了脸色，不由笑道：“难怪有人说，对女人讲不得实话……算我口拙失言，但凭王妃处置。”

我却半分也笑不出来，垂眸怔愣片刻，幽幽道：“你说得不错。如今我才知道，并没有人蒙骗我们，只不过是没人肯听实话，总不肯睁开眼睛，看一看真正的尘世，以为闭上眼，依然身在云端。”

“我们？”萧綦蹙眉。我点头，淡淡一笑，“我、母亲、哥哥……金枝玉叶，名门世家，无不如此。”

萧綦目光深湛，直视着我，柔声道："你已经不是。"

我默然伏在他肩头，一言不发。

"这几日你一直闷闷不乐。"萧綦淡淡叹道，手指梳进我长发，从发丝间滑过。

我微合了眼，懒懒地笑，"还以为你不会在意。"

他笑了笑，"你不愿说，我便不问，小丫头总要有些自己的心事。"

我扬手打他，"谁是小丫头！"

"才十九岁……"萧綦连连摇头笑叹，"老夫少妻，徒呼奈何。"

"你也才刚过而立之年，又来倚老卖老！"我啼笑皆非，郁郁心绪化为乌有，与他纠缠笑闹在一起。

闺中暖香如熏，琉璃灯影摇曳，画屏上俪影成双。

两日后，宋怀恩来见我。我着宫装朝服，在王府正厅见他。

他一身寻常袍服，全未料到我会这般庄重，一时有些局促。

侍女奉茶上来，我轻轻扣着茶盏，淡淡笑道："宋将军请坐，不必拘礼。"

他默然坐下，却不开口，也不喝茶，脸色凝重严肃。

"将军此来，可是有事？"我含笑望向他。

"是。"他答得干脆，"末将有事相求。"

我点了点头，"请讲。"

宋怀恩起身，向我屈膝一跪，语声淡定无波，"末将斗胆求娶玉秀姑娘，恳请王妃恩准。"

我不语，垂眸细细看他。但见他面无表情，薄唇紧抿成一线，垂目紧紧地盯着地面，仿佛要将那汉玉雕砖盯出个裂口来——若只看他此时神情，谁也不会想到这个年轻男子正在求亲，而会以为他是严阵待命，要去赴一场艰苦卓绝的战役。

我沉默看了他许久，他亦僵然跪在那里，纹丝不动。

"此话，是你真心吗？"我蓦然开口，淡淡问他。

他身姿笔挺地跪着，并不抬头，"是。"

"心甘情愿，不怨不悔？"我缓缓问道。

"是。"他答得铿锵。

"从此一心待她，再无旁骛？"我肃然问了最后一句。

他沉默片刻，仿佛自齿缝里迸出决绝的一声，“是！”

一连三声问，三声“是”，已道尽了一切——他的心意，我早已懂得，我亦给出他两个选择，娶玉秀或是拒绝。

玉秀是我亲信之人，娶她便是与我为盟，从此既是萧綦最青睐的部属，亦是我的心腹，往后于公于私，于军中于朝堂，都无人能与他相争。反之，我亦要他断了妄念，将我视作主子，一心尽忠，善待玉秀。以宋怀恩的雄心抱负，并不会满足于层层军功的累升，他想要平步青云，最好的办法便是获得权贵提携。

这是我给他的允诺，亦是我与他的盟约。

他想要权势功名，我便给他提携；他想要红颜相伴，我便给他玉秀。

我亦需要将更多的人笼络在身边，不只庞癸、牟连和玉秀……身处权势之巅，只有牢牢握住自己的力量，才能伫立于旋涡的中央。

玉秀大概连做梦也未想过，有朝一日能够风风光光嫁作他的正室夫人。

她将生命与忠诚献给我，我便回馈她最渴望的一切——给她身份名位，给她锦绣姻缘，但是我给不了她那个男人的心。

那是我不能掌控的，任何人都不能掌控，只能靠她自己去争——得之是幸，不得亦是命。

如同一场公平的交易，他们固然做了我的棋子，我亦给了他们想要的东西。

我向姑姑请旨册封和赐婚，姑姑一概应允。看着我亲手在诏书上加盖印玺，姑姑慨然微笑。

我明白她微笑之下的感叹——从前，我曾憎恨她操控我的命运，然而今日，我亦毫不犹豫地伸出手，将旁人的命运扭转。或许这便是权势的宿命，导引着我们走上相同的路。

我俯身告退，姑姑淡淡问了一句：“阿妩，你可会愧疚？”

我垂眸沉吟片刻，反问姑姑：“当年赐婚给我，您愧疚吗？”

姑姑笑了笑，“我愧疚至今。”

我抬眸直视她，淡淡道：“阿妩并无愧疚。”

圣旨颁下，豫章王感念玉秀舍身救主，护驾有功，特收为义妹，赐名萧玉岫，册封显义夫人，赐嫁宁远将军宋怀恩。晋封宋怀恩为右卫将军，肃毅伯，封土七十里。

诸事顺遂，忙碌不休，转眼就到了我生辰的前一日。

哥哥来接我去慈安寺，见他独自一人前来，我问起父亲，哥哥却没有回答。

原本由哥哥出面游说，好容易让父亲答允了与我们一同去慈安寺迎回母亲，到此时却不见他身影。我恼他言而无信，却碍于萧綦在侧，不便发作。

鸾车起驾，不觉已至山下。我木然端坐，随车驾微微摇晃，越想越觉可恼可笑，不觉笑出了声，亦笑出了眼泪。

“停下！”我喝止车驾，掀帘而出，直奔哥哥马前，“将马给我！”

哥哥一惊，跃下马来拦住我，“怎么了？”

“放手！”我推开他，冷冷道，“我找父亲问个明白。”

“你这是做什么？”哥哥抓住我，眉峰微蹙，语声低抑。

我挣不开他，抬眸直直望去，陡然觉得哥哥的面容如此陌生遥远——即便惊愕之下，他依然维持着无懈可击的风仪，任何时候都在微笑，似乎永远不会真情流露。“我也想问你，哥哥，我们这是要做什么？”我望着他，自嘲地笑。

哥哥脸色变了，环顾左右，抬手欲制止我。

我重重拂开他的手，冷冷道：“你们想将这太平光景粉饰多久？父母反目生恨，而我们却在欢天喜地地筹备生辰，等着明晚宴开王府，歌舞连宵，人人强颜欢笑，眼睁睁地看着母亲遁入空门……”我的话没有说完，便被哥哥猛然拽上马背。

“住口，你随我来。”哥哥从未如此凶狠地对我说话，从未如此气急，一路策马疾驰，丢下一众惶恐的侍从，带我驰入林间小径。

一路奔驰了许久，直到林下涧流挡住去路，四下幽寂无人。

哥哥翻身下马，缓步走到涧边，一言不发，背影萧索。

方才似有烈火在心中灼烧，此刻却只剩一片冷冷灰烬。我走到哥哥身边，沉默地凝视脚下流水，那清澈波光间隐约照出两个衣袂翩跹的身影。

“阿妩……”哥哥淡淡开口，“你既已知道，又何必将一切说破。”

我苦笑，“宁可一切烂在心中，也要粉饰出王侯之家的太平贵气？”

他不回头，不应声，越发令我觉得悲哀，悲哀得喘不过气，“哥哥，我们何时变成了这样？难道从前一切都是泡影，我们自幼所见的举案齐眉、舐犊情深都是假的？”

哥哥不回答我，肩头却在微微颤抖。

“我不相信父亲是那样的人……”我颓然咬唇，满心纷乱无从说起。

“你以为父亲应该是怎样的人，母亲又该是怎样的人？”哥哥蓦然开口，语声幽冷，

“如你所言，他们也不过是一介凡人。”

我怔怔地看着他，他只是凝望流水，神色空茫，“阿妩，扪心自问，你我对父母又所知多少？”

哥哥的话似一盆凉水将我浇透，身为子女，我们对父母所知又有多少？在母亲告诉我之前，我竟从未想过他们有着怎样的悲喜，在我眼里，父亲仿佛生来就该是这个样子。

“谁年少时不曾有过荒唐事，多年之后，岂知后人如何看待你我。”哥哥怅然而笑，“即便父母都做错过，那也都过去了。”

“过去了吗？”我苦笑，若是真的过去了，这数十年的怨念又是为何。

哥哥回头望着我，“你真的相信他们彼此怨恨？”

我迟疑良久，叹道：“母亲以为那是怨恨……但我不信父亲是那样的狭隘小人，若说他做这一切只是为了恨……”我说不下去，连自己都不愿听，更不能信！

哥哥望着我，眼底有淡淡哀伤，“母亲一直不懂得父亲的抱负，她放不下自己的愧悔，只得将一切归咎于恨。”

我霍然抬眸望向哥哥，“这是谁的话？”

“是父亲。”哥哥静静地看着我，似有一层雾气浮在眼底。原来母亲的爱怨喜悲，父亲全都看在眼里，一切洞明。而唯一将父亲的苦楚看在眼里，懂得体谅他的人，不是母亲也不是我，却是平素玩世不恭的哥哥。

“这数十年，谁又知道父亲的苦楚？”哥哥语声渐渐低了下去，神情苦涩，“你可记得那年，我和父亲一起酩酊大醉？”

我当然没有忘记，父亲和哥哥唯一一次共饮大醉，便是在嫂嫂逝后不久。

“那晚父亲说了许多……”哥哥闭上眼，缓缓道，“我与桓宓之事，令他愧悔不已。他说起自己年少时的荒唐事，说他愧对母亲……那时他亦高傲狂放，深恨命运为人所控，纵然是名门亲贵，也一样受制于天家，终生不得自由。王氏历代恪忠皇室，数百年荣宠不衰之下，不知掩埋了多少辛酸。父亲的心思，比先人想得更远，他不屑屈居人下，定要走到至高之巅，将家族的权势推上峰顶，纵是天家也再不能左右王氏的命脉！”

这一番话似冰雪灌顶。

是，这才是我的父亲，这才是他的抱负。

对于父亲那样的人，区区私情算得了什么。为了达成所愿，他已经舍弃了太多，连我和哥哥也被他亲手推上这条不能回头的路。

良久沉寂，我终于忍不住问了哥哥："你娶嫂嫂，真是自己甘愿吗？"

"是。"哥哥毫不迟疑地回答我。

我却不相信，"父亲将皇子妃硬夺了给你，难道不是看中当年桓家的兵权？"

或许母亲以为，父亲强逼子律的正妃嫁给哥哥，是向皇家扬威，洗雪自己当年之恨。我却无法如此天真——桓家论门庭声望，虽不能与王氏齐肩，但当年的桓大将军手上却握有江南重兵。

哥哥沉默半晌，淡淡道："父亲固然是看中桓家的兵权，却也不曾勉强我半分……娶桓宓，是我自己的意愿。"

我哑口无言，想到哥哥对嫂嫂的冷淡，想到嫂嫂的抑郁而逝，乃至此后桓家迅速的衰败，一时间只觉凄惶无力。

哥哥久久沉默，神情恍惚，似陷入往事之中。

我们都不再开口，不愿再提及那些陈年旧恨……潺湲溪水从脚下流过，时有飞鸟照影，落叶无声。

诸般恩怨终归已成过往，今人今时，还有更多崎岖在前。

"回去吧，母亲还在等我们。"我握住哥哥的手，以微笑驱散他的惆怅。

来的时候天色还早，然而我和哥哥在林涧一待就是半日，竟然忘了时辰，不觉已近黄昏了。

车驾侍从还等候在原地，未敢跟来惊扰我们。正欲起驾，却听马蹄声疾，似有人马从后面官道赶来。

待看清了来人，我和哥哥一怔，旋即相视而笑——我们迟迟未归，也未曾派人回去传话，父亲独自等得忧心，竟亲自寻来了。

被问及我们为何耽误到此时还未上山，我和哥哥面面相觑，一时语塞。

父亲挑眉看我，我情急之下脱口而出："哥哥带我去溪边玩了半日……"

哥哥不敢声辩，只得一脸苦笑。

"胡闹。"父亲瞪了哥哥一眼，竟然没有发火，只皱眉道，"你母亲该等急了。"

我与哥哥目光交错，当即心领神会——只怕等得焦急的人不是母亲，而是父亲自己。

"方才在溪边受了风寒，正头疼呢。"我向父亲娇嗔道，"正好爹爹亲自来了，我就不上山了，哥哥送我回去吧。"

不待父亲回答，我掉头抢过侍卫的坐骑，策马而去。哥哥难得一次不理父亲的脸色，扬鞭催马，飞快追了上来。

“分明盼着母亲回去，却不肯开口，我实在不懂他们哪来这许多别扭！”我重重地叹息。

哥哥忍俊不禁，大笑起来。

“很好笑吗？”我睨他一眼，既觉可恼又觉无奈，“从前不觉得，如今才发现你们都是这般别扭！”

哥哥仍是笑，过了许久才敛去笑意，柔声道：“我们没有变，只是你长大了。”

心中怦然触动，我怔怔无言以对。

“阿妩，你长大了，也变了。”哥哥微笑叹息。

我回眸看他，“我变了？”

“你不觉得自己越来越像某个人？”哥哥扬眉笑睨我。

我一怔，陡然明白过来，他是指萧綦。

“出嫁从夫……嫁与武夫自然成了悍妇。”我似笑非笑地瞧着哥哥，猛然扬鞭向他座下骏马抽去，“叫你往后还敢欺负我！”

马儿吃痛狂奔，惊得哥哥手忙脚乱，慌忙挽缰控马。

看着那狂奔在前的一人一马，我笑不可抑。

蓦然回望云山深处，不知父亲可曾到了山门。

次日的寿宴设在豫章王府。

我原以为只是家宴，却不料煊赫隆重之至。除家人外，京中王公亲贵皆至，满座名门云集，俨然煌煌宫宴。

这是萧綦的安排，他素来不喜欢喧闹浮华，今日却极尽铺张为我贺寿。旁人或以为，这是在昭示豫章王的权势煊天，炫耀豫章王妃的尊贵荣宠……唯独我明白，他只是想弥补大婚之日对我的亏欠。

母亲宫装高髻，含笑坐在父亲身边，虽然对父亲仍是神情冷淡，却也肯同父亲说话了。

哥哥带了两名爱妾同来，在父亲面前却不敢有半分风流态。

太子哥哥到来时，见到父亲略有些许尴尬。不过宛如姐姐带来了他们的小女儿，那小人儿玉雪可爱，正在蹒跚学步，立时引得满座目光追逐。

哥哥直笑那小人儿抢了我这寿星的风头，母亲却说："阿妩幼时更加招人喜欢，不知日后我的外孙女会不会和她一个模样。"

我顿时面红耳赤，父亲与萧綦亦笑而不语。

正与父母说笑间，宛如姐姐抱了女儿来向我道贺。我伸手去抱孩子，她却咯咯笑着，径直向萧綦扑去。

萧綦手足无措地呆在那里，抱也不是，躲也不是。那小人儿抱住他脖子，便往他脸上亲去，惊得大将军当场变了脸色。

在座之人无不被萧綦的窘态引得大笑，太子尤其笑得前仰后合。好不容易让奶娘抱走了孩子，萧綦才得以脱身。

唯一的缺憾是姑姑未能到来，她前些日子已好了起来，偏偏今日又感不适，只命太子带来了贺礼。

满堂明烛华光之下，我环顾身侧，静静地望向每一个人。只有在这个时候，他们才仅仅只是我的家人，是我的至亲至爱。今夜依然把酒言欢的翁婿兄弟，只怕转眼到了朝堂之上，就是明枪暗箭，你死我活。然而我已不会奢望太多，能有今晚这短暂的欢宴，已是莫大惊喜。

这一刻，我愿意忘记豫章王，忘记左相，忘记长公主……只记得那是我的夫君和父母，如此足矣。

最美好的时光，总是匆匆而过……转眼夜深、宴罢、人散，满目繁华落尽。

我已酒至微醺，送走了父母和哥哥，只觉身在云端，飘摇恍惚，仿佛记得萧綦将我抱回了房中。

他替我宽衣，我浑身无力，软软地环住他颈项，笑道："原来你害怕小孩子。"

"我怕了你这丫头！"萧綦无可奈何地笑。

半醉半醒间，我伸手去抚他眉目鬓发，笑叹道："若是有个跟你长得一模一样的小人儿，会是什么样子？"

他将我环在臂弯，正色想了想，叹道："若是女孩儿，和我一模一样，只怕将来嫁不出去。"

我伏在他怀中懒懒地笑，从前并不特别喜欢孩子，如今却隐隐有些好奇，想着一个小小的人儿和我们长着相似眉眼，会是怎样神奇的事情。

迷迷糊糊睡去，一夜酣眠无梦。

约莫四更天时，我突然惊醒过来，睁开眼却是一片静谧。辗转间似乎惊动了萧綦，他立即将我紧紧环住，轻抚我后背。望着他沉睡中柔和而坚毅的面容，心底一片柔软，唯觉良夜静好。心中情意涌动，我痴痴仰首，以指尖轻抚他薄削双唇。他自睡梦中醒来，并不睁开眼，手却探入我亵衣，沿着我光裸脊背滑下，回应了我的痴缠……

五更时分，天已渐亮，他又该起身上朝了。

我假装睡熟，伏在他胸前一动不动。他小心地抬起手臂，唯恐惊动了我。我忍不住笑了，反手将他紧紧搂住。

他无可奈何，明知道再不起身就要误了上朝，却又情不自禁地低头吻下……正缠绵间，门外传来匆忙脚步声，房门被人叩响。

“禀王爷，宫中来人求见。”

萧綦立刻翻身而起，我亦惊住，若非出了大事，侍卫万万不敢如此唐突。

“宫中何事？”萧綦喝问。

来人颤声道：“今晨四更时分，皇上驾崩了。”

【宫变】

片刻前还是旖旎无限温柔乡，转眼间，如坠冰窖。

就在两天前，御医还说皇上至少能挨过这个冬天。

即便他病入膏肓，受制于人，却仍是天命所系的九五至尊。只要皇上活着一天，各方势力就依然维持着微妙的平衡，谁也不敢轻举妄动。

谁也没有料到，就在我的生辰之夜，宴饮方罢，升平喜乐还未散尽，皇上竟然暴卒。

萧綦立刻传令禁中亲卫，严守东宫，封闭宫门，不准任何人进出大内，并将皇上身边侍从及太医院诸人下狱，严密看管，京郊行辕十万大军严守京城四门，随时待命入城。我匆忙穿衣梳妆，一时全身僵冷，转身时眼前一黑，险些跌倒。

萧綦忙扶住我，“阿妩！”

“我没事……”我勉强立足站稳，只觉胸口翻涌，眼前隐隐发黑。

“你留在府里。”他强迫我躺回榻上，沉声道，“我即刻入宫，一有消息便告知你。”

他已披挂战甲，整装佩剑，周身散发出肃杀之气。触到这一身冰凉铁甲，令我越发胆战心惊。我颤声道：“假如父亲动了手，你们……”

萧綦与我目光相触，眼底悯柔之色一闪而逝，只余锋锐杀机，“眼下情势不明，我不希望任何人贸然动手！”

我哀哀地望着他，用力咬住下唇，说不出半句恳求的话。他的目光在我脸上流连良久，深邃莫测。这四目相对的一瞬，各自煎熬于心，竟似万古一般漫长。

终究，他还是转过头去，大步跨出门口，再未回顾一眼。

望着他凛然远去的背影，我无力地倚在门口，无声苦笑，苦彻了肺腑。

然而，已没有时间容我伤怀。

我唤来庞癸，命他即刻带人去镇国公府，并查探京中各处情形。

皇上暴卒背后，若真是父亲动了手，此刻必是严阵以待，与萧綦难免有一场殊死争斗。

是父亲吗，真是他迫不及待地要取而代之？我不愿相信，却又不敢轻易否定这可怕的念头……心口阵阵翻涌，冷汗渗出，一颗心似要裂作两半。

一边是血浓于水，一边是生死相与，究竟哪一边更痛，我已木然无觉。

不过片刻工夫，庞癸飞马回报，左相已亲率禁军戍卫入宫，京中各处畿要都被重兵看守，胡光烈已率三千铁骑赶往镇国公府。

我身子一晃，跌坐椅中，耳边嗡嗡作响，似被一柄利刃穿心而过。

早知道有这一天，却不料来得这么快。

其实，早晚又有什么分别，要来的终究还是要来。

我缓缓起身，对庞癸说道："准备车驾，随我入宫。"

远远望见宫门外森严列阵的军队，将整个皇城围作铁桶一般。

尚未熄灭的火光映着天边渐露的晨曦，照得刀兵甲胄一片雪亮。宫城东面正门已被萧綦控制，南门与西门仍在父亲手中，两方都已屯兵城下，森然对峙。四下剑拔弩张。谁也不敢先动一步，只怕稍有不慎，这皇城上下即刻便成了血海。

车驾一路直入，直到了宫门外被人拦下。

宋怀恩一身黑铁重甲，按剑立在鸾车前面，面如寒霜，"请王妃止步。"

"宫里情势如何？"我不动声色地问他。

他迟疑片刻，沉声道："左相抢先一步赶到东宫，挟制了太子，正与王爷对峙。"

"果真是左相动了手？"我声音虚弱，手心渗出冷汗。

宋怀恩抬眸看我，"属下不知，只是，左相确是比王爷抢先了一步。"

我咬唇，强抑心中惊痛，"皇后现在何处？"

"在乾元殿。"宋怀恩沉声道，"乾元殿也被左相包围，殿内情势不明。"

"乾元殿……"我垂眸沉吟，万千纷乱思绪渐渐汇聚拢来，如一缕细不可见的丝线，将诸般人事串在一起，彼端遥遥所指的方向，渐次亮开。

我抬眸望向前方，对宋怀恩一笑，缓缓道："请让路。"

宋怀恩踏前一步，"不可！"

“有何不可？”我冷冷看他，“眼下也只有我能踏入乾元殿了。”

“你不能以身涉险！”他抓住马缰，挡在我车前，“即使王妃碾过我的尸首，今日也踏不进宫门一步！”

我淡淡笑了，“怀恩，我不会踏着你的尸首过去，但今日左相或王爷若有一人发生不测，你便带着我的尸首回去吧。”

他霍然抬头，震动之下，定定地望着我。

我手腕一翻，拔出袖底短剑，刃上冷光映得眉睫俱寒。

宋怀恩被我目光迫得一步步退开，手中却仍挽住马缰，不肯放开。

我转头望向宫门，不再看他，冷冷吩咐起驾。

鸾车缓缓前行，宋怀恩紧紧地抓住缰绳，竟相随而行，目光直勾勾地穿过垂帘，一刻也不离我。我心中震动不忍，隔了垂帘，低低道：“我毕竟还是姓王，总不会有性命之危……你的心意我明白，放手吧！”

宋怀恩终于放开缰绳，僵立路旁，目送车驾驶入宫门。

宫中已经大乱，连为皇上举哀的布置都没有完成，宫女内侍躲的躲，逃的逃，随处可见慌乱奔走的宫人，往日辉煌庄严的宫阙殿阁，早已乱作一团，俨然山雨欲来风满楼的飘摇景象。

父亲与萧綦的兵马分别把持了各处殿阁，对峙不下，到处都是严阵待命的士兵。

天色已经透亮，巍峨的乾元殿却依然笼罩在阴云雾霭之中，森森迫人。

我不知道那森严大殿之中藏有怎样的真相，但是一定有哪里出了差错，一定有什么不对。

父亲为何如此愚蠢，甘冒弑君之大不韪，在这个时候猝然发难？论势力，论部署，论威望，他都占上风，稳稳压住萧綦。唯独刀兵相见，放开手脚搏杀，他却绝不是萧綦的对手。这一步棋，根本就是两败俱伤的死局！

乾元殿前枪戟林立，重甲列阵的士兵将大殿层层围住，禁军侍卫刀剑出鞘，任何人若想踏前一步，必定血溅当场。

两名禁军统领率兵驻守殿前，却不见父亲的身影。

我仰头望向乾元殿的大门，拂袖直入。那两名统领认出是我，上前意欲阻拦，我的视线冷冷地扫过他们，脚下不停，徐徐往前走去。两人被我目光所慑，不敢强行阻拦，只将我身后侍从挡下。

我拾级而上，一步步踏上乾元殿的玉阶。

铿的一声，两柄雪亮长剑交错，挡在眼前。

“豫章王妃王儇，求见皇后。”我跪下，垂眸敛眉，静候通禀。

玉阶的寒意渗进肌肤，过了良久，内侍尖细的声音从殿内传出，“皇后有旨，宣——”

高旷大殿已换上素白垂幔，不知何处吹入殿内的冷风，撩起白幔在阴暗的殿中飘拂。

我穿过大殿，越过那些全身缟素的宫人，她们一个个仿佛了无生气的偶人，悄无声息地伏跪在地。那长年萦绕在这帝王寝殿内的，令我从小就惧怕的气息，仿佛是历代君王不愿离去的阴魂，依然盘桓在这殿上的每个角落，一檐一柱，一案一几，无不透出肃穆森寒。

明黄垂幔，九龙屏风的后面，是那座雕龙绘凤、金碧辉煌的龙床。

皇上就躺在这沉沉帷幔后面，成了一具冰冷的身躯，一个肃穆的庙号，永远不会再对我笑，也不会再对我说话。

白衣缟素的姑姑立在屏风跟前，乌黑如墨的长发垂落在身后。她缓缓回过头来，一张脸苍白若死，眼眶透着隐隐的红，一眼望去不似活人，倒像幽魂一缕。

“阿妩是好孩子。”她望着我，轻忽一笑，“只有你肯来陪着姑姑。”

我怔怔地望着她，目光缓缓移向那张龙床。

“人死以后，是不是就爱恨泯灭，什么都没了？”姑姑亦侧首望去，噙了一丝冰凉的笑容。

“皇上已经宾天，请姑姑节哀。”我看着她的脸，却在她脸上找不到一丝悲伤。

姑姑笑了，语声温柔，笑容分外冰凉诡异，“他可算是去了，再不会恨我了。”

寒意从脚底浮上，一寸寸袭遍全身。我僵然转身，往龙床走去。

“站住。”姑姑开口，“阿妩，你要去哪儿？”

我不回头，冷冷道：“我去看看皇上，看看……我的姑父。”

姑姑语声冰冷，“皇上已经去了，不需你再打扰。”

我深吸一口气，掌心攥紧，“皇上是怎么去的？”

“你想知道吗？”姑姑徐步转到我跟前，幽幽盯住我，似笑非笑，“抑或，你已经知道？”

我陡然退后一步，再强抑不住心中骇痛，脱口道：“真的是你？”

她逼近一步，直视我双眼，“我怎样？”

我再也说不出话来，望着她的笑容，突然觉得恶心，似有一只冰凉的手将肺腑狠狠揪住——是姑姑杀了皇上，是她布下这场死局，引父亲和萧綦相互残杀……眼前一片昏暗，只觉得整个天地都开始晃动扭曲，我俯身掩住了口，强忍着心口阵阵翻涌。

姑姑伸手扳起我下巴，迫我迎上她狂热目光，“我做错了吗？难道要我眼睁睁地看你们夺去隆儿的皇位？等你们一步步将我逼入绝路？”

冷汗不住冒出，我咬唇隐忍，说不出话来。

姑姑恨声道：“我为家族葬送一生，到如今什么都没有了，只有这么一个儿子，你们却要夺去他的皇位！就算隆儿再不争气，也是我的儿子！谁也别想把他的皇位夺走！”

我终于缓过气来，一把拂开她的手，颤声道：“那是你嫡亲的哥哥！父亲他一直信任你，维护你，辅佐太子多年……你为了对付萧綦，竟连他也骗！”我全身发抖，愤怒悲伤到了极致，从小敬慕的姑姑此刻在我眼里竟似恶鬼一般，“你杀了皇上，嫁祸给萧綦，骗父亲出兵保护太子，骗他与萧綦动手，等他们两败俱伤，好让你一网打尽……是不是这样？”

我逼近她，语声沙哑，将她迫得步步后退。

姑姑脸色惨白，呆呆地望着我，仿佛不敢相信我会对她这般凶厉。

“是你背叛父亲，背叛王氏。”我盯着她双眸，一字一句说道。

“我没有！”姑姑尖叫，猛然向我推来，我踉跄向后跌去，后背直抵上冰凉的九龙玉璧屏风。

姑姑疯了似的狂笑，语声尖促急切，“是哥哥逼我的！他嫌隆儿不争气，顶着太子的身份反被萧綦一手牵制，他说隆儿是废物，帮不了王氏，坐上皇位也守不住江山……有哥哥在，隆儿一辈子都是傀儡，比他父皇还窝囊百倍！隆儿太傻，他以为萧綦会帮他，这个傻孩子……他不知道你们一个个都在算计他！只有我，只有母后才能保护你，傻孩子，你竟不相信母后……”

她神情恍惚，方才还咬牙切齿，忽而凶狠跋扈，转眼却俨然是护犊的慈母。

我倚着玉璧屏风，勉力支撑，身子却一分分冷下去。

疯了，姑姑真的疯了，被这帝王之家活活逼到疯魔。

陡然听得一声轰然巨响，从东宫方向传来，仿佛是什么倒塌下来，继而是千军万马的呼喝呐喊，潮水般漫过九天宫阙。

是东宫，是父亲和萧綦……他们终究还是动手了。

我闭上眼，任由那杀伐之声久久撞击在耳中，周身似已僵化成石。

“启奏皇后！”一名统领奔进殿中，仓皇道，“豫章王攻入东宫了！”

“是吗？”姑姑回头望向殿外，唇角挑起冰凉的笑，“倒也撑得够久了，左相的兵马比我预想中厉害……若非你那位好夫婿，只怕再无人压得住你父亲。”

单凭父亲手里的禁军，哪里挡得住豫章王的铁骑，让他们守卫东宫，无异于以卵击石。此时的东宫，想必已血流遍地，横尸无数。

我抬眸一笑，“不错，既然动起手来，父亲自然不是萧綦的对手，只怕皇后您也是一样。”

姑姑失声大笑，“傻孩子，你真以为你那夫婿是盖世无敌的大英雄？”

她扬手指向东宫方向，“好孩子，你看看那边！”

殿外，一片浓烟火光从东宫方向升起，熊熊大火映红了这九重宫阙的上空。

“我会让隆儿乖乖待在东宫，等他萧綦去拿人吗？”姑姑仰头微笑，仪态优雅，“东宫早已设下埋伏，一旦左相兵败，豫章王杀进东宫，埋伏在夹壁暗道中的三千甲士，刚好等着你的大英雄呢……纵然他力敌千军，也难挡我万箭齐发，届时火烧东宫，叫他玉石俱焚！”

眼前这狠戾疯狂，弑君杀夫，挑动嫡亲兄长与侄婿相互残杀的女人，就是我自幼孺慕的姑姑，母仪天下的皇后。

我直直地望着她，只觉从未看清过这张面孔。

那片火光越发猛烈，身在乾元殿上，似乎也能听见梁柱崩塌，宫人惊呼奔走的声音隐隐传来。外面已经是火海刀山，血流遍地，而这高高在上的乾元殿，却如死一般沉寂。

守护着这座大殿的，不仅是外面的禁军戍卫，更是龙床上那具早已僵冷的尸身。

皇上宾天，尸骨未寒，谁敢在这个时候擅闯寝殿，冒犯天威，大不韪的弑君之罪便落到谁的头上。萧綦的兵马步步逼近，将这乾元殿围作铁桶一般，未得萧綦号令，却也不敢踏进一步。禁军戍卫退守至殿外，剑出鞘、弓开弦，只待一声号令，便将血洗天阙。

我笑了笑，“你将我的父亲和夫君一网打尽，不知有没有想好，如何处置我？”

她冷冷地看着我，目光变幻，阴枭与悲悯交织，恍惚看去还是昔年温柔可亲的姑姑。

“王儇已自投罗网，皇后您满意吗？”我笑着看她，她脸色渐渐变了，阴狠中流露出一丝凄怆。

她缓缓转过身去，背向我而立，过了良久才低低开口，语声恬柔，“若是你不长大该有多好，从前的小阿妩就像个雪团似的娃娃，让人怎么爱惜都不够。”

我咬住唇，一言不发。

“可是你大了，也不听话了……那日我问你恨不恨姑姑，你也不肯说真话。”她长叹一声，幽幽道，“我知道你恨，怎么能不恨呢？几十年了，我也恨，没有一天不恨！”

我张口，却说不出话，脸颊一片冰凉，不知何时已泪流满面。

那一声声恨，从姑姑口中道出，似将心底所有伤疤都揭开，连血带肉，向我掷来。

我再也听不下去，颤声道：“姑姑，我只有一句话想跟你说……阿妩，从未恨过你。”

她转身动容，唇角微微抽搐，蓦然将我拥入怀中，身子剧烈颤抖。

我将脸贴在她瘦削的肩头上，任由泪水汹涌。

阴冷的内殿，随风飞舞的白幔下，我和姑姑相拥而泣。多少年前，她也是这样温柔地抱着我，无论我怎么任性哭闹，总是柔声细语地哄我。

这个温暖熟悉的怀抱，或许已是最后一次包容我的无助。

许久之后，姑姑终于放开我，背转过身去，不再看我一眼。

她的身影僵冷，肩头微微伛偻，“来人，将豫章王妃拿下。”

殿上侍从静静地立在垂幔后面，仿佛木雕石刻，没有人回应。

“来人！”姑姑一惊，厉声喝令，“禁内侍卫何在？”

门外侍卫答一声是，刀剑锵然出鞘，靴声橐橐而入。

我抬起手，双掌互击，清脆的三下掌声响彻空寂寝殿。

屏风内、垂幔外、廊柱下……那些泥塑一般悄无声息的宫人中，几道人影骤然现身，迅疾无声，仿若鬼魅一般出现在我们周围。

不待侍卫靠近，两名侍女欺身上前，执刃在手，一左一右扣住姑姑肩膀，刀锋逼上她颈项。

其余人各占方位，密密地挡在我们身前，手中短剑森寒如雪。

侍卫执刀而入，骤见剧变，顿时惊呆在门口。

“你——”姑姑浑身颤抖，面无人色，瞪着我说不出话来。

殿外禁军统领听闻动静，已冲上殿来，一片刀光剑戟森然晃动。

我冷冷踏前，厉色道：“大胆！皇上龙驭宾天，尔等竟敢带刀直闯寝殿，当真要造反了吗？”

姑姑愤怒挣扎，毫不惧怕颈边刀刃，尖声叫道：“快将豫章王妃拿下！”

两名统领大惊，眼见皇后受制于我，一时进退无措，相顾失色。

“一群废物，愣着做什么！”姑姑暴怒，“还不动手？”

殿外侍卫僵立踌躇，一名统领咬牙踏前，正欲拔出佩剑，我转头一眼扫去，将他生生迫住。

“谁要与我动手？”我傲然环视众人。

那人一震，脸色转为青白，佩剑拔至一半，竟不敢动弹半分。

我肃然道：“带刀擅闯寝殿，是犯上死罪，按律当诛九族！豫章王大军现已将宫中围住，你们若能迷途知返，将功赎罪，王儇在此许诺，绝不加罪于诸位！”

恰在僵持之际，殿外传来整齐动地的靴声，大队人马向这里逼近，有人高呼：“豫章王奉旨平叛，若有抵抗者，格杀勿论！”

众侍卫眼见雪亮刀刃已架在皇后颈上，殿外兵马虎视眈眈，局势已然彻底扭转。

左首一人终于脱手扔了佩刀，扑通跪倒在地，其余人等再无坚持，纷纷俯首跪下。

“废物，都是废物！”姑姑绝望地怒骂，猛然一挣，竟发疯似的向刀口撞去。侍女慌忙撤刀，将她死死按住。我向两名统领下令，立刻撤去殿前兵马，又命侍女赶往东宫告知萧綦，皇后已认罪就擒，万勿伤及左相。

姑姑仍在怒骂不休，长发纷乱披覆，仪态全无。

我缓步走到她面前，深深地看着她，“你输了，姑姑。”

“成王败寇，并不可耻……即便输，也要输得高贵。”我轻声说出这一句话。

她身子一震，直直地望向我，目光一时恍惚，仿佛越过时光，重睹往昔光景——在我九岁那年，下棋输给了哥哥，正当生气耍赖时，姑姑对我说：“输赢都要有气度，即便输，也要输得高贵。”

姑姑望着我，仿佛在看一个从不认识的陌生人，目光渐渐黯淡下去。

良久，她苦笑一声，“不错，成王败寇……想不到我自负一生，却是输在你的手里！”

她鬓发散乱，我想替她理一理，伸出手却僵在半空，心底残存的一分温情，被硬生生扼住。我侧过头不再看她，漠然道：“至少，你没有输给外人。”

她陡然笑出声来，直至被押着走出大殿，那笑声还久久回响在森冷旷寂的乾元殿上。

姑姑遇刺当日，近身侍女被刺客所杀，自己受惊昏迷。我当即将我那几名随身侍女留在她身边，以防宫中余孽再次加害。这几名女子是萧綦亲自从最优秀的间者中挑出，以侍女的身份贴身随行，保护我的安全。

起初留下她们，只是为了保护姑姑，然而肃清宫闱之后，我并没有将她们召回王府。当时众多老宫人被清查逐出，各处都要添补新人，这几名侍女混在昭阳殿中，并没有引起姑姑的注意。我与她们约定，除非事态紧急不得暴露身份，除我之外，不必遵从任何人号令。

连我自己都说不清，究竟从什么时候开始防备姑姑。或许是因她一次次的试探，因她对我的戒心，抑或是我骨子里的多疑和不安。

“属下来迟，王妃受惊了！”庞癸带人奔进殿来，“豫章王兵马已接掌乾元殿戍卫，王爷与太子殿下正从东宫赶来。”

我看向他，颤声道：“左相呢？”

“左相无恙，王夙大人暂且接掌禁军，胡将军奉命守护镇国公府，未踏入府中半步。”庞癸压低声音，语带惊喜，“王妃勿忧，东宫大火是王爷将计就计，两方人马并无重大损伤。京中各处均无异动，一切安好！”

一切安好，这短短四个字听在耳中，胜过天籁仙音。

眼前一切渐渐虚浮旋转起来，我这才发觉，浑身冷汗早已湿了衣衫，凉凉地贴在身上，透骨的冷。

有人上前扶住我，欲将我扶到椅上，刚迈出一步，脚下却似踩入虚空，只觉天旋地转。

侍女惊慌唤我，一声声“王妃”，惊叫着“来人”。

大概是一时眩晕，我渐渐回过神来，只觉她们大惊小怪。

所幸爹爹只是领兵入宫，没有贸然起事，倘若京中禁军真与胡光烈的虎贲军动手，那才是两败俱伤，不可挽回。姑姑自以为设下了高明的圈套，请君入瓮，却不知入瓮的不是萧綦，而是她自己。我已大概明白了是谁出卖姑姑——假如姑姑亲眼看见她悉心保护的儿子，此刻站在萧綦身边，以胜利者的姿态向她炫耀，不知会是怎样的感受。

火烧东宫，不过是混淆众人耳目的一出戏，恰好遮掩了这一场凶险宫变，烧尽了琉璃宫阙，却成就了豫章王护驾东宫，铁血平叛的功勋。

“王妃可在殿中？”萧綦的声音远远从殿外传来，如此焦切，全无素日的从容。

我有些慌乱，唯恐他看到我这个样子，忙扶了侍女，勉力从椅中站起。

身子甫一动，骤然而至的痛楚似要将人撕开，腿间竟有热流涌出……我软软向下滑坠，身旁侍女竟扶不住我……痛楚愈烈，我咬唇隐忍，只觉热流已顺着双腿淌下。

这是怎么了，我跌俯在地，颤颤伸手掀起裙袂，入目一片猩红！

殿门开处，萧綦大步迈进来，一身甲胄雪亮。

“阿妩——”他猛然顿住，目光瞬间凝结在我身上。

我惶然抬眸看他，不知该怎么解释眼下的狼狈，也不知这是怎么回事……我没有受伤，却莫名地流血……

他的脸色变了，目光从那片猩红转到我脸上，满目尽是惊痛。

“传太医，快传太医！”他匆匆抱起我，连声音都在颤抖。

我勉强笑了笑，想叫他别怕，我没有事。然而张了口，却发不出一点儿声音，我倚在他怀中，全身越来越冷，眼前渐渐模糊。

【恨天】

胤历二年九月，成宗皇帝崩于乾元殿。

天下举哀，奉梓宫崇德殿，王公百官偕诸命妇齐集天极门外，缟素号恸，朝夕哭临。翌日，颁遗诏，着太子子隆即位，豫章王萧綦、镇国公王藺、允德侯顾雍受命辅政。越五日，奉龙舆出宫，安梓宫于景陵，颁哀诏四境，上尊谥庙号，祗告郊庙社稷。

千百年后，留在史册上的不过是这样短短几行文字，如同每一次皇位更替的背后，凭一支史官妙笔，削去了惊涛骇浪、血雨腥风，只留字里行间一派盛世太平。

而我，却永远无法忘记这一天的惊心动魄……更无法忘记，我在这天失去了我们的孩子。

徐姑姑含泪告诉我的时候，我还不太清醒，只记得药汁喂进口中，满口浓涩辛辣的味道。仿佛听得她说什么“小产”，我却怔怔地回不过神来，茫然四顾，寻找萧綦的身影。徐姑姑说王爷不能入内，刀兵之凶会与血光相冲，对我不吉。她话音未落，却听帘外摔帘裂屏，一片高低惊呼。萧綦不顾众人阻拦，面色苍白地冲进内室。徐姑姑慌忙阻拦，说着不吉之忌，他陡然暴怒，“无稽之谈，都给我滚出去！”

我从没见过他的雷霆之怒，仿佛要将眼前一切焚为飞灰，当下再无一人敢忤逆，徐姑姑也颤然退了下去。他来到床前，俯身跪下，将脸深深地伏在我枕边，良久不语不动。

徐姑姑的话回响在耳边，我渐渐有些明白过来，却不敢相信……

“是真的吗？”我开口，弱声问他。萧綦没有回答，抬头望着我，目中隐隐赤红，平素喜怒从不形于色的人，此刻满面的痛楚歉疚再无遮掩。他的眼神映入我眼里，若说方才的消息只是一刀穿心，甚至叫人来不及痛，而此时却是无数绵密细针扎在心头，痛到极处，反而不能言语。

我默默抬手将他手掌握住，紧紧地贴在脸颊，眼泪却不由自主地滑落在他掌心。

“我能开疆拓土，杀伐纵横，却保护不了一个女人和孩子。”他的声音极低，低微得近乎破碎。我想劝慰他，却一个字也说不出来，只能默默与他十指紧扣，传递着彼此的勇气，一起抵挡着四面八方涌来的寒冷。

在我们都还懵然不知的时候，一个孩子竟已经悄然到来，随着我们一起南征，攻城略地，直至马踏天阙。那么多危急险境，都和我们一起过来了，却在这个时候悄无声息地离去。太医说他还不足两个月……我们甚至从不知道他的存在，等到知道的时候，便已是永远失去。

我已昏睡了两天两夜，其间曾经流血不止，几乎性命垂危。

萧綦说，那两天里母亲一直守在我身边，不眠不休，不吃不喝，直到两个时辰前才累极不支，被强行送回府中休息。他扶着我，亲手一口口喂我喝药。那药极苦极涩，却抵不过心里的苦。不过两天，竟是从极乐到地狱，仿佛噩梦一场。隐约还记得那晚寿宴之上共聚天伦之乐，然而转眼之间，皇上驾崩、姑姑谋逆、父亲与萧綦兵戎相见、我们更失去了一个孩子……生生死死，真真假假，我有些恍惚，或许这真的只是一场噩梦。然而一闭上眼，我仍会见到那阴森的龙床，见到重重刀兵，寒光如雪，姑姑凄厉笑声依然在耳边回响，更清晰记得她发狠推我撞上屏风的一幕……

萧綦不顾太子的阻拦，强行将姑姑幽禁在冷宫。乾元殿的医侍宫人都已被处死，再无人知晓姑姑亲手鸩杀皇上的真相。当天父亲兵败，被萧綦软禁在镇国公府，哥哥临时接掌了禁军。宋怀恩封闭各处宫门，清剿皇后党羽。至夜，京中大局已定。

如果没有哥哥极力劝阻，拖延父亲出兵的时机，让胡光烈紧急调兵，驻守京师重地，控制住宫外的局势，只怕此时已经铸成大错。父亲错信了姑姑，错信了自己嫡亲的妹妹和数十年的盟友。如果等到太子登基，凭着王氏在朝中盘根错节的势力，父亲迟早会慢慢削弱萧綦。可是姑姑的野心反噬，非但出卖了父亲，更将父亲和她自己都推上了再无退路的绝境。起兵逼宫，无异于以己之短攻彼之长，一旦狭路相逢，恰是萧綦稳占上风。

父亲一世精明，最后败在自己最信任的盟友手上。

姑姑机关算尽，算不到亲生儿子会毫不犹豫地出卖她。

次日，太子在太华殿上向百官宣读先皇遗诏，正式继承大位，遗诏敕命豫章王萧綦、镇国公王藺、允德侯顾雍辅政。宫中牵涉叛乱的禁卫、内侍、宫人共数百人，一并作为逆党党羽处死。其余文武众臣，凡拥戴太子有功者，皆晋爵，厚赐金银无数。

一场血腥宫变，就这样轻描淡写地抹去，千秋史册，再无痕迹。

我不能也不愿想象，当父亲得知姑姑的背叛，陷入众叛亲离之地，被迫黯然出降时，是怎样的心境。以父亲的骄傲，宁愿一死也不甘受辱，然而他若真的自尽，便是毁了家族的清誉。无论如何愤怒绝望，他都必须活着，并依然保有宰辅的虚衔，坐在那个尴尬无力的位置上，接受旁人善意的怜悯和恶毒的嘲笑——这才是对他最残忍的惩罚。

十月初五，大吉，新君登基大典在太华殿举行。

嗣皇帝朝服出东宫，御仗前导，车驾相从，王公百官齐集太和门外跪迎。

丧中罢礼乐，阶下鸣鞭三响，礼部尚书奉册跪进，豫章王萧綦、镇国公王藺、允德侯顾雍率众行三跪九叩大礼。

吉钟长鸣，丹墀之下，百官俯首。

新君登基，下诏尊皇后王氏为皇太后，册封太子嫡妃为皇后。

举行新皇登基大典的时候，我和母亲都在京郊行苑汤泉宫休养，玉秀刚刚伤好，也不顾一切跟来侍候我。

母亲经此一事，也病了好些时日。皇上驾崩、父亲逼宫再加上我的意外，令母亲再也承受不了这诸多打击，躲在府中终日哭泣。而我自小产之后，终日缠绵病榻，身子时好时坏，每晚都会从噩梦中惊醒。太医说若不能清心静养，再多灵药也是无用……我知道随同母亲一起去往汤泉宫，又是一次懦弱的逃避，如同昔年远避晖州。但我实在是累了，身心俱疲，既担忧母亲的病况，更厌憎了每日身陷纷争之中，留在京中多一日都觉得透不过气来。

起程那日，萧綦搁下繁杂事务，亲自护送我们到汤泉宫，离去时再三叮嘱，百般挂虑。

置身行宫之中，远离纷争恩怨，时光仿佛也沉寂下来。

每日我只是和母亲品茗下棋，闲话家常，说起幼年的趣事……我甚至重新开始向母亲学习最生疏的女工。那些悲伤的事，我们都绝口不再提起。父亲和哥哥时常来看我们，父亲还曾小住过几日，但母亲始终待他淡漠如路人。萧綦每次都是匆促来去，看得出他的忙碌和疲惫。但只要来到行宫，他总是不带侍从，也不许任何人向他禀报政事。他让太医每隔三天向他汇报我的病况，却从不催问我什么时候回府。

新皇登基之后，太后抱病幽居在永安宫，父亲依然位极人臣，却从此称病在家，深居简出，哥哥也加封为江夏郡王，领尚书事。王氏依然维持着表面的风光荣耀，甚至权位更高。然而禁军已被萧綦逐渐控制，父亲遍植朝中的门生亲信，或被削职罢权，或转投萧綦手下，亲族子弟也唯恐受到牵连，无不人心惶惶，谨言慎行……领袖群伦近两百年的豪族世家，遭逢诸王叛乱以来最大的挫折。王氏的惨败，让所有世家都陷入了恐慌。豫章王一扫左右二相分庭抗礼的格局，只手独揽大权，令寒族官吏与军中武人大为振奋。

即便远在行苑，我仍听到了各种风言风语。有人说，王氏将会从此一蹶不振；也有人说豫章王根基尚浅，或许王氏还有翻身之机，毕竟皇上有王氏一半的血统，太后也出身王氏；还有人说，豫章王妃也是王氏女子，一日有她在，豫章王就不会对王氏斩尽杀绝。

虽说有皇上与太后，但许多人都知道，太后已没有能力影响朝政，皇上更是豫章王手中傀儡。我被视为王氏与权力巅峰最后的维系。关于我的传言，京中早已经是沸沸扬扬。有人说萧綦与王氏的联姻已经毫无价值，王妃即将被废；有人说王妃失宠，已被豫章王冷落多时；也有人说其实豫章王夫妇鹣鲽情深……更多人相信，我没有出现在登基大典，在最微妙的时候离开京城，必然是不好的预兆。

我很小的时候，就已懂得宫闱朝堂的炎凉冷暖，权力斗争中失势的家族，不论你曾如何风光，也会立刻沦落到万人踩踏的地步。

萧綦没有给过我任何允诺，但我明白，他已竭尽所能维护我的亲人。

深秋遍地黄叶的时候，太医说我已渐渐恢复，而我也终于决定，回去面对我需承担的一切。

黄昏时分抵达王府，更衣安顿完毕，萧綦还未回来。

我开始不耐，身在房中，却一直留意着门外的动静，每次有脚步声靠近，都惊起一丝欣喜，却又总是失望。我暗暗觉得自己好笑，分开的时候不觉相思，眼下却望穿秋水……恍惚间，再一次听见了熟悉的步履声，这次再不会错，是他回来了。

我扔下手上的书卷，来不及披上外袍，便匆匆朝门外奔去。侍女们慌忙追上来，旋即纷纷朝门口跪倒。门开处，萧綦高冠王袍，广袖无风自拂，正疾步踏进门来，俨然龙行虎步，已有王者之风。我怔怔地驻足望着他，短短时日之隔，却觉他又有了些许变化。

“阿妩。”他轻声唤我，目光有一刹那的迷蒙。

众目睽睽之下，我投入他怀抱，再没有半分端淑仪态。他一语不发将我抱起，直入内室，至无人处陡然狂热地吻我，从额头、眉梢、脸颊至颈项……最后是唇舌间久久的痴缠不舍。

宫灯摇曳，琉璃光转，我与他四目相对，时光仿佛也在这一刻沉入永恒的迷醉中去。

谁也不舍得开口惊扰了此刻静好，他下巴轻轻抵着我的额头，双目微合，低低叹息，“曾以为你怨恨我，以为会就此失去你。”

我抬眸静静地笑，望进他深邃眼底。

“于是我想，若阿妩肯再原谅，从此她要什么我便给她什么，只要她好好的……”他说不下去，眼底似有失而复得的狂喜，又似有濒临绝望的后怕，平素刀锋般的一个人，此刻亦变得柔软脆弱。我靠在他温暖怀抱中，合目微笑，身经离乱方知珍惜。如今还要什么呢，还有什么是我不曾得到，不曾失去？世上至美至丑，最珍贵最可悲，我都得到过也失去过了。金枝玉叶，名门世家，一切浮华散尽之后，握在掌心的却是一个情字，父母亲情、兄妹之情，还有他这一份不离不弃的真情。原以为最牢固的偏偏不堪一击，本该是最脆弱的，却犹在手中。

就在我回京三日后，宫中迎来喜事，谢皇后诞下一名瘦弱的男婴，为当今圣上生下第一个嫡皇子。浩劫之后的宫廷，因这个新生命的到来，再度恢复了喜气和活力，绵亘许久的阴霾似乎也渐渐散开。依制，诸命妇及三品以上臣工家眷当在三日后入宫，朝贺小皇子诞生。

然而宫中很快传出消息，皇后病倒，小皇子也十分孱弱，太医走马灯一般出入昭阳殿……直到五天之后，才宣召诸命妇入宫朝贺。

是日，我和允德侯夫人率诸命妇入觐。遥遥望见历代皇后寝居的中宫，踏上自幼熟悉的昭阳殿，姑姑在此度过了三十余年的地方……这沉默的宫门，送走了前一位主人，又迎来新一朝皇后。如果这些雕梁画栋，也能看能听能思，不知它们又会记住些什么。数十名朝服盛装的宫妃命妇已经齐集殿外，顾老夫人也已到了，诸命妇全都在此等候我一人。远远望见我的车驾到了，宫监一声唱报，众人齐齐噤声。侍女掀帘，我迎着众人目光，缓缓起身，步下鸾车。探询、好奇、嘲讽、忌惮……一道道复杂的目光深深浅浅地落在我脸上。我微扬下颔，目不斜视，步履从容地走过，所经之处，公侯正室及二品以下的内命妇，皆敛襟低眉，俯首行礼，恭然退到一旁。

然而出来的只是中宫女官，代皇后接受了朝贺，称皇后卧病在床，小皇子也没有抱出来与众人相见。诸命妇面面相觑，只得朝贺、献礼、颂吉，一应如仪，昭阳殿上全没有预想中的喜气热闹，反而笼罩着无法言喻的沉闷低抑。

众人依序退出，忽听殿前女官道："豫章王妃请留步，皇后宣王妃入见。"我随她步入内殿，刚踏入层层垂幔，便听见一声细弱呼唤自丹凤朝阳屏风后传来。

"阿妩，阿妩！"素衣散发的宛如姐姐被宫女搀扶着迎出来，数月不见，她竟单薄苍白得似一片无依枯叶，仿佛随时会被风刮走。我慌忙上前搀扶，还未触到她衣袖，她竟直直朝我跪下，长发委地，面色惨白如纸，抓住我的手，"阿妩，求你救我的孩子！"

"皇后！"我一惊之下，搀住她手臂，却扶不动她。她身子瑟瑟发抖，泪水滚落，"求你救他，救救小皇子，他们就要害死他了！没有人信我，皇上也不相信……阿妩，我求你！救救孩子，别让人害死他……"

"不会的，没有人敢加害小皇子，你看，孩子不是好好的吗。"我一时无措，只得俯身搂住她，一面柔声劝慰，一面示意女官把孩子抱过来。方才在外殿未能细看，这时接过那明黄锦缎包裹的小小襁褓，那么小，那么软，我手上一沉，心底隐隐作痛，竟不忍看那孩子的面容。

恰在此时，孩子哇的一声哭起来，嗓子细弱，竟比一只小猫的叫声强不了多少。宛如姐姐接过孩子拍哄，孩子反而哭得更加厉害，一张小脸涨红，小嘴竟有些发青了。我大急，不由自主地伸手去抱孩子，宛如陡然抬头，厉声道："不许碰他！"她警戒地瞪着我，疾步后退，神色瞬间变得凶狠。我无奈地退开，离她远些，柔声百般哄劝。她惊疑不定地望了我半晌，总算渐渐平静下来，身子仍在颤抖，泪眼婆娑，一直紧紧地搂着怀中婴儿。

我忙传召太医，又唤来中宫女官责问。内侍女官也慌乱无措，只说自从小皇子病后，皇后就变得疑神疑鬼，不许任何人将小皇子抱走，也不许外人靠近小皇子。而小皇子从前夜开始，一直哭闹不休，吃过太医开出的药剂也不见好，夜里反而哭得越发厉害。女官迟迟疑疑地说："皇后一直说，有人要加害小皇子……"

我心头一紧，"这话皇上可知道？"

女官忙道："陛下知道，只是……只是说皇后忧虑过度，不可胡说。"

原来前天夜里，宛如姐姐突发噩梦，梦见有人行刺小皇子，醒来便听见小皇子大哭不休，从此就疑心有人要加害孩子。这话自然是无人相信的，连太医也说小皇子一切安康，只是新生婴儿难免孱弱。宛如姐姐亲口将那噩梦告诉我，一脸凄惶地求我相信她……望着她憔悴容颜，我只觉心酸无奈。她小心翼翼将那小小襁褓递给我，“阿妩，你抱抱他吧，他很乖的……轻些，别吓着他。”

初生婴儿竟是如此娇嫩，眉目依稀可见他父母的影子，小小的手脚脸蛋让我不敢触碰，他躺在我怀中，已经没有什么力气哭闹，却皱着一张小脸哽咽不已，仿佛受了极大的委屈。我不知不觉落下泪来，心口莫名牵动，万般疼惜歉疚，恨不得付出任何代价去减轻他的难过。这一刻，我开始明白宛如的感受，原来这就是母亲的心……她至少还有机会为这孩子心痛担忧，而我连这样的机会都不曾有过。

太医很快赶到，为小皇子诊视之后，面色惶惑，沉吟半晌，只说小皇子并无大碍，只是体质太过羸弱，只怕是先天不足。皇后一再追问，他又惴惴说道：“微臣贸然揣测，小皇子似乎有受到惊吓的迹象……”太医说完此话，俯地不敢抬头，我与宛如姐姐相顾失色。昭阳殿里都是皇后的心腹宫人，终日有宫女和奶娘小心翼翼侍候着小皇子，未曾有外人接近过他。若说孩子受到惊吓，实在让人难以相信。

“难道是咒魇？！”宛如姐姐脱口惊叫，“咒魇”二字一出，令我也变了脸色。宫中每个人都知道“咒魇”意味着怎样严重的后果。皇后当即下令彻查后宫，掘地三尺，将每位妃嫔宫中女官都收押讯问，但有可疑之处，一律上刑。

我仔细查问了小皇子身边的每一个人，却不见可疑之处，从奶娘到宫女都是宛如姐姐身边多年的旧人，尤其两名老嬷嬷更是昔年谢贵妃身边心腹旧人，在宛如入主东宫成为太子妃之后，被谢贵妃送到她身边服侍，算是她娘家的亲信旧人……我踱步窗下，蓦然顿住，谢贵妃清雅身影浮现在眼前，仿如不食烟火气的仙子，渐渐却化作另一个面貌相似的影子，青衫广袖，淡定依然。已经许久不曾想起那个人，此刻他的身影蓦然浮现，却令我指尖渐渐泛起凉意。

“慧言。”我低声唤来护卫侍女之首的尹慧言，“你从今晚开始扮作侍卫，留在昭阳殿中，不可露了行迹……仔细留意小皇子身边的人，尤其是两位嬷嬷。”

离宫返回王府，一路上我都心绪不宁，后悔留下慧言在宫中，害怕她真的查到什么，害怕那是我最不愿意看到的结果。

我在书房门口驻足片刻，敛定纷乱思绪，这才推门而入。萧綦正伏案低头，专注批阅案上小山般的文牍，抬头见了我，深蹙的眉间才舒展开来。我将小皇子的事择简要略说与他听，只略去了留下慧言一节，也不提那两个嬷嬷。萧綦静静听了，目光深浅莫测，只淡淡道："小皇子倒也叫人担忧。"

我叹息道："你还没见到那孩子，瘦瘦小小的一个人儿，实在可怜……投生在皇家，也不知是他的幸或不幸。"萧綦沉默，我知道失言触及了他心中隐痛，也缄口说不下去。他揽住我，眸色温柔怜惜，无须言语已尽知彼此的心意。

用过晚膳，他如平日一般守着我喝药，非要看着我喝完才满意。这药十分苦涩难喝，每次我都忍不住抱怨，却总赖不过去。今晚侍女刚奉上药，便有人来通禀什么事情，我趁他不备，悄悄将药汁倾入花盆。还未来得及藏好剩下的药渣，萧綦已经迈回房中，堪堪撞上我倒药。

我自知心虚，吐舌笑道："这药太难喝，太医都说我已经大好，以后就不用喝了吧！"

"不行。"他面无表情，转头吩咐侍女，"再去煎一碗来。"

见他竟如此严肃当真，我有些不悦，索性倔强道："我说不喝便是不喝！"

"不行！"他越发板起脸来。

我脱口道："我又不是小孩子，不要你管！"

他猛然拽过我，俯身狠狠吻下来，越吻越深，久久攫住我双唇，直至我酥软下来，无力挣扎。

"不要我管？"他似笑非笑地望着我，眼中犹有余怒，"哪怕到你七八十岁，这一辈子我都管定了。"我一时啼笑皆非，心中却甜蜜无比。侍女再端上药来，我也只好喝完，却忍不住问道："这药到底有什么要紧，非得天天喝？"

萧綦笑了一笑，"只是滋补而已，你身子太弱，除非养到白白胖胖，否则每日都得喝。"

我哀叫："你想折磨死我！"

【伤情】

一连多日过去，慧言并没有发现什么，我亦开始觉得自己疑心太重，或许小皇子真的只是先天不足。然而宛如姐姐却一直不依不饶地清查六宫，弄得宫中人心惶惶，几名宠妃纷纷向皇上哭诉，皇上也无可奈何。

这日回家中探望父亲，还未离开镇国公府，便有人匆匆来报，说皇后正大闹乾元殿，逼着皇上处死卫妃。等我赶到乾元殿，才知起因是卫妃对皇后含怨，私下说了一句“小婴孩本就孱弱，夭折了也不是什么新鲜事，偏她这么大惊小怪”——这话被人告发，皇后怒不可遏，认定是卫妃诅咒了小皇子。皇上一向宠爱卫妃，闻知此话也只是轻责了几句，更激怒了皇后，势必杀了卫妃才肯罢休。

宛如姐姐狂怒得失了常态，所有人都拿她无可奈何，直待我赶到，才勉强劝住了她。皇上为了息事宁人，也将卫妃暂时禁足冷宫。好不容易将皇后劝回了昭阳殿去，我和皇上相对苦笑，一起坐在高大空寂的乾元殿上叹气。

“皇上……”我刚开口，他却打断我，“又没旁人在，叫什么皇上王妃的，还跟从前一样叫吧！”

从前，我是叫他子隆哥哥——倏忽多年，我们已很久不曾这样坐下来好好说话了。他好像终于逮到一个可以说话的人，开始喋喋不休地对我诉苦，不停地抱怨做皇帝的烦闷无趣。眼下他刚刚即位，朝中诸事未宁，江南叛军还来不及出兵清剿，宫中却又闹得鸡犬不宁。我心不在焉地支颐听着，心里却在想着，你这皇帝只不过做做样子，国事大半都在萧綦肩上压着，未听他说过一个累字，你倒抱怨不休了……

“阿妩！”皇上突然重重地吼了一声，惊得我一愣，脱口应道：“干吗？”

“你有没有在听我说话？”他瞪住我，一脸不悦。

我怔了怔，支吾道：“在听啊，刚才说到御史整日烦你是吗？”

他不说话了，定定地看了我半晌，一反常态没有抱怨，神色却黯淡下去，“算了，改天再说……你退下吧。”

我也有些疲惫了，一时无话可说，起身行礼告退。退至殿门转身，却听他在身后低低道：“刚才朕说，要是不长大该有多好。”

我驻足回头，见那年轻的帝王孤零零坐在大殿上，耷塌着肩头，明黄龙袍越发映得他神情颓丧，像个没有人理睬的孩子。

就在我打算召回慧言的时候，她终于查出了昭阳殿里“咒魇”的真相。

宛如的直觉果然没有错，那大概就是所谓母子连心，而我的多疑也被证实是对的——正是宛如身边相伴最久的两个嬷嬷，趁夜里奶娘和宫女睡着，突然惊吓小皇子，反复引他号哭不休，长时间不能安睡，便自然而然地委顿虚弱下去。难怪查遍小皇子的饮食衣物都不见异常，谁能想到折磨一个小婴儿最简单的法子竟是不让他睡觉。可怜小皇子多日以来竟不曾安睡过一宿！我惊骇于她们竟能想出这样隐秘奇巧的法子，完全不露痕迹，连慧言也窥探多日才瞧出端倪，更想不到两个年老慈和的嬷嬷会有如此歹毒的心肠。

在秘刑逼供之下，两个嬷嬷终于招认。她们自始至终都是谢贵妃的人，当年被送到东宫侍候太子妃，便是谢贵妃为日后设下的棋子。在姑姑的铁腕之下，谢贵妃无力与之相抗，便在侄女身上下足功夫，从而抓住姑姑唯一的软肋——太子。谢贵妃没能完成这番部署，便病逝了。两名嬷嬷留在东宫依然时刻想着帮三皇子夺回皇位。太子身边无法下手，她们便一心断绝皇家后嗣，只要太子无后，皇位终还要落回子澹手中。早年东宫姬妾大多没有子女，曾有一个男婴也夭折了，能平安长大的都是女孩。如今想来，只怕全是她们从中动了手脚。

谢贵妃，那个婉约如淡墨画出的女子，至死都隐忍无争的女子……竟用心如此之深。我渐渐明白过来，假如谢贵妃果真没有一点儿心机手段，又岂能在姑姑的铁腕之下立足不败，恩宠多年不衰。或许这深宫之中，从没有一个人是干净的，抑或干净的人都已如子澹一般，被贬入不见天日之处，甚至如更多无名冤魂，永远消失在宫墙之后。

不寒而栗之余，我仍觉庆幸，这幕后的主谋不是子澹——若连他也卷入这血腥黑暗的纷争，才是最令我恐惧的事情。受此真相刺激最深的人，却是宛如——最残酷的阴谋和背叛，来自她嫡亲的姑妈和身边最亲信的宫人。

两名嬷嬷当即被杖毙，而此事的幕后主使者一旦供出是谢贵妃，必然连累子澹和整个谢家。宛如再三挣扎，终于忍下对子澹母子的愤恨，推出卫妃作为替罪羊，赐她自缢。

我一手找出真相，保护了小皇子，又一手隐瞒真相以保护子澹，而这背后却是另一个无辜女子的性命被断送。翻手是生，覆手是死，救人与杀人都是我这一双手——或许哥哥说得对，我的确越来越像萧綦。

自此之后，宛如姐姐也终于变了，变得越来越像一个皇后。她开始铁腕整肃后宫，妃嫔稍有获宠，便遭她贬斥。普通宫人被皇上召去侍寝，次日必被她赐药。皇上与她的争执怨隙越发厉害，几番闹到要废后……谢皇后善妒失德的名声很快传遍朝中。

又到一年元宵，宫中开始筹备元宵夜宴，而萧綦却在准备讨伐江南叛军。

这日我们一同入宫，他去御书房决议南征大事，而我去昭阳殿商议宫宴的琐事。

方一踏入殿内，便看见一名女子跪在殿上，被左右宫人强逼着喝下一碗汤药。谢皇后冷眼坐在一旁，面无表情地看着她喝。我虽早就知道宛如整治后宫的手腕严酷，但亲眼见她逼侍寝的宫人喝药却是第一次。见我怔在殿前，宛如淡淡笑着，起身迎上来。那女子猛地挣脱左右宫人，将药碗打翻在地，扑在皇后脚下苦苦哀求。宛如看也不看一眼，拂袖令人拖走那女子。

那药汁在地上蜿蜒流淌，殿上隐隐有一股辛涩药味……这药味，竟异常的熟悉。

宛如同我说话，我只怔怔地看着她的面容，脑中一片空白，却不知她在说些什么。

“阿妩？”她诧异地唤我，“你怎么了，脸色为何这般苍白，是不是方才被那婢子惊吓到了？”

我勉强一笑，推说一时不适，匆匆告退。

离开昭阳殿，也不及等待萧綦，我一路心神恍惚地回府。

从前曾问过府中医侍，都只说我每日所服的汤药是寻常滋补之物，我也从未多想。然而今日在宫中闻到那种药的辛涩气味，竟和我每日服用的汤药一模一样，这种味道我绝不会记错。

房门外步履声急，萧綦匆匆步入内室，人未到，声已至：“阿妩——”

我回转身看他，他额上有微汗，看似走得甚急，“皇后说你忽觉不适，究竟怎么了，可有传太医来瞧过？”

“也没什么大碍。”我淡淡地笑，转头看向案上的那碗药，“刚叫人煎好了药，服下就没事了。”

萧綦看也不看那药一眼，立即道：“这药不行，来人，传太医！”

“这药怎么不行？”我望着他，依然微笑，“这不是每日不可间断的良药吗？”

萧綦一下顿住，定定地看着我，目光微微变了。看到他如此神色，我已明白了七八分，心下反而平静无波，只端起那碗药来看了看，“果真是吗？”

他没有回答，双唇紧绷似一片锋利的薄刃。

我笑着举起药碗，松手，任它跌落地面，药汁四溅，瓷盏摔作粉碎。我开始笑，从心里觉得这一切如此可笑，笑得无法自抑，笑得全身颤抖。萧綦开口唤我，似乎说了什么，我却听不清，耳中只听见自己的笑声……他陡然将我拽入怀抱，用力抱紧我。我如溺水般挣扎，绝望到极点，不愿让他再触碰我半分。无论我怎样踢打，他都不肯放手。挣扎间钗环零落，长发散乱下来，丝丝缕缕在他胸前缭绕，仿如爱恨嗔痴，怎么也逃不过命中这一场沉沦。

我再也没有了力气，软倒在他臂弯，似一只了无生气的布偶。丝丝的寒意从肌肤袭来，仿佛有无数只冰冷的触手，密密在心底滋生蔓延，将周身爬满，缠绕得不见天日，只剩下心底一片空洞。没有愤怒，没有悲伤，什么都没有，只有空落落的死寂。

原来，他给我服的是这种药。

他不肯让我再拥有他的子嗣，不肯让他的后代身上流有王氏的血，不肯让我的家族再有机会成为“外戚”。什么鹣鲽情深，什么生死相随，终敌不过那巅峰之上最耀眼动人的权势。他仍在一声声唤我，神色惶急，嘴唇开合，仿佛说了许多许多，我却一个字也听不见，陡然觉得天地间安静了，周遭一切都蒙上了灰沉沉的颜色。他的面容在我眼里忽远忽近，渐渐模糊……

恍惚感觉到他的怀抱和体温，听到他一声声低唤。

可是我不想醒来，不想再睁开眼睛。又有药汁喂进口中，苦中回甘……药，我陡然一颤，不由自主地挣扎，却被一双手臂禁锢得不能动弹，任由药汁一点点灌入口中，毫无反抗的余地。我终于放弃挣扎，泪水却从眼角滑落。

他放下药碗，轻拭我唇边残留的药汁，举止轻柔仔细。我睁眼看他，微微一笑，声音轻若游丝，“现在王爷满意了？”

他的手僵在我唇边，凝目定定地看着我。

我笑道："你不想要王氏血脉的子嗣，只需一纸休书，另娶个身份清白的女子便是，何必如此大费周章！"

他瞳孔骤然收缩，森森寒意如针，难掩伤痛，"我在你的眼中，真是如此不堪之人？"

我还是笑，"王爷是盖世英雄，是我一厢情愿，以终身相托的良人。"

"阿妩，住口！"他握紧了拳，久久凝视着我，眉目间的寒霜渐渐化作惨淡。

"在这世间，我只有你一个至亲至爱之人，如今连你也视我如仇敌。"他的声音沙哑得怕人，我亦痛彻心扉。

还能说什么，一切已经太晚，这一生爱恨痴缠，俱已成灰。

母亲从汤泉行宫回京，连家门也不入，便直接住进了慈安寺。这一次我明白她是真的心如死灰了……心如死灰，这滋味我如今也知道了。

紫竹别院，冬日霭色将青瓦修竹、白墙衰草尽染上淡淡凄清。我与母亲对坐在廊下，于袅袅茶香中，听见远处经堂传来梵音低唱，一时间心中空明，万千俗事都化作云烟散去。母亲捻着佛珠，幽幽叹了一声，"我天天都在佛前为你们兄妹祈福，如今阿夙知事许多，我也不必挂心他，唯独对你放心不下。"

眼见天色不早，而母亲又要开始唠叨，我忙起身告辞。母亲却又留我一起在寺中用过素斋再走，我着实讨厌这寺中斋菜的口味，只得苦笑着推托。

徐姑姑接过话头笑道："必是有人在府里等着王妃吧，都说豫章王夫妇鹣鲽情深，今日看来果真是浓情似蜜，依奴婢看啊，公主还是不要挽留的好。"母亲与她相视而笑，我亦只得浅笑不语，心中却阵阵刺痛。在旁人眼里，我与萧綦依然是伉俪情深，然而我又怎么忍心让母亲知晓个中苦楚——自那日之后，他便搬去书房，不再与我同宿，整日早出晚归，同在一处屋檐下，竟数日不曾碰面。我不去见他，他也不来看我。想起宁朔初遇的时候，我们也曾各自矜傲，最终是他低了头……一时间，鼻端微微酸涩，竟险些在母亲面前失态。

辞别了母亲，徐姑姑一路送我出来，叮咛了些家常闲话，却几番欲言又止。我朝她笑了一笑，"徐姑姑，你怎么也学着母亲那般脾气了，往日你是最不爱唠叨的。"徐姑姑望着我，眼中泪光闪动，朝我俯下身去，"老奴有几句话，自知冒昧，却不能不斗胆说与王妃知道！"

我忙扶起她，被她一反常态的郑重模样惊住，"徐姑姑，你看着我自幼长大，虽有身份之别，但我向来视你如尊长，若有什么话，但说无妨。”

她抬起头来，目光幽幽，“这数十年，老奴亲眼看着公主和相爷的前车之鉴，这世间最不易长久的便是‘恩爱’二字。如今王妃与王爷两情正浓，只怕未将子嗣之虑放在心上。老奴却忧心日后，假若王妃的身子无法复原，当真不能生育……王爷迟早会有庶出子女，届时母凭子贵，难免又是一个韩氏！王妃不可不早作打算，防备在先！”

她的一番话听在我耳中，深冬时节的山寺，越发冷如冰窖。

我猝然转头，胸口急剧起伏，竭力抑止惊涛骇浪般的心绪，半晌才能稳住语声，“什么无法复原，你说清楚一些？”徐姑姑哑然怔住，望着我不知如何回答。我再也抑止不了语声的颤抖，“不能生育，又是怎么回事？”徐姑姑脸色变了又变，语声艰涩，“王妃……你……”

“我怎样，你们究竟瞒着我什么？”我直视她，心头渐渐揪紧，似乎有什么事情是所有人都知道，唯独我被蒙在鼓里。

徐姑姑陡然掩住口，满面悔恨，哽咽道：“老奴该死！老奴多嘴！”

“既然已经说了，不妨说个明白。”我笑了，止不住满心辛酸，却仍想笑，想知道究竟还有多少不堪的隐秘。

徐姑姑双膝一屈，直跪了下去。只听她语含哽咽，一句话断断续续说来，却似晴空霹雳，刹那间令我失魂落魄，僵在了原地——她说：“当日王妃小产之后血崩，性命垂危，虽经太医全力施治，侥幸脱险，却已落下病根，往后若再有身孕，非但极难保住，且一旦再次小产，只怕便是大劫。”

我竟不知道是怎样浑浑噩噩回到了王府。

万千个念头纷涌起伏，心中却是一片空茫，反而没有了喜悲。一面是噩耗突至，一面是绝处逢生——对于生儿育女之事我虽依然懵懂，却也懂得不能生育对一个女子意味着什么。萧綦早已知道，可他竟不肯告诉我真相。难道他以为可以一辈子瞒下去，让我一辈子不知道，就不会伤心难过了吗……他竟然这样傻，傻到每日强颜欢笑哄我喝药，傻到被我误会也不肯解释……回想当时，我对他说了什么？那些话，此时想来才觉句句椎心，伤人透骨，将他一片苦心碾作粉碎。他视我为至亲至爱之人，以一片真心相与，本该共患难之际，我却没有给他全部的信任。

不知何时我已泪流满面。

车驾到府，天色已黑了，我顾不得脸上泪痕未干，形容狼狈，径直往书房奔去，心中只想着他会不会还在恼我，会不会原谅我的愚蠢……甫一转入后廊，迎面却见一名宫装女子迎了上来，绿鬓纤腰，明眸皓齿，叫人眼前一亮。我怔住，凝眸看去才认出是玉秀，如今的显义夫人萧玉岫。她换了这身穿戴，恍若脱胎换骨一般，令我既惊又喜，“玉岫，竟然是你！”

她羞赧低头，悄声道：“宋……将军刚回京，今日入宫谢了恩，便一同来拜谢王爷和王妃。”

我恍然，她受封赐嫁怀恩之后正逢宫变，其后又是连番变故，一直未得机会入宫谢恩。我卧病之时，恰是京中局势最为微妙之际，宋怀恩奉命赶赴辛夷坞，督视子澹，防范谢氏与皇族的异动。如今诸事安定下来，国丧已过，怀恩也回京复命，看来他们的婚期也该近了。我忙向她道贺，羞得她粉腮飞霞。眼见这一双璧人将结连理，我满心的凄伤不觉也缓了过来，略有些暖意。玉岫说怀恩正与萧綦在书房议事，她不便入内，只好来这里候着我。她含羞说起怀恩如何如何，小女儿娇态尽显无遗。我含笑与她相偕而行，却听她说：“他此次回来，又带了兰花给我，这次的花儿更好看呢，不过叶条被折坏了，他也真是粗心。”

我蓦然失惊，心下急跳，明白定是子澹有事了——想来他借玉岫向我传话已有两日，而我连日抑郁心烦，避不见客，玉岫又不懂得个中奥妙，竟误了如此大事。

直待宋怀恩前来见我，屏退了玉岫和左右侍从，他才将始末道来——数日前有旧党余孽突袭辛夷坞，意欲劫走子澹，虽未得手，却引起萧綦和皇上的震怒，萧綦下令严查，加派重兵看守，并将子澹监禁了起来。我松了口气，至少知道子澹并没有性命之忧，只是想不到忠于先皇的旧党如此顽固，至今仍想夺回皇位。只怕他们非但夺不回皇位，反而会将子澹逼入更危险的境地。

送走了宋怀恩，我忐忑沉吟良久，不觉来到书房门外，却迟疑不能近前……如今恰逢异动，子澹被卷入是非之中，我若在这个时候去向萧綦解释言和，他会不会以为我另有目的？原本心结未解，若再火上浇油，只怕说什么都再难让他相信了。一时间百般踌躇，我在廊下徘徊良久，远远看着他的身影被烛光映在窗上，忽明忽暗，终究没有信心迈进门去……直至夜阑人静，灯烛熄灭。

我怔怔半晌，无奈转身而去。

彻夜辗转难眠，一早天还未亮我便醒来，再无睡意。想来萧綦大约也该起身上朝了，我披衣而起，略略梳洗，素颜散发步出房门。

深冬时节的清晨，有薄雾霜气弥漫在庭前廊下，披了银狐深绒披风仍觉寒意扑面，呵气成霜，只怕再过几日便要下雪了。许久不曾这么早起身，想起从前母亲总会一早梳妆齐整，陪着父亲用过早膳，再送他至府门。而我婚后三年都是独居，习惯了疏懒贪睡的日子，萧綦更是从不让我早起。而今想来，我处处受他呵宠容让，却极少为他做过些什么……

我才到庭前，就见萧綦朝服王冠步出书房，面色冷肃，一大早就眉心微蹙，思虑沉沉。我驻足廊下，静静地望着他，并不出声。他几乎已经到了跟前，才蓦然抬头瞧见我。他怔住，定定地看着我，眼底分明有暖意掠过，面上却仍是不动声色的淡漠，“怎么起得这样早？”

我叹了口气，没有回答，默默地走到他跟前，抬手抚上他的衣襟，上面有一道极浅的皱痕。我的手指缓缓抚过那蟠龙纹宫缎，掌心轻贴在他胸口。他一动不动地立着，沉默地看着我。我亦静静垂眸，掌心下感觉到他沉稳的心跳，心中陡然一酸，万般惆怅只化作无声叹息。他覆上我的手背，掌心温暖，良久才低声道：“外边冷，快些回房去。”这短短数语的温存，令我眼底瞬间热了，忙侧过脸去，轻轻点了点头。他方一开口，却听侍从催促道：“王爷，时辰不早，上朝怕要迟了。”

我忙抽身，抬眸无奈一笑，轻声道：“早些回来。”

他颔首，浓浓暖意涌上眼底，唇角隐有笑意，只伸手将我身上的披风裹紧，便匆匆转身而去。

半日里心心念念都在想着他，想着他下朝之后便会回府，我忙吩咐厨房预备午膳。

然而过了午时许久，迟迟不见他回府，我正等得百无聊赖，却见侍女匆匆来报，说右卫将军求见。我一时惊诧，匆忙迎出正厅，却见宋怀恩全身披甲，佩剑加身，大步直入。我骇然驻足，心中悬紧，脱口道：“出了何事，王爷呢？”

“王妃勿忧，王爷现在宫中，末将奉命保护王府与京中畿要，请王妃暂时不要离府！”宋怀恩沉声回禀，满面肃杀，示意我屏退左右。

我忙令左右退下，只见他踏前一步，低声道：“两个时辰前，皇上在宫中坠马受伤。”

【托孤】

我们都低估了旧党，尽管再三清洗宫禁，仍然有忠于先皇的旧人潜藏在了宫中。

今日早朝时皇上还是好好的，然而就在萧綦下朝回府的路上，接获宫中传来的急讯——皇上坠马，身受重伤。

西域进贡的飒露名马刚刚送入宫中，皇上一下朝便兴冲冲地去试马。左右宫人眼看着皇上策马奔驰，越驰越快，起先谁也不曾发觉异样，直到那马突然惊嘶着冲出围场，奋蹄狂奔，一路冲踏撞倒数名内侍，皇上大声呼叫……左右还来不及围截阻拦，却见那惊马蓦然跃下高台，将皇上从半空掀翻坠地……一切都发生在瞬息之间。

此刻再听宋怀恩复述当时情形，仍令我惊骇得全身冰凉，几乎立足不稳。

萧綦赶回宫中，立刻封闭了宫禁，调集禁军镇守宫门，将一干涉疑宫人监禁。随即，内禁卫发现一名驯马的内侍已服毒自尽。

为防范叛党趁乱起事，萧綦命宋怀恩率领兵马控制了京中畿要之地，并命他亲自镇守王府，严防叛党行刺，更不许我踏出府门半步。

我在房里坐立不安，心忧如焚，此时情势诡异莫测，萧綦在宫中不知是否有危险，也不知皇上伤势如何……只怕萧綦也预见不了情势的变化，不知吉凶，所以强行将我禁足在府中，不准我贸然入宫。

无数可怕的念头挥之不去，越想越是揪心。即便千军万马之中，我也习惯了他天神一样的身影，相信他无所不能，战无不胜，永远都不会倒下。却从来没有想过，有朝一日他若陷入险境，又该如何。这么久以来，我习惯了对他的依赖和索取，却忽略了他也只是个凡人，给他的体谅、宽容和支持竟是如此地少。

正当心神恍惚激荡之时，门外传来仓促脚步声。

我推门而出，却见宋怀恩大步奔来，“王爷派人传话，命王妃速速入宫！”

宫中四下戒备森严，每隔百余步即有一队禁军巡逻，各处宫门都被禁军封闭。眼下虽有山雨欲来之势，却无变乱之象，看来宫中情势已在萧綦掌控之中。

乾元殿前侍卫林立，医官匆匆进出，斜阳余晖将殿前玉阶染上血一样的颜色。偌大的殿上，一众宫人内侍屏息敛气，黑压压伏跪了一地，朝中重臣俱已到齐，连父亲和卧病已久的顾老侯爷也在，哥哥亦垂手立于父亲身后。众臣之前，萧綦负手而立，面色冷峻，周身散出肃杀之气。

一眼望见他的身影，我悬了半日的心终于落回实处，却又立刻被殿上的森冷肃杀包围，手足俱是冰凉。

我缓缓步入大殿，环顾满殿的文武，却只有我一个女子，每个人的目光都投注在我身上……我向萧綦、父亲和允德侯行礼，父亲面色青白，一言不发；顾老侯爷被人搀扶着连连气喘；萧綦深深地凝视着我，神色莫测，语声肃然，“皇后正在昭阳殿等候王妃。”

我一时愕然，怔怔道：“皇后召见妾身？”

萧綦目光幽深，语意冰冷彻骨，“皇上已宣读遗诏，幼主即位，后宫干政在所难免，特赐谢皇后殉节。”

我耳边嗡的一声，如闻霹雳，一口气息哽在胸口，半晌缓不过来——子隆哥哥，数日前还在和我抱怨唠叨，宛如还说要去慈安寺探望我母亲，为小皇子祈福……小皇子，他还这么小，还不会说话，没有唤过一声母亲，便要永远失去父母了……

“皇后要求见过豫章王妃，方肯殉节。”萧綦的声音传入我耳中，一时竟陌生而遥远。我有些恍惚，身子隐隐发颤，一句话也说不出口。

萧綦沉默地看着我，眉目间笼罩着一层淡淡阴影。我看着他，又望向父亲，目光缓缓从满殿重臣脸上扫过。

一旦小皇子即位，太后临朝，谢氏便会再度成为外戚之首，更莫说谢氏手中还有子澹，还有效忠先皇，以子澹为正统的旧党余孽……假若谢家借此翻身，宫闱朝堂很快又会再现血雨腥风，无论萧綦还是父亲，都不会允许这个局面出现。

宛如殉节，已成定局。

我脚下虚软，竟要宫女搀扶，才能一步步踏上这昭阳殿。

宫灯初上，玉帘微动，有风从殿外直吹进来，婴儿微弱的哭声，一声声催人断肠。

三尺白绫、金鞘银刀、玉杯鸩酒——衬着明黄丝缎，一样样托在雕花金盘里，帝王之家连死亡都来得如此华美堂皇，仿佛巨大的恩惠和慈悲。

白衣散发的谢皇后怀抱着襁褓中的婴儿，俯身亲吻，久久流连不舍。我站在内殿门口，望见这惨烈的一幕，再没有力气踏进门去。

宛如回头看见我，浮起一抹苍白恍惚的笑容，“我等你好久了。”

我缓步走近，什么话也说不出，只默默地望着她……眼前这无辜的女子就要被我的丈夫和父亲逼上死路，而我非但不能阻拦，还要亲自送她上路。

“孩子又哭了，你哄一哄他吧。”宛如蹙眉叹息，将那小小襁褓送到我怀中。

这可怜的孩子，生来就受尽磨难，曾经连御医都以为他活不长了，谁知他竟然坚强地撑了过来。可是如今，他的爹娘却要撇下他双双离去了。

我抱着孩子，蓦然仰首，泪水仍是夺眶而出，滴落在孩子脸上。他竟然真的止住哭泣，好奇地伸出小手，往我脸上探来，似乎想替我抹去泪水。

宛如笑了，脸上瞬时散发出淡淡光彩，恬美如昔，恍惚似回到她少女时候，“你看，宝宝喜欢你呢！”

我却猝然转头，不忍再看。

“阿妩。”宛如轻声唤我，语声无限温柔，“往后你要替我看着宝宝长大，替我教他说话识字，别让人欺负了他……还有我的女儿，无论以后做皇帝公主还是做草民，只要让他们好好地活着，即使庸碌无为，也要长命百岁。”

她每说一句，便似一刀割在我身上。

她望着我，忽然偏头一笑，恰如从前娇憨模样，眼中却是无限凄凉，“你要答应了我，我才肯答应他们殉节呢。”

我再支撑不住，双膝一屈，重重地跪在她面前，颤声道：“从今日起，他们便是我的孩子，我会庇护疼惜他们，视若亲生骨肉，不叫他们受到半分委屈。”

“多谢你，阿妩。”宛如也跪了下来，含泪望着孩子，幽幽道，“大约这便是报应了，我害过的人不少，如今轮到自己……也好，都报应在我身上，别再让孩子受罪。”那孩子突然咿呀一声，转头朝她看去，眼珠乌漆透亮，仿佛听懂了母亲的话。

宛如蓦地站起，抽身退后数步，凄厉笑道：“带他走！别让他看见我上路！”

我咬牙抱紧了怀中的婴儿，深深朝她俯拜下去，心中最后一次默默唤她——此去黄泉路遥，宛如姐姐，珍重。

我踏出昭阳殿，一步步走下玉阶，身后传来内侍尖细悠长的送驾声，“皇后娘娘薨——”

我木然穿过殿阁，从昭阳殿到乾元殿，繁复拖曳的裙袂，一路逶迤过龙墀凤阶，锦罗窸窣有声。

天地间一片萧瑟，扑面而来的寒风卷起我臂间帔纱飞舞，风那样冷，心那样寒，只有怀中小小的人儿，给予我仅有的温暖。

这个瑟缩在我怀中，小猫一样脆弱的婴儿，尚不知这悲苦多蹇的人生已经开始。

我缓缓踏进大殿，穿过所有人的目光，迎着萧綦走去。他立在那九龙玉璧屏风前，广袖峨冠，不怒而威，与这大殿仿佛融为一体，刹那间令我错觉，以为他才是这里的主人。我抱着孩子望着他，缓缓俯下身去，垂首漠然道：“皇后薨了。”

一时间，殿上沉寂无声。

“让皇上看一看殿下吧。”沉寂在侧的父亲忽然低低开口，须发微颤，一眼望去仿佛又苍老了不少。

萧綦沉默点头，望向我怀中的婴儿，冷峻眉目间似乎掠过一丝悲悯。

我默默穿过垂幔，抱着孩子走向那巨大的龙床，在榻边跪下，“皇上，阿妩带着小殿下看您来了。”床上气息奄奄的年轻帝王发出一声微弱叹息，从榻边垂下手来，艰难地招了招。我靠近榻边，将襁褓中的婴儿送到他枕边，看见他惨白的脸上，眼窝发青，嘴唇已褪尽了血色。他似乎说不出话来，眼珠定定地看着我，看了好一阵子，突然一眨眼，露出个古怪的笑容。

刹那间岁月倒流，依稀又见那个骄横无礼的太子哥哥，总喜欢捉弄子澹和我，每次作恶得逞，便冲我们眨眼，露出促狭得意的笑容。我的泪水夺眶而出，颤声唤了他一声：“子隆哥哥。”他咧嘴笑了笑，还是那副漫不经心的惫懒模样，瞳光渐散的眼里竟又亮了亮。

我将孩子抱得近些，让他看得清楚，“子隆哥哥你瞧，小殿下长得好像你，等他长大了，定是一个淘气的小皇帝……”

我骤然哽咽得说不下去，他却笑出声，微弱地说出一句：“小可怜虫。”

“马儿跳下去时，像飞一样……飞起来……”他断断续续开口，虽气若游丝，目光却有了异样的精神。我顿时惊喜不已，以为他好起来了，转头急唤御医，却见他身子一僵，目光直勾勾地盯着顶上，脸上泛起亢奋的潮红，“我飞起来，看见宫门，差一点儿就能飞……出去……”陡然间，他的声音戛然而止，就这么断了。

乾元殿再一次挂起了素白玄黑的垂幔，昭示着又一位帝王的辞世。

时隔不到一年，宫中哀钟长鸣，两代帝王相继驾崩。谢皇后追随先帝，以身殉节，上尊谥为孝烈明贞皇后，随葬帝陵。

一夜之间，帝后相继崩逝。他们争争闹闹一生，在世时是怨侣，死后到那冷森森的皇陵之中，却只得彼此相伴，再不分离。

当夜，永安宫再传噩讯，太后惊闻噩耗，中风昏厥。

当我赶到时，姑姑已经不会说话，只能木然地躺在床上，目光混沌呆滞，无论我说什么她都不会回应了。自宫变之后，她就闭门不出，再不愿见人。她恨我，更恨亲生儿子对她的背叛。每次皇上踏入永安宫，必被她冷言冷语斥走，而我甚至连永安宫的殿门也不得踏入，只能远远地从殿外看她。数月之间，她迅速老去，鬓旁白发丛生，脊背佝偻，已全然成了垂垂老妪……而今皇上驾崩，终于抽去了她最后的支撑，无异于致命一击。

我一遍遍唤她，她却只是怔怔地盯着没有边际的远方，目光空茫，口中含含混混，不时念叨着几个字。

没有人听懂她在重复说着什么，只有我明白。

她说的是，琴瑟在御，莫不静好。

本朝开国以来从无皇后殉葬的先例，谢皇后的突然殉节震动了朝野上下。

值此危急关头，萧綦和父亲放下旧怨，再度成为盟友。萧綦胁迫年迈庸碌的顾雍与其余亲贵重臣，逼令谢皇后殉节。父亲一手封锁了姑姑中风的消息，外间只知太后悲痛过度而病倒。皇后一死，年幼的小皇子只能交由太后抚育，一旦小皇子即位，太皇太后垂帘辅政，这便意味着王氏再度控制了皇室。

以宗室老臣和谢家为首的先皇旧党，原以为可以黄雀在后，趁王氏被扳倒，萧綦立足未稳，抢先下手除去了皇上，皇位自然便落到小皇子或是子澹的头上。他们以为手中握着皇后和子澹这两枚筹码，便是朝堂上不败的赢家，却不知那冰冷的长剑早已悬在他们头顶，即便是皇后的头颅也一样斩下，没有丝毫犹豫。

当日在先皇左右护驾不力的宫人，连同太仆寺驯马的官吏仆从，都已下狱刑讯。很快有人供出谋害先皇的主使者，正是一力拥戴子澹即位，身为宗室老臣之首的敬诚侯谢纬——弑君，罪及九族，曾经与王氏比肩的一代名门，就此从史册抹去。

谢家的覆败之下，我越发清楚地看见，世家高门的昔日风光再也掩盖不住底下的残破。有些人永远停留在过往的辉煌里，不肯正视眼前的风雨，或许这便是门阀世家的悲哀。如今天下早已不是当年的天下，萧綦和父亲不同，他不是孔孟门人，他信的是成王败寇而不是忠厚仁德……一将功成万骨枯，或许终有一天，他会以手中长剑开辟一片全新的江山，踏着尸山血海重建一个铁血皇朝。

面对当朝三大首辅、永安宫太后以及萧綦手中重兵，原本摇摆不定，欲拥戴子澹即位的老臣，纷纷倒戈，称小皇子即位乃是天经地义。

帝后大殇，天下举哀。

宫中旧的白纱还来不及换下，又挂起了新的黑幔——帝后入葬皇陵之日，我驻足空荡荡的乾元殿上，已不会流泪。目睹一次又一次生离死别之后，我的心，终于变得足够坚硬。曾经垂髫同乐的子隆哥哥和宛如姐姐，终被沉入记忆的深渊，留在我心底的名字只不过是先帝和明贞皇后。

新皇登基大典相隔一月举行。

大殿之上，金碧辉煌的巨大龙椅之后挂起了垂帘。宫女强行搀扶着太皇太后升殿垂帘，我抱着小皇帝，坐到了姑姑身侧。

萧綦以摄政王之尊，立于丹墀之上，履剑上殿，见君不跪。群臣三跪九叩，山呼万岁之声响彻金殿。

或许那丹墀之下的每个人心中都在揣测，不知他们真正跪拜的，究竟是那小小婴儿，还是那一人之下万人之上的摄政王，不知谁才是这九重天阙真正的主宰。

我的目光穿过影影绰绰的垂帘，望向三步之遥的他。他玄黑朝服上赫然绣满灿金九龙纹，王冠巍峨，佩剑华彰，垂目俯视丹墀之下的众臣，轮廓鲜明的侧脸上，隐现一丝睥睨众生的微笑。他仿佛不经意间回首，目光却穿透珠帘，迎上我的目光。

我知道他的剑下染过多少人的鲜血，也知道他脚下踏过多少人的骨骸，正如我的一双手也不再洁净。自古成王败寇，这权力的巅峰上永远有人倒下，永远有人崛起。此刻，我身处金殿之高，俯瞰脚下匍匐的众生，而落败的宛如和敬诚侯，却已坠入黄泉之遥，沦为皇位的祭品。

我只能由衷地庆幸，此刻站在这里的胜者是萧綦，站在他身侧的女子是我。

一切尘埃落定，京城阴冷的冬天也终于过去了。

为了照料小皇上，我不得不时常留在宫里，整夜都陪伴在这孩子身边。也许真的是母子连心，自宛如去后，这可怜的孩子好几日哭闹不休，连奶娘也无可奈何。唯独在我怀中，才肯稍稍安静。他开始依恋我，不论进食还是睡觉，都要有我在旁边，常常扰得我彻夜不能安眠。

萧綦如今一手摄政，政务更加繁忙。朝中派系更替，局势微妙，门阀世家的势力不断被削弱，寒族士子大受提拔。然而从寒族中选拔人才毕竟不是一朝一夕之事，经国治世也不是军中武人可以办到的，仍然还需倚仗门阀世家的势力。琐事纷扰不绝，我们也各自忙碌，竟没有机会将心中隔阂解开。每当上朝时，我总隔着一道垂帘，默默凝望他的身影，他的目光也会不经意间掠过我。

初春暖阳，照着御苑里碧树寒枝，分外和煦。难得天气晴好，我和奶娘抱了静儿在苑子里散步。

按皇室的规矩，小孩子要在满月的时候才由父皇赐命，静儿却没有机会得到父亲给的名字。内史请太皇太后示下的时候，姑姑还是浑浑噩噩念叨着那八个字，琴瑟在御，莫不静好，于是，我决定让这孩子的名字，就叫作静。

这些日子总算让他慢慢习惯了和奶娘睡，不再昼夜不离地缠住我，我想着这两日也就该回王府了，长久留在宫里总不安稳。

奶娘抱着孩子，忽然惊喜地叫道："呀，皇上在笑呢。"

一看之下，那孩子眯着一双乌亮的眼睛，真的咧开小嘴，在对我笑。心中陡然涌上浓浓温柔，我看着这纯真无邪的笑容，竟然舍不得移开目光。

"他笑起来好漂亮呢。"我欣喜地接过孩子，一抬头，却见奶娘和一众侍女朝我身后跪下，俯身行礼——萧綦卓然立在暖阁回廊之下，面带淡淡笑意，身边没有一个侍从，也不知道在那里站了多久，看了多久，我竟一直没有发觉。我怔怔地望着他，沉溺在他温柔目光中，一时间忘记了言语。他缓步走来，容色温煦，难得没有惯常的冷肃之色。奶娘忙上前抱过孩子，领着一众宫人悄无声息地退下。

"好久不见你这样开心。"他看着我，柔声开口，带了些许怅然。

我低了头，故作不在意地笑道："不过是王爷好久不曾留意罢了。"

"是吗？"他似笑非笑地瞧着我，"王妃这话听来，竟有几分闺怨的意味。"

我一时红了脸颊，许久不曾与他调笑，竟不知道如何回应。

"随我走走。"他莞尔一笑，牵了我的手，不由分说携了我往御苑深处走去。

林径幽深，庭阁空寂，偶尔飞鸟掠过空枝，啾啾细鸣回绕林间。细碎枯叶踩在脚下簌簌作响，我们并肩携手而行，各自缄默，谁也不曾开口打破这份沉寂。

他握着我的手，十指纠缠相扣，掌心格外温暖。我心头百转千回，往日无数次携手同行的情景掠过眼前，千言万语到此刻都成了多余。

"昨晚睡得可好，可有被孩子缠住？"他淡淡开口，一如素日里闲叙家常。我微笑，"现在静儿很乖了，不那么缠人，这些天慢慢习惯和奶娘睡了。"

"那为何一脸倦容？"他的手指扣紧，让我挨他更近一些。

我垂眸沉默了片刻，终于鼓足勇气，脱口而出："因为，有人令我彻夜无眠。"

他驻足，目光灼灼地看着我。

"每当想到此人，总令我忧心牵挂，不知该如何是好。"我蹙眉叹息。

他的目光温柔，灼热得似要将人融化，"那是为何？"

我咬唇道："我曾经错怪他，十分对不住他……也不知他是否仍在怨我。"

萧綦陡然笑出声来，眉梢眼底都是笑意，"傻丫头，谁会舍得怨你！"

一时间，只觉料峭轻寒尽化作春意和暖，我仰头笑看他，见他笑得自得，不由起了玩心，忽而正色道："爹爹真的不会怨我吗？"

萧綦的笑容僵在脸上，那一刹的神色让我再也忍俊不禁，陡然大笑起来……腰间蓦地一紧，被他狠狠拽入怀中。他恼羞成怒，一双深眸微微眯起，闪动着慑人怒色。我咬唇轻笑，扬起脸来，挑衅地望着他。他俯身逼近我，薄唇几欲覆到我唇上，却又轻飘飘地扫过脸颊，温热气息一丝丝撩拨在耳际。我浑身酥软，竟无半分力气抵挡，微微闭了眼，迎上他的唇……然而过了良久，毫无动静。我诧异地睁眼，却见他似笑非笑地睨着我，"你在等什么？"

我大窘，恨恨地推他，却被他更紧地环住。他的唇，骤然落在我耳畔、颈项、鬓间。

我闭目伏在他胸前，终于说出心底盘桓许久的话，"如果我真的不能生育，你会不会另纳妻妾？"

他双臂陡然收紧，将我更紧地拥在怀中，"我在宁朔向你许诺过的话，若是你已忘了，我便再说一次！"

“我从未忘记。”我抬眸凝视他，不觉语声已发颤，“可是，我若从此……”

“不会的！”他厉声打断我，目光灼灼，不容半分置疑，“天下之大，我相信总有法子医治你！中原、漠北、南疆……穷尽千山万水，但凡世间能找到的灵药，我通通为你寻来。”

“如果永远找不到呢？”我含泪凝望他，“如果到老到死，都找不到……你会不会后悔？”

“若真如此，便是我命中注定。”他的目光坚毅笃定，喟然叹道，“我一生杀伐无数，即便孤寡一生也是应得之报。然而上天竟将你赐予我……萧某此生何幸，就算让老天收回了别的，我们至少还有彼此！将来我老迈昏庸之时，至少有你陪着一起老去。如此一生，我已知足。”

如此一生，他已知足，我亦知足。

我痴痴地望着他的眉，他的眼，他的鬓发……无处不是此生痴恋。心底暖意渐浓渐炽，化作明媚的火焰，焚尽了彼此的猜疑和悲伤。

泪水滚落，止不住地滑下脸庞，我缓缓微笑，“你曾说要共赴此生，从此不许反悔，就算我悍妒、恶疾、无子，七出之罪有三，也不准你再反悔。”

他深深动容，一语不发地凝视我，蓦然握住我的手。眼前寒光一掠，尚未看清他的动作，佩剑便已还鞘。我手上微痛，低头看去，却只是极小的伤口，渗出一点儿猩红血珠。他掌心伤口也有鲜血涌出，旋即与我十指交握，掌心相贴，两人的鲜血混流在一起。

萧綦肃然望着我，缓缓道：“我所生子女，必为王儇所出，即便永无子嗣，终此一生，亦不另娶。以血为誓，天地同鉴。”

图书在版编目（CIP）数据

帝王业 / 寐语者著 . -- 南昌 : 百花洲文艺出版社，
2016.5
ISBN 978-7-5500-1702-3

Ⅰ . ①帝… Ⅱ . ①寐… Ⅲ . ①长篇小说 – 中国 – 当代
Ⅳ . ① I247.5

中国版本图书馆 CIP 数据核字 (2016) 第 074206 号

出 版 者 百花洲文艺出版社
社　　址 江西省南昌市红谷滩世贸路 898 号博能中心 A 座 20 楼　　邮编：330038
电　　话 0791-86895108（发行热线）　0791-86894790（编辑热线）
网　　址 http://www.bhzwy.com
E-mail bhzwy0791@163.com

书　　名 帝王业（典藏版）
作　　者 寐语者
出 版 人 姚雪雪
出 品 人 李国靖
特约监制 何亚娟　燕　兮
责任编辑 童子乐
特约策划 何亚娟
特约编辑 悦　悦
封面设计 郑力珲
版式设计 王雨晨
封面绘图 Rlon
经　　销 全国新华书店
印　　刷 三河市金元印装有限公司
开　　本 1/16　710mm × 980mm
印　　张 35.25
字　　数 620 千字
版　　次 2017 年 1 月第 1 版
印　　次 2017 年 1 月第 1 次印刷
书　　号 ISBN 978-7-5500-1702-3
定　　价 56.00 元（全二册）

赣版权登字：05-2016-86

Best Time

白 马 时 光

帝王业

寐语者 著

下

百花洲文艺出版社
BAIHUAZHOU LITERATURE AND ART PRESS

目录

第三卷 ○ 风雨长路

目录

第四卷 〇 铁血江山

风雨长路

【新恩】

这一场变故之后，整个宫闱都冷寂了下来。先皇卒亡与姑姑的中风，令父亲深感悲痛，对姑姑的怨愤随之烟消云散。经过连番劫难，父亲对权势似乎再无从前的热忱，对萧綦的敌意也缓和了许多。在这连番的争斗中，我们已经失去太多的亲人，也都已经疲惫不堪，再不忍心继续伤害身边之人。

到底是血浓于水，骨肉相连，亲人之间再深的隔阂，也总有化去的一天。

只是，从前那些美好的时光终是一去不返了，我和他们之间已有了一道永远的沟壑。父亲再不会把我当作他羽翼呵护下的娇女，再不会如从前一般宠溺我，回护我。如今在他眼里，我是王氏的女儿，更是萧綦的妻子，是与太皇太后一同垂帘于朝堂之上，真正掌管着整个宫闱的女子。

转眼一年间，爹爹苍老了许多，谈笑间依然从容高旷，却再没有从前的傲岸神采。无论多么强硬的人，一旦老去，总会变得软弱。在他最孤立无援的时候，我默默地站在了他的身后，和他一起守护每一位家人，守护这个家族。

姑姑曾说，男子的天职是开拓与征伐，女子的天职却是庇佑和守护。每个家族都会有一些坚韧的女性，一代代承袭着庇佑者的使命……冥冥之中，我和父辈的位置已经互换，渐渐老去的父母和姑姑，开始需要我的照拂，而一直在他们庇护下的我，却已成长为这个家族新的庇佑者。

最近父亲总是提起故乡，提起叔父。自叔父逝后，婶母带着两个女儿扶灵还乡，再未回返京城。父亲也离开故乡琅琊多年，如今年事已高，更是思乡情切。他一直希望有朝一日放下纷扰事务，一人一蓑一木屐，遁游四方，寄情山水之间，踏遍锦绣河山。我明白

父亲的心意，宦海沉浮一生，如今心灰意冷，归隐田园或许是他最好的选择。唯一遗憾的是，母亲终不能原谅父亲，也再不愿离开慈安寺。

父亲亦不再强求，他最后一次和我同去探望母亲，默然凝望她背影良久，叹道："人生至此，各有归依，缘尽亦是无憾了。"

当时我已觉得有些异样，父亲从前总爱说，阿妩最解我意，我们父女原本就最是意趣相投——只是我没有想到，父亲的去意如此坚决，决定来得如此之快。

数日之后，父亲突然递上辞官的折子，不曾与任何人辞别，悄然留书一封，只带着两名老仆，一箱藏书，便挂印封冠而去。

我得了消息，和哥哥一起驰马追出京郊数十里，直至河津渡口，却见一叶孤舟远泛江上，篷帆渐隐入水云深处……父亲就这样抛下一身尘羁，孤身远去。居庙堂则显达，泛江湖亦高旷，到今日我才真正地佩服了父亲。

母亲得知父亲辞官远游的消息，一言不发，只是捻着佛珠默默垂眸。然而徐姑姑次日却告诉我，母亲彻夜无眠，念了一整宿的经文。

不久之后，总算迎来久违的喜事，怀恩终于迎娶了玉岫，成为我的妹婿，我又多了两名亲人，纵然没有血缘之亲，亦令我觉得珍贵。随后，哥哥的侍妾又为他生下一个男孩，这已是他的第三个孩子。喜气冲淡了忧伤，日复一日，风雨褪尽的帝京又回复了往日的繁华。

时光过得飞快，转眼小皇上已经咿呀学语，可惜他天生体弱，还迟迟不能学步。每当我听到他含糊地叫我"姑姑"，看到他无邪笑容，仍会觉得淡淡心酸。

这日萧綦很晚才回府，卸下朝服，披上我递过来的外袍，神色略见疲惫。我转身去取参茶，却被他拦腰揽回身侧，轻轻圈在臂弯。

他隐有忧虑的神情让我觉得不安，依在他胸前，轻声问道："怎么了？"

"没事，陪我坐会儿。"他微微合了眼，下巴轻抵在我的额头上。听到他似满足又似疲倦的一丝叹息，我心里微微酸楚，抬起手臂环在他腰间，柔声道："还在为江南水患烦心吗？"萧綦点头，脸上仅有的一丝笑容也敛去，沉沉叹道："如今政局未稳，叛军偏安江南，迟迟未能出兵讨伐。眼下水患又起，黎民流离失所，可恨满朝文武竟无一人敢站出来担当！"

我一时默然，心绪随之沉重。今岁入春以来，河道频频出现异常之兆，近日多有经验

深厚的州府官吏上奏，春夏之际恐有严重水患，朝廷宜早作防范。然而满朝官员都诚惶诚恐，谁也不敢站出来担此大任，令萧綦大为震怒，却又无可奈何。

我沉吟良久，想起昔年叔父在时，治理江南水患曾有大功，如今叔父不在了，曾跟随他治理河道的臣工却无一人堪当大任。

萧綦叹了一声，淡淡道："我倒是看中一个人选，却不知此人是否有此抱负。"

我怔了怔，脑中忽有灵光一闪，惊愕地望向萧綦，"你是说……哥哥？"

当年，哥哥曾跟随二叔巡视河患，督抚水利，目睹了两岸百姓因年年水患所受的流离之苦。回京后，他翻阅无数典籍，埋头水利之学，更亲自走遍大江大河，采集各地民情，写下了洋洋数万言的《治水策》递上朝廷。然而父亲一向只当他是不务正业，从未将他一介贵胄公子的治河韬略放在眼里。

那年江河决堤，百姓死伤无数，万千家园毁弃，一众官员皆因治河不力遭到贬谪。自此满朝官吏再也不敢轻易坐上河道总督的位置。然而那年，哥哥却瞒着父亲，上表求荐，自愿出任此职，那折子自然是被父亲压下，回头被他一顿严斥。父亲说，治河大任事关民生，开不得半分玩笑，岂是你能胡闹的。后来此事传了出去，被当作朝野笑谈，没有人相信，哥哥那样的风流公子也能够胜任粗杂繁重的治河大任。

从那之后，哥哥便打消了这个异想，从此纵情诗酒，再不提什么治河治水。

然而万万没料到，这个时候，萧綦竟然想到了哥哥。我一时间怔愣，心中千头万绪，百感交集。萧綦含笑瞧着我，亦不说话，神色高深莫测。

"如此大事，你贸然起用哥哥，就不怕朝中非议？"我想了想，试探地问他，心中另一重思虑却未说出口——万一哥哥没有成功，非但萧綦要受万民所指，王氏的声望也将大受打击。萧綦却是淡然一笑，"就算眼下难免非议，我也要冒险一试。"

"为什么偏偏是哥哥？"我蹙眉看他。

"以王夙的才智，相信他定能担当此任，只是眼下却不知他是否有此抱负……"萧綦目光深邃，喟叹道，"长久以来，世家亲贵多有疑惧抵触之心，不肯为我所用。若是王夙此番能有所作为，亦能显出我对世家子弟并无偏见。"

我默然片刻，叹道："那也是人之常情，有了谢家的前车之鉴，只怕各个世家都已胆寒生惧，眼下自保唯恐不及，哪里还有心思出头。"

萧綦剑眉深蹙，"乱世之下，若非铁血手段，怎能令这些门阀贵胄慑服？"

"以杀止杀虽不是上上之策，但若能以小杀止大乱，那也是值得的。"我深深地看着

他，将手覆上他手背，柔声道，“我知道你是对的。”

萧綦动容，满目欣慰感慨，“有你知我，便已足够。”

我淡淡一笑，心下已明白过来，“若是哥哥出任河道总督，受你破格起用，自然会令其他世家消除疑惧，放下成见，明白你一视同仁之心，是这样吗？”

“不错！”萧綦含笑赞许。我却略略迟疑，“但不知哥哥又是如何想法……”

“能否让他全力赴任，这便要看王妃的能耐了。”萧綦扬眉看着我，目中笑意深黠。我恍然大悟，原来绕了半天，这才是他真正的用意……这可恶的人！

翌日，我只带了贴身侍女，轻车简从，悄然来到哥哥在城郊的别馆。

站在这幽雅如阆苑仙境一般的别馆门口，我忍不住叹了口气，哥哥实在是妙人，太懂得逸乐享受。他总是找到那么些奇人巧匠，将这小小一处别馆，营建得冬暖夏凉，巧夺天工。一路行去，还未到堂前，就听得旖旎丝竹之声，飘飘不绝于耳。

但见蔷薇盛开的临水槛边，哥哥面色微醺地闭目倚在锦榻上，玉簪松松绾起发髻，几缕发丝慵然散垂下来，一身白袍胜雪，衣襟微微敞开，露出颈项间白皙如玉的肌肤，连身侧那两名美姬也比不上他此刻妍态。我缓缓步入槛内，他仍不睁眼，那两名美姬忙欲行礼，被我抬手止住。

哥哥微微翻身，闭目慵然道：“碧色，上酒——”

我将指尖伸入案上杯盏，沾了些酒，并指朝他俊雅面庞弹去。酒一洒上他的脸，哥哥惊叫一声，翻身而起，“朱颜，你这可恶的丫头！”

他一呆，看清楚眼前人，顿时惊喜大叫：“阿妩，是你！”两名美姬慌忙上前，左边罗帕右边香巾，忙不迭为他擦脸。我却笑吟吟地扯了他宫锦白袍的袖口，不客气地揩去指尖酒渍，挑眉笑道：“似乎我来得很不是时候？”他一脸无奈，叹道：“你就不能对我温柔一些吗？好歹也是堂堂王妃了，还这么淘气。”

我转目去看那两名美人，一个红衣丰艳，一个绿裳妖娆，都是丽色照人。哥哥端了玉杯，又倚回锦榻上，斜目看我，“你是来赏美人，还是专程来找我捣乱的？”

“美人要赏，懒人也要管。”我劈手夺过他手中酒杯，“别以为父亲不在，便没有人管得了你。”

哥哥翻身坐起，骇然笑道：“这是哪家悍妇走错了家门？”

我瞪着他，瞪了半晌，终究心里一酸，垂眸叹道：“哥哥，你现在越发懒散了。”

哥哥一怔，侧过脸去不再说话。侍女捧了流光青玉壶上前，注满我面前的衔珠杯。哥哥淡淡一笑，“来，尝尝我今年的新酿。”

我就唇浅抿了一口，只觉清洌芬芳，异香缠绵，脱口赞道：“好香的酒！”哥哥得意非凡，“你再细品一品个中滋味。”

这酒初入口时幽香缠绵，隐约有春风拂阑，夜露莹彻，桃花缤纷的风流，分明只是一点儿飘忽清洌的酒意，入喉却绵柔不绝，暖暖融进四肢百骸里去，不觉双颊已是微热。我叹息一笑，“芳菲四月，深浅红妆，倚栏思人，落英满裳。”

哥哥大笑，“品得好，得此四句相赞，不枉我辛苦采集一番的武陵桃花……我家阿妩，真妙人也！”

“这是桃夭酿？”我惊喜道，“你果真酿成了？”哥哥昔年甚爱桃花的妩媚，我们曾一起试酿了许多次，却总是做不成这桃夭酿。想不到时隔经年，他竟悄悄酿成了。若论心思奇巧风流，恐怕天下再找不出一人能胜过哥哥。他倚在榻上，笑眸深深，我佯嗔道：“若不是今日撞个正着，你还想私藏多久？”

哥哥懒懒一笑，“一壶酒有什么稀罕，我一介闲人，也就精于享乐之道罢了。”

我欲反驳，却不知该说什么，一时默然无语。哥哥倒是兴致极高，又唤来歌姬，重新斟酒，与我对坐畅饮。

一杯杯醇酒饮下，渐觉飘然，我们皆有些忘形，随着廊下丝竹击节互歌。琴伎款款拨着一曲江南小调，悠扬轻快，不觉又勾起少年往事。

“拿琴来。”我微醺着起身，回眸朝哥哥戏谑一笑，“妾身斗胆献艺，邀公子相合一曲。”

哥哥连声称妙，立即唤来侍妾，奉上他那支名动京华的引鹤笛。我的清籁古琴并未从王府带来，便随意取了乐姬的瑶琴，信手抚去，音色倒也清正。

我凝神垂眸，指下轻挑，弦上余音犹自宛转，流水般琴韵已袅袅而起。

清韵初起《上阳春》，宛转跳脱的曲调里，一缕空灵的笛声徐起，与琴音相逐引，宛如蹁跹双蝶，逐着四月柳梢，在春风中相戏。忽而琴音一转，自那春光明媚的四月天，飘摇直入斜雨霏霏的秋日黄昏，日暮月沉，天地晦暗，笛声亦随之低抑幽咽，百转千回，道不尽离别惆怅，诉不完落花伤情。

哥哥倾身朝我看来，目光恍惚，有刹那的失神，笛声随之一黯。我无动于衷，指下陡然用力，划过一串金铁般肃杀之音，硬生生惊破那哀怨颓靡的笛声，带起朔漠黄沙的苍

茫，长河滔天的豪迈。我的琴音越拔越高，飞扬处似游侠纵横、仗剑江湖，激昂处如将军百战、驰马沙场。而笛声渐渐力乏，几次转折之后，已跟不上我的音律。铮然一声裂响，琴弦崩断，笛声随之喑哑。

哥哥冠玉般面庞，罩上一层异样的嫣红，眸底一片震惊，执笛的指节隐隐发白。我亦气血翻涌，冷汗透衣，似耗尽全身力气，一时说不出话来。

“阿妩，你的琴技精妙至此，哥哥再也跟不上了。”哥哥转头看我，怅然一笑，神情有些恍惚。

我抬眸望向他，缓缓道：“意由心生，曲随心转，引鹤笛依然是天下无双，可是哥哥，你的心呢，它还和从前一样高旷自在吗？”

哥哥一震，却是避开我的目光，转头不答。

我蓦然推琴而起，捧起那具断了弦的瑶琴，摔在阶下。裂琴之声惊得槛外枝头飞鸟四散，左右侍妾慌忙俯跪在地，不敢抬头。

“哥哥！这平庸的瑶琴只能藏于闺阁，吟风弄月，当不起磅礴之音。而引鹤笛生来不是凡品，岂能将它埋没在脂粉群中，终日与靡靡之音为伍！”我与他四目相对，分明在他眼底看到一掠而过的愧色。哥哥沉默良久，长叹一声：“再好的笛子，终究是死物。”

“那要看它遇上怎样的主人。”我望着哥哥，“笛子是死物，人却是活的，只要仍有抱负，终会找到自己的方向，一直走下去，再远的地方也难不倒哥哥！”

哥哥回头动容，深深地看着我。

我迎上他的目光，微笑道：“哥哥是阿妩自小佩服的人，从前是，以后也是！”

次日，哥哥主动求见萧綦。

这是他们第一次单独面谈，于公于私，于情于理，我都知道哥哥对萧綦的敌意，也知道萧綦对哥哥的成见。然而我没有踏足书房，任由他们一谈便是整整两个时辰，误了晚膳的时间也不自知。这是豫章王与王大人的对谈，也是两个男人间的交锋。世间男子无论身份贵贱，心底总有他们自以为不可动摇的一套道理，与女子的思虑截然不同。我不想置身于这微妙的天平中间，与其左右为难，不如听任他们用男人的方式去解决恩怨。

翌日，圣旨下，任王夙为河道总督、监察御史，领尚书衔。

一时间，朝野哗然，流言纷起，几乎没有人看好哥哥的治河之能。朝臣们一面议论着豫章王重用妻族，一面对新任的河道总督满怀疑虑。而哥哥终于从父亲光环下的名门公子，一跃成为朝堂上众所瞩目的新贵。面对各式各样的目光，哥哥仅以微笑相对。

江南水患甚急，不容一日耽搁。就在圣旨颁下三日后，哥哥起程赴任。

萧綦和我亲自送他至京郊，京中亲贵重臣纷纷随行。

哥哥着天青云鹤文锦朝服，玉带高冠，策马过长桥，在桥头驻马回望，遥遥对我微笑。此去千里路遥，前途多艰，哥哥将要面对的风雨艰辛，只怕不是我所能想象。望着他的身影渐行渐远，泪光终于迷蒙了眼前……我又想起当年登楼观望犒军，远远看见父亲蟒袍玉带，位列百官之首，我曾取笑哥哥，问他什么时候也能如此风光……想不到，时隔数年，哥哥真的成为本朝开国以来最年轻的尚书，鲜衣怒马出天阙，轰动了帝京。

转眼夏去秋来，哥哥离京已经大半年，也许是上天相佑，今夏偏旱，水患并不如预料中的严重。个别州郡的水患也在哥哥的防范控制之下，并无重大灾患，河道疏浚十分顺利，堤防的修筑也进展极快。然而哥哥却上书朝廷，称今冬明春之际，才是最为严峻的时候，半分不能松懈。

这个秋天过得很快，木叶飘尽的时候，我收到了一份从皇陵送来的折子——皇叔子澹的侍妾苏氏，为他诞下了第一个孩子，是个女孩。按照皇室规矩，需上表请太皇太后赐命，才算承认了这个孩子皇室正统的名分。上呈太皇太后的折子照例递到我手中，捏着那一道薄薄的朱绫折子，我在刹那间失神。

他已有了侍妾，有了女儿……子澹，子澹！已经时隔五年，每每念出这个名字，为什么心里还是会空空陷落下去，仿若被一只看不见的手捏住。

他离京那日的情形恍惚仍在眼前，那一天柳絮纷飞，细雨如丝，我们却都没想到，此去皇陵竟是漫漫五年。如今天阙翻覆，物是人非，往日一切成灰。

然而福兮祸兮，谁又说得清楚，若是没有这五年的幽禁，若是他身在皇城，只怕早已卷入嫡位之争，今日是否还活在世上也未可知。

自先皇驾崩，谢氏伏罪之后，他已成了无足轻重的一个人。

曾有人向萧綦进言，索性除去子澹，永绝后患。萧綦却虑及连番屠戮，已令世家亲贵心寒齿冷，若一味赶尽杀绝，反而失去了朝野人心。不久，萧綦将子澹从辛夷坞释回皇陵，撤去了原先的监禁，算是还他自由之身，只是不能再踏出皇陵半步。

一片枯叶被风吹入帘栊，轻旋着落在那折子上，我一言不发，缓缓将折子合拢。

当年离别的时候，他还是翩翩少年，如今却连女儿都有了……惆怅之余，我心底竟有淡淡欣慰，甚而有一丝解脱的轻松。想来他在皇陵，孤苦寂寞，能有红颜知己长伴身侧，

也令我稍觉心安。

只是，心底终究有一丝莫名怅惘，若再由我给他的女儿取名，更是绝佳的嘲讽。思及此，我无声叹息，命宫中女官将折子转去太常寺，由掌管宗室礼制的官员拟了名字再呈上来。随即我又传召少府寺监，命他以公主之制预备贺仪送往皇陵。

明烛将尽，已到就寝的时辰，我在镜前卸下钗环，长发如云散落，垂至腰间。

萧綦只着宽松的丝袍，从后面环住了我，挺拔坚实的身躯与我相贴，只隔薄薄丝帛。我脸颊一热，肌肤渐觉发烫，转身勾住他的颈项，手指沿着领口滑下，轻轻摩挲着他衣上蟠龙刺绣。蟠龙是皇族王公的章饰，飞龙却是只有皇帝才可用。不知道什么时候，他衣襟上的蟠龙会换作傲视九天的飞龙……我知道这一天并不会太远。

他的手滑进我丝袍底下，滑过腰肢，缓缓移至胸前，掌心的温热灼烫我每一处肌肤，令我顿时酥软。我喘息渐急，微微咬唇，仰头望向他。他目光幽深，眼底浮动着情欲的迷离，俯身渐渐靠近……几近窒息的长吻之后，他放开我的唇，薄削嘴唇掠过颈项，蓦地含住我的耳垂。我呻吟出声，却听见他低低开口，“皇叔的孩子可有备好贺仪？”

我一颤，陡然清醒过来，直直迎上他犀利的目光，心中顿时抽紧。

“那是个女孩。”我惴惴开口，喉间有些干涩。

“我知道。”他淡淡一笑，目光却毫无温度。

我心头一松，果然是太过紧张，唯恐他容不下又一个皇位继承者。既然他已知道那是个女孩，且是一个失势皇叔的庶出女儿，却为何有此闲心特意一问。

“怎么，你似乎很担心？”他的语声越发冷了下去，目光锋锐如刀。

我怔了怔，心念电转间，蓦然明白过来……莫非，他在跟一个刚刚出生的孩子较劲吃醋？

当年我与子澹青梅竹马的旧事他是知道的，只是这些年我们心有灵犀地缄默，对此闭口不提，我以为他早已将那段往事忘记了。我骇然失笑，索性一口承认下来，“不错！那孩子生在偏寒的皇陵，又是庶出，身世堪怜，所以我格外怜惜，连贺仪也是按公主之制备下的，王爷认为有何不妥？”

萧綦见我承认得如此爽快，一时反倒无语，沉了脸色问道：“仅仅是怜惜？”

我眨眼笑道：“不然你以为是什么，爱屋及乌？”

他哑然，被我抢白得一脸尴尬，眼底陡然有了怒意。

“我和子澹曾有两小无猜之情，这你是知道的。”我挑了挑眉，坦然含笑，看着他脸色渐渐铁青，“那个时候，你并不知道世上有个女子叫王儇，我也不知道世上还有一个男子叫萧綦。那时我以为身边之人已是最好的，却并不知道真正爱恋一个人，和两小无猜的亲近是完全不同的。”

萧綦依然冷冷地看着我，唇角紧绷，可眼底分明已有了掩不住的温暖笑意，“怎样不同？”

我踮起足尖，仰头在他颈项间印下蜻蜓点水般细吻，曼声轻笑道：“怎样不同……你试试看不就知道了？”

“试试看？”他的呼吸骤然急促，冷峻面孔再也强绷不住，低笑道，“这可是你说的！”

他手臂一紧，蓦地将我横抱起来，大步向床帷间走去。

【旧憾】

午后初晴，不觉又到初冬时节。

我自小畏寒，每当秋冬时节总是多病，前些时候偶染风寒，竟一病半月。今日似乎好了许多，听萧綦说静儿一直吵闹着好久不见姑姑，便打起精神入宫看他。

甫一迈进殿门就听见静儿欢快得意的笑声，我抬眸看去，顿时惊恼交加——他竟骑在奶娘背上，拍打着奶娘在殿上“骑马”，口中兀自驾驾有声，周围一众宫女团团簇拥，争相给小陛下助威，在乾元殿上闹成一团。连我走近殿门，也没有一个内侍通禀。

“皇上！”我冷冷开口，“你在做什么？”

满殿宫人蓦然见我立在门前，慌得乱糟糟跪了一地，参拜不迭，一个个再不敢抬头。静儿瞧见了我，一下从奶娘背上跳下，咯咯笑着朝我奔过来，“姑姑抱抱！”我看他脚步还踉跄不稳，忙迎上去，张臂抱住了他。他立即紧紧地搂着我的脖子，说什么也不放开。我只得吃力地抱起他，臂弯隐隐发沉，当初小猫一般大的孩子已经长得这么大了。

我板起脸看他，“陛下今天不乖，姑姑说过不许自己乱跑，不许跌跤，你有没有记住？”静儿乌溜溜的圆眼睛飞快一转，低下头去不说话，小脸却埋在我胸前，撒娇地使劲蹭。

“陛下！”我狼狈地拉开他，不知他从哪里学来这般精怪。这么小的孩子也懂得察言观色——知道我对他宠溺，便每次都赖皮撒娇。只有萧綦在旁边，他才肯乖乖听话。奶娘递上一件团龙绣金的小披风，柔声笑道：“王妃一来陛下就高兴，连跌跤都不怕了。”

我将静儿抱在膝上，转眸看向奶娘，淡淡道：“是谁教陛下将人当马骑的？”

奶娘慌忙跪下，叩头道：“王妃恕罪！奴婢再不敢了！奴婢原只想哄得陛下高兴……”

“哄陛下高兴？”我挑眉正欲斥她，却听静儿仰头咯咯笑道：“骑马马，王爷骑马马，陛下也要！”

我恍然明白过来，上次萧綦曾抱他骑马，从此他便念念不忘了。教他叫姑父教了许久，他偏只记得左右都叫王爷，也学得一口王爷王爷地叫，听我们都叫他陛下，便以为自己的名字就是陛下。我一时啼笑皆非，本来沉了脸要数落他，也忍不住笑出声来。

静儿见我笑了，顿时得意顽皮起来，在我怀中左右扭动，伸手去够我鬓边摇曳颤动的珠钗。我正听奶娘将静儿的起居情形一一详禀，不留神间，被他一手扯住鬓发，抓下了那支发钗。奶娘慌忙将他接过，他笑嘻嘻地抓着那支凤头衔珠钗，不肯松手。我鬓发散乱，拿他无可奈何，却听奶娘笑道：“真是个风流天子呢，小小年纪就会唐突佳人了。”奶娘的话引得众人掩口失笑，静儿兀自握着发钗手舞足蹈，好似得到了心爱的宝贝。

我叹口气，只得起身重新梳妆，“将发钗拿过来，别让陛下玩这些东西。”

奶娘忙俯身去取珠钗，静儿却左右躲闪着不肯给，奶娘无法，只得道：“陛下再不给，奴婢可要斗胆冒犯了。”

“你敢！”静儿娇细嗓音尖叫着，倒有几分子隆哥哥当年的蛮横。

我苦笑着转身，对镜散开发髻，正待梳头，陡然听得背后一声惨呼，左右宫人纷纷尖叫。我霍然回头，惊见静儿舞着钗子划过奶娘脸庞，从眼眶到脸颊，被尖利钗尾划出深深血痕！奶娘满脸鲜血，痛叫着捂脸跌倒！左右都被惊呆了，一时间没人回过神来，静儿自己也被吓住，蓦地转身便跑。

“来人，快拦住陛下！”我失声惊呼，扔了玉梳朝静儿追去。左右侍从慌忙围上前去，静儿见此情状越发害怕，掉头往殿外玉阶跑去。内侍都已奔进殿来，门口竟无人值守，殿前侍卫隔得又远，竟眼看着静儿跌跌撞撞往玉阶奔去。

我心头惊跳，暗觉不妙，脱口道：“拦住他，拦住——”

话音未落，那小小身影在阶上一晃，立足不稳，一头扑了下去！

“皇上！”左右宫人一片骇然惊叫，殿前大乱。

我脚下虚软，跌倒在地，浑身剧颤，半晌说不出一句完整的话，“太医……快宣太医！”

一名内侍从阶下抱起了孩子，慌忙奔回殿中，孩子瘫软在他臂弯不哭不动。

我心下全然凉透，手足皆软，被宫女扶至跟前一看，只见孩子脸色惨白如纸，嘴唇泛青，鼻孔中淌下一道殷红的血。

五位太医院长史诊视完毕，刚从殿内退出，萧綦便闻讯赶到了。我忙从椅中起身，急问太医："陛下伤势如何？"

太医们面面相觑，各自神色惴惴，为首的傅太医皱眉禀道："回王妃，陛下尚未醒来，经微臣等检视，陛下内腑骨骼均无大碍，但头颈触地时震伤了经脉，血气阻滞，风邪内侵，积郁……"萧綦打断他，沉声问道："究竟有没有性命之危？"

傅太医颤声道："陛下性命无碍，只是，只是微臣不敢妄言！"

我心头顿时揪紧，萧綦冷冷道："但说无妨！"

"陛下年纪尚幼且先天不足，体质本已羸弱，经此重创恐怕再难复原，即使往后行止如常，也会神智迟钝，异于常人。"老太医以额触地，冷汗涔涔而下。

我颓然跌回椅中，掩住面孔，仿如坠入刺骨寒潭。萧綦亦沉默下去，只轻轻地按住我肩头，半晌才缓缓开口："可有救治的余地？"

五位太医都缄默无声，萧綦负手转向那九龙屏风，兀自沉思不语。一时间，殿上沉寂如死，四面浓重的阴影迫得人喘不过气来。萧綦抬手一拂，待太医和左右都退下之后，缓步来到我跟前，柔声道："祸福无常，你不必太过自责。"

我黯然撑住额头，说不出话，亦没有泪，想去看一眼静儿却全然没有力气。

"振作些，眼下你我不能乱了方寸。"萧綦俯下身来握住我肩头，语声淡淡，充满果决力量。

我恍惚抬眸，与他目光相触，心头顿时一震，万千纷乱思绪瞬时被照得雪亮。

眼下朝堂宫闱刚刚开始安稳，人心初定，再经不起又一轮的动荡波折。一旦皇上伤重的消息传扬出去，朝野上下必定掀起轩然大波。皇上好端端地待在寝宫，何以突然受伤，谁又会相信真的只是意外？纵然萧綦权势煊天，也难堵悠悠众口，更何况一个痴呆的小皇帝，又怎么担当社稷之重——若是静儿被废黜，皇位是否要传与子澹？若是子澹登基，旧党是否会死灰复燃？

我定定地望着萧綦，双手冰凉却被他用力握住，从他掌心传来的温暖与力量令我渐渐恢复镇定，心头却越发森寒。

他望着我，淡淡问道："皇上受伤一事，还有哪些人知道？"

"除了五位太医，只有乾元殿宫人。"我艰涩地开口。

萧綦立即下令封闭乾元殿，不许一名宫人踏出殿门，旋即将五位太医再度召入内殿。

"本王已探视过皇上，伤势并不若傅太医所说的严重。"萧綦面无表情，目光一一扫

过诸位太医，深沉莫测，“各位大人果真确诊无误吗？”

五位太医面面相觑，入冬天气竟也汗流浃背。傅太医伏跪在地，须发微颤，汗珠沿着额角滚落，颤声道：“是，老臣确诊无误。”

我低低开口，“事关重大，傅大人可要想清楚了。”

一直战战兢兢跪在后头的张太医突然膝行到萧綦面前，重重叩头，“启禀王爷，微臣的诊断与傅大人有异，依微臣看来，陛下伤在筋骨，实无大碍，调养半月即可痊愈。”另外一名医官也慌忙叩首，“微臣与张大人诊断相同，傅大人之言，实属误诊。”傅太医身子一震，面色瞬间苍白，却仍是低头缄默。

剩下两位太医相顾失色，只踌躇了片刻，也顿首道：“微臣同意张大人之言。”

“傅太医，您认为呢？”我温言问他，仍想再给他一次选择的机会。

白发苍苍的傅太医沉默片刻，抬首缓缓道：“医者有道，臣不能妄言。”

我掉过头无声叹息，不忍再看他白发银须。萧綦的脸色越发沉郁，颔首道：“傅大人，本王钦佩你的为人。”

“老臣侍奉君侧三十余年，生死荣辱早已看淡，今日蒙王爷谬赞，老怀甚慰。”老太医直起身子，神色坦然，“但求王爷高量，容老臣的家人布衣返乡，安度余生。”

“你放心，本王必厚待你的家人。”萧綦肃然点头。

当夜，傅太医因误诊之罪服毒自尽。乾元殿一干宫人皆因护驾不力而下狱。我将皇上身边的宫人全部替换，任以心腹之人。

小皇帝失足跌伤的风波至此平息，伤愈后依然每日由我抱上朝堂，一切与往日无异。只是这粉妆玉琢的孩子，再也不会顽皮笑闹，从此痴痴如一个木头娃娃。

朝臣们每天仍旧远远参拜着垂帘后的小天子，除了心腹宫人，谁也没有机会接近皇帝。原本静儿每日都要去永安宫向太皇太后问安，自此之后，我以太皇太后需静养为由，只逢初一十五才让皇上去问安，永安宫中也只有数名心腹宫人可以接近皇上。姑姑身边有个名唤阿越的小宫女，当日临危不乱，亲身试药，此后一直忠心耿耿，办事也稳妥仔细。正巧玉岫嫁后，我身边始终缺个得力的人，便将阿越召入王府，随侍在我左右。

静儿的痴呆，成了宫闱中最大的秘密，只是这个秘密也不会掩藏得太久。一个年少的孩童或许还看不出太多蹊跷，随着他一天天长大，真相迟早会大白于天下。然而这中间一两年的时间，已足够萧綦部署应对。

隆冬过后，南方雪融春回，刚刚过了除夕，宫中四下张灯结彩，正筹备着最热闹的元宵灯会。

就在这喜庆升平的时日，摄政豫章王下令，兴三十万大军南征，讨伐江南叛党。

当日子律与承惠王兵败逃往江南，投奔了封邑最广、财力最厚的建章王。趁着京中这两年政局动荡，萧綦无暇他顾，江南宗室亦得以苟延残喘。自诸王之乱后，南方宗室偏安一隅，长久与京中分庭抗礼，王公亲贵拥兵自重，世家高门的势力盘根错节。近年来吏治越发腐坏，民生堪忧。子律南逃之后，萧綦表面按兵不动，不予追击，暗地里一面稳定京中局势，一面关注着南方政局，自年初开始调遣部署，厉兵秣马，悄然做好了南征的准备。只待时机成熟，一朝挥军南下，誓将南方宗室彻底清除。

原本萧綦定在春后南征，然而半月前，扼守出京必经之路的临梁关，两日之内接连擒获七名间者。除两人自尽未遂，一人伤重而亡外，另外四人均供出了幕后主使。京中奉远郡王与江南建章王暗通讯息，充当南方宗室安插在朝廷的耳目，察觉了萧綦有意南征，立即派人飞马向南边驰报，却堪堪撞在了临梁关守将唐竞手中，无一漏网。这唐竞正是萧綦麾下名头最响亮的三员大将之一，素以阴狠凌厉闻名，更有“蝮蛇将军”的绰号。昔日在军中一手创建黑帜营，专司培养间者，堪称天下间者的师尊。此人原本留守宁朔，后被召回京中。萧綦命他亲自刑讯此案，诸多宗亲豪门纷纷牵涉入案，朝野为之震动。

饶是再铁硬的间者落在这酷吏手上，也是生不如死，更何况养尊处优的世家亲贵。

正月初七，唐竞上表弹劾，历数奉远郡王觊觎皇室、谋逆犯上等八条大罪。

正月初十，京中群臣联名参奏，恳请摄政王兴师讨伐，以正社稷。

正月十一，摄政王颁下讨逆檄文，命虎贲将军胡光烈率十万前锋南征。

四日后的元宵宫宴，京中王公亲贵，文武重臣齐聚，将是一年一度最受瞩目的盛会。

“这一段玉阶铺上绣毡，每隔十步设一盏明纱宫灯。”玉岫拢着狐裘，俏生生立在那里，领着一群宫人张罗布置，一袭宝蓝宫装衬得她肤光莹润，眉目姣妍。

我徐步走到她身后，含笑道：“辛苦了，宋夫人。”

玉岫回头，忙屈身见礼，嗔笑道：“王妃又来取笑奴婢！”

“总是不记得改口，你我已是姑嫂了，还说什么奴婢。”我笑着挽了她的手，“这阵子全靠你帮着操持，若没有你，我哪里顾得过来。”

“我能有今日的福分，全是王妃的恩赐，玉岫怎么能忘本。”她轻叹一声，“我自

小生得粗笨，也没别的本事，只盼着王妃不嫌弃，让我一辈子跟在您身边，玉岫也就知足了。”我莞尔道：“傻丫头，你若一世跟着我，怀恩又怎么办呢？”玉岫粉颊飞红，眉目含情，“那个呆子，才不要提他！”

“这几日军务繁忙，怀恩也很是操劳吧？”我摇头笑道。玉岫迟疑点头，眉间浮上一丝忧虑，“最近他倒是天天忙，却不知为了什么，整日黑口黑面，好像跟人斗气似的，问他也不肯说。”

我心下雪亮，自然明白宋怀恩为何气闷。日前萧綦任胡光烈为前锋主将，统兵十万南征，却将他留在京中，毫无动静。他两人向来是萧綦的左膀右臂，论资历战功皆不分高下，且素来性情不合，胡宋相争已是朝中尽人皆知的事。如今胡光烈一人占了风头，让宋怀恩怎么咽得下这口气。

昨日早朝他已按捺不住，当众请战，却被萧綦不动声色地搁下。我亦不明白萧綦这次作何打算，或许是时机未到，抑或留下宋怀恩另有重任。这一番思量，自然不便对玉岫直说，我只笑了笑，温言宽慰她，“谁没个喜怒起伏的时候，你也不必在意。男人也如孩子一样，哪怕贵为将相公侯，偶尔也还是要哄哄的。”

玉岫瞪大眼，“孩子？怎么会呢？”我抿唇笑而不答，她却是个较真的性子，越发琢磨得迷迷糊糊，小声嘀咕道，“哪有这么大的孩子……”

阿越在我身侧扑哧一声笑出来，她与玉岫年纪相仿，两人素来交好，玉岫羞窘之下，掉头朝她啐去，“这小妮子，哪天王妃给你也挑个好夫婿，可就有得你笑了！”

阿越咯咯笑着，躲到我身后，我忍俊不禁。只有与她们在一起，才记得自己也是韶华年纪，才能偶尔如此嬉笑。

正笑闹间，一个低沉带笑的声音从身后传来，“何事如此开心？”

萧綦缓步负手走来，轻裘缓带，广袖峨冠，不着朝服时别有一种风仪，愈显气度雍容，清峻高华，卓然有王者之相。我扬眉而笑，目光上上下下打量他，不掩赞许。他被我看得啼笑皆非，当着左右不便言笑，只淡淡道：“又在琢磨什么？”我正色叹道，“可惜这般好仪容总被冷面遮去，也不知有没有女子暗暗仰慕……”玉岫和阿越退在一旁，闻言不禁掩口失笑。萧綦重重咳嗽一声，瞪我一眼，又不便当众发作，只得转过头去掩饰尴尬。

“玉岫也在此吗？”他似不经意地看到玉岫，温言一笑。玉岫忙见礼，向他问安。

萧綦若有所思地看了看她，温言问道：“怀恩近来可好？”

“多谢王爷挂念，外子一切安好。”玉岫在萧綦面前依然拘谨，回答得一板一眼。

萧綦一笑，“怀恩是个直性子，闲来也该修修涵养了，有些事不可操之过急。”

玉岫脸红，慌忙俯身道：“王爷说得是。”

暖炉熏得内殿和暖如春，虽已到深夜，也不觉得冷。萧綦在灯下翻阅公文，我倚在一旁的贵妃榻上，闲闲地剥着新橙，不经意间抬眸，看见他淡淡侧影，忽觉心中一片宁定，怎么看都看不够。我走到他身侧，他却无动于衷，凝神专注在那小山般堆积的文书上。我忽起玩心，将一瓣剥好的橙瓣递到他唇边。他目不转睛，只是张口来接，我却陡然收回手，让他衔了个空。

“淘气！”他将我揽到膝上，硬将橙瓣衔了去。我就此赖在他膝上，无意间转眸，却看到了案上摊开的奏疏，又是宋怀恩请战的折子。

我俯身略看了看，挑眉问他：“你真不打算让怀恩出征？”

萧綦将奏疏合起撂在一旁，似笑非笑道：“军机大事，不可泄露。”

“故弄玄虚。”我转过头，懒得理他，心知他在故意吊我胃口。

萧綦笑着揽紧我，笑容莫测高深，“怀恩自然是要出战的，不过不是现在，眼下我还要等一个人。”

“等谁？”我一怔，想不出还有什么人比宋怀恩更适合领军南征。

他眼底笑意莫测，淡淡道：“届时你自会知道。”

“就会装神弄鬼。”我撇撇嘴，一拂长袖，自他膝头离开。

他扣住我手腕，将我拽回怀中，含笑凝视着我，“只这两日，此人也该到了，相信必会给你惊喜。”

我猜测他所谓的惊喜，却摸不着半分头绪……想来应该是哥哥吧，却不知哥哥与南征能有什么关系。

连着两日春寒，夜里突降大雪，转眼到了正月十五，元宵宫筵就在当晚。

午后探望了姑姑，她今日的气色精神都不错，晚上应当可以出席，我也放下心来。从永安宫出来，见宫道积雪甚深，宫人们正在洒扫，便绕道从侧廊而行。转过西廊，不经意间窥见墙头一片红梅怒绽，耀人眼目……竟然是景麟宫的梅花又开了。

我怔怔驻足，望着那探出墙头的寒梅，一时有些恍惚。

景麟宫的主人已经一去五年，想不到人事全非，旧物依然。这宫门平日深锁，恰好今

日开了门，两名内侍正在门前清理扫雪。我叹息一声，不觉抬步走进那闲置已久的宫院。地下薄薄积雪，映得天地间素白一片，俨然清净无垢的神仙之地，唯独那几株老梅，虬枝繁花，傲雪绽放，艳到了极致，反倒让人心里生出一丝凄然。

往事纷纭，如幻似梦，不经意间回眸，那绰然身影竟在此刻真切浮现。

我又见到了他，恰如当年蕴雅风仪，披一袭银狐裘斗篷，风帽半掩，青衫翩翩，自那寒梅深处踏雪而来……连幻影也会这般真切，近在咫尺与我相望，仿佛伸手可及。一阵风过，梅花簌簌洒落在他肩上，他抬头，风帽滑落……质若冰雪孤洁，神若寒潭清寂，只淡淡抬眼的一瞬，已夺去天地间至美光华。

【南征】

空庭闲阁，落梅纷飞，暗香萦绕如缕。四目相交的刹那，时光回转，岁月如逝水倒流。记忆里温润如玉的少年，与眼前孤清落寞的男子叠印在一起，如幻如影，若即若离。他静静地望着我，幽远目光穿越了离合悲欢，似水流年，凝定在此刻。

一瓣落梅沾着碎雪，随风拂上他鬓角，那乌黑的发间，隐隐有一丝灰白。五年的幽禁岁月，让昔日俊雅无俦的少年，已经早生了华发。

他半启了唇，隐约似要唤出一声“阿妩”，语声却凝在了唇边，终究化作一声微不可辨的叹息。

“王妃。”他低声唤我，这声音曾无数次唤过我的名，那些低喃浅叹，年少情浓的记忆，都随着这一声低唤，如潮水般涌现——只是，他叫我“王妃”，这淡淡二字却似潮水里裹挟的冰凌，生生刺进血肉，痛得人张不了口，发不出声。我缓缓垂下目光，平静地向他行礼，微笑道：“不知皇叔今日回宫，王儇失礼了。”

垂下目光，我再看不见他的神情，终于能够从容地开口。

“子澹奉召回朝，未能及早知会王妃。”他亦淡定回应，语声宁定得没有一丝波澜。

沉寂的庭苑，只听得风动梅枝，雪落有声，我与他却是相对无言。彼此相隔不过数步，却已经隔了一生，一世，一天地。

纷乱脚步和重物触地的声响令我瞬时回过神来，但见侍卫抬着几样简单的箱笼，已经进了宫门。两名内侍在前头领路，当着子澹面前竟高声催促，十分倨傲无礼。

领头的内侍陡然瞧见我也在此，面色顿时一变，慌忙奔到跟前，满面谄笑，“参见皇叔！王妃万安！”

我略蹙了蹙眉，“皇叔今日回朝，景麟宫为何还是这个样子？”

内侍忙回禀道：“小人也不知皇叔今日便到，仓促间没来得及洒扫，小人这就去办！”

“是吗？”我扫了他一眼，淡淡道，“我还以为，这是要等着我来动手。”

“小人不敢，小人罪该万死！”内侍慌忙跪下，叩头不止。这宫里的奴才最是势利，谁得宠，谁失势，捧哪个，踩哪个，向来毫不含糊。昔年光彩夺人的三殿下，如今已是孑然潦倒，性命尚且捏在他人手里，哪还有半分皇子威仪，回到这趋炎附势的宫廷，只怕是任人鱼肉了。我心中艰涩，仍强颜笑道：“皇叔风尘劳顿，请先移驾尚源殿歇息，待景麟宫稍事整理，打点齐整了再搬过来，可好？”子澹微微一笑，唇边竟牵出一丝细纹，更显得那笑意凄凉，“如此便有劳王妃。”我默然转过头去，曾经那样亲密的两个人，如今已疏离得如同陌路。

忽见他身后转出一名宫装少妇，怀抱小小襁褓，走到我跟前，低头垂颈，屈膝重重跪下。

“妾身苏氏，拜见王妃。”这轻细语声落入耳中，我怔住，竟有些回不过神来。我凝眸看去，见她身形窈窕，秀发如云，那身粉锦贡缎的宫装虽是上好的衣料，却显得有些旧了，头上珠翠也极少……想来这几年，子澹实在过得很是苦寒。我心里刺痛，忙温言道：“苏夫人不必多礼。”

那女子缓缓抬头，鹅蛋脸，新月眉，明眸含怯，红唇轻抿，这张姣好的容颜熟悉得触目惊心。

锦儿，苏锦儿，侍妾苏氏。

我万万没有想到，为子澹诞下女儿的那名侍妾，竟是我在晖州遇劫失散的贴身婢女苏锦儿。

锦儿只望了我一眼，立刻低下头去，目光与我相交一瞬，分明有莹然泪光闪过，“王妃……”

我怔怔地看着她，又看向子澹，竟说不出话来，一个字也说不出来。

子澹深深地看了我一眼，移开了目光，只怅然一笑，“锦儿很是记挂你。”

阿越趋前一步，欲搀扶锦儿，她却不肯起来。我忙俯身扶住她纤瘦肩头，展颜微笑，眼前却涌上水雾，“真的是你吗，锦儿？”

“郡主，奴婢对不起你。”她终于抬起头来，昔日丰润如玉的脸庞已变得纤巧瘦削，眉目宛转含愁，与从前判若两人。

自从晖州遇劫，与她失散，那之后再没有她的音讯。一别两年，如今她竟带着孩子，和子澹一起归来。我怔怔地看着她，分明惊喜欣慰，却又隐隐悲酸，半晌才轻轻叹道："回来了就好。"

她怀中襁褓突然传出嘤嘤哭声，蓦地惊醒了我——眼前一切都已变了，我却兀自沉溺于往日，分不清今夕何夕，浑然忘了眼下的处境！

原来这就是萧綦给我的惊喜，这就是他要等来的人，他在等着看我如何应对旧人旧情，看我究竟是惊是喜……寒意丝丝侵来，凝结于心，只余无尽寒意。

"怎么了，孩子可是冻着了？"我忙垂眸一笑，"先到暖阁歇着，再慢慢叙话不迟。"

子澹颔首一笑，目中划过一抹不易察觉的伤感，旋即归于无形。

我匆匆转身，低头在前引路，不敢再看他，只恐被他的目光洞穿了伪装的笑颜。

进得暖阁，那孩子越发哭闹，大概是饿了。

"宫里有奶娘，传奶娘来吧。"我看了看锦儿怀中襁褓，掉头吩咐阿越，不知为何，竟不愿多看那孩子一眼。锦儿忙道："不劳奶娘，这孩子一直是我自己带，也不惯生人。"他们竟连奶娘也没有，真不知这些时日是如何过来的。锦儿抱了孩子去里间喂奶，外间只剩我和子澹，对坐无言。沉默片刻，我微笑道："太皇太后已经给小郡主拟了名字，是单名一个玟字，皇叔若满意，便可赐命了。"

子澹端了茶盏，修长苍白的手指轻叩青瓷茶托，静了半晌，淡淡道："她叫阿宝。"

我心口一紧，手上轻颤，盏中茶水几乎泼溅出来。阿宝，他的女儿叫作阿宝……

"阿宝，你便叫作阿宝好了！"

"我才不要叫这么难听的名字，子隆哥哥讨厌！"

"你既然扮作小丫头，难道还能叫上阳郡主？"

"其实……阿宝也很好听啊。"

"子澹你也不帮我！每次都是我扮丫头，不玩了！"

"阿宝，阿宝，小气鬼……"

那么多年了，我竟还记得，他也记得。浓浓酸楚袭上鼻端，我霍然抬眸，淡淡道："这个名字不好听。"

昔年我们一起玩闹，锦儿亦常常跟在左右，她岂能不明白这个名字的深意。哪个女子愿意以另一个女子的昵称为自己女儿命名，就算不能抗拒，心中也必然是不甘心的。"锦

儿很好……”我望向子澹，眼中不觉已泛起泪水，“你，切莫辜负了她。”

子澹定定地看着我，唇畔渐渐浮现出一抹苍凉笑容，“他，待你可好？”

他终究还是问了不该问的话。我无奈地望着他，为何直到如今他还学不会机变自保，他可知这宫闱危机四伏，自己性命早已捏在他人手里。我漠然起身，仿佛不曾听见他方才之言，欠身道：“皇叔风尘劳顿，王儇不便叨扰，晚些时候再来探望。”

“王妃，奴婢已将一应衣饰用具送去景麟宫了，要不要再多拨些人过去侍候？”阿越一边灵巧地帮我更衣梳妆，一边低声探问。

我闭上眼，“不必，就照常例办。”

“是，那晚上宫宴，皇叔的席位也还是照旧安排？”

我略一点头。

“苏夫人身边还是拨些奶娘嬷嬷过去吧？”

我嗯了一声。

“小郡主好像还……”

“够了！”我陡然睁眼，拂袖将面前妆台上的物什通通扫落。

阿越和一众宫人慌忙跪下，我耳中嗡嗡作响，全是皇叔、苏夫人、小郡主……一字字盘旋不去，扰得我心烦意乱，莫名不安。越是竭力想要挥开这阴云，越是有人在耳边一次次提起，似乎所有人都在等着看戏，看我如何应对这冰冷的一幕。

“不必折腾了，皇叔此番不会长住。”我颓然叹息，挥手让她们都退下。

萧綦等来领兵南征的人，原来是子澹。

我闭目涩然一笑，不错——讨伐子律，还有谁比皇叔子澹更合适。让他挂上统帅的虚名，以皇室的名义领兵南征，如此一来，就算屠尽江南宗室，也不过是皇室操戈，自起杀戮，与摄政王萧綦全无关系。屠戮宗室是万世难洗的恶名，萧綦这一招借刀杀人，实在高明之至。

我撑着妆台，身子不由自主地颤抖。

原以为让子澹留在皇陵，就算偏寒寂寥，也好过置身这是非纷争之地。至少他还有锦儿和幼女相伴，至少可以平安到老。

然而一纸诏书，终究将他带回到这物是人非的宫城，只怕他还不知道，眼前等着他的，将是一场手足相残的惨事。

子澹，我该怎么办，明知道等待你的将是万劫不复之灾，我却无力阻止。

“叩见王爷。”侍女们的声音从宫门口传来。

我霍然转身，抬手一掠鬓发，挺直了后背，静静地望向门口。萧綦踏入内室，挺拔身形被明烛之光照耀，笼上一层淡淡光晕。他已着上金章华绶的礼服，王冠嵯峨，广袖上腾跃云霄的金龙，长须利爪，龙睛点染朱砂，炯炯逼人，赫然不可直视。他负手立在我面前，影子投在汉玉蟠龙的地面，长长阴影似将一切笼罩。

眼前之人是我的夫君，亦是天下的主宰，无人可以忤逆他的意志。

他走近我，带着一如往常的淡定笑容，眼底敛去了锋芒，愈觉深不见底。我挺直后背，仰首屏息，静静地望着他走近，近得可以触及彼此的气息。

他的目光能令阵前大将当众冷汗透衣，即便是杀人如割草的七尺男儿，也挡不住他洞悉一切的凌厉目光。

我平静地迎上他的目光，并不闪避，任由他的双眼将我内心洞穿——寒梅林中故人相见，连我自己都意想不到，竟是如此清醒平静。一直不敢想，子澹归来之日会激起怎样的波澜，直到他真的站在我面前，猝不及防之下，我才清楚看见自己的心。过往种种，已如昨日长逝，曾经的伤口上早已长出新的血肉，覆盖了一切痕迹。人心是最柔软亦最坚硬的地方，我终于明白，属于子澹的那扇心扉已经彻底锁上。

萧綦审视着我的眉目神情，我亦思量着他的喜怒心意，四目凝对之下，我们无声对峙，时光也仿佛凝滞。

他的眼神渐趋柔和，修长的手指穿过我散覆肩头的长发，将一束发丝握在掌心，含笑叹息，“我娶了天下最美的女子。”

除此，他还拥有天下至高的权力、最为忠诚的勇士、最神骏的战马、最锋利的宝剑……世间男子渴求的一切，他几乎都已拥有。

而另一个人恰好相反，他已一无所有，曾拥有过的一切都已失去。

我深吸一口气，握了萧綦的手，将他掌心贴上我的脸颊，微微一笑，“天下最好的一切都已在你手中，别的，已是无足轻重。”

他轻轻扳转我身子，从背后环住我，与我一起看向巨大而光亮的铜镜，镜中俪影争辉，将明烛灯影的光芒尽压了下去。

“这一生，你只许站在我的身旁。”他语声低沉，缓缓吻上我光裸的脖颈，一点一点

吻下去。那镜中的女子眸色迷离，青丝缭绕，从胸口到面颊迅速染上一层蔷薇色……我再没有力气支撑，软倒在他怀抱，咬唇忍回心底的酸涩。

此时此地，纵有再多委屈也不能开口，不能将他激怒。我已失去太多亲人，不能再失去一个子澹。

然而，我不知道，究竟什么时候我们才能放下一切，再不用彼此猜疑。

一声清越悠长的钟声遥遥传来，那是入夜报时，命各宫掌灯的晚钟。已是掌灯时分，宫筵的时辰快要到了。宫灯高照，茜纱低垂，侍女们远远退去。

“还不梳妆，要我帮忙动手吗？”萧綦含笑看我，终于将我放开。我垂眸一笑，亲手拈起象牙嵌金梳，缓缓梳过长发，绾作如云宫髻。萧綦负手立在身后，温柔地笑看我梳头。最后一枚凤钗斜斜插上鬓间，我从镜中凝视萧綦，静默片刻，淡淡道：“今日见着子澹，我很高兴。”

我的话发自肺腑，由衷感喟：“我的亲人已经不多，能够见着子澹平安归来，过往种种，尘埃落定，也算了结了一桩挂碍。”

萧綦似笑非笑，手指勾住我鬓旁几缕散落的发丝，悠然道：“你还欠我一个问题。”

我转眸一想，不觉失笑，他竟对那句“总之不一样”的戏言耿耿于怀。我敛了笑容，深深看着他，“青梅竹马是可以同欢笑，共无邪的伙伴，恰如兄弟知己；爱侣则是祸福生死都不离不弃，彼此忠贞，再无他念……这便是我所谓的不一样。”

萧綦目光深邃，久久不语，默然将我揽入怀抱。我不知道这一番话能否消除他心中芥蒂，只暗自忐忑，亦庆幸眼前是我的爱人而非敌人。陡然下颌一紧，萧綦抬起我的脸，笑意里透出杀机，“可我偏偏嫉妒。”

我呆住，几疑自己听错，他是说嫉妒吗？如此桀骜豪迈的一个人竟亲口说出“嫉妒”二字。

“我嫉妒他早遇见你，竟敢比我早了十几年。”他脸上没有一丝笑容，眼底戾气忽重。

这孩子气的话，却一本正经从他口中说出，令我怔了片刻，才陡然大笑起来，直笑得喘不过气。

“谁叫你自己来得迟。”我伏在他胸前，一时悲喜交集，“迟了这十几年，往后就用你一辈子来偿还。”

萧綦还未回答，屏风外却传来阿越的催促声，“王爷王妃，时辰已近，是否起驾

入宫？”

我们静了下来，两人均不语不动。我伏在他怀中，深深藏起脸庞，半晌才开口，“子澹，真要南征吗？”

萧綦淡淡反问我：“你不愿意？”

我不敢抬头看他的眼睛，紧闭了眼，心如刀割，“我以为，他不会愿意。”

萧綦笑了笑，缓缓道：“他若顺从旨意，我可保他阵前无恙；若是抗旨，那就不必再回来了。”

摇光殿凭水而立，殿阁玲珑，碧檐金阑倒映流光，入夜灯影与水中倒映的点点星辉相交融，迷离摇曳，恍如琼苑瑶台。茜纱宫灯沿殿阁回廊蜿蜒高挂，珠翠环绕的娇袅宫婢擎着上千支巨大明烛，每隔五步，侍立左右，照得大殿明华如昼。龙涎沉香膏的馥郁香气，缥缈萦绕，行过九曲回廊，熏得人履袜生香。

琉璃杯，琥珀盏，金玉盘，满座王孙亲贵，锦衣华章，兰麝幽香遍传远近，环佩之声入耳旖旎。殿上钟乐悠扬，宛转丝竹响遏行云。殿前龙椅空置，水晶帘卷，帘后锦榻上的太皇太后，早已昏昏睡去。静儿由我抱至殿前接受众臣朝拜，稍后便让奶娘抱了回去。

萧綦坐于首席，席前迎奉祝酒之人络绎不绝。我矜然含笑，随着他一次次举杯，仰首饮尽的刹那，目光掠过杯沿，斜斜落至对面。对面子澹神色恍惚地端起白玉杯，独自倚坐案后，苍白容颜染上一抹微醺的红。他以皇叔之尊同样位列首席，席前却是冷冷清清，素日交好的名门亲贵纷纷避之唯恐不及。我握紧手中水晶杯，心底微微地痛，萧綦的话一遍遍盘旋心头，那甘醇美酒入喉尽化作苦涩。

不经意间，子澹回眸迎上我的目光，神色淡淡，隐有一丝缠绵掠过眼底。

我手上一颤，杯中琼浆洒出，溅上衣袖。侍立在侧的宫女慌忙上前，帮我拭去衣上酒渍。此刻不知有多少双眼正在看着我，看着他，看着萧綦……我们都不能有半分行差踏错。我静静地望着他，企盼他能看懂我眼中的担忧与歉疚。他却移开了目光，唇畔牵起一抹飘忽的笑，径自斟上一杯酒，仰头一饮而尽。

我黯然垂眸，恍惚的瞬间，忽又有人趋前祝酒，“微臣恭祝王爷福寿齐天。”

福寿齐天，这话好生唐突大胆。我微微蹙了眉，却见眼前这人眉目清朗，风仪雅致，身穿御史大夫服色，原来是他——允德侯顾雍的侄孙，顾家这一辈里仅存的男儿，当日与子澹交游甚密的风流名士顾闵汶。我淡淡一笑，转眸看向他身后的少女，那少女娉婷紫

衣，螓首低垂，依稀窥得相貌不俗。

“顾大人请。”萧綦神情倨傲，微微颌首举杯，显然并不欣赏这句唐突的奉承。顾闵汶有些尴尬，旋即微笑侧身，引出身后的少女，“舍妹顾采薇，素仰王妃风华，今日初次入宫，特来拜见王妃。”紫衣少女盈盈下拜，纤腰款款，我见犹怜。曾听说过宜安郡主的女儿、顾雍的嫡孙女，是以工诗善画而闻名京华的美人，我凝眸看去，柔声笑道：“原来是采薇，我亦久闻你的才名。”

顾采薇缓缓抬起头来，明眸似水，绿鬓如云，好一个出尘的丽人。见我打量她，她亦目不转睛地望着我，眼中掠过钦羡，垂眸柔声道：“王妃龙章凤姿，天人之质，采薇心向往之。”她态度谦恭，言语却是不卑不亢，令我多了几分好感。我含笑点头，却见顾闵汶面露得色，悄然窥看萧綦，谄笑道：“舍妹对王爷英名亦是钦慕久矣。”顾采薇垂眸敛眉，闻言更是深深低头，颊生红晕。而萧綦听了此话，仍是倨傲慵然，目光扫过眼前丽人，并无停留之意。

可叹堂堂顾氏竟沦落到如此地步，自顾雍病故，昔日名门公子非但趋炎附势，更无耻到以美色讨好权臣。我心下雪亮，不由冷冷一笑，再看这顾采薇顿觉可怜可惜。她却似松了口气，抬眸望向我，目光闪闪动人。

“顾氏门庭钟毓，果然人才辈出。”我不忍见她难堪，便温言笑道，“听闻你善画，不知师从何人。”顾采薇粉颈低垂，颊上红晕更甚，轻声道：“采薇曾受江夏郡王指点。”江夏郡王，我一怔，旋即粲然笑叹，“原来是家兄收的好弟子，难得难得。”

“舍妹蒲柳之姿，蒙王妃谬赞，实在惶恐之至。”顾闵汶神色尴尬，似不肯死心，抬头却触上我冷冷目光，只得讪讪领了采薇退下。

我回眸看向萧綦，见他似笑非笑地瞧着我，眼底大有狡黠得意。

酒至半酣，宴到盛时，众人都已醺然，萧綦起身，抬手罢了乐舞，满殿笑语歌乐顿时归于沉寂。

萧綦负手立于玉阶之前，环视四下，神色冷肃，“蒙天祚之佑，吾皇隆恩，今日得与诸公共庆良宵，安享盛世升平，乃予之幸也。然江南之乱未平，予等朝夕不能安寝。所幸今日皇叔回朝，吾皇得肱股之助，实乃天下苍生之幸。”

群臣顿首，齐颂吾皇万岁。

“我南征前锋已至江左，万事俱备，三军待发。此番伐逆任重道远，非皇室高望之人，不足以当主帅之任。”萧綦的目光扫过群臣，满殿鸦雀无声，子澹垂眸端坐，脸上不

辨喜悲。萧綦的目光终于落在他身上，“而今放眼满朝文武，唯皇叔众望所归。”

子澹不语不动，苍白的脸上毫无波澜，似早已预见了这一刻的来临。他是永远不懂得反抗的人，即便到了这样的时刻，也只是以沉默来抗拒，而这沉默之下，却已怀了赴死的决心，殿外夜风吹动水晶帘，簌簌的清冷声音，一下下敲击在心头。

殿上很静，死一般的寂静。萧綦冷冷负手，一言不发，静候着子澹的回答。

我望着子澹，默然咬唇隐忍心中焦急，却恨不得奔上前去将他摇醒——子澹，没有用的！即使你以沉默抗拒，也挽回不了这定局。圣旨早已经拟好，猩红的玉玺也已加盖上去。此刻萧綦还有耐心，还肯给你一线生机，只要你能顺从，他便答应我不会夺你性命……子澹，求你开口，求你接受这旨意！

萧綦的目光一分分阴冷下去，杀机迸现。

再不能拖延，我顾不得多想，霍然站起。一时间满殿皆惊，每个人的目光都投向我。子澹终于抬眸，静如死水的眼底泛起悸动波澜，淡无血色的唇微微翕张，却没有发出一丝声音。我端了酒杯，徐步行至子澹面前，眼角瞥见一道焦虑关切的目光，是宋怀恩。

此刻满殿的人都在等着看，看我如何为昔日爱侣求情。

我双手举杯，直视子澹，微微含笑道：“得皇叔之助，是我社稷之福，百姓之福，王儇恭祝皇叔旗开得胜，平安归朝！”

子澹定定地望着我，面孔在瞬间褪尽血色。我对他惊痛目光视若无睹，只将酒杯双手奉至他眼前，不留半分退让的余地。

片刻的僵持，于他是生死相悬，于我却是爱恨之隔。子澹终于伸出手，接过酒杯，指尖与我微微相触，只顿了一顿，骤然仰头，杯倾酒尽。

众人齐声高颂，“恭祝皇叔旗开得胜，平安归朝！”

我静静地垂目而立，不看子澹，不看萧綦，亦不管任何人的目光。

就让世人皆当我凉薄无情，就让子澹从此恨我……子澹，我只要你懂得，与其愚蠢地死去，不如坚强地活着。从前是你告诉我，世间只有生命最为可贵，也是你告诉我，人要惜福，更要惜命——你教我的，请你一定要做到。

翌日，圣旨下。拜皇叔子澹为平南大元帅，宋怀恩为副帅，领军二十万，征讨江南逆党。

【缔盟】

我召玉岫入府，将一只通体晶莹无瑕的镂雕麒麟碧玺瓶赐给了她。

“麒麟瓶，寓意平安威武，你替我转交怀恩，祈望天佑平安，早日得胜回朝。”我抚着瓶身，淡淡微笑。玉岫感激地接过玉瓶，屈身下拜，“多谢王妃。”我握了她的手，一字一句道：“告诉怀恩，我在京中等候他们平安归来。”

萧綦的允诺，我终究还是不够放心。两军阵前，或许一切都有可能发生。千里之外，我不知道还有没有能耐保护他周全。子澹是恬淡如水的一个人，骨子里却藏着凛冽如冰的决绝，此去江南只怕他已怀有必死的决心。我一面暗中吩咐庞癸，以侍卫的身份跟随子澹南征，贴身保护他的安全；一面将子澹托付给宋怀恩，要他务必带着子澹平安回来见我。

除去萧綦的宠爱，我终究还得握有自己的力量。身为女子，我不能跃马阵前，亲自开疆拓土，也不能立足朝堂，直言军国大事。从前，我以为失去了家族的庇佑，就一无所有。如今我才明白，家族赐予我的宝物并非荣华富贵，而是与生俱来的智慧和勇气，令我得以征服天下最有权势的男子，征服天下最忠诚的勇士。

男人征伐天下，女人征服男人，古往今来，这都是天经地义的法则。今日的王儇已非昨日娇女，我要天下人再不敢小觑我，无论何人都不能操纵我的命运。

南征之日在即，而元宵宫宴之后，我再没有踏足景麟宫，也再没有见到子澹。锦儿虽与我久别重逢，也只在当日匆匆一见，之后要事纷至，我亦没有心思与她叙旧，抑或我还未能想好怎样面对她。如今，她已是子澹的侍妾，是他女儿的母亲……再不是昔日随侍我左右的小丫头。

是夜，宫中来人说静儿又发热咳嗽，我忙入宫探视，守着他入睡后才离开乾元殿。

刚刚步下宫前的玉阶，忽听侍卫一声暴喝："是谁！"

左右侍从立即将我团团围在中间，烛火大亮，但见偏殿檐下一个黑影，被蜂拥而上的禁军侍卫围住，刀剑寒光乍现。

"王妃救我，我要见王妃！"惊慌的娇呼陡然响起，竟是锦儿的声音。

我喝住侍卫，疾步趋前，果然是锦儿被侍卫的刀剑架住脖颈，狼狈跌倒在地。

"怎么是你？"我一时惊诧莫名。她脸色苍白，涕泪纵横，"奴婢想求见王妃，不欲被皇叔知道，是以悄然等候在一旁……"

我蹙眉叹了口气，令阿越扶起她，"苏夫人以后有事，命宫人通传即可……也罢，你随我来。"

我领着她与心腹侍女避入殿内，心中大致猜到，她必是为了子澹南征的事来求我。屏退了左右侍卫，我不动声色地坐下来，淡淡道："苏夫人有事请讲。"

锦儿陡然跪倒，失声泣道："郡主，锦儿求您大发慈悲，求求王爷，别让皇叔出征，别让他去送死！"

"住口！"我料不到她竟如此口无遮拦，忙截住她话头，"这是什么话，皇叔出征在即，岂可如此胡说！"

"这要一去，他哪里还回得来！"锦儿不顾一切地扑到我脚边，戚然望着我，"郡主，您就没有一丝慈悲之心吗？"

我气急，浑身发颤，竟忘了如何反驳，只厉声道："锦儿，你疯了吗？"

她拽住我的衣袖，泣不成声，"难道郡主就毫不顾念过往的情分……"

我耳边嗡的一声，只觉血往上冲，想也不想便是一记耳光，扬手掴去，"给我住口！"

锦儿跌倒在地，半边脸颊通红，呆呆地望着我，再不哭叫。

"苏夫人，你听仔细了！"我盯着她双目，一字一句道，"皇叔出征是奉旨讨逆，必会旗开得胜，平安归来，绝不会死在阵前。"

我盯着她惊骇欲绝的面孔，"可你方才的话若是传扬出去，却会立刻为他招致杀身之祸！"

锦儿瘫软在地上，浑身发抖，语不成调，"锦儿知罪，是锦儿莽撞无知……求郡主……"

我再一次截断她的话，"锦儿，你要记住两件事，往后再不许提到'过往情分'四个字，此其一；其二，我已是豫章王妃，往后不必再称郡主。"

她不再开口，只一瞬不瞬地盯着我，目光幽幽变幻。我侧首叹息，不愿再多说，挥手让她退下。她缓缓退到门口，忽然转身，冷冷地看我，“王妃，您就这么不愿提起从前，恨不得将过往一切都抛开吗？”

我闭了眼，只觉深深疲惫，甚至不愿再看她一眼，“阿越，送苏夫人回去，今后没有我的令谕，不得踏出景麟宫半步。”

锦儿陡然笑了起来，挣开阿越，“王妃放心，锦儿不会再给您惹麻烦了！”

我漠然拂袖，转身往殿外而去。

“就算锦儿背叛了王妃……”锦儿一面被宫人拖走，一面兀自惨笑，“但皇叔绝没有半分对不起您！”

正月二十一，正午吉时，子澹率众出武德门，远赴征程。

萧綦率百官登临城头，遥遥相送。在司祀颂告声中，萧綦肃然举起酒樽，上祭苍天，下祀后土，余酒泼洒向四方。

我立于他身后，从高高的城头俯视子澹远去，那银盔雪甲不染微尘，在军阵之中格外醒目，宛如薄雪飘落盾甲，转眼便被黑铁潮水般的军队淹没，渐渐远去无踪。

他始终不曾回望城头，那单薄孤清的身影，决绝地消失在我眼前。

转眼三月，初春连绵的阴雨整整下了十余天。

整个京城都被笼罩在绵愁不绝的风雨中，瑟瑟终日，宫中也越发的阴冷。京城每到春秋时节，总有那么十天半月阴雨连绵，令人郁郁难欢。前些天又染了风寒，原以为是小恙，却不料缠绵病榻，一躺就是数日。自两年前那场大病过后，一直未能复原，无论如何调养仍是虚弱，太医认定我的身子仍然不能承担生育之累，那药也是一日未曾间断。

午后睡起，我蒙眬倚在软榻上，一时胸口窒闷，掩口连连咳嗽。忽觉一只温暖有力的大手搁在我后背，轻轻拍抚。我勉力笑了笑，扶了他的手，倚倒在他怀中，冰凉的身子顿时被浓浓暖意包围。

“好些了吗？”他轻抚我的长发，满目爱怜。我点头，见他一脸倦容，眼里隐有红丝，一时心中不忍，“你自己忙去，不必管我，误了正事又要熬到半夜。”

“那些琐事倒不要紧，倒是你才叫人放心不下。”他叹了一声，替我拢了拢被衾。近日南征大军在舆陵矶受阻的消息传来，令人忧烦焦虑，他更是一连数日未曾睡过好觉。正欲问他今日可有进展，却听帘外传来通禀，“启禀王爷，诸位大人已在府中候着。”

“知道了。”萧綦淡淡答道，却是无动于衷。我看向帘外的急风骤雨，“南边还是僵持着吗？”

“这些事用不着你胡思乱想，自己好生歇着。”萧綦笑了笑，帮我拢起散落的鬓发，径直起身离去。我望着他背影，心中思绪纷乱，盘桓许久的话，到了唇边却又迟疑。哥哥的书信还在枕下，取出又读了一遍，薄薄的一纸书信，捏在手中，竟重逾千斤。

南征大军一路南下，势如破竹，到了舆陵矶，却遭遇连日大雨，江水暴涨，先前预备的小艇根本无法渡过湍急的江面。而舆陵守将弃城南逃时，已预知雨季将至，竟将沿岸高大树木尽数伐去，令我军不能造船渡江，以至在舆陵矶被困多日。而胡光烈的十万前锋，与敌方对峙已久，粮草将尽，急盼大军来援。如果舆陵矶不能强渡，唯一的办法就是绕道愍州。愍州是晋安王封地，地势险峻，易守难攻，若非晋安王开城借道，要想强行攻城，恐怕比渡江更难。而晋安王与建章王更有姻亲之盟，一面假意上表朝廷，声讨逆臣，以忠良自居；一面却又扼守愍州，拒不开城，对朝廷阳奉阴违，实在可恨之至。

哥哥在信中称，拖延多年的楚阳大堤，在他到任后几经艰难，终于修筑落成。楚阳大堤一旦建成，下游危害多年的洪涝之患，几乎化解大半，可谓功在千秋，泽被苍生。这道大堤非但是哥哥的心血，更是投入无数财力，耗费数千河工血汗所成。

然而我也知道，正是大堤连日抢工，而三条导引副渠还未来得及完工，才使得上游江水遇雨暴涨，无法泄洪，江水上涨到前所未有的程度，阻碍了大军渡河。

连日暴雨，毫无消停之势，为今之计只有毁堤泄洪，能令江水回落。筑堤难，毁堤更难，一旦毁堤，就意味着楚阳两岸近三百里平原将被尽数淹没，万千百姓将遭遇灭顶之灾，稼穑毁弃，家园不再……那哀鸿遍野的惨景，令我不寒而栗。眼下宋怀恩与子澹困守在舆陵矶，于数日前上奏萧綦，要求立即毁堤泄洪，让大军渡河。哥哥得知此事，一面紧急上书朝廷，一面修书给我，要求无论如何不能毁堤，务必再给他一些时间，将导引渠完工。

然而，我们都不知道三条导引渠究竟还需多久的时间，也不知道南征前锋还能不能等到那么久。

萧綦陷入两难之境，孤军陷入江南的十万前锋，是与他出生入死多年的同袍将士，若后援再不能赶到，势必陷他们于绝境，萧綦断不能弃十万将士生死于不顾，然而楚阳两岸百姓何罪，若是要以生灵涂炭、家园毁弃为代价，这样的战争赢来也会伴随着千古骂名。

我们都在徘徊挣扎，前方战事与河岸百姓生死，到底孰轻孰重？为了权位征伐，值不

值得付出无辜百姓的性命，去赢得一场同室操戈的战争？

而哥哥的心血一旦被毁，治河反酿大祸，这又让他情何以堪，更让他如何承担这千古骂名？

夜里咳了半宿，好不容易平歇下来，刚合了眼迷糊睡去……忽听一阵急促步履声，值夜侍卫的声音低低传来，“启禀王爷，边关加急军报传到，十万火急！”

我霍然睁眼，却见萧綦已经翻身坐起，披衣下床，“呈上来！”

殿外光亮随即大盛，侍从匆匆而入，跪在帘外，“边关火漆传书，请王爷过目。”

萧綦接过那道火漆鲜明的书函，蹙眉打开。房中一片沉寂，隐隐透出令人窒息的紧张。我探身起来，掀起床帷，但见明烛之下，萧綦面色渐渐凝重，如罩寒霜，周身似有凌厉杀气弥散开来，令我心头陡然一紧。

殿外夜雨淅沥，天色仍是漆黑一片，风雨声里凉意逼人。

“北边怎么了？”我忍不住出声探问。萧綦回首看我，面色和缓了些，径自取过外袍穿上，“没什么大事，时辰还早，你再睡会儿。”

我望着他冷峻面容，蓦然发觉这些日子他似乎瘦削了些，眉目轮廓越发深邃如镌。这偌大江山尽压在他一人肩上，纵是铁铸的人也会疲惫。一时间心头酸涩，我不由叹道：“非得这么急吗？这才三更，早朝再议也不迟。”萧綦沉默了下，淡淡开口，“南突厥犯境，军情如火，延缓不得。”

我心头大震，“突厥人？”

“区区南突厥倒不足为患。”萧綦冷哼一声，“可恨的是，南边竟敢与外寇勾结！”

就是数日前，南突厥五千骑兵掠袭弋城，掳掠牛羊财物无数。边关守将出兵追击，将突厥骑兵逐出弋城，却在火棘谷遭遇突厥大军阻截，无功而返。南突厥王亲率十万铁骑，兵临城下，虎视眈眈，扬言一雪当年之耻。边关守将向宁朔求援，而宁朔驻军一半已调遣南征，并驻防在京畿周边重镇，如今兵力空虚，仅与突厥十万骑兵相抗倒是无虞，但南突厥背后势必还有援军，若是与北突厥合力南侵，只怕边关情势堪虞。

当年萧綦任北疆守将，历经数场大战，终将突厥逐出边境，退缩漠北。老突厥王伤重不治，不久即病逝，由此引发王族争位，使突厥分裂为二，北突厥势弱，远徙北方，自此与中原断绝往来，南突厥经此重创，元气大伤，多年不敢越过漠北半步。此后数年间，中原皇室动荡，内乱频生，萧綦忙于权位之争，无暇北顾，给南突厥以喘息之机，伺机吞并

漠北弱小部族，加紧蓄养兵马，终于酿成大患。

然而，比这更坏的一个消息，却是我军间者潜入敌营，发现突厥王帐下竟有南方宗室使臣，非但以重金协助突厥出兵，更与突厥立下盟约，由南方宗室拖住南征兵力，突厥趁机北侵，对中原形成南北夹击之势。南方宗室此举，分明是引狼入室，为了争夺权柄不惜将国土割裂，将北方边陲拱手让给外寇。

雨水从房檐如注流下，帘外雨幕如织，天际黑云沉沉。

我立在窗下，披了风氅，仍觉得阵阵阴冷。南突厥，南突厥……恍惚似回到了苍莽北地，那个白衣萧索的身影隐约浮现眼前。

阿越上前，一面轻轻将风帘放下，一面笑道："窗边风大，王妃还是回房内歇着吧。"

我自恍惚中收回思绪，回眸看了看她，"阿越，你是吴江人氏吧？"

"奴婢幼年在吴江长大，后来才随家人迁往京城。"她含笑答道。

我踱回案前，沉吟道："吴江邻近楚阳，那一带水土滋沃，民生可还富饶？"

阿越迟疑道："说起来水土倒是极好，只是连年水患成灾，有钱的人家大多都迁徙了，只留下平常百姓，非但有水患之苦，还要受贪官盘剥。"提及家乡之苦，她越说越是不忿，"好不容易躲过天灾，却躲不过人祸，每年名为治水，不知要搜刮多少钱财，乡野父老都说，人祸猛于水……"

南方吏治腐败，早有所闻，听她这般说来仍是令我心中沉痛。人祸猛于水，如今南方内乱，北面外寇入侵，若论为祸之烈，岂是水患可比。

我曾经犹疑，到底值不值得为了一场同室操戈的战争，而令百姓付出惨重代价。然而，眼下突厥入侵，这场战争已不再是同室操戈，而是外御强寇、内伐国贼之战。比起疆土沦丧、社稷倾覆的代价，我们宁愿选择另一种牺牲。

萧綦决定再给哥哥半月时间，并令宋怀恩调拨军队赶往楚阳，全力抢修渠道，若半月之后引渠未成，便由宋怀恩立即毁堤，任何人若敢违抗，军法处置。

数日后，南方宗室的使臣趾高气扬地入京，要求议和，实则挟势相胁。

太华殿上群臣肃穆，我抱了小皇帝坐在垂帘后，萧綦朝服佩剑立于丹墀之上。

使臣昂然上殿，呈上南方藩王联名上表的奏疏，要求划江分立，子律南方称帝。此人言辞倨傲，舌绽莲花，极尽口舌之能，扬言十日之内，朝廷若不退兵，北境无力御敌，突厥铁骑将长驱直入。群臣闻之激愤，当庭与之相辩，怒斥南方诸藩王为国贼。

萧綦拿起内侍呈上的奏疏，看也不看，扬手掷于阶下。廷上众人皆是一惊，随即默然肃立。

"回去告诉诸王，"萧綦傲然一笑，"待我北定之日，便是江南逆党覆亡之时！"

阶下肃静片刻，众臣齐齐下拜高呼："吾皇万岁！"使者阴鸷色变，讪讪而退。我从帘后望见萧綦挺立如山的身影，不由心绪激荡，这万里江山有他一肩承担，纵然风雨来袭，亦无人可撼动分毫。

连日来，北境战事如荼，突厥骑兵连日强攻，四下烧杀掠境，后援兵马陆续压境，守城将士拼死力战，伤亡甚重。所幸唐竞已率十万援军北上，不日就将抵达宁朔。南北两面同时陷入僵持，战报如雪片般飞马送到，我一次次期盼南边传来哥哥的消息，却一次次希望落空。

已是夜阑更深。我坐在镜前，执了琉璃梳缓缓梳理长发，神思一时恍惚。

半月的时间已经所剩不多，这区区十余天，于我们、于哥哥、于楚阳两岸百姓、于北境守军、于南征前锋大军都是漫长的煎熬。然而哥哥迟迟没有消息传回，也不知引渠能否如期竣工……想着一旦毁堤的后果，我心中阴霾越盛，手中用力，竟硬生生将那琉璃梳折断成两截。不祥之感顿时如潮水涌上，再无法抑制心中恐惧，我陡然拂袖，将面前珠翠全部扫落。

"阿妩！"萧綦闻声，丢了手上折子，疾步过来掰开我掌心，这才惊觉断梳的裂面已将掌心划破一道浅浅血痕。我转身扑进他怀抱，一言不发，身子微微发抖。

他默然叹息，只用袖口拭去我掌心血丝，素色丝袍染上殷红。听到他平稳有力的心跳，我心中恐惧渐渐平定，喃喃道："这场仗什么时候才能打完，什么时候才有安宁？"他俯身轻轻吻在我额头，带着一丝疲惫的叹息，"我相信很快会有捷讯。"

萧綦果然言中，次日虽没有传来我盼望已久的音讯，却发生了一起出人意料的变故。

突厥密使悄然入朝，求见摄政王萧綦。此人来得十分隐秘，竟是绕过北境，从西北而入，一行人乔装成西域商贾，直至入关之后才被识破。本以为是突厥奸细，为首之人却自称是王子密使，要求觐见摄政王。当地官吏果真从他身上搜出突厥王子密函，当即命人一路押送至京中。

突厥斛律王子在密函中称，当日与萧綦有过盟约，如今他羽翼已成，趁突厥王南侵，正是夺位之机。苦于手中兵力微薄，不敢贸然起事，愿向中原借兵十万，约定功成之后，立即从北境撤兵，割赠秣河以南沃野，按岁贡纳牛羊马匹，永不犯境。

崇极殿上，突厥密使入见，不仅带来王子的印信为证，更呈上一件特殊的礼物。高大浓髯的突厥密使垂手立在一旁，用流利的汉话禀道："这是敝国王子进献给豫章王妃的礼物。"

那只锦匣被奉到我面前，我抬首望向萧綦，他却面无表情，只微微颔首。

我缓缓掀开了锦匣，里面是一朵雪白奇异的花，分明已经摘下多时，依然色泽鲜润，蕊丝晶莹。

"这是敝国霍独峰之上所产的奇花，历雪不衰，经霜不败，百年开花一次，乃天下避毒疗伤圣品。敝上言道，此物本该两年前奉上，因故迟来，望王妃见谅。"

贺兰箴仍然记得那一掌，更以这般隐晦的方式为当日击伤我赔罪。那花蕊中隐隐有光华流转，我拨开合拢的花瓣，赫然见一枚璀璨明珠藏于其中。当年大婚之时，宛如姐姐赠我玄珠凤钗，钗上所嵌玄珠，天下只此一枚。那支钗子，被我拔下刺杀贺兰箴，未遂失手，从此无踪。

如今，玄珠重返，似是故人来。

【春回】

正值两国交战之际，一个来历不明的密使，一封诡秘的信函，一件奇特的礼物——带来一个大胆得近乎荒谬的请求，一时间，如巨石入水，激起千层波澜。

提及突厥王子，世人只知一个忽兰，却不知有斛律。斛律王子，这个只闻其名的神秘王储，几乎没有人清楚他的来历。

暴戾善战的忽兰王子是突厥王的嫡亲侄子，生父当年丧于萧綦阵前，自幼由叔父抚养长大，与突厥王情同亲生，性情亦如出一辙。

而传闻中的斛律王子，病弱无能，不识骑射，在崇仰武力的突厥族人看来，一个不会骑马打仗的男人，比女人还懦弱，比幼童还无用。

然而正是这个无势无名的没落王子，却在此时向萧綦请求结盟，不惜借助世仇大敌之手，弑父割地，换取他的王位。

朝中众臣纷纷质疑，有人怀疑这根本就是突厥人的骗局，欲将我军诱入敌后，分而击之；有人不信那废物似的斛律王子有翻覆王权之能，借兵与他，无疑自投死路。朝堂之上，尤以御史大夫卫俨反对最为激烈。萧綦不置可否，暂将此事压下，延后再议。突厥使者亦暂押驿馆，由禁军严密看守，任何人不得擅自出入。

斛律真，我喃喃念出这个陌生的名字。

“说起来，你我倒要感谢这位故人。”我一惊，竟不知萧綦何时到了身后。

他语声淡淡，目中神色莫测，望着我笑道：“若不是他将你带来宁朔，你我不知何时方能相见。”

我亦笑了笑，每当想到那个白衣萧索的身影，心中总是感慨。想起他送来的花与明

珠，眼前竟浮现那月下寒夜的一幕，一瞬间脸颊微热。

“贺兰箴倒是个汉子。”他负手一笑，“结盟之事，你怎么看？”

我沉吟片刻，缓缓道：“你与贺兰箴当日的盟约，必然不能让朝臣知晓。此番他依约向你借兵，我倒觉得可信。”

萧綦微露笑意，颔首示意我继续说下去。

我却有刹那迟疑，沉默半晌方道：“此人恨你入骨……只是王位的诱惑想必比仇恨更大。即便今日与你结盟，日后必然还会反噬。”

“不错，仇恨与利益，本就是世间最稳固可靠的东西。”萧綦笑意冰凉。我垂眸一叹：“仇恨，果真如此可怕吗？”

“我的阿妩至今还不识得仇恨的滋味。”萧綦含笑看着我，神色却十分复杂，笑谑中隐有唏嘘，“但愿这一世，你永远不要知道这滋味。”

我深深动容，有这样一个男子守护在我身边，纵是风刀霜剑，又何足为惧。

“贺兰箴与我结盟，所图并非仅只王位。”萧綦微微一笑。

我一时茫然，心念转动，骇然抬眸道：“他仍是为了复仇？”

“比起我，突厥王才是他更大的仇人。”萧綦叹道，“昔年我与他数度交锋，此人坚毅善忍，无论为敌为友，都是难得的对手。”

那双阴狠隐忍的眼睛再度从我眼前掠过，那个人心里到底埋藏着怎样可怖的恨，他蛰伏突厥多年，故意示弱于人，以求在强敌手下存活。心中却早早存了杀心，只待一朝机会来临，便是他扬眉复仇之日，到时父兄亲族皆为血食，以飨他多年大恨。

我暗自惴惴，凝望萧綦道：“你果真要与贺兰箴结盟？”

“他为螳螂，我为黄雀，何乐而不为？”萧綦薄削的唇边挑起冰凉笑意。

“十万大军送入突厥，一旦贺兰箴翻脸发难，后果不堪设想。”我蹙眉迟疑道。

萧綦负手不语，良久，淡淡道：“如果是你，与人共谋，凭什么取信于人？”

我略一思索，“凭利！”

萧綦大笑，“说得好，所谓恩义信用不过是个幌子，世人所图，终究是个利字——利，便是最可信赖的盟约。”

他踱至案旁，铺开案上的皇舆江山图，广袤疆土在他手下一览无余，他傲然微笑，“十万大军借他容易，届时是否收回，就由不得他贺兰箴了！”

我心中霍然雪亮，脱口道：“反客为主，化敌为友？”

萧綦嘉许地看着我，目光灼灼逼人，“不错，纵是仇敌亦未尝不可信赖，此番我便再助他一次！”

次日朝堂之上，萧綦同意了突厥斛律王子的借兵之请，盟约就此立定。

一旦计成，北境之危立解，我趁机求恳萧綦，再给哥哥宽限一些时间。

今年南方的雨季格外漫长，我担心哥哥无法及时完工。然而萧綦再不肯动摇半分，军令如山，不得更改。

半月期限转瞬即至，我们到底没有等到哥哥的佳讯，毁堤已成必然。宋怀恩从楚阳传回的最后一封奏疏称，他已领兵进驻，做好毁堤的准备。我却不能眼睁睁地看着哥哥功亏一篑，他所需要的只是时间，哪怕再多一点儿时间也好！

和萧綦争执了半日无果，他有他的固执，我有我的坚持，彼此各不相让。我们从未有过这般激烈的争执，他最终拂袖而去，再不肯听我恳求。我颓然枯坐于房中，眼看天色渐渐暗了，王府四下亮起灯火，宫灯摇曳于风中，明灭不定……我知道今晚再不下令，就再也没有机会阻止了。

于公于私，万千百姓的性命与哥哥孤注一掷的心血，如烙铁时刻贴在心头，然而朝廷律法与阵前之危更如无形的刀刃逼在我颈项。

直到这一刻，我终于真正懂得姑姑的那句话——“男子的使命是开拓与征伐，女子的使命便是守护与庇佑”。我的手中不仅握有哥哥、子澹和整个家族的安危，如今更握住了万千黎民的性命！我比任何人都清楚这两难之选的后果，且机会只有一次，纵然徒劳，纵然冒险，我也必须一试！

案上烛光摇曳，我终于将心一横，伏案提笔。

缔盟之事进展顺利，数日后突厥使臣即将归朝，我朝十万大军随即绕道西疆，与斛律王子里应外合，从背后直袭突厥王城。

明桓殿上，萧綦设宴款待即将归朝的突厥使臣。

胡乐悠扬，席上舞姬彩衣翻飞，一曲胡旋，艳惊四座。我含笑举杯，向座下使臣微微倾身为礼，突厥使臣目光发直，呆了一刻才回过神来，慌忙举杯。萧綦与我相视一笑，殿上群臣举杯同饮，四下歌乐升平。忽见一名朱衣内侍疾步趋前，在萧綦身侧低声禀奏了什么。萧綦不动声色地点头，依旧命左右斟酒，言笑晏晏，看不出丝毫异色。唯独我知道，当他心中有事时，唇角会不经意地抿紧，看似一抹不易察觉的微笑。我垂眸，端了酒杯，

指尖微微颤抖。

曲终宴罢，从明桓殿回府，宫人挑灯在前引路，绯红纱宫灯一路逶迤。从宫中回府的一路上，萧綦始终沉默，不曾与我说过一句话。我心中已然明白了几分，纵然早已做好最坏的打算，事到临头仍是冷汗透衣，仿佛一道绳索绕上咽喉，将收未收，令人心悬一线。

车驾到府，我步下鸾车，初春的夜风仍有几分寒意，酒意被风一激，立时有些眩晕。往日萧綦总会亲自过来扶我，此刻他却头也不回，径直拂袖入内。我怔怔地立在原地，从指尖到心口都是一片冰凉。阿越趋前扶了我，低声道："夜里凉了，王妃快些进去吧。"

一路穿过内院，站在卧房门前，身后空庭幽寂，门内灯影摇曳，我却没有勇气推门进去……早知道会有这一刻，无论什么结果，总要自己承担。我闭了闭眼，对左右侍女木然道："你们都退下。"

步入内室，一眼见到他负手立于窗下，我默然驻足，掌心渗出冷汗，心直直下坠。

"已有结果了吗？"我疲惫地开口。

"你想知道什么结果？"他的语声淡淡，不辨喜怒。

我咬唇，挺直背脊，"阻挠军令是王儇一人之罪，与他人无涉，无论结果如何，我亦一力承担。"

萧綦霍然转身，满面愠怒，"阻挠军令是流徙之罪，你凭什么来一力承担？"

我窒住，未及开口，陡然被他伸手抬起下巴。他眼中怒意腾腾，"就凭我对你一再容让，百般宠溺，你便有这天大的胆子，阻挠我军令？到此刻还不知悔悟！"

当日我以一封密函，抢在毁堤期限之前送到楚阳，迫令宋怀恩再多宽限五日。我知道十万前锋已经孤军深入江南，援军延迟一日，他们的伤亡就加重一分。区区五日，已是我所能争取的极限！假如拖延了毁堤出兵的时机，引渠还是未能筑成，我亦无悔当日的决定。所有罪责，由我一人承担即可，绝不能祸及哥哥。

照萧綦的反应看来，既已知道我阻挠军令，想必哥哥终究未能成功。我心中已凉，身子一分分僵冷，反而镇定如常，坦然迎上他的目光，"我既下了决心，便未存半分侥幸……是罪是罚，任凭你处置便是。"

"你！"萧綦盛怒，怒视我半晌，狠狠拂袖转身，再不看我一眼。

我却已无心与他争吵，心中只恍恍惚惚想着……哥哥怎么办，治河大业功亏一篑，叫他情何以堪！方才刚刚压下的酒意被冷汗一激，只觉头痛欲裂，我撑了额头，转身步出内室，也不知道要往哪里去，只想一个人静一静，想一想。

手腕一紧，我被猛地拽回，立足不稳地跌进他怀抱，旋即身子一轻，被他抱在臂弯，径直往床榻而去。

失望黯然之下，我不愿再与他争吵或是厮磨，只挣扎着推他，却怎么也挣脱不开。

“王儇！”他蓦地喝出我的名字，令我顿时呆住，被他捏住了手腕，牢牢地按在枕边。刹那间手腕痛彻筋骨，我狠咬了唇，不令自己痛呼出声。

他俯身冷冷地看着我，“你很幸运，这次赌赢了。”

我一时回不过神，怔怔地看着他，不敢相信方才听到的话。

“你有一个才干卓绝的哥哥和一个忠心耿耿的妹婿，替你化解了大祸。”萧綦冷肃无情的脸上，终于露出一丝欣悦，“王夙与宋怀恩率领三千兵士日夜抢修，抢在毁堤期限过后三日，终于筑成导引渠。开闸之日，河道分流，绕过楚阳，两岸百姓逃脱大劫，大军亦顺利渡河！”

一时间，大悲大喜，骤起骤落……哥哥真的成功了，近百年来，从未有人成功实现的导引之法，竟然被他做成了。

我陡然哽咽，万般辛酸忐忑在这一刻尽化作泪水滚落，再顾不得什么争执责罚，只想立刻奔到哥哥面前，亲眼看一看他筑成的河堤。

“还哭什么，你已经拗赢了！”萧綦眼底怒色终于化作无奈，长叹一声道，“我怎么就遇上了你这女人！”

不管他再怎么骂，我只是哭泣，放任自己在他面前肆无忌惮地哭泣，已经很久不曾痛快地哭过……隐忍了太久的悲酸委屈都在这一刻化作喜极而泣的眼泪。

他见我越哭越厉害，先是无奈，继而无措，一面替我拭泪，一面啼笑皆非道：“好了好了，我不说了还不行吗？”

我被他懊恼神情引得破涕为笑，他叹口气，正色凝视我，眉宇间隐有后怕，“阿妩！你可知道，不是每一次都会如此幸运！假如阿夙未能成功，一旦延误军机，酿成大祸，你将担下何等的罪责？”

“我知道。”我抬眸凝视他，“可若真的毁堤，于公于私我都不能坐视不理，就算罪责重大，也值得冒险一试。我亦知道军政大事不可妄加干预，唯独这次不一样……”

“还要嘴硬！”萧綦余怒又起，瞪了我半晌，沉沉叹息，“你既是我妻子，自当进退与共，即便军政大事我也从未回避过你。可凡事皆有分寸，这一次你实在太过莽撞，尤其不该隐瞒我！”

我心知理亏，老老实实地低下头去，垂眸不语。

“我对你实在太纵容！”他冷哼一声，却已没有了怒意，“如今你可知错了？”

我微微点头，他却不依不饶，依然皱眉看着我。

“知错了。”我只得低声开口，心中却是不甘不愿，愤愤地睨他一眼，抬手拭去眼角残留的泪水。

却听他倒抽一口凉气，蓦地捉过我的手，脸色顿时变了。我这才发觉，方才手腕被他握住的地方，竟有了青紫痕迹。

“怎会这样……”他捧起我的手腕，满面懊悔，威严模样荡然无存。

我咬了咬唇，伏在他怀中委屈不语，暗自松了口气。

早知道他是拿我没有办法的！

人说多事之秋，今年的春天却是个风波不断的多事之春。

所幸南方终于传回捷报，楚阳大堤筑成，百年治水大业终见成效。受困在舆陵矶的后援大军顺利渡河，积蓄多日的士气陡然暴涨，一举杀过江南，攻城略地，锐不可当，不出三日即赶到怀宁城下，与胡光烈前锋大军会合。一夜之间，朝野振奋。

哥哥因治水之功，加封王爵，由郡王晋为江夏王。

与突厥斛律王子的盟约已缔成，十万大军远赴西疆，然而朝中仍有不少顽固老臣劝谏反对，极力要求撤回西征兵马。其中尤以光禄大夫沈仲匀反对最为激烈，竟在朝堂之上，连连叩头死谏，血流披面。随后，此人又在家中绝食，以死相抗。萧綦震怒之下，将他沈氏族人一百七十余口全部下狱，如若他绝食身死，便让全族之人一并相殉——此令一出，朝臣皆被萧綦雷霆手段震慑，再无人敢非议妄言。

沈仲匀也是一代名士，在官场日久，渐渐圆熟世故，当年也曾攀附于父亲门下。我自小便与他熟识，却从未想到，他竟有如此风骨。都说世家败落，文人失节，然而面临外寇入侵之际，这文士的骨气终究还是逼出来了。

这沈仲匀就此令我刮目相看，也令萧綦暗自赞叹，虽恼恨他食古不化，却也不会当真杀他族人。萧綦以此为饵，逼得迂腐的沈老夫子与他立下赌约，暂且悬命待死，等这场仗打出个究竟，若果真败了，再死不迟。萧綦应诺，届时绝不连累他的族人，老头子这才悻悻作罢，随后果真在家闭门待死。

说来好笑，也只有萧綦才想得出这种办法，来对付堂堂当朝名士——可见对待迂腐之

人，最简单无赖的法子反而有效。

似乎连天公也感应了人心，终于收去连绵月余的阴雨。天际阴霾散尽，庭院里杏花初绽，已经是春回人间，芳菲四月了。

哥哥离京已经一年了，待他陆续完成了治河琐事，不久也该返京了。

按宫制，又到了更替服色、换上春衣的时候。如今六宫无主，本该由皇后或太后来指定的服制，只得由我与少府寺一同署理。

凤池宫前，阿越领着几名宫人，呈上今年新贡的各色锦缎纱罗供我过目，待我选定样式颜色之后，再按照品阶等级裁制新衣，依序赐给内外命妇。

一幅幅华美得令人炫目的织品，铺开在殿前，将原本典雅清约的凤池宫，渲染上一层层五光十色的华彩。凤池宫原是母亲未嫁时的寝殿，后来一直空置，至我幼时常常留宿宫中，这凤池宫也就成了专供我出入歇宿的地方。

看着娉婷的宫女们行走在云锦纱罗之间，衣袂飘举，仿如云中仙姝。几名活泼的小宫女嬉笑其间，有人用吴侬软语唱起《子夜歌》；有人踏歌起舞，往日冷清的凤池宫顿时春意盎然。见我含笑静观，她们愈发活泼起来，又有几人大方地加入进去……宫中已许久不见这般欢悦景象。

我经不住阿越她们的怂恿，玩心大起，也步入其中。

随着宫人宛转歌喉，我又记起了生疏多年的舞步，仿佛重回少女之时，足尖点地，扬袖旋步……眼前缤纷飞掠，化作流光明彩，依稀韶年如梦。

宛转歌声不知什么时候停了下来，我环顾四下，却见众人伏跪了一片，鸦雀无声。

萧綦站在殿门口，痴痴地看着我，仿佛神魂俱失。

四月清风微醺，拂面而过，吹起四下纱罗缥缈。

他徐步穿过缤纷云锦，来到我跟前。

我急旋而止之下，有些目眩，被他稳稳扶住。

左右宫人悄无声息地退开，远避到殿外。

他缠绵迷离的目光怦然触动我心，我仰首含笑望着他，以指尖轻拂过他胸膛、颈项、下颌……他微合了眼，任凭我的手指一路滑过，气息却是渐渐急促。

“别闹，我还有事在身。”他努力板起脸来，握住我的手，不许我再撩拨捉弄。这副正经模样越发激起我的征服之心，顺势滑入他怀抱，勾住他的颈项，眼眸轻眯，“有什么

事，比我更要紧？”

他目光迷乱，骤然俯身吻下……良久纠缠，彼此情难自禁之际，我喘息着抽身退开，笑睨着他，“王爷不是还有要事吗？”

他浓眉一扬，目中炽热如火，我笑着转身便逃，却被脚下堆叠的锦罗绊住，立足不稳之下，被他不由分说拽倒在一地锦绣堆中……纠缠间，各自意乱情迷，巨幅的瑰丽云锦将我们层层裹住，诸般羁绊都被抛开，只愿就此坠入彼此眼中，永世沉沦。

缠绵过后，萧綦慵然躺在锦榻上，衣襟微敞，含笑看我梳头整妆。

殿前凌乱的锦缎绫罗，犹带着片刻前的旖旎春色。

我绾好发髻，赤足走到殿前，在满地散乱的绫罗中翻检寻找。

“你找什么？”萧綦诧异地问我。

我低了头，只顾翻找，“有段布料不见了。”

他笑起来，“什么稀罕的布料，让你这样在意。”

我终于找到那半幅藕色布料，信手披在肩上，转身朝他一笑，“找着了，你瞧，好不好看？”

萧綦笑道：“天人之姿，穿粗布也是美的。”

“谁叫你看人了，是看这布料！”我嗔笑，扬起那幅似麻非麻、半丝半葛的布料让他细看。萧綦勉为其难地瞥了一眼，信口敷衍，“还好。”

我侧首笑看他，“这是织造司今年新贡上来，给宫女们裁衣用的，过去从未有过。这蚕丝里掺入了上好的细麻，织就的衣料同样柔软细密，却比平常丝帛廉价一半有余。”他点了点头，饶有意趣地看着我，“倒也能省下些用度，难得王妃也有勤俭持家之心。”

我不理他的调笑，挑眉道：“假若让内外命妇都换用这种布料为服制呢？”

他一怔，旋即目光闪动，若有所悟。

“王爷不妨猜猜，如此一来能减省朝廷多少用度？”我斜睨了他，浅笑不语。

萧綦皱眉，对这个问题全然一头雾水。

“足足三十万两银呢。”我笑道。

“三十万！”萧綦一惊，“用度有如此之巨？”

我正色道：“不错，宫中历来奢华成风，内外命妇尽皆效仿，每年仅用在脂粉穿戴上的财力，就足够一个州郡百姓的吃喝了。”

萧綦的脸色渐渐凝重，沉吟片刻道：“原来如此……如今南北各起战事，虽然国库充

盈，尚无粮饷之虞，但能未雨绸缪，尽量节减开支用度，那是再好不过。”

他深深地看着我，满目嘉许欣慰，“难得你想得如此周全。”

我转眸一笑，“不过眼下朝政动荡，难得春回景明，人心稍定，京中亲贵一向奢靡惯了，若强行裁减衣帛用度，难免有悖人情。还需想个妥当的法子，令他们心甘情愿地照办才好。”

【乍 寒】

不久便是一年一度的亲蚕礼，每年仲春由皇后主祭，率领众妃嫔命妇向蚕神嫘祖祭祀祈福，祈佑天下蚕桑丰足，织造兴盛。

耕织乃民生之本，每年的亲蚕与谷祀两大祀典，历来备受皇家重视。按照祖制，皇后主持祭祀之时，必须以黄罗鞠衣为礼服，佩绶、蔽膝、华带与衣同色，相应衣饰俱有严格的规制。其余妃嫔命妇的助蚕礼服，也由锦罗裁制，纹样佩饰按品级予以区分。过去每年春天我都穿上青罗鸾纹助蚕服，跟随母亲参加亲蚕礼。然而今年，我却要代替姑姑登上延福殿祀坛，亲自主持亲蚕大典。

太常寺长史不厌冗长地一样样报上祀典所需礼制器具。我一面听着，一面凝眸细看那份奏表。报至主祭礼服时，长史面有难色，小心试探道："不知主祭礼服，是否也照常制置备？"若按常制，那便是皇后特定的礼服了。如今朝中上下均以摄政王为尊，所谓一人之下万人之下，所差不过是个虚名。本朝历代皇后多出身于王氏，久而久之，王氏便有"后族"之称。皇家礼官素来最善于迎奉上意，此番必然以为我会穿上皇后礼服。

我淡淡抬眸，"今年事出特例，太皇太后因病不能主持祭典，实不得已而代之。服色虽小，攸关礼制事大，不可僭越。"

"微臣知罪！"长史连连叩首，复又迟疑道，"只是王妃以主祭之尊，若只着助蚕服，也恐于礼不合。"

"既然两种服色都有不妥，那就另行裁制吧。"我不动声色，只将奏表搁置一旁。

次日，我让阿越将新礼服的图样，连同指定的衣料交给少府寺，命其三日内制成。

宣和二年季春，太史择日，享先蚕氏于坛，豫章王妃代皇后行亲蚕礼。

侍女奉上新制的亲蚕礼服，素纱内单，外罩云青丝帛长衣，下着烟青流云裳，广袖削腰，烦琐的佩绶罗带一律免去，仅在围裳中垂下纤长飘带，形如凤尾。周身无绣无华，裙袂处织出淡淡的鸾凤暗纹，衬以环佩瓔珞。

阿越将我长发梳起，绾作倾鬟缓鬓，髻上加饰步摇。

我端详镜中容颜，拈笔沾了一抹金箔朱砂，在额间淡淡描过。

妆成，出凤池宫，肩舆四面垂下纱幄，仗卫内侍前导，行至延和宫东门。

诸命妇早已于宫门迎候，均着繁盛礼服，高髻金饰，锦绣非凡。众人趋前，行礼如仪，称颂吉辞。内侍掀起垂幄珠帘，我伸手搭在导引女官臂上，缓缓步下肩舆。此时晨曦方现，霞光普照，庄穆的祀坛沐浴在隐约金光之中。

我登上玉阶，立定在晨光之下，衣袂飘举，肃然焚香祈告。

随后，女官引领众人至桑苑，内侍奉上银钩，我率先受钩采桑，诸内外命妇以次效仿，各自采桑，盛入玉奁之中，至此礼成降坛。最后由内侍引入蚕室，略略看过今年的新蚕，便至后殿品茗叙话。

诸位王公亲眷坐在我身侧，彼此素来熟识，当下也不拘礼。

众人纷纷对我的服色妆容大加称美，我淡然微笑，却闭口不提更替服制之事。

到底还是有人忍不住，好奇探问道："王妃这身礼服不同往年式样，衣料似丝非丝，似麻非麻，从来未曾见过，不知是何方进贡的珍品？"

我温言笑道："倒不是远来的稀罕物，只是织造司今年新贡，从前是没有的。我瞧着喜欢，便裁来做了礼服。"众人恍然，难掩艳羡之色。左首的迎安侯夫人尤其欣叹不已，我转眸看她，含笑道："夫人若是喜欢，回头我叫人送些到府上。"迎安侯夫人欣喜不已，连连称谢。

众人艳羡之色更浓，令迎安侯夫人甚是得意。

不出三日，织造司来报，称近日各府贵眷纷纷向织造司求取新帛。

我早已吩咐过，无论何人求取，新帛概不准外流。众人的胃口被吊了个十足，私下探问也问不出个究竟，越发好奇心痒。十日后，宫中颁下更替服制的懿旨，诸命妇朝服自此弃用绮罗，一律改用新帛。

一夜之间，从宫中到京城，人人皆以穿新帛为荣，绫罗绮绣反沦为下品。

而我没有想到的是，不只新帛风靡了京华，连我一时兴起描画在额间的纹样，也迅速传遍坊间，无论仕女民妇皆以此为美。

难得春日晴好，我闲坐廊下，信手拨动清籁古琴，心下又想起了哥哥。

阿越轻巧地走到身边，低声道："奴婢已将王妃赐下的衣饰送往景麟宫，苏夫人收下后很是感激，嘱奴婢回话，想当面来跟王妃道谢。"我淡淡应了一声，"不必了，你平日常去走动，有事多多照应即可。"

"是，奴婢明白。"阿越迟疑了一下子，欲言又止。我不动声色，低头抚过琴弦，却听阿越低声道："奴婢瞧着小郡主，好像不大对劲。"

"小郡主有何事？"我一怔，原以为是锦儿有所怨言，却不料是孩子有事。

阿越蹙眉道："苏夫人原说小郡主感染风寒，不让人探视，奴婢唯恐王妃担心，便执意看了看小郡主……"

"如何？"我蹙眉问道。

她迟疑片刻，露出茫然神情，"奴婢似乎觉得，小郡主的眼睛竟似瞧不见人。"

我一惊非轻，立刻站起身来，一面传唤御医，一面吩咐车驾往景麟宫而去。自从锦儿被禁足，我就再没有踏入景麟宫，更没去看过她和那孩子。每每想到她那日的言行，便觉得心寒烦乱，再也无法将她当作昔日的锦儿，怎么看都是一个陌生的苏夫人。至于她与子澹的事，我至今不知，也永远不想知道。

踏入景麟宫，锦儿已闻讯迎了出来，似乎没料到我会突然而至，神色冷淡且慌乱。我无意与她寒暄，直言探望小郡主，命奶娘立刻抱了小郡主出来。锦儿脸色立变，慌忙说道："孩子刚刚睡下，切莫将她吵醒了！"我蹙眉看她，"听说小郡主感染风寒，我特地传了御医前来探视。难道孩子病了这么些天，夫人一直不曾传唤御医？"锦儿脸色发白，低头不再说话，手指却狠狠绞紧。见她这般神色，我越发生疑，正欲开口，却见奶娘抱着孩子从内殿出来。

锦儿抢步上前欲夺过孩子，却被阿越拦住。奶娘径直将孩子抱到我面前，我迟疑了下，接过那兀自熟睡的孩子，心中顿时百味莫辨。这是我第一次抱着子澹的孩子，一想到这孩子身上流着和子澹同样的血，我便不知该欢喜还是心酸……子澹，他终究还是我心底一处触不得的裂痕。

怀中女婴有一张秀气可人的小小面孔，沉睡间似一朵含苞的莲花。我静静地看着她，心中渐觉柔软，不由伸出手指轻抚她粉嫩脸颊。她小嘴微张，嘤咛有声，慢慢张开了眼睛。纤长睫毛下，那双大而圆的眼睛木然地望向我，眼珠一动不动，原本该是乌黑的瞳仁里，竟蒙上一层令人心惊的灰。

她似乎察觉出这是一个陌生的怀抱，顿时哇的一声哭出来，四下扭头寻找母亲，那双眼睛始终木然，不曾转动一分。

我抬眸看向锦儿，手足阵阵发冷，却是一句话也说不出口——这孩子分明已经盲了，她的母亲却绝口不提，更不让御医来诊治！

“孙太医，你当真瞧仔细了？”我盯着伏跪在地的御医，冷冷开口。

沉寂如死的内室，左右都已屏退，奶娘抱走了哭闹的小郡主，只剩御医和我的贴身侍女。孙太医是宫中老人，阅历深厚，天大的变故也见识过，此刻却匍匐在地，面色铁青，僵了半晌才回禀道：“王妃明鉴，微臣虽愚钝，这般浅显症状尚不至于看错！小郡主的眼睛的确是被人下药灼伤，以致失明！”老太医的语声也因愤慨而颤抖——下药灼伤，这般残忍的手段简直骇人听闻，谁会对一个未满周岁的女婴下此毒手？

“是什么药，可还有救？”我咬了咬牙，心中的愤怒如烈火腾起，不可抑止。

孙太医须发微颤，“此药只是极常见的明石散，但下毒手法十分残忍。照伤势看来，应当是以药粉化在水中，每日滴蚀，渐渐造成灼伤，并非陡然致盲。所幸眼下发现得早，小郡主尚有微弱知觉，及时救治，或许还能留存少许目力。”

这样的伤即便治好也是半盲，这孩子的一双眼，竟是就此废了！我默然转身，陡然拂袖将案上茶盏扫落在地。

明石散是宫里最常见的药散，每间宫室都会用来掺在熏香之中，以避蚊虫。这药散清香无毒，虽可驱散虫豸，对人却无大碍。然而谁又想得到，将药粉化在水中滴眼，却可以缓慢灼伤眼眸，致使眼珠毁坏，终生失明！即便是两军阵前，面对流血惊变、横尸当场的惨况，也不曾令我如此惊骇愤怒。

什么人，对一个小小婴孩有这样深的怨恨，竟能在侍卫森严的景麟宫下此毒手，更在我的眼皮底下公然伤害子澹的女儿！

“来人！”我冷冷回头，一字一句道，“即刻封闭景麟宫，但凡接近过小郡主的宫人，一并刑囚！”

景麟宫内侍卫、宫人连带杂役，一并被囚禁在训诫司，近身服侍小郡主的宫女和奶娘，全都跪在殿前，由训诫司嬷嬷一个个审讯。悲泣惨呼之声，透过屏风传来，一声声清晰入耳，如尖针直刺人心。但凡宫中之人，无不清楚训诫司的手段，落在那些嬷嬷手里，比死亡更加可怖。

我端坐椅上，不语不动，冷冷地看着跪在跟前的苍白妇人。这个鬓发散乱、神情恍惚的妇人，就是与我一起长大，曾亲如姐妹的锦儿吗？

她跪在跟前已经近一炷香时间，仿佛变成哑巴一般，死也不肯开口。

晖州失散之后，到底发生了些什么，让昔日巧笑嫣然的锦儿变成了如今的模样？

我只是沉默地看着她，亦不开口逼问，宁愿外面的宫人供出更可怕的主谋，也不愿意印证我的猜想。外头惨呼声渐渐低微，锦儿的脸色越发苍白，身子摇摇欲坠，却仍抵死强撑。只过了片刻，训诫司的徐嬷嬷步入屏风，俯身回禀，“启禀王妃，奶娘袁氏、宫人彩环、云珠均已招供，供词誊录在此，请王妃过目。”

锦儿身子一颤，猛地抬起头来，与我目光相触，整个人似被抽去了筋骨一般。阿越接了那页供词，低头呈递于我，悄然退至一旁。室内弥散着淡淡的蘅芷香气，幽冷沁人。薄薄一页供词，看得我遍体生寒，双手颤抖不已。

奶娘供出，小郡主每晚与苏夫人同睡，从未在旁人身边过夜，每到夜晚，常在苏夫人房里大声哭闹，半宿方歇。

彩环供认，苏夫人月余前称寝殿陈旧，多有蚊虫，曾命她向内务司讨要明石散。

云珠供出，她曾无意中发现小郡主眼睛有异，苏夫人却称无碍，不准她声张。

我反复将那几句供词看了又看，终于将这一页薄纸劈面摔向苏锦儿，喉头哽住，竟说不出话来。锦儿颤然捡起那页供词，看了两眼，肩背阵阵抽搐，整个人似瞬间枯槁下去。

我寒声问：“果真是你？”

锦儿木然点头。

我抓起案上茶盏，用尽力气摔向她，“混账东西！”

瓷盏正正砸在她肩头，泼湿了她半身，碎片划过额角，一缕鲜血淌下她惨白面颊，触目惊心。阿越忙跪下来，一迭声地劝我息怒。

“你到底是不是她的母亲，你还是不是人？”我语声喑哑，愤怒得失去常态。

锦儿缓缓抬起头来，眼中一片血红，映着面颊血痕，异常可怖。

“我是不是她的母亲？”她嘶声重复我的话，陡然厉声大笑，“我宁可不是！你以为我愿意生下她，生下这个孽种，跟我一样受尽苦楚吗！”

孽种，这两个字如火舌一般烫到我。我霍然站起，全身僵冷如坠冰窖，“你说她是什么？”

锦儿惨笑道：“我说她是孽种，跟我一样的孽种！”

我倒抽一口冷气，脚下一软，跌坐回椅上。

锦儿生在乐舞教坊，本是一个舞姬的私生女儿，直至她母亲病死，也未告诉她生父是谁。乐坊里这样的孩子并不少见，通常男孩送人，女孩留下，长大后不是成为乐伎，就是被达官贵人收作婢妾。锦儿却十分幸运，七岁那年被徐姑姑偶然看到，怜她孤苦，便带进府来做了侍女。

此刻，她却一字一句，明明白白地说出来，这女孩是孽种，跟她一样的孽种。我望着她，全身阵阵发凉，在心中盘桓过无数次的疑问，终于艰涩脱口，“锦儿，告诉我，晖州离散之后，到底发生过什么？”她唇角陡然一抽，瞳仁缓缓收缩，惨然笑道：“郡主，你真想知道吗？”

我起身走近她，抽出丝帕将她额角血迹拭去，心下一时不忍，“你起来说话。”

她恍若未闻，依然跪跌在地，半仰了头，拽住我的袖子，“殿下叫我从此忘了此事，再不必对旁人说起……可是，郡主想要知道，锦儿怎能隐瞒！”

她的笑容令我心里发凉，不觉退后一步，抽出袖子，“锦儿，你先起来。”

“你还记得，在我十五岁生辰时，问过我的心愿吗？”她目光紧紧地盯着我。我记起来，那时我们已经去了晖州，在她年满十五那天，我许诺替她达成一个心愿。然而她始终不肯说，只说自己的心愿都已经达成。那时我只以为她是孩子心性，什么都不懂得。

锦儿幽幽一笑，“那时我的心愿，便是跟随在殿下身边，一辈子侍奉他。”

我怔怔地看了她半晌，闭了眼，无声叹息。那些甜美的岁月，她默默地跟在我身边，没有人注意到她的存在，在我和子澹的天地里，她如同一个不出声的摆设。可我们都忘了，她也是一样的豆蔻年华，也一样有少女萌动的春心。

当日我在晖州遇劫，一连数日生死不知，她惶恐之余，只想到将此事尽快告知子澹，又唯恐子澹接到我遇害的消息，不堪悲痛。她觉得这个时刻，必须有人陪在他身边，便不顾一切地赶了去。一个孤身弱女，千里迢迢从晖州赶往皇陵……想起当年怯弱胆小的锦儿，竟不知她哪来的勇气。

那时子澹还未遭到幽禁，虽然远在皇陵，仍是自由之身。锦儿说到此处，神色凄婉却又温柔无限，“我千辛万苦去了皇陵，真的见到了他，想不到他那么高兴，看到我，竟然高兴得流泪！”她眼中光彩绽放，似又回到与子澹重逢的那一瞬间，“看到他那样高兴，我再不忍心将噩耗告诉他。当时也不知怎么鬼使神差，我竟骗了他，只想暂时瞒住他，不

让他伤心难过……我说，是郡主命我来此侍奉殿下，从此留在殿下身边，他也半分不疑就信了。”

“皇陵偏远闭塞，直到三个月后，我们才辗转得知郡主脱险的消息。殿下也知道了我当日的谎话，他却什么都没说，也没有怨我。那时我便下定决心，从此生生世世都跟在殿下身边。之后他被软禁，被监禁，我都寸步不离陪在他身边，只有我，再没有旁人……”锦儿语声平静，唇角噙着一丝甜美笑容，犹自沉湎在只属于她和子澹的回忆中。

“本以为这一生就是这样了，我伴着他，他伴着我，就在皇陵孤老一生也好……”锦儿的语声骤然尖促，仿佛被人掐住脖颈，“后来他被单独囚禁，不准女眷随同，我单独住在别室，每日只能探视他一次。有天夜里，喝醉酒的军士闯进我房中……”锦儿哑声说不下去，我也再听不下去，耳中嗡嗡作响，心中惊痛到无以复加。子澹，他那几年的软禁生涯竟凄惨至此，竟至遭受这样的侮辱，连他的侍妾也被醉酒士兵奸污！

“过后呢？”我闭了闭眼，隐忍心中痛楚，追问锦儿，“那个军士现在何处？”

锦儿神色漠然，“死了，那蛮子已被宋将军处死了。”

“蛮子？宋怀恩也知道此事？”我惊问。

“知道。”锦儿幽幽一笑，“宋将军是好人，待殿下多有照拂，可恨的只是那些禁军……此事过后，宋将军终于将那些禁军撤走，将殿下身边都换成了他的士兵，我这才不再担惊受怕。”我明白过来，她说的是姑姑最早派去的禁内侍卫，尽是京中坐食皇粮的兵痞，其中不乏胡人血统的蛮子——当年哲宗皇帝曾将各族出色的武士编入禁军，组建了一支奇怪的卫队，并一代代传延下来。从此禁军中也有了胡人血统的蛮子士兵，只是这些胡人多年生活在京中，与汉家通婚，言辞起居都与汉人无异。子澹身边发生这样的事，可恨怀恩竟不告诉我。

锦儿颤声道：“原本我是死也不会让殿下知道此事，可是，可是……我竟……有……”

我已然猜到了最坏的结果，再不忍听她亲口说出，“于是，子澹给了你名分，让你将孩子生下？”

锦儿掩面哽咽，“殿下说，终究是一个无辜生灵……”她陡然抬眼，直勾勾地望向我，“这般仁慈的一个人，你们怎能那样待他？旁人欺他辱他，连你也辜负他！跟了个有权有势的豫章王，就忘了一心一意待你的三殿下，你可知他在皇陵日日夜夜都牵挂你，时时想着你，就如我时时想着他，他却只当我是你的丫鬟，从不当我是他的女人……就算有这空头的名分，我却什么都不是！”

她目光如刀，一声声，一句句，都剜在我心头。

“我生的女儿，他口口声声叫她阿宝，连我的女儿也逃不出你的影子……豫章王妃，你凭什么被他念念不忘？一个亲手推他去送死的狠毒女人，也配让他念念不忘？”她越说越激愤，渐渐神色扭曲，状若疯狂。左右宫人将她按住，她仍挣扎着要逼近我跟前。

我默然听着她的喝骂，只觉满心悲哀，半晌无言。

“你的女儿长了一双肖似胡人的眼睛，越长大越是明显，所以你便狠心将她眼珠灼去？”我站起身来，最后一次寒声问她。

她似被人猛地抽了一鞭，颤抖得说不出话，悲咽一声，软软昏厥过去。

这桩皇室丑闻一旦传扬出去，子澹将声名尽毁，皇室也将颜面扫地。如果换作姑姑，必然会毫不犹豫地处死锦儿和孩子，处死全部宫人，将这桩秘密永远掩埋地下。然而面对锦儿，面对那可怜的孩子，我终究做不到这样的狠绝。

次日，景麟宫五名知情宫人被处死，小郡主被送入永安宫，交由仔细可靠的宫人照料。

苏氏则被以触犯宫规为由，逐出宫廷，谪往慈安寺修行思过，终生不得踏出寺门。

【哀 别】

南征大军自渡江之后，步步进逼，从水陆两线夹攻，对南方宗室的势力逐一合围歼灭。叛军主力被逼退到易州以北，遭遇前后大军合围，再无退路可逃。走投无路之下，各路叛军内讧，反复无常的晋安王自恃不曾正面与朝廷交战，企图擒住子律，借此向萧綦献媚请降，以求自保荣华。内乱中，晋安王夜袭行宫，杀了子律一个措手不及。子律在一众死士护卫下，单骑出逃，赶往承惠王军中，急调大军反扑。

两军激战一天一夜，晋安王精于权谋，战阵之上却不敌承惠王骁勇，终被诛杀于阵前，叛军自此大乱。为保军心，以建章王为首的江南宗室，只得仓促将子律推上皇位，在易州筑起高台，草草登坛祭天，奉子律南面称帝。

消息传来，满朝文武为之愤然。子律称帝，终于将篡位之罪坐实，萧綦只等着这一时机，好将江南宗室一举清除。

翌日，一道诏书公告天下，江南诸王拥戴叛臣篡位谋逆，罪在不赦，钦命南征大军即刻平叛，逆党首恶及相关从犯，无论身份爵位，一并诛杀，不得姑息。

春末夏初，午后已经微微有些闷热，湘妃竹帘半垂，隔开了外面灼人的阳光，筛下细碎光影，一道道洒在书案上。

我执了纨素团扇，倚在萧綦身侧，一边替他轻轻摇扇，一边侧首看他披阅奏折。又是一份大破南方叛军的捷报，奉远郡王的残部被追击至郗川，大半归降，其余尽歼。萧綦合上折子，流露出一丝笑意，鬓角却有微微的汗珠。南方大局已定，子律兵败溃亡只在早晚而已。

我恍惚想起那个孤僻的孱弱少年。三个皇子之中，子隆糊涂莽撞，子澹逆来顺受，唯独他却在宫变之日，冒死逃出皇城，南下起兵反抗。连我亦意料不到，最后坚持了皇室骄傲与勇气的人竟然是他。若不是生在这乱世，他或许会成为一位博学贤明的亲王，而不是如今受人唾弃的逆臣贼子。他和子澹流淌着相同的血脉，当他的头颅被利刃斩下，送到主帅帐前，面对着自己的嫡亲手足，他可会瞑目？而双手从未沾染过鲜血的子澹，纯善如白玉无瑕的子澹，却要从血海尸山里踏过，走向最残酷的终点，亲手取下兄长的头颅，来终结这场战争。

明明是初夏午后，却有凉意透骨而过。

愈经离乱，愈知珍惜……我无声叹息，收回恍惚的思绪，抽出丝帕替萧綦拭去鬓边汗珠。他抬首对我笑笑，复又专注于奏折之中。

“歇一会儿吧，这么些折子一时也看不完。”我柔声劝他。

“这都是要紧的事，拖延不得。”他头也不抬，手边那叠厚厚的折子堆得似小山一般。

我无奈而笑，搁了团扇，信手取过几册折子翻看。最近捷报频传，十万大军绕道西疆，经商旅小道，越过流沙大漠，从背后奇袭突厥王城，犹如一柄尖刀，直插突厥心腹。突厥王久攻不下，更兼内外受敌之困，士气已有溃散之象。而我军后援充足，边关将士奉命只守不攻，早已斗志难捺，不断上表请战——这一叠奏疏里，倒有一半都是请战的。我一份份看去，不由深深微笑。

“看到什么这样高兴？”萧綦搁了笔，抬头一笑，将我揽到膝上。我将几份请战的奏疏拿给他看，他亦微笑，“时机未到，不过已经快了。”

那巨幅的舆图上，一片浩瀚边荒又将燃起惨烈的战火。斛律王子，贺兰箴……这一战之后，我们又将是敌是友？我怔怔地望着那舆图，一时间心绪起伏，莫辨喜忧。

“南方战事将息，子澹也快要回京了。”萧綦忽而淡淡笑道，“如今苏氏被逐，皇叔至今没有正室，还需及早为他册立正妃才是。”

锦儿的余生都将在青灯古佛下度过，而这已是我能给她的最大的慈悲。或许遁入空门，对她亦是一种解脱。只是阿宝的去留，却成了我最大的难题——她留在宫中始终是个大患，却也再不能跟着她的母亲，而子澹自顾不暇，只怕也照管不了这个孩子。一时之间，我也想不出两全之计，只能暂时留她在宫中治疗眼疾。

萧綦对锦儿的事并不在意，只觉孩子十分无辜，嘱我留心看顾。

然而子澹册妃之事，由萧綦亲口提出，我亦懂得他的心意……他终究还是介怀的，或许只有子澹娶了妻，才能令他消除疑虑。子澹幽禁皇陵多年，以至误了婚娶，至今也不曾册立正妃。如今连锦儿也不在了，他身边也的确需要一个女子照拂。只是萧綦所谓的妥当之人，不外乎军中权臣或其他心腹之家的女子。

“子澹此番班师回朝，若能再择配佳人，自然是喜上加喜，只是一时之间，要选配门庭合适的女子，也不是这般容易。”我故作轻描淡写，嗔笑道，“反正也不急在这两日，那么些闺秀佳丽，叫人挑得眼花，总要慢慢来的。”我口中这般笑谑着，心里却无端泛起酸涩。

耳边一热，却是萧綦的手指在我鬓边抚过，“热了吗？看你这一身汗……”

也不待我回答，他便拨开我领口，露出微汗的肌肤。我侧首垂眸，一时间不敢与他目光对视，竭力驱散心中那个青衫寥落的影子。萧綦却不再追问，仿佛方才的话题不曾提及，不知何时竟将我外袍解开，褪下抛在一旁。

“你别闹！”我惊呼一声，闪躲着他不规矩的手。

“出了这一身汗……”他笑得十分无赖，不由分说将我横抱起来，“不如让我侍候王妃沐浴。”

兰汤池里水雾氤氲，白芷睡莲的花瓣漂浮其间，幽香袭人，泡在这池水中，令人半分不想动弹。

我懒懒地倚着温润的石壁，仰头半张了口，等他将樱桃一粒粒喂到我的口中。

水珠挂在他浓黑飞扬的眉梢，半湿的发髻松松绾住，水雾缥缈之间，别有一分落拓不羁的风流神韵……他似笑非笑地看着我，手持一粒樱桃，漫不经心地递过来，却在我张口的刹那缩回手去。我足尖一点，借着水波荡漾之力，如游鱼般滑掠而出，缠住他双双跌入一片水花飞溅中。我被他狼狈的样子逗得大笑，忘了闪躲，笑声未歇，却被他探手抓住……一室旖旎，春色无限，慵懒的暮春午后，时光亦在缠绵间悄然流过。

南征胜局将定，为激励将士军心，朝廷下旨犒赏——晋子澹为贤王，宋怀恩为大将军，胡光烈为武卫侯，其余将士均加封进阶，厚赐金银无数。

子澹一直领着皇叔的虚衔，至此才算有了王爵。从前他以皇子的身份住在宫中，如今有了王爵，按例便要另行开府。

尚缮司择了京郊几处弃置已久的宫苑报上来，打算从中挑选一处翻修以做贤王府。然

而，出乎众人意料之外，萧綦竟下令将宫外最精巧奢华的一处皇家行馆——芷苑赐予子澹为府，重新修缮，大兴土木，极尽堂皇富丽之能事，其豪奢处令京中王公豪族尽皆咋舌。

起初人人皆以为，萧綦将子澹逼上战阵，必然是借刀杀人，令他死在阵前，以绝后患。可惜他们都看低了萧綦的心胸和手段。

萧綦铁腕平定了江南叛军，虽将宗室最后的势力彻底清除，却不能就此与整个皇族决裂。无论在京中还是江南，王公亲贵都有着盘根错节的势力，杀不绝也拔不完。一旦朝政稳定，经世治国，稳定民心，还要借助他们的力量。此时此刻，萧綦对子澹的优渥有加，无异于给世家亲贵都服下了一粒定心丹。

自从宫中传出风声，要在世家中挑选佳人册立为贤王妃，一时引得议论纷纷，各大世家均在观望揣测。

站在尘封已久的芷苑门前，我久久驻足。

这皇家宫苑出自一代名匠之手，背依紫宸山，枕傍翠微湖，与宫城遥遥相望，占尽上风上水。

多年前，这里本来不叫这个名字，直至成宗皇帝将此处赐给了子澹的母亲，宠冠后宫的谢贵妃，因她闺名里有个芷字，从此改名芷苑。谢贵妃生性爱静，体弱多病，一向不惯在宫中居住。那年因了成宗皇帝的默许，搬来这里休养，多日不曾回宫问安，由此触怒姑姑，引出一场轩然大波。那之后，她郁郁回到宫中，不出半年就病逝了。从此，斜风细雨的芷苑，娉婷豆蔻、青衫翩翩的岁月，就此渐行渐远。

心口一丝微微的疼痛，牵动渺渺前事，恍然已如隔世。

“王妃。”阿越轻细的声音，将我自恍惚中唤醒。立在修整一新的玉阶上，我仰头凝望，蟠龙匾上金漆鲜亮的“贤王府”三字堂皇夺目。我回头对身后诸命妇淡淡一笑，“耗费了这许多心思，贤王府总算是落成了，今日特意邀了诸位一同过来赏园，也看看今朝名匠营造的手笔，比之当年如何。”众人纷纷附和称赞，一路行去，果然处处佳景，尽显绝妙匠心，叫人赞叹不已。

昔日熟悉的景致，一幕幕映入眼帘，每经过一处，就似时光倒回了一分。这里曾是谢贵妃居住过的地方，如今重回故园，也算是仅能给她一分安慰了。

我默然垂首，一时间心中黯然。却听身后隐隐有清脆笑语，回身看去，只见随行女眷中一片红袖绿鬓，几名妙龄活泼的女孩自顾嬉笑，闹作一团。身侧的迎安侯夫人顺着我的目光看去，忙笑道：“女儿家总是这般俏皮，失仪之处，还请王妃恕罪。”我一笑转眸，

却不多言。这些个女孩都是贤王妃的备选闺秀，今日也是特意让她们一道随行赏园。走了一段，我渐渐有些疲乏，阿越见此忙道："前面水榭清凉，王妃跟诸位夫人不如稍事休息，纳凉赏莲，也是乐事。"我颔首一笑，偕众人步入水榭。

初夏浓荫，凉风习习，水榭里一片莺声笑语，蹁跹衣袂带起暗香如缕。名门佳人，王侯千金，一个胜一个的袅娜娇妍，放眼看去，怎一个乱花迷眼。

曾经，我也是这般无忧无虑。

一阵清风撩起耳畔发丝，我抬手拂去，不经意间见一名淡淡紫衣的女子，独自凭栏而立，袅弱身影在这锦绣丛中分外寥落。

那紫衣女子盈盈立在栏杆旁，望着池中星星点点盛开的白，神情幽远，兀自出神。我凝眸看向那娉婷身影，不知为何，自第一次在元宵夜宴见了她，便隐约觉得熟悉，分明不曾见过，却好似故人一般。我心中微动，移步走到她身后，淡然笑道："喜欢这白蘋吗？"

顾采薇回眸一惊，忙屈身见礼。我莞尔道："南方水泽最多这花了，这时节，想必处处绽放，最是清雅。"

"是，南方风物宜人，很是令人向往。"顾采薇低垂了头，语声轻细，颊边却笑意深深。我不动声色地扫了她一眼，转眸看向一池白蘋，曼声道："登白蘋兮骋望，与佳期兮夕张。"顾采薇骤然双颊晕红，轻咬了嘴唇，一语不发。 我如何看不透这女儿家的心思，她是睹物思人，想起了我那远在江南的哥哥。

可惜这世上姻缘，又有几人如意——她这一番相思，只怕是要空付流水了。且不论以哥哥的门庭地位，注定不能迎娶一个没落门庭的女子为妻。就算抛开门庭，只怕哥哥也是无心再娶。当年与嫂嫂的一段恩怨，时隔经年，他都不曾放下。可叹世事弄人，偏偏让每个人都与最初的眷恋擦肩而过。

顾采薇犹自垂首含羞，我不忍再看她，轻叹一声，"蘋花虽美，终究随波逐流，与其空怀怅惘，不如珍重所有。"她抬首，怔怔地望着我，一双流波妙目转瞬黯然，似被阴云遮蔽了星辰。到底是个冰雪聪明的女子，我心中微酸，轻拍了拍她手臂，心中怜惜又多几分。

除去顾采薇，其他名门闺秀却无一人让我看得入眼，偏偏她又心有所属。

我搁了手中名录，定定地对着一盏明烛出神——或许是子澹在我心中太过完美，皎皎如同天上月，放眼凡尘再无一人可匹配；抑或是我太自私，固执地守护着那份已经不属于我的情怀，舍不得让旁人分享了去。扪心自问，我对锦儿的所为，并非不介怀。

想起了锦儿，又想起阿宝的眼疾毫无起色，越发心烦意乱。我起身踱到门边，见天色已黑，阿越又一次催促，“王妃还是先用晚膳吧，王爷还在议事，一时也不会回府，这得等到什么时候去了。”

我却全无胃口，莫名烦乱，索性屏退了左右侍女，独自倚回锦榻，拿着一卷书闷闷地翻看。不知不觉困意袭来，隐约似飘浮在云端，周遭雾茫茫一片，不知身在何处。顾盼间，蓦然见到母亲，一身羽衣霓裳，明华高贵。她对我微笑，神情恬淡高华，隐有眷恋不舍，我张口欲唤她，却发不出一点儿声音。转眼间，母亲衣袂拂动，凌空飘举，竟徐徐飞升而去。“母亲！”我失声大叫，猛然醒了过来。眼前罗帷低垂，纱幔半掩，我不知何时躺在了床上。

床幔掀起，萧綦赶了过来，“怎么了？方才还睡得好好的。”

“我梦到母亲……”我只觉茫然若失，却说不出心中是什么滋味，方才的梦境仿佛还在眼前。

“想念你母亲，明天就去慈安寺瞧瞧她。”萧綦拿过床头外袍给我披上，又俯身替我穿上鞋子，“方才见你睡得沉，没有叫醒你，现在也该睡饿了吧？”他一面抱我下床，一面唤人传膳。我懒懒地依在他怀中，侧首看他，似乎很久没见他这般喜形于色，“什么事这样高兴？”

他淡淡一笑，轻描淡写道：“今日生擒了忽兰。”

突厥王最青睐的忽兰王子，号称“突厥第一勇士”，也是贺兰箴最忌惮的对手。

此番生擒了忽兰，如同断了突厥王一条臂膀，对突厥军心撼动之大，士气打击之重，自然可想而知。然而更重要的是，忽兰被生擒，恰成了牵制贺兰箴最有力的筹码。忽兰一天不死，贺兰箴即便登上王位，也一天不能心安。万一贺兰箴翻脸毁诺，我们亦可掉头与忽兰结盟，置他于腹背受敌之境。

犹记当年在宁朔，萧綦与忽兰联手将贺兰箴逼至绝境，却又放过贺兰箴，令他回归突厥，成为威胁忽兰的最有力棋子。至此，我不得不叹服萧綦的深谋远虑，亦感叹这世间果真没有永久的盟友，也没有永久的敌人。

如此捷报，令人大感振奋，我连晚膳也顾不得用，缠着萧綦将生擒忽兰的经过细细讲来。

建武将军徐景珲率三千兵马出阵，以血肉为饵，舍命相搏，诱使忽兰王子所率的八千铁骑一路直追，一路且战且退，将敌军全部诱入鹈子峪。守候在此的三千弓弩手猝然发动伏

击，峪口两千重甲步兵截断敌军后援，将突厥人堵在谷中。徐景珲率部折返，前锋铁骑如雷霆般杀到，直冲敌军心腹。后路重甲兵士均白刃弃甲，各执刀斧杀入敌阵，予以迎头痛击。鹈子峪一战，从正午杀到黄昏，徐景珲身负八处重伤，麾下将士死伤逾两千，而八千突厥骑兵近半被屠，主将忽兰王子与徐景珲交战，被斩去一臂，负伤坠马，旋即被擒。

其余突厥将士见大势已去，纷纷弃械归降，仅余不足千人的小队拼死逃出，直奔军中报信。

那一番风云变色的血屠之景，饶是萧綦淡淡讲来，亦足以惊心动魄，令听者胆寒。遥想当时情状，我屏息失神，不觉手心尽是冷汗，长长嘘了口气，“这徐景珲真是神人，身负八处重伤，还能力斩强敌于马下！”

萧綦大笑道：“如此虎将，在我麾下何止徐景珲一人！”

窗外清冽月色，映着他脸上豪气勃发，坚毅侧脸仿佛笼上一层霜，那蟠龙王袍上的金龙，仿佛随时会跃入云霄，森然搏人。恍惚间令我错觉，似又回到了苍茫肃杀塞外边关。看惯了朝堂上庄穆雍容，习惯了烟罗帐里百般缠绵，我几乎淡忘了当年的震慑，淡忘了眼前之人，才是真正从刀山血海里踏过，历经了修罗地狱，仗剑踏平山河，一步步登上这九重天阙的杀伐之神。

一夜无梦，却几番从蒙眬中醒来，总觉心绪不宁。辗转直到天色将明，我才迷糊睡去。刚合了眼，倏忽就敲过了五更。

陡然听得外头一阵脚步匆忙，值宿内侍在外面扑通跪下，颤着嗓子通禀，“启奏王爷王妃，慈安寺来人奏报——”

我一惊，莫名的紧窒攫住心口，来不及开口，萧綦已掀帘坐起，“慈安寺何事？”

“昨夜三更时分，晋敏长公主薨逝了。”

母亲去得很安详，连宿在外屋的徐姑姑也没有听见半分动静。

她就这样静静地去了，素衣布袜，不染纤尘，躺在檀木禅床之上，眉目宁和，仿佛只是午间小睡而已，一个不经意的动作都会将她惊醒。

“公主从来没有睡得那样迟，入夜还到庭中站了半晌，望着南边出神，回房又念了半宿的经文。奴婢催她就寝，她却说要念足九遍经文给小郡主祈福，少一遍都不行。”徐姑姑怔怔地捧着母亲的佛珠，眼泪簌簌落下，“公主她，是知道自己要去了吧。”

我默然坐在母亲身边，伸手抚平她衣角的一道浅褶，唯恐手脚太重，惊扰了她的清眠。

沧桑岁月，褪去了昔日国色天香的容颜，积淀为澄静的光华，如玉中透出，照亮周围的每一个人。

母亲是真正的金枝玉叶，只能活在锦绣琅苑之中，永世不能沾染尘垢，也承载不起半分沉重和黑暗。或许她真是谪入凡尘历劫的仙子，如今终于脱了尘籍，羽化归去。或许只有在清净无尘，没有恩怨利欲，没有离合悲苦的地方，才是她最后的归宿。

我静静地凝望母亲圣洁睡颜，舍不得移开目光，舍不得离开她身旁。幼年往事纷纭而至，母亲的一颦一笑，一声低唤，一句叮咛，历历如在眼前。她在的时候，我总是怕她唠叨，总觉诸事缠身，没有闲暇和心力来陪伴她。母亲从来不会埋怨，哪怕望眼欲穿地盼望我们，也只是默默地守望在远处，永远体谅我们的不易。我知道她还想让我再陪她去汤泉宫，知道她想去皇陵拜谒先祖陵寝，知道她想时常看到哥哥的儿女……这些我都知道，却总是在无休止的烦扰中拖延过去，总觉得这些不是要紧事，母亲反正会等着，任何时候都有她在我身后等着……我从未想到，有一天她会骤然撒手离去，连追悔的机会都不给我。

亲手为她更衣整妆，为她梳起发髻……幼时都是母亲为我做这一切，而我却是最后一次亲手侍候她。握着玉梳，我的手颤抖得无法举起，一支玉簪久久都插不进她发髻。徐姑姑早已哭成泪人，周遭一片泣声，唯独我欲哭无泪，心中只余空茫。

慈安寺里钟声长鸣，夏日阳光照得乾坤朗朗，天际炽白一片。

树欲静而风不止，子欲养而亲不在。

我立在菩提树下，仰首见清风过处，木叶摇曳，久久不止。刹那间，铺天盖地的辛酸孤独将我淹没。

阿越轻声禀报说，萧綦已到了正殿，闻讯赶来吊唁的命妇们也快到山门了。我戚然回头，见她红肿了双目，默默呈上丝帕让我净面整妆，隐忍的悲戚不似旁人哭号露骨，愈见真挚可贵。我心中感动，握了握她纤瘦的手，让她去陪伴悲伤过度的徐姑姑。

我的目光越过她肩头，看见长廊的尽头，萧綦玄衣素冠，大步踏来，伟岸身形仿佛将那灼人日光也挡在身后。

陡然间，只觉周身力气消失，脚下虚软，再不能支撑。他一言不发将我揽入怀中，用力揽紧，眉宇间俱是深深疼惜。

父亲不知所终，母亲撒手人寰，子澹终成陌路……如今除了哥哥，我也只剩萧綦一个至亲至爱之人，只剩他在我身边，相扶相携，将这漫长崎岖的一生走完。

泪水终于汹涌决堤，我用尽全身力气抱住他，似抱住溺水时唯一的浮木。

【伤疑】

母亲的灵柩终究没有回宫，也没有回到镇国公府。她曾说过无颜再入皇陵，也不愿归葬王氏，无论亲族还是夫家，都不是她最终的归宿。只有这远离尘俗的慈安寺，是她余生所寄，也是最终神魂皈依之地。母亲既已寄身佛门，再不会留恋尘世荣华，身后哀荣太过喧哗，反而非她所愿。

闻丧当日，诸命妇素服至慈安寺行奉慰礼，次日，百官入寺吊唁。京中高僧率寺中众尼举行法事，一连七日七夜，为母亲念诵超度。

最后一晚，我素衣着孝，长跪灵前。

萧綦也留在寺中陪我送别母亲最后一程。已是更深夜凉，他强行将我扶起来，“夜里凉了，别再跪着，自己身子不好更要懂得爱惜！”我心中凄凉，只是摇头。

他叹息道：“逝者已矣，珍重自己才可让亲人安心。”徐姑姑亦含泪劝慰，我无力挣扎，只得任由萧綦扶我到椅中，黯然望向母亲的灵柩，伤心无语。

一名青衣女尼悄然行至徐姑姑身边，低声向她禀报了什么。徐姑姑沉沉叹了口气，低头沉吟不语，神色踌躇凄凉。我弱声问她：“何事？”

徐姑姑迟疑片刻，低声道：“妙静在外殿跪了半夜，恳求送别公主最后一程。”

“谁是妙静？”我一时恍惚。

“是……”徐姑姑一顿，“是从前府里的锦儿。”

我抬眸看去，她却垂下目光，不敢与我对视。徐姑姑知道锦儿的身份，却只说是从前府里旧人，显然有念旧回护之心，有意为锦儿求情。

宫中获罪被贬至慈安寺的女尼都住在山下寒舍，不得随意进出，轻易上不了山门，更

不得踏入母亲所在的内院。锦儿此番能进得寺中，托人传讯，足见徐姑姑平日对她多有关照。我不愿在此刻见到她，却不忍在母亲灵前拂了徐姑姑的情面，只得疲惫地叹息一声，颔首道："让她进来吧。"

那缁衣青帽的瘦削身影缓缓步入，短短时日，她竟已形销骨立，枯瘦如柴。

"锦儿拜见王爷。"她在萧綦跟前跪下，并不朝我跪拜，语声细若游丝，却仍以从前的名字自称，显得十分唐突。

萧綦蹙眉扫了她一眼，面无表情，徐姑姑脸色也变了，重重咳了一声，"妙静！王妃念在旧日主仆之情，允你前来拜祭，还不谢恩？"

锦儿缓缓抬眸，森冷目光向我迫来，"谢恩？她于我何恩之有？"

"妙静！"徐姑姑惊怒交集，脸色发青。

我不愿在母亲灵前多生事端，疲惫地撑住额头，不想再看她一眼，"今日不是你来吵闹的时候，退下！"

锦儿连声冷笑，"今日不是时候？那王妃希望是何时，莫非要等我死后化为厉鬼……"

"放肆！"萧綦一声怒斥，语声低沉，却令所有人心神为之一震。锦儿亦窒住，瑟然缩了缩肩头，不敢直视萧綦怒容。

"灵堂之上岂容喧哗，将这疯妇拖出去，杖责二十。"萧綦冷冷开口，不动声色地握住了我的手。

殿外侍卫应声而入，锦儿似乎吓呆了，直勾勾地盯着我，木然地任由侍卫拖走。

及至门口，她身子猛然一挣，死死地扒住了门槛，嘶声喊道："王妃与皇叔有苟且私情，妾身手中铁证如山，望王爷明察！"

我只觉全身血液直冲头顶，后背却幽幽的凉。

这一句话，惊破灵堂的肃穆，如尖针刺进每个人耳中。众人全都僵住，四下鸦雀无声，只余死一般的寂静，灵前缥缈的青烟缭绕不绝。我透过烟雾看去，周遭每个人的神情都看得那样清楚，有人震骇、有人惊悸、有人了然……唯独，不敢转眸去看身侧之人的反应。

锦儿被侍卫摁在地上，倔强地昂了头，直勾勾地瞪着我，嘴角噙着一丝快意的笑。

她在等着我开口，而我在等着身边那人开口。这个时候，无论我说什么都是多余，而他只需一句话，一个念头，甚至一个眼神……便足以将我打入万丈深渊，将历经生死得来的信任碾作粉碎。我垂眸看着锦儿，静静地迎上她怨毒的目光，心中无悲无怒，仿佛已感

觉不到自己的心跳。

这一刻，比任何时候都艰难，比千万年更漫长。萧綦终于冷冷开口，漠然无动于衷，“攀诬皇室，扰乱灵堂，拖出去杖毙。”

我闭上眼，整个人仿佛从悬崖边走了一圈回来。两旁侍卫立刻拖了锦儿，犹如拖走一堆已经没有生命的烂麻残絮。

“我有证据！王爷，王爷——”锦儿毫无挣扎之力，被倒拽往门外，兀自疯狂嘶喊。

“且慢！”我站起身，挺直背脊，喝住了侍卫。在母亲灵前，当着悠悠众口，若容她布下疑忌的种子，往后流言四起，我将如何面对萧綦，又置萧綦的颜面于何地。我可以一再容忍她的挑衅，却容不得她触犯我最珍视的一切。

“你既有证据，不妨呈上来给我瞧瞧，所谓苟且的真相究竟如何？”我淡淡开口，俯视她双眼。

她双臂被侍卫架住，恨恨道：“当日皇叔出征前，曾有书信一封命我转交豫章王妃，此信尚在我身上，个中私情，王爷一看便知。”

我心中一凛，暗暗握紧了拳，却已没有犹疑的退路，“很好，呈上来。”

徐姑姑躬身应命，亲自上前捏住了锦儿下颌，令她不得出声叫嚷，一手熟练地探入衣内。锦儿身子一僵，面容涨红，痛得眼泪滚落，喉间嗬嗬，却挣扎不得。

我冷眼看着她，心中再没有半分怜悯。徐姑姑是何等干练人物，她自幼由宫中训诫司调教，管教府中下人多年，这看似轻松的一捏，足以令锦儿痛不欲生。她原本一片好心照拂锦儿，更为她传话求情，却不料招来这场弥天大祸。愧恨之下，岂会不下重手。

徐姑姑果然从锦儿贴身小衣内搜出书信一封，呈到我手中。

那信封上墨迹确是子澹笔迹，前事如电光石火般掠过，刹那间，我手心全是冷汗。

我不必拆看，亦能猜到子澹想说什么……此去江南，手足相残，他已早早存了赴死之心。他绝望之际写下的书信，误托了锦儿，被隐瞒至今，更成了锦儿反诬他与我私通的罪证。我心中痛楚莫名，却不敢有分毫流露——薄薄一纸书函，捏在手中，无异于捏住了子澹的性命。

我回转身，沉静地望向萧綦，双手将那封信递上，“事关皇室声誉，今日当着家母灵前，就请王爷拆验此信，还妾身一个清白。”

四目相对之下，如锋如刃，如电如芒，刹那间穿透彼此。

任何言语在这一刻都已多余，若真有信任，又何须辩解；若心中坦荡，又何须避忌。

无愧则无畏，只是我实在累了，也已厌倦了无休止的忐忑担忧，只觉疲惫不堪。他愿信我也好，疑我也罢，我终究还有自己的尊严，绝不会任人看低半分。

眼前水雾弥漫，心中悲酸一点点漫开来，萧綦的面容在我眼中渐渐模糊。只听见他缓缓开口，语声不辨喜怒，“无稽之事，本王没有兴趣过目。”

他接过那信函，抬手置于烛上，火苗倏然腾起，吞噬了信上的字迹，最终寸寸飞灰散落。

我不愿在母亲灵前大开杀戒，只命人将锦儿押回宫中训诫司囚禁。

母亲大殓之后，按佛门丧制火化，而后供奉于灵塔。一应丧仪未完之前，我不愿离开慈安寺，务必亲自将母亲身后诸事料理完毕。萧綦政事缠身，不能长久留在寺中陪我，只能先行回府。那日风波之后，看似一场大祸消弭于无形，他和我都绝口不再提及。

然而他离去之际，默然凝望我许久，眼底终究流露出深深无奈与沉重——他那样自负的一个人，从来不肯说出心底的苦，永远沉默地背负起所有。只偶尔流露在眼中的一抹无奈，却足以让我痛彻心扉。子澹的书信终究在他心里投下阴霾，纵然再旷达的男子，也无法容忍妻子心中有他人的半分影子。我不知道究竟怎样才能化解这心结，这其间牵扯了多少恩怨是非，岂是言语可以分辩。若要装作视若无睹，继续索取他的宽容，我也同样做不到。或许暂时的分隔，让彼此都沉静下来，反而更好。徐姑姑劝慰我说，弥合裂痕，相思是最好的灵药。

数日之后，北边又传捷报，在我朝十万大军襄助之下，斛律王子发动奇袭，一举攻陷了突厥王城，旋即截断王城向边境运送粮草的通道。这背后一刀，狠狠插向远在阵前的突厥王，无异于致命之伤。彼时突厥王为报忽兰王子被擒之仇，正连日疯狂攻掠，激得我军将士激愤若狂。萧綦严令三军只准守城，不得出战。直待斛律王子一击得手，立即开城出战。三军将士积蓄已久的士气骤然爆发，如猛虎出柙，冲杀掠阵，锐不可当。

突厥王连遭重创，顿时陷入腹背受敌的窘境，死伤甚为惨重，终于弃下伤患，只率精壮兵马冒险横越大漠，一路向北面败退。

朝野上下振奋不已，此前对萧綦派十万大军北上之举仍存微词的朝臣，终于心悦诚服，无不称颂摄政王英明决断。

我虽身在寺中，每日仍有内侍往来奏报宫中大事。阿越也说，王爷每日忙于朝政军务，夜夜秉烛至深宵。

这日傍晚，我正与徐姑姑对坐窗下，清点母亲抄录的厚厚几册经文。蓦然间，天地变色，夏日暴雨突至，方才还是夕阳晴好，骤然变作暝色，接着便是大雨倾盆。

天际浓云如墨，森然遮蔽了半空，狂风卷起满庭木叶，青瓦木檐被豆大雨点抽打得噼啪作响。

我望着满天风云变色，一阵莫名心悸，手中经卷跌落。徐姑姑忙起身放下垂帘，“这雨来得好急，王妃快回房里去，当心受了凉。”

我说不出这惊悸从何而来，只默然望向南方遥远的天际，心中惴惴不安。回到房里，闭门挑灯，却不料这样的天气里，太医院的两位医侍还是冒雨而来，对每日例行的问安请脉半分不敢马虎。两人未到山门就遇上这场急雨，着实淋了个狼狈。我心中歉然，忙让阿越奉上热茶。

我一向体弱，自母亲丧后又消瘦了些，萧綦担忧我伤心太过，有损身体，便让太医院每日派人问安。

“平日都是陈太医，怎么今日不见他来？”我随口问道，只道是陈老太医今日告假。

“陈大人刚巧被王爷宣召入府，是以由下官暂代。”

我心里一紧，“王爷何事宣召？”

“听说是王爷略感风寒。”张太医抬眼一看我脸色，忙欠身道，“王爷素来体魄强健，区区风寒不足为虑，王妃不必挂怀。”

雨势稍缓，两名太医告辞而去。阿越奉上参茶，我端了又搁下，一口未喝，踱到窗下凝望雨幕，复又折回案后，望着厚厚经卷出神。

忽听徐姑姑叹了口气，“瞧这神思不属的样子，只怕王妃的心，早不在自个儿身上了。”

阿越轻笑，“太医都说了不足为虑，王妃也不必太过担忧。”

我凝望窗外暮色，心中时紧时乱，半分不能安宁，眼看雨势又急，天色渐渐就要黑尽了。

“吩咐车驾，我要回府。”我蓦地站起身来，话一出口，心中再无忐忑迟疑。

轻简的车驾一路疾驰，顶风冒雨回了王府。我疾步直入内院，迎面正遇上奉了药往书房去的医侍。浓重的药味飘来，令我心中微窒，忙问那医侍：“王爷怎么样？”

医侍禀道：“王爷连日操劳，疲乏过度，更兼心有郁结，以致外寒侵邪，虽无大恙，却仍需调息静养，切忌忧烦劳累。”

我咬唇呆立片刻，亲自接过那托盘，“将药给我，你们都退下。”

书房门外的侍卫被我悄然遣走，房中灯影昏昏，我徐步转过屏风，见案几上摊开的奏疏尚未看完，笔墨搁置一旁。窗下，萧綦轻袍缓带，负手而立，孤峭身影说不出的落寞清冷。我心底一酸，托了药盏却再迈不开步子，只怔怔地望着他，不知如何开口。

夜风穿窗而入，半掩的雕花长窗微动，他低低咳嗽了两声，肩头微动，令我心中顿时揪紧。我忙上前将药放到案几上，他头也不回地冷冷道：“放下，出去。”

我将药汁倒进碗中，柔声笑道：“先喝了药，再赶我不迟。”

他蓦然转身，定定地看着我，眉目逆了光影，看不清此刻的神情。我笑了一笑，回头垂眸，慢慢用小勺搅了搅汤药，试着热度是否合适。他负手不语，我亦专注地搅着汤药，两人默然相对，更漏声遥遥传来。

他忽然笑了，声音沙哑，没有半分暖意，“这么快得了消息？”

我不知他为何偏偏有此一问，只得垂眸道：“内侍未曾说起，今日太医院的人前来问安，我才知道。”

“太医院？”他蹙眉。我低了头，越发歉疚，深悔自己的疏忽，连他病了也未能及时知晓，也难怪他不悦。

“你不是为了子澹之事赶回来？”他语声淡漠。

“子澹？”我愕然抬眸，“子澹有何事？”

他沉默片刻，淡淡道：“今日刚刚传回的消息，叛臣子律在风临洲兵败，贤王子澹阵前纵敌，令子律逃脱，自身反为叛军暗箭所伤。”

一声脆响，我失手跌了玉碗，药汁四溅。

“他……伤得怎样？”我声音发颤，唯恐听到不祥的消息从他口中说出。

萧綦的目光藏在深浓阴影中，冷冷迫人，如冰雪般浸入我身子，“宋怀恩冒险出阵将子澹救回，伤势尚不致命。”他盯着我，薄唇牵动，扬起一丝嘲讽的笑意，“只是贤王殿下听闻子律出逃不成，被胡光烈当场斩杀之后，在营中拒不受医，绝食求死。”

一直以为我知他最深，岂知时光早已扭曲了一切，今日的子澹已经不复当年。

我知道他是个柔若水坚如玉的性子，原以为放他在宋怀恩身边，有个踏实强硬的人总能镇得住他，好歹能护得平安周全，却不料他求死之心如此决绝。

“怎么脸色都白了？”萧綦似笑非笑地迫视我，“还好那一箭差了准头，否则本王当

真没法向王妃交代。”

他的话听在耳中，如利刃刺向心头。我缓缓俯下身去，一片片捡拾那满地碎片，默然咬紧下唇。

萧綦陡然拽起我，扬手将我掌心碎瓷拂了出去，“已经摔了，你还能捡回一只完整的瓷碗不成？”

“就算是一只瓷碗，用久了，也舍不得丢。”我抬眸迎上他的目光，想笑，眼角却湿润，泪光模糊了视线，“身边宫人，帐下亲兵，相对多年也会生出几分眷顾，何况是与我一起长大的子澹！我毁诺在先，移情在后，昔日儿女之情已成手足之念，如今不过想保他一条性命，安度余生，你连这也容不下吗？莫非定要逼我绝情绝义，将身边亲人一个个送到你剑下，才算忠贞不二？”

一番话脱口而出，再没有后悔的余地，哪怕明知道是气话，也收不回来了……我与他都僵住，四目凝对，一片死寂。

“原来，你怨我如此之深。”他的面容冷寂，眼中再看不出喜怒。

我想解释，却不知该说什么，所有的话都僵在了唇边。

更漏声声，已经是夜凉人静，月上中天，分明是如此良宵，却寒如三冬。

“时辰不早，你歇息吧。”他漠然开口，仿佛什么也不曾发生，转眼间敛去了喜怒，将一切情绪都藏入看不见的面具之下，语意却透出深浓的凉。

看着他抬步走了出去，挺拔身影步入重帷之中，分明触手可及，却似如隔深渊。我再强抑不住心中惶恐，宁愿他回头、发怒，甚至与我争执，都好过只给我一个冷漠惨淡的背影。我开始害怕，怕他丢下我一个人在这里，再也不会回来……所有骄傲或委屈，都抵不过这一瞬的恐惧，我从来不知道自己是这样胆怯。

我奔出去，踉跄间掀倒了锦屏，巨大声响令他在门前驻足，却不回头，身影依然冷硬如铁。

“不许你走！”我陡然从背后环住他，用尽全力将他抱住。

舍弃了那么多，才握住眼下的幸福，怎么能再放手；伤害了那么多，才守住最重要的一个，又怎么能再失去。

他一动不动地任由我拥住，僵冷的身子一分分软了下来，良久才叹息道：“阿妩，我很累了。”

我心如刀割，伤痛难言，“我知道。”

他低低咳嗽，语声落寞疲惫，“或许有一天，我也会伤会死，那时候，你会不会也这般回护我？”

我摇头，失声哽咽道：“你不会伤，也不会死！我不许你再说这种话！”

他转身凝望我，喟然一笑，眉宇间透出苍凉，“阿妩，我亦不是神。”

我一震，抬眸怔怔地看着他，只觉他笑容倦淡，深凉彻骨。庭中月华如水如练，将碧树玉阶笼上淡淡清辉。

“你还要多久才能长大？”他抬起我的脸，深深叹息，不掩眼中失望。

月色沁凉，比这更凉的，却是我的心。

“我让你很失望吗？”我笑了，颓然放开双手，“我做了什么，让你如此失望？”一直以来，我的努力和舍弃，他都看不到吗，却只为了一句气话，就这样轻易地失望……难道我不是凡人，难道我就没有累和痛吗？我摇头笑着，泪水纷落，一步步退了回去。他蓦然伸手挽住我，欲将我揽入怀中，我决然抽身，向他俯身下拜，“妾身尚在孝中，不宜与王爷同室而居，望王爷见谅！”

他的手僵在半空，定定地看着我半晌，颓然转身而去。

次日我便回了慈安寺，埋头料理母亲身后琐事，绝足不再回府。萧綦来看过我几次，彼此只作若无其事，相对却是疏离了许多。徐姑姑看在眼里，只当我们是拌嘴斗气，唯恐僵持失和，一再催促我早些回府。我唯有苦笑推托，借口母亲身后诸事未了，赖在寺中不肯回去。

孤清的寺院里，只有徐姑姑和阿越陪在我身边。自母亲辞世后，我夜夜都从梦里惊醒，梦中总有凶恶的妖物在追我，时常恍惚看见鲜血流了遍地。唯一欣慰的是哥哥快要回来了，他接到丧讯，已在回京赴丧的路途中，再过几日就要到了。

又拖了数日，宫中长久无人主事，每日都由内侍往返奔走，我索性带了徐姑姑回到宫中，住进了凤池宫。

无论徐姑姑和阿越怎么劝说，我始终不愿回到豫章王府，不愿和萧綦冷漠相对，也不愿去想往后如何应对，只是觉得很累。长久以来的猜疑，终于在彼此心里结成了怨，结成了伤，结下了解不开的结。

子律的死亡，终结了这场战争，却没有终结更多的杀戮。

南方宗室一败涂地，诸王或死或降，叛军兵马死伤无数，狼烟过处，流血千里。南征

大军班师回朝，一并押解入京待罪的宗室亲贵多达千人。

北境胜局已定，大军一路攻入突厥，兵临王城，拥立斛律王子继位，大开杀戒，诛灭反抗王族。

突厥王败逃西荒大漠，众叛亲离，被困多日，伤病交加之下，暴卒飞沙城，尸首被献于斛律王帐前，暴晒城头三日，不得殓葬。

我早知贺兰箴的狠决，却未料到他对自己生身之父，亦能狠辣至此。回想当日，我却总挥不去月色下那双凄苦而怨毒的眼神……贺兰箴，终究还是魔性深种，将自己一生都要葬送在“仇恨”二字上。突厥王死了，他也算报了平生大仇，接下来会不会就是萧綦？

所幸，他不会再有这个机会。唐竞以镇压反叛王族、保护新君之名，屯兵十万在突厥王城，挟制了初登王座的斛律王。新的突厥王，终究成为王座上的傀儡。这便是萧綦早已谋定的大计，从此突厥俯首，永为我天朝属国。

听说忽兰王子今日傍晚就要押解入京，京城百姓争相上街，一睹昔日突厥第一勇士沦为摄政王阶下囚徒，奔走传颂摄政王的英明威武。

我合上书卷，再没有心思看书，只望着天际流云出神，怔怔地想起多年前，我在城楼之上遥望他的身影……岁月似水，不觉经年。

徐姑姑悄然进来，笑意盎然，欠身禀道：“王妃，方才内侍过来传话，王爷今晚想在凤池宫传膳。”

我怔了怔，淡淡垂眸道：“知道了，你去布置吧。”

徐姑姑叹口气，欲言又止。我知道她想说什么，萧綦自然是有主动言和之意，她盼我不要一意偏执，再拂了萧綦的心意。这几天来，萧綦忙于政事，仍时常来凤池宫看我，却从不开口言和，也不问我为何不肯回去，仿佛认定了我会如往常一般低头认错，求取他的宽容。或许看到我始终漠然无动于衷，他才渐渐焦虑，终于肯放下身段来求和。看着徐姑姑在外殿忙碌张罗，燃起龙涎香，挑上茜纱宫灯……我忽然泛起浓浓悲哀，什么时候，我也变得像后宫妃嫔一样，需要曲意承欢，费尽心思，才能讨好我的丈夫。

掌灯时分，萧綦一脸疲倦地步入殿中，神色却温煦宁和。我正懒懒地倚了绣榻看书，只欠身向他笑了笑，并不起身去迎他。

他一身朝服立在那里，等了片刻，只得让侍女上前替他宽去外袍。往常这是我亲手做的，今日我却故意视而不见。难得他倒没有不悦，仍含笑走到我身边，握了我的手，柔声道：“叫你等久了，这便传膳吧。”

宫人捧了各色珍肴，鱼贯而入，似乎特意为今晚做了一番准备，每样菜式都格外精巧雅致，更是我素日喜欢的口味。馥郁酒香扑鼻而来，一名宫人捧了玉壶夜光杯，为我们各自斟上。萧綦含笑凝视我，眸光温柔，“这是三十年陈酿的青梅酒，好难得才找到。”我心下泛起暖意，含笑抬眸，却与他灼灼目光相触。

“我许久不曾陪你喝酒了。”他叹息一声，微微笑道，“怠慢佳人，当自罚三杯，向王妃赔罪。”

我忍住笑意，侧首不去理他，却不经意瞥见那奉酒的宫人，绿鬓纤腰，清丽动人，依稀竟有些面熟。

忽听萧綦笑叹，“我竟不如一个女子吸引你？”

回眸见他一脸的无奈，我忍俊不禁，斜斜睨他一眼，“一介武夫，怎能与美人相比。”

那美貌宫人立在萧綦身后，低垂粉颈，甚是娇羞。我心中一动，从侧面看去更觉此女眉目神态似曾相识，记忆深处仿佛有一处慢慢拱开……萧綦已笑着举杯，仰头欲饮，我心念电闪，蓦然脱口道：“慢着——”

就在我开口的刹那，眼角寒光一闪，那宫女骤然动手，身形快如鬼魅，挟一抹刀光从背后扑向萧綦。仓促之间，我不假思索，舍身扑到萧綦身上，猛地将他推开。耳边寒气掠过，似已触到刀锋的锐利，身子却陡然一轻，被萧綦揽在怀中，仰身急退，只觉一股凌厉的劲力随他挥袖击出……碎骨声，痛哼声，金铁坠地声，尽在电光石火的刹那发生！

左右宫人惊呼声这才响起，“有刺客！来人哪——”

那宫女一击失手，折身便往柱上撞去，顿时头破血流，委顿倒地。

我这才回过神来，紧紧地抓住萧綦，看到他安然无恙，这才浑身虚软，张了口却说不出话来。

萧綦猛地将我拥住，怒道：“你疯了，谁要你扑上来的！”

我正欲开口，眼前忽然有些发黑，身子立刻软了下去。

“阿妩，怎么了？”萧綦大惊。

左手隐隐有一丝酸麻，我竭力抬起手来，手臂却似有千斤重，只见手背上一道极浅极细的红痕，渗出血丝，殷红里带着一点儿惨碧……眼前一切都模糊变暗，人声惊乱都离我远去，唯一能感觉到的，只是他温暖坚实的怀抱。

隐约听到他声音沙哑地唤我，我睁大双眼，他的面目却陷入一片模糊。

“当日，你问我会不会……”竭尽最后一丝清醒的意志，我合眼叹息，“傻子，我的命都给了你，还问会不会……”

——或许有一天，我也会伤会死，那时候，你会不会也这般回护我？

——是的，我会，我会拿自己的命来回护你。

【遇刺】

这一觉睡得好沉，梦里隐约见到母亲，还有辞世多年的皇祖母，依稀又回到了承欢祖母膝下的无忧岁月……我闭目甜甜地笑，不想这么快醒来。

“我知道你醒了，睁开眼睛，求你睁开眼睛！”这哀恸的声音让我心口莫名抽痛，竭力挣脱睡意的泥沼，想要睁开眼，却在一片迷蒙光影里，见到一双赤红的眸子，红得似欲滴血。我陡然一颤，刺客、刀光、血痕、他惊骇的神情……那惊魂的一幕掠回脑中，激灵灵惊醒了我，又记起了最后清醒的意念，记起他脸色苍白，紧紧地抱着我，满目惊痛若狂的样子。

我合上眼，复又睁开，终于真真切切地看见他的面容。

“阿妩……”他直直地望着我，目光恍惚，好似不敢相信，连声低唤我的名字。

他的眼睛怎么红成这样，我觉得心疼，想要抬手去抚他脸颊，却惊觉周身毫无知觉，四肢肌体分明还在那里，却仿佛已不属于我。

“你睡了好久！”他一瞬不瞬地看着我，手指颤颤地抚过我的脸颊，“老天总算将你还给我了！”

我望着他，泪水潸然滚落，身子却全然失去知觉，半分不能动弹。

“太医，太医！”萧綦紧握了我的手，回头连声急唤。太医慌忙上前，凝神搭脉，半晌才长吁了口气，“王妃脉象平稳，毒性大有缓解，看来那雪山冰绡花果真有效。只是剧毒侵入经脉，眼下尚未除尽，以致肢体麻痹，全无知觉。”

“肢体麻痹？”萧綦惊怒，“如何才能解去毒质？”

太医惶然叩首，“那冰绡花药性奇寒，以王妃的体质只怕难以承受，微臣只能冒险尝

试，以七味至阳至热的药物为辅，逐量下药。眼下看来虽有解毒之效，却难保不会伤及内腑，微臣不敢贸然下药。”我恍恍惚惚听着，心中隐约明白过来，太医说的冰绡花想必是贺兰箴送来的那枝雪山奇花。当日突厥使臣称其为异宝，可解毒疗伤，想不到今日竟真的救了我一命。

却听萧綦怒道：“我不想再听这推三阻四之言，不管你用什么药，务必要让王妃康复！”

“王爷恕罪！”太医惊惶，连连叩头不止。

我苦笑，却无法出声，只剩手指微微可动，便竭力轻叩他掌心。萧綦俯身看来，与我目光相触，似悲似狂，我从未在他眼中见过如此凄恻神色。

冰绡花药性奇寒，我若不能承受其效，大概会就此死去。如果不用此药，我虽然能活，却不过是一具行尸走肉。两者相较之下，萧綦立刻洞彻我的心意，想必他心中所想，也与我相同——只是，要由他来决定，又是何其艰难。

“我明白。”萧綦深深地凝视我，决然一笑，“既然如此，我们便一起来搏上一搏！”

太医立刻开方煎药，一碗浓浓药汁，由萧綦亲手喂我喝下。

宫人医侍尽数退出外殿，空寂的寝殿内，宫灯低垂，将我们的影子长长地投到地上。

他扶起我，倚坐床头，将我紧紧地搂在怀中。不知是药效发作，还是毒性作祟，我眼前昏黑，神志渐渐恍惚。

“阿妩！”他在我耳边低唤，轻轻地摇晃我，我的身体却仍是没有知觉。

“我不准你睡，你给我好好睁大眼睛！”萧綦抬起我的脸庞，语声紧窒，“我怕你一觉睡去，再也不会醒来……只要你好好熬过来，我什么都答应，再不惹你伤心难过，好不好？”

我心中似痛似甜，竭力睁开眼，给他一抹微笑。他的双臂将我抱得那样紧，即使身体没有知觉，依然能听到他的心跳。我想对他说，我还没有看够你的模样，怎么舍得就此睡去？我还要看着你长出白发，与我一起变老。

“我讲故事给你听，好不好？”他望着我尴尬地笑，第一次主动要求讲故事，以往每次被我缠住，他都头大如斗。若说英明神武的摄政王还会害怕什么事情，那一定是被他的王妃缠住讲故事。我笑意深深，安静地望着他，看他皱眉思索的样子，心里只觉酸酸软软……我默默想着，就算将在天亮之前死去，我也毫无恐惧，只因有他一直陪伴在身侧。

“讲什么好呢？”他苦恼地喃喃自语，我却笑起来，他向来只会讲些征战疆场、攻城略地的故事，血淋淋的，并不好玩。但只要是他的故事，我都百听不厌。

他环紧我，语声越发温柔，“我有没有讲过，第一次看见你的情形？”

我睁大眼，第一次，那应该是在大婚拜堂的时候……他叹了口气，未语先笑，“那时你才十五岁，那么小，几乎还是一个孩子。”

他悠悠笑道：“拜堂的时候，你一身繁复的宫装，身形仍然十分娇小，怎么看都还是个小丫头。想着我这么一把年纪，却要跟一个小丫头入洞房，真是比攻下十座城池更令我为难！”他笑得可恶至极，我又气又窘，只能以目光狠狠剜他，恨不得扑到他肩头，咬上一口。

“那之后，一别就是三年……当我得知你被劫持，怎么都想不出我那王妃长得是什么样子，只想到一个小孩被吓得大哭的模样。”他感喟道，“我派去的人一路跟着你们，不断传回消息，说你刺杀贺兰箴，又纵火逃跑，还逼得贺兰箴处死手下……我不能相信，这些事竟是一个小孩子做的。”

我说不出话，泪水悄然涌上。

“我一辈子也不能忘记，那一刻，血光烽烟，你在乱军之中出现……”他骤然闭上眼，“你竟那样耀眼，身后刀光剑影分毫不损你的容光，自己命悬敌手，却没有半分恐惧。我从未见过一个女子，竟能如此决绝，如此凛烈！”他的声音竟有一丝颤抖，“那一刻，我才知道自己几乎错过了什么！”

我望着他，泪水滑落，湿了鬓发。

“一直以来，我梦寐以求的、可以并肩站在我身侧、与我同生共死的女人，原本早就已经得到，我却堪堪错失了三年。”

一点温热，滴落在我的脸颊上，竟是他的泪。他抱紧我，唯恐一松手就会失去，他身上的温热，令我冰凉的身子渐渐回暖，一直暖到心底里去。

我蓦然一颤，温暖的感觉如此清晰……真的，我竟又感觉到他的体温，又有了微弱的知觉。我竭尽全力，终于缓缓抬起右手，艰难地覆上他的手背。

他一震，呆了片刻，蓦然惊跳起来，“你能动了！阿妩，你能动了！”

我亦欣喜若狂，仍由他将我拥入怀抱，再说不出话来。

珠帘一掀，阿越托了药盏进来，盈盈笑道：“王妃，药煎好了，您今日气色又好了许

多呢。”

正说笑间，徐姑姑肃容而入，见我正服药，忙又笑道：“王妃这两日好了许多，看来服完这服药，也该大好了。”

我搁了药盏，接过白绢拭了拭唇角，看她肃然神色，心下早已猜到几分，“大理寺已经审出结果了？”

徐姑姑欠身道：“是，刺客身份已经查明，确是宣和宫旧人，名唤柳盈。”

宣和宫，子律昔年所居宫室。那晚我一眼瞧见那美貌宫女，便觉分外眼熟，如今想来，隐约就是当年子律身边，十分受宠的一名侍女。她在宫中的时日甚长，却无人知道她身负武功。徐姑姑脸色沉重，“宣和宫旧人本已悉数遣出，这柳盈原已被送到浣衣局，数日前却被御膳司调了去。带走她的人是御膳司一名副监，名唤李忠，此人事发当夜即已暴病而亡。”

我不动声色，只淡淡一笑。这杀人灭口的动作虽快，却也在意料之中。

绵延宫室，重重楼阙，谁也不知这偌大深宫之中，到底潜藏了多少秘密。

当日姑姑遇刺之后，我曾借宫变之机，清洗宫禁，将效忠先皇的势力尽数拔除。然而宫中盘根错节的势力错综复杂，为免牵连太众，引得人心浮动，那一次的清洗仅仅点到为止。随后姑姑谋逆事败，宫中涉案者株连甚广，杀戮之重，使得宫中旧人胆寒心惊，整个宫闱都陷入恐慌之中。自我接掌后宫，着力安抚人心，平息动荡，虽然止了杀戮，但彻底清理宫禁的念头，始终搁在心里，只等待合适的时机到来。

徐姑姑继续说道：“王爷下令严查此案，大理寺已将御膳司相关人等收押，浣衣局与柳盈过往相熟者，及宣和宫旧人一并下狱。”

我沉吟了片刻，扬眉看她，“既然大理寺已着手审理，你不妨也再助他们一臂之力。”

徐姑姑一怔，“王妃的意思是？”

我敛去笑容，冷冷道：“宫中旧党未除，如今也是时候好好查一查了。”

“老奴明白了。”徐姑姑悚然一惊，旋即深深俯身。

我缓缓道：“你传话下去，宫中凡有过私下非议朝政、言行不检、与旧党过从甚密者，每供出一人，减罪一分。知情不报，祸连九族。”

这宫中最不缺的就是人心之恶毒，为了自保，每个人都会争先恐后地攀咬他人。

我要的就是人人自危，牵涉越广越好。

“老奴这就去办。”徐姑姑躬身欲退。

“慢着。”我叫住她，漠然开口，“有一个人，现在是用得着的时候了。”

终年不见天日的囚室里，阴森发霉的味道扑面而来，即使站在门口，也让我遍体生凉。

“这地方腌臜得很，王妃还是留步，让奴婢将人提出来审吧？”训诫司嬷嬷谦卑地赔笑。

我蹙眉道：“徐姑姑跟我进来，其他人留在这里，未经传唤不得擅入。”

徐姑姑在前提灯引路，穿过昏暗过道，越往里越是森冷迫人。最后一间狭小的槛牢前，仅半尺见方的窗洞里漏进些微光线，隐约照见地上一堆微微蠕动的物事。徐姑姑拨亮灯盏，光亮大盛，墙角一团黑乎乎的东西突然被光亮惊动，簌簌爬过脚下，竟然是一只硕大的蜘蛛，我失声低呼，急急向后闪避。

“王妃，当心些。”徐姑姑扶住我。

地上那堆稻草破絮里，忽然发出嘁的一声冷笑，嘶哑不似人声，“小郡主，你也来了？”

若不细看，我几乎认不出那一团污脏里竟藏着个枯瘦如柴的女人，那似曾相识的蜡黄面孔，从乱发后缓缓抬起来，深凹眼珠直盯向我，“我就知道，你早晚也会来的，黄泉路上，锦儿会等着你的！”

我借着光细细看她，想在这张脸上，寻回一丝昔日的影子，终究却是徒然。人之将死，其言也善，她到此刻还是放不下心中怨毒。

“锦儿，你可以安心地上路。”我静静地看着她，“那个孩子我已安置妥当，子澹那里，我会给他一个交代。”

听到这一声“上路”，锦儿陡然一颤，软软倚着那堆破絮，目光发直。

我心下略有一丝恻然，“你有未了的心愿，现在可以告诉我。”

“到此时还在我面前装什么善人？只可惜殿下看错了你，你才是最最毒辣的一个！”她呵呵冷笑，重重一口唾沫唾在我跟前。

“大胆！”徐姑姑怒斥。

我定定地看着眼前状似疯魔的妇人，良久，方缓缓道：“如你所言，王儇从来不是良善之人，否则今日囚在牢中待死的人，便不是你，而是我，甚至是我王氏满门。”

“你以为富贵荣华得来全不需代价？”我自嘲地一笑，“这些年，你只看到我无限

风光，却不曾见过我如履薄冰、心惊胆战，并非只有你苏锦儿命运多舛，这世上有一份风光，自有一份背后艰难。你本有过自己一番天地，何苦羡妒旁人？”

锦儿惨笑，“我的天地，我何尝有过自己的天地……打小围着你转，你便是天，便是地，你说要就要，说不要就抛开……我做梦也求不到的，在你眼里一文不值。就算我舍了命，也博不来他认真看顾一眼，你却那般作践，逼得他为你去死！”

她的话，一声声、一字字刺进我心里，直刺得血肉模糊。

“不错，你说的都不错。”我依然在笑，一开口却枯涩得不似自己的声音，“这便是命，你和子澹，一个死不认命，一个认命到死，到头来又是如何？总有些东西不得不争，也总有些东西，不得不舍……就算你同我一样生作金枝玉叶，不知取舍，也同样是如今这般下场。”

“你不过是命好，凭什么就占尽一切！”她跌在那堆破絮上，嘶声喊道，“就算下辈子做不成金枝玉叶，我宁愿变猪变狗，也不要再做丫鬟！”

她凄厉的哭声回荡在阴冷囚室，从四面八方向我迫来。

我猝然回转身，重重拂袖，“送苏夫人上路。”

苏锦儿以行刺共谋之罪，被一道白绫赐死在囚室之中，共犯名册之上也按下了她的手印。

柳盈行刺一案原本与苏锦儿的攀诬毫无关系，外间只知苏锦儿冒犯皇室，犯下死罪，却不知我将她一并扯进此番谋刺之中，以逆谋共犯的罪名处死，便顺理成章地让锦儿成了指认同谋的一枚棋子——而且是死无对证、再不得翻身的死棋。被她临死“招供”出的人，纵然浑身是嘴，也百口莫辩。

被囚禁的御膳司、浣衣局宫人闻听苏锦儿认罪伏诛，一个个吓得魂飞魄散，唯恐与逆党沾上关系，等不及大理寺真正用刑，已经自起内乱，互相攀咬——人心之恶，比天下最锋利的兵器，更能杀人于无形。一时间，牵涉入案之人不断增加，共犯名录一沓沓送往我眼前，整个宫闱都笼罩在一片恐惧惶惑之中。

徐姑姑垂手而立，缄默不语。我面前薄薄一册名录摊开，写满密密匝匝的名字，这就是经过层层甄选，最终确定的共犯名录。

我一个个名字仔细看过，大多数名字都是皇室心腹旧人，也是我早有心清除之人，如今不过是借柳盈之事一网打尽。

谁又能料到，引发这一场血腥风波的由头，不过是一个弱女子的痴烈。

那柳盈出身将门，自幼入宫，伴在子律身边，明是侍婢，暗是姬妾，早已对子律情根深种。若是太平年月，被子律收为侍妾也算锦上添花。偏偏生逢乱世，子律叛逃谋反，阵前伏诛，落了个身败名裂、尸骨无存的下场。寻常女子以死相殉倒也罢了，这柳盈却是如此刚烈的性子，暗地隐忍多年，伺机行刺萧綦，为子律复仇。

小小宫人，纵然命如草芥，一旦逼到绝境，以命相搏，也有惊人之力。

只是单凭她一己之力，若无人从旁相助，岂能在深宫之中来去自如。从浣衣局调入御膳司，是接近萧綦的第一步；在御膳司从杂役晋升为奉膳，是第二步；最后秘藏剧毒，投毒于食在先，怀刃行刺在后，这行刺的计划虽不怎么高明，却也步步为营，想必一路走来，都有高人暗中相助，为她打通关节，隐瞒遮掩。

像柳盈一般效忠皇室的心腹旧属，宫中不在少数，而有这番本事，暗掌各司权柄的人，更是屈指可数。这些人暗中聚结，心念旧主，对权臣武人心怀怨愤已久，虽没有谋反的胆量和本事，却如盗夜之鼠，伺机而动。

翻到名册的最后，赫然看见两个熟悉的名字，令我悚然一惊，掌心渗出冷汗。

我抬眼看向徐姑姑，“这份名册，除了你我，还有谁见过？”

“无人见过。”徐姑姑欠身回禀，脸色凝重。

啪的一声，我扬手将名册掷到她脚下，“徐姑姑，你好糊涂！”

名册最后一页赫然写着永安宫中两名主事嬷嬷的名字。她二人虽不是皇室旧党，却也因太皇太后而对萧綦深怀怨愤。姑姑痴盲已久，她身边的嬷嬷擅自生事，卷入此案，一旦传扬出去，太皇太后岂能脱得了干系。

日当正午，我踏入永安宫，身边未带侍从，只率了徐姑姑等贴身之人。

我所过之处，众人敛息俯首，肃寂的殿内只有裙袂曳地，锦缎滑过玉砖的窸窣声和着步摇环佩，泠泠作响。

太皇太后正在午睡，我没有惊动她，即便她醒来，也不过是在另一场梦里。望着姑姑苍老干枯却宁静恬和的睡颜，我不知该羡慕还是悲哀。

两个嬷嬷已经身着素衣，散发除钗，一动不动地跪在殿前。她二人跟随姑姑多年，今日自知事败，已无侥幸之心，但求速死。

我从徐姑姑手中接过白绫，抛在她们跟前，“你们侍奉太皇太后多年，其行可诛，其心可悯，特赐你二人全尸归葬。”

获罪赐死的宫人只得草席卷尸，乱葬郊野，若能留得全尸，归葬故里，已经是莫大的恩惠。两位嬷嬷对视一眼，平静地直起身，朝我俯首，复又向内殿顿首三拜。

吴嬷嬷拾起白绫，回首对郑嬷嬷一笑，眼角皱纹深深，从容舒展，“我先去一步。”

“我随后就来。”郑嬷嬷浅笑，神情仿若昔日少女般恬静。

徐姑姑转过头，低垂了脸，肩头微微颤抖。

吴嬷嬷捧了白绫，随着两名内监，缓步走入后殿。

永安宫两名嬷嬷，以怠慢礼仪、侍候太皇太后不力之罪赐死。

柳盈一案，牵连宫中大小执事，知情共犯竟达三百余人。列入名册中的一百三十八人，或为皇室心腹，或对朝政有诽谤非议，皆被训诫司下狱。其余人等多为相互攀诬，罪证不足，被我下令赦出。获释人等，经过一番险死还生，无不感恩戴德，战战兢兢。

大理寺查遍了柳盈九族，找出柳家有一房表亲，将庶出女儿嫁与湘东侯为妾。

朝中仅存的一支皇族余势，正是以湘东侯为首的世家子弟，表面归附萧綦，实则私下聚议，对武人当权心怀不满。这一脉余孽，在朝堂上阳奉阴违，不时与萧綦作对，暗讽武人乱政，鼓动世家子弟不忿之心，令萧綦早已存了杀心。只是湘东侯为人阴险谨慎，深藏不露，竟让萧綦遍布朝中的耳目，也抓不到他一丝把柄。

孰料区区一出宫闱逆案，竟阴差阳错地引出了湘东侯这一线关联，将祸水从宫闱引向朝堂，矛头直指皇党余孽——恐怕湘东侯做梦也想不到，他一世精明，费尽心机，却因区区一个宫女，赔进了身家性命。

罪证确凿之下，萧綦当即下令，将湘东侯满门下狱，七日后处斩于市。相关从犯十五人一并处死，其余涉案人等依律流放贬谪。一场谋刺风波，历时月余，终以杀戮平息。经此一案，从宫廷到朝堂，如一场雷霆暴雨洗过，残枝枯叶冲刷得干干净净，旧党余孽被全部肃清。

【情切】

夏日喧署褪去，秋意渐渐袭来。

哥哥回京的这一天，恰逢雨后初晴，碧空如洗，天际流云遮了淡淡远山，一派高旷幽逸。

朝阳门外，旌旄飘扬，黄伞青扇，朱牌龙旗，钦命河道总督、江夏王的仪仗逶迤而来。哥哥紫袍玉带，云锦风氅翻卷，当先一骑越众而来。这熠然如星辰的男子，倾倒帝京无数少女的男子，是我引以为傲的哥哥。我站在萧綦身侧，深深凝望哥哥，一年之间，江南烟雨的轻软，非但没有为他平添风流，反而在他眉宇之间刻下了几许持重从容。萧綦与哥哥把臂而立，并肩踏上甬道。哥哥微微侧首，含笑向我看来，秀眉微扬间，隐隐已有父亲当年位极人臣的风采。此时此地，我至亲至爱的两个男子，携手把臂，终于站到了一起。

来不及洗去满身风尘，哥哥便赶往慈安寺拜祭母亲。母亲灵前，我们兄妹二人静静相对，仿佛能感觉到母亲冥冥中温柔注视我们的眼神。

又一个春夏秋冬无声的过去，母亲走了，哥哥回来，而我，又闯过了无数风刀霜剑。

“阿妩，”哥哥柔声唤我，眼眸中盛满深深感伤，“哥哥真的很笨。”

我将头靠在他肩上，微微笑道：“笨哥哥才好让我欺负呢。”

哥哥揉了揉我的头，将我揽住，“臭丫头，还是这么逞强好胜。”

我闭了眼睛笑，“谁叫你那么笨。”

“这些年，一直让你受委屈。”哥哥低低叹息，衣襟上传来木槿花的香气，温暖而恬静，“往后哥哥会一直在你身边，不再让你一个人受累。”

我伏在他肩头，紧紧地闭上眼睛，不让泪水滑落。

随哥哥一起返京的，除了数名姬妾，还有一个令我意想不到的小人儿。侍妾朱颜为哥哥生下了一个玉雪可爱的女儿，取名卿仪。哥哥说，在他几名儿女之中，唯独卿仪与我小时候长得最像。不知道是不是因为这句话，连对小孩子一向避而远之的萧綦，也爱极了这孩子。

夜里沐浴之后，我散着湿发，懒懒地倚在锦榻上，等长发晾干。

萧綦陪在旁边，一面看奏折，一面闲闲把玩着我的湿发。

我想着卿仪可爱的模样，突发异想，“我们把卿仪抱养过来，做女儿好不好？”萧綦一怔，脸色立刻罩上寒霜，“抱养别人的孩子做什么，我们自己会有，不要整天胡思乱想。”我低了头，心中一黯，默然说不出话来。他揽过我，眸光温柔，“等你身子好起来，我们一定会有自己的孩子。”

我转过头，勉强一笑，岔开了话头，“卿仪不是嫡出，等哥哥将来迎娶了正妃，还不知能否见容于她。”

萧綦笑了笑，“这倒难说，王夙姬妾成群，将来的江夏王妃若有你一半悍妒，只怕要家宅不宁了。”

见我扬眉瞪他，萧綦忙笑着改口，“可见，齐人之福实在是骗人的。”

“是吗，我记得某人似乎也曾有过齐人之福呢。”我笑睨了他。

萧綦尴尬地咳嗽一声，“陈年旧事，不提也罢……”

永历二年十月，贤王子澹率左右元帅暨三十万南征大军班师还朝。

受俘的南方宗室，一并押解赴京，昔日王公亲贵沦为阶下囚徒，囚枷过市，百姓争睹。

萧綦率百官出城相迎，亲偕众将至营中犒巡。朝堂上的萧綦是高高在上的摄政王，而朝堂下的萧綦，依然没有丢弃武人的豪迈。

我站在贤王府正堂，微微闭目，遥想朝阳门外，军威煊赫、旌旗蔽日的盛况，眼前浮现过一张张清晰面目——萧綦傲岸睥睨，哥哥蕴雅风流，宋怀恩沉默坚毅，胡光烈意气风发……最后，是子澹临去时白衣胜雪的背影。

此刻，我带着一众皇室亲贵恭立在新落成的贤王府，迎候子澹归来。

门外夕阳余晖在眼前晕开一片陆离光影，该来的终归要来。

我缓缓步出殿门，踏上红毡金沙的甬道，茜金披纱漫卷如飞，率着身后众人迎向子澹

的车驾。

府门前仪仗煊煊，哥哥一骑白马当先，紫辔雕鞍，丰神如玉，已经到了门前。身后却是一乘辇车，四面垂下锦帘，并不见子澹身影。我怔愣间，哥哥已下马立在一旁。内侍高唱："恭迎贤王殿下回府——"

辇前锦帘被侍者掀起，一只苍白修长的手探出，扶在侍者臂上，帘后传来一阵咳嗽声。一袭天青纹龙袍的子澹，金冠紫绶玉带，被左右搀扶着步下辇车，宽大的袍服广袖被风吹得高高扬起，修长身形越发单薄消瘦，似难胜衣。夕阳余晖，投在他质如冰雪的容颜上，宛如透明一般。

我定定地望着他，心头紧窒得无法呼吸。左右众人齐齐俯身见礼，我亦僵直俯身。抬眸间，却见子澹静静地望着我，眼底暖意倏忽而逝，化为疏淡的笑。

哥哥上前一步，立在我们中间，一手搭了子澹的臂，一手扶了我的肩，带着他惯有的倜傥笑容，朗声笑道："贤王殿下车马劳顿，我看这些虚礼就免了吧。这新建的贤王府，子澹你还未瞧过，可是费了阿妩许多心血，连我那漱玉别苑也及不上了。"

我莞尔，侧身垂眸道："贤王殿下风尘劳顿，且稍事歇息，今晚妾身已备了薄酒，借新邸为殿下洗尘。"

"多谢王妃盛意。"子澹淡淡一笑，一语未成，陡然掩唇，咳嗽连连。

我心惊，望向哥哥，与他忧虑目光相触，顿觉揪心。

华灯初上，宴开新邸。

席间丝竹缭绕，觥筹交错，恍若又见昔日皇家繁华。子澹坐在首座，已换了一身淡淡青衫，满堂华彩之下，愈发显得容颜憔悴。酒过三巡，他颊上透出异样的嫣红，脸色却苍白得近乎透明。连左右都似察觉了他的不妥，停杯相顾窃窃，他仍是自己斟满了酒，举杯不停。

我蹙眉望向哥哥，哥哥起身笑道："许久不曾看过芷苑的月色，子澹，与我一同瞧瞧可好？"

子澹已有几分醉意，但笑不语，任由哥哥将他强行搀起，一手携了酒壶，脚下微跄地离去。

我揉着隐隐作痛的额角，耳边却传来左右嗡嗡的议论之声。

我起身环顾众人，周遭顿时寂静无声。

"时辰不早了，贤王殿下既已离席，今日就此宴罢，诸位都散了吧。"我淡淡说完，

径直拂袖而去，不愿再与这帮趋炎附势的皇亲贵眷多作纠缠。这些人全凭一点儿裙带血脉，终日饱食，趾高气扬，一朝沦为他人刀下鱼肉，不复往日风光，更加不思进取，只知趋炎附势。说起来，这座中多有我叔伯之辈，不乏当年风流名士，今日在我面前却百般阿谀，看尽颜色。我踏出正殿，被迎面晚风一吹，遍体透凉，脑中清醒过来，不由失笑。果真是越来越像萧綦，不知不觉已习惯了站在寒族的位置看待世家。

“江夏王在何处？”我蹙眉环顾左右，庭院中竟不见他与子澹踪影。

“回禀王妃，江夏王已送贤王殿下回寝殿歇息。”

我略一点头，命其他人留在此处，只携了阿越径直往子澹寝宫而去。行至殿前蕙风连廊，忽见僻静处一个窈窕身形，正翘首望向子澹寝殿。

“何人在此？”我心下一凝，驻足喝问。

那人一惊，只听一个轻软的熟悉声音颤然道：“采薇参见王妃。”竟又是她，我松了口气，方才险些以为是萧綦布在此处的耳目。

“你为何深夜孤身在此？”我心中忧烦，见她在此徘徊，更是不悦，不由声色俱严。顾采薇屈膝跪下，满面羞窘，却又倔强地梗着脖子，咬唇不语。

我叹口气，怜她痴妄，却又有几分敬她的执着，“我当日对你说过的话，你都忘了吗？”她低头幽幽道，“王妃当日教诲，采薇牢记于心。只是，心之所寄，无怨无悔，采薇此身已误，不敢再有奢求，所思所为，不过是从心所愿而已。”我定定地看着她，这个飘零如花的弱女子，随时会被命运卷向不可知的远方，虽也难免自怨自艾，却有勇气说出这样一番话，不畏世俗之见，足可钦佩。

“你起来吧。”我叹息一声，“从心所愿，难得你有这番勇气……也罢，你随我来。”她茫然起身，怯怯地随在我身后，一起步入殿中。

甫一踏入殿门，一只空杯被掷了出来，随即是哥哥无奈的声音响起，“子澹，你这种喝法，存心求死不成？”

我立在门口，两个正争夺酒壶的男人同时转过头来，看着我愣住。我气急，恼怒哥哥不知分寸，这种时候还纵容子澹酗酒。哥哥尴尬地接过侍女手中丝帕，胡乱擦拭身上酒污，“我是看不住他了，你来得正好。”子澹看了我一眼，目光已经迷乱，转过头又开始给自己斟酒。

“我已传了医侍过来，这里有我，你先回去吧。”我侧头看向哥哥，哥哥似欲说什么，却又摇头苦笑，“也好。”

我侧过身，“眼下还需劳烦你先送这位顾家妹妹回府。”

哥哥这才注意到我身后的顾采薇，不由一怔。

顾采薇满面羞红，垂首不语。

望着他二人远去的身影，我无奈地一笑，这世上伤心人已经够多，能少一个是一个吧。

左右侍从远远地退了出去。

我就站在子澹面前，他却浑若无视，自顾斟酒举杯，那苍白修长的手，握着杯子，分明已经微微颤抖。我劈手夺了他酒壶，仰头张口，就壶而饮。如瀑浇下的酒，溅洒了我一脸一身，入口冷冽辛辣，逼呛得我泪水夺眶。他勉力探身，拉住我袖口。呛啷一声脆响，我扬手将那酒壶抛出，跌作粉碎。

“你想喝酒，我陪你喝。”我回眸冷冷地看着他，这一句话，似曾相识，如今说来却是心如刀割。子澹一向是不善饮酒的，什么时候，他也学会了喝这样烈的酒。他醉眼迷蒙地望向我，隔了氤氲水雾，眼眸深处却有莹然水光闪动。

“你到底是谁？阿妩不会是这个样子，你……你不是她。”子澹直直地看着我，已经苍白如纸的脸色，越发煞白得怕人。

我心中惨然，却不得不笑，“对，我已不是从前的阿妩，你也不再是从前的子澹。”

“你……”子澹目光恍惚，“很像母后。”

他忽而一笑，跌坐回椅上，鬓发散乱，神色凄迷，“阿妩怎会变成母后呢，我真是醉了……阿妩不会变，她说要等我回来，便一定会在摇光殿上等着我！”

我不能再容他说下去，再禁不起这声声凌迟。我狠狠一咬唇，端起桌上半杯残酒，泼上他的脸，“子澹，你看清楚，阿妩已经变了，全天下的人都变了，只有你一个人不肯变而已！”酒从他眉梢脸庞滴下，他仰起脸，闭目而笑，泪水沿着眼角滑落。

我强抑心底悲酸，涩然笑道：“从前是谁对我说过，世间最贵重的莫过于生命！只要活着，便会有希望！我费了那么多心思，就为了让你好好活下去，可你……你怎能这样伤害自己？”我再说不下去，颓然后退，只觉心灰意冷，“如果你以为一再伤害自己，我便会后悔难过……那是你想错了！”

我决然转身，再不愿看到他自暴自弃的样子，哪怕多看一眼，都是令我无法承受的痛。

“阿妩！”身后传来他低低的一声呼唤，听在耳中，哀极伤极。我心中窒住，脚下不

由一顿，骤然被他从身后紧紧拥住。他冰凉双唇落到我颈间，温热的泪，冰凉的唇，纠缠于我鬓发肌肤，绝望、炽热而缠绵……这个怀抱如此熟悉，熟悉得让人眷恋，眷恋得让人沉沦。

“不要走，不要离开我。”他的手紧紧地环扣在我腰间，将我箍得不能动弹，仿佛用尽他全部的力量来抓住最后的浮木。

“一切都变了，我们再也回不去了。”我闭上眼，泪流满面，“子澹，求你清醒过来，求你好好活下去！”

他身子颤抖，抱着我不肯松手。我亦不再挣扎，任由他静静地抱着我，一动不动。

良久，我终于咬牙挣开他的怀抱，决然奔出殿门，再不回头。

受俘入京的江南宗室，谋反罪证确凿者，立即赐死，家眷或流放边荒，或贬入教坊。罪证不足者及一干从犯，押入天牢，严刑拷打，或畏刑招供，或含恨自尽。不出两月，昔日金枝玉叶尽皆零落成泥，凋敝殆尽。

越郡最早奏报天降祥瑞，称北面有龙云升腾，霞光蔽日；随即天下州郡纷纷上表，或说天现异象，双日同悬中天；或说白虎出南山，化为紫芒冲霄而去；更有称神龟出洛水，衔书报天机……京城街坊市井间，不知何时开始流传一首民谣，最脍炙人口的一句是，“酤酌尽，双烛倾”。看似一句普通的宴饮谣，却有人附会说，“酤酌”二字，谐音天祚，而双即是二，烛谐音主，这一句暗含的寓意，便是“天祚尽，历二主而倾”。此言一出，街头巷尾皆争相传诵此句，连宫中也有人私下议论。

各州郡奏报祥瑞的折子，萧綦一概不置可否，对于市井谚谣也只作不知，越发令朝臣们摸不透他的心思，暗自揣测，不敢轻言妄议。

世人皆知，如今幼帝病弱，常年幽居深宫，皇室根脉殆尽，仅剩贤王一人堪继帝位。

抚云轩里，落叶洒金。

我与哥哥正对弈搏杀得不亦乐乎，萧綦虽不擅此道，也含笑立于一旁，观棋不语。

此局由哥哥执黑错小目开局，初时哥哥四下抢占实地，此后频频长考。我则步步为营，似退实进，至中盘时故意卖个破绽，引哥哥一路快攻，贸然出动中腹几枚孤子，结果越陷越多，中腹大龙苦活之后，上面小龙反被我斩杀。

“好手段，杀得好！”萧綦拊掌大笑。

哥哥苦思半晌，执了子正待落下，听得萧綦此语，复又缩手，闷哼道：“观棋不语真

君子。”

我笑着反诘，“落子有悔是小人。”

哥哥缩到一半的手僵在那里，瞪我一眼，只得原处落子。

以萧綦的棋道，也看出哥哥这一步是自寻死路，他笑声一顿，与我对视，双双大笑。

一片落叶轻旋着扑入轩内，恰恰飘落在榧木棋盘上，金黄落叶、玛瑙棋子与古木纹理相映，端的古雅好看。

“罢了，罢了！”哥哥索性推盘认输，大叹一声，“唯女子与小人难养也。”

如今敢这样与萧綦说笑的人，只怕除了我，就只有哥哥了。他二人，论性情出身，都有天壤之别，原本各抱了成见，哥哥视萧綦为草莽，萧綦视哥哥为纨绔。如今放下成见，走到一处，才知彼此都是性情中人。在朝在私，一番相处下来，居然颇为投缘，大有知己之意。难得今日他二人都有闲暇，正笑谑间，一名内侍躬身而入，“启禀王爷，武卫侯在殿外求见。”

萧綦敛去笑意，略一皱眉，眉宇间不怒自威。

“这胡光烈还在吵闹不休吗？”我笑着摇头。

“你们且消遣着，我去瞧瞧胡疯子又发什么疯。”萧綦亦笑，朝哥哥略一点头，转身离去。

哥哥把玩着一枚玛瑙棋子，敛了笑容，淡淡问我：“为何偏偏是这胡家的女子？”

“胡氏有何不妥？”我抬眸看向哥哥。

“将门之中，也不是挑不出娟雅淑女，这个胡氏年纪轻轻，听说性情十分泼辣，如何能与子澹匹配，你这不是乱点鸳鸯吗？”哥哥蹙起秀扬的眉梢，侧面看去十足俊雅，更令我想起了子澹郁郁蹙眉的模样，心中不由泛起刺痛。自从那夜之后，他以养病为名，既不上朝也不入宫，终日在贤王府闭门不出。

我也再未踏入贤王府一步，倒是萧綦亲自去贤王府探望过他，我称病不肯同去，萧綦也并未坚持，回来只淡淡说，子澹气色已见大好。哥哥却时常出入贤王府，不时给子澹送去喜欢的诗书古画和滋补珍品。听哥哥说，子澹如今十分淡泊，虽少言寡欢，却已不再酗酒，也肯用医服药了。只是哥哥身为宰辅，公务日渐繁忙，也不能时常陪伴子澹。

与此同时，萧綦催促我为子澹择妃，也一日紧过一日。

静儿渐已长大，终不能长久称病，幽居深宫。萧綦已起了废立之念，子澹迟早会继位为帝。他的王妃便是未来的皇后人选，也是名义上的六宫之主。萧綦对此格外看重，一心

要选个军中权臣的女儿安插在子澹身边，我无法直接违逆他的意愿，只能在选秀之时，尽力挑选个忠贞善良的好女子。

原本我对待选的将门之女并未存过多少指望，只随意点了几名少女入宫待选，未曾想到，其中一名女子竟让我刮目相看。

“你并未见过胡氏，怎知她就一定不好，泼辣也未见得就是坏处。”我拈起那片枯叶信手把玩，微微一笑，“丝萝非独生，愿托乔木。”

哥哥神色一动，似有所了悟，“你说子澹是丝萝？”

我垂眸叹息，“从前的子澹是弱柳，而今已成枯藤。唯有让他与茁壮的乔木相依，或许才能重获生机。”

哥哥默然片刻，扬眉问道：“莫非你选的胡氏，就是他的乔木？”

我哑然一笑，却无法回答哥哥这个问题。谁是谁的良木，谁又可依托终身，只怕世上无人说得清楚。

这桩婚事，不仅哥哥质疑，连胡光烈也不肯将他幼妹嫁入皇家，为此不惜忤逆萧綦，三番五次地闹腾。这粗豪汉子倒是真心疼爱他那同父异母的妹妹，正如当年哥哥疼惜我一般。若不是亲眼见了胡瑶，我绝想不到胡光烈会有这样一个光艳可人的妹妹。胡瑶年纪虽轻，却没有一般小女儿之态，更没有名门淑媛的骄矜，言行举止透出一派磊落率真，隐隐有英爽之气。那日见她红衫似火，素颜生晕，朝我绽开明媚笑容，我顿觉被初春阳光所照亮。有这样的女子陪在身边，再深浓的阴霾，都会退散吧。看着胡瑶，连我亦觉得自己黯淡下去。她有青春、有朝气，有着飞扬跳脱的活力，而我只有一颗被岁月磨砺得冷硬的心。或许只有她那样明净坚定的女子，才会是子澹的良伴。

【姻约】

贤王册妃大典择吉举行。

大婚场面盛况空前，京中万人空巷，争睹皇家风华。贤王府喜红灿金，一草一木都似染上了浓浓喜色。喜堂之上，萧綦主婚，百官临贺。入目喜红，刺得我双眼微微涩痛，远远的，看不清每个人的表情。或许，只是我不想看见。

子澹大婚后，很多琐事也随之尘埃落定，宫廷里似乎又恢复了短暂的平静。天气一冷，我又时病时好，终日静养，越发懒于动弹，只偶尔入宫探视姑姑和静儿。

静儿四岁了，病情依然没有丝毫起色，终日痴痴傻傻如一个布偶。

这日天色晴好，我只携了随身侍女，牵着静儿信步走在御苑之中，任阳光淡淡洒在身上。

“天祚尽，历二帝而倾”，民间市井流传的那首谚谣，不是没有深意的。朝堂上那么多眼睛在看着，那么多耳朵在听着，早晚会有人发现小皇帝痴呆的秘密，他不能永远躲在垂帘背后，做一个无声无息的木偶。随着萧綦一步步接近帝位，静儿存在的价值，越来越小了，也该到了他退场的时候。

那首谚谣，是再明白不过的暗示。

从痴呆的小皇帝手上夺走帝位虽然易如反掌，却不是名正言顺，明面上还欠了一份冠冕堂皇，水到渠成。这就像我和哥哥的那盘棋，一味进逼反落了下乘，到了这份火候上，反而要欲扬反抑，以退为进。弄权之术与王霸之道，历来是缺一不可。静儿只是当年不得已的傀儡，如今子澹已被削去了全部羽翼，也就成了最好的棋子。废黜静儿，拥立子澹，萧綦依然大权独揽……他离帝位每近一步，就意味着又一次屠戮或倾覆。

只是静儿实在是个可怜的孩子，或许离开这宫廷，对他也是一件幸事。

我抱了孩子，坐在苑中默默出神，初冬的阳光洒在我们身上，这一刻宁静安恬，仿佛远离了帝王家的纷争苦难，俨然一对平凡人家的母子。

肩头忽暖，一件羽纱披风搭在身上，萧綦不知何时站在我身后，浓眉微蹙，深深地看着我。

冬日的阳光斜斜照下来，给他冷峻如削的侧颜笼上淡淡光晕，玄黑锦袍上绣金纹龙张牙舞爪，似欲活过来一般。

他抚了抚静儿头顶，淡然道："过不了多久，这孩子也该离开了。"

"废立之事，关系重大，你果真决定了吗？"我抬眸看他，他却久久沉默，没有回答。

夕阳西沉，晚风带了微微寒意，掠起他广袖翻飞。

他忽而笑了笑，"当年我曾说过，陪你看江南的杏花烟雨，还记得吗？"

我怎会不记得，在宁朔城外，他说要陪我看尽海天一色、大漠长风、杏花烟雨……年年仲春，看着宫墙内杏花开了又谢，谢了又开，我都会想起他当日的话。

我望进他眸中，无尽怅然，却又甜蜜，"我以为你早已忘了。"

"等这个冬天过去，我们就去江南。"萧綦回头凝视我，薄削的唇边有一抹极淡的笑意掠过。

我心中蓦地一突，怔怔地望着他，几疑自己听错，"去江南？"

他微微一笑，"到时，我还政给子澹，放下外物之羁，带着你离开京城，你我二人远游江南，从此逍遥四海可好？"

我僵住，分不清他是戏言，或是试探，只是万万没想到他会说出这样一番话来。

萧綦深深地看着我，明犀目光似不放过我脸上一分一毫的变化，唇边依然噙着莫测的笑意，"怎么，你不喜欢？"

我被他的目光迫得透不过气来，良久，缓缓抬眸看他，"抛下天地雄心，只求一身逍遥，那便不是你萧綦了。"

萧綦迫视我，目光深邃，眼中笑意更浓，"那要怎样才是我？"

抛开世间羁绊，双双远遁江湖，只羡鸳鸯不羡仙——这也曾是我当年的梦想，假如我遇上的人不是萧綦，或许可以让这梦想成真。然而，当我遇着他，他亦遇着我，一路走来已再不能回头，也不屑回头！我们携手砍开了丛丛荆棘，付出了太多的代价，彼此都已血痕斑斑，再没有什么可以阻止我们登上那至高的峰顶！

“想明白了吗？”他迫近我，强烈的男子气息笼罩下来，以不容置疑的口吻问道，“阿妩，我要听见你的真话，一旦想好，就再不能摇摆犹疑！”

我仰头望着他，心中一片明彻，一字一句缓缓道：“我要看着你成就霸业，君临天下。”

废立国君，关系重大，自然非同寻常，这一废一立之间，绝容不得半点儿动荡。

静儿年幼病弱，恐难保社稷稳固，以这个理由将他废黜，没有人敢持有异议。摄政王有意废君另立，这一风声迅速在朝野传开。贤王子澹从一个幽居闲人，变成众所瞩目的储君。扑朔迷雾中，谁也猜不到萧綦的心机，看不清未来变数究竟如何。

然而朝中微妙的权力布局，已经开始变动，每一枚棋子都在萧綦的操纵下，悄然移动，暗暗倾斜。

命运的轨迹在不经意间更改，一场翻覆天地的大变局，不知不觉已经展开。

这个冬天，过得格外悠长。

临近岁末的时候，南方两大豪族，沈氏和吴氏同时入京朝觐。

沈吴两家均是江南望族，世袭高爵，令名远达，在江南的声望实不亚于王氏。此番朝中大势变幻莫测，即便远在江南的两大豪族，也再按捺不住，名为觐见，实则专程为联姻而来。摄政王不纳姬妾，已是天下皆知之事，且萧綦出身孤寒，没有亲族兄弟，如今与他最亲厚的只有王氏。

漱玉别苑中，哥哥张口衔过一旁侍姬剥好喂来的新橙，只笑不语，一派悠然自得。

我揉了揉额头，望着哥哥苦笑，“你倒轻松，现在两大豪族的女儿争相要嫁你，你说如何是好？”

“要么一并娶了，要么一个都不娶！”哥哥笑谑道，身侧八美环绕，莺莺燕燕，一派旖旎情致。

“可惜我们只得一个江夏王，又不能拆作两半，若是拆得开，早就动手将他拆作八份了。”说话的是哥哥最宠爱的侍妾朱颜，一口吴侬软语，婉转娇嗔。

哥哥几乎被口中橙子噎住，瞪了她，啼笑皆非。我转眸一笑，“不如将你家王爷入赘过去，省得分来拆去的麻烦。”朱颜掩口轻笑，“如果真是如此，还请王妃开恩，将奴家也陪嫁了去，给王爷做伴。”另一名美姬笑道：“又娶又嫁，那岂不是让人占了便宜？”

众姬妾笑闹成一团，我心中却陡然一动。

我几乎忘记了，叔父膝下还有两个女儿，当年随婶婶回归琅琊故里，已经多年不曾相见，如今算来也该有十五六岁了。

刚刚结束了战争的浩劫，江南人心浮动，朝野上下都在期待这一场联姻之喜，希望借此驱散杀戮留下的阴霾。

哥哥屏退了众姬，只余我们兄妹二人，我正色问他，是否真的愿与江南豪族联姻。

他却无所谓地笑笑，“人家闺阁千金不远千里嫁了来，我总不能拒之门外。”

我凝眸望向他，“哥哥，这么多女子当中，可有哪一个，在你心中胜过任何人，世间只有她是最好？”

哥哥不假思索地摇头笑道：“每个女子都很好，我待她们每一个都是真心，也都是相同的，分不出谁是最好。”

“嫂嫂呢？”我静静地看着他，“连她，你也不曾真心相待过？”哥哥陡然沉默下去，脸上笑意敛尽。我从不曾刻意追问他的那段往事，只恐令他伤心，如今我却再不愿看他沉溺在往事里，从此将心扉封闭。

“故人已矣，如今说出来，想必她也不会怪我了。”哥哥叹息一声，缓缓开口，“你说得不错，我的确错待了她，自始至终都不曾对她真心相待。”

我怔住，却听哥哥徐徐道出那一段尘封往事，“当年我与桓宓的婚事，本是源于一场赌约。我初见桓宓时，并不觉得她如何貌美，只因她性子冷傲，对我不屑一顾，反倒激起我好胜之心。当时年少轻狂，便与子隆……先帝打赌，誓要打动那桓宓的芳心。先帝早已知道桓宓将被册立为子律的正妃，我却全然蒙在鼓中，被他大大地戏弄了。恰好那时父亲正在考虑我的婚事，我看上桓宓的事被他知道，原以为会招来他一顿痛斥，却不料他非但点头认可，更决意将桓宓聘为我的妻子！我啼笑皆非之下，不敢违逆父亲的意愿，且对桓宓也存了好胜征服之心，便一口答允下来……待我得知她与子律原有婚约，且自幼两情相悦，却已经为时晚矣！赐婚的旨意已颁下，一切无可挽回！”

一句戏言，一个赌约，毁了两段锦绣姻缘，更令嫂嫂与子律抱恨终生！我怔怔听来，只觉满心悲凉。

哥哥神色沉痛，“自此大错铸成，子律与我反目成仇，我亦无颜见他，无颜面对桓宓。我一气之下远游江南，却不料……”

我终于明白，为什么这些年来哥哥再不愿娶妻，宁肯流连花丛，也不肯真心接纳一个女子，他是害怕再次伤害旁人，害怕有人成为第二个桓宓。

“你我的婚姻娶嫁，都由不得自己心意，与其作茧自缚，倒不如及时行乐。”哥哥勾起薄唇，又是慵懒如常的笑，语意中却有了几分怅然。

不经意间，我想起了那夜为他不辞风露立中宵的痴心女子，我握住哥哥的手，叹息道：“哥哥，你只是还未遇见那个人。或许有一天，当你遇上了才会明白，能够全心爱恋一个人，也令她全心爱恋你，那才是世间最深挚的情意。”

哥哥怔怔地望着满庭木叶纷飞，半晌才回过头来，罕有的认真沉静，“我宁愿永远不会遇到那样一个人。”

数日之后，我以太皇太后的名义颁下赐婚的懿旨。

沈氏嫡长女沈霖许嫁江夏王王夙为正妃；信远侯长女王佩，加封宣宁郡主，赐婚银青光禄大夫吴隽。

数年间，我的家族历经起伏，几乎登上了权力之巅，又险些跌落万丈之渊。所幸，那一切都已经过去，今日的王氏总算在我手中重新崛起，任凭风云变幻，天下第一豪族的高望依旧不坠。

母亲丧期未过，哥哥迎娶沈氏最快也要明年夏天，而宣宁郡主与吴隽的婚期，也因长公主丧期之故，定在三个月后。

哥哥派人从琅琊故里迎来了我的婶母和两位妹妹，暂居于镇国公府。

婶母她们到京的次日，萧綦下了早朝，特地和我一起前往府中探望。

昨夜下过一场小雪，晨光初绽，积雪未消，朱门深苑内，一派琼枝玉树，恍若仙宫。

“到底是名门风流，不同寻常。”萧綦含笑赞许，“镇国公府的气派，比之皇宫内苑也不遑多让，不愧为钟鼎世家！”

我微笑，目光缓缓移过熟悉的一草一木，心中却是酸涩黯然。他只看到眼前草木砖石的堂皇，空有玉堂金马，又哪里及得上昔日的繁盛气象。萧綦握住了我的手，轻轻将我揽住，虽不言语，目光中尽是了然和宽慰。我柔柔地看他，心中亦是暖意融融。转过连廊，不经意间瞥见那嶙峋假山，我不觉展颜而笑，“你瞧那里，从前我和哥哥常常躲在假山背后，丢雪团吓唬小丫鬟，等把人吓哭了，哥哥再去扮好人，哄小姑娘开心。”

萧綦笑着捏了捏我的鼻尖，“打小就这么淘气！”

我躲开他，忽起玩心，提了裙袂往苑里奔去。长长裙袂一路扫过积雪，绛紫绡纱拂过琼枝，宫缎缀珠绣鞋上尽是碎雪屑。

“小心地上滑！”萧綦皱眉，赶上来捉住我，眼底却是笑意深深。我趁机抓了一把雪，往他领口撒去，却被他不着痕迹地躲过。

“你站着，不准动来动去，我都丢不到你！”我跺脚，抓了满满一捧雪，用力撒向他，忽觉身后有疾风袭来。

“当心！”萧綦骤然抢上前来，我眼前一花，被他猛地拽住，耳边有什么东西掠过，眼前雪末簌簌洒落。我愕然抬头，见萧綦将我护在怀中，他肩头却被一个大雪团砸中，落了一身的碎雪，狼狈不堪。

萧綦脸色一沉，转头向假山后看去，“何人放肆？”

我亦愕然，却见眼前一亮，一抹绯红倩影转了出来。一个冰雪似的人儿裹在大红羽纱斗篷底下，巧笑倩兮，明眸盼兮，令雪地红梅也黯然失色。

“阿妩姐姐！”可人儿脆生生一声唤，乌溜溜的眼珠从我身上转向萧綦，俏皮地一吐舌头，“姐夫你好凶呢！”

我与萧綦面面相觑。

“你是倩儿？”我怔怔地望着眼前少女，不敢相信记忆中那个胖乎乎的傻丫头，就是眼前这明媚不可方物的少女，我的堂妹，王倩。

“叩见王爷、王妃。”婶母穿戴了湛青云锦一品诰命朝服，领了两个女儿，向我们俯身行礼。

钗环摇曳，映着鬓间斑白，仍难掩她清傲气度，雍容面貌。我扶起她，凝眸端详，眼前却浮现出姑姑沧桑憔悴的面容。她们妯娌二人原本年岁相仿，如今却似相差了十余岁。婶母也出身名门，本与姑姑是自幼相熟的手帕交，嫁入王氏以后更添妯娌之亲，谁料日后渐生嫌隙，两人越走越远，最终姐妹反目。

那一年，姑姑不顾婶母求情，将她唯一的儿子送往军中历练，欲让他承袭庆阳王衣钵。

我记忆中的堂兄王楷，是个颖悟敏达，满怀一腔报国热血的少年，却生来体弱多病，到了军中不习北方水土，不久就病倒，未及回京，竟病逝在外。婶母遭遇丧子之痛，偏在此时，哥哥王夙被加封显爵，婶母由此认定了姑姑偏袒长房，将堂兄之死怪罪在她头上，对她恨之入骨，乃至对我们长房一门都心生怨怼。

及至当年逼宫一战，叔父遇刺身亡，婶母心灰意冷之下带了两名庶出女儿返回琅琊故

里，多年不肯再与我们来往。

两个堂妹都是叔父的妾室所生，生母早逝，自幼由婶母养育，倒也情同己出。她们离去的时候，长女王佩才十岁，次女王倩不到九岁。一别数年，当年追在我身后，一口一个“阿妩姐姐”的小丫头，已出落成眼前娉婷的美人。倩儿俏生生地立在一旁，却冲旁边那少女调皮地眨眼。她身旁的高挑少女垂首敛眉，穿一袭湖蓝云裳，云髻斜绾，眉目娟美如画。

“我总记得佩儿小时候怯生生的模样，想不到如今已出落成如此佳人。”我拉起佩儿的手，含笑叹道，“倩儿也几乎让我认不出来了。”

佩儿脸上微微红了，低头也不说话，甚至不敢抬头看我。

婶母欠身一笑，“妾身僻居乡间，疏于教导，适才倩儿无礼，对王爷多有冒犯，乞望见谅。”

她神情语气还是带着淡淡矜傲，比之当年仍慈和了许多，想来岁月漫漫，再高的心气也该平了。

萧綦容色和煦，执晚辈之礼，陪了我与婶母温言寒暄。此次佩儿远嫁江南，原以为婶母会不舍，我已想好了如何说服她，却不料婶母非但没有反对，反倒很是欣慰。她握了佩儿的手，叹息道：“这孩子嫁了过去，也算终身有托，好过跟着我过冷清日子。”她话里有几分凄酸意味，我正欲开口，萧綦已淡淡笑道：“如今宣宁郡主远嫁，老夫人年事已高，僻居故里未免孤独，不如回到京中，也好有个关照。”

婶母含笑点头，“故里偏远，到底不比京里人物繁华。此番回来，送了佩儿出阁，也就只剩倩儿这丫头让我挂心了。”

“娘！”倩儿打断婶母的话，娇嗔跺脚。婶母宠溺地看她一眼，笑而不语。我与萧綦亦是相视一笑。

正叙话间，一名侍卫入内，向萧綦低声禀报了什么，但见萧綦脸色立刻沉下。

萧綦起身向婶母告辞，留下我在府中陪婶母叙话。我和婶母一起送他至门口，他转身对我柔声道：“今日穿得单薄，不可出去玩雪。”

当着婶母和佩儿她们，我没料到他会如此仔细，不觉脸上一热。身后一声轻笑，又是倩儿捂了嘴，促狭地望着萧綦。

萧綦反倒十分泰然，深深地看了我一眼，笑着转身离去。

“阿妩嫁得好夫婿。”婶母微笑望着我，端了茶浅浅一啜，“当初你姑姑真是好

眼光。”

“姻缘之事，各有各的缘法。”提及姑姑，我不愿多言，只淡淡一笑，转开了话题，“佩儿的夫婿亦是雅名远达的才子，过些日子入京迎亲，婶母见了，只怕更是欢喜。”那两姐妹都被婶母遣走，此时若佩儿也在，不知道要羞成什么样子。

婶母搁了茶盏，却幽幽一叹，“佩儿这孩子……实在命苦。”

“怎么？”我蹙眉看向她。

婶母叹息，“从前你也知道，佩儿先天不足，一向体弱多病，就跟她生母当年一样……她生母是难产而亡，我总担心这孩子日后嫁人生子，只怕过不了那一关，索性让她不要生育为好。”

我心中猛地一抽，听得婶母似乎又说了什么，我心思恍惚，却没有听清，直到她重重唤我一声，方才回过神来。

婶母微眯了眼，若有所思地盯着我，目光中似藏了细细针尖。

“阿妩，你在想什么？”她含笑开口，神色又回复了之前的慈和。

我迎上她探究的目光，暗自敛定心神，“话虽如此，佩儿远嫁吴氏，若没有子嗣，只怕于往后十分不利。”

婶母点头道：“是以，我想选两个妥帖的丫鬟一并陪嫁过去，将来生下孩子再过继给佩儿。”

我微微皱了眉，心底莫名掠过锦儿的影子，顿生黯然。婶母的话似沙子一样揉进我心头，隐隐难受，却又想不出如何应对，只得默然点头。

虽然我与萧綦一直无所出，外面也只道是我体弱多病的缘故，并不知晓我可能永无子嗣。

然而婶母方才一闪而过的神情，隐隐让我觉得古怪，虽说不上有何不妥，却本能地防备，不愿让她知道真相。

【废立】

回府之后我才知道，果然又有了麻烦。

子澹与胡妃大婚之后，原本一直相安无事，以他的性子断不会让一个女子太过难堪。昨晚却不知为了什么事，胡瑶竟连夜负气回了娘家，惹得胡光烈一早找上贤王府生事。子澹闭门不应，任他在门前吵闹，一时间闹得不可开交。左右劝他不住，只得派人飞马向萧綦奏报。

这一次胡光烈实在太不知轻重，惹得萧綦动了真怒，命人将他绑了，打入大牢。

眼下萧綦正要扶子澹登基，胡光烈却仍仗着一贯的跋扈，闹出这样的麻烦，莫说萧綦动怒，连我亦觉得这蛮汉太欠教训。过了两日，胡瑶终于耐不住了，入府求见我，替她哥哥求情。短短时日里那神采飞扬的女子竟憔悴了许多。问她前因后果，她却怎么都不肯说，只是一味自责。我一时也不知道如何劝慰她，反倒随她一起心酸。莫非是我错了，只顾给子澹寻得依托，却赔上了另一个人的快乐。

我带了胡瑶去向萧綦求情，这次惩处胡光烈，也不单是为了他大闹贤王府。萧綦虽倚重这员虎将，却也恼他一贯张狂跋扈，早有心杀杀他的气焰，好让他知道些分寸。既然有我求情，萧綦也就顺水推舟，放了胡光烈出来，革去半年俸禄，责他登门赔罪。

子澹婚后，我再没有踏入贤王府。送胡瑶回府，到了门前，我犹豫片刻，终究还是掉头而去。

元宵过后第三日，太医院呈上奏折，称皇上所染痹症，日渐加重，痊愈之机渺茫。

群臣纷纷上表称皇上年幼，更染沉疴不起，难当社稷大任，奏请太皇太后与摄政王另议新君继位，以保皇统稳固。

萧綦数次请子澹入宫议政，子澹始终称病，闭门不出。

这日的廷议，事关宗庙祭祀大典，阁辅公卿齐集，唯独不见子澹。王府来人回话，却说贤王殿下酒醉未醒，群臣相顾窃窃，令萧綦大为光火，当廷命典仪卫官奉了龙辇，去贤王府迎候，便是抬也要将贤王抬进宫来。龙辇，是皇帝御用之物——萧綦此语一出，其意昭然，用心再明白不过。

太常寺卿碍于职守，匍匐进言，称贤王只是亲王身份，若龙辇相迎，恐有僭越之嫌。

话音未落，萧綦冷笑，“本王给得，他便当得，何谓僭越？”

太常寺卿冷汗如浆，重重叩首。公卿大臣伏跪了一地，汗不敢出，再无一人进言。萧綦摄政以来，行事深沉严恪，武人霸气已刻意收敛，鲜少在朝堂之上流露，今日却悍然将皇统礼制踏于足下。我抱住静儿坐在垂帘之后，心中一片了然——萧綦是要借此立威，给即将登基的新君子澹一个下马威，更让朝中诸人看个明白，天子威仪在他萧綦眼中不过玩物尔，生杀予夺，唯他一人独尊。

未几，贤王子澹被龙辇迎入宫中。

严冬时节，他竟只穿了单衣常服，广袖敞襟，不着冠，不戴簪，散发赤足的任人扶了，酩酊踏入殿来。前人有“其醉也，傀俄若玉山之将倾”一语，俨然便是眼前的子澹。萧綦命人在御座之下设了锦榻，左右侍从扶子澹入座。众目睽睽之下，他竟醉卧金殿，就此昏昏睡去。

那样优雅骄傲的子澹，身负皇族最后尊严的子澹，如今倾颓如酒徒，连素日最珍重的风度仪容也全然不顾，索性任人摆布，自暴自弃，既不得自由，亦不再反抗。

看着子澹近在咫尺，我忽然间忘了所有，只想掀帘而出，将满殿文武通通赶走，谁也不能再将怜悯鄙弃的目光投向他——陡然间，一道深凉目光落到我身上，只是不着痕迹的一瞥，却令我全身血液为之凝结。

那睥睨众生的摄政王，正是我的丈夫，也是令子澹万劫不复之人——若说将子澹推入这境地的人是萧綦，我便是他最大的帮凶。

我在这一刹那恍惚，第一次开始怀疑，一直以来，是否真的是我错了。或许我不该千方百计要子澹活下来，这样屈辱地活，残忍更甚于死亡。或许我不该一厢情愿为他谋取姻缘，强加的美满之下，却是他的无望沉沦。我闭了眼，猝然侧首，不敢再看子澹一眼。

丹墀之下的群臣三呼千岁，高冠朱缨，蟒袍玉带，这些高贵的头颅此刻低伏在萧綦脚下，卑微如蝼蚁。

数百年皇统至尊，一夕踏于脚下，这便是帝王天威。

望着萧綦的身影，我渐渐觉得寒冷。

承康三年正月，明景帝因病逊位。

太皇太后准辅政豫章王萧綦所奏，册立贤王为帝，废明景帝为长沙王。

正月二十一日，贤王子澹于承天殿登基，册立王妃胡氏为皇后，生母谢氏追谥为孝纯昱宁皇太后。改年号元熙。随即大赦天下，加封群臣，擢升左仆射王夙为左相，宋怀恩为右相。新君入主乾元宫，同日，废帝长沙王迁出，暂居永年殿。

子澹登基三日后，萧綦上表辞去辅政之职，众臣长跪于承天殿外，伏乞收回成命。萧綦不允，折子递到子澹手里，他自是不置一词，此事就这样悬在了那里。表面看来，萧綦已然还政，退居王府，轻从简出。然而左右二相依然事事向他禀奏，朝政的核心依然不变，权力层层交织，被看不见的线密密牵引，最终汇入萧綦手中。

早春新柳，萌发淡淡绿芽。

窗外莺声宛转啼啼，我慵然支起身子，一晌贪眠，不觉已近正午。如今静儿逊位，不再需要每日早起携他上朝，顿觉闲散逍遥。

“阿越。”我唤了两声不见人影，心下奇怪，径自挥开纱幔，赤足踏了丝履，步出内室。到底是春回渐暖，只披一件单纱长衣也不觉得冷，迎面有轻风透帘而入，捎来淡淡草叶清香，顿觉神清气爽。推开长窗，我俯身出去，正欲深嗅庭花芬芳。忽然腰间一紧，被人从后面揽住，来不及出声已跌入他温暖的怀抱。

我轻笑，顺势靠在他胸前，并不回头，只赖在他臂弯中。

“穿这点儿衣服就跑出来，当心着凉。”他收紧双臂，将我整个人环住。

“又不会冷，我已经被你养得很壮了，你不觉得我胖了吗？”我挣开他，笑着旋身一转，谁知脚下一个不稳，堪堪撞上他，惊叫一声向后倒去。

萧綦大笑，伸臂将我打横抱起，径直抱入榻上。

我尴尬地笑，“我真的长胖了一些嘛。”

“是胖了些。”他啼笑皆非，“抱起来跟猫儿一样沉了。”

我用力拍开他探入我衣襟的手，“王爷现在很清闲吗？大白天赖在闺房里寻欢。”

他一本正经地点头，“不错，本王赋闲在家，无所事事，只得沉迷闺房之乐。”

我笑着推他，忽觉耳畔一热，被他衔咬住耳垂，顿时半身酥软，一声惊喘还未出口，

便被他的吻封在了唇间，良久纠缠不分……我伏在他胸前，温热的男子气息拂在颈间。

他叹息，“你要把身子养得再好些，健壮些，才能生下我们的孩子。”

旖旎情迷之际，他的话，忽然如一桶冰水浇下。我闭了眼，一动不动，任由他轻抚我的脸颊，嘴唇印上我的额头，我缩身避开，从指尖到心底都有些僵冷。

萧綦握了我冰凉的手，拉过锦被将我裹住，“手怎么冰成了这样？”

我无言以对，低垂了脸，怕被他看见我眼中的歉疚，心中一片惨淡。

午后来人禀报，请萧綦入宫议事。

他离府之后，我闲来无事，带了阿越在苑中剪除花枝。

大概真是着凉了，我渐渐有些头疼，阿越忙扶我回房，召了医侍来诊脉。

靠在榻上，我不觉昏昏睡去。梦里只觉到处都是嶙峋怪石，森然藤蔓，挡在我面前，怎么也迈不过去，走了许久许久，还在原地，脚下忽被怪藤缠上，沿着我的腿簌簌爬上来……我听见自己一声尖叫，猛地自噩梦里惊醒。

阿越奔过来，慌忙拿丝帕给我擦汗，“王妃，您这是怎么了？”

我说不出话来，只觉后背一片冰凉，全是冷汗。

医侍恰好到了，忙为我诊脉，只说偶感风寒，并无大碍，且从近日的脉象看来，气血亏损之症大有好转。

我沉吟道：“已调养了这么些年，还是于生育有虞吗？”

“这个……”医侍沉吟良久，“以眼下看来，王妃若能继续调养，应当康复有望，只是切忌忧思过劳。即便完全康复，孕育子嗣仍是不易。”

我心中欣喜，却是不动声色地遣退了医侍，嘱他暂勿告诉王爷。

新晋的太医院长史是南方人，游历广博，见解独到。他让我每日浸浴药汤，早晚各一次，以此让血脉顺畅，精气旺盛。每日内服外浸，并辅以施针。萧綦起初十分紧张，不肯让我轻易尝试，而我一力坚持，数日下来见我脸色红润，一切安好，这才准许太医继续施药。

这半年多来，我竟奇迹般没有病过，太医也说我渐渐康健了起来。

我试探着说服萧綦，或许是时候停药了。然而他坚决不允，不许我再冒一次风险。

然而太医也说，我服药多年，如今停下只怕已经太晚，再有子嗣的可能微乎其微。这令我刚刚看到的一线希望再次失去，日复一日，年复一年，我已经习惯了无数次的失望。只是这一次，我尤其不甘心——连尝试的机会都不曾有过，就逼着我放弃。

阳春三月，万物始萌。

银青光禄大夫吴隽入京迎亲，宣宁郡主下嫁江南。两大豪族的联姻轰动京城，大婚场面极尽奢华煊赫。郡主离京之日，街头万人空巷，此后一连十数日，依然沸沸传言着那一天的盛况。王氏的声望，如日中天。

自佩儿嫁后，便只剩下婶母与倩儿相依独守在偌大的镇国公府。哥哥怜悯她们母女孤寂，又喜欢倩儿天真无邪，时常接她们母女到江夏王府客居小住。

我原以为婶母未必肯放下昔年怨隙，未料她如今却似毫无芥蒂，短短时日里，与哥哥府中一众姬妾尽皆熟识，相处甚欢，更让倩儿跟着哥哥学画。哥哥说倩儿颇有几分肖似我少年时候，萧綦也曾赞叹过王氏的女儿个个是顶尖人物，令婶母十分喜悦。

渐渐我却发觉，婶母越来越喜欢带着倩儿出入豫章王府，名为探访我，每次却都趁萧綦在府的时候上门。倩儿时常缠着萧綦，甚至要萧綦教她骑术，令萧綦头疼不已。婶母也总是有意无意在萧綦面前提到哥哥的儿女，提到我身子病弱云云。

我宁愿是自己心胸狭隘，想得太多。然而初时不动声色，冷眼静观，婶母似乎以为我真的孱弱无能，越发明目张胆地试探起来。

我素来有午后小憩的习惯，往往此时萧綦会只身在书房翻阅公函。一日午后，我醒来便听见外间隐约有笑声，起来看时，竟是倩儿带着哥哥的小女儿卿仪在庭中嬉戏，萧綦恰从书房过来，立足廊下出神地看着这一幕——鲜妍活泼的少女，逗弄着粉妆玉琢的孩子，身边花团锦簇，温暖得叫人心酸。

我静静地放下帘子，一言不发地转身回了内室。

倩儿走后，我怔怔地坐在廊下，凝望满庭繁花出神。手中把玩着一枚精巧奇丽的玉簪，原本是想见着倩儿送给她的……萧綦不知何时来到我身边，闲闲叙话家常，我心情低抑，寡言少应，他见我心绪不佳，也便静了下来。隔了半晌，他笑道："方才见着倩儿逗弄卿仪，着实有趣。"

叮的一声，那玉簪不知为何竟被我随手敲断。

对于婶母，我可以谦和有礼，敬她为尊长，但这并不意味着她可以忘乎所以。

之后婶母一连数次登门求见，都被我以卧病为由挡了回去。她又设法让哥哥来邀约我们往别馆赴宴，三番五次之后，也不见她再有新的花样。

今日我却亲自带了徐姑姑回府探视她，乍见我登门，婶母倒是十分诧异。叙话之间，我主动提及哥哥的儿女异常可爱。

婶母与我对坐，微微叹息，“你这身子自小单薄，调养了许多年，怎么也不见好。只可惜长公主去得太早，她素来喜欢孩子，若是有生之年能够看到你的儿女，只怕再无遗憾。”我抬眼看她，微微蹙眉道：“婶母说得是。阿妩未能了却母亲这个心愿，一直深以为憾。”

婶母垂首叹息，欲言又止。我忽而问道：“倩儿今年也快十五了吧？”

“是，这孩子年岁也不小了。”婶母一怔，忙笑着接口，眸子在我脸上一转。

我含笑点头，“倩儿生性活泼，叫我看着很是羡慕，若是能有她常在身边，我那府里也会热闹许多。”

“只怕这孩子太过顽劣。”婶母忙笑道，眼中有机芒一闪而过，“你若嫌府里清净，倒可时常让她去陪陪你。”

我笑了笑，话锋陡转，“那样再好不过，只是如今到了京里，处处不比在故里，倩儿终究是名门闺秀，终日玩闹也是不妥，我看还需个稳当的人时时在左右提点才好。”婶母沉吟不答，目光闪烁，似在揣摩我这话里的用意。我不待她作答，回首唤来徐姑姑，“婶母大概还记得故人吧？自母亲去后，徐姑姑一直跟在我身边，这数十年来，虽名为主仆，我却视她如亲人。”徐姑姑含笑不语，目光沉静。

“我想着，婶母离京已有多年，这府中诸事荒废，不能没有个打点管事的人。”我微笑道，“况且徐姑姑在宫中多年，深谙礼仪规制，有她在跟前，时时提点，也无须送倩儿到宫里，请教习嬷嬷来教导了。”婶母脸色一僵，怔在那里，不知如何作答。我的话全无漏洞可驳，听来俱是好意，婶母无奈之下也推辞不得，只能讪讪应了。从此有了徐姑姑在一旁，她母女的一举一动，都在我眼中。我淡淡含笑望向婶母，在她眼里看见了令我满意的警怯。

昔日她费尽心思也斗不过姑姑，如今若是欺我年轻，且不妨来试试。

自此，婶母收敛了许多，只是仍时常让倩儿去哥哥那里。我只作不知，有时在哥哥府中遇见倩儿，也一样言笑晏晏，时而还教她些琴技。倩儿似乎有些怕我，在哥哥面前一副娇痴活泼，见了我便敛声敛息，格外本分。我看她毕竟还是个孩子，亦不忍给她冷遇。

【妄思】

转眼哥哥的生辰就要到了。

他素来是爱热闹的人，每年生辰都要宴饮欢聚，与至亲好友不醉不休。这次我和萧綦着实花了许多心思，为他预备下一份好礼。前人札记中有载，魏人贾揩家财千金，字识广博，曾让老翁乘小舟到黄河中流，用葫芦接黄河昆仑源的水，一天仅能盛七八升，水色过夜转为绛红。用这种水酿的酒，名为“昆仑觞”，其味芳香甘洌，世间罕有。贾揩曾以三十斛昆仑觞，进献魏庄帝。

哥哥曾和我打赌，不相信这个传说是真。而今萧綦寻来酿造名匠，我亲自按古方尝试，费尽巧思，总算酿成。

玉瓯揭开，酒香郁郁如迷，弥漫了满庭。

“这是……昆仑觞！”哥哥怔住，旋即望向我，深深动容，“阿妩，你仍记得昆仑觞。”

“是，我一直记得。”我与哥哥相视莞尔，不需多言，彼此已能明白对方心意。我们生来便是富贵无极，这世上珍罕之物，几乎没有得不到的，只除了那传说中的缥缈奇异之物。因此，哥哥对古籍记载中一切稀奇古怪之物大有兴趣。当年他对昆仑觞向往不已，却不相信世上真有这样的酒。于是，我便对他说，这世上有的，我会想尽办法得到，若是世上没有，我便自己造出来。

那时候，哥哥听了我的豪言大笑不已，对我说，阿妩，但愿你一生都能有此豪情。

今日是江夏王府家宴，座上倒有大半是哥哥的姬妾，一派衣香鬟影，莺声鹂语。各房姬妾丫鬟不只在宴会上争奇斗妍，更是一个个挖空心思献上寿礼，以博哥哥欣然一顾。满

目琳琅，看得我目不暇接，连萧綦也连连笑叹。

我斜眸看萧綦，低低一笑，“看人坐拥群美，大享艳福，某人可有悔意？”

他侧首一笑，“纵有百媚千娇，也不及眼前这一个。”

我垂眸，笑而不语，心中如饮甘醴，却又透了些许心酸。为着他这一句，为着守护我的唯一，这一生到底还有多少风浪等着我去挡？

不经意间侧首，我看向偏席的婶母和倩儿，却见倩儿一双水灵明眸，直勾勾地望着我和萧綦，潋滟间透着殷殷热切，又似有无尽怅惘。

我悚然一惊，回望萧綦，他毫无察觉，自顾与哥哥举杯对饮。再转去看倩儿，她已半垂了脸，静静地坐在那里，还未长足身量，细削肩头透出隐隐落寞。

少女心事，我岂会不识——这孩子，莫不是真对萧綦动了心思？心头百般滋味涌上，我执了杯，却失去饮酒的兴致。

“怎么，累了吗？”萧綦的声音唤回我神思，抬眸触上他关切的眼神，我只能淡淡摇头。

酒至半酣，座中诸人皆有些醺然。婶母忽欠身笑道：“小女不才，今日也略备了份薄礼献寿。”

哥哥大笑，“婶母客气了，倩儿有这份心意，叫人好生快慰。”

倩儿落落大方地起身，笑吟吟地走到面前，“蒙夙哥哥教导，倩儿斗胆涂鸦，给夙哥哥贺寿，请夙哥哥、姐夫、姐姐指教。”

哥哥拍手称妙，婶母身后一名侍女捧了卷轴，款步近前。

“这孩子倒是灵巧有趣。”萧綦含笑赞道。我淡淡地看了婶母一眼，微笑回望萧綦，“都快十五了，哪里还是孩子，你倒把人看低了。”

他若有所思，“十五？”

我心中一顿，面上依然含笑，屏息听他说出下文。

“你嫁我时，也是这般年纪。”他怅然一笑，将我的手紧紧握了，“你那般年少，我却让你受了许多的委屈，所幸如今还来得及补偿。”

我心中一酸，竟说不出话来，只反手与他十指紧扣。

却听席间一片赞叹之声，倩儿已亲手将侍女手中画卷展开。见画上是两名云髻高绾的女仙，比肩携手而立，飘飘若在云端，笔触虽稚气孱弱，倒也颇为传神，画上人物看去格外眼熟。

“你这是画了美人赠我？”哥哥拊掌大笑。

倩儿抬头，脸颊升起红晕，飞快向我们这边瞟了一眼，咬唇道：“这是湘妃图。”

“娥皇女英？”哥哥一怔，凝神再看那画，目光微微变了。不只哥哥脸色有异，连萧綦亦敛了笑容，眉心微蹙地看向那画卷。

我凝眸看去，那画中两名女仙，依稀面貌相似，仔细分辨，分明一个略似倩儿眉目，一个却有我的神韵。

座中有人尚浑然不觉，也有人听出了弦外之音，一时间陷入微妙的沉寂之中。

“倩儿这是嫌我府里不够热闹，要我将朱颜那美貌的小妹也一并纳了吗？”哥哥不羁大笑，不着痕迹地引开了话头。

侍妾朱颜是个直性情的女子，不谙所以，立刻接口笑啐，“我家妹子早许了人家，王爷莫非想强夺民女？”

我牵动唇角，截了她话头笑道：“只怕是你家王爷自作多情，误会了倩儿的用心。”

倩儿抬眸看我，一张粉脸立刻羞红。

“我瞧这画，倒不像为你夙哥哥而作呢。”我笑谑道，“倩儿，我猜得对是不对？”

哥哥与萧綦一齐朝我看来，倩儿更是粉面通红，咬了唇，将头深深垂下。

我淡淡扫过众人，见婶母难抑笑意，萧綦紧锁眉峰，哥哥欲言又止。

“哥哥不如做个顺水人情，将这画好生裱藏了，送往江南吴家，玉成一桩美事。”

倩儿身子一震，脸色顿时苍白，哥哥如释重负，萧綦似笑非笑，婶母呆若木鸡——每个人的神色清楚地映入我眼中。我笑着迎上所有人的目光，毫不退缩。

想做娥皇女英，可惜婶母你看错了人。

宴罢回府，一路上我独自靠在鸾车里，心绪黯然。

方才一幕，虽逞了一时意气，然而气头过去之后，我却没有半分喜悦得意。同姓同宗的姐妹，何以走到这一步，仅仅就为了一个男人，还是为了这个男人手上的无上权势？我的胜利，踏在另一个女子的惨淡之上，有何可喜。到了府前，我径直下了鸾车，不待萧綦过来搀挽，拂袖直入内院，没有心思说笑半分。

卸去脂粉钗饰，我披散长发，怔怔地坐在镜前，握了玉梳，凝视着一盏琉璃宫灯出神。

萧綦不知什么时候站在我身后，默然地看着镜中的我，并不言语，眼里隐隐带着

歉疚。

良久，他叹息一声，将我轻揽入怀中，手指穿过我浓密长发，指缝里透下丝丝旖旎。

支撑了许久的倔强意气，在这一刻化为乌有，只剩下深深的疲倦与辛酸。

今日我可以逐走一个倩儿，往后呢，我还需要提防多少人，多少次的明枪暗箭？即便恩爱不衰，我能一生一世留住萧綦的心，可是眼前这个男人，首先是雄霸天下之主，其次才是我的夫君。我与江山，在他心中的分量，我从来不敢妄自去揣测。

那些山盟海誓，一朝摆在江山社稷面前，不过鸿毛而已。

“我从未对人讲过我的家世。”他沉声开口，在这样的时候，说出毫不相干的话。

我一时怔住，若说豫章王萧綦传奇般的出身，早已是世人皆知——一个出身寒微的扈州庶人，亲族俱亡于战祸，自幼从军，从小小士卒累升军功，终至权倾天下。

伴随数年，我从未主动提及过他的身世，我唯恐门庭之见引他不快。

“其实，我尚有族人在世。”他笑容淡淡，神色平静。

我猛然抬眸，愕然地望着他。他的眼神却飘向我身后不可知的远方，缓缓道：“我生在广陵，而非扈州。”

“广陵萧氏？”我讶然，那个清名远达的世家，以孤高和才名闻世，素来不屑与权贵相攀附，历代僻居广陵，门庭之见只怕是诸多世家里最重的。

萧綦淡然一笑，流露些许自嘲，“不错，扈州是先母的家乡，她确是出身寒族。”

“先母连侍妾都不算，不知何故得以生下我，被视为家门之辱。她病逝那年我只十三岁，两年之后先父也逝去。我就此偷了些银子跑出萧家，一路往扈州去。半路丢了盘缠，饥寒交迫，正好遇上募兵，就此投身军中。原本只想混个饱暖，未知却有今日。”他三言两语说来，带了漫不经心的漠然，仿佛只在说一段故事，与自己并无关系。我心里酸楚莫名，分明感觉到那个倔强少年的孤独悲辛。虽感同身受，却难以言表。我只能默默地握住他的手。

“我有过一些侍妾，每有侍寝，必定赐药。”萧綦的声音沉了下去，“我生平最恨寒仕之别，嫡庶之差，我的子女若也有生母身份之差，往后难免要承受同样的不公。在没有遇见能够成为我正妻的女子之前，我宁肯不留旁人的子嗣。”

我说不出话来，默默地攥住他的手，心中百味莫辨。

“上天对我何其垂顾，今生得妻如你。”他低下头来，深深地看着我，“可这世事总不能尽如人意。军中多年，我杀戮无数，铁蹄过处不知多少妇孺惨死。如果上天因此降下

责罚，让我终生无嗣，那也无可怨怪。”他这样讲，分明是故意让我宽慰，越是如此，我心中越是凄楚不已。

“我已想好了。”萧綦含笑看着我，说来轻描淡写，“若是我们终生未有所出，便从宗亲里过继一个孩子，你看可好？”

我闭上眼，泪水如断线之珠。

他，竟然为我舍弃嫡亲血脉，甘愿无嗣无后。

如此深情，如此至义，纵是舍尽一生，亦不足以相酬。

徐姑姑一早向我禀报，说倩儿受辱之后，不堪委屈，昨夜几乎要投缳，宁死不肯嫁往江南。

我正拿了小银剪修理花枝，听她说罢，手上微微用力，咔的将一截枝条绞断。

“如果真的想死，只怕不是几乎，而是已经了。”我漠然丢下断枝，无动于衷。动辄求死，以命相胁的女子，我素来最是厌恶。性命是父母所赐，若连自己都不看重，谁还会来看重你。如此愚蠢的女子，实在不值怜惜。

“那么，奴婢这就去筹备婚事。”徐姑姑从不多言，只欠身等我示下。

我默然半晌，庭院里粉白嫣红的桃花随风飘落，缤纷撒了一地，转眼零落成泥。千百年来，大概世间女子的命运十之八九，都如这花事易逝吧。

我叹口气，“终归是叔父的女儿，虽是庶出，也不能就这么无名无分地嫁了。”

徐姑姑缓缓一笑，“王妃心地仁厚。”

我想起婶母那无时不在算计的眼神，实在无法对她宽仁，淡淡道：“另外择个匹配的人家，将她远远嫁了，不可再生风浪。婶母就暂且看管在镇国公府，喜事过后便将她遣回故里。”

经过倩儿一事，我真正觉得心凉了。来自亲族的威胁，真正令我觉得惶恐，令我怀疑还有什么人值得相信。

我不知道究竟还有多少人在明处暗处觊觎着我的一切，在他们看来，我风光无限，拥有世间女子最渴求的一切，却不知道，我手中握住了多少，另一只手也就失去了多少。一个倩儿可以逐走，若是往后再有十个百个倩儿，我又该怎么办。

没有子嗣，终究是我致命的软肋，只怕也是萧綦的软肋。如果没有一个孩子来承袭我们亲手开创的一切，百年之后，他的江山、我的家族，又该交由谁来庇佑？

我不甘心就此放弃，思虑再三，终于下定决心一搏。

一切都在我的计算之下悄然进行，我每日悄悄减少药的用量，最后彻底将药停下。多年来我再未抗拒过服药，萧綦早已放松了戒备，不再注意此事。

余下的，我只能向上天默祷，祈求再赐我一次机会，为此我愿折寿十年而不悔。

两日后，萧綦收到一册奏表，我恰好亲手奉了茶去书房，却见他负手立在那里，蹙眉若有所思。

“在想什么？”我笑吟吟将茶搁到案上。

“阿妩，你过来。”萧綦抬头，面色肃然地看着我，将那奏表递到我面前。我凝眸看去，赫然有一句跃入眼中——“天子征伐，唯在元戎，四海远夷，但既慑服。今叩恳天朝赐降王氏女，自此缔结姻盟，邦睦祥和，永息干戈于日后……”我一惊非小，忙拿起来细看，却听萧綦在一旁淡淡道，“是贺兰箴。”

我僵住，目光久久盘桓在“赐降王氏女”这五个字上。

每当我快要将这个名字遗忘的时候，他总会以莫名奇诡的方式出现，仿佛是为了提醒我，遥远的北疆还有这么一个人存在，不容我将他忘却。他已身为突厥王，即便要向皇室求亲，也该求降宗室女儿。王氏这一代人丁稀薄，我与佩儿均已嫁为人妇，仅剩下一个倩儿尚在闺中。贺兰箴这是指明了求娶我的堂妹。

两国联姻是泽及万民的大事，岂能如此意气用事。嫁谁过去，哪里由得他来指名点姓。原本是缔结姻盟的好事，却又故意做得这般狂妄。

我心中五味莫辨，转头望向萧綦，苦笑道：“他这不是指明要倩儿吗？”

萧綦笑道：“虽身为傀儡之主，这口气倒是狂妄如昔。”

“那你允还是不允？”我一时忐忑。

“你以为呢？”萧綦亦微微蹙眉。

我一时怔住，被这突如其来的变数扰乱了思绪。倩儿再不懂事，终究也是和我同宗同姓的女子，若将她远嫁突厥，是否会就此毁了她一生？

窗外淡淡的阳光将我们笼罩，空中飘浮着细小的微尘，时光仿佛凝顿。

良久之后，他淡淡开口，“和亲倒是好事，我正想寻个时机，另派妥当的人过去，将唐竞召回。”

唐竞素来是他的心腹爱将，深受倚重，更助贺兰夺嫡，挟制突厥立下大功，至此镇守

北疆，坐拥数十万兵权，俨然封疆大吏，身份仅次于胡宋二人之下。

我微觉意外，“唐竞并无过错，此番何以突然召回？”

“唐竞为人阴刻，与同僚素来不睦，最近军中弹劾他的折子越来越多，虽说难免有嫉妒之嫌，但众人同持一词，未必不是事出有因。”萧綦深蹙眉头，面有忧虑。

我默然，更换北疆大吏不是小事，何况还有突厥在侧，百足之虫，死而不僵。当此紧要之际，萧綦不希望多生事端，既然贺兰箴要王氏女下嫁，便如他所愿。

让倩儿和亲之事就此定下，我命人传倩儿次日入府，由我亲口来告诉她。

沐浴之后，我正梳妆绾髻，倩儿已经到了，我便让她在前厅先候着。

过了片刻，阿越匆匆进来告诉我，二小姐不顾侍从劝阻，径直闯进书房找到王爷哭闹，似乎已知道和亲的消息。

我一惊，和亲之议竟然这么快就透露出去，想来定是哥哥身边与婶母交好的侍妾传递了消息。无奈之下，我只得吩咐阿越：“你去那边看看，若有事情即刻来回我，若是无事，便领她来内室见我。”

只过了片刻，阿越便回来了，脸上红红的，一副欲笑又强忍的模样。

我诧异地看她，“怎么？”

“二小姐真是……”阿越涨红脸，终于忍不住笑出声来，“她竟在王爷跟前哭闹寻死，险些一头往屏风撞去！”

我蹙眉道：“之后呢？”

阿越扑哧一笑，“王爷只说了一句，那是王妃喜欢的紫檀木，别碰坏了！”

倩儿进来时还红着眼圈，见了我立刻重重跪倒，哭着求我让她留下，宁愿削发出家也不远嫁突厥。

我静静地看着她，一直以来，只当她是个莽撞无知的孩子，心地总不会坏到哪里去。此时凝神看去，回想起她每每出现的情景……第一次在镇国公府，她明艳无端，大胆向萧綦投掷雪球；寿宴上明送秋波，直道仰慕之情；王府里委屈哭诉，以死拒婚……似乎每一次都那样恰到好处，或天真，或痴情，或可怜，足以撩拨起男子的怜爱之心。如果这个男子不是萧綦，而是哥哥，是子澹，或是别人……我无法设想另一种结果会是怎样，有些诱惑，并不是每一个男子都舍得拒绝。

普天下的男子，十之八九总是喜欢温顺的弱质女流，并非每人都能如萧綦一般放下俗

见，由衷去欣赏一个与自己比肩的女子。

神思恍惚飘远，往事骤然浮上心头。当年见谢贵妃柔弱无争，也曾为她深感不平，问姑姑为什么不能放过她。姑姑当时答我的话，此刻清晰回响在耳边——“这宫里没有一个是无辜之人，等你长大便会明白，最可怕的女人不是言行咄咄之人，而是旁人都以为天真柔弱之人。”

冷意渐渐侵进身子，和风拂袖，竟带起一阵寒意。

倩儿垂首立在面前，怯生生一双泪眼不敢直视我，红菱似的唇瓣咬了又咬，许久才哽咽着开口，“倩儿知道错了，但凭姐姐责罚，也不敢有半句怨言，只求能让倩儿留在娘的身边！她一生孤苦，有生之年只求安稳度日，别无他念……如今姐姐已经远嫁了，若再让家母承受骨肉分离之痛，姐姐，您又于心何忍！”

看似楚楚可怜的小人儿，句句话都直逼要害，柔顺羔羊的外表下，终于现出小兽的利齿来。

我缓缓开口，“倩儿，你可想清楚了，果真不愿和亲吗？”

“但凭姐姐做主，即便让倩儿另许人家，也不敢再有怨言。”她明眸微转，依然细声哽咽。

另许一段姻缘倒也是一条不错的退路，如此一来，里子面子也都有了。我微微一笑，这孩子小小年纪，心机如此之深，眼见情势不利倒也懂得退守自保。

“你是个聪明的孩子。”我瞧着她，“只是此时再找退路已经迟了，我曾给过你选择的余地，是你自己贪心不足。”

倩儿一时僵住，料不到我会突然沉下脸来，将一切说透，顿时哑口无言。

“你我不是外人，那些虚话假话也都免了吧。”我仍是微笑，语声却已冷透，“眼下你仍有两条路可选，要么和亲突厥，要么削发出家。”

倩儿的脸色在瞬间惨白如纸，终于明白我是动了真怒，明白我一旦翻脸，便再不留情。

今日一个王倩便敢挑衅我，若不杀一儆百，日后还会有更多人以为可以欺我心软，斗胆觊觎我的一切。

我为庇佑我的家族，固然可以不择手段，自然也敢于不惜代价，拔除身侧隐患。

她跪倒，膝盖撞在冷硬的地上，泪水滚滚而下，“姐姐，倩儿错了！往日是我存了非分之想，如今已知悔改，求姐姐念在同为王家女儿的分上，饶恕倩儿！”

“和亲已成定局，你早做准备吧。”我站起身来，心下烦乱，再不愿与她纠缠。

她蓦地拽住我的衣袖，哭叫道：“难道你定要赶尽杀绝吗？”

我不怒反笑，回首看着她，一字一句缓缓道：“若是赶尽杀绝，你此刻已不在这里！”

她被我话语中的寒意震住，满脸骇茫，直勾勾地盯着我看，似乎突然间不认得我了。

“姐姐你好手段……”倩儿惨笑，脸上渐渐浮出绝望神色，娇怯褪尽，眸子里迸出针尖似的寒芒。

她昂起头，倔强地咬了唇，拂袖站起——此刻才是真正的倩儿，是婶母一手教养出来的好女儿，那个天真无邪的女孩不过是层虚壳。

“你再美貌狠毒，也总有老去的一天。你不能生育，没有儿女，将来总有女人取代你，夺去你现在的一切！到那时，孤独终老，晚景凄凉，便是你的报应！”她陡然笑出了声，越笑越开心，仿佛看见了最好笑不过的事情。

是什么将一个十五岁的女孩变得这般世故，让一个稚龄少女，竟有如此之深的怨毒。

冷汗渗出后背，手脚阵阵冰凉，我竭力抑住胸口的翻涌，沉声道：“来人，送二小姐回府！”

看着倩儿的背影渐渐远离，我只觉阵阵眩晕，张口唤来阿越，却骤然坠入黑暗之中。

【悲欢】

明绡烟罗帐外，跪了一地的太医，萧綦负了手，来回急急踱步。

从来没有这么多人一起进到内室，太医院内所有医侍几乎都在这里了。睁开眼看到的这一幕，让我心里陡然抽紧，惊恐得不能出声。当年小产后的记忆蓦然跃出脑海，难道这一次，又是同样的结果……我再不敢想，极力撑起身子，却惊动了帘外的侍女，低呼一声，“王妃醒来了！”

萧綦霍然转身，大步奔到床前，不顾外人在侧，一手掀开床幔，定定地望着我，竟似说不出话来。

众人忙躬身退出，转眼只剩我与他二人，默然相对。我突然害怕像上次那样，从他口中听到最坏的结果。然而，他猛然拽住我，哑声道：“你怎么敢瞒着我冒这样的风险！”我怔怔地望着他，恍惚想着，他到底知道了，这么说……仿佛有什么撞入心口，迅速在身子里绽开，迸出万千光芒，照得眼前炽亮。

“阿妩！你这傻丫头……”他声音哽住，小心翼翼地抱着我，似捧着易碎的轻瓷在掌心，眼中分不清是惊是喜是怒。我呆呆地望着他，直至他狂热的吻落在我额头、脸颊、嘴唇……我不敢相信，上天的眷顾来得这般容易，我梦寐以求的孩子就这样悄然来到了。

没等我们从惊喜紧张中回过神来，道贺的人已经快要踏破王府的门槛。

上一次的意外还令我们心有余悸，太医尤其担心我难以承受再一次的波折。

萧綦下了一道完全不可理喻的禁令，将我禁足在内室整整三日，不许离开床榻，不许任何人打扰我的休养，连哥哥和胡皇后都被他拒之门外。直至太医确定我康健无恙之后，才解除禁令，还回我自由身。每个人都喜形于色，但潜藏在这欣喜背后的，却是更多的忧

虑。我比任何人都清楚，稍有不慎，将会面临怎样的危险。萧綦更是喜忧难分，终日提心吊胆。

连太医也担心我不能承受生育之苦，偏偏世事神奇，我非但没有缠绵病榻，反而精神大好，连从前一向挑拣厌恶的食物也突然喜欢起来，不再如往常一样畏寒怕冷，整个人都似有了无穷活力。徐姑姑笑着叹息说，这孩子必定是个淘气的小世子。阿越却说，她希望是个美如仙子的小郡主。世子与郡主的意义自然大大不同，之前我也曾心心念念期盼过男孩，可是到了此时，却陡然觉得那一切都不重要，只要是我们的孩子就足够了。

哥哥终于得以见我，踏进门来就大骂萧綦太混账，怎么能将舅父挡在外头。他虽已是儿女绕膝，第一次做了舅父仍是高兴得眉飞色舞。随他同来的侍妾只有碧色一人，往日总跟在他身边的朱颜却不见了。我随口问及朱颜，哥哥的脸色却立刻沉郁下去。

哥哥告诉我，当日萧綦将倩儿和婶母都幽禁在镇国公府。然而趁徐姑姑入府照看我，她母女二人竟连夜出逃，惊动了午门戍卫，被当场擒住，此事立即传遍帝京，闹得尽人皆知。而我被萧綦困在府中，竟然不知半点音讯。

我惊怒交集，“真是糊涂透顶！镇国公府是什么地方，怎会由得她们说逃就逃？”

哥哥面色铁青，“是朱颜暗中相助，让她们混在侍女之中逃出。”

“朱颜？”我看着哥哥脸色，一时不知该说什么才好，心中只为朱颜惋惜不已。

“此事是我疏忽了，竟未料到婶母会存心利用她。”哥哥沉沉叹息。

婶母与朱颜一向来往甚密，私下更认她做了义女。我原只当朱颜出身寒微，自幼无母，只想攀个王氏尊长做靠山。如今看来，她竟是真对婶母如此言听计从，也真心将倩儿视为妹妹一般回护。朱颜爽朗率直的笑颜掠过眼前，那红衣翩跹、笑靥如花的女子，可知一时的糊涂，已将自己推入深渊。

王氏之女将要和亲突厥，已经传遍帝京。然而王倩突然私逃，闹得尽人皆知，一夜之间让整个京城都传遍了王氏的笑话。堂堂左相大人，纵容婢妾助堂妹私逃，置和亲大事于不顾——这话传扬开来，哥哥非但颜面无存，更难辞管束不严的罪咎。

各种流言纷起，坏事总是以最快的速度传开，越是强压，越是传扬得更广。

王倩是再不能作为和亲的人选了，无奈之下，我只能从宗室女儿之中另行择人，作为太后的义女，充作王氏女儿去和亲。

到了眼下的地步，我不得不站出来收拾残局，以堵悠悠众口。

越是狼狈的时候，越不能流露半分疲态。梳妆毕，我缓缓转身，凝视镜中的自己——宫锦华服，广袖博带，嵯峨高髻上凤钗横斜，宝光流转。珠屑丹砂匀施双颊，掩去容色的苍白，眉心点染的一抹绯红平添了肃杀的艳色。这似曾相识的容光里，我分明照出了姑姑当年的影子。

仪仗煊赫，扈从严整，长驱直入宫禁。

胡皇后凤冠朝服，匆匆迎出中宫正殿。

“臣妾叩见皇后。”我欠身，被胡皇后抢上前扶住。

“快快平身，王妃万金之躯，不必多礼。”胡皇后虽也被我来势所惊，仍镇定得体，不失六宫之主风范。

我不再与她谦辞客套，正色道：“臣妾今日特来向皇后请罪。”

胡皇后大惊，惶恐道：“王妃何出此言？”

“臣妾管教无方，以致舍妹年少妄为，前日犯下大错，想必皇后已经得知。”我淡淡看她。

胡皇后怔了怔，干脆地一点头，“略有耳闻。”

我肃然道：“此事由臣妾管教不严而起，自是难辞其咎。王倩一人之失，延误和亲大事，令家国蒙羞。臣妾今日便将信远侯母女执送御前，听凭皇后发落。”

内侍将婶母母女带了上来。数日不见，婶母鬓发凌乱，老态尽显，倩儿容色也黯淡了几分，却仍倔强如故。

徐姑姑恼恨她母女，显然下了狠手整治，跟在后头的四个嬷嬷，尽是训诫司里酷厉闻名之人。

“虽说情有可原，但你二人所作所为，终究是太过糊涂。”胡皇后侧首看我，见我点头，便端肃神色道，“念在信远侯一生忠显，我从轻论处……”

“皇后，王子犯法与庶民同罪，不可碍于门庭，有违公正。”我打断胡皇后的话，冷冷开口，“臣妾恳请，将信远侯夫人送往慈安寺思过，王倩行为不检，应送入训诫司管教惩戒。”

胡皇后一窒，左右皆寂然无声。“训诫司”这三个字，是每个宫人最不愿听见的噩梦，那意味着往后的日子都将生不如死。

婶母跌到地上，双目发直，仿若失神。倩儿挣扎了要去搀扶她，被徐姑姑上前一步，挡在面前。

倩儿回头，恨恨地盯着我，“阿妩姐姐，听说你有了身孕，倩儿还没来得及跟你道喜，你千万保重身体，千万别有闪失，否则就是一尸两……”

她最后一个“命”字尚未出口，被徐姑姑抬手一记耳光重重掴上，打得她直往后跌去。

“倩儿！”婶母尖叫，奋力扑到她身边，还未触到她衣角，即被两名嬷嬷拽回。

婶母终于歇斯底里，“你们害死我一个儿子，又来害我女儿，迟早你们满门都会遭报应！”

“带下去。”我无动于衷地听婶母一路叫骂，与倩儿一起被拖了出去。

胡皇后坐在一旁，低头沉默，脸色苍白，似乎犹未从震骇中回缓过来。

倩儿之罪可轻可重，凭了萧綦的权势，就算我要强压下来，也无人敢当面置喙。

然而我对婶母和倩儿的惩处之严酷，震慑了所有等着看戏的人，在众人来不及非议之前，就已生生封住了他们的口。

哥哥与萧綦商议和亲之事直到傍晚，便留在府中用膳。

席间正说笑，阿越匆匆进来，禀报江夏王府总管有急事求见。

“什么大不了的事情，能追到这里来？”哥哥沉下脸，大为不悦，这几日他为着朱颜之事已经甚为烦心。

我心头掠过一抹莫名的不祥，正欲劝慰他，却见那总管奔了进来，连礼数也未行得周全，便跪倒在地，面色如土，“禀王爷，府中出事了。”

“又闹什么？”哥哥头也不抬，重重搁了银箸，端起酒杯。

“朱夫人自尽了。”

一声清脆裂响，玉杯从哥哥手中滑脱，跌了个粉碎。

朱颜一向是哥哥最喜欢的侍妾，即便犯下这样的过错，哥哥也不曾严责，只是将她禁足，令她闭门思过，一连数日不曾理会。

谁也想不到，性烈如火的朱颜不堪哥哥的冷落，也承受不了府中其他姬妾的嘲讽，竟然悬梁自尽。而挑唆众姬妾落井下石、对朱颜恶言相激的人，正是与她一同入府、感情甚笃的姐妹——碧色。哥哥只看得到平日里姹紫嫣红，各逞风流，背后里争宠算计的一面却藏在花团锦簇之下，唯独他一人看不见而已。

朱颜之死，以及众姬争宠背后的残酷，令哥哥心灰意冷。昔年嫂嫂的死，已令他自责

至今，如今他越发认定自己命中带煞，凡是他身边的女人都难逃凄凉结局。

朱颜殓葬三日之后，哥哥将府中没有子女的姬妾尽数遣出，厚赐金银还乡。

哥哥是真正怜香惜玉之人，即便狠毒如碧色，也不忍处死，只将她逐出了府去。

他说天下女子皆是可怜人，这句话由哥哥口中说出，不知道是顿悟，还是无奈。

我陪着哥哥，看着他亲手封闭了漱玉别馆。昔日无限风流，都被关在那扇沉沉大门背后，落锁尘封。

他孑然转身，依旧白衣如雪，鸦鬓玉冠，犹带几分不羁，眼底却掩不去那淡淡落寞。

“我们回去吧。”我如幼时一般偎在他身边，牵了他的手。他垂首看我，目光温暖。

徐姑姑深恨婶母母女，认定一切是非都是她们弄鬼，若不是她们也不会害得哥哥伤心若此。

她陪着我沿紫萝小径徐步行来，一路念叨着我太过心软，应该直接将王倩赐死，永绝后患。

许久不曾见她如此大动肝火，毕竟哥哥也是她亲眼看着长大的孩子。

紫藤枝条从头顶垂落，粉紫花朵累累，蕊丝轻颤。

我叹了口气，将双手伸出，纤长指尖苍白得没有血色，“这双手已染过无数血腥，我只希望永不沾染到亲人的血。”

徐姑姑目光震动，长叹了一声，仍迟疑道：“老奴只担心往后留下祸患。”

我笑了笑，心中无尽萧索，“所谓后患，不过是自己的胆怯……爱憎祸福，都在我自己手里，轮不到旁人来左右。”

挑选为和亲公主的宗室女儿名录，我反反复复看了数遍，都挑不出一个合意的人。但凡有些声望势力的世家，都舍不得让女儿远嫁异邦，能报上来的人选，都是些没落门庭的女子。我不需要这个女子如何美貌聪慧，但求她忠贞可靠，务必效忠家国，效忠萧綦。

一筹莫展之中，顾采薇却突然登门求见。我也许久没见着她了，那日一别，倒不知她现今如何。

这女孩不是轻易求人的性子，今日突然登门，大概又是因为哥哥。

阿越照我吩咐，带了她径直来书斋见我。今日天色阴沉，我懒得动弹，只在书斋闲坐，翻看些古旧的曲谱。

垂帘半卷，一袭绯红衫裙的倩影娉婷入内，盈盈下拜，向我问安。

这身妆容精致明丽，衬得她越发清丽绝伦，眉目间淡淡含笑，不似往日忧郁憔悴。

“好标致的人儿。”我笑赞道，“坐吧，在我这里不必拘礼。”

她依言落座，轻轻细细地开口，“恭喜王妃。”

我笑笑，“多谢你有心了。”

“采薇疏于礼数，道贺来迟。”她声细如蚊，脸颊通红，好似万难开口。

我实在忍俊不禁，打趣她道：“分明说不惯这些场面话，好端端学什么虚礼。”

她满面通红地咬了唇，却又长长地喘一口气，自己也笑出来。看着她娇憨羞窘的模样，我对她越发多了几分好感。

“不是虚礼，我是真心高兴的。”她抬起头，眼眸晶亮。

她的话，让我心头蓦地一暖。

“我明白。”我微笑地看着她，柔声道，“采薇，你和别人不同，你说恭喜就一定是真心恭喜我，这份心意比任何贺礼都贵重，多谢你。”

她又脸红，低了头，但笑不语。我静静等了半晌不见她说话，忽然觉得自己是小人之心了，莫非她上门只为道贺，并无所求。

我正欲开口，却见她屈身又是一跪，直直跪在我跟前，“王妃，采薇今日登门，一为道贺，二来有事相求。”

这女孩什么都好，就是有些拘谨别扭，我笑了笑，“你且说来听听。”

“采薇冒昧自请，甘愿嫁往突厥。”她低了头，不辨神色，声音却是坚定。

我几疑自己听错，愕然看了看她，心中这才渐渐回过味来，“为什么？”

她似早已准备好了说辞，侃侃说了一通大义之言，仿佛背诵一般流畅。

“这些话留给朝官去说，我只问你的真话。”我蹙眉，站起身来，走到她面前。

顾采薇也不抬头，也不回话，瘦削双肩微微颤抖，半晌终于抬起头来，泪眼盈盈，目光却是坚定无比，“既然求他一顾也不可得，那便让他永远记得我。”

“胡闹！”我拂袖转身，“你以为这样做，江夏王就会挽留你吗？”

顾采薇猛地摇头，“不是的！”

“儿女之情，岂能与家国大事混为一谈！”我背转身，厉声斥责，“这种话我不想再听，你回去吧。”

身后砰的一声，她竟以额触地，重重地叩在地上。

“此生不得所爱，纵然嫁与他人，也是郁郁一生。王妃，您也是女子，求您体恤采薇！”

我恼怒，“你还如此年轻，说什么郁郁一生！”

徐姑姑掀帘进来，大概在外头听见我的怒斥，见了这副情状，便沉了脸冷冷道：“王妃需静心休养，不得吵闹打扰。”

我苦笑，摆了摆手，“我累了，你退下吧。”顾采薇跪在那里，只是默默地流泪，倔强地不肯起身。按下不忍之心，我拂袖离去，交代徐姑姑不可对她无礼，只要不吵闹生事，就由她去吧。我靠在榻上，蹙眉沉吟，思索着顾采薇究竟出了什么事，以至灰心绝望至此……不觉昏昏睡去。

一觉醒来已是傍晚，我刚梳洗了起身，就见萧綦步入房中。他劈面就问：“门口那女子是怎么回事？”

“什么女子？”我莫名其妙。

“就是那什么……”他皱眉，一时想不起来名字，“那顾家的女儿。”

我啊了一声，“顾采薇！她还在？”萧綦点头，“正是她，是你罚她跪在门口？出什么差错了？”我顿时愕然无语，此刻天色已经黑尽，浓云密布，隐隐有风雨将至，夜风吹得垂帘哗哗作响。派了人去江夏王府请哥哥过来，哥哥却久久未至。夜风里已经带了些许雨意，风雨将至，顾采薇还执拗地跪在门前，已经快一天了。

“阿夙如果不来，她打算一直跪死在这里？”萧綦不耐地皱眉。

“什么话？”我挑眉瞪他，复又叹息，“那也是个可怜可敬的女子，不要这样说她。”

萧綦讶然，“难得你会说一个小女子可敬。”

我叹息，“她敢坚持，既不放弃心中梦想，也不求非分之念。”

萧綦默然片刻，点头道：“实属难得。”

一阵风卷得珠帘高高抛起，清越脆响不绝，听在耳中越发叫人心里烦乱。

侍女忙将长窗合上。

“江夏王到了。”阿越挑起帘子，低声禀报。

我与萧綦诧异回首，见哥哥白衣落寞地出现在门口。

“哥哥，你和她到底是怎么回事？”我蹙了眉，又不知该从何问起。

他倦怠地挥退了侍女，郁郁坐下来。

“我见过采薇了，她不肯听我劝。”哥哥脸上一丝笑意也无，也不见了平素的潇洒落拓。

“她不是一心盼你回心转意吗？”我愕然不解。

哥哥端了茶盏，默默出神，也不回答。

我欲再问，却见萧綦微微摇头。

哥哥喃喃开口，“那天她来府里见我，或许是我将话说得太绝……当时我尚且不知顾闵汶逼她下嫁，只想绝了她的痴想，早些死心为好。”

料不到中间还有这样两重情由，想起顾采薇那兄长的小人嘴脸，便叫人生厌。

“顾闵汶将她许了什么人家？”我想起她说过，与其嫁与旁人，郁郁一生，不如远嫁突厥。

哥哥眉头一拧，“是西北商贾豪富之家。”

我惊怒之下，还未开口，便听萧綦冷哼一声，“无耻。”

这两个字用在顾闵汶身上，再贴切不过，这番行径简直是市井小人。顾家破落至此，大半家产被他挥霍殆尽，如今竟连唯一的妹妹也要卖，堂堂公侯之家，怎么沦落到这一步。顾采薇去求哥哥，大概是得知婚讯，存了最后一线期望，却被哥哥断然回绝。

“那日我不明就里，出言伤了她……方才我应允向她兄长提亲，纳她为妾，她已断然不肯了。”哥哥面色郁郁。

要怎样的绝望，才能让这样一个弱女子，甘愿舍弃一切，斩断情丝，只身远嫁异国？我有片刻的恍惚，想起自己所经历过的种种，即便最艰难的时候也不曾如此绝望。只因我从来不是孤立无援，总有最信赖的一个人站在身侧。比起顾采薇，或是朱颜那样的女子，我实在太幸运。

雷声隆隆滚过，雨点打在琉璃瓦上，急乱交错，声声敲在人心。

“阿越，让人撑伞出去，替她遮一遮雨吧。”我无奈叹息。

哥哥忽然起身，“让我去。”

萧綦沉默了许久，此时却开口，“阿夙，你若不能爱她，不如放手让她离去。”

哥哥怔住，蹙眉看向萧綦，“放手离去，当真嫁去突厥？”

“人各有命，嫁往突厥未必对她就是坏事。”我恍然有所顿悟，“哥哥，你若只因怜悯而纳了她，或许只会伤她更深。”

哥哥神色怅惘，呆立良久，还是一转身走了出去。

一时间，我与萧綦相对无言，只听得风雨之声，分外萧瑟。

“你们兄妹实在生反了性子。”萧綦忽然叹道，“阿夙看似风流，实则胆小，不敢真心待人，只知一味回避。他若能像你一般果决勇敢，也不会害这诸多女子伤心。”

“我勇敢吗？”我苦笑。

他点头笑道：“你是我所见过的最凶悍的女子。”

果然没有好话，待他话音未落，我已扬手将一本旧书掷了过去。

哥哥陪着顾采薇淋了彻夜的雨，她终究不肯改变心意。

我不知道她是太聪明还是太傻。从此，哥哥是再也忘不了一个名叫顾采薇的女子，然而她自己也亲手毁去了唾手可得的幸福。也好，或许对于哥哥这样的男子，未得到，已失去，反而是最珍贵。顾采薇与哥哥这番痴缠，叫人唏嘘不已。世间最不能强求的事，莫过于两情相悦。一对男女，若不能在恰好的时候，恰好的时节相遇，一切便是惘然。纵然有千种风情，万般风流，也只落得擦肩而过。

平心而论，顾采薇坚贞刚烈，倒也确是和亲的上上人选。数日后，太后懿旨下，收顾采薇为义女，晋封长宁公主，赐降突厥。

此去塞外，朔漠黄沙，故国家园永隔。顾采薇别无他求，只有一个心愿，请求以江夏王为送亲使，亲自送她出塞。哥哥当即应允。

长公主离京那日，京城里下了整整一天的雨。

烟雨迷蒙，离人断肠。

第四卷 铁血江山

【两难】

和亲之事至此尘埃落定。

宫中却突然传出喜讯，胡皇后有了身孕。中宫女官甄氏入府报喜的时候，我正提笔画一幅墨竹，闻听此言，顿时失手滴落一团浓墨在纸上，怔怔地转身，又碰翻了案侧锦瓶。阿越忙上前搀扶，我拂袖令她退下，独自默然坐回案前。一时间心念百转，五味杂陈，惊诧、欢欣，却又忐忑不安。

帝后的起居都由中宫女官一手掌管，我知道胡皇后每日饮食之中都被下了药物，令她无法生育。子澹暂未册立别的妃嫔，只有胡皇后无嗣，皇家就断了血脉。这也是无可奈何之事。萧綦必然不会容许出现新的皇位继承人，即便有，也会被他除去。除非子澹逊位之后，才能拥有自己的儿女。而他的逊位只是迟早之事，胡瑶和他都还年轻，逊位之后还有许多的时间和机会。然而，不知其中出了怎样的差错，也不知是人为还是意外，胡瑶竟在此时有了身孕。

难道，这也是天意？我不知道应该欣喜还是忧虑。

自子澹大婚以来，与胡瑶不可谓不睦，诸般礼数周全，人前也算琴瑟相谐。我亦期望他得遇佳偶，珍惜眼前人，然而，纵然是举案齐眉，到底意难平。原以为，能这样相敬相守地一辈子，或许也够了。可上天竟在此时赐给他们一个孩子，子澹亲生的孩子……这何尝不是对子澹最大的慰藉。一个孩子，可以让一个寂寥的女子重获希望，或许也能让一个脆弱的男人，成长为坚强的父亲。

然而这个孩子的到来，究竟是悲是幸，我却不敢深想。

心绪镇定之后，一颗心却是悬紧，我沉声问道："王爷是否已知道？"

甄氏垂首道："内廷已经向王爷禀报了。"

我心中咯噔一下，沉吟道："平日为皇后主诊的，是哪一位太医？如今可有变故？"

"回禀王妃，平素是刘太医为皇后主诊，今日刘大人告病，已换了林太医主诊。"

甄氏的话，让我的心骤然沉了下去。

一整天不见萧綦回府，到了夜里，又是子时将近，他才悄然踏进房来。我并未睡着，只合眼向内，假装没有惊觉。侍女都退出门外，他自己动手宽衣，动作极轻缓，唯恐将我惊醒。我侧身，微微蹙眉，感觉到他俯身看我，轻轻抚拍我的后背，掌心温暖，尽是抚慰怜惜。

我睁开眼，柔柔地望着他。他眉目间笑意恬定，平日冷厉神色一丝也不见，仿佛只是一个寻常人家的丈夫和父亲。

可是，另一对母子的性命此刻却捏在他手中，祸福都在他一念之间。

他在我耳边低语，"睡吧。"

"我刚才梦见了胡皇后。"我望向他黑眸深处，"她抱着个小孩子，一直哭泣。"

萧綦凝视我，眼底锋芒一掠而逝，唇角隐隐勾起笑意，"是吗，那是为何？"

"我不明白。"我直视他双目，"她贵为皇后，如今又有了皇嗣，怎会无端悲泣？"

"既然是梦，岂可当真。"他微笑，抬起我的脸，"你的小心思，越来越多了。"

我深深地看着他，"我的小心思，都告诉了你，可你的心思，却不曾告诉我。"

他敛去笑意，眼神渐冷，"你想知道的，不必我说，不也猜得到吗？"

这话里隐含的芒刺，扎下来，隐隐的痛。我怔怔地看着他，无言以对，喉间似乎涌上浓稠的苦涩。他这样说，便是承认了他不会让胡瑶生下子澹的孩子，不会让皇家再有后嗣。而我竟说不出一句话来劝阻反驳，因为，他实在没有做错。狠一时之心绝无穷之患，成帝业者，哪一个不是踏着前朝皇族的尸骨过来。

可是，那是子澹，子澹的妻儿亦是我的亲人。

"也许，会是一个小公主。"我的挣扎，连自己都觉得孱弱无力，"皇室到今日的地步，早已是个空壳，留下这么个孩子，又能碍什么事。若是女孩子，未尝不能留下。"

萧綦脸色沉郁，望定我，似有悲悯，"不错，女孩可留，但若是男孩又如何？"

我僵住，半晌方艰难地开口，"至少，还有一半生机。"

看着我身子抑不住地颤抖，萧綦终于叹息一声，不忍心再逼迫我，"好，就依你的一半生机，且待十月，留女不留男。"

翌日一早，我进宫向胡瑶道贺，却在中宫寝殿里，见到子澹。

踏进殿中，正看见子澹温柔地将一碟梅子递给他的皇后。胡瑶依在他身旁，颊上略有红晕，眼底眉梢都是温暖笑意。刹那间，我的心口微微一抽，那样熟悉的眼神，如旧时一般温存。他转过头来，见了我，眼神凝顿，递出一半的手僵在半空。

"臣妾叩见皇上、皇后。"我垂首低眉，屈膝向他叩拜。

"平身。"眼前晃过明黄的袍角，他上前来搀扶，双手还是那样苍白瘦削。

我不动声色地抽身退开，转向胡皇后，微笑着道贺。看着我与胡瑶言笑融融，子澹静静地坐在一旁，带了格外温柔的笑意，却一语不发。不多时，太医入见，为皇后诊脉。我起身告辞，却听子澹也道："朕还有事，晚些再来探视梓童。"胡皇后眼神一黯，却不多言，只是欠身送驾。

一路从朝阳宫出来，行至宫门前，子澹始终沉默地徐步走在前面。鸾车已在前面候着，我欠身淡淡道："臣妾告退。"

子澹沉默，亦不回身。我走过他身侧，擦肩而过的刹那，臂上蓦地一紧，被他用力握住。突如其来的力道让我身子一倾，几乎立足不稳。

刹那间，我如母兽般惊起，只恐有人危害我的孩子，不假思索便伸手按住袖底短剑！

然而手指刚刚触到冰冷的剑柄，我已看清眼前是子澹。

我僵住，怔怔地望向子澹，看见他盯着我按剑的手，眼底一片惊痛。

我张了口，却说不出一个字，明知道深深伤了他，却不知道从何解释——连我自己也不知道，方才的一刹，是母亲的天性让我失去常态，还是连子澹也不再是可以全心信赖之人！

四目凝对，只是短短一瞬，却似无比漫长。

"我只是想恭喜你。"子澹惨然一笑，缓缓放手。

春色转暮，夏荫渐浓。

午后小睡初起，浑身慵倦无力，我坐在镜前重新梳妆，见两颊泛起异样的嫣红，越发衬出唇色的苍白。这一阵子，精神渐渐又不如前，越发容易疲惫。

这段时日，每天都有雪片般的折子递上来，全是上书叩请萧綦还朝主政的。奏疏被直接送到府里来，堆满了书斋，每天都要差人清理。

萧綦韬光养晦，蛰居王府许久，差不多也该到火候了。等北疆大吏更替，整肃军中积

弊的大事落定，再无任何人、任何事，能够阻挡他的脚步。

大业将成，又该有怎样一番天翻地覆。

那日之后，子澹命人送来一只锦匣。里头是一幅已经发黄的绢画，淡淡笔触勾勒出秀美少年的侧影，恍如梦中。

那是我的笔迹，昔日偷偷摹了他读书时的模样在绢上，不敢被人看见，万般小心地藏起，却终究被他发现。他欢喜不已，央着求着要这张画，我都不肯。直到他离京去往皇陵守孝的那日，我才将这画封在锦匣里，送给了他。如今，锦匣与绢画双双退回，我惆怅良久，终究将其付之一炬。

礼官上奏，宫中一年一度的射典将至，陈请豫章王主持典仪。

本朝重文轻武，骑射只作为高门子弟的一项礼艺来修习，年年射典都不过是应景的游乐。直至萧綦主政，尚武之风大盛，朝官贵胄纷纷热衷骑射，论其盛况，尤以射典为首。今年更不同往常，礼官有意借射典盛况，贺皇上与豫章王双双得嗣之喜，故而有意铺排，隆重至极。虽然礼制没有限定，然而历年射典都是皇帝亲自主持。礼官这道奏表一上，满朝震动，更无人敢有异议。

子澹允了礼官所奏，命萧綦主持射典。

皇家校场，旌旄锦簇。

胡皇后率众命妇观礼，我的座位在她凤座之侧。众人行礼如仪，我略欠身，目光与胡瑶相接，她淡淡含笑，眉间隐有阴郁。

相顾无话，我拂衣落座，静静转头，望向校场那端。

号角响，仪仗起，华盖耀眼处，一黑一白两匹神骏良驹并缰驰出。

墨黑战马上，是金甲黑袍的萧綦，子澹明黄龙袍，披银甲，骑白马，略前一步。

阳光照亮战甲，刺得眼睛微微涩痛，我侧眸，却见身侧胡皇后挺直背脊，一瞬不瞬地望向前方，目光专注，神情幽晦。

那是我们各自的良人，不知她看着子澹，与我看着萧綦，心境是否一样。

竞射开始，校场远处悬挂了五只金杯，竞射者轮流以轻矢射之，射中者获金杯载酒。

轻矢是没有箭头的，极难掌握力度和准头，这才真正考较箭术。

场下子弟驰马挽弓，女眷们遥遥张望。

萧綦驰马入场，左右顿时欢声雷动，轰然叫好，气势大振。

却见子澹突然纵马上前，越过萧綦身侧，抢先一步接过了礼官奉上的雕弓。

事出突然，来不及看清萧綦的反应，子澹已经引弓搭箭，弦响，疾矢破空，金杯应声坠地。

场上瞬时静默，女眷们呆了片刻，这才纷纷惊呼出声。

我惊出一身冷汗，心中剧跳，却听萧綦缓缓击掌，左右这才轰然叫好。

礼官上前欲接过子澹手中雕弓，子澹策马掉头，看也不看那礼官，径直将雕弓抛掷在地。

场下哗然，萧綦冷冷侧首，沉声道："皇上留步。"

子澹驻马，却不回头。

"轻慢礼器，乃是大忌。"萧綦不动声色，淡淡道，"还请皇上将礼器拾回。"

"朕不喜欢俯身低头。"子澹脸色铁青，与萧綦相峙对视，一时间剑拔弩张。

我惊骇已极，只觉得子澹今日大异往常，隐隐让我涌起强烈的不祥之感。我略一踌躇，咬唇站起身来，却见胡皇后抢先一步奔了出去。

众目睽睽之下，胡瑶大步奔入场中，俯身拾起雕弓，双手捧起，呈给子澹。

僵持之局，被她的举动打破。然而以她皇后之尊，亲自捡拾雕弓，仍是大大辱没了皇家颜面。

子澹的脸色越来越难看，胸口起伏，一动不动地盯着萧綦，却看也不看胡瑶一眼。

"恭喜皇上射中金杯。"萧綦欠身一笑，转头吩咐左右，"来人，置酒。"

侍从忙奉上金杯美酒，子澹却恍若未闻一般，蓦然探身抓过胡瑶手上雕弓，抽箭开弦，弓张如满月，箭头直指萧綦。

那箭，不再是竞技轻矢，而是真正杀人的白羽铁矢。

【狼烟】

时当正午，耀眼的阳光骤然凝结如冰。

黑铁箭镞的锋棱，在阳光下映出一片白光，如利刃切入我眼底。

子澹举弓的一刹，我全身血液已经凝固。

箭尖与萧綦的咽喉，相距不过五步。

尾端雪白箭羽，扣在子澹手中，腕上青筋凸绽，弓开如满月，弦紧欲断，一触即发。

我眼里，突然只看得见刺目的白——子澹的脸色青白，指节泛白，箭锋的冷光仍是白。

天地间，只剩一片冰冷如死的白，唯有萧綦黑袍金甲的身影，矗立于天地中央。

萧綦端坐马背，背向而立，我看不见他此刻的神情，只看到那挺直的背影，始终纹丝不动，玄黑滚金的广袖垂落，如岳峙渊渟，不见分毫动容。

“皇上扣稳了，”萧綦的声音低沉，隐有肃杀的笑意，“一念之差，流血的必不止臣下一人。”

子澹的脸色更加青白。

如果这一箭射出，萧綦血溅御苑，随之而来的，将是铺天盖地的复仇、杀戮与动荡。

仇敌的血，或可洗刷一时的辱，为此的代价，却是亲人、爱人、族人，乃至天下苍生都将为此而流血。

“皇上！”一声微弱的哽咽，惊破眼前肃杀。

胡皇后跪下了，跪在子澹马前，朱帛委地，凤冠上珠坠颤颤。

我从未见过她如此软弱无助的模样，素日落落明朗的年轻皇后，此刻常态尽失，只顾垂首掩泣，极力压抑了喉间的呜咽，却抑不住肩膀的剧烈颤抖。

眼前剑拔弩张的两个男人，对峙如旧，谁也不曾侧目，亦不看她一眼，任凭一国之母跌跪在尘土中。然而子澹的箭，分明颤了一颤，弓弦依然紧绷，手上的力道却似有所减弱。

这个跪倒尘埃、掩面哀求的女子，毕竟是他的妻。

如果换作我，萧綦会不会心软动摇？

我永远无法知道，因为，我不是胡瑶，也永不会跪倒在强敌面前。

“皇后不必惊惶，皇上与王爷只是比箭罢了。”我疾步而入，俯身搀扶胡瑶。

右手挽住胡瑶的同时，我按住袖底的短剑，抬眸直视子澹。

这把短剑，他是见过的。

——子澹，你若射出这一箭，我必为他复仇，必以整个皇族之血为祭，包括我自己。

他凝视着我，目光如锥如芒如刺，眸底似有幽光燃烧，焚尽了最后的希望，徒留灰烬。

萧綦笑了，朝我略微侧首，凌厉轮廓逆了阳光，唇角扬起冷峻的弧线。

“王妃所言甚是，皇上神射，微臣自愧不如。”他长声一笑，翻身下马，傲然以后背迎对子澹的劲弓，头也不回，从容走向礼官。

礼官跪在一旁，战战兢兢地捧了金杯，高举过头顶。

我扶了胡瑶，将她交与侍女，转向子澹，深深欠身，“请容臣妾为皇上置酒。”

素手执玉壶，金杯盛甘醴。

甘冽的酒香扑鼻，我将两只金杯斟满，亲手捧起碧玉托盘。

子澹的手臂缓缓垂下，弓弛弦颓，杀气已然溃散。

萧綦举杯迎向子澹，广袖翻飞，神情倨傲，薄唇挑出一丝嘲讽。

校场旷寂，四下旌旄翻卷，猎猎风声里，只听萧綦朗声道：“吾皇万岁——”

左右山呼万岁之声如潮水涌起，淹没了铁弓坠地的声响。

铺天盖地的称颂声里，子澹孤独地端坐马背，高高在上，而又摇摇欲坠。

次日，太医称皇上龙体欠安，需宁神静养。

内廷宣旨，皇上即日移驾京郊兰池行苑，着豫章王总理朝政。

事已至此，再无可挽回。

我知道，子澹这一去，只怕要久居兰池，归期难料了。

满朝文武乃至市井都在流传皇上失德的流言，说皇上当众失仪，行事暴虐，竟欲射杀功臣，摧折国之栋梁……还有更多不堪的流言，我已不愿再听。

萧綦终于有了最好的理由，将子澹幽禁。

我不明白子澹在想什么，不明白他为什么要触怒萧綦。

我费尽了心思，只求保他平安，他却偏偏往剑锋上撞。

还能怎样呢，倾我之力，所能做的，只能一面是打点好兰池宫里里外外，让他在那里的日子不至太难过。另一面，护着胡瑶的周全，让他的孩子平安降世。

由于我的阻拦，胡皇后没有随驾前往兰池，得以留在宫里。

从校场回宫之后，她便发热病倒，神志昏乱，病情日渐加重。

一连数日都未听说她有好转的迹象，我心忧他们母子安危，再顾不得太医的劝阻，执意入宫探视。

鸾帐低垂，茜色轻纱下，胡瑶静静地卧在那里，苍白面孔透出病态的嫣红，眉峰紧蹙，薄唇半咬，似睡梦中犹在挣扎。

我伸手去探她的额头，却被徐姑姑拦住，“王妃身子贵重，太医叮嘱过，不宜接近病人。”

说话声似乎惊动了胡瑶，我还未答话，却见她身子一颤，眼眸半睁，直直地望着我，吐出两个含混的字来。我离她最近，听得依稀清楚，分明就是叫的“王爷”。

这一声，惊得我心头剧震，半晌才敛定心绪，遣出所有人，只剩了我与胡瑶，留在空寂的中宫寝殿。

“阿瑶，你想见谁，告诉我。”我伸手握住她的手，只觉她掌心触手滚烫。

胡瑶似醒非醒，眼里几许迷离，几许凄楚，喃喃道：“王爷，求您放过皇上，放过这孩子……阿瑶再不会违逆您，阿瑶知错了……”

她哀哀呓语，攥住我的手，用力握紧，像抓住溺水时唯一的救命稻草。

我退后一步，陡然失去依凭，跌坐到床沿，仿佛溺进一潭冰水，却连挣扎也不能。

胡瑶，竟也是萧綦布下的棋子，竟也是一心效忠萧綦的人！我千挑万选，原以为她年少率真，就算出身胡家也应没有危害子澹之心……眼前恍惚掠过校场上的一幕，子澹夺弓、掷弓、开弓，以及那愤恨欲狂的眼神。回想他与胡瑶种种反常异态，骤然从心底渗出寒意，不敢再想下去。

子澹，他必然已知道了真相。

当他发现枕边人只是一枚棋子，当他以为这棋子是我亲自挑选，亲手安插……我不敢想象，那会是怎样的绝望和愤恨?

怎样的激愤欲狂，才会让子澹在校场上不顾后果，愤而开弓？

他恨萧綦，恨我，恨胡瑶，恨每一个欺他之人……假若还有解释的机会，我还能请求他的原谅吗？

我颓然掩面，欲哭已无泪。

这熟悉的大殿，囚禁了姑姑一生，如今又在胡瑶身上，重现一场宿命的悲哀。

迈过殿门，我茫然前行，并不知道该往哪里去，脚步却不由自主地迈动，仿佛被某个方向召唤，径直朝那里走去。

“王妃，您要去哪里？”徐姑姑追上来，惴惴探问。

我怔怔地站定，半晌，方记起来，这是去往皇帝寝宫的方向。

只是，那处宫殿早已空空荡荡，没有了我想探望的那个人。

良夜静好，明纱宫灯下，我凝望萧綦专注于奏疏的身影，几番想唤他，复又隐忍，终化作无声叹息。

即便问了他，又能如何。他骗我一次又一次，我何尝不是瞒他一次又一次。彼此都明了于心，彼此也都不肯让步。既然如此，那又何必说破，只要我们还能相互原谅，就让这样的日子继续下去。这一次，我总算学会了沉默。

那一天，从校场回王府，是他一路抱着我回来的。一踏上鸾车，我所有的勇气和镇定都被后怕击溃。当时那支箭，离他的咽喉，不过五步远。冷汗到这一刻，才湿透我重重衣衫。一切的安好，只因为他在这里。如果失去他，我的生命，也将随之沉入黑暗。

在他与子澹之间，我清楚知道两种感情的轻重不同——他若杀了子澹，我会痛不欲生；而子澹若杀他，我却会以命相搏。

再过些时候，就到母亲的忌日了。

算起来，哥哥早已到了突厥，该是回程的时候了，却迟迟没有消息传回。

萧綦总是劝慰我说，此去北疆路途遥远，有些耽搁也是平常事。可是他眉宇间分明也有几许隐忧，我明白他的忧虑，正如他知道我的不安——恰逢北疆大吏更替之时，突厥向来反复无常，就算哥哥路上耽搁了行程，也不该断绝音信。

北疆到京城的讯息，已经断绝了半月，道政司回报说山道毁塌，一时阻断南北交通。

可此事依然显得不同寻常，即便萧綦再不肯在我面前提及政事，我依然从他的繁忙与焦灼中，察觉到一丝不祥的征兆。

这几日，我总是莫名地烦躁，夜不能寐，食不知味。

女人的直觉总是惊人地准确，尤其，在遇到祸事的时候。

数日之后，一场震动朝野的大祸，从北疆传来。

龙骧将军唐竞反了，突厥借机起事，已经杀进关内。

烽烟起，边城乱。

唐竞野心勃勃，自负功高，疑忌之心极重，不甘屈身于胡宋之下，对萧綦早有怨怼。

此番被削夺兵权，终于激起反志。

六月初九。

唐竞斩杀新任北疆镇抚使，拘禁副帅，在军中散布流言，称豫章王疑忌功臣，裁夺兵权，为取悦门阀亲贵，打压寒族武人。唯恐旧部反抗，将行杀戮之事。

一时间，军中流言四起，人心惶惶。

效忠萧綦的部属旧将，有不肯听信谣言者，或被拘禁，或被夺职。

参将曹连昌极力抗辩，被斩杀帐前，血溅辕门。

是夜，唐竞率领五万叛军，在营中起事，趁夜袭掠，直扑宁朔。

不肯随之反叛的将士，大半被剿杀，其余被迫叛降。

天明之际，南突厥斛律王的狼旗突然出现在远方。

十万突厥骑兵，如沙暴一般呼啸而来，卷起黄沙滚滚。

唐竞叛军与突厥人会合于城下，强攻城门，与宁朔守军恶战两昼夜。

杀到次日五更时分，城下已是血流成河，尸堆如山，驻守宁朔的定北将军牟连、副将谢小禾一面拼死力战，一面燃起狼烟，遣人飞马急报，向朝廷告急。

第三日正午，北突厥大军杀至，咄罗王亲率二十五万铁骑，千里横越大漠，扬言踏平中原，一雪前耻。

四十万虎狼之师，几乎将整座宁朔淹没在血海尸山之中。

初抵突厥的江夏王与长宁长公主，被斛律王挟为人质，押赴阵前。

北疆十二部族随之一同反叛。

六月十五，宁朔城破。

定北将军牟连战死，牟将军夫人曹氏披甲上阵，战死城头。

突厥人入城戮掠纵火，席掠财物，百姓稍有反抗即遭屠杀。

昔日繁华的边塞重镇，一夜之间沦为修罗屠场。

副将谢小禾拼死救出牟家幼女，浴血杀出重围，连夜南奔。

北境工防本由萧綦一手建立，自唐竞接手驻防以来，早已对各处机关布防了如指掌。唐竞其人，素有“腹蛇”之名，行军诡谲迅疾，堪称一代枭将，论谋略手段，在军中罕逢敌手。

此番变起肘腋之间，叛军来势迅猛，更挟南北突厥之势，锐不可当。

临近各州郡仓促应战，几无还手之力。

守将皆不是唐竞之敌，屯驻的兵力也远不及叛军与突厥。

宁朔一破，犹如凶残的狼群撕破了围栏，北疆各郡骤然被践踏在铁蹄之下。

短短十数日，已经连失四郡。

突厥人的马蹄再度踏入了中原大地。

消息传来，如晴空霹雳，天下皆惊。

朝堂之上，谢小禾将军含悲恨诉，句句泣血。

满朝文武莫不悲慨，牟将军的妻舅，侍郎曹云当廷伏地大恸，以至昏厥，谢小禾等一众武将誓死请战。

牟连，当日与我在宁朔并肩抗敌的年轻将军，以及他坚毅贞静的夫人，竟这样与我永诀。

我无从知道，面对满朝文武，面对泣血含恨的部属，甚至面对那年仅七岁的牟家幼女——那一刻，威震天下的摄政王、大将军、我的夫君，他是怎样的心情。

十年相随的亲信旧部，一朝反叛，引狼入室，疆土沦陷，大祸殃及苍生。

半生征战换来的安宁，就此毁于一旦。

谁最痛，谁最恨，谁最悔。

这一刻，全天下都在看着一个人——豫章王萧綦。

这个名字，在太平时的魔，亦是乱世里的神。

殿堂之上，三道诏令颁下，一日之间传遍京城，震动天下。

其一，追封牟将军为威烈侯，曹氏为贞烈夫人，收牟氏幼女为豫章王义女。

其二，战死于宁朔的诸将士，均晋爵三等，厚赐家人重金。

其三，豫章王奉旨平叛，三日后亲征北伐。

【将伐】

散朝后与众朝臣将帅议事至深夜，萧綦回府已是夜阑人静时分。

我站在王府大门玉阶前，擎一盏宫灯，默默望着那两队灯火自远处蜿蜒而来。

萧綦勒马，在离我十步外停伫。我看着他，仰头微笑，擎起宫灯，亲手为他照亮家门。

他跃下马背，大步来到我面前，紧紧抱住了我。左右扈从远远退开，四下悄然，夜风拂衣而过。

泪水在这一刻潸然滑落，镂银玲珑宫灯脱手坠地，旋即滚下玉阶，无声熄灭。

风寒，露重，更深。

唯有我们彼此相拥，两个人的身影交织纠缠，长长地投在地上。

相对无声，却胜有声。

他默默地握紧我的肩头，温暖的掌心仿佛一团火焰，烙得肌肤生生发烫。

在他眼底，红丝牵连，尽是疲惫，锐利里透出阴沉。

我抬手抚上他的眉心、眼角、脸颊，指尖停留在他唇上。

如削的薄唇，抿出一缕艰涩。

此时，我只盼这唇上，重现平日的微笑，那样骄傲、冷酷、从容，他所独有的微笑。

他凝视我许久，长长叹息，闭了眼，“我终是负了你，负了天下。”

纵然早知他会负疚自责，然而听到这一句话，胸口仍是锥刺般的疼痛。

唐竞之乱，引外寇入侵，祸延苍生——萧綦识人有误，防范太迟，确有不可推卸之责。

然而，他终究不是神。纵然是同生共死十余年、一起从刀山血海里走过来的弟兄，也挡不住野心的诱惑。

人性如此，连神也未必能洞彻人性，何况萧綦一介凡人。

然而，无须缘由，错便是错了，负便是负了。

萧綦或许不是君子，却也不是文过饰非，不敢担当的懦夫。

亲征，便是他对天下的担当。

宋怀恩、胡光烈、唐竞，这三人曾是他最信赖倚重的手足。

昔日患难与共，生死相与，如今胡宋二人辅佐左右，唐竞坐镇边陲，成三足鼎立之势，原本是牢不可破。放眼当今天下，再无一人可与之匹敌——谁料到，一夕之间，君臣反目，手足相残。

唐竞狭隘好妒，为人跋扈，一直以来忌恨胡宋二人，纷争不断，早已积下宿怨。

多次的纷争都被萧綦压下，对唐竞一再警示，可谓宽容已极。

此人却分毫不知收敛，引得军中非议日增，弹劾他的折子也是不断。

此番撤回兵权，调换边疆大吏，萧綦亦是思虑许久，最终痛下决定。

或许唐竞的反叛，出乎所有人意料，却未必能令萧綦意外。

他不是没有料到，也不是没有防范，只是自负地相信了同袍之义，相信了昔日手足的忠诚。

唐竞的反叛，显然是蓄谋已久。

当年突厥王死后，族中王族陷入无休止的嫡位争斗，最终分裂为二。

南突厥据守旧都，享有南面水草丰茂之地，渐渐与中原通商交融；北突厥远走苦寒的北方原野，依旧游牧为业，厉兵秣马，降伏北方十二部族，重新兴建了王城。然而南北突厥因昔年旧怨，至今对峙分立，素无往来，即便在中原大军长驱直入，襄助斛律王夺位一役中，北突厥也只作壁上观，始终按兵不动。直至斛律王承袭王位，北突厥也默认了南突厥的王权。

这其中奥秘无从得知，然而，有一个人定然是其中关键。

贺兰箴，他以一个王室异种的卑微身份，究竟用了何等手段，在其间周旋应对，最终博得北突厥的默认和支持？又凭了什么，换得唐竞这阴鸷之人的信任，这两人又达成了怎样的盟约，共同与萧綦为敌？

他隐忍许久，或许等的就是这一天，终有机会向萧綦复仇。

次日一早，我见到了我的义女，以及那位浴血千里的少年将军。

昨夜在门口等候萧綦时，似乎染了风寒，夜里便又开始咳嗽。萧綦要我静卧休养，然而今日是那女孩子入府，无论如何，我都要亲自去迎她。

踏入正厅，便见一名青衫男子与一个瘦小的女孩已经候在座上。见我进来，那男子立刻起身，屈膝见礼，“末将谢小禾叩见王妃。”

青衫鸦鬓，秀欣风骨——谢小禾，竟是这样一个清朗的少年。

我微笑，“谢将军请起，不必拘礼。”

转眸看那女孩，尖削下颌，眉目清秀，一身鹅黄宫装也掩不去面孔的苍白，叫人一见生怜。此时她却低头立在那里，并不行礼，只是沉默。

“沁儿！”谢小禾转头，压低了声音斥她，却不见厉色，只有怜惜。

她微微一颤，低着头上前，似极不情愿，却又不能违悖谢小禾的话。

我起身，止住她正欲下拜的姿势，柔声一笑，“你叫沁儿？”

“我叫，牟沁之。”她沉默了一下，说出自己的名字，尤其重重地念出一个“牟”字。

是牟沁之，不是萧沁之——我在心里替她说出未能出口的后半句，刹那间明了她的心思。难为她一个七岁的孩子，心心念念记得自己的姓氏，不肯更改。

谢小禾却急道：“王妃恕罪！沁儿年纪尚幼，不知礼仪……”

“谢将军多虑了。”我微笑打断他急切的解释，正欲开口，突然胸中翻涌，一阵咳嗽袭来，掩了口，一时说不出话来。

阿越忙递上汤药来。

我接过药盏，忽听沁儿轻怯怯地开口，“咳嗽的时候，不可以喝水。”

我与谢小禾均是一怔，却见她抬起头，眸子晶莹，隐含悲戚，“我娘说，咳嗽的时候喝水会呛到。”

“傻丫头……”谢小禾啼笑皆非，我亦笑了，心头却酸楚不已。

“好，那我不喝。”我放下药盏，含笑看她，“你叫牟沁之，嗯，这名字很好听。”

她眸光晶莹地看我。

“我的名字是王儇。”我起身，朝她伸出手，“我们四下瞧瞧，看看你喜欢哪一间屋子，好吗？”

她迟疑片刻，终于怯怯地将小手交给我。

——从此，我多了一个女儿。

握着这孩子的手，我心中突然充满了宁静与柔软。

幼吾幼以及人之幼，这句话，到此刻我才明白它的含义。

在我的身体里，是我与萧綦的孩子，而身边这个在战争里失去父母、失去一切的孩子，同样也将是我珍爱的宝贝——我会好好爱她，保护她，补偿给她爱与温暖。

不仅仅是她，还有那么多孤苦的孩子，他们都不该成为战争的牺牲品。

牵着沁儿一路穿过回廊，我的心中越发明晰，豁然开朗——在属于男人的战争里，女人并非只能守在家中等待丈夫归来。

我需要做的事情，还有很多。

月光清寒，穿透窗棂，照彻堂前玉砌雕栏。

萧綦面对案几上漆黑的剑匣，周身笼在寒月清辉里，虽凝然不动，却有森然寒意迫人而来。

剑匣缓缓开启，一柄鲨鞘吞银，通体乌黑斑驳的长剑重握在他手中。

剑一入手，此人此剑，仿佛合为一体。

肃杀之气弥散，恍惚似重回大漠长空，黄沙万里的塞外。

——这是他随身的佩剑，随他马踏关山，横扫千军，渴饮胡虏血，十年来从未离身，直至入京逼宫，临朝主政。那之后，他以摄政王之尊，爵冠朝服加身，佩剑亦换为符合亲王仪制的龙纹七星长剑。

这把饮血的剑，便连同昔日雪亮甲胄一起封藏。

封剑之日，我伴在他身侧，亲眼见他合上剑匣。

当时我笑言，"但愿此剑永无出鞘之日，遂得天下太平。"

言犹在耳，烽烟又起，这把剑饮血半生，终究还是重现世间。

月光下，萧綦平举长剑，三尺青锋森然出鞘。

我猛地闭了眼，只觉眉睫皆寒，一时不敢直视。

终究，还是杀伐，杀伐，杀伐。

豫章王的劲旅铁蹄之下，再没有宽悯和饶恕，所带来的，只有杀戮和惩戒、威慑和灭亡。

我叹息，他回身看向我，目光森寒，似有千钧。

我向他走去，脚下虚浮，又似沉重如铅。

他皱眉，还剑入鞘，“别过来，刀兵凶器，不宜近身！”

我怅然一笑，伸手握住那乌黑斑驳的剑鞘，缓缓摩挲——每一处斑驳，都是一个生死印记，这把剑上究竟铭刻了多少血与火，生与死，悲与烈。

“阿妩！”他夺过剑，重重地掷在案上，“这剑煞气太重，于你不祥，会伤身的。”

我笑了笑，“煞气再重，也重不过你，我又何曾怕过。”

他不说话，沉默地凝视我。

我仰头，微笑如常。

自唐竞谋反、突厥入关、哥哥身陷敌营，一连串的变故，直叫风云变色。

然而我的反应，却比他预料的坚强——没有病倒，没有惊惶，在他面前我始终以沉静相对。当全天下都在望着他的时候，只有我站在他的身后，是他唯一可以得到慰藉的力量，给他最后一处安宁的地方。

月光如水，将两个人的影子映在地上，浸在溶溶月色里，微微浮动。或许是月光太明亮，耀得眼前渐渐模糊，浓浓的酸涩涌上。

离别就在明日。

今宵之后，不知道要等待多少个漫漫长夜，才得相聚。

此去关山万里，长风难度，唯有共此一轮月华，凭寄相思，流照君侧。

他抬手，轻轻抚上我的脸颊，掌心温湿，竟是我自己的泪。

什么时候，我竟已泪流满面。

“你怨我吗，阿妩？”他哑声开口，隐隐有一丝发颤。

——我怨怪吗？

若说没有，那是假话。

偏偏在最艰难的时候，他远赴沙场，留下我一人，独自面对种种艰辛——孤苦、忧惧、叵测，甚至生育的苦难。

不是不痛，不是不怨。

我只是一个女人，一个害怕离别、害怕孤独的女人。

然而，我更是萧綦的妻子，豫章王的王妃。

这痛，已不是我一人的痛；这怨，也不是我一人的怨。

万千生灵都在战祸中遭遇家破人亡、骨肉分离之痛——比起这一切，我如何能怨，如

何能痛。

我抬手覆上他的手背，淡淡笑了，“你早一天回来，我便少一分怨怪；你若少一根头发，我便多一分怨怪。我会一直怨你，直到你平安归来，再不许离开，一辈子都不许离开。”

一语未尽，我已哽咽难言。

他不语，只是仰起头，久久，才肯低头看我，眼底犹有湿意。

我颤然抚上他的脸庞，却猛地被他紧紧拥住。

他将我抱得很紧，很紧，似害怕一松手就会失去。

“我会在宝宝会说话之前回来，在他叫第一声爹爹之前回来！阿妩，你要等着我，无论如何艰难都要等着我……”他的声音哽住，喉头滚动，再也说不下去，微红的双目深深地看着我，似要将我看进心底里去。他的身子微微颤抖，泄露了全部的痛楚与无奈。

这一刻，他再不是无所不能的豫章王，而只是一个有血有泪的平凡人，一个无奈的丈夫和歉疚的父亲。我分明触摸到他冷面之下掩抑的心伤，触到他的恐惧……他怕从此一别再不能相见，怕我熬不过生育之苦，怕我等不到他回来。然而置身家国两难之中，总有一边是他必须割舍的，哪怕再痛也要割舍。

我将脸庞深深地埋在他胸前，用力点头，泪水汹涌，“我会的！我会好好等着你回来，到那一天，我和宝宝一起在天子殿上迎候你凯旋！”

元熙五月，豫章王北伐平叛。

先遣冠威侯胡光烈为前锋主将，率十万劲旅星夜疾驰，驰援北境。

另遣副将许庚、谢小禾，率轻骑十万步向许洛，缘道屯守。

萧綦亲率三十万王师北上，六军集于凉州。

右相宋怀恩留京辅政，都督粮饷。

豫章王挥师北伐的消息传开，军心鼓舞，天下为之振奋。

不仅北方边关战事激烈，京城、朝堂、宫廷，乃至军帐之中，无处不是暗流汹涌，风云诡谲。萧綦留下了宋怀恩坐镇京中，辅理政务，都督粮草军饷。京中明处有宋怀恩掌控着京师的安全与补给，暗处有我控制着宫廷与门阀世家，一明一暗，相辅相成，源头最终仍汇集到萧綦手中。

边关事变一起，胡光烈第一个请战争功。他与唐竞素来不和，此番平叛更唯恐被宋怀

恩抢去功劳。唐竞的反叛，已令萧綦警戒疑忌之心大盛，胡光烈此时的举动，无疑给他火上浇油。

自入京之后，以胡光烈为首的一班草莽将帅，自恃功高，时常有荒唐胡闹之举。胡光烈尤其对世家高门憎恶无比，时时寻衅生事，对萧綦笼络世家亲贵的举措大为不满，私下多次抱怨萧綦得势忘本，偏宠妻族，嫌弃旧日弟兄。

此前萧綦尚且顾念旧义，一再隐忍，自唐竞事发之后，却再无姑息之仁。

【暗流】

转眼八月，已是夏末。

京城的桂花快要开了，王府木樨水榭里，夕阳斜照，风里隐隐有一丝甜沁的气息。

玉岫抱了刚满两岁的小女儿来探望我。

对面的沁之，端了槐汁蜜糕，学着大人的样子，一勺勺喂给小人儿吃。

小人儿很是贪吃，粉嫩的唇边沾了白生生的糕末，还兀自舞着小手索要不休。

沁之看得咯咯直笑。

这个孩子比起三个月前初来府里，已经白润了许多，不似当日那般瘦小，越发清秀可人。虽然还是沉默寡言，却也渐渐与我亲近，只是仍不肯改口。

萧綦允她不必改姓，依然叫作牟沁之，我亦从不勉强她，任由她叫我王妃。

我摇头笑叹，“沁儿，你再这么喂囡囡，该把她喂成陆嬷嬷一样了。”

陆嬷嬷是掌膳司老宫人，一手厨艺妙绝天下，尤其长得憨肥浑圆，奇胖无比。

“胖才好，胖人有福。小世子可要像我们囡囡一样，长得白白胖胖，可不能像王妃这样弱不禁风！”玉岫爽快地笑道。

徐姑姑与沁儿都笑出声来。

“小世子必然是肖似我们王爷的。”徐姑姑笑道。

我垂眸，笑而不语，心底泛起一抹酸软，却又透出甜蜜。

玉岫啊了一声，拍手道：“听说王爷前日连克三镇，已将侵入葫芦岭的叛军逼退到那什么，什么关外……”

“瓦棘关外。”我微微一笑。

“是了，就是这个地方！那些个地名古怪得很，我可记不得。”她脸颊泛起兴奋的红晕，眸光闪亮，连比带画，“瓦棘关那一仗，咱们三万铁骑直插敌后，左右两翼合围，给叛军来了个迎头痛击，从正午杀到黄昏，直杀得天昏地暗，日月无光……”

她越说越是兴奋，好似亲眼所见一般，满面骄傲光彩。

如今宫里宫外，无处不在传扬豫章王的骁勇战绩，人人仰慕称颂。

自萧綦亲征之后，前方战局一扫颓势，风云翻涌，横扫千里，将叛军迎头阻击在河朔之北。步步进逼，沿路收复失地，传说守城叛军远远望见豫章王的帅旗，不及细辨真伪，即弃城而逃，过后方知萧綦根本不在营中。也有负隅顽抗的叛军，据城死守，以满城百姓性命相要挟，却被萧綦截断水源，围困七日后，城中水竭，兵马百姓皆濒危之际，我军趁夜强攻，杀入城中，尽斩叛军头领，城中百姓亦脱险获救。不出两月，叛军和突厥人即被逐出关外，豫章王帅旗所到之处，连突厥悍将也望风披靡。

“反正咱们王爷就是天下无敌！”玉岫一挥手，话音重重掷地，颇有将门主妇的豪气，惹周遭一群侍女听得神往不已。

我静静地含笑听着，尽管她所说的一字一句，都早已知道，心头亦想过了不知多少回，每听人说起，却依然心潮澎湃，百转千回。

她们口中，那个天神般不可打败的人，那个世人称颂的大英雄，正是我的丈夫，我的爱人，我宝宝的父亲——还有什么，比这更值得骄傲。

每一天都有战报从北边源源不断地传回，经由宋怀恩，再送入我手中。

每一晚，我临睡前必做的事情，就是将前方最新的战况讲给宝宝听，让他知道，他的父王如何英勇无敌，如何保家卫国，如何顶天立地。

再过不久，我的宝宝就要来到人世了。

除了前方的战事，萧綦与哥哥的安危，这便是对我最重要的事。

玉岫一气说了半天，终于说得口干，端起茶水来喝。

“谢将军也打胜仗了吗？”一直安静聆听的沁之，突然插嘴进来，细声问道。

我一怔，随即莞尔，“小禾将军带着前锋，也攻下了叛军多处要塞，旗开得胜。”

沁之闻言，整个小脸都亮起兴奋的光彩，即刻却又黯然，“那样又要死许多人了……小禾哥哥一定很不开心。”

她的话，令四下一片默然。

不错，每一场胜仗，也同样意味着死亡和伤痛，意味着狼烟燃过沃土，烽火烧毁家园。

又有多少人流离失所，又有多少人痛失至亲。

“一些人的死，是为了换回往后的安宁，让更多人可以活下来。”我轻轻握住沁之的手，“国家疆土，正因这些将士的热血洒过，才会让生命一代代传延下来，让我们的后代繁衍生息。”

这句话，是我说给沁儿听的，也说给宝宝听的——不管孩子们现在能不能懂得，将来，他们却一定会明白，父辈今日所做的一切，正是为了他们的将来，为了天下的将来。

仰头眺望遥远的北方天际，一时间，心潮涌动，感喟无际。

“对了，王妃，昨日赈济司回报，又收容了近百名老弱幼残，钱粮恐怕又吃紧了。”玉岫惴惴开口。

“人还会越来越多……”我蹙眉叹息，心中越发沉重，“仗一天打不完，流民一天不会减少。”

“这样下去，赈济司只怕支撑不了多久。”玉岫长叹，“实在不行，让怀恩从军饷里多少拨一些来……”

“胡闹！”我斥断她，“军需粮饷，一分一毫也动不得，怎能打这个主意！”

玉岫也急了，“可那些也是人命啊，一张张嘴都要吃饭，总不能眼见着人饿死！咱们好歹把赈济司建起来了，如今多少流民就指望着这一条活路，怎可半途而废！”

“玉岫！”徐姑姑喝住她，“你这是什么话，为了建这赈济司，王妃耗费了多少心血……”

“够了，不要争了。”我无力地扶了锦榻坐下，心中烦忧，顿觉冷汗渗出后背，眼前昏花。

她二人都噤声不语，不敢再吵。

当日建立赈济司，并没想到会有这般规模。

原本按规制，各地官府都设有专人赈济灾民，然而长年战乱，流民不绝，官府疲于应对，赈济之职早已荒废。如今北疆战乱，大量流民逃难南下，流离失所，若是青壮年尚可觅得安身之地，一群老弱孤残却只得倒卧道旁，生死由命。

我与宋怀恩商议后，由他下令，在官道沿途，设立了五处赈济司，发放水粮药物，收容老人幼儿。最初建立赈济司的钱粮，由官库拨出，初时我们都以为足够应对。却不料，

赈济司建立之后，流民从四面八方涌来，数量竟如此之巨，不到两个月，几乎将钱粮消耗殆尽。

照此下去，只怕赈济司再难支撑。

为解赈济司的燃眉之急，我决定先以王府库银救急，其余再从宗亲豪门里筹措。

然而唤来管事一问之下，我才知道，王府库银竟然不足十万两。

是夜，徐姑姑、阿越与我彻夜秉烛，查点王府账册。

我自幼便被父亲当作男孩子教养，对持家理财全无兴趣。

大婚之后，诸多周折，及至回到王府，更有徐姑姑与府中老管事操持琐事，对于王府的库银开支，我竟是全然不知。

灯下，对着一本本近乎空白的账册，我唯有抚额苦笑。

我这位夫君，堂堂的豫章王，何止是两袖清风，简直可以说是寒酸至极。

他征战多年，皇家厚赐的财物金帛，几乎尽数赐予属下将士，自己身居要职，却是严谨克俭，未曾有一钱一厘流入私囊。

他的薪俸用于日常开支之后，并无节余。

如今，即便将整个王府搜刮个干净，也仅能凑足十六万两。

这区区十六万两，对于北方饥困交加的万千流民，可谓杯水车薪。

烛火摇曳，我看着窗外发呆半晌，蹙眉问徐姑姑："镇国公府能有多少库银？"

徐姑姑摇头，"有是有的，但亦不算多，何况王氏枝系繁杂……"

"我明白。"我喟然长叹，心中明白她的意思。

王氏家风崇尚清流高蹈，向来不屑在钱财之事上蝇营狗苟。

虽然历代袭爵承禄，却也惯于挥霍，加之族系庞大，开支繁杂，一份祖业要供养整个亲族，实在算不得豪绰。

"此次攸关民生，除此别无他法。"我决然回头，"况且要从京中豪门里筹集财力，王氏也当作为表率。"

王氏解囊之举，赢得朝野赞誉无数。

然而京中高门依然不为所动，从者寥寥。其中确有许多家族，迫于家道中落，财资困窘，然而也有不少世家，平日敛财成性，挥金如土，真要让他们为百姓出钱的时候，却如

剥皮抽筋一般，抵死不从。想必他们也是料定，眼下边疆战乱，萧綦不在京中，我亦不愿多生事端，拿他们无可奈何。

玉岫粗略盘点，这几日从宗亲世家中募集到的银两不足八万。

她颓然掷笔，“平日里一个个道貌岸然，开口苍生，闭口黎民，到了这时候才显出真心。”

“无妨，眼下筹到的银两，也够赈济司应付两三月了。”我闭上眼，淡淡一笑，“任他们悭吝如铁，我总有法子叫他们松口。”

“那可妙极了！”玉岫喜上眉梢。

我摇头笑叹，“眼下还不是时候。”

正待与她细说，侍女进来禀道：“启禀王妃，宋大人求见。”

我一怔，与玉岫对视一眼。

“今日他倒来得早，敢情是公务不忙吧。”玉岫笑道。

正说着，宋怀恩一身朝服走进来，脸色沉郁，看似心事重重。

见了玉岫，他也只淡淡颔首。

见此情状，我心中一沉，顾不上寒暄，劈头便问：“怀恩，可是有事？”

他点头，“怀恩愚昧，本不该惊扰王妃，只是此事牵涉非小，怀恩不敢擅专。”

我从锦榻上直起身，“你我不必客套，但说无妨。”

宋怀恩抬起一双浓眉，面容沉肃，“前日例行查点，发现粮草军饷似有微末出入，看似寻常，却有可疑之处。我连夜查点，未料想，这里边竟然大有文章。”

这一惊非同小可。

水至清则无鱼，军需开支向来庞杂，下面有人略动脑筋，从中贪取些小利，已是心照不宣的事。陈年积弊，并非一朝一夕可改变。

然而如此小事，何以惊动当朝右相？

宋怀恩以右相之尊，若要惩处一两个贪污下吏，又何需向我禀报？

除非，此事背后牵出了特殊的人物。

心中立刻悬紧，我直视他双目，抿紧了唇，一言不发。

宋怀恩脸色铁青，“自开战以来，有人一直对粮草军饷暗动手脚，非但挪用军需，更以次充好，将上好精米偷换成糙米送往前方。”

“什么！”玉岫惊怒直呼。

震动之下，我一时间说不出话来，分不清是急是怒，身子不由微微发抖。

“非但如此，屡次拨予赈济司的银两，更有近半被截用。”宋怀恩浓眉纠紧。

“好大的胆子！难怪下面总说钱粮吃紧，原来一半都落入了硕鼠之口！”玉岫怒极反笑，猛一拍案几，怒道，“王爷在前方征战杀敌，背后竟有人干起这等勾当！到底是谁如此胆大包天？”

宋怀恩沉默，望向我，一言不发。

不必他再说什么，我已经明了。

这个答案，让我瞬间如坠冰窖，刺骨寒彻。

——掌管军需的官吏正是胡光烈的弟弟，胡光远；而掌管赈济物资的官员却是子澹的叔公，谢老侯爷。

胡光远分明是个耿介爽朗的汉子，深得萧綦信重，怎会是他干下这等蠢事！

而谢老侯爷却是子澹唯一的亲人，当年谢氏卷入皇位之争，敬诚侯事败伏诛，谢家满门受此牵累，几乎就此覆亡。唯独这谢老侯爷因病告假，未曾参与其中，且身为三朝老臣，有功于社稷，侥幸避过当年之难。却从此闲置在野，多年不得启用。子澹登基之后，顾念母家颜面，才给了谢老侯爷一个虽无实权，却油水丰厚的官职，让他颐养天年，安乐终老。

子澹，为何又是子澹——这两个人，与他虽不见得亲厚，却终究是妻弟和长辈，如今双双涉入这桩丑事，让他颜面何存，让我情何以堪！

“证据可确凿？”我缓缓张开眼，望向宋怀恩，一字字问得艰涩无比。

“铁证如山，这是一干下吏与侯府账房的供词。”宋怀恩从袖中取出一方黑色绢册。

若按刑律论处，谢侯重罪难脱，应处以腰斩之刑；胡光远死罪可免，却只怕难逃刺配流放之刑。

久久沉默，沉默得令人近乎窒息。

我疲乏地开口，“王子犯法，与庶民同罪，该怎么做，你便去做吧。”

宋怀恩默默地望着我，欲言又止，目光深深如诉。

避开他的目光，我长叹一声，“皇上远在行宫，不必奏请。即刻将谢侯与胡光远下狱，交大理寺量刑。同时查抄侯府，家产一律籍没，充入国库。”

“卑职遵命！”宋怀恩垂首。

“还有，”我缓缓道，“让人放出风声，就说此案牵涉重大，我决意彻查一干涉案官

员，凡有贪污私弊，家产来历不明者，一律按重罪论处。”

我沉吟片刻，又道：“既然胡氏涉案，同时牵涉帝后亲族，难免引致宫闱动荡。如今是非常之时，且命内禁卫封闭中宫，暂时不可让皇后知晓此事。”

【决绝】

帘外已是黄昏，暴雨不知何时停歇了，天地间冲刷得一派澄澈。

京城里依然是处处锦绣，仿佛并未笼上战事的阴霾。

只是，雷霆总隐藏在最平静的云层之下。

杀伐悄然降临，于无声处惊心动魄，没有人察觉，亦来不及回应，一切已经发生。

今晨，胡光远奉命至相府议事，甫踏入大门即被设伏在侧的虎贲禁卫擒住，押往大理寺。

宋怀恩持我掌管的太后印玺，带人直入安明侯府，将犹在宿醉中的谢侯收押，府内外层层重兵看守，彻底查抄阖府上下，家产尽数抄没入籍。谢氏一门，上至花甲之年的老仆，下至未满周岁的婴儿，一概拘捕下狱。

相对于谢氏的满门惊变，胡府却陷入死一般的沉寂之中。

宋怀恩没有立即动手，只收押了胡光远一人，并将胡府上下严密监控起来，严禁消息走漏。胡光烈征战在外，与家中音讯隔绝，不知吉凶，皇宫更在我控制之下，胡皇后自身难保，胡家不敢妄动，唯有闭门以待，惴惴如坐针毡。

三日后，安明侯谢渊斩首于市。

朝野震动，百官惊悚。

"赈济司共收到募银……一百七十六万两。"玉岫清点账目，搁笔长叹。

阿越咋舌，"天，这怕是好多年都用不完了！"

她二人喜不自禁，我却笑不出来。

沉烟缭绕，一室清幽，心绪却是纷乱如麻。

疲惫地合上眼，不愿也不忍去想，眼前却分明晃动着子澹的影子。

我该如何对他说——

谢老侯爷一生才名远达，撰写史稿三百余卷。对这位老者，我自幼便深怀孺慕之心。然而人非圣贤，即便大英雄、大智者，也会有弱点。谢老侯爷非但贪财，更加放不下世家的面子，硬撑着昔年辉煌门庭，明明家道已颓败，仍挥金如土，分毫不肯低头。

那一份奢靡精致、纸醉金迷，岂是谢家空空如也的府库可以维持的。

这些年，萧綦一力推行简俭，一反我朝数百年来奢靡颓逸之风，裁减了高官俸禄，提高寒族下吏的薪俸，充盈国库军需，减赋税，免徭役，迫使许多奢侈成性的世家大为收敛。

谢家虽败落已久，我却没有想到，他们竟沦落到如此地步，要靠贪弊维生。

我绝不相信谢老侯爷是十恶不赦的坏人，然而国法不能容情，一朝踏错，便是一世尽毁。

这一切都应是滴水不漏，却没有料到，胡光远死了。

两个时辰之前，他趁狱卒不备，以头触柱，撞死在牢中——原本以他的罪责，并非死罪，只判了刺配黔边，终生不得起用。然而他却一头撞向石柱，血溅天牢，以死来赎清罪孽。

闻听他的死讯，我惊呆在当地。

那个爽朗的少年，笑起来总是嗓门洪亮、常常骑了快马奔驰在官道上的少年，每次被萧綦责骂都会抓头傻笑的少年……他的自尽，究竟是因为自愧自惭，还是舍一人之命而不至连累兄妹——我已经永远无法知道了。

宋怀恩垂首肃立在侧，一言不发，神色沉重。

“这便是一个人的命数，王妃，您切莫太过自责。”徐姑姑温言劝我。

我一时惘然，沉默了许久，对宋怀恩叹道：“既然人都去了，就不要太过为难胡家……他们终究也是有功之臣，这污名，就免了吧。”

胡光远的尸身，经太医查验，被宣布为旧疾突发，不治而亡。

事态平息之后，我解除了中宫的封禁，让胡氏家人入宫探视皇后。

当晚，宫中即来人禀报，说皇后娘娘悲痛过度，病倒在床。

对于胡瑶，对于胡家，于情于理于法，我不知道该不该有愧。

宁愿她痛骂愤恨，也不愿看到她沉默。她的不抱怨，或许才是真正的可怕。

辗转想了整夜，似醒非醒之间，我依稀见到子澹，容色如霜，忽又见胡瑶浑身是血，披头散发……猛然惊醒过来，竟已汗透重衣。

望向罗帐外，约是四五更光景，天色将亮未亮，越显凄清。

这个时候，萧綦应当已在校场上驰马点将了。

我抚着身边似水柔滑的锦缎，睡了整夜，床的另一半仍是空空冷冷。眼眶忽热，湿了衾枕。

在这九重宫阙里，我与胡瑶，这普天之下最尊贵的两个女人，同时面临着惊人相似的处境，却又有着天差地别的不同。她是皇后又如何，我是豫章王妃又如何，在战争、杀伐、离别、孤独、疾病、生死面前，我们都只是无辜而无助的女人。

我左右不了自己的命运，尚能改变他人的处境。

并非我有多么心软仁慈，只不过是，己所不欲，勿施于人。

三日后，我力压宋怀恩的反对，下令从行宫迎回了子澹。

子澹回宫之后，行动仍不得自由，起居皆受左右监视，但至少，他可以陪伴着胡瑶，陪伴着他的妻儿——他有她，她亦有他，两个人再不孤单。

这之后，胡瑶终于开始进药，病情渐有起色。

而我却一天比一天消瘦下去，无论如何滋养进补，也不见明显的效用。

太医也说不出什么病况，只让我静心宁神，好生休养。

静心，说来容易，可又如何能说静就静？

前方战事，流民赈济，宫闱动荡，哪一件可以不去想？

这几日，姑姑的情形也不大好。

她是真正已经油尽灯枯了。缠绵病榻这么些年，神志混沌，四肢僵痹，连眼睛也盲了，与行尸走肉并无不同。从起初想尽一切办法为她医治，到日渐悲哀绝望，如今我已彻底放弃。

眼看姑姑这个样子，我甚至想过，宁愿当日没有从刺客刀下救她，让她保持着昔日风华，在最高贵的时候离去——而不是被时光碾压，饱受疾病摧残，以龙钟老妪的姿态踏上黄泉。

只是，当太医亲口说，太后时日无多的时候，我仍是无法接受。

亲人一个个离去，如今，连姑姑也要走了吗？

我每日强撑精神，尽可能去万寿宫陪着姑姑，在她最后的时光里，静静地陪她走完。

凝望她的睡颜，我黯然叹息。

姑姑向来是最爱洁净的，怎能让她带着憔悴病损的容颜离去。

我让阿越取来玉梳和胭脂，扶起姑姑，亲手帮她梳头绾髻。

“王妃，皇上来了。”阿越低声道。

我一怔，玉梳脱手坠落。

是子澹来探望姑姑了……自他回宫之后，我一直小心回避，不愿见到他。

“皇上已到宫门外了。”阿越惴惴道。

来不及思索，我仓促起身，转入屏风后，“皇上若问起，就说我来探望过太后，已经离去了。”

立在紫檀屏风后，隔了雕花的空隙，我隐隐看见那个淡淡青衫的身影迈进门来。

一时间，我屏住了气息，咬唇强抑鼻端的酸楚。

阿越领着侍女们向他跪拜，子澹却似未留意，径直走到姑姑床前，默然伫立。

“是谁在给太后梳妆？”他忽而发问。

“回皇上，是奴婢。”阿越答道。

静默了片刻，子澹再开口时，声音微微低涩，“你，你是豫章王府的婢女？”

“是，奴婢是在王妃身边伺候的，方才王妃命奴婢留下，服侍太后梳妆。”

子澹不再说话，久久静默之后，听见他黯然道：“都退下吧。”

“奴婢告退。”阿越有一丝迟疑，却只得遵命。

听得裙袂窸窣，左右侍女似乎都已退出殿外，再没有一丝声响。

殿内归于死水般的沉静，唯有药香与安息香的气息淡淡缭绕。

静，长久的寂静，静得让我错觉，他或许早已经离开。忐忑地凑近雕花纹隙，正欲窥看外面的动静，忽然听得一声低微到几不可闻的哽咽。

子澹伏倒在姑姑床边，将脸深埋入垂幔中，肩头微微抽搐。

“母后，为什么，为什么变成了这样？”

他像个无助的孩子，死死地抓住沉睡中的姑姑，仿佛抓住记忆里最有力的那双手臂，企盼她将自己从泥沼里救出。然而这双手臂，早已经枯槁无力。

那单薄身影隐在垂幔间，却听他喃喃道："母后，从前你总想让皇兄登基，你告诉我，皇位到底有什么好？这皇位害死了父皇、皇兄、二皇兄，还有皇嫂……连你也变成了这个样子，为什么，她还一心要这皇位？"

我狠狠咬唇，不让自己出声。

"我又梦见她，一身的血，站在大殿上哭。"子澹的声音幽幽回荡在冷寂的寝殿，"可是转过身，眼前血流满地，身首异处……她骗我，阿瑶也骗我，还有谁可以相信？我不明白，那样爱过的人，到头来，为什么都成了恨？"

这一声"恨"，听在耳中，我只觉嗡的一下盖过了所有声响。

眼前屏风的雕花，再也看不清楚，缭乱昏花。

痛，只有痛，钝钝地从身体里传来，像一只冰冷的手在缓缓撕扯，一下下剥离出心底最脆弱的地方。除了痛，再感觉不到别的，甚至已没有喜悲。

手指绞紧裙上丝绦，我却听叮的一声，丝绦断，明珠溅落在地。

"谁！"子澹惊跳。

屏风被他猛地推开，眼前光亮大盛，照见他脸色惨白。

抵着背后墙面，我已退无可退。

他迫视我，忽地一笑，"何必藏在这里，你想知道什么，何不直接问我？"

我并非故意，却被他看作是存心——如宫中无处不在的耳目，藏身暗处，窥探他的言行。

在他眼里，我是如此不堪。

闭了眼，任凭他目光如霜似刃，我再不愿开口，一切都已是徒劳。

颊上一凉，他抚上我的脸，手指冰凉，没有一丝温度，"还是如此骄傲吗？"

他另一只手随即贴上我胸口，"你的心，究竟变成什么样了？"

我浑身颤抖，手足冰冷，"你放手。"

他乌黑的眼底，一片幽暗，透出令我惊悸的寒意。

未及挣扎，他的唇已狠狠压了下来，颤抖着侵入我双唇，那么冷，那么柔，与记忆深处，第一次亲吻的味道悄然重合……摇光殿，春日柳，熏风拂面。

曾经有一个温柔的少年，第一次亲吻了我的唇，酥酥暖暖的感觉，一辈子停留在记忆深处。

十年之后，同样的人，同样的吻，却是如此冰冷破碎。

泪水滑落，沿着脸庞滑入唇间，他亦尝到我的泪，蓦然一僵，停止了唇舌的纠缠。

我已没有力气支撑摇摇欲坠的身体，从心底到四肢百骸，都蔓生出无可抑制的痛楚，冷汗渗出全身，想开口却发不出声音。

他似觉察我的异样，伸手来扶我，“你，怎么了……”

我咬牙，推开他的手，将身子抵住屏风站稳，惨然一笑，“如你所说，我满手血腥，害人无数，你恨我也好，就此爱恨相抵，从今往后，你我便是路人了。”

言罢，我掉头转身，再不敢看他的面容，一步步走向殿外。

我不知道是如何被阿越扶上鸾车，一路上，渐渐清醒过来，方才隐约混沌的痛楚，越发清晰，越发尖锐。

车驾渐缓，已近王府，我勉力探起身，整理裙袂。

忽觉身下一暖，热流涌出，剧烈的痛楚随即汹涌而来——莲色素锦的裙袂上，赫然一片猩红。

鸾车停了，我挑开车帘，竭力镇定地开口：“阿越，传太医。”

太医当即入府，汤药金针，通通用上，直忙到入夜。

分不清是累是痛，仿佛知觉已经完全麻木，神志却无比清醒。

徐姑姑一直守在旁边，不停地用丝帕为我拭去冷汗，饶是如此，冷汗依然浸透了我全身。

太医惶恐地退出去，宫中几位年老的接生嬷嬷已经候在了外面。

看起来，我可怜的未足月的宝宝，已经要提早降临这人世了。

静夜沉沉，唯觉更漏声声。

我在昏沉里时醒时睡，下一刻额上忽觉清凉，是谁温柔的手，为我拭去冷汗。

睁开眼，恰看见一双泪光莹然，满是慈爱的眼睛，恍惚是母亲，又是姑姑。

是徐姑姑吧，我想唤她，想对她微笑，却听见自己的声音断续若游丝。

“我在这里。”徐姑姑忙握紧我的手，“不怕，阿妩不怕，你吉人天相，一定是母子平安！”

我略微缓过气来，茫然看向帘外，是已经天黑了吗？

看不透这重帷深深，也不知道北方的天际，是否已经落下夕阳。

望不穿这万水千山，却依稀见到他的身影，如在眼前。

#【九 锡】

五更过后，不见绽露晨光，天色越发阴沉晦暗，帘外风雨欲来。

神志在痛楚煎熬中渐渐迷失，眼前晃动着产婆和侍女的身影，恍惚看见谁的手上沾满猩红。

床前垂下的帷幕，时而飘动，忽远忽近，如同周遭的声音，时而清晰，时而模糊。

徐姑姑一直守在身旁，握紧我的手，一声声唤着我的名字，不让我昏睡过去。

合上眼，仿佛看到烽烟火光，远远地，在那漆黑暴烈的战马上，萧綦战袍浴血，长剑裂空，挥溅出血光漫天……此时此刻，你在哪里?

药香混合着宁神的熏香气息，沉沉如水，飘入鼻端令人昏昏欲睡。

我却不敢合眼，因为我不知道，这一睡去还能否醒来。

徐姑姑满面是汗，迭声催促着几位嬷嬷。

“徐姑姑……我有话对你说。”我抓住她的手，艰难地开口，“你记住我现在的话，一字不能差。”

“不要说傻话，傻孩子！”徐姑姑再也强撑不住，老泪纵横，扑倒在榻边。

我轻轻合目而笑，“假如我不在人世，日后王爷另娶……我要你转告王爷，即便日后，这个孩子不是他唯一的子嗣，却是唯一可以继承大统的嫡子！”

这一生，太多动荡反复，早已不能相信永恒。

对于萧綦，我有多深的眷恋，亦有多深的了解。

当日他许下的誓言，我不奢望他全都做到，只盼他信守对子嗣的承诺，善待这个孩子。

“老奴记下了。”徐姑姑哽咽着，默默点头。

我咬唇，沉默片刻道：“若是女孩……待她日后长大，务必让她远离宫廷。”

整夜的痛楚煎熬早已麻木了知觉，恍惚里，听见风雨骤急，声声入耳。

一道惊雷响彻。

婴孩的哭声在雷声后响起，嘹亮清脆。

是错觉吗，我竭力抬首望去，眼前却模糊一片。

“王妃大喜，恭喜王妃，小郡主平安降世！”

是女儿，终究还是女儿，我的女儿。

在这一瞬间，所有的苦与痛都归于宁静，生命的神奇与美好，令我泪流满面。

尚未来得及拥抱我的女儿，再一次的痛楚袭来，让我直坠向黑暗深渊。

依稀听见谁的惊呼：“是双生子！”

徐姑姑抓紧我的手，抖得那样厉害，“阿妩，你听到了吗？还有一个宝宝……老天，求你保佑阿妩，公主在天有灵，保佑他们母子平安，长命百岁……”

最令人恐惧的不是痛楚，却是如铁一般压下来的疲倦，将意志重重压倒，让人只想抛下一切，就此放弃，就此沉睡，就此悠悠飘浮于天地之间，从心所欲，再也没有疲惫和痛苦……那是怎样的诱惑，怎样的渴慕。冥冥中，我似乎看见了母亲，又看见许多熟悉的身影……有宛如姐姐，有锦儿，甚至有朱颜，她们都幽幽地望着我，缓缓靠过来，越逼越近……我动弹不得，呼叫不出，骤然被恐惧扼住了咽喉。

萧綦……你在哪里，为什么不来救我？

黑暗里，我越坠越深，越来越冷，已经看不见一丝光亮，也听不见一点儿声音。

忽然，仿佛从那天际最远处，有一丝婴儿的啼哭声悠悠传来，渐渐响亮，渐渐清晰。

那是我的女儿，是她的声音，在呼唤母亲。

这稚嫩的啼哭，一声声传来，牵引着我，转身，向那光亮处迎去。

“阿妩，阿妩——”徐姑姑苍老的、撕心裂肺的声音，一点点清晰起来，甚至感觉到她的手，重重摇晃我，抓得我肩上隐隐作痛。

“小世子有反应了！”产婆惊喜的呼声骤然传入耳中，我全身一震，霍然睁开眼。

产婆竟然倒提着一个婴孩，用力拍打他的后背。

我猛地呛咳起来，胸中气息顿时流转，呼吸重又顺畅，却仍说不出话来。

几乎同时，产婆手中的婴孩也发出一声微弱的啼哭，宛如一只可怜的小猫。

襁褓中的两个婴儿被抱到我跟前。

红色襁褓中的是姐姐，黄色襁褓中的是弟弟。

一样吹弹可破的粉嫩小脸，一样乌黑光亮的细软头发，竟覆至耳际——我见过的初生婴儿，都是浅浅黄黄一层绒发，从未见哪个孩子，一生下来就有这么美丽的胎发。

这一双孪生的孩子，眉目样貌却不相似。

抱在臂弯中，朱红锦缎里的女孩，立即睁开眼睛，乌溜溜一双眸子望着我，粉嫩小嘴微微努起，小手不安分地乱动，那神态眉目分明像极了她的父亲。而小小的男孩子却安静地躺在襁褓里，纤长的睫毛浓浓覆下来，秀气的眉梢微微蹙起，容貌依稀有着我的影子。

徐姑姑说，小世子生下来的时候不哭不动，气息全无，我也昏迷不醒，没有了脉息。

她几乎以为我和孩子都没能熬过来的时候，我的女儿突然放声大哭，直哭得撕心裂肺一般。

就是这哭声，冥冥里唤醒我，将我从生死一线之间拽回。

小世子被产婆一阵拍打，吐出胸中积水，也终于有了哭声，奇迹般地活了下来。

玉岫守在外面已经许久，一见到产婆侍女出去报了平安，便不顾一切地奔进来。

她看着这一双孩子，又看着我，彼此对视，我们竟同时流下泪来。

此时此刻，似乎说什么话都是多余。

良久，她才轻轻抱了抱孩子，哽咽道："真好，真好……王爷知道了，该有多快活！"

我没有力气说话，只伸手与她相握，默默微笑，传递着我的感激。

已经派了人飞马赶赴北境，算着日子，这两日萧綦也该收到喜讯了。

想象着他会有什么反应，会不会喜极而狂……他一定不敢相信，上天如此眷顾我们。

他会给孩子们取什么名字呢？这个做父亲的远在千里之外，等到他取好名字，也不知是什么时候了。他能想出来的名字，必然是一番金戈气象……我忍不住笑了，望着襁褓中的女儿，看她蹬腿挥手，总想抓住我的手指，放到嘴里吮吸。只觉怎么都看不够她，心底里最柔软的一处地方，似有甘冽泉水淌过。

她生下来的时候，正好细雨潇潇，天地之间，清新如洗。

我并不在意这双儿女是否龙章凤姿，只求他们一生平安喜乐，清净宁和。

斜雨潇潇，洗净世间万物——女儿的乳名，就叫潇潇吧。

我的儿子，我希望他不仅仅有其父的英武，更有一颗明净的心，不必再像他的父母一般，沾染满手血腥……他的乳名，便是“澈”，澄净清澈如世外之泉。

一晃半月过去。

生命如此神奇，如此不可思议。我眼睁睁地看着两个孩子，看着他们一天天变化成长，时常让我怔怔不能相信——置身于无休止的战祸、倾轧、恩怨，唯有看着这一双儿女，才觉得世间犹存美好，犹有希望。

宗亲朝臣送来的贺仪堆积如山，奇珍异宝，满目琳琅。

内侍单独入见，奉上一只平常的紫檀木匣，那是子澹的贺仪。

看似寻常的木匣，托在手中，只觉重逾千钧。匣中水色素缎上，静静托着一副紫金嵌玉缠臂环。

我怔怔地望着这双金环，心口一寸寸揪起，郁郁的疼痛洇散，化也化不开。

缠臂金环的旧俗，相传是在女孩诞生时便要绕在臂上的，直到婚嫁之日，方可由夫婿取下，以此寄寓守护、圆满之意。

旧盟犹记，前缘已毁，谁也没能守护住最初的圆满。

枉有缠臂金、碧玉环，也不过是平添一分讽刺罢了。

罢了，到了这一步，讥诮也好，怨恨也罢，终归都是我欠你的。

十月初九，捷报飞马传来，豫章王收复宁朔，大破南突厥于禾田，克王城，斩杀叛将唐竞于城下。

越三日，城破，斛律王弃国北去，奔逃漠北。城中王族未及出逃者，尽斩于市。

豫章王大宴众将于王庭，受突厥彝器、浑仪、土圭之属，颁赐将帅，犒封三军。

上至朝堂，下达市井，无不欢腾振奋。

豫章王的辉煌战绩，于国于民于史于天下，意味着安定、强盛、骄傲和荣耀。

而这一切，对于我，只是远行的离人终将归来。

薄薄一纸家书随着捷报一起传回。

顾不得阿越还在跟前，我颤着手抽出薄薄一纸素笺，竟是未展信，泪先流。

不敢纵容相思，唯恐被离愁动摇了刚强。

却在展开家书的这一刻，瓦解了所有的防御。

这是，他自烽火连天的边关，千里迢迢送回的家书。

墨痕里，字句间，笔笔银钩铁画，征尘扑面。

恍惚间，似到了无定河边，赫连台下。榆关归路漫漫，将军横刀纵马，踏遍寒霜，独对孤月羌笛。纵然铁血半生，终不免离恨柔肠。几回梦渡关山，见娇妻佳儿，相思蚀骨透，更甚刀斧。几回笑，几回泪，薄薄一纸素笺，字字看来，寸寸心碎。

我笑着仰起头，只怕眼泪落下，洇湿了墨迹。

“王妃……”阿越忐忑唤我，惴惴地守在一旁，不敢贸然探问。

“王爷给世子和郡主取了名，男名允朔，女名允宁。”我仍是笑。

“啊！”阿越恍然，“这是，永铭收复宁朔之意吧！”

我微笑点头，复又摇头。

允，即是允诺、允誓；宁朔，更是我们真正初相遇的地方。

相遇、相许、相守，这一路走来，风雨曲折，个中甘苦，何足为外人道。

“这可好极了，”玉岫喜滋滋笑道，“王爷几时班师回朝？”

我低头，微笑不语，一点点叠好素笺，缓缓放回锦匣，“王爷说……”

甫一开口便哽住，分明努力笑着，眼泪却落下。

我深吸一口气，望向遥远的北方天际，“王爷决意乘胜追击，挥师北进，踏平南北突厥。”

未收天子地，不拟望故乡。

唐竞死了，叛军灭了，这场战争却远远没有结束。

我的夫君，没有急于千里返家，没有为了早些与妻儿团聚而班师，而是继续北进，开疆拓土，踏平胡虏，去实现他的皇图霸业，一偿毕生心愿。

这便是我的夫君。

他属于铁血疆场，属于万里江山，唯独不属于闺阁。

十月十二，群臣上表，以豫章王高勋广德，请赐九锡之命。

礼有九锡：一曰车马，二曰衣服，三曰乐器，四曰朱户，五曰纳陛，六曰虎贲，七曰弓矢，八曰鈇钺，九曰秬鬯。自周朝以来，九锡之赐，已是天子嘉赏的极致，意味着禅让之兆。

历代权臣，一旦身受九锡之命，自是天命不远。

子澹禅位，只在早晚。待萧綦班师之日，亦是天下易主之时。

十月十五，朝廷颁诏，赐豫章王天子旌旗，驾六马，备五时副车，置旄头云罕，乐舞八佾。

册封豫章王长子澈为延朔郡王，女为延宁郡主。

【飘摇】

午后秋阳和暖。

我却手忙脚乱也应付不了潇潇的折腾。

天知道她哪来这么充沛的精力，从早到晚没有一刻肯安分，简直比那些顽固的朝臣更难缠。

所幸澈儿倒是个安静的宝宝，全然不似他姐姐那般淘气。

此刻他乖乖躺在奶娘怀中，睡得十分香甜，睡颜宛如白莲，任何人看了都不忍惊扰。

好不容易哄得潇潇入睡，将她交到徐姑姑手中，我亦累得精疲力竭。

倚在软榻上，我翻看着北疆传回的战报，方看了两行便觉困意袭来，渐渐合目睡去……蒙眬中，听得帘外有人低语，徐姑姑低声应答了什么。

我懒于回应，侧身向内而眠。

忽听徐姑姑失声低呼："什么！怎不早来禀报？"

睡意顿时消散，我撑起半身，蹙眉道："外面何事喧哗？"

徐姑姑慌忙趋至榻边，隔了纱幔，低声道："回王妃，庞统领差人来报说，方才巡查发现，有一面出宫令牌……恐是失窃了。"

心中大震，我霍然拂开垂幔，"什么时候的事？"

"失窃应在凌晨时分。"徐姑姑惶然道，"详情尚不清楚，奴婢这就传内侍卫入府问话。"

"来不及了。"我冷冷道，"立刻传令下去，命铁衣卫飞马出城，沿东面、北面追击，务必在今夜子时前追回出逃之人，如遇抵抗，就地格杀，断不能容一人漏网！"

徐姑姑额上渗出冷汗，“奴婢明白。”

“立即封闭宫禁，将昨夜值守的内侍卫全部收押，传宋相和庞统领来见我！”我匆匆披了外袍，唤来阿越给我梳妆更衣，预备车驾入宫。

坐在镜台前，我才发觉额头已有冷汗渗出。

宫中禁军副统领庞癸，是我多年心腹，一直由他暗中掌控着宫中一举一动。一面令牌看似小事，可一旦有人趁隙作乱，千里之堤也会溃于蚁穴。

此时大军长驱直入北疆大漠，正是京中空虚之时，若后方生乱，无疑将陷萧綦于腹背受敌。

镜中自己的面容苍白异常，衬着唇上殷红如血的胭脂，犹如罩上一层寒霜。

门外靴声橐橐，宋怀恩已赶到，我转身披上风氅，迎出门外。

“属下参见王妃。”宋怀恩戎装佩剑，容色凝重坚毅。

远处城东兵营方向，升起浓浓的青色烟雾，直涌天际。

那是向沿途关隘示警的烟讯。

宋怀恩按剑道：“属下已经发出烟讯，派人飞马传令，封闭沿途隘口关卡。”

“很好。”我仰头望向那青色烟柱，缓缓道，“照路程算来，他们子时前到不了临梁关。铁衣卫已出城追击，届时前后合围，一个都不能放走。”

“可需留下活口？”宋怀恩沉声问道。

“事已至此，要不要活口，已不重要了。”我淡淡道，“东边不过是螳臂之力，北边却万不能有失。你可部署周全了？”

宋怀恩颔首，“东郡屯守的兵力不足两万，我已在沿途布下防务。京畿四面屯兵，坚若铁壁，王妃无须担忧。北边纵有天大本事，谅他也翻不出王爷的掌心。”

我蹙眉，“两军阵前，岂能自起内乱，无论如何不能让消息走漏。”

“王妃放心，铁衣卫行事，迄今未曾失手。”宋怀恩目光沉毅，杀机迸现，“既然箭已离弦，再无回头路可走，还望王妃早作决断！”

他的目光与我堪堪相触。

隔得这样近，我几乎可以看见他因激动而绽露在额头的青筋。

决断，这两个字轻易脱口，却是一生的逆转。

十年间多少次决断，要么踏上风口浪尖，要么退入无底深渊，从来就没有一条妥协的路可走。

一取，一舍，失去了，便是一生。

风起，满庭萧瑟。

我拽紧了风氅，仰头，望向宫城的方向。

——子澹，你终究要与我一搏了吗？

红日渐西沉，黄昏将至，残阳如血，染红了长长甬道。

宫门外，三千铁骑分列道旁，甲胄鲜亮，严阵以待。

宋怀恩一骑当先，仗剑直入宫门。

我抬手拉低风帽，遮住面容，策马随在他身后，左右两骑亲随与我并缰而行。

此刻我身着骑服，以风氅遮掩了形貌，不着痕迹地隐身亲随之中，悄然入宫。

驻马宫墙下，回望天际斜晖，整个京城都沐在一片肃穆的金色之中。

京畿四面城门皆已封闭戒严，禁军副统领庞癸亲自率兵围捕胡氏一门，各王公府邸皆被重兵把守。

乾元殿前，黑压压跪了一地的宫人，数十名内侍带刀立在殿门前。

内侍总管疾步趋前道：“皇上正在殿中。老奴奉命看守宫门，未敢让人踏出一步。”

宋怀恩侧首，我略略点头，与他一同步上殿前玉阶。

殿内深浓的阴影里，子澹素衣玉冠，孤独地坐在御座正中，冷冷地望着门口。

我与宋怀恩踏进殿内，最后一抹余晖将我们的影子长长地投在地上，与玉砖雕龙重叠在一起。

“你们来了。”

子澹淡漠的声音，在殿内回荡。

“臣护驾来迟，望皇上恕罪！”宋怀恩按剑上前，单膝跪地。

我低头屈膝，沉默地跪在宋怀恩身后，将面容隐在风帽的阴影中。

“护驾？”子澹冷冷笑了，“朕一寡人，何足惊动宋相入宫。”

宋怀恩面无表情道：“胡氏谋逆，皇后矫诏欺君，臣奉太后懿旨，入宫护驾，肃清宫禁。”

子澹微微一笑，语声惨淡，似早已预料到这一刻，“此事无关皇后，何必累及无辜。既知事不可为，朕已素服相待，等你们多时了。”

他轻叹一声，似终得解脱般轻松，从御座上缓缓起身，“既是太后懿旨，那便有劳

你，代朕转告太后——”

这“太后”二字，他重重说来，语意尽是讥诮，“朕总算遂了她的意，不知她可快活？”

宋怀恩沉默片刻，自袖中取出黄绫诏书，双手奉上，“臣愚钝，只知奉命行事，不敢擅传圣意。废后诏书在此，请皇上加盖玉玺，即刻平定中宫叛逆。”

子澹握拳，脸色苍白如纸，“朕一身承担，不必连累旁人！”

宋怀恩冷冷道：“胡氏谋逆，铁证如山，望皇上明鉴。”

“此事与胡氏无关。”子澹微微颤抖，“朕已经任由你们处置，何必加害一个弱质女流？”

“臣不敢。”宋怀恩声如寒冰。

子澹扶住御座，恨声道：“你们，果真是赶尽杀绝，连妇孺都不放过！”

宋怀恩终于不耐，霍然按剑起身，“请皇上加盖玉玺！”

“休想让朕颁这诏令。”子澹倚着御座，怒目相向，却浑身颤抖，似力已不支。

宋怀恩大怒，蓦然踏前一步。

“皇上。”我起身，掀了风帽。

子澹一震，侧首，与我四目相对。

他的目光直直剜进我心底。

两人之间，不过三丈距离，却已隔断了一世恩怨。

我缓缓向他走去，每一步都似踏着刀尖。

“你要亲自动手了吗？”他笑了，苍白的脸色透出死一样的灰白，身子晃了一晃，跌坐回御座，惨无血色的唇动了动，再说不出话来。

我沉默，任由他的目光、他的笑容，无声地将我鞭挞。

“皇上请过目。”我接过宋怀恩手中诏书，缓缓展开在子澹眼前。

“这是废后的诏书，并无赐死之意。”我克制着脸上每一丝表情，克制着自己的声音，只让他看到我最冷酷的样子，“若是杀人，用不着玉玺，只需一杯毒药。胡氏谋逆，按律当灭族。只有废入冷宫，才能保全她性命。”

我望着子澹，“皇上，臣妾所能做的，仅止于此。”

子澹闭上了眼，似再不愿看我一眼，“我的命拿去，放过她跟孩子。”

他已认定我会借此发难，斩草除根，清除他所有的亲人。

“朕既做了放手一搏的决定，便已有最坏的打算，自当承担一切。”他闭目仰首，唇角噙一丝惨笑。

我望着他，满心萧索，只觉悲凉，“你真想保全胡家，又何必将他们推上刀口？”

一旦事败，胡家将是第一个受戮，这一点子澹不会不知。然而他依然将整个胡氏投入这场希望渺茫的赌局，哪怕这里面有他的妻，有他未降生的孩子。

他终究做了一个帝王该做的事情，却可惜，已经太晚。

“你说我从不曾争取过。”他忽然倦淡开口，“现在我争了，却又如何？”

我握紧诏书，却无法回答他的话。

纵然没有今日，胡氏也难逃灭门之灾；纵然没有玉玺，我也一样会动手。

——子澹，错不在你我，只错在这乱世。

“臣，铁衣卫统领魏邯回宫复命！”

铿锵如铁的声音从殿外传来，刺破死一般的沉寂，僵持的坚冰骤然崩裂。

子澹直勾勾地望向殿门外，薄唇微颤，满目绝望。

魏邯按剑上殿，一身黑衣，行止迅捷如豹，面罩铁甲，只露一双犀利的眼睛在外。

他单膝跪地，双手呈上一件染血的杏黄凤羽丝袍，那是皇后才可穿的贴身中衣。

宋怀恩接过那件血袍，霍然抖开。

丝袍已被鲜血染透，却仍清晰可见，衣上写满字迹，笔触纤秀飘逸，风骨若神。

这是胡瑶的衣，子澹的字，襟下赫然盖着鲜红的玉玺。

——将密诏写在皇后贴身的中衣上，由宫婢穿了，躲过宫门盘查，一路潜逃出宫，分头带往北疆和东郡，向胡氏求援。除了北疆有胡光烈十万部众，东郡尚屯有胡氏三万旧部。此举兵行险着，孤注一掷，以子澹的优柔，只怕是想不到的。

血衣尚未干透，一股浓重的血腥气直扑鼻端。

子澹猛地掩住口，转过头，全身颤抖。他素来厌憎鲜血，却从未见他如这一刻的恐惧。

“臣在北桥驿外三里，截获潜逃的宫婢与其同犯，搜遍车驾不见可疑，其后自随行仆妇身上发现御用之物。徐副统领往东面追击，也已捕获逆贼，现正快马回驰。”魏邯俯首禀来，声如寒冰，“一众逆贼共七人，无一漏网。”

“可有留下活口？”宋怀恩冷冷道。

魏邯一顿，“三人就地格杀，两人自尽，余下两名活口已严密看押。”

言毕，他与宋怀恩双双望向我，缄默不语，几乎与殿中阴影融为一体，却似两把出鞘的刀，杀气森森迫人，竟让我透不过气来。

我咬牙转头，再不看子澹一眼。

“乾元殿总管何在？”我厉声道。

内侍总管王福疾步趋入，伏地跪倒，“老奴在。”

“取玉玺来。”我扬手将诏书掷在他面前，“传旨，废皇后胡氏为庶人，即刻押入冷宫。”

屏风后，两名内侍如幽灵般现身，一左一右上前。

王福臃肿肥胖的身躯此刻矫捷异常，大步趋近御座，对子澹一欠身，“皇上，老奴得罪了。”

左右内侍按住子澹，王福上前，搜出子澹贴身所藏的玉玺，重重按上那道诏书。

子澹僵如石雕，任凭摆布，只目不转睛地望着我，一双眼里似要滴出血来。

我猝然转身，紧紧闭上眼，“魏统领，即刻将胡氏一门下狱，肃清其余逆党。”

“属下遵命。”魏邯屈膝一拜，立即折身退出，与王福一同往昭阳宫而去。

我缓缓回身。

子澹颓然垂首，直勾勾地盯着地面——在他脚下，是那猩红刺目的血衣。

他死死盯着那血衣，猛地缩回脚尖，伏在御座上，弯腰呕吐，肩头阵阵抽搐。

我一呆，心口猛地抽痛，再不能自制，奔上前去扶住了他。

他抖得那样厉害。

“传御医，快传御医——”我转头对宋怀恩喊道。

子澹剧烈喘息着，猛然挣脱我的搀扶，反手一掌掴来。

耳边脆响，眼前金星缭乱。

我跌倒在御座下，怔了，僵了，仿佛不会动弹。

脸颊火辣，唇间腥涩，都抵不过心口似被尖刀剖开的痛。

子澹目不转睛地看着我，眼底一片空洞，唇角却是一丝冰冷微笑。

呛的一声，剑光划过，一柄长剑挡在我与子澹之间。

宋怀恩的身影挡在面前，手背青筋凸绽。

——子澹，我欠你的何止这一掌。

恨也罢，憎也罢，只要是你给的，我都受着。

我恍惚笑了笑，抬手拭去唇边的血丝，勉力起身。

宋怀恩伸手来扶，被我挡开。

我淡淡道："皇上龙体欠安，今日起，即在寝殿静养，任何人不得惊扰。"

踏出乾元殿的刹那，我再不能支撑，脚下一软，竟迈不过那道门槛。

"王妃！"宋怀恩的手，稳稳托住我的手臂，将我扶住。

他忧切的目光，透出无比坚毅，让人心安。

"信使已赶往北疆，快马昼夜疾驰，不出七日，密函便可送达王爷手中。眼下还需支持少顷，京中一切有我，王妃千万保重！"

我心中感激，却不知如何表达，只浅浅一笑，"多谢你，怀恩。"

九重宫阙渐起晚风，天际沉沉，似阴晦欲雨。

远近的宫院已经掌灯，点点灯火在夜色里飘摇。

"是否要去昭阳宫？"宋怀恩问道。

去昭阳宫做什么呢，炫耀我的胜利，还是欣赏他人的失败？

我惨然一笑，胡瑶并没有做错，她的选择和我一样，只不过是为自己，为所爱之人争得生存与尊严，清除一切障碍和危险，即使不择手段，也要活下去。

如果不是在这样的境况中相遇，我和她，或许会是知己。

"不必再去昭阳宫，一切由你做主，我累了，回府吧。"我黯然转身，登上鸾车。

正欲起驾，却见王福急匆匆自昭阳宫方向奔来。

"启禀王妃，皇……废后胡氏，方才受惊晕倒，似有临盆之兆。"

【血刃】

灯火通明的昭阳殿内，宫女医侍各自奔忙，人人低眉敛色。

除了殿内隐约传来的呻吟，再没有别的声音，殿上静得可怕，呻吟声断续入耳，令人心悸。

殿外是甲胄森严的禁军，严阵以待，夜色如铅似铁，黑沉沉压得人喘不过气。

在我的记忆里，这万古寂寥的昭阳殿，第二次迎来新生命的降临。

明贞皇后曾在这里生下了子隆哥哥的儿子……那一天，依稀也是宫倾朝变，天地易色。已经多少年了，眼前仿佛还看到白衣萧索的谢皇后，怀抱婴儿，向我下跪托孤。如今静儿废了帝位，远在封邑，病况渐有起色，总算保得一世太平。宛如姐姐的嘱托，我算是做到了，还是辜负了？子隆如今是否已转生民间，如愿以偿地做一回庶民，自由自在度过一生？

我对着一盏宫灯，恍恍惚惚地出神，不觉陷入往事纷纭。

蓦然间，一声微弱的婴儿啼哭传来，惊得我全身一震。

这声音稚嫩娇弱，仿佛小猫一般。我顿时心跳加剧，只盼上苍怜悯，一定要是女孩！

廖嬷嬷匆匆步出内殿，屈膝跪倒，“皇后产下小皇子。”

耳中轰然一声，最后一线幸运的祈望也破灭。

皇子……终究是个小皇子，终究要逼我做此抉择。

我跌坐回椅上，茫然抬头，只觉这昭阳殿从未如这一刻阴森迫人。

凤檐鸾梁，宫锦垂幔之间，憧憧摇曳的阴影，似乎是皇族先祖，历代皇后，不散的阴灵。

此刻他们正居高临下地俯视着我，俯视着这个身上流淌着一半皇族之血的女子，是否要亲手扼杀这末代皇朝，最后的血脉。

——“留女不留男”，当日萧綦允我的五个字，给这婴儿留下了半线生机。

我始终抱着这一线希望，祈望上天垂怜，让胡瑶生下女儿。

而另一半生机，亦早在秘密筹划之中。

许久以来，我一直心心念念想着，如何为子澹和他的妻儿留下生路，将来如同静儿一样，远离深宫樊笼，去一个山明水秀的地方，安度余生。

及至今日之前，我仍是如此筹划——若胡皇后产下皇子，即将孩子秘密带出宫廷，以奶娘之子的身份匿藏在王府，对外只宣布小皇子夭折。待子澹禅位，远赴封邑之后，再将小皇子送回，以义子的身份承欢父母膝下。

然而密诏事败，胡氏灭门，子澹那一记恨绝的掌掴，给我的全盘筹划带来致命一击。

我的一厢情愿，终是错了，彻底的错了。

子澹不是静儿，不是任由人摆布一生的孩子。

夺位之恨，灭族之仇，终此一生再也不能化解。

子澹和萧綦，胡瑶和我，注定永世为敌。

如今这婴孩尚不知人间悲欢，然而多年之后，他将会变成怎样？他可知道，从降生的这一刻起，便已背负上父辈的仇怨——血脉不绝，仇怨不息！

“王妃！”廖嬷嬷低声唤我，“皇后产后虚弱，尚在昏迷之中，小皇子不足月早产，先天不足，眼下看来羸弱堪忧。”

我心里紧了一紧，“把孩子抱来，让我看看。”

“是。”廖嬷嬷应声而去。

我沉吟片刻，“传太医进来。”

奶娘步出内殿，怀抱一只明黄襁褓，到我跟前跪下，小心翼翼举起襁褓。

襁褓内裹着的婴孩，并不啼哭，只发出微弱的嘤嘤声。

我颤颤抬手，正欲从奶娘手中接过，蓦然瞧清楚了孩子的面容——那轮廓口鼻，与子澹如出一辙，然而眉眼却像极了胡瑶。

他仿佛感应到我的目光，细细的睫毛一抖，竟睁开了眼。

刹那间，我错觉，眼前晃过一双凄怨的眼睛，毒芒一般刺进我眼底。

那分明是胡瑶的眼，却又似是胡光远，那个落落英朗的少年，那个自尽在狱中的少年。

奶娘看我伸出手，却僵立在原地，便欲将襁褓递入我手中。

“不要过来！”我一震，踉跄退后，广袖拂倒了案上宫灯。

宫灯翻倒熄灭，眼前骤然昏暗。

“奴婢该死！”奶娘吓得伏地叩头，抱了婴孩，颤颤不知所措。

孩子似被惊吓，也发出微弱的哭哼。

我连连退后数步，方敛定心神，抚着胸口，竟不敢看向那小小襁褓。

周遭宫灯摇曳，却照不见我的面容，只有隐在阴影中，才觉得安全。

“王妃，太医到了。”廖嬷嬷望向我身后，面色惊疑。

听得靴声橐橐，我转身看去——来的不止是三名太医，当先一人，却是宋怀恩。

我倒抽一口凉气，抬眸望向宋怀恩，堪堪对上他冷静的目光。

这冷静到近乎残忍的目光，连死亡亦不能使之动容。

“太医已到了，是否立即为小皇子诊治，”宋怀恩低下头去，“请王妃示下。”

我的目光缓缓自那三位太医脸上扫过。

孙太医、徐太医、刘太医，原来是他们。

连我亦不知道，这三位德高望重的国手，竟也是投效萧綦的人。

萧綦果然早已将一切都安排好了。

若要让一个初生的婴儿夭折，还有谁比太医更容易办到?

这孩子，是生是死，只在他们举手之间。

宋怀恩一言不发，等待我的示下。

若我不允，他当如何?若我强行抱走孩子，一如最初的计划，将他安全藏匿起来，然后又当如何?即便这孩子平安长大，等待他的命运又是如何?

冷汗涔涔而下，脑中混沌一片，我再也想不下去，只觉颓然无望，一路盘算到头都是错，错，错！可如何又算是对?恍惚十年，是非对错，谁来为我分个清楚?

一名侍女匆匆步出内殿，跪下道：“启禀王妃，皇后娘娘醒来了，询问小殿下……”

“大胆！”宋怀恩断喝，“废后胡氏已为庶人，胡言犯上者，廷杖三十！”

侍女吓得呆若木鸡，连求饶也不会了，一旁侍卫当即上前将她拖出。

周遭宫女俱已惊骇得跪了一地，各个战战兢兢。

宋怀恩低头，“请王妃速作决断。”

我疲惫地闭上眼，在仇怨里偷生，或是在无知无觉时死去，哪一种算是仁慈？如果终有一日，这个孩子将要带来新的杀戮与动荡，或许是萧綦，或许是我的澈儿，总有一个人要与他为敌——那么，我宁愿这个人是我，宁愿这杀孽由我来背负。

我的身体里，流着一半皇族的血，和这个孩子相同的血。

就让这血脉断绝在我手中，一切归零。

“请太医为殿下诊脉。”我转身，一步步走向昭阳殿外。

步出殿外，夜色如墨，远近殿阁的轮廓森然。

我缓缓回身，望向昭阳殿深处。

往事如雪山崩塌，轰然奔涌，将我淹没。

曾经，我在这里蹒跚学步，垂髫弄琴，承欢姑姑膝下；曾经，我在这里初见子澹，两小无猜，度过最纯净的年华；曾经，我在这里接受赐婚，命运从此扭转，踏上这条不可回头的路；曾经，我在这里拘禁了姑姑，背叛了亲族，双手第一次沾染鲜血；曾经，我在这里看着谢皇后殉节托孤……今日，我在这里，废黜了子澹的皇后，处死了他的儿子。

巡逻侍卫惊起一群乱鸦，刮喇喇飞过宫墙。

鸦声凄厉，声声如泣。

“徐姑姑……”我茫然唤道。

“王妃！”却是宋怀恩的声音。

我有些恍惚，侧头看他半晌，才记起徐姑姑并不在身边。

他似乎在说着什么，我却一个字也听不进去。

扶了廊柱，我摸索着走了两步，背靠凉沁沁的雕柱，缓缓滑坐在地上。

宋怀恩伸手来扶，想将我搀挽起来。

我摇头，蜷起膝盖，将脸深深埋在膝上。

很冷，很累，再没有力气说话，只想就这样睡去。

恍惚间，是谁的臂弯将我抱起来，有微微暖意，却不是我熟悉的怀抱……萧綦，你去了哪里，怎么这样久了，还不回来？

前面是熊熊火光，背后却是万丈深渊，进退都是凶险，恍惚似回到宁朔，再一次孤身高悬断崖上，却见一个熟悉的身影出现，远远向我伸出手来。

我不顾一切奔去，陡觉身子一空，急遽下坠。

“萧綦！”我脱口惊呼，睁开眼，却见绣帷低垂，晨光初透，哪里有他的影子。

回忆起方才的梦境，周身却是忽冷忽热，汗透中衣。

我拂开帷帘，扶了床柱下地，阿越掀帘进来，忙为我披上外袍。

“我怎么睡了这样久？”我茫然走到窗下，推开长窗，清凉晨风扑面而入。

阿越卷起垂帘，“哪里久了，您夜半才回府，这才歇了两个时辰不到。”

“那也太久了，眼下一刻也耽搁不起……”我蓦地顿住，目光越过九曲回廊，直望见庭前那伫立的身影，“那是——”

“是宋大人。”阿越低声回道，“昨夜护送王妃回府后，宋大人一直守在这里，不曾离开。”

我怔怔半晌，不能开口。

那身影沐着晨光，仿佛金甲神兵一样护卫在那里。

我略略梳洗，绾起发髻，推门而出，走到他身后。

“怀恩。”

他肩头一震，回身看我，旋即俯身欲行礼。

我伸手虚扶，指尖在他袖上拂过，旋即收回，身份礼节于无形中隔出应有的疏离。

他一如往常地淡然问安，拘谨守礼，只字不提昨夜的惊心动魄，也不提眼下的紧迫局面。

晨光中，一切都显得清净和煦，仿佛昨夜只是一场噩梦，已在晨光中散去。

我凝视他，浅浅笑道：“多谢你，右相大人。”

他亦微笑，“不敢。”

“我似乎总在谢你？”瞧着他端肃的样子，我不觉笑了。

“我亦总是惶恐。”他笑起来，露出一口皎洁的白牙。

这是他第一次同我说话，没有自称属下或卑职。

一路沿曲廊去往书房，他总垂手跟在我身后，一步之遥之外。

他一直都在这里，在我触目可及的地方，不会离开，也永不会靠近。

不觉已是十年，昔日锐气勃发的少年将军，如今已经位极人臣，儿女绕膝。

当日在洞房门口，怒掷盖巾的新嫁娘，如今又变成了什么样子，大概，我也已经老去了许多吧——恍惚记起，我已经很久没有好好照过镜子，一时竟想不起自己的容貌。

不只年华易变，还有很多都变了，丢了，再要不回来了。

历经了诸般流离之后，依然还在身边的，尤为可贵可重。

小皇子薨于寅时初刻。

哀钟鸣，六宫举丧。

卯时三刻，胡氏一门及相关涉嫌谋逆者七十三人，全部拘拿入狱，老少无一漏网。

乱世之中，强者生，弱者亡，即便煌煌如王谢之家，也随时可能覆亡。

这便是，与权力巅峰一步之遥的差别。

多少人觊觎这九五至尊，又有多少人是身不由己，若非登上至高处，便只得任人鱼肉。

我手书的密函已经飞马送往萧綦手中，如今胡氏既诛，皇嗣已绝，子澹逊位终成定局。

而禅位，也是子澹最后的生机。

九锡颁赐，已是禅位之先兆，只待萧綦班师回朝，便可行禅让之典。

我命宋怀恩着手准备禅代之议，同时让硕果仅存的宗室耋宿，纷纷上表陈情，自请归邑终老。

一切都按照我们的意愿，一步步推行下去，可谓万事俱备，只等萧綦回朝。

然而，他分明已接到我的密函，却迟迟不肯班师。

豫章王大军攻克南突厥王城之后，并不回师，仅休整五日，即由萧綦亲率，一路进逼，横越了南北突厥之间，那片人迹罕至的苍茫雪岭。中原大军的铁蹄，第一次踏上漠北的寒土。

那里是突厥人发源的地方，在那极北苦寒之地，连突厥人都不愿意久居，是以世代南袭，不惜发动无数次的战争，也要在温暖的南方占据一方丰沃之地。

除了北突厥人，再没有异族到达过那片土地。

如果侵占了那片大地，便意味着，突厥人失去了最后的家园，意味着投降和灭亡。

这个纵横北方数百年的强悍民族，历代与中原对抗，即使一次次遭遇抗击，几度败退大漠，始终能以强韧的生命力，卷土重来，一次次崛起在北方，成为中原永久的威胁。

这个民族，犹如草原上的野草，似乎永不会灭绝。

然而，这一次，史册似乎将在萧綦的手上彻底改写。

冬天即将来临，极北大地将要面临长达五个月之久的冰雪封冻。

突厥视短，所利在战，初锋勇锐，难以久持。

谢小禾率五万步骑进踞大阏山，已断绝了突厥人粮路。

若旷日持久，将敌军围困在死城之中，粮草难以为继，其锐气必竭，士气摧沮，即使不费一兵一卒，也能将突厥人活活困死。

自古至今，多少名将霸主，都曾挥师北伐，欲图踏平胡虏，一统南北。

以萧綦的赫赫武勋，已达前无古人之地。

然而万仞高山只差一步登顶，他毕生渴切的不世功业，终于近在眼前——此时此刻，已没有任何力量能够令他放手。

【忠奸】

夜阑更深，万籁俱静。

我屏退了侍女，独自哄着两个孩子入睡。潇潇自顾玩着自己的手指，澈儿已经睡着。睡梦里，小小人儿却还微蹙着眉头，看似一副严肃的样子，依稀有萧綦的影子。想要亲吻他的小脸，却又怕将他惊醒。我伏在摇篮前，凝望这一双儿女，越看越是甜蜜，越看越是怅惘。不觉流年暗换，自我嫁与萧綦，已经十年了……十年，人生又复几个十年。

从十五及笄到二五芳华，以懵懂少女嫁入将门，随着他一路走来，为人妻，为人母，道不尽的起落悲欢，尽在这十年里。待要忆起，却又转眼即逝。

回头想来，是从什么时候开始，将一生都托付给了这个男人，我竟记不起来。

是在塞外断崖，生死一线间的惊魂倾心，还是离乱无援中的患难相与？命中注定与他相遇，竟从未有过抗拒的机会。而我真的抗拒过吗？在他横剑跃马的一刻，在纵身跃下高台的一刻，我可曾有过犹豫抗拒？

早在犒军之日，从看到他的第一眼，是否我已不知不觉将那个身影刻入心中？

及至宁朔重逢，那个顶天立地的身影，比熊熊烽火更灼烫我双眼。

“你是我的王妃，是与我共赴此生的女人，我不许你懦弱”——放眼世间男子，恐怕唯有他，能用这样的方式，去爱一个女人。这句话，竟成了我一生的咒，从此将我牵系在他身边，共进退，同甘苦，再没有怯懦退后的余地。

眼前烛泪低垂，点点都是离人泪，催人断肠。

“大人留步，王妃已经歇息了！”外面步履人声纷杂，惊乱我心神。

“谁在喧哗？”我步出内室，轻轻拉开房门，唯恐惊醒了孩子。

已近三更时分，门前竟是宋怀恩。

月色下瞧不清他面容神色，却见他穿戴不整，似刚从家中一路奔来。

“出了什么事？”我脱口问道。

“王妃……”他踏前一步，手中握了一方薄薄的赭红色折子，那是，传递紧急军情的密折。

宋怀恩直望着我，脸色从未如此苍白，连声音都与平时不同，“刚接到八百里加急军报，数日前北境生变，王爷率军深入绝岭，遭遇突厥偷袭……失去音讯！”

我蒙了片刻，陡然明白过来，耳中轰然，分明见他嘴唇翕合，却听不清他说些什么。

身边是谁扶住我，紧紧握住了我的手。

一口气喘过来，我挣开身旁之人，伸手便去夺他手中的密折。

“眼下情势未明，王妃万不可惊惶……”宋怀恩急急道。

“给我！”我陡然怒了，劈手将折子夺下，入目字迹清晰，我却看不明白，突然间一个字都不认得。身旁有人不停对我说着什么，我都听不清，只想看明白纸上到底写着什么。太吵闹了，周遭嗡嗡的人声吵得我头昏眼花，冷汗不断冒出……我一语不发，陡然折身奔回房中，将所有人都挡在了外面。

灯下白纸黑字，一个个却似浮动在纸上，不断跳跃变幻，刺得眼眶生疼。

萧綦接获密函，知胡氏谋逆之举，当即决定拘禁胡光烈，以阵前抗命之罪下狱。

岂料还未动手，消息竟已走漏，胡光烈率领一队亲兵杀出大营，趁夜向西奔逃。

萧綦震怒之下亲自率军追击，连夜奔袭数百里，深入绝隘，终将胡光烈部众尽数剿杀。

回营途中，突逢天变异兆，暴雪骤至，突厥人趁机偷袭后军，萧綦率前锋回援遇伏，大败。

退至山口，大雪崩塌，前锋大军已尽入山谷，就此失去踪迹，恐已遭遇不测。

一行行字迹，渐渐浮动颤晃，却是我自己的手在颤抖。

眼前昏黑，渐渐看不清楚，天地旋转，黑沉沉地向我压下来。

不可能，这不是真的，谁都可能失败，萧綦一定不会！他就是神，是不可被打败的战神！什么叫“失去踪迹”，分明是胡说，只不过暂时受暴雪所阻，他一定会平安回营，一定不会有事！我拼着最后的意志撑住桌沿，心底里仿佛有个声音微弱而清晰，“他一定会

回来……我要等着他回来！”

不能这样，我不能现在倒下去，倒下就再也站不起来。

门被推开，他们一脸惶急地硬闯进来。

谁的声音带着哭腔，好像从很远的地方传来，我茫然回头，“你哭什么？”

眼前是宋怀恩和徐姑姑，好似都被我的神色震住，呆在那里。

我盯着她，“王爷好好的，你哭什么！”

“出去。”我抬手指着门口，“都给我出去。”

我要好好想想，这一切不该是这样，不能是这样，一定有哪里不对，一定是出错了，是他们弄错了。可是，哪里错了，我偏偏想不出来，分明觉得不对，脑中却又一片空白。再想不起其他，满心都是萧綦、萧綦、萧綦……你怎么可以出事，你答应了我，会好好地回来，会在孩子们会叫第一声“爹爹”之前回来。

眼前影影绰绰，快要看不清他们的样子，我扶着桌沿，勉力让自己站稳。

“事已至此，万望王妃节哀！”宋怀恩双目赤红，踏前一步，欲来扶我。

“住口！”我狠一咬唇，抓起桌上茶盏掷去，被他偏头闪过，砸碎在门边。

他呆了呆，低头，默不作声地退开。

徐姑姑跪了下来，哀求我珍重。

突然间哇的一声，是潇潇被惊醒了，紧跟着澈儿也大哭。

我一震，奔进内室，一眼瞧见两个孩子，全身力气顿时像被抽干，软绵绵地跌在摇篮边，连抱他们一下的力气都没有了。徐姑姑跟进来，慌忙抱起潇潇，一面伸手拍哄澈儿。我直勾勾地望着她，望着两个孩子，却什么也做不了，陡然被绝望淹没。侍女进来抱了两个孩子出去，徐姑姑含泪将我拥住，“我可怜的阿妩……”

我任由她抱着我垂泪，自己却一点儿眼泪也没有，整个人都已空了。萧綦，你怎么能这样……那日在信函里，我还絮絮叨叨写道，潇潇很聪明，很会学语，大概不用多久就该学会叫爹爹了。虽然从未写过一句催促的话，可字里行间，何处不是殷殷，何处不是相思。

萧綦，难道你看不到我的心思，看不到我的牵挂？

我顿住，脑中有什么一闪而过，怦然击中心头。

密函，是密函。

我蓦地一震，刹那间心念百转，缓缓推开徐姑姑，“你出去，我没有事，让我一个人静静！”

徐姑姑呆了一呆，颤巍巍起身，佝偻着身子退开，外面宋怀恩和左右人等全都退得干干净净。

我按住额头，脑中一片纷乱，隐约有极重大的事情突突欲跳将出来，却抓不住端倪。

密折里提到，萧綦知胡氏谋逆，下令拘禁胡光烈，治以贪弊之罪。然而我在密函里，分明告知萧綦，胡氏谋逆一案尚在刑讯中，为免动摇人心，暂且压下，尚未定案。萧綦行事缜密，为免动摇军心，理应不会向军中透露胡氏谋逆之事，否则也不会仅以贪弊之罪拘禁胡光烈。既是如此，那写密折之人，又如何得知胡氏谋逆一事？我的密函，同时也是家书，有涉私情，萧綦绝不会再让第二人看到。除非密函早已落入他人之手，抑或是……萧綦故意如此！

我站起身，扑到案前，那密折仍摊开在灯下，一字字凝神看去，并无丝毫异样，凑近灯下看了又看，仍无发现。

外面隐隐传来宋怀恩和徐姑姑的声音，似乎是宋怀恩欲进来探视我的情形。

惶急之下，我竭力思索往日蛛丝马迹的提示，心中蓦然一动——我曾按九宫洛图自制了猜字游戏，闲来以此为乐，考较萧綦的眼力。不管我怎么改变排布，他每次都能找出，唯有一次挖空心思的布置，终于难住了他。当时他曾笑谑说，你若是做间者，只怕无人能破解你的密信。

我心口剧撞，回想当时的排布序列，以手指按了文字一行行找去。

第一个字是“有”，第二个字……我凝神找去，细汗渗出掌心，越急越没有头绪，蓦地灵光一闪，一个“变”字跃入眼中！

有变！我猛然捂住口，不让自己惊呼出声。

后面又找到了两个字，连起来正好是，“有”“变”“速”“归”。

——是萧綦，果然是他，故意在文字里现出破绽，引起我警觉，再以这样的方式向我示警。

刹那间，仿佛经历了一次生死轮回，从无底深渊重回人间，重又得见光明。劫后余生般的狂喜，压过一切恐惧震惊。不管发生了什么事，只要知道他活着，别的，再也不足为惧。

这般隐秘小心，是为了防范谁？

是谁得知萧綦失去“音讯”，立刻就相信他已经遭遇不测，迫不及待地要确认他的死亡?

外面有脚步声逼近内室，我立刻将密折凑近火烛，火苗蹿起，吞噬了字迹。

“宋大人，不可惊扰王妃！”徐姑姑的声音传来，已经近在门口。

我一挥袖，打翻烛台，引燃桌上书册，连带那密折一起烧了起来。

门开处，宋怀恩与徐姑姑都被火光惊住，身后侍女一片惊呼。

“王妃小心！”宋怀恩一步上前将我拉开，徐姑姑惊叫着唤人扑火，而桌上俱是书册，遇火即着，早已将密折烧成灰烬。

宋怀恩强行将我架开，半拖半抱地带出内室，我跌伏在他臂弯里，终于失声痛哭。

徐姑姑与左右侍女跪了一地，哭作一团，一时哭声不绝。

“王爷为国捐躯，浩烈长存。然而眼下局势危急，王妃务必节哀，以大局为重！”宋怀恩满面沉痛。

我掩面惨笑，“还说什么大局，王爷都不在了，我还争这些做什么？”

徐姑姑膝行上前，泪流满面，“还有小世子，还有郡主，还有这许多人等着你，阿妩……”

“难道王妃就眼睁睁地看着朝廷大乱，看着王爷辛苦半生的基业毁于一旦？”宋怀恩握住我的肩。

我抬眼定定地看着他，看着这张熟悉的面孔，这张眉峰眼角都写满“忠义”的面孔，忽然有刹那的恍惚。

“如今王爷一去，军中朝中群龙无首，诸将相争，随时可能酿生巨变。”他一脸忧切，语含悲慨，“王妃务必早作打算，怀恩愿誓死保护王妃和小世子周全！”

我惨然闭上眼，蓦地长跪在他跟前。

他一惊，忙也跪下，“王妃，你，这是做什么？”

我抬起泪眼，哀哀望着他。

他张了口，一时怔怔不能言语。

“怀恩，如今我能托付的人，只有你了。”我身子颤抖，眼泪滚滚落下。

他目光变幻，直直地看着我，终于长叹一声，重重地叩下头去，“怀恩誓死追随！”

我凄然道：“如今军中，论威望才德，只有你堪服众望。”

他踌躇道："话虽如此，但要号令六军，也非易事，除非有王爷的虎符在手……"

我低头，心中彻底冰凉一片，最后一丝侥幸的希望也灰飞烟灭。

怀恩，真的是你。

我心中惨淡到了极处，反而没有恨意和愤怒。

萧綦手中虎符，一式为二，除了他自己握有其一，另一枚便藏在我手中。

这是萧綦出征之前，留给我最重要的东西。

名义上凭此虎符即可调遣天下兵马，但实际可供我调遣的兵马，也不过是留守京郊的十五万驻军。

当日我还与他笑言，我一介女子，身无军职，拿了虎符也调遣不了天下兵马。

然而，这虎符若是落在宋怀恩手中，其力之巨，自不可同日而语。

他本已官至右相，在军中多年，威望隆厚，如今胡唐二人均已不在，萧綦一死，自然唯他独尊。

只待虎符到手，便可顺理成章接管兵权，更挟天子以令诸侯，取萧綦而代之。

【迷局】

低头，再到抬头，只短短一瞬，我心中却已回转过千百个念头，仿若过了一生那样漫长。

眼下已到了生死存亡之际，再没有退路，我只能将计就计，押上全副身家性命，与宋怀恩赌这一局！

我抬起头，未成语，已泪流满面，“往后，我与这一双孩子，生死祸福都全赖你了。”

“怀恩不敢！”宋怀恩一震，目光灼灼地凝视我，口称不敢，眼底却分明有掩饰不住的亢奋，“怀恩但有一口气在，绝不令王妃受半分委屈！”

我含泪看他，身子一晃，借势就要跌倒。

他抢上前来，猛地将我揽住，当着左右侍女，就这样将我揽在怀中。

从他身上传来的体温，只是令我愈发寒冷，背脊上仿佛贴着一条冰凉的蛇，随时会啮人。

这双手臂，曾经一次次扶助过我，晖州一战的情景恍若就在昨日。这些年一路走来，我怀疑过许多人，猜忌过许多人，唯独没有防范过他。

一夕之间，最可信任的朋友，已成了最危险的敌人。

隔了层层衣衫，我仍觉察到宋怀恩的心跳，如此急促纷乱，他的手臂也有些微颤抖。

“眼下不是伤心的时候，恳求王妃千万振作，趁消息还未走漏，提早部署，以保周全。”他扶住我的双肩，目光殷切，甚至有那么一丝诚恳。

我闭了闭眼，强作镇定，拭去泪痕，“不错，王爷辛苦半生打下的基业，绝不能就此崩毁。”

他满目的心痛怜惜，竟像是真的一样。

我戚然望定他，“宋怀恩，你可愿立誓，无论身在何位，终生庇护世子与郡主周全，庇护豫章王府，永不侵害我的族人？”

他放开手，缓缓退后，脸上因激越而涨红。

我迫视他，“宋怀恩，你可愿向我立誓？”

他望着我，额头青筋凸跳，僵立半晌，断然单膝屈跪，以手指天，“皇天在上，宋怀恩立誓效忠王妃，终生庇护王妃、世子、小郡主周全，永不侵害王妃亲族，如有违誓，天诛地灭！”

话音掷地，四下静穆，月光穿过廊檐照在他的脸上，光影浮动，明暗不定。

我咬唇，对他戚然一笑，“但愿你永远记得今日的誓言。”

他的目光灼人如炙，终于不再有隐忍的沉静，第一次这样肆无忌惮地看我，与往日判若两人，再也不是那个影子一般的存在——终于不必再隐没于萧綦的身后，永远被萧綦的光芒所掩盖。

“我将王爷的虎符交付于你。”我缓缓道，“由你接掌天下兵马，传令北伐诸将班师回京……大军抵京之前，秘不发丧，不得走漏消息，以免朝野动摇。”

宋怀恩俯首，“谨遵王妃令谕！”

我疲惫地合上眼，却听他道：“眼下情势危急，是否立即调遣京畿驻军入城部署，以防万一？”

——好快的心思，我暗暗心惊，脸上却不动声色，“一切由你做主。我这就入宫面见皇上，请皇上颁诏，任你为天下兵马大元帅，方可名正言顺地号令六军。”

他自然明白，一旦群龙无首，唯有挟天子以令诸侯，子澹仍然是一枚重要的棋子。

“你一夜未眠，先歇息半日再入宫不迟。”他忽然柔声道。

顿时心中惊跳，几乎被这句话骇出冷汗，莫非他已觉察我的用心？

抬眸却触上那熟悉的温和眼神，满是忧虑热切，似真正在关切我。

“你的脸色这样差……”他直直地盯着我，上前一步，抬手欲抚上我的面颊。

我立刻退后一步，他的手便那样僵在了半空。

“你且去书房稍候。”我垂眸，疲惫地掩住脸，“我很累，容我稍事梳洗。”

他张口欲说什么，终是沉默地转身离去。

踏入内室，我顿时无力软倒，倚在椅中，再没有半分力气。

“王妃，真的要把虎符给宋大人？”徐姑姑满眼惊疑，不愧是久经历练的人物。

“你看出端倪了吗？”我惨然一笑。

徐姑姑脸色苍白，声音颤抖，“不，老奴不明白。”

我惨笑，“王爷还活着，只是，宋相反了。”

徐姑姑身子一晃，簌簌发抖，再说不出话来。

梆梆梆的敲更声传入耳中，已经五更天了。

我撑了桌沿，咬牙站起来，“现在已来不及细说了，徐姑姑，我要交托你两件事情，务必记好，立即照我的话去做，不管有什么疑问，回头再说。第一，找个稳妥的人，立即带我的印信去见铁衣卫统领魏邯，让他点齐人马，去右相府等候我；第二，你亲自带着小世子和郡主去慈安寺，将我的手书带给广慈师太，余下的事情听从她安排。之后，除非我或王爷亲自前来，断不可让任何人得知你们的藏身之处。”

徐姑姑颤声喜道：“王爷，王爷……果然平安？”

我点头，眼眶酸涩发热，胸口似堵着巨石，泪水几度回转，终究没有落下。方才在宋怀恩面前，刻意示弱以消除他的戒备，当时泪如雨下，说哭便能哭，而此时却再无眼泪。有多久不曾流泪了？萧綦从前总取笑我爱哭，开心也罢，生气也罢，眼睛一眨便能掉下泪来。如今，我眼中却已干涸，连心底都逐渐变得坚硬，眼泪竟成了不可求的奢侈。

“可是你呢，阿妩，难道你不随我们一同离去？”徐姑姑惶然握住我的手。

我一笑摇头，“你不必担心，我自有打算。事不宜迟，趁宋怀恩被拖在书房，你速速从侧门离去，我也只能拖他这一时，一旦虎符到手，他很快会察觉我的打算。”

“那时你怎么办？”徐姑姑惊问，“虎符真的要给他吗，那岂不是京城兵马都落入他手里？”

“虎符是死物，人是活物。只要人在，总会有办法，若不交出虎符，便无法骗得他相信。若是此刻逼他翻脸动手，我们只有死路一条。”我反握住她双手，“你放心，王爷已经带着大军赶回，此刻应当已在途中了。”

匆忙修书交给徐姑姑，送她离开，我又唤来阿越，让她秘密赶往江夏王府，接出哥哥的四个儿女，带他们赶往重华门等候。一切安排妥当，我更衣梳妆，仔细以胭脂染红眼眶，匀上一层细粉，让脸色死白如鬼，看上去果真像一个悲苦欲绝的寡妇。

妆毕，我取了虎符，亲自前往书房。

宋怀恩接过那火漆封印的匣子，迫不及待打开来仔细端详。

他果然未能完全信我，若虎符作了假，只怕立刻便会翻脸。

“王妃以重任相托，怀恩必定誓死相随！”他难掩喜色，向我一拜到底。

“有你在，我一切都不担心。”我勉强笑了笑，身子一晃，就此软软倒下去，佯装昏迷。

宋怀恩慌忙传召太医。他急于控制京畿兵马，踌躇半晌，终是拿了虎符，赶往城东大营。

待他一走，我立即唤来侍女，假扮成我躺在内室，隔了床幔谁也看不清楚。

我悄然从侧门离开，轻衣简车，直奔右相府而去。

以虎符诱他去城东接手京畿驻军，一来一去，足有两个时辰。

趁此调虎离山之际，我已有足够的时间安排一切。

车驾疾驰，我从车帘的缝隙回望，巍峨的敕造豫章王府在晨光里渐渐远去。

我猛地放下帘子，闭上眼，不敢再回头。

这一去，生死成败都是未知。走的时候那样决绝，甚至没有回头多看一眼，连两个孩子被徐姑姑抱走的时候，我也仅隔着襁褓抱了他们一下。

孩子和我，是萧綦最大的软肋。一旦宋怀恩得知萧綦未死，必会挟持我们为质。当务之急，我必须将两个孩子远远送走，确保他们平安，才可放手一搏。广慈师太是母亲多年至交，将两个孩子交到她手中，有她和徐姑姑的照应，无论我是生是死，他们都可以安全避过此劫。

而我，却不能，亦不会一同逃走。

宋怀恩有了虎符，若再挟持子澹，颁下诏令，势必酿成大患。我唯有抢在他的前面，封闭宫城，以号角烽烟向京畿戍卫大营示警，揭穿他谋逆之行，才有希望稳住京畿守军。一旦翻脸动手，也只有宫城才是暂时安全的地方。毕竟是天家禁阙，宋怀恩不敢以武力强攻，否则便当真是谋反了。

即便他横下心来造反，以宫城的坚固及八千禁军的抵挡，也至少能坚守三五日。多坚持一天，胜算生机便多一分。一旦萧綦亲自赶到，京畿守军必然倒戈归附，宋怀恩被夹击在城中，无异于自掘坟墓。

疾驰颠簸的车驾，摇晃得脑中一片混沌。

我紧蹙了眉，竭力理清整件事的来龙去脉，却总有一个关键处想不透——到底，宋怀恩是不是早有预谋？

一切转折的关键，正是那道煞费苦心的密折，若从这里开始回溯，密折确是出自萧綦之手，所述军情乃至他自己的死讯，都是他一手炮制。

他送来这道暗藏玄机的密折，不只要给我看，更是给宋怀恩看——只不过，我看的是真，宋怀恩看的却是假，两者的用意截然相反。

那么在密折之前呢，是萧綦一早落入了宋怀恩的阴谋，还是宋怀恩至此才踏入萧綦布下的局？

前事如电光般掠过眼前，唐竞的突然造反，突厥的长驱直入，胡家的罪案，乃至对小皇子的处置……此时想来，关键处都有宋怀恩的身影。

如果没有人里应外合，唐竞和突厥人能否如此顺利，又如此精准地算到时机，趁当时山道崩毁，北境军情无法传回而大举入侵？

直到此时我才觉出疑窦，那么萧綦呢，他出征之前可曾对宋怀恩有过怀疑？究竟是什么时候，他才发现宋怀恩的阴谋？

宋怀恩，在我们身边最亲近的人，也是距离那无上权位最近的人。

面前一步之遥就是那天下至尊的位置，就有他梦想中的一切，只是面前却横亘着一座无法逾越的山峰。

无望的时候，尚能埋头走好脚下的路，一旦面前那座山峰有了崩塌的可能，还会一如既往地低头吗？

是自己动手推倒山峰，取而代之，还是甘愿一生低头，止步于山峰之前——宋怀恩，他是背叛者，亦是一个被诱惑者。

心念百转，往日种种尽皆浮现眼前。

唐竞死了，宋怀恩反了，然而胡光烈真的反了吗？

在这一场生死博弈中，如果唐竞和宋怀恩是共谋，胡光烈却又扮演了怎样的角色？

当日胡氏案发，牵涉甚广，宋怀恩密报所列，桩桩铁证如山，胡光远确实为谢侯所利用，串谋舞弊属实。我下令缉拿胡光远下狱审讯，却不料，他竟自尽在狱中。当时我即将生产，无法亲自入狱探视，前前后后都是由宋怀恩一手处置。及至产后数日，我也曾接到魏邯的密报，指宋相刑讯严苛，胡光远之死堪疑。

彼时，我深信宋怀恩忠诚可靠，更严令太医遮瞒胡光远之死的真相，以免惊动远在边关的胡光烈，对魏邯的密奏也只当是他不明内情，只按下不发。

从那时起，宋怀恩便将刀锋指向了萧綦——先借舞弊案逼死胡光远与谢侯，诱使子澹与胡瑶写下密诏向胡光烈求援，进而挑动胡光烈与萧綦的不和，甚至逼反胡光烈，再借突厥人之手，内外夹攻，害死萧綦。

眼下看来，宋怀恩不但与唐竞共谋，更与远在突厥的贺兰箴私下串通已久。

最信任的朋友和最危险的敌人一旦携手，那意味着什么？

我周身蹿起阵阵寒栗。

可是，胡光烈真的反了吗？他是被宋怀恩一手利用，还是，根本就是萧綦故意布下的障眼法？

千头万绪之间，似乎有什么东西呼之欲出，真相的轮廓已渐渐凸显，我却找不到奥妙所在，更猜不透其中的关键。

枉自机关算尽，总有人算在你前面，纵然玲珑百变，也抵不过天意弄人。眼前迷雾重重，仿佛走在一条漆黑的羊肠小道，伸手不见五指，脚下却是无底深渊。

唯一亮在前方的一点灯火，就是萧綦。

我与他的命运，已经相融相连，犹如血脉筋骨，到死也不可分拆。

走到这一步，就算他要毁天灭地，我也只能拔剑相随。

我默默握紧袖中短剑，透过剑鞘，似乎仍有彻骨寒意从掌心传来。

这把剑从宁朔一直随我至今，也曾霜刃饮血，救我性命于危难，也能取我性命于顷刻。

我已做好最坏的打算，假如事败宫倾，我宁愿引剑自戕，玉石俱焚。

【诡断】

车驾停在右相府前。

魏邯接到我的密令，已经率五百铁衣卫精骑赶到，将右相府团团围住。

当日以宋怀恩权倾朝野，魏邯犹敢一道密折揭举胡光远之死的疑窦——我从来都看不穿这个银甲覆面、沉默如铁石的魏邯，看不穿他铁面罩下那双阴沉的眼里，到底深藏着多少冷酷，多少忠诚。正如我从不知道，他为何会成为铁衣卫统领，何以成为萧綦最信任而又最神秘的心腹。

能够成为铁衣卫的人，都是从萧綦近身侍卫中挑选的佼佼者，他们追随萧綦不下十年，身经百战，都是誓死效忠的勇士。凝望眼前这一个个黑铁重甲的将士，我第一次觉得“忠诚”这两个字，如此沉重而无奈。

什么是忠诚，世间可有绝对的忠诚?

以宋怀恩和唐竞，与萧綦同生共死十余年，一同出身于寒微草芥，踏着血路相偕走来，一同登上权力的顶层。萧綦待他们，不可谓不厚。重兵相与，高爵相赐，没有半分对不起昔日弟兄。他唯一做错的，就是比他们站得更高。

皇权之前，只有唯我独尊，再没有什么同袍情义。昔日可以同寝同食、同生同死的手足，一旦站在朝堂之上，就划下了森严界限。至高无上的王者，只能有一个。

他们的忠诚，不能说是假，只是放在江山皇权面前，却太过渺小。

我望着眼前这一个个热血的士兵，一张张年轻坚毅的脸，仿佛能感受到他们炽热的血液里，奔涌着的近乎疯狂的忠诚。只要我一声令下，他们将毫不犹豫地拔剑擎弓，为了千里之外的豫章王，为了他们心中的神祇，效死搏杀，在所不惜。

可是谁能知道，十年后，二十年后，他们若身登高位，饱受权势的熏陶，还会不会赤胆忠肝一如今日？

晨光照在他们冰冷的铁甲上，熠熠生寒。

“魏统领，动手吧。”我抬头望向右相府的大门，淡淡开口。

铁衣卫冲入毫无防范的右相府，搜捕阖府上下，凡遇抵抗者一律就地格杀。不到一炷香时辰，即将七十岁的宋老夫人、七岁的长子、五岁的次子，连同两岁多的幼女和宋怀恩的两个侍妾一同锁拿，押到我车驾前。

“宋夫人何在？”我环视这一众惶恐哭叫的老幼妇孺，唯独不见玉岫。

“属下等搜遍府中各房，都不见宋夫人。”一名统领躬身回禀。

玉岫性情敦淑，从来没有彻夜不归的习惯，一大早不应不在府里。

我眉头一蹙，与魏邯对视一眼，魏邯转头对副将冷冷道：“押这两个侍妾去找，若再找不到人，就给我杀了这二人。”

那两名娇滴滴的侍妾顿时尖叫哭喊，那绿衣美姬跌跪在地，指着一名瑟缩跪地的老者哭叫道：“昨晚是邓管事将夫人带走的，我们全不知情，大人饶命啊！”

副将呛啷一声拔刀，抵在那老者颈边，“说，宋夫人现在何处？”

那锦衣老者扑通跪倒，身如筛糠，“夫……夫人，被相爷关在书房密……密室里。”

魏邯立即令人押了那老者在前带路，片刻工夫，铁衣卫果然从门内押着一个鬓发蓬乱的妇人出来。

“玉岫！”我脱口惊呼，定睛看去，这乱发如蓬、华服污损的憔悴妇人，脸颊高高肿起，眼睛红肿，赫然就是敕封一品诰命的右相夫人，萧玉岫！

她身子一软，跪倒在我面前，颤颤抬起头来，“他还是动手了吗？”

我望着她脸颊的红肿瘀清，心如刀割。

玉岫惨笑不语，忽然跪行到我跟前，重重叩下头去，“他是一时糊涂犯了错，不关孩子们的事！王妃，求你放过几个孩子，玉岫愿意以命抵罪，替他受过！只求你饶了他，饶了孩子！”

她额头撞在青石地上砰然作响，左右侍卫一把将她架开，她仍挣扎不休，直叫着：“王妃，求你开恩——”

魏邯箭步上前，翻掌为刃，切在她颈侧。

我心头一紧，来不及开口制止，玉岫已经两眼一翻，无声无息地软倒，就此昏迷在地。

“宋夫人只是暂时昏迷。”魏邯面无表情地转向我，“一干人犯如何处置，请王妃示下。”

我不语，缓缓扫视眼前这一众面孔，宋老夫人曾经被人蹒跚搀扶着，执意要亲眼瞧瞧我的孩子；那两个活泼的男孩子曾经被萧綦抱在马背上，教他们挽缰驰马；小小的女孩子曾经被我抱在怀中，咯咯笑着不肯再让她母亲抱走……这些人，曾经与我如此亲近，亲近得如同家人一般。

我的目光扫过那两名侍妾，令她们陡然瑟缩低头，不敢看我。

绿衣美姬的容貌似乎有些面善，我蹙眉略看了看她，终将目光转回昏迷的玉岫身上。

心底千言万语，无尽苦楚，总算对着这个唯一可以倾吐的人述说，却没有机会开口。

我暗暗捏紧双拳，一狠心转身，“全部带走！”

身后老老小小哭喊成一片，都被合拢的车帘隔挡在外面。

我一动不动地坐在车里，用力握紧袖中短剑，掌心渗出冷黏的汗水。

我与魏邯赶至宫门，三千铁衣卫已经在此候命。

宫中庞癸统率的五千禁军，连同这三千精骑，就是我所能依赖的全部人马了。

一个时辰已经过去，我抬头看了看天色，只怕宋怀恩也已赶到东郊大营了。

“封闭宫门，燃起烽烟，鸣金示警。”魏邯斩钉截铁地传令下去。

沉重的宫门轰然合拢，护城御河上巨大的金桥缓缓升起。

低沉的号角吹响，各处宫门落下重锁，甲胄鲜明的禁军戍卫刀剑出鞘，明黄旌旗高高飘扬在皇城之上。

一股青色烟柱从宫中最高的凤栖台上腾空而起，直冲天际。

这是宫中示警的烟讯，京畿四周驻军，一旦望见烽烟，便是接到入京勤王的诏令。

我命人检查宫中水粮兵器，除禁军箭矢有限外，一应水粮充足，坚守半月都不在话下。

各宫室殿阁都被封禁，宫人侍从未得传召一律不得擅自出入，以防起乱。

一应部署周全，我登上城楼，眺望东郊方向，良久仍未见有烟尘自东面升起。

魏邯在我身后冷冷一笑，“看起来，宋怀恩没这么容易得手。”

我颔首微笑，不错，如若他顺利接手了东郊驻军，带领军队赶回城中，此刻东边天际理应看到万骑扬尘的沙雾。眼下已过了一个多时辰，不见驻军开拔的迹象，想来是驻军统

领已经看到了我的烟讯，知虎符有疑，不肯听命。

“魏统领，今日有你及诸位将士舍命相随，王儇感激之至。”我侧首，平静地笑看魏邯。

面罩下的魏邯不辨喜忧，一双眼里仍是冷冰冰没有表情。

我转身，以为他不会回答的时候，却听他低低开口，“王妃的勇气一如当年。”

我一震，直直地看向他的眼，这双眼，这个人，莫非……

他的眼睛终于有了一丝笑意，“不错，正是属下。”

隔了这么多年，我几乎已经忘记，当年被贺兰箴挟持，从晖州至宁朔的一路上，那个奉了萧綦密令，乔装随行，暗中保护我的粗豪大汉。我不可思议地瞪着魏邯，竭力想从他身形相貌上，寻找当年的痕迹。

“临梁关一战，属下大意中伏，身受重伤，本该按军法处死，王爷却留了我一条性命。”他缓缓伸手摘去了脸上的白铁面罩，依稀熟悉的脸上赫然有一道狰狞可怖的疤痕横贯至颈，两鬓更已有了点点斑白。

“自那之后，属下更名魏邯，再未以真面目示人。”他淡然一笑，重又将面罩戴回脸上。

望着眼前这神秘的铁面将军，我竟心潮翻涌，一时不能言语。

危难之际，重逢故人，往日种种似又回到眼前，陡然生出的狂喜和欣慰实在无法诉诸言辞。

“王爷待属下有再生之德，重塑之恩，纵是粉身碎骨也不足报效万一。”他说完这句，一双冷眸重又回复冰冷神情，“属下但有一息尚存，断不容叛贼踏入宫城一步。”

我望着他，眼中渐渐发热，向他深深俯身。

“王妃！”他慌忙阻拦。

我依然坚持向他行了大礼，抬头望向这张铁面覆盖下的脸，“魏统领，多谢！”

这样一份忠肝义胆，这样一个铁铮铮的汉子，顿时令我勇气倍增。

至少，我知道，还有一个人，经历这许多动荡起伏，仍然守护在我们身边，仍然没有改变。

仅此一点，已经何其珍贵。

玉岫，是否也一样未变，我却不知道。

她是伴随我一路走来的人，我亦眼看着她从懵懂少女，而至一品诰命夫人。

凤池宫里，她已经醒来，被带到我面前。宫人已经侍候她梳洗整齐，宝蓝宫装，丰髻低绾，形容却是越发憔悴，平日满月似的莹润脸庞蜡黄无光，左颊红肿未褪，瘀清犹在。她神情恍惚地走到我面前，屈膝便跪，未开口，眼眶先已红了。

我挥手让左右都退出去，只留我与她二人单独相对。

“你起来，不必跪我。”我端坐在椅上，抿紧了唇，隐忍心中凄楚，腰间阵阵酸麻，几乎让我动弹不得。

玉岫恍若未闻，仍是低头跪着。

“也罢，既然要跪，也该是我跪你。”我点头，咬牙撑了扶手，膝盖一屈，重重地跌跪在地。

“王妃！”玉岫惊呆，扑上来搀扶我，我却已疼得冷汗涔涔，说不出话来，膝盖的疼尚不足道，腰间却似要断裂了一般，双腿酸麻得几乎失去知觉。自从生产之后，一直未能静养复原，腰间时常酸麻，每遇阴雨则疼痛难耐，仿佛失去知觉一般。太医一再叮嘱我静养，今日却车驾颠簸，引得旧疾发作。

“玉岫，我对不起你。”我咬唇，望着她关切的面容，刹那间眼眶发热，模糊一片。

“没有，没有，王妃你莫要这样说，玉岫当不起……”她更慌乱，好像又变回昔日那个怯怯的小姑娘，久已历练得干脆利落的口齿，浑然没了作用。她明明知道，此刻儿女的性命被我捏在手中，丈夫也成了我的敌人，却一如既往地关切我，回护我，十年都不曾改变。

然而，我又为她做过些什么——许婚、诰封，还是那个豫章王义妹的名分？这些又有多少是真心为她打算的，多少是出于利益笼络的需要？仅仅如此，便令她感恩戴德一生。扪心自问，我如何当得起她这份感恩。

她又扶又挽想让我站起来，我却半分力气也没有，索性握了她的手，笑道：“别费劲了，陪我坐会儿，我们已经很久没有这样聊天了。”

她呆了呆，不再坚持，依言坐到我身边，仍不忘将椅上锦垫放在我腰后。

玉岫比我年少三岁，如今看起来却似比我年长许多，俨然三旬妇人。

“你胖了不少。”我蜷起膝盖，将头枕在膝上，侧首笑看她，记起她从前瘦弱的样子。

玉岫低头笑，“奴婢都养过两个孩子了，哪里还窈窕得起来。”

这么多年她总是不改口，在我面前依旧一口一个“奴婢”。她生养了一男一女，次子却是侍妾所生。当日宋怀恩纳妾，我很是恼怒，却因玉岫的沉默而无可奈何。饶是如此，我也不许萧綦送去贺仪，很久一阵子不给宋怀恩好脸色看。萧綦笑骂我偏袒护短，对王夙的姬妾不闻不问，却对别人纳妾深恶痛绝。

记得当时，我回敬萧綦，“别人是别人，哥哥是哥哥，玉岫却不是旁人。这件事上，我就偏不讲理，偏不公道，对王爷你更是没公道可讲。”

这句话事后却被阿越当作笑谈传给了玉岫，令玉岫又哭又笑。

这样的时候，我竟记起这件事来，不觉唏嘘。

“他这些年待你如何？”我终究忍不住问了，这一句话压在心里许多年，从未当面问过她。

玉岫怔怔半晌，眼眶一红，轻轻点头，泪水却溅落玉砖。

我叹息，伸手抚了抚她面颊的红肿，“到此时，你还是不肯说他的不是？”

玉岫转过头，颤声道：“他，他只是一时糊涂……”

“你是何时知悉了他的密谋？何时被他囚禁？”我直视她，冷冷地问。

玉岫泪流满面，“我劝不了他，他说王爷总算走了，到底该轮到他了……”

我反手抓住玉岫的手腕，紧紧迫视她，“我问你，接到折子之前，他可有异常？”

她低下头，只是哭，却不说话。

“你究竟是在什么时候察觉他有异动的？”我猛地直起身，惊得她直往后面缩，仍是哭着摇头。

我攥紧她的手腕，“胡光远一案，你可知道些什么？”

玉岫顿时脸色煞白，颓然跪坐在地。

无论我再怎样追问，她咬紧了牙，再不开口。

我已然明白，她是不愿骗我，亦不愿说出宋怀恩的秘密。

【猜忍】

号角呜咽，鸣金示警之声从殿外传来，响彻宫城。

玉岫与我俱是一惊，未及开口，门外传来侍卫通禀，“魏大人求见。”

“看起来，宋怀恩的动作也很快。”我望向玉岫一笑，她本已煞白的脸色却越发惨青。

我扶了靠椅勉强站起，玉岫伸手来搀扶，被我拂袖挡开，两人之间顿时隔开一步之距。

她呆了呆，伸着手，僵立在那里。

“站在哪一边，由你自己选择。”我坐定，敛去温软神色，冷冷逼视她，“若是决定与我为敌，就拿出宋夫人的样子来！”

玉岫咬唇不语，眼泪分明已在眼底打转，终是倔强地昂起了头。

我不再看她，扬声命魏邯入内。

殿门开处，魏邯按剑直入，白铁面具闪动着森冷光泽，“禀王妃，宋怀恩执虎符接掌东郊大营约五万兵马，下令封闭京畿十二门，全城戒严，不得出入。”

“只五万吗？”我略略牵动唇角，问魏邯道：“其余九万如何？”

“皆按兵不动，作壁上观。”魏邯声如金铁，“据报行辕大营略有骚乱，振武将军徐义康严令各营坚守，不得擅离职守，渐已平定营中大局。”

好个徐义康，我暗自记下了这个名字，今日之乱若能平息，他当居功第一。

我略一沉吟，问道：“宋怀恩的兵马，现在到了何处？”

魏邯道：“已入内城，正分兵两路，一路直扑宫门，一路屯守城外。”

“往宫城来的一路，可知有多少人马？”我垂眸沉吟。

“暂且不详。”魏邯低头。

我点头道：“再探！告诉庞统领严守宫门，时刻备战！”

魏邯领命而去。

玉岫微微发抖，强自镇定，下唇却已咬出血痕。

我抽出袖中丝帕递过去，并不看她，“你猜，他的胜算有几成？”

玉岫接过丝帕，捂住了唇，似乎下定决心以沉默与我对抗到底。

“如果王爷还活着，他的胜算，你猜又有几成？”我转眸，看着她，淡淡开口。

玉岫身子一晃，瞳孔骤然因震惊而放大。

我静静地看着她，一言不发。

她突然说不出话来，骇然盯着我，“怎会这样？折子上明明写了，王爷已经，已经……”

“所以才能骗过宋怀恩，令他放松戒备，我才得以先发制人。”我微笑，凝视她双眼，“此所谓将计就计，宋夫人以为如何？”

我要她明白，她的丈夫一早便踏入这个局，从一开始就没有了胜算。即便他能攻破皇城杀了我，夺下京城，也一样逃不出萧綦的手心，等待他的将是豫章王兵临城下，大开杀戒，血洗叛军。

玉岫跌坐在地，脸色惨白，几近崩溃。

殿门外靴声橐橐，魏邯刚退出不到片刻又急促而回，“禀报王妃，密探来报，宋怀恩令人包围豫章王府、江夏王府，未有所获，下令搜捕全城，凡周岁以下婴儿皆被带走。”我咬牙未语，身侧却传来一声低呼，玉岫紧紧地捂住口，双眼含泪，肩头剧烈颤抖。

魏邯扫她一眼，继续道：“宋怀恩现正亲率两万兵马赶来，届时重兵围困宫门，恐怕宫外消息再难传递入内。”

“无妨，该来的总归要来。”我扬眉一笑，“魏统领，你可准备好了？”

“属下与麾下弟兄，誓与皇城共存亡。”魏邯昂然直视我，那铁面罩下的眼睛灼灼发亮，恍惚回到昔年宁朔城外那个寒冷的夜晚，也是这样一双发亮的眼睛，在黑暗中出现，带着坚定与勇毅，对我说，“属下奉豫章王之命前来接应，务必保护王妃周全。”

在宁朔，在晖州，在今日，众多大好男儿，进可开疆拓土，退可尽忠护主，视生死如等闲，这便是追随萧綦麾下的铁血军人。

宫门方向再次传来低沉的号角呜咽，魏邯匆匆离去。

玉岫痴痴地望着宫门的方向，脸色青白得可怕，却不再颤抖流泪。

死寂的殿内，她低垂了头，不辨神色，开口却是低涩沙哑，“胡光远是他杀的。”

我不意外，亦不恼怒，只觉得深深悲凉。那鲁莽憨直的年轻人不过是一颗棋子，宋怀恩杀他以逼反胡光烈，令他做了第一个祭刀的亡魂。

玉岫抬起头来，直直地看着我，那眼光竟看得我有些忐忑。

她凄然一笑，“为了盈娘，怀恩早想杀他。”

我一怔，“谁是盈娘？”

她恍若未曾听见我的问话，自顾说下去，“怀恩带盈娘回府之日，胡光远就闹上门来，说是道贺，却差点动了手……这么多年，我还未见他那般暴怒失常。”

我听得迷惑，似乎是为了一个女子，令胡光远与宋怀恩一早结下怨隙？

玉岫望着我，神色古怪，似笑似哀，“盈娘不过是个歌姬，怀恩迷恋她已久，只因从前纳妾被你斥责，才不敢带回府来。那日在绮香楼，胡光远醉酒与他争夺盈娘，怀恩一怒之下便将盈娘带走。当晚胡光远便上门生事，名为道贺，实则讥诮。”

我不耐听这争风吃醋的过节，正欲打断，却听玉岫缓缓说道：“若不是胡光远说出那句不知死活的话，怀恩也不会突然向他动手。”

“什么话？”我惊疑道。

玉岫幽幽望着我，“他讥讽怀恩说，此女越看越觉肖似某人，右相痴心妄想的该不会是那人吧。”

她的声音轻忽，入耳却似雷霆一般。

我眼前惊电般闪过一张似曾相识的面孔，那个绿衣美姬……难怪觉得面善，那眉目分明与我的容貌有着几分相似。

宋怀恩以妹婿的身份，与我素来亲厚，京中皆知他与豫章王是亦臣亦友，与王妃亦忠亦亲。

当年暗藏的情意，应当已随流年淡去，然而胡光远不知是有心还是无意的一句，竟道破这桩隐秘……

我心中突突乱跳，分明颈颊火烫，后背却又冰凉。

玉岫的目光让我有如芒刺在背，不敢与她对视——她分明也已知情，她是什么时候开

始知道，又隐忍了多久？

我猝然以手掩住了脸，缓缓坐倒椅中，只觉铺天盖地的巨浪从四面涌来。

一浪接一浪的意外，接下来还有多少“意外”等待我去揭开，我一介凡人之躯还能承受多少的“意外”。

玉岫戚然道出了盈娘一事的始末——那日胡宋两人当场动手，却不知是谁密报了萧綦。正当僵持之际，萧綦盛怒而来，迎面一掌掴得胡光远口鼻流血，宋怀恩上前领罪，萧綦却只看了一眼瑟缩堂下的盈娘，随即令侍卫将她绞杀。

人死了，谁也不必再争，谣言之源也随之抹去。

然而，宋怀恩出乎所有人意料，借着七分酒力，挺身维护盈娘，竟当面忤逆萧綦。

僵持之后，萧綦终于放过盈娘，却罚怀恩在庭中整整跪了一夜，并立下禁令，谁若将当晚之事泄露出去，死罪不赦。

细想起来，隐约记得有一晚，萧綦至夜深才归，隐有怒容未去，问他却只道是军务烦心，当时我亦不曾深想。

萧綦明知宋怀恩心气奇高，为人自傲，偏偏当众挫他锐气，也是暗中给他的警醒。

普天之下，没有人能够与萧綦一争长短，无论是他手中江山，还是身边的女人，都不容旁人觊觎。

萧綦有心削夺权臣兵权，已非朝夕之事。彼时正值胡宋党争最剧之时，宋怀恩野心勃勃，处处排斥胡党，极力想将军中大权一手揽过，已经引得萧綦不悦。

而那一次的意气之争，无疑打破了萧綦与他之间本已脆弱的信任，也将他自己逼上了歧路。

之后萧綦亲征，将胡宋二人分别委以重任，胡光烈领前锋大军开赴北疆，宋怀恩手握大权留守京中。

表面看来，萧綦对左右股肱大将的信任，丝毫未因唐竞之叛而动摇，反而加倍倚重。对于宋怀恩，前有当众严责，施以惩戒；后又委以重任，给他无上信任，可谓是恩威并济。彼时，萧綦仍然给了宋怀恩最后一次机会。

可惜宋怀恩终究被野心私欲所诱，铸下大错。

玉岫望着我戚然而笑，眼角泪水滑落。

我默然半晌，方艰难开口，“玉岫，今日一战，无论谁生谁死，我对你并无愧疚……唯独当年，明知一切还将你嫁与他，令我愧疚至今。”

玉岫转过头，泪水簌簌落下，“你无须愧疚，当年是我自己甘愿。”

我隐忍目中酸涩，缓缓开口，“如果时光逆转，倒回当日，明知是这结果，你还愿不愿接受指婚？”

“是，我仍愿意嫁他。”玉岫笑语含悲，却坚定无比。

我笑了笑，从心头到喉间都是浓涩的苦。

同样再给我们一次选择的机会，玉岫仍愿意站在他的身边，做他的妻。而我，也会毫不犹豫地接受赐婚，成为豫章王妃。

幽寂的内殿，两个女子静静相对，彼此间横亘着跨不过的恩怨，也牵绊着斩不断的情谊。

这些年，一次次风浪我们都相伴着过来了，终于走到今日，却是这样的境地。

【深谋】

还只是黄昏时分，天色却已沉沉暗黑。

窗外不知何时已飘起霏霏雨丝。晚风捎来微雨潮意，夹杂着松油燃烧的辛呛气味，从宫门方向传来，隐约可见火光明灭，缭绕浓烟笼罩在九重宫阙上空。

我侧首，对跪在身后的玉岫淡淡道："你留在这里，孩子们有嬷嬷照看，我不会为难你一家老幼。"

言罢，我转身走向门口。

"我想再看一看他！"玉岫忽然跪下，"王妃，求你让我去宫门，远远地看他一眼！"

我驻足，不忍回头，她已知生离死别就在眼前了。

"好好活着，你还有儿女，还有余生。"我暗一咬牙，狠下心道，"他从未爱过你，又纳妾不专，将你刑囚，这样的男人不值得你为他伤痛！"

身后沉寂半晌，玉岫忽然大笑，"值得，王妃，你告诉我什么是值得？"

我蹙眉，不想再听，抬足迈向门口。

"王爷难道就不狠心？一个不顾你安危，将你抛下不顾的男人，为他鞠躬尽瘁可又值得？"

这一句凄厉质问，如箭一般洞穿了我心胸。

她跪在地上，却昂起头，目光幽幽，毫不示弱地看着我。

到底是跟在身边将近十年的人，懂得如何找到我的破绽，也知道什么话伤我至深。

我看着她，胸口一寸寸冷下去。

若是从前听到这句话，或许我真的会被击倒，可惜，我已经不是昔日易碎的阿妩。

“正因为他是萧綦，才会大胆冒险，将我置于这风口浪尖。”我仰面微笑，“也正因我是王儇，他才敢放手将这一局交到我手里。”

“论情分恩义，我们是夫妻，是爱侣。”我一字一句道，“而在这皇图霸业的路上，我们则是并肩作战的知己。太平时，我会在深闺中为他研墨添香；变乱时，我可以站出来为他披荆斩棘。他若只将我当作金屋娇娥，反倒不是识我、知我、信我的那个萧綦，我亦不屑与那样一个凡夫俗子并肩而立！”

话音落地，玉岫呆住，我亦被自己的话惊得怔在当地。

如果不是心中根植已久的念头，又怎会因一时激怒脱口而出。

帝王霸业，帝王霸业……一直以来想要成就帝王霸业的人并不仅仅是萧綦。

不错，我要的夫婿，本就应是天下至强至尊之人。

他将征服天下，征服我，亦被我所征服。

这便是一直深埋在我骨髓血脉中的，难以言表的宏愿。

这一句话，深藏心底，今日终于可以正大光明地说出来，再不必回避，再不必自欺欺人。

这一局走得再惊再险，我都不曾怀疑过萧綦的用心，甚至连想也不曾想过。

我与萧綦曾因各自的机心而有过许多误会猜疑，这些年来，历经一次次风波，终于可以放下心结，彼此全心信任。

走到今日，万仞险峰都过来了，若放不下心中负累，又岂能迈得过最后的险关。

所谓棋子，所谓利用，不过是旁人以狭隘之心相猜度。

历经风刀霜剑，沉浮乱世，我们一路踏着血泪枯骨走来，早已是不可拆分的一体。

是心心相印也罢，惺惺相惜也好——他有我，我有他，如此足矣。

他所背负的，是天下，是家国，注定做不成窗下为伊画眉的世俗男子，我亦做不成深闺圈养不问世事的平淡妇人。既然一早选中了彼此，唯有并肩前行，共御风霜。

我转身而去，殿门在身后訇然关闭，将玉岫惊怔含悲的目光一并隔绝在门后。

夜色已沉，雨丝骤急，我拉紧风氅，顾不得让侍卫撑起伞盖，匆匆登上宫墙。

城下的叛军已经团团围困了宫城，四面宫门外都是阵列森严的兵马，箭在弦，刀出鞘，矛戟林立，大片松油火把将宫门照得火光通明。

魏邯和庞癸都已闻讯赶了过来，我迎上前去，敛身一笑，“二位辛苦了。”

他两人都镇定如常，城下剑拔弩张，敌众我寡，愈是如此情形之下，愈要以从容安抚人心。

我走到墙边，俯身眺望，身侧一名兵士忙挺身阻拦，“王妃小心！”

这年轻人不过十八九岁，我侧眸对他一笑，“没事，不要怕。”

这浓眉大眼的士兵陡然涨红了脸庞，张了口说不出话来，只重重地点头。

魏邯哈哈大笑，上前在他肩上重重一拍，“小子，没真打过仗吧，这阵势算什么？一个女人家都不怕，咱铁骨铮铮的汉子难道还怕了不成！”

四下里肃然而立的兵士们顿时哄笑起来，紧绷了半日的险氛，因这一笑而舒展，那一张张年轻坚毅的脸上，浮起振奋激昂，更有了些许暖意。

我朝魏邯赞许地一笑，点头示意，朝人静处走去。

他二人跟上来，魏邯笑意敛去，庞癸一如既往的沉默，只是唇角抿出一丝刀刻般纹路。

我侧首望向不远处火光明灭的叛军阵列，低声问道：“宋怀恩只是围了宫城，毫无异动吗？”

“不错，眼下他按兵不动，我倒是喜忧参半。”魏邯负手冷冷道，“喜的是，他恐怕受制于外力，不敢轻举妄动；忧的是，夜色将深，只怕他将趁夜暗袭。”

我点头，“今夜确是凶险难料，务必小心应对。”

庞癸突然开口，“王妃，不如将宋家老小绑上城头，给他个震慑，也好叫他投鼠忌器。”

我蹙眉侧身不语。

“庞统领言之有理，大敌当前，切莫妇人之仁！”魏邯声若铁石。

绑了宋怀恩年迈老母与三名儿女在城头，确实毒辣，也确有威慑之效。

“真有这必要吗？”我并不转头，淡淡笑了笑，“如你方才所言，外力的牵制，只怕比这法子更有用。”

魏邯一怔，“东郊驻军按兵不动，虽可牵制一时，未必能制得了他多久。”

我转过头，似笑非笑，“你说的外力，仅仅是东郊驻军吗？”

“属下愚钝，不知王妃所指何意。”他目中精光闪动，掠过一丝不易觉察的惊异。

我直视他双眼，“难怪王爷如此信重你，口风之紧，城府之深，忠心耿耿，令王儇佩

服之至。”

魏邯沉默低头。

“你有不便说的苦衷，我亦不再追问。”我转身吩咐庞癸，“庞统领，你带人巡视宫中四处，万勿疏漏一丝一毫。”

“属下遵命。”庞癸从无一句赘言，立刻转身而去。

待庞癸走远，魏邯才微微叹了口气，铁面下的一双深目，锋芒闪动，“王妃恕罪，属下并非疑忌庞统领，只是事关机密，属下奉命只能对王爷一人……”

“我明白，你无须解释。”我微微一笑。

他凝视我，“除了王爷，魏某生平未曾服人，如今不得不承认，王妃令魏某心悦诚服！”

我含笑不语，静静地看着他。

魏邯终于开口承认，“属下受王爷密令，暗中监控京畿，胡氏一案早已密报王爷知晓。”

我心中一块大石落地，叹道：“不错，你当日能向我密报胡光远之死的疑窦，必然也会向王爷密报。如果我没有猜错，胡光远一早落入宋怀恩设下的圈套，犯下贪弊之罪。宋怀恩借机将他除去，再让皇后知悉此事，借皇上对我的误会，施以离间，才有了后来的血衣密诏？”

魏邯默然颔首。

我叹道：“当日昭阳殿宫女能顺利逃出宫禁，也是他暗中相助。你带铁衣卫追至临梁关外，截杀了皇后的人，夺回密诏，却不知宋怀恩暗度陈仓，早已派出亲信，潜入北疆向胡光烈告密。”

魏邯隐有愧色，“当日我只道宋怀恩暗害胡光远，是为报私仇，打击胡党，未曾想到他如此大胆，敢利用皇后，算计胡帅，竟至危害到王爷的安危！”

我长长叹息，一时无言相对。

无论为权，为名，还是为情，彼时在宋怀恩心中，早已种下了取萧綦而代之的念头，铲除胡光烈只是他扫清障碍的第一步罢了。

我遥望北方天际，淡淡道：“相信此时王爷已经在回京的路上了……也许杀回京畿勤王的前锋，正是胡光烈。”

魏邯重重点头，“但愿如此！”

我抚胸长叹，心头悬念许久的最大一块石头终于落地。千幸万幸，总算没有错害了忠良，更痛悔当初一味抱持偏见，以致错怪了胡光烈。

偏见，终究是偏见误人，也险些自误。

父亲从前常说我爱憎过于分明，总按自己的喜恶去看人，难免流于武断。当年不以为然，如今回头看来，恍然有汗流浃背之感。

若不是我一向对胡光烈抱有成见，厌恶他暴躁无礼，贪功好利，又怎会如此轻率地做出判断，仅仅因胡光远之死，因胡瑶一纸密诏就认定了胡光烈会反。

遮蔽了眼睛的，往往不是外人布置的假象，而是自己先入为主的偏见。

当日守军相继战败，萧綦追究防务松弛之责，严斥胡光烈，罚去他半年俸禄，令他闭门思过。

眼见纷乱已起，我担心胡光烈受罚不甘，多生是非，便温言劝萧綦道："总要给人留三分颜面，你这样罚他，未免过厉了。"

萧綦淡然道："你也觉得过厉吗？那我再变本加厉一些，如何？"

果然他次日便令宋怀恩接掌京中政务，准备北伐，朝野震动。

却听闻胡光烈被禁足府中，日日纵酒，大吵大闹。

胡党眼见失势，纷纷倒向右相，争相献媚于宋怀恩，宋党风头一时无两。

胡宋二人多年纷争不断，固然有旧怨之隙，名位之争，亦有萧綦的微妙安排，令他二人相互牵制，互为掣肘，以此平衡全局。我深知萧綦不会一味偏袒，或抑或扬，总有他的道理。果然，十日之后，萧綦颁布亲征诏令，命胡光烈为前锋，统领十万精锐。

我问他，"之前一力打压胡党，可是有意挫他戾气？"

萧綦却道："我不过试他一试。"

"试他？"我诧异万分，转念一想，隐有忐忑之感，"你疑他有异？"

萧綦的目光莫测深浅，"有些事，用眼睛看和用心看，全然不同，明面上的东西未必是真。"

"王妃？"

魏邯这一声将我蓦然唤醒，回过神来，夜风凉透，火光烈烈，哪有萧綦的身影。

霜冷铁甲夜，征人犹未还……一念至此，心中酸楚莫名，我侧过脸，任夜风吹干眼底潮意。

昔日同袍手足，萧綦也并未全心信赖过他们。

唐竞一早已经引起他的戒备，而胡光烈是最早令他消除疑虑的人。他以一再打压相试探，若非相信了胡光烈的忠心，也不会将十万大军相托。

真正让他拿捏不定的人，却是宋怀恩。此人心思细密，藏而不露，人前人后全无破绽。萧綦不是神人，做不到无所不知，只怕他最初也曾举棋不定，是以不敢将他派上阵前。两军交战之际，稍有不慎，便是祸及家国。那时一切未明，而我生产在即，本已面临极大的艰难……他不愿让我再承担更多焦虑，终究没有将自己的疑虑告诉我。或许那时，他也存了侥幸之心，希望一切太平。

想起他出征之前一再问我会不会怨他，此时我恍然明白，他的歉疚不仅仅是因为抛下我独自承受生育之险。那时他已经权衡过轻重，明知京中可能危机四伏，也只能选择先抗击外寇，而将内乱暂且压下。他留下宋怀恩在京中，也留下魏邯暗中监视他的动静。他北上亲征，与突厥交战在前；而我留守京中，独自面对一切风浪……他相信我，如同我相信他，此时此际，我们才是真正的并肩而战了。

想起种种前情，我与魏邯都沉默了下去。

魏邯叹了口气，“胡光远一念之差，虽是罪有应得，却也可惜了好好一个年轻人。”

我苦笑道：“人非圣贤，胡光烈又何尝没有贪弊之举，王爷也知道他在军中素有敛财的毛病……只是他懂得轻重，不至于犯下大错，王爷也装作不知而已。”

魏邯摇头道：“老胡最大的毛病就是贪财，当年讨伐南疆七十二部，他第一个冲进南蛮王宫，竟偷偷藏起了王杖，被宋怀恩告到王爷那里，说他私藏王杖，有窥上不臣之心。王爷一问之下，才知他是贪图那王杖上镶的硕大一块祖母绿，早将宝石撬下，王杖却作废物丢了。”

我沉默片刻，终于忍俊不禁。

胡光烈虽然贪财，也不过是贪图小利，比起昔日朝中豪族权贵的胃口，只是小巫罢了。我早已见惯宗亲们的饕餮之相，动辄侵吞数万两之巨，少于千两根本不屑受之。萧綦主政之后，狠挫朝中贪弊之风，昔日巨贪或贬谪，或徙放，或赐死。然而萧綦并未彻底追查，也未赶尽杀绝，给一些为恶不深的官吏留了条生路。

这正是所谓“水至清则无鱼”，把人逼到绝处，也就无人替你效命了。

胡光烈的小贪也在他纵容之中，他曾说：“贪财之人，往往惜命惜福，反倒少了

野心。”

比之胡光烈，宋怀恩操行廉肃，自有高洁之相，在世人眼里高下立分。

如今看来，贪财好利的俗人却比野心勃勃的君子可信得多。

【争锋】

夜风凉彻，已经是下半夜光景了。

魏邯笑道：“王爷应该会在发出密诏前赶回，杀宋怀恩个措手不及！照路程算来，不出三日应该就能到了。”

我恍惚一笑，“你忘了前几日的暴雨……势必会阻碍行军，三日后未必能到。”

魏邯默然，旋即点头道：“即便三日不到，我们再坚守个几日也应无碍。”

我点头，侧首凝望远处叛军营地，不知道宋怀恩正藏身何处，是否也在凝望宫门。

心里有一丝凉意，夹杂着隐隐的痛。

这样的一个人，永远不苟言笑，只在对我笑的时候，会露出孩子般明朗眼神。

我闭上眼，竭力驱散心底绰绰阴影。

“看起来，今夜叛军不会再有动静了，王妃不必挂虑，先回后殿歇息吧。”

魏邯垂眼，神色淡淡，却仍被我瞧见了眼底一掠而过的不忍。

“也好。”我点头笑了笑，转身而去。

一路走过，执戟守卫的将士纷纷低头，恭谨肃然——在他们的眼里，我大概是个可怕的女人，或许又暗暗将我当作一个可怜的女人。

昔日右相温宗慎弹劾萧綦，洋洋洒洒千余言，历数萧綦罪状，被姑姑嗤为荒唐。其中却有一句，令我过目难忘——“其人善诡断，性猜忍，厉行酷严，豺枭之心，昭昭若揭”。

在世人眼里，我嫁了一个这样可怕的男人。可也正是这个男人，一直庇护着我，和我并肩而战，打下如此江山。

我深信我的澈儿绝不会成为第二个子澹，我的潇潇也不必再承担我所承担过的艰辛——因为，他们的父亲是萧綦。普天之下，只有他才能为我们撑起一方没有风雨的天地。

回到后殿，我合眼小睡了片刻，帘外夜色深浓，已近四更。

快要天亮之前，是夜里最冷，也最暗的时刻。裹着锦被，仍觉得丝丝凉意逼人，熬了这大半夜，倦意终于袭来。

梦中轰然一声巨响，仿佛震得地动屋摇。

我惊醒过来，猛地翻身坐起，帘外已是火光冲天，喊杀声震天。

叛军攻城了！

我披上外袍，立即奔出门外，火光已映红了半边天。

“王妃小心！”随身侍卫赶上来。

“何时开始攻城的？”我的话音刚落，又一声惊天动地的巨响，脚下地面随之震颤。

我驻足，按住急跳的胸口，火光映红的夜空仿佛即将燃烧，沉沉向我压来。

“就在片刻前，叛军开始强攻宫门。”那侍卫站在我身后，声音坚定镇静。

城头火光烈烈，杀声震天，箭石破空之间急如骤雨。

我一路急奔，登上闸楼已汗透重衣，一眼望去，悬紧的心头为之一定。

叛军趁禁军换防之际，闪电般掩杀至防御最弱的承恩门，以四人围抱的巨木撞击宫门。

承恩门多年前元宵遇火，钦天监认为此门方位与离位相冲，故而拆除重建。

重建后的承恩门雕琢精巧，金碧辉煌，却忽略了防御之需，竟未设瓮道，闸楼也形同虚设。

宋怀恩曾主持宫中修缮，对这一薄弱之处了若指掌。没有了瓮道阻隔，闸楼又难以屯守，一旦撞开了宫门，便可直杀入宫禁西侧。

所幸庞癸已事先将最精锐的铁弩营八百余人尽数部署在此门。劲弩齐发，疾矢如雨，倾泻而下，将宫门罩在密不透风的箭雨中。叛军虽勇悍，也挡不住这密集的劲弩，仓皇退出百步之外。然而箭雨稍缓，叛军即又抢攻，以巨盾开道，源源不断涌上。

攻城巨木在厚盾掩护下，一次次蓄足攻势，猛烈撞击宫门。

庞癸与魏邯身先士卒，挺立城头，指挥铁弩营反击。

强攻之下，铁弩营五列纵队轮番射击撤换，完全没有喘息之机。叛军弓弩手也向城头

仰射，不时有士兵被箭矢射中倒下，后面随即有人顶上。

激烈的交战一直持续到拂晓时分。

铁弩营居高临下渐渐占据了优势，以巨木强攻的叛军士兵纷纷中箭，后继乏力，多数未至城门就已被射杀，叛军强攻势头随之缓竭。

最后一轮疯狂的强攻终于在拂晓时停歇。

叛军第一轮夜袭强攻暂告失败。

“还有两天！”魏邯红着眼睛，剑不还鞘，大步走来，对兵士们大声喝道，“叛军士气已挫，再坚持两天，豫章王的大军就要到了！”

换防之后，庞癸与我一起检点士兵，所幸死伤甚少。

死者与重伤者被抬下，轻伤者就地包扎，换岗休息的士兵就地卧倒，困极而眠。

一旦迎战的号角吹响，他们又将勇敢地站起来，拼死抵御叛军的进攻！

看着他们染血的战甲，酣睡中倦极的脸庞，我只能暗暗握紧双拳。

这些年轻的士兵，甚至宫门外被射杀的叛军将士，本当是保家卫国的英雄，他们的热血应当洒在边塞黄沙，而不是白白葬送在天子脚下。

我从一队队休整的士兵面前走过，时时停下脚步，俯身察看他们的伤势。

那翻卷的伤口，猩红的血污，真正的死亡与伤痛就在眼前。

这样的杀伐，还要持续多久？

要到什么时候才是尽头！

这一刻，我强烈地思念萧綦，渴盼他立即出现在我眼前，终结这残忍的一切！

晨光朗朗，一夜雨后，天地如洗。

叛军阵列鲜明，如黑铁色的潮水，在晨光下隐隐有刀兵冷光闪动，经过一夜激战，仍分毫不显乱象。此刻双方都趁着短暂的晨间休整蓄势，准备再战。

不知这片刻的宁静能够维持多久。

魏邯执意命侍卫送我回凤池宫休息。

昨夜一场激战，宫中虽宣布宵禁，封闭各殿，严禁外出，却仍隐瞒不了战况的激烈。

沿路所见宫人都面色惶惶，仿若大祸临头。自当年诸王之乱后，再未有过公然强攻宫城的大逆之事。饶是如此，各处宫人仍能进退有序，并无乱象。内廷总管王福是追随王氏多年的心腹老宫人，平常看似庸碌，危乱时方显出强硬手段，稳稳镇住宫禁。

王福赶来凤池宫见我，穿戴得一丝不苟，神色镇定如常。

“昨日虽事出非常，宫中仍能井然守序，各司其职，你做得很好。”我略带笑意，站起身来淡淡问道，“可有惊扰两宫圣驾？”

王福垂首道：“皇上近日一直潜心著书，不问世事。”

我默然片刻，“果真不问？”

“是。”王福顿了一顿，带了丝笑，低声道，“昭阳殿中一切如常，只是娘娘受了惊吓，病情不稳，现已进了药，应无大恙。”

我静静垂眸，却不知心中是悲是喜，是幸是憾。

胡瑶遭失子之痛，灭族之灾，几乎一病不起，虽经太医全力施治，保住性命无恙，却心智全失，终日恍惚，只认得子澹和身边侍女，对其他人再无意识，见了我也似浑然不识。

小皇子死后，我再无勇气见子澹，他亦从此沉寂，终日闭居寝宫，埋首著书，再不过问身边事，除偶尔问及胡瑶的病情，绝口不再提及旁人。

他自少年时起，一直有个宏愿，想将本朝开国以来诸多名家诗赋佳作汇编成集，以期流传后世，令文华不坠，风流永铭。这是子澹毕生最大的梦想，他曾说，千秋皇统终有尽时，唯有文章传世不灭，平生若能了此心愿，虽死无憾。

他此时废寝忘食于著书，想必是万念俱灰，只待完成心愿，即可从容赴死。

我黯然一笑，随手端起茶盏尝了一口，对侍立在侧的宫女皱眉道：“茶凉了。”

宫女忙奉了茶盏退出去。

我侧身负手，淡淡道：“崇明殿西阁荒废已久，择个吉日，重新修缮吧。”

王福一震，敛了笑容，深深低下头去，“王妃有命，老奴当效死遵从。”

“很好。”我凝视他片刻，微微一笑，“你且放手去办，一切有我。”

“老奴愚昧，不知吉日择定何时为宜。”王福低细的嗓音略有一丝紧张。

我咬唇，“就在这两日。”

“遵命。”王福再不多言，朝我重重叩拜，起身退出殿外。

待他去得远了，我扶了靠椅缓缓坐下，再隐忍不住心口的痛，丝丝缕缕洇散，郁钝却蚀骨。

——崇明西阁的秘密，我以为这一生都不必用到，却不料今日终究有了用处。

略用了些早膳，我合眼倚躺在锦榻上，似睡非睡间屡被惊醒。

眼前影影绰绰，一时是子澹含怨的眼神，一时是萧綦盛怒的面容。

再次将我惊醒的，不是永定门方向传来的喊杀声，而是殿门落锁的声音。

“怎么回事？”我匆匆起身，惊问身旁宫女，一众宫女也惶然不知所以。

却听得御前侍卫隔了殿门禀道：“属下奉命保护王妃安全，请王妃暂避殿内，万勿外出。”

“王妃救命——”一声凄厉惨呼突然自殿外传来，竟是玉岫的声音，未待我回应，那声音已戛然中断。

“玉岫！你在哪里？”我扑到门上，从雕花空隙间望去，只看到回廊尽头两名侍卫的背影，隐约有一片宝蓝色夹在之间，已被带得远去了。

我呆立片刻，猛然回过神来，用尽了全力疯狂拍打殿门，“魏邯！你大胆——”

门外侍卫任我如何发怒，始终无动于衷。身侧宫女慌忙拉住我，连连求恳息怒。

我浑身颤抖，好一阵才说得出话来，“他要，他要杀了玉岫和孩子……”

叛军再度攻打永定门，此时魏邯只怕已杀红了眼，竟趁我休息之际，押了玉岫母子绑赴城头，知我必定阻拦，索性锁了殿门。

我从未如此刻一般痛恨自己，为何狠心缉拿宋家老小，连累他们至此——当日为了断绝皇嗣之争，小皇子不得不死，我虽狠心，却不后悔，然而这宋家老小却是真正无辜，即便宋怀恩反叛，也不能将他全家老小株连。缉拿他们入宫只想让宋怀恩投鼠忌器，却从未想过真的害死他们。玉岫已因我误了终身，若再连累她与儿女送命……

我不敢再想下去，霍然拔出袖中短剑，不顾一切往殿门砍去。

木屑飞溅，红木精雕的殿门在这削铁如泥的短剑下，虽碎屑四溅，刀痕纵横，仍无法被轻易毁坏。侍卫与宫女被我的举动惊吓，或尖叫或叩头，却无人敢上前阻拦。

一番急砍之后，我已力气颓弱，倚在门上剧烈喘息，却已奈何不得。

我一咬牙，怒道：“再不开门，我就将你们通通凌迟处死！”

宫人侍卫深知我的手段，也知我言出必行，无不惊骇失色，纷纷跪地求饶。

“不想死就给我开门！”我冷冷道。

众侍卫再不敢迟疑，立刻开门。

我拔足便往永定门奔去，只恨脚下路长，人命已是危在顷刻，但求上天不要令我铸成大错。

永定门上，幼儿哭叫声远远传来。

我不顾一切奔上城头，两侧将士见我散发仗剑的模样，尽皆惊骇不敢阻拦。

玉岫被两名兵士按在城头，旁边是宋怀恩的老母亲和两个儿子，连最年幼的两岁女儿也被一名士兵举在手里，正舞着小手大哭不止。

“给我住手！”我用尽全力喝出这一声，身体再也不支，屈膝跌倒在地。

玉岫已听见我的声音，猛地挣扎哭叫：“王妃救命！救救孩子，不要伤害他们——”

胸中气息纷乱，我一时说不出话，只冷冷地瞪着魏邯。

他猛一跺脚，“王妃！跟那狼子野心之人还讲什么仁义，你不杀他妻儿，他却要杀你女儿！你且看看下面！”

耳边轰的一声，我扑至城头，赫然见叛军阵前，宋怀恩横枪立马，马下跪着个五花大绑的素衣少女，散发覆肩，竟是沁之！

眼前一黑，我几乎立足不稳。

徐姑姑带走了澈儿和潇潇，阿越随后带了沁之，赶往江夏王府，接出哥哥的儿女，一起送往慈安寺。

如今沁之落在他手里，难道阿越和徐姑姑也……我心中狂跳，竭力稳住心神，令自己镇定下来。

若澈儿他们也落入宋怀恩手中，此刻绑在阵前的便不止沁之一人，想必中途另有变故，以致她一人被擒。思及此，我心中略感安定，一眼望见沁之五花大绑的模样，却又心痛愤怒不已。这孩子在身边的时候，虽也多加怜爱，却总隔了一层亲疏。然而此时见她狼狈受辱，我竟也有切肤之痛，仿佛真与她血脉相连。

城下，宋怀恩缓缓抬起头来。

正午阳光照在他银盔上，看不清面容神情，却有隐隐杀气迫人。

“贞义郡主，你的母妃就在前面，还不请她打开宫门，放你进去？”宋怀恩冷冷扬声，一字一句传来，入耳阴冷而清晰。

跪在地上的沁之，突然昂起头来，大声喊道：“我不是贞义郡主，我是王府的丫头，你休要骗人！”

叛军阵前哗然，连我身后诸将士亦感意外。

我狠狠咬唇，忍住眼眶中几欲滚落的泪水。

沁之，沁之，你这傻孩子！

宋怀恩沉默片刻，蓦地纵声大笑，“好，好个贞义郡主，果然有令慈之风！”

沁之昂头怒骂：“你胡说，我娘不是王妃，我娘早就死了！”

她仍显童稚的声音听去隐隐模糊，入耳却字字剜心。

魏邯哈哈大笑，“区区一个假郡主，哪里比得上你一家五口性命贵重。”

宋怀恩的声音冷冷传来，“生死有命，贱内与犬子若注定薄命，便有劳王妃送他们一程，宋某感激不尽。”

魏邯大骂：“老子就将你女儿摔下城来，看你这狗贼的心是不是肉做的！”

玉岫尖叫：“不要！怀恩，你退兵吧，求你退兵……”

她话音未落，宋怀恩反手张弓，一箭破空而来，擦过玉岫耳侧，直没入墙。

玉岫的后半句话就此断了，不语不动，怔怔地张口望着城下，仿佛痴了。

“呸！”魏邯啐道，“好毒的心肠！”

我闭了闭眼，决然道：“众将听清楚了，城下并非贞义郡主！”

魏邯一愕然，随即冷冷颔首，“属下明白！弓弩手——”

随他一声令下，两列弓弩手立刻搭箭瞄准城下，将宋怀恩与沁之笼罩在弓弩射杀范围之中。

叛军阵脚大乱，盾甲齐拥上前，欲掩蔽二人。

宋怀恩却悍然不退，将长枪一横，三棱枪尖直抵沁之后心，“牟氏为国尽忠，以孤女相托豫章王，就落得今日下场吗？”

“拿弓来。”我冷冷开口。

已经多年没有挽过弓箭，当年叔父手把手教给我的箭术早已生疏。

我咬牙，搭箭开弓，对准了城下——以我这点微末膂力，自然杀不了人，然而我只需杀人的姿态，已经足够。

见我亲自引弓搭箭，宫门内外无不哗然。

我深吸口气，凝望城下宋怀恩，沉声喝道：“莫说一个假郡主，就算真郡主在此，以她一命换你一命，也是值得！”

宋怀恩直直地望着我，刹那间，连空气也仿佛凝结。

我的箭尖与他遥遥连成一线，穿越十年岁月，连起过往点滴恩义。

#【长恨】

宋怀恩岿然不动，手中直抵沁之后心的三棱枪尖，却一点点沉下去。

“退后！”他厉喝一声，长枪抡空收回，遥指身后，座下战马倒退两步。身后两队重盾护卫立刻奔上前来，举盾相护。

就在那一瞬，跪在地上的沁之一跃而起，挣脱反缚双手的绳索，如一头敏捷的幼兽直奔向宫门。

“杀了她！”宋怀恩暴喝，反手取弓搭箭。

我五指陡张，白羽狼毫箭破空而出。

身后铁弩齐发，箭如疾雨，破空呼啸，射落叛军巨盾，发出夺魄之声。

一时间，叛军阵前大乱，被逼压在箭雨之下，纷纷举盾抵挡，无暇反击。

沁之已奔出两丈，陡然被缠绕在身上的绳索绊倒，漫天箭矢就落在她身后不到两丈处。

“沁之，快跑——”我扑上城头，嘶声喊道。

身后又一轮箭雨激射而出，阻住欲追击的叛军。

沁之奋力挣跳起来，甩脱绳索，奔向宫门。

宫门缓缓开启一线，四名铁衣卫驰马冲出，在漫天箭雨的掩蔽下，直冲阵前。庞癸一马当先，俯身掠起沁之，勒缰控马。战马扬蹄怒嘶，掉头回奔宫门，余下三骑随后相护，绝尘驰还。叛军阵前冲出十余骑重盾甲士，冒死冲过箭雨，追杀而来。

四骑如电驰入，宫门轰然合拢，落下重锁。

身后欢声雷动，士气振奋如狂。

我撑住城垛，这才惊觉两腿发软，一口气几乎喘不过来。

“娘——”未待我稳住心神，一声童稚尖叫传来，惊得我霍然回头。

玉岫不知何时趁乱挣脱，跃上城垛，临空摇摇而立。

变起顷刻，只听孩子尖声哭叫，我张口，却发不出声音。

旁边侍卫冲了上去。

我眼睁睁地看着侍卫的手只差一线就抓到她衣角。

她仰头一笑，灿若夏花，宝蓝宫装广袖飘举，没有半分犹豫，就在我眼前化作一抹灿烂流光，飞坠城下。

“玉岫——”撕心裂肺的狂吼从城下传来，宋怀恩的声音惨然不似人声。

你听到了吗，玉岫?

你可听到他这一声悲呼。

眼前似仍有那宝蓝流光闪动，我踉跄一步，恍惚伸手去挽，却陡然陷入黑暗。

流光，流光……穿过我的手，怎么挽都挽不住。

玉岫含笑回头，眉目如画，渐渐隐入雾霭中，眼看去得远了。

不行，我还有许多话要告诉你，不许你就这样走了。

玉岫，傻丫头，你怎么会不明白——他是百步穿杨的将军，若要杀你，岂会一箭擦鬓而过，那一箭只是不想让你示弱。

你终究是他的妻，他亦是你结发的良人，虽无两心相悦，却也举案齐眉，为何你不肯信他?

就为了那一箭，就让你绝了生念，心死成灰，你就这样抛下了所有人，眼睁睁地看着你的儿女痛不欲生。

玉岫，你好糊涂。

我恨恨地唤她的名字，却一口气息哽在喉间，剧烈呛咳起来。

“王妃，王妃醒了！”

眼前人影浮动，垂帘绣幔，已是身在寝殿。

分明已清醒过来，仿佛仍见到那抹宝蓝流光萦绕。

心中怔忡恍惚，我记不起发生了什么，只是知道，玉岫不在了，连她也不在了。

她就这样一走，逼我接过这无法拒绝的责任，让我永远负疚，永远愧悔，永远善待她

的儿女。

我掩面惨笑，蓦然一双细柔小手覆上我双手，掌心有少少的温暖，“母妃，你别哭。”

我一震，怔怔地看着眼前素衣散发的少女，她刚刚叫我母妃，沁之终于肯叫我母妃。

沁之伏在床边，小脸犹带几分苍白，正忧切地望着我，身后围满宫女医侍。

我望着眼前小小少女，伸手抚上她清瘦面颊。

她笑了起来，眼泪却大颗大颗滚落。

“有没有伤到你？”我忙托起她的小脸，拭去她满脸泪水。

沁之摇头，一下张臂抱住了我，放声悲泣。

那日徐姑姑与阿越带了他们赶往慈安寺，广慈师太立即开启后山地宫，让他们藏匿进去。

那是供奉当年宣德太后法身之处，也是皇室最大秘辛之地。世人皆知宣德太后寿终宫中，葬入惠陵，却不知当年太祖弑舅夺位，将母亲一家全部处死。宣德太后从此出家为尼，避居寺中，至死仍留下遗愿，无颜葬入皇家陵寝。太祖遵从宣德太后遗愿，却不忍焚化，终留下太后法身，秘密修造慈安寺地宫以葬之。

未料徐姑姑与阿越半途受阻，待赶到山下，追兵已至。

他们一行人仓促藏身农舍，追兵便在咫尺之外。

沁之趁徐姑姑不备，骤然奔出后院，将追兵远远引开，令徐姑姑他们得以脱身。

我倒抽一口凉气，凝视她，“沁之，你不怕吗？”

“徐姑姑年老，阿越姑姑要照顾弟妹。”沁之咬唇，眸子闪亮地看着我，“我有武艺！我爹教过我防身的本事……”

她眸子一黯，低下头去，似想起了战死边关的爹娘。

这个孩子，若能生在平常人家，安然成长，该是何其幸福。

我定定地看她半晌，默然将她揽紧。

“我跑得很快对不对？”她忽然抬头，殷殷地望着我，“我会解绳子，他们绑的那个结一点儿也难不倒我，爹爹从前教过我怎样绑猎物！”

她的眼神，又是骄傲又是凄楚。

“沁之很勇敢，和你的爹娘一样勇敢。”我微笑，凝望她双眼，“他们在天上看着你，看到你今天的勇敢，必定骄傲无比。”

沁之笑着，重重地点头，将脸埋在我胸前，瘦削的肩头微微发抖。

我默默抚过她头发，暗暗在心中立誓，从今而后，我再不会让这个孩子受半分委屈，但凡她想要的一切，我必竭尽所能给她！

我将玉岫的三个儿女交给可靠的老嬷嬷照看。

次子与幼女尚在懵懂幼龄，不明白母亲去了哪里，只是哭闹不休。

五岁的长子宋俊文却已经隐约懂事，看到我，如幼兽一般直冲过来，被左右慌忙拉住。

面对孩子充满仇恨的眼睛，我说不出话，任何言辞在此刻都变得无力。

这是我第一次不敢直视一个人的眼睛，在这样的目光下，心底渐渐凉透。

“好好照看这几个孩子，没有我的令谕，任何人不得擅自接近他们。”

俊文还在拼命挣扎，两个嬷嬷几乎拉不住他。

我倦极转身，或许，我的确不该再出现在他的面前。

身后嬷嬷一声痛呼，我愕然转身，见嬷嬷手腕鲜血淋漓，俊文已冲到我跟前，猛地扑向我。

“你害死了我娘！”俊文扑到我身上，五岁男孩子的力气尚小，却似疯了一般朝我踢打。

侍卫赶来将他拎开，他仍踢打叫骂不已。

我被嬷嬷们扶起，冷汗如雨，胸口阵阵抽痛，几乎让我无法站立。

一旁的幼女被惊吓到，放声大哭，连带那四岁的男孩子也哭闹起来。

“不错，我就是个大恶人。”我冷冷地看着他，“宋俊文，你若再吵闹，我就杀了你弟弟；你若不肯吃饭，我就杀了你妹妹！”

俊文顿时呆了，脸色苍白，胸口剧烈起伏，却不再踢打。

我苦笑，转头不再看他，径直离去。

远处昭阳殿里，灯火摇曳，隐隐有宫人身影往来。

自我记事以来，这昭阳殿还未曾冷清若此。

姑姑说，昭阳殿是世间最高贵美丽的囚笼。

宫女小心翼翼地搀扶了我，“王妃可要回宫歇息？”

我仰头看了看夜空中璀璨闪烁的河汉，一连数日都是如此晴空。

算来，以萧綦行军的迅疾，又无雨水阻断，应当很快就能赶到了。

我再无迟疑，淡淡道："去昭阳殿。"

胡瑶已经瘦得形销骨立，木然坐在妆台前，披散了青丝，任由宫婢为她梳散头发，准备就寝。

见了我，左右宫婢忙躬身行礼，无声地退了出去。

胡瑶回头，木然地看我一眼，痴痴笑了笑，神色漠然，兀自转身呆望镜中。

我走到她身后，从镜子里看她。

她不施脂粉的脸，在灯下越发青白，眼眶凹下，双目黯淡如一潭死水。

旷寂幽暗的昭阳殿里，只有我与她，隔了一面巨大的铜镜，冷冷相对。

我伸手撩起她一缕发丝，穿过指间，如丝凉滑。她木然地看着我无动于衷，正如宫人所言——皇后已经失了心智，终日缄默不言，除了皇上，再不认得旁人。

我扬起手，袖底短剑直抵上她修长脖颈，青锋如水，映得她眉发皆碧。

镜子里，她寂如死水的瞳孔猛地收缩。

"还知道怕死，可见不是真正痴了。"我抿起唇角，似笑非笑。

胡瑶的神色变了，眸子一点点亮起来，冷如寒芒。

旁人相信她会心智全失，我却不信。胡瑶和我是同一种人，纵然赴死也要睁着眼睛。

我不相信她会用这么怯懦的方式来逃避，所谓心智全失，不过是她求生自保的法子。

她与子澹不同，她怕死，她还想活下去，或许还想向我复仇。

"胡光烈安然无恙，正随王爷率军回京。"我手中剑锋逼近两寸，贴上她肌肤，"胡氏忠心护主，前罪可免，往后富贵荣华无虑。你可以安心地去了。"

胡瑶定定地看着我，忽然仰头大笑，"替我恭贺王爷，恭贺他大业终成，江山一统……你们成就你们的帝业，我与皇上自去黄泉做一对清净夫妻！自此恩怨两清，永不相见！"

好一个恩怨两清，永不相见。

知我者胡瑶，若非世事弄人，你我原该是知己。

我还剑入鞘，淡淡一笑，"黄泉路远，用不着去那里，你们也可做对清净夫妻。"

胡瑶霍然睁眼看我。

"忘了你们的身份、姓氏、亲族、过往，从今往后，世上再没有胡瑶与子澹，只有民

间一对平常夫妇。”我凝视她，一字一句缓缓道，“诸般恩怨，尽归前尘，山长水远，无爱无憎。”

胡瑶站起来，身子微微发抖，“你不怕我会复仇，不怕留下后患，坏你们千秋大业？”

我微笑，“今日我能放你，他日自然也能杀你。”

她不语，目光如锥，仿佛想将我看个透彻。

我亦沉静地看着她，看着这个被我夺去儿子的女人，这个将要带走子澹，与他共赴余生的女人。

“就算你放过我们，我终生也不会原谅你。”她倔强地仰起脸。

“我无须任何人原谅。”我笑了，面对这样一个通透的女子，反而可以坦然说出实话，“放你走，不过因为你是子澹的妻子。后半生江湖多艰，只有你能陪伴守护在他身边，也算替我了却平生大憾。”

“你为了他，宁愿背叛王爷？”胡瑶目光变幻，复杂莫名，“王爷岂会容你放走我们？”

我蹙眉，不愿与她多作解释，只淡淡道：“王氏经营多年的根基，总还有些用处，就算王爷也未必能掌控一切。今晚之后，将会乾坤翻覆，帝后自有帝后的命运。你只需记住，从此你再也不是胡瑶，他亦不是子澹。”

我冷冷地看着她，“若是你们忘不掉……除去一对民夫民妇，也不会很难。”

胡瑶瞳仁收缩，薄唇紧抿，“你既能瞒天过海放过我们，为什么，当日不能放过一个孩子？”

我微微笑了笑，只觉无限疲惫，“当日若留下小皇子，早早泄露这番布置，还能有今日的生机？我费尽心机，逼着子澹活下来，无非就是为了今日。”

为这一天，我已等了许久——我答应过他，总有一天还他自由，让他逃离这冰冷的宫闱，隐姓埋名，远遁江湖。

我亦曾渴盼有这么一天，与所爱之人携手归隐，结庐南山，朝夕相守。再没有血腥，没有权谋，没有皇图霸业，只有我与他执手偕老。

这个心愿，藏在我心底不为人知的地方，已经永远没有机会实现。

胡瑶神情震动，定定地看着我，目光复杂变幻，终究只是一声长叹，“从前你为王爷背弃他，如今又为他背叛王爷……世间竟有你这样无情的女人！”

“王儇从未背叛任何人。”我缓缓抬起手，按住胸口，“我只忠诚于自己的心。”

胡瑶一震，抬眸直直地看着我。

我此生已经占尽诸般荣宠，生在如此门庭，嫁了如此夫婿，育有如此佳儿，更将成就开国皇后传世之名……上天待我何厚，若说还有什么抱憾，那不过是深藏在心底的一点儿隐秘向往，向往宫墙之外，白云之下，江湖之远，一个梦幻空花般，不可触及的梦。

这也是姑姑，是历代后座上那些孤傲高贵的女子，为之抱憾终生的心愿。

昔年太祖弑君夺位，诛杀前朝皇室，晚年诸位皇子却为承嗣争斗，引发血流宫闱，惨祸连连。太祖深为惶恐，担心报应循环，将来子孙重蹈前朝灭顶之灾。奉圣四年，太祖皇帝下令重修西宫，建造三宫九殿十二楼阁，金瓦飞檐，殿阁绵延，潢潢富丽。然而，在这重重宫阙掩蔽之下，却是太祖皇帝苦心为后世子孙留下的一条生路，在崇明殿西阁修造秘道，直通宫外一处隐秘安全之所，可避水火刀兵，在万不得已之时，保全性命。

这个秘密只在历代帝王口中传延下来，世世代代，由效忠皇室的内廷秘史尽忠守护。

传至顺惠帝时，这个秘密却落入了明康太后王氏手中。

明康太后是我的家族中迄今最杰出的女性先辈，一力辅助两位皇帝，平定诸王之乱，巩固王氏世族首领的权威，将整个家族推上顶峰。从她那一代起，崇明西阁的秘密就成了王氏历代相传的秘辛。父亲直至离去之前，才将这个秘密传给我。当时我曾不以为然，对太祖皇帝精心修造这样一条逃离的秘道颇觉不屑。

直至子澹登基，变乱频生，看他苦苦挣扎于这般困境，我终于渐渐明白了太祖皇帝的苦心，也懂得了他晚年的孤寂心境。这条秘道，连通的不仅仅是一线生机，更是身在权力之巅的帝王，对自由的向往。

路的尽头，便是自由和重生。

【皇图】

玉岫的死，没有让宋怀恩停下疯狂的脚步。

我不知道，在玉岫跃下的那一瞬，他那声撕心悲呼是不是发自深心的痛悔。

七年结发之情，换来的，哪怕只是一刹那的惊痛，也算给玉岫仅有的告慰。

站在曾拘禁她的宫室门口，我的眼泪已经干涸，孩子们也已累得睡着，宋怀恩却发动了又一轮更惨烈的进攻。

玉岫，此夜此时，谁在为你一哭?

我捂住了口，不让自己哽咽出声，远处城头已杀声隆隆，火光冲天。

象征着无上皇权的九重宫阙，被火光投映下庞大的影子，在厮杀声中飘摇欲坠。

远处宫廊下有个淡淡的人影一晃，旋即止步，隐入阴影中。

“王福。”我直起身来唤住他，这个时候敢擅自闯入此处的人，只能是这位忠心耿耿的老总管了。

王福转出廊柱，低头疾步趋前，“老奴惊扰王妃了。”

我行至廊下，清冷月光斜映了半身，墙面投下一个云髻广袖的影子，侧颜淡淡。

“都预备好了？”我低声问。

“一应就绪，十八名死士，随时听候调遣。”王福身形臃肿，这一刻却毫无素日迟缓之态，行止之间隐隐有锋芒逼人。谁能想到这样一个年老臃肿的内监，会是深藏不露的御前第一高手。

我淡淡道：“你在宫里这么些年，如今年事已高，也该回乡看看了。”

“老奴不走。”王福一震，低头道，“老奴二十年前就已经没有家了，往后王妃还有

用得着老奴的地方，请王妃开恩，容老奴留下。”

“如果我记得不错，你在青州家乡还有一个女儿吧。”我凝视他，微微一笑，“她很好，已经嫁人生子。家父给她安排的是一户殷实人家，公婆贤厚，夫妇情笃。只是，她不知你尚在人间。”

王福宽阔双肩微微颤抖，低头不辨神色。

我轻叹道：“你为王氏效忠多年，我也无以为报。这一次，你随了他们离去，就不必再回来了，好好在家乡安享天伦。万寿宫秘藏的珍宝，你全部带走，除安顿二位主子之外，余下全都分给诸人……即使死去的，也分给他们的家人。”

王福猛然跪下，白发苍苍的头颅重重地叩在地上，“王妃大恩，老奴虽死难报。”

我侧身，眼眶微微发热。

乾元殿里烛影深深，素帷低垂，子澹仍执意挂着满宫的素白，为夭逝的小皇子致哀。

我立在垂幔后，静静地看着他。他身边书稿卷轴散堆了一地，犹自奋笔疾书，苍白的额头隐有薄汗。这温玉一般的人，即便两鬓已微见霜色，仍不显老态。

若是青衫泛舟，翩然世外，想必应是神仙般的风华。

风入雕窗，吹起他案上一纸书稿，飘落在地。我步出垂幔，俯身拾起那一页，上面墨痕尚未干透。

他漠然抬眸，只看了我一眼，复又继续埋首书写。

“子澹。”我轻声唤他的名字。

他笔下一顿，仍不抬眸，只淡淡道：“王妃何事？”

我默然，定定看他半晌，一字一句缓缓道：“子澹，我要你即刻拟诏，逊位别宫。”

子澹手腕一颤，笔下洇散开一团浓墨。

他缓缓搁笔，将那张御制洒金笺揉了，怆然一笑，“这算是，我最后能为你做的事？”

我抿唇不语，竭力克制着脸上神情，不至流露出悲戚。

子澹凝眸看我，渐渐敛了笑容，目光一分分凉了下去。

他自堆满书稿的案几下拿出一只黄绫长匣打开，取出卷好的黄绫，扬手掷到我面前。

“拿去。”他笑颜淡淡，眼神空洞，“早已写好等着你，只待今日而已。”

王福如影子一般自垂幔后现身，趋前拾起诏书，双手奉上给我。

“夫大道之行，选贤与能，隆替无常期，禅代非一族，贯之百王，由来尚矣。朕虽庸暗，昧于大道，永鉴废兴，为日已久。今辅政豫章王天纵圣德，灵武秀世，薄伐不庭，开复疆宇，一匡社稷，再造天朝。加以龙颜英特，天授殊姿，君人之表，焕如日月。故四灵效瑞，川岳启图，玄像表天命之期，华裔注乐推之愿，终以飨九五之位。念万代之高义，稽天人之至望，予其逊位别宫，归禅于王，一依唐虞之事。”

我抬眸，与子澹彼此相望，目光纠结于五步之间，区区五步，已是一生恩怨永隔。

“皇上圣明。”我低头，向他跪下，俯首三叩。

王福也随即跪倒，以额触地。

“你已遂了心愿，朕也不再劳烦，但需杯酒足矣。”子澹仍是笑着，目光却已成灰，“只是文章无罪，请容这些书稿留存于世。”

他就这样，将自己交到我面前，毫无防御，再不抵抗。

杯酒足矣，何其决绝。

忽然间，我看不清他的面容，眼前一切都变得模糊，这才惊觉眼中已有了泪。

我点头，抬手击掌三下。

王福托了玉盘步入内殿，托盘中一只碧绿的玉杯，酒色如琥珀，潋滟生香。

我端起玉杯，含泪笑道：“子澹，我便以这杯酒送你上路。”

他站起来，一步步行至我面前，唇角仍噙着一丝从容笑意。

“多谢。”他笑着接了玉杯，仰头一饮而尽。

我的泪水夺眶而出，滚落脸颊，模糊了眼前一切。

“若有来世，你还愿记得我吗？”我轻声问他。

子澹笑着摇头，退后数步，语声微颤，“阿妩，我愿此生从未识你！”

我猛地闭上了眼，似被一箭穿心。

子澹踉跄扶住了身后案几，哑声而笑。

我再无法隐忍心中悲怆，一步上前，紧紧抱住了他。

这是从幼年就熟悉的怀抱，像父亲，像哥哥，却又与他们不同的怀抱……他衣上熟悉的熏香气息，将我萦绕，仿佛将我们与这天地隔开。

我将脸深深地埋在他胸前，最后一次深嗅他衣上沉香，哽咽道：“不管往后遇到什么，都要好好活着，珍惜你身边之人。”

他身子一震，抬手欲推开我，却已经失去力气。

“子澹，我会想念你……一直想念你。”我的手指轻轻抚过他微霜鬓发，如同幼年玩闹之后，他总会仔细替我理好蓬散的鬓发。

那杯酒会让他沉睡两日，待醒来时已身在世外，永远逃离这囚禁他半生的牢笼。

药力发作，已让他神志迷乱，却极力睁大眼睛，一瞬不瞬地望着我，苍白薄唇颤抖不已。

“阿瑶还在等你，你的书稿，我会让它留传后世。”我含泪凝望他的面容，这是最后一眼了，从此以后我再也看不到他，再也触不到他……这样美好的一个人，值得世间最坚贞的女子去爱慕。多少人不惜以生命去追逐的自由，就在他的面前。

子澹目光已涣散，一行泪水却滑落脸颊，终于渐渐软倒。

“恳请主上尽快动身，勿再迟疑！”王福焦急催促。

我将子澹交给他，终于放开了手，退后一步，“王福，一切托付给你了，往后多加珍重。”

王福跪倒在地，重重叩头，“老奴拜别王妃！”

承天门方向火光更炽，杀声更盛。

骤然一道尖锐的鸣镝之声破空划过。

此时东方渐白，天色已放亮，正是凌晨光景。

我立在宫道正中，怔怔地抬头，望向远处天空，心中猛然剧跳。

这鸣镝来得太过突兀，仿佛洞穿心头，难道是——

“王妃小心，城头正在交战！”侍女追上来，顾不得尊卑，仓皇拦住我。

“是他，是他来了。”话一脱口，我再也克制不住自己，即便狠狠咬住嘴唇，仍止不住双肩的颤抖。

侍女惶然将我扶住，我拂袖一挣，推开她，向城头急奔。

脚下绵软无力，我却从未奔跑得如此之快。

城头一派惨烈之景。

然而，城下层层如铁水般的叛军军阵正在向后收缩，远处的后方，仿佛起了什么骚动，隐约传来闷闷的嘈杂、呼啸、号角，撼山动地的声音似乎从东南方向传来，动静越来越大，连我站在宫门之上，也感觉到从地面传来闷雷滚动般隆隆的声响！

那个方向，正是京师东门所在，亦是东郊大营所在的方向。

魏邯两眼通红，提刀大步奔来。

“胡帅攻进城了！”一个校卫冲上城头，大口喘息，“平虏元帅胡光烈率前锋攻入东门，车骑将军谢小禾已至太华门外，王爷亲临城外，接掌东郊驻军，叛军阵中已然大乱！”

话音甫落，城上欢声雷动。

真的是他回来了，来得比我预料的更早，更快！

我咬住唇，在震耳欲聋的振奋欢呼声中，猝然泪流满面。

远近火光大起，高低呼喊声响成一片，隐隐听得有人在乱军中奔走呼喝：“宋怀恩劫掳天子，焚城逼宫——”

“豫章王回师平叛——”

“王爷总算来了！”魏邯大笑，一把揭去了铁面罩，猩红的疤痕在火光下越发触目惊心，若不是众人的坚守力战，只怕我们也等不到萧綦归来。

我望着这铁骨铮铮的汉子，淡淡道：“此时说赢，还差一步。”

“王妃是说乘势追击？”魏邯一怔。

“不，我要让叛军入宫。”我微笑道。

魏邯双眼大睁，“什么？”

我敛去笑意，一字一句道：“弑君之罪，总要有人来背负。”

魏邯瞳孔猛然收缩，惊道：“你是说借刀杀人，将皇上……”

“不错，皇上已留下遗诏，一旦龙驭宾天，即由豫章王继承大统！”我转头看向太华门方向，缓缓道，“我们杀出太华门与谢小禾会合，再打开承天门，让宋怀恩带兵杀进来。”

魏邯猛然回头看向乾元殿所在之处，那里已经腾起浓烟烈焰，整个宫殿都被大火吞没，不只是乾元殿，皇后所居的昭阳宫也陷入了一片火海。

这火光，证明王福已经带着他们趁乱从秘道逃出，帝后寝宫毁于大火，一切痕迹随之抹去。

弑君逼宫，这滔天之罪自然是要落到宋怀恩的头上。

卯时三刻，太华门之围瓦解。

围困太华门的叛军将领临阵倒戈，向车骑将军谢小禾归降。

庞癸率铁衣卫在前开道，护送我的鸾驾驰出太华门；太后的车驾随行在后，魏邯率禁军戍卫断后，诈败于承天门，节节后退，引宋怀恩叛军攻入宫门，一路杀戮突进。乾元殿与昭阳殿的熊熊大火，映红了九重宫阙上空，猩艳如血。

昔日煌煌威严的宫门，已不能阻挡这场梦魇般的杀戮。鸾驾驰离宫门，将杀戮与烽烟远远甩在身后，隔断在宫门之内。我抱紧怀中小小的女孩，一手握住沁之冰凉小手，默然回望宫门，满心只余苍凉。

车轮在宫道上轧轧疾驰，两列铁骑左右护驾，伴随我们平安离开。

一出宫门，两边道旁尽是折戟残肢，四下涂血，伏尸遍地，惨烈异常。我已见惯流血，此刻仍觉手足冰冷，陡然放下垂帘，唯恐被身侧的沁之看到这惨状。

沁之静静地依在我身侧，小脸苍白，竭力镇定如常。怀中的幼儿却已经熟睡，浑然不知此时发生的一切……在这酣甜梦中，她的父亲正孤身走向末路，即将与她永隔。刚刚失去了母亲，又将失去父亲的孩子，今后等待她的命运将会如何?

我的潇潇跟澈儿，此时你们也在睡梦中吧，可还睡得安好？已经好多天没有见到你们。

眼前顿时蒙眬酸涩，历经生死劫数，踏着多少人的血肉，终换来一家团聚，这场征伐杀戮也该是尽头了。

我已见过太多妇孺幼儿为权势殉葬，我的儿女绝不会再重复这样的悲剧，我要他们成为天下最幸福的孩子。

鸾车停下，我挑开车帘，一眼便望见黑压压的铁骑横绝前方，上书“谢”字的旌旗猎猎招展于晨风中。

当先一骑，银盔红缨，马背上的少年将军英姿飒爽，策马向我们奔来。

“是小禾将军！”沁之仰头惊叫，脸颊迅速升起一抹蔷薇色红晕。

她晶亮双眸，映出我疲惫笑容，一时间，心中百感交集。

“去吧！”我松开手，任由沁之跳下鸾车，不顾一切奔向那白马银枪的少年。

昔日晖州城下，那同样在晨光中的一幕，如此熟悉，如此遥远……那时的我，依稀也是这般，疯魔似的飞奔向萧綦的马前。

随行宫人接过了幼女，扶我步下鸾车。

“末将救驾来迟，令王妃受惊，罪该万死！”谢小禾下马参拜。

眼前大军已至，翘盼已久的良人就在近处，皇图霸业唾手可得——然而眼前所见，依稀仍是血污横尸，远近宫阙在浓烟滚滚中倾颓瓦解，死去的人尸骨未寒，幼子尚在襁褓。我心中再难有半分雀跃，只余疲惫凄凉。

“母妃，你不开心吗？父王回来救我们了！”沁之紧紧握住我的手，眸光热切晶莹，转头去看谢小禾，“有小禾哥哥在这里，母妃不用担心了！”

谢小禾朝沁之微笑点头，抬头注视着我，隐有忧切。

我强打起精神，朝他们微笑。

见我身后除了太后车驾，并无帝后的御辇，谢小禾慌忙问道：“叛军已攻入宫门，皇上可曾脱险？”

我侧过脸，眼眶渐渐发热，“攸关天家尊严，皇上与皇后不愿出逃，誓与宫城共存亡。”

眼前掠过子澹临去时的眼神，胸口紧窒，我骤然转过头去，再也说不出话来。

骗谢小禾的话语是假，悲酸却是真。

要骗过萧綦，骗过世人，首先便要骗过自己。从推开他的那一刻开始，我就当他已经死了，死在熊熊烈焰之中，与前尘往事一同化为灰烬。

谢小禾默然肃立片刻，请我与太后随副将移驾营中暂避。我颔首，回身正欲登上鸾车，忽见一骑飞驰而来，马上兵士翻身下鞍急报，“逆臣宋怀恩死战不降，率亲兵百余人杀出崇极门，往南郊奔逃。胡帅已出城追杀，宫中叛乱平定，王爷已至承天门外。”

我与谢小禾对视一眼，脸上皆有震动之色。

宋怀恩身陷重围，竟还能杀出宫城，从萧綦布下的天罗地网中逃脱。

宫中叛乱既定，我驻足遥望被浓烟遮蔽的宫阙，吩咐车驾回宫。

萧綦已到承天门，我要在天子殿上，亲自等候他归来，亲眼看他君临天下。

#【天下】

鸾驾沿来路返回，驰入刚刚离开的太华门，恍惚有隔世之感。

但见叛军所经之所，杀戮无数，血溅丹墀，彝器倾覆，天子仪仗御器之物，丢弃零落。各处宫室均遭到搜捕杀戮，遍地尸骸中，大半是年轻美貌的宫女妃嫔……幸存宫人四下走避躲藏，见到太后与我的车驾回宫，顿时匍匐呼号，叩首求救。宫中叛军大都被剿杀殆尽，余下残兵尽数弃甲归降。

到了乾元殿前，我步上玉阶，雕龙饰凤的阶上血污蜿蜒，染上我裙袂。

一具尸身横卧在前方，宫缎华服被鲜血浸透，青丝逶迤在地。

我认得她的容貌，是刚刚册立不久的冯昭仪。一道极细的刀痕划过她的咽喉，皮肉完好，鲜血却从细细的刀口大片涌出，淌下肩颈，凝结在身下的玉阶，猩红刺目。浓烈的血腥气冲入鼻端，那张被恐惧扭曲的惨白面容，在我眼中放大……

“请王妃回避。”谢小禾疾步上前，欲挡住我的视线。

我抬手止住他，垂首看那尸身上的刀痕，细如红线，几乎不易看出痕迹，却是一刀致命。

“是宋怀恩。”谢小禾沉声道。

这样的刀痕，我曾在晖州见过一次，从此再难忘记。

谢小禾转身吩咐左右将四处清理干净，迎候王爷上殿。

我漠然向殿上走去，第一次觉得乾元殿的玉阶这样长，仿佛一辈子也走不到头。

冯昭仪的面容犹自浮现眼前，我竭力不去想，却挥不去心头隐隐的不安。

“王妃且慢，不可入内！”谢小禾的喊声自身后响起。

刹那间，灵光闪动，我霍然惊呆在阶上——冯昭仪血迹未凝，应当被杀不久。

宋怀恩若是早已逃出宫去，怎能在此地杀人？

他没有走，也未曾打算逃命，出逃只是掩人耳目的假象，只待萧綦或我返回宫中，便与我们同归于尽。

刹那间，我如坠冰窖，缓缓抬头望去。

乾元殿上，朝阳初升，光芒刺痛我的双眼。

玉阶尽头，大殿正中，一个幽灵般的人影出现。

他手握三尺长刀，弃了头盔，乱发披散，身上铠甲血迹斑斑，被晨光映出淡薄的红晕，仿佛浑身沐着一层血雾。

隔了七步玉阶，他的目光与我相触，犹如濒死的野兽。

冷，冰冷，绝望的冰冷。

热，狂热，疯魔的狂热。

七步，生死之距。

他突然出刀，向我斩来。

长刃映出阳光灿然，耀亮天地。

我闭上眼，心中宁定，最后一刻掠过萧綦的身影。

仿佛又看见他横剑跃马而来，看见他深邃的目光穿过锋火，直抵我心中最深的地方，从此灵犀相连。

耳后疾风破空，骨骼断裂声清晰响起。

一切，都在瞬间凝顿。

我睁开眼，面前三步之遥，是宋怀恩的长刀。

他猝然一仰，踉跄退后两步，以刀拄地。

三支狼牙雕翎箭洞穿他的身体。

一箭洞穿左胸，一箭洞穿右膝，一箭钉入他握刀的右肩。

三箭齐发，力同千钧，重甲战马也能透骨掼倒——除了萧綦，再没有旁人。

宋怀恩却没有跪倒，依旧拄刀挺立在前。

鲜血从他身上大大小小的伤口里涌出，脸色近乎透明的惨白。

他抬起染满血污的脸，定定地看着我，仿佛天地间只剩我一人。

阳光照在他脸上，他微眯了眼，忽然一笑，长刀脱手坠地。

缓缓地，他终于跪倒。

那长刀的刃，是向内而握，并未朝着我。

他这一刀，不是杀人，只是求死。

他望着我，笑了笑，露出一口皎洁白牙，额头发丝被风吹乱。

我倾身看他，第一次如此专注地看他，目光流连过他的眉目。

“我会记着你，永不忘怀。”我看着他的眼睛，仿佛又见昔日的少年。

他痴痴地看着我，闭上眼，再睁开时，已全然没有凶戾之气，唯有一片清澈宁和。

我直起身，拔出袖中短剑——怀恩，我会让你像将军一样死去，不必沦落为可耻的囚徒。

他仰起脸，目不转睛地看着我，笑容淡定。

我用尽全力，一剑挥出，寒光映亮他眸中最后的璀璨，连同他唇间一声叹息，亦被就此斩断。

他的鲜血溅上我素色长衣，盛开猩红如繁花，我抽剑，漠然转身。

萧綦甲胄佩剑，奔上玉阶，驻足在我面前，挺拔身躯挡住身后的刺目阳光，将我笼罩在他的身影之下。逆着阳光，看不清他面容神情，只有熟悉而陌生的气息铺天盖地将我席卷……征尘的味道，死亡的味道，铁与血的味道。

在他身后，玉阶之下，肃立着满朝百官，四下兵马刀剑森严。

我退后一步，取出袖中诏书，向他屈膝跪下，“吾皇万岁。”

我的声音远远传下玉阶，片刻寂静之后，阶下群臣纷纷俯跪，万岁之声响彻殿前。

他的手稳稳托住我双臂，扶我站起——这双手终于握住了天下，握住了皇权，也握住了我一生悲欢。他低声唤我的名，声音笃定而温暖，“你看，这就是你我的天下！”

他扶住我，与我并肩而立，一同面向阶下匍匐的群臣，面向天下苍生。

“吾皇万岁”之声，再次响彻宫阙。

天际一轮红日高升，照彻乾坤朗朗。

历经三百余年的煌煌宫阙大半毁于火中，昔日龙台凤阁，连同帝后居所在内，尽化为废墟。

帝后双双殉难，血溅丹墀，尸骨葬于火海之中。

一代皇朝以这样惨烈的方式落下帷幕。叛臣宋怀恩殿前伏诛，叛军残部被胡光烈剿灭于南郊。萧綦当庭下令，将军中牵涉叛乱者尽数下狱，首犯获罪，其家人亲族免却连坐，罪不及三族。归降者一律赦免，擢升魏邯为右卫将军，晋封京畿守备徐义康为广德侯。

太和殿前，白发苍苍的广陵王，从我手中接过先帝遗诏，一字字颤声诵读。

那个青衫翩翩的少年，从此成为一个森然肃穆的庙号，成了他们口中的“先帝”，再不是那个活生生的，会对我笑，对我怒，对我流泪的子澹。

宣诏毕，广陵王颤巍巍跪倒，向萧綦匍匐叩拜。

王爵高冠，压着他满头银发，重重叩上玉砖。

昔日皇族终于俯下了高贵的头颅，向新皇称臣。

宗室旧臣、黎民百姓还来不及为宾天的帝后致哀，已迎来他们新的王者。

我曾无数次站在他的身侧，以豫章王妃，以他的妻子，以爱侣的身份与他并肩伫立，而这一刻，我成为他的臣属，向九五至尊俯首跪拜。

他冷峻的侧脸，被初升的晨光蒙上淡淡金色，仿如金铁塑成，不着喜怒。

此刻的萧綦，令我想起宗庙里那一座座冰冷汉玉雕刻的巨大神像。从高高的天上俯视众生，意态从容，手握至高无上的力量，主宰世间生杀。

百年，千年之后，后世史册将如何记载这一刻，如何书写这一对开国帝后……对我而言，已如浮云。帝位江山，九五至尊，于萧綦是毕生大愿得偿，是后半生壮志雄图的开始；于我，却是搏杀半生的终点。我终于不必再惧怕，不必再防御，这世上再没有人可以危害我们，再没有人可以左右我们的命运。

久别归来，已是天地翻覆，人事全非。

巨变初定，萧綦当即于太和殿召见众臣。

我悄然转身，退往内殿。

“阿妩。”他出声唤我，当着满殿文武，只唤我的名。

我驻足回眸，与他静静凝望。

他抬起的手在半空停顿，复又垂下，只是深深地看着我，似有千言万语，终不能诉。

我以君臣之礼向他跪拜，起身，退回内殿。

繁复裙袂拖曳过冰冷的宫砖，素锦窸窣，环佩有声。

眼前回廊垂幔，无比熟悉，又无比陌生。

良人远征归来，原该是英雄美人，执手相看，一如世间流传的佳话。

只不过，豫章王与王妃的旖旎佳话，都留在了豫章王府。

从此，这肃穆殿堂之上，只有开国帝后，再没有英雄美人。

我是真的倦了。

看着随侍宫人的脸，却神志恍惚，辨认不出这一张张面孔底下都是谁。

许久不曾安稳合眼，此刻只想一觉睡去……然而，我还没有看到澈儿、潇潇和哥哥平安归来。

当日是我亲手送走了两个孩子，现在我要亲自将他们接回。

我木然地转身，直想着立刻赶去慈安寺，然而脚下宫道渐渐模糊，身子绵软，忽然间提不起脚步。

蒙眬中，是谁的手抚过我的脸颊，掌心熟悉的温暖令我刹那间落泪。

是落泪了吗，仿佛我已经很久不曾真的哭过。

梦中泪落如雨，湿了脸庞，湿了他的掌心。宁愿不要醒来，留住梦里片刻温存也好，耳边却听得宫中的更漏一声响过一声。

我霍然清醒过来，惊觉自己躺在绣帷锦被中，烛影摇曳，已到中宵。

“来人！”我勉力起身，四肢百骸酸软无力，拂开帷幔，竟然不见一个侍女。

我挣扎下地，脚下虚浮不稳，蓦然跌进一双有力臂弯。

蟠龙明烛一亮，灯芯里毕剥爆出一点儿火星。

环在我腰间的双臂骤然收紧，将我紧紧拥在他胸前，紧得令我不能喘息。

他一语不发，喉间滚动，抵着我额头的下巴已长出胡茬，扎在脸上微微刺痛。

我缓缓抬头看他，他的面容更见清瘦，眉目坚毅如旧。

是这昏暗烛光的错觉吗，一日之间，那大殿上英武逼人的一代雄主，此刻疲态尽现，胡茬凌乱，眉心那道皱痕比往日又深了许多，显出沧桑。

“阿妩，我回来了。”他沉默地看我良久，哑声说出这一句。

我想对他笑，眼泪却如断了线的珠子般滚落。

他的手指微颤，抚过我的唇。

“这一生，我再不会离开你。”他看我的眼神，灼热缠绵，如镌如刻，似有些许凄楚，更有一种我看不懂的情愫，深深藏抑其中。

一时间，我有些恍惚，迷失在他的眼里。

我静静地仰头看他，竟然从未发现，岁月已在他脸上刻下淡淡痕迹。

十年岁月如梭，我们最美好的年华都付与了流年纷争，消磨于风刀霜剑。唯一的幸运，是我们遇见了彼此，一切都还不算太晚。

在他炽热薄唇夺去我全部神志之前，我恍惚记起一件最重要的事情。

“慈安寺！宝宝还在慈安寺！”我急切仰头，拽了他的袖口。

他却掩住我的嘴，将我牢牢地圈在怀中，柔声道：“轻声些。”

我挣脱不开，出声不得，他却垂眸看我，眼底尽是温柔。

屏风外忽然传来熟悉的一声低啼，分明是婴儿的声音。

我怔住，他脸上笑意深深，“你吵醒他们了。”

【千古】

昭阳殿有过太多悲伤往事，乾元殿里埋葬了历代帝王的阴灵。

我不愿在前朝的废墟上重建新的宫室，不愿在熟悉的檐廊下重温往世的悲欢。

三日后，萧綦下旨将两宫残垣夷为平地，另择吉址修建寝宫，废弃昭阳殿之名，改皇后中宫为含章殿。

宫中旧人饱经动荡离乱，目睹过太多深宫隐秘。我不忍将他们禁锢在深宫待死，不忍朝夕面对这样的面孔。

三月后，萧綦下旨将前朝宫人遣出，遣返故乡。

叛臣宋怀恩伏诛，其妻萧氏以节烈殉难，追封孝穆公主。

在我的求恳下，宋氏子女三人因年幼无知，免予涉罪，谪为庶民，随族人流配西蜀，永不得出。

先帝遗骸毁于火中，萧綦也依我所愿，在皇陵修建了肃宗与承贤皇后的衣冠冢。

乾元殿与昭阳殿旧人或死于叛乱，或葬于大火，再无人知道当日的情形。

萧綦并不曾对子澹之死再作深究。

一切，都依从我的心意，真正万事遂心，如愿以偿。

唯一的遗憾，是哥哥未能归来。

倜傥风流的江夏王，自愿远别故土，长留在遥远苦寒的塞北。

萧綦回朝平叛之际，将突厥逐出漠北，直抵极北大荒之地。

只差三月，他便能将突厥人一举歼尽，将这个民族从大地上彻底抹去。

然而宋怀恩的叛乱，硬生生止住了豫章王的铁骑北进，拨转了剑锋所指的方向。

内乱，终令一代雄主功亏一篑。

或许是天不亡突厥，萧綦得到了江山帝位，却不得不在最后关头，错失平生大愿。

踏平突厥，一统河山，是他毕生的宏愿——这一次兴师动众的北伐，终究未能实现这个心愿，此后若兴兵事，只怕不是易事了。

死战不降的贺兰箴终于向萧綦送上降书，伏乞划地归降。

岁月改变了每个人，连贺兰箴也不复当初的决绝，竟能向宿仇低头。

他终究成了突厥真正的王者，在私怨与家国之间，毅然保全后者。

萧綦受了降表，与突厥订立盟约，划地为界。

贺兰箴率残余部族远走极北之地，将漠北广袤丰饶的土地，尽归我天朝所有。

我不相信贺兰箴会真的服输，他那样的人，正如草原上的孤狼，总在伺机潜伏，不到死亡来临的一刻，永远不会放弃目标。暂时的归降败走，只是为了保存生机。

他又一次逃离了萧綦的罗网，十年间，他们两人谁也杀不死谁。

萧綦是翱翔在天上的鹰，贺兰箴却是隐匿在地上的毒蛇。

或许，他还将再次归来。

划疆之后，萧綦颁下一道令谕。

这一道令谕，改变了哥哥的命运，改变了千万人的命运，亦改变了北方大地的命运。

他将宁朔以北，极北以南，划为七族杂居之地，将战祸中失去牧群的大批突厥人南迁至宁朔以北，教习耕种，开荒屯田；将在战祸中失去土地田园的汉民北迁至肥沃广袤的北方，筑城兴商……先以强大武力，令各族慑服，再迫使他们聚集杂居，使其风俗教化彼此融合，必须相互依存，方可生存，最终放下仇怨，共容共存。

王者手中长剑虽可裂土分疆，却割不断大漠子民对故土的眷恋，割不断千年流淌下来的血脉之系。

宁朔城外的那个傍晚，我曾与萧綦驰马塞外，极目四野，望见突厥牧民帐中升起的炊烟。时隔多年，我仍记得他当日的话——“胡汉两族本是唇齿之依，数百年间你征我伐，无论谁家胜负，总是苍生受累。只有消弭疆域之限，使其血脉相融，礼俗相渗，你中有我，我中有你，合为亲睦之族，方能止杀于根本。”

彼时，我以为这不过是一个宏远的空想。

他却终于做到了。

长宁长公主蒙先帝赐嫁突厥，却因两国一战决裂，势成水火，直至突厥战败归降，也未能举行大婚，空领了赐婚圣旨，却未能成为突厥的王后。

伶仃红颜，无处归依，何处都不是故乡。

遵照盟约，贺兰箴赐予长宁长公主狼牙王杖，敕封昆都女王之名。

从此，天朝的长宁长公主成为突厥人的昆都女王，从此一头遥望南方故乡，一头守护北方的子民。

昆都，即突厥语“守护神”之意。犹记京都细雨下，那个眉目如烟的女子，最后一次驻足回望故乡……相顾无相识，长歌怀采薇。苍茫乱世，多少女子的一生也随之浮沉辗转。比起那些零落红颜，采薇已算是幸运之至。

昆都女王以守护之名留在了昔日南突厥的王城，改城名为昆都城。雄浑古老的昆都城，静卧在宁朔以北、漠北以南的广袤大地中央，统摄七族聚居的三郡四城，与南北相呼应。以女王为神赐的主宰，代替天神守护子民，永世归附天朝。

在神权的背后，是手握三十万重兵的江夏王，以天朝上国之尊，行镇抚理政之职，成为北方大地真正的主宰。

命运终究成全了顾采薇，或者应当说，是萧綦成全了王夙，成全了我的家族。

萧綦班师回朝平叛之际，以三十万大军相托付，将哥哥留在了北境，永为后盾。

从此，金风细雨的京都再没有那个倜傥多情的贵公子，天高云淡的塞外长空，却升起了一只展翅翱翔，搏击风云的苍鹰。

从前的顾采薇，宁愿远嫁突厥，也不肯咽下那一口意气。

从前的哥哥，明知错失所爱，也不肯伸出手去挽回。

离乱，却改变了一切。

一同经历过了生死离乱，两个同样固执的人，终于挣脱前尘，换来重生，换来与彼此的相守。

只是，他们为之付出的代价，却是一生相守不相亲。

他们可以朝夕相对，却永无结缡之缘——昆都女王代行神圣庇佑之职，按照突厥人的礼法，必须在神前立誓，以处子终老，永世侍奉神前，以此获得神灵赦免，免去赐嫁之名，还她洁净之身。

自那一刻擦肩而过，命中便已注定，她终究做不成他的妻子。

但至少，他们还有漫漫的时光，可以陪伴彼此左右，可以并驾驰骋在广袤自由的塞外，可以相伴一同老去……这样，已经足够。

或许，哥哥应当感激贺兰箴的南侵，挽回了他与顾采薇本已无望的因缘。

贺兰箴应感激宋怀恩的叛乱，给予了他和族人最后的生机。

子澹也应感激宋怀恩的逼宫，助他趁乱逃离宫禁，重获自由。

我却应当感激贺兰箴当年的劫持，没有他，便不会促成我与萧綦的重逢。

——这世间事，兜兜转转，恩恩怨怨，谁又说得清。

建德二年，五月初九。

豫章王萧綦郊祀祭天，于太和殿登基即位，册立豫章王妃王氏为皇后，大赦天下，改元太初。

太初元年六月，萧綦颁旨，废除六宫御制，自皇后以下，不设嫔御。

太初元年七月，册立皇长子允朔为太子。

废除六宫之举震动朝野，撼动了历朝皇统。

前朝外戚最鼎盛的时期，也不曾有哪一位皇后能盛宠至此。

自姬周以来，历代君王均依从周礼，采秦汉旧仪。

萧綦登基之始，即下诏革除前朝宫禁六弊，裁夺冗杂庞大的宫廷用度，重置内宫品阶。随后颁诏，“废六宫，虚嫔妾，不设三妃，唯皇后正位。”

在天下人看来，萧綦待我，已远远超出帝王对后妃的恩宠。他恨不能将半壁江山予我，将永世的显赫给予我的家族，将帝位早早允诺给我的儿子。

假如没有开国的威望，恐怕我已早早被谏官斥为妖后。

含章殿上，微风送凉，水晶帘外虽是七月流火，夏日却仍炎炎如炽。

“微臣斗胆，伏乞皇后恕罪，臣万万不能照此记述。”殿前伏案记述的史官，第三次搁下了笔，倔强地伏跪在地，不肯照我口述的字句书写。

我安然端坐，微微合目，心中微觉感动。

我要他写下皇后王氏，外预朝政、内擅宫闱的罪咎，他却宁死不肯。白发苍苍的老史官，已年过七旬，历经两朝更迭，仍是耿介如初。

我探了身，欲亲自去扶他，却连俯身一扶的力气也没有，甚至比这七旬老者更加虚弱。

老史官沉默地伏跪在地，一言不发。

我叹了口气，垂眸凝望袖口上金线盘绕的凤羽纹路，华美宫缎越发衬出指尖的苍白。

史官比任何人都清楚，纵然皇上有开国拓土、四海咸归的不世伟业，于私德一事，仍难免为后世非议。

身为帝王，专宠椒房已是大忌，况且膝下至今只有澈儿这唯一的皇嗣。

萧綦登基以来，勤政励治，是我所见过的最勤勉的君王。

我明白他的心思，即便有禅位诏书，有宋怀恩逼宫替罪，他仍忌惮天下悠悠众口，不愿被世人视为窃位弑君的枭雄，因而越发勤勉治国，仁厚为民。

换取百姓的称颂容易，换取文人士子的认同却是最难。那些落魄士人，总是对他“兴寒族，废门庭”的作为耿耿于怀，挑不出他治国的弊端，便私下非议他偏宠薄嗣，总要给他抹上些污名才好。

或许在世人眼里，我是专擅宫闱、善妒失德的皇后，霸占君王的恩宠，扩张外戚之势。

唯有萧綦和我懂得，我们只是在守护一个彼此忠贞的誓言。

或许对萧綦而言，也是在弥补无穷无尽的悔恨……

“参见皇上。”殿前侍从陡然跪了一地。

殿外竟然没有宣驾，不知萧綦何时已踱入含章殿。

除了朝会，他总不爱穿明黄龙袍，仍如旧时一般，长年穿着玄色广袖的简素服色。

岁月不减他风华清峻，气度越发雍容。

他看一眼跪在地上的史官，眉心微蹙，拂袖令左右都退去。

我无奈地摇头一笑，向来什么事都瞒不过他。

“你的悍妒，我知道就好，用不着写给后人看。”他俯下身来，在我耳边低语。轻描淡写的一句话，瞬间令我红了眼眶。

他轻轻揽住我的肩头，亦不再多说，彼此心意早已贯通。

我在他归来之日病倒，昏迷中，太医已向他宣告了最坏的结果。

许久之后，阿越对我说，她与孩子一起被接回宫中，却看见萧綦痴痴坐在榻边，守着

昏睡中的我，满脸都是泪痕。

我终于明白，为何那日一觉醒来，看见他仿佛一夕之间老去了十岁。

太医说我伤病缠身，又受生育之累、忧思之苦，终至油尽灯枯，只怕已过不了这个冬天。

我羡慕哥哥和采薇。即便命运弄人，让他们咫尺天涯，可终究给了他们后半生的漫长时光，让他们彼此守候。

可是，我和萧綦辛苦走到今天，得来了一切，却不给我们时间相守。

萧綦从不曾在我面前流露过半分悲伤。

他嗤笑御医的危言耸听，让我觉得一切都不足为虑，每天只是微笑着哄我服药。

对于我做过的事情，他不再追问；我想保护的人，他不再伤害；我想要的一切，他都双手奉送到我面前；我的每一个心愿，他都竭尽所能去实现。

我亦任性地享受着他的宠溺，坦然背负起悍妒之名，固执守护着最初的承诺。

他答应过有生之年绝不另娶，这是他许给我的诺言。

我不要后世非议他的私德，他应该是让万世景仰的帝王。

那么，就让史官的笔，将一切恶名归咎于我，由我来背负这不贤的恶名，而不许任何人破坏我们的誓约。

夏去冬来。

春至，万物欣欣，天地锦绣。

御医说我活不过上一个冬天，可此刻，我依然坐在含章殿外的花树下，看着沁之欢畅地奔跑在绿茵浅浅的苑子里，放飞纸鸢。

潇潇拍着小手，咯咯笑着，蹒跚去扑那天上的纸鸢。澈儿仰着头，看那纸鸢也看得出神，在我膝上咿咿呀呀说着我们听不懂的话语。

纸鸢扎成一只惟妙惟肖的雄鹰，盘旋于宫墙之上。

那是哥哥从万里之外送来的纸鸢，他还记得每年四月，要为我扎一只纸鸢。

当年的“美人鸢”，不知今年又会扎给何人。

随着纸鸢，还有采薇送来的梅花，那奇异的花朵形似梅花，两色相间，紫白交替，有花无叶，生长在塞外苦寒之地，永不褪色，永不凋谢。

萧綦说，北境已渐渐安定，哥哥很快可以抽身归来，入京探视我们。

正月的时候，姑姑以高龄寿终，安然薨逝于长乐宫。

可惜哥哥未能赶回来，见上姑姑最后一面。

爹爹至今游历世外，杳无音讯，民间甚至传说他遁入仙山修行，已经羽化而去。

正自恍惚间，我被沁之欢悦的呼喊打断，“父皇！”

回眸见萧綦徐步而来，身后跟着英姿挺秀的小禾将军。

沁之的脸上透出粉嫩红晕，鼻尖渗出晶亮汗珠，故意侧过身，装作对小禾将军视而不见，却举起手中纸鸢，笑问萧綦道：“父皇会做纸鸢吗？”

萧綦微怔，“这个，朕……不会。”

我轻笑出声。

小禾亦低下头去，唇角深深勾起。

“父皇好笨！母后，让父皇学做一只纸鸢给你吧……”沁之促狭的笑容里有着超乎她年纪的敏感早慧。

萧綦啼笑皆非地瞪她。

我看向小禾，扬眉轻笑，“不如让小禾做一只送给你。”

“母后！”沁之满脸通红，看小禾一眼，转身便跑。

“还不去侍候着公主。”萧綦板起脸来吩咐小禾。

待小禾转身一走，他亦低低笑出声来。

潇潇挨过来，蹭着他衣角，笑着向他伸出手。

萧綦忙俯身将那玉雪般的小人儿抱在膝上。

风过树梢，吹动满树粉白透红的花瓣，纷纷扬扬，飘落我一襟。

我仰起头，深嗅风中微甜的花香。

“别动。”萧綦忽然柔声道。

他倾身俯过来，专注地看着我，黑眸深处映出我的容颜。

“阿妩，你是不是花中变来的妖精？”他伸手拈去我眉心沾上的一片花瓣，低低叹道，“你竟不会老，还是这样美，我却已有白发了。”

他鬓旁果真有了一丝银白，可说话时的懊恼神气，十足像个孩子。

只有同我说话时，他才不会自称为“朕”。

我轻轻扯去他那一根白发，认真地看着他，“我是为你而来人间活一回的妖。”

他笑，掌心抚上我的脸。

“我会缠住你，一直缠住你，直至地老天荒。”我握住他的手，十指交缠，紧紧相扣。

已经熬过一个冬天，我还要继续努力地活下去，一天，一月，一年……能多一刻，便多一时的相伴；能伴他一日，便少一日的分离。

他眼底有隐约湿意，一语不发，扣紧我的手指，瞳中映出我的身影，我眼中也只有他的身影。

他是我的朗朗天地。

我是他的江山万里。

【后记】

太初元年，神武高祖皇帝即位，四海靖平，天下咸归。帝在位一十六年，修典制，兴民事，启寒庶之贤，革门第之弊。废六宫御制，终生无妃嫔采侍之纳，圣躬严俭，帝后情笃。皇后王氏，出琅琊高门，德配令望，淑行坤德，诞太子、延宁公主。太初七年，皇后薨于含章殿，时年三十二。上悼痛，乃辍朝七日，群臣哀笃。有司奏谥懿皇后，上特诏曰“敬”，谥敬懿皇后。

太康九年，上崩，谥神武高祖皇帝，与后合葬永陵。

太子继位，兴“崇光之治”，宇内承平，开盛世之初。

番外一【燕燕于飞】

薄雾漫过远处高低田垄，在清晨阳光下渐渐散开。

青瓦粉墙隐现在阡陌桑梓间，牧笛声悠悠响起，陌上新桑已绽吐绿芽。

李果儿背了柴火，轻手轻脚地推开院门，将柴火轻轻放在墙根，仔细砌好。

不留神滑下一根，骨碌碌滚到井台下，惊动了藤萝旁酣睡的花猫，喵呜一声跳上窗台，伸个长长的懒腰。

李果儿慌忙撮唇，挥手驱赶花猫，心中直埋怨这不懂事的畜生。

这会儿子先生还未起身，声响轻些，别惊扰了先生的好梦。

花猫懒懒地蜷起尾巴，朝他眯了眯眼。

却听吱呀一声，竹舍的门从内而开。

先生推门出来，竹簪束发，只披了竹布长衫，天青颜色洗得发白，衣衫下摆被晨风吹得微微卷起。花猫跃下窗台，挨到先生脚边轻蹭，喉咙里呼噜着撒娇。

“先生起得这么早！”李果儿咧嘴笑，将手在衣襟上用力擦了擦，“我给您打水去！”

“果儿，我说过，不用你每日送柴火。”先生瞧见地上的柴火堆，微微蹙眉，神色仍是温煦，“这些事有福伯做，你用心念书，不可跑野了。”

李果儿嘿嘿一笑，老老实实地垂手站定，平日惫懒神气半点儿不敢流露，只点头听着。

先生瞧着他那模样，摇头笑了笑，徐步至井旁舀水。

“我来，我来！”李果儿手脚麻利，抢过水瓢，三两下打好沁凉的井水，“先生

洗脸！”

先生笑了，屈指在果儿额角敲了一记，“念书不见你这般伶俐！”

果儿挠头直笑，瞧着先生挽起袖口，双手掬了水，俯身浇到脸上。

水珠顺着先生脸颊滴下，沾湿了鬓角，乌黑鬓间杂有一两缕银白，已是早生了华发。

清晨的阳光照在先生脸上，映了水光，越发显出透明似的苍白，衬了乌黑的眉，挺直的鼻，刀裁似的鬓，怎么看都不像这烟火世间人物，倒似神仙画里走出来的一般……李果儿看得有些发呆，见一行水珠顺着脸颊滑下，就要滴进先生衣襟里，忙欲掏出怀中抹汗的帕子递去，却又讪讪住了手，唯恐帕子脏污了先生。

先生将就着水，洗了洗手，一双修长如削的手浸在水中，比白玉还好看。

“先生，您从哪儿来的？”李果儿愣愣仰头，这个问题已经问过了七八次，却又傻乎乎地忍不住再问，明知道先生每次的回答，都是同样的——“我从北边来。”

这一次，先生仍是不厌其烦，微笑着回答他同样的问题。

李果儿知道，再怎么追问，也不会问出更多的答案来。

先生就像一个谜，不对，是太多的谜……叫他想上一辈子也想不出。

在先生到来之前，这村寨已经一百多年没出过读书人。

虽是山水灵秀、丰饶淳朴的好地方，却因山高水远，与外世隔绝得太久，罕有外乡人会翻山越岭来到这南疆边陲。村寨里男女老少只知耕种务农，日出而作，日落而息，能识字的没有几个。质朴乡人倒也安于淡泊，乐天知足，在祖辈留下的土地上勤勉耕种，家家户户衣食丰足。偶有外乡人到来，总是全村的盛事，每家每户都争相延邀。

李果儿听爷爷说过，那年爷爷还在世，正是他冒雨赶路回寨时，在山外峪口遇见先生一家人。

先生和他家娘子，偕了一个白发老仆在暴雨之夜迷了路。

显是一路风尘劳顿，三人都憔悴不堪，先生受了风寒，病得不轻，走路都需他家娘子搀扶。

果儿的爷爷是个热心肠的老人，一看先生病成那样，便将他们引到家里，找来寨子里最好的大夫，连夜挖来草药，总算让先生一家撑过了难关。

先生自称姓詹，为避北边战乱，携了家中娘子与老仆不远千里来到此处。

那姚氏娘子一看便是大户人家的千金，虽风尘劳顿，仍是容色极美，说话做事大有

气派。

那白发老仆，更是精壮矍铄，力气堪比壮年男子。

村寨里从未见过这般风采的人物，老老少少都对他们敬慕得很。

最叫人敬慕的，却是先生。

初到来时，那是怎样一个人……布衣素服，病容憔悴，却有一双比山泉更清寒的眼，让最好的画匠也画不出的容颜。不论对着谁，他总是微笑，笑容温暖如四月熏风，眼里却有着总也化不去的哀悯，似阅尽悲欢，看懂了一切。

先生病愈后，身子仍是虚弱，便在寨子里住下来休养。

这一住，就是七年。

先生起初住在李家，闲暇时便教李果儿识字。左右邻人知道了，也将自家孩子送来，一传十，十传百，上门求学的孩童便越来越多。村人帮他们搭了屋舍，修了院子，女人们教姚娘纺织烹煮，男人们帮着送柴送粮，哪家杀猪宰牛，打到野味，都不忘给先生家里送一份。

先生和姚娘只有一个三岁的小女儿，两人都格外喜爱孩子。

时常是先生在竹舍里教书，姚娘静静坐在屋外廊下，给孩子们缝衣。

村里孩童惯于树上墙头嬉闹，衣裳脏污扯破是常事，家中大人也不在意，只随他折腾去。

先生却是喜欢整齐洁净的，一样的布衣芒鞋，穿在他身上偏就纤尘不染。

每天午后，孩子们来到竹舍，姚娘总是笑吟吟地盛出甜糕来分给大家，瞧见哪个孩子泥手泥脚，衣衫不整，便仔细给他洗干净手脸，将绽破的外衣脱下来，拿去细细缝好。

一众孩子里，有个叫虎头的，才九岁，长得高壮顽皮，整日翻墙掏鸟打架。虎头的娘死了多年，家中只有爹爹和年幼的弟弟，也没个姑婶照管，常年跟个泥猴似的。

起初被他爹爹送来念书，转身就跑得没了人影，后来见有姚娘做的甜糕吃，这才磨蹭着回来。

慢慢地，虎头来得越来越勤，时常一早跑来守着姚娘，等姚娘给他缝补衣衫。

有几次，李果儿偶然看见，虎头故意在屋外篱笆上钩破衣袖，再跑去找姚娘。

李果儿偷偷告诉姚娘，虎头使坏……姚娘却微笑着叹口气，“虎头想念他娘亲了。”

姚娘和先生都是最和善的人。先生从来不会对人高声说话，即使再顽劣捣蛋的孩子，

他也从不训斥，却能让村里最让人头疼的顽皮鬼都乖乖听话。

唯独在又老又胖的福伯面前，孩子们没一个敢淘气。

福伯不爱说话，不爱笑。

平素里只低头做事，脸上看不出是喜是忧，看人的时候喜欢眯起眼睛，偶尔开口说话，声音跟旁人大为不同，尖细低哑，冷冰冰的，叫人不敢亲近。

村里老人大都慈祥温和，从没有见过这样古怪的老头子。

偶有孩子在先生家中淘气，一旦看见福伯，便吓得直缩回去。

但是李果儿并不怕福伯，相反，对福伯的崇敬仅次于先生。

有一天半夜，李果儿偷溜出后门，约了虎头去河边抓螃蟹。

夜里，沙洞里的螃蟹都爬出来透气了，河滩上到处都是，一抓就是小半篓。

那时竹舍还未盖好，先生一家仍住在李果儿家里。

福伯就住在后院一间单独的木屋。

那晚后门不巧给锁了，李果儿只得翻上院墙，不料脚下一滑，一跟斗栽了下去——那一跤跌下去，虽不要命，头破血流却是少不了的。

然而，李果儿毫发无伤。

他稳稳当当地跌在福伯怀里。

只是一眨眼的工夫，翻上去之前，墙根下分明没有半个人影。

一个半大孩子，福伯接在手上一掂，一推，轻飘飘似接了只空麻袋。

李果儿还在晕头转向中，人已经好端端倚坐在地。

福伯一言不发，转身就走，月光底下，依然身子佝偻，白发萧疏。

“下了几日的雨，总算晴了。”先生擦干脸，仰头看了看天色，在阳光下眯起眼睛微笑。

李果儿傻傻地点头，心里却想，下雨天才好，下雨就不用帮娘亲晒棉絮了。

却听先生笑道：“果儿，今日我们来晒书。”

“嗯？”李果儿愣住，一张小脸顿时垮下来。

可先生的话，不能不听。

“好吧，我搬书去。”李果儿挽起袖子，暗暗做个鬼脸。

先生回头朝屋里唤道："阿姚，将我的书都搬出来，屋里潮了好几日……"

窗儿吱呀一声挑开，发髻才绾了一半的姚娘，散发素颜，一手执了簪子，一手撑了窗，笑道："你倒想得轻松，几大箱子呢，只怕要等福伯回来帮忙才行。"

"等他钓鱼回来，日头早没有了。"先生不理睬。他倔强起来的时候，像个孩童。

福伯带着先生的小女儿又去了河边钓鱼，不到傍晚不会回来。姚娘拗不过先生，只得跟出来帮忙。花猫跟在姚娘脚边，喵呜着撒娇。

先生从竹舍里搬出书本，姚娘仔细拂去落尘，分类挑出来，果儿手脚利索，一摞摞抱到院子里摊开晒上……三个人各自忙碌，有说有笑，倒也其乐融融。

院子里没有太宽敞的地方，厚厚的一册册线装书本，摊开在石台、石桌上，书页被风吹得哗哗直翻。院子里隐约浮动着陈年纸张和松墨的味道，遍地都是书香。

晨间阳光穿过院里老槐，透过树影，洒下一地斑驳光晕。

不觉已忙了半晌。

先生直起身子，额角已有微汗，一向苍白的脸颊因发热而略显得潮红。

"歇会儿吧。"姚娘接过他手中书册，莞尔一笑。

先生点头，与姚娘四目相对，恬然微笑，"累着你了吗？"

姚娘笑而不语，上前引袖为他拭去额角汗珠。

他轻轻握住她的手，将她纤细手指拢在掌心，在她指尖上摩挲到浅浅的茧。

记忆里的这双手，一直都是这样，布满从前骑马挽弓，而今浆洗劳作留下的痕迹，从不曾细滑柔腻，不像闺阁佳丽那般吹弹可破。从前，他总觉得遗憾，总觉得女子的手就该是红酥香软，不该如此粗糙。从前……他忽而垂眸一笑，无声叹息，驱散了脑中隐约浮出的散碎记忆，只将妻子的手握得更紧了些……没有什么从前，再也没有从前了。

姚娘不语，任他牵了手，唇角淡淡含笑。

虚掩的院门吱嘎一声。

听得李果儿雀跃的呼声，"虎头，罗大叔……咦，罗二叔也来啦！"

门口传来汉子憨厚的笑声，"先生在家吗？"

说话间，脚步声踏入院中。

姚娘忙抽出手，拢了拢鬓发，转身，便见虎头被他爹拽着进来，一旁有位身量高大的汉子，相貌与虎头他爹甚是相似，两手提着红纸包好的绸缎。

院子里晒满了书，几乎无处落脚，姚娘忙请客人进屋里坐。

虎头他爹却只站在院内，搓着手，道："先生，俺今儿是领着虎头来谢谢您的……"

这粗豪汉子，不善言谈，每次见了先生都恭敬异常，今天更显得格外局促。

"罗大哥这是什么话，承蒙你多方关照，何需如此客气。"姚娘笑道。

先生却也不多言，只微微点头，脸色有些冷淡。

虎头也一反常态，别扭地躲在他爹背后，垮着脸，气鼓鼓的样子。

站在一旁的壮年汉子躬身向先生一揖，"在下罗二，这些年多谢先生为虎头费心了。"

"这是我家二弟，这些年一直在外头跑买卖，昨日刚到家，落了脚才来拜望先生。"罗大诚惶诚恐地赔笑。罗二面有风霜，神态举止却比山里人多一分精明爽朗，毕竟是走南闯北见过世面的人，对先生亦是恭敬有礼。

"不必多礼。"先生神色淡泊，略抬手还礼。

姚娘看了看先生，对罗家兄弟笑道："我听果儿说了，罗二哥这次回乡来，可是要领虎头去城里做学徒？"

"确有这打算。"罗二点头，看了虎头一眼，喟然道，"这孩子自小没娘，生性又顽劣，全赖这几年跟着先生学会读书识字，大哥便想叫他跟着我，到外头去看看。我想也是，总不能一辈子留在山里，如今世道越来越好，民生太平，不若从前那般乱世，指不定这孩子出去了，还能打拼出点儿造化……"

先生眉头微皱，并不说话，目光自罗二脸上淡淡扫过。

罗二被他那样看了一眼，原先满腹想好的话，突然说不出来了。

气氛一时冷了下去，姚娘也默然。

"我不走，我要跟着先生念书！"虎头突然开口，打破了大人之间的尴尬。

先生侧目看了看他，似欲微笑，唇角却勾起一丝怅惘。

姚娘望着虎头，笑容温柔，叹息道："你爹爹的打算也是好的，先生……只是舍不得你。"

虎头低下头去不说话。

罗大又开始搓手，倒像自己做了错事，惹先生不快，越发不知道如何是好。

罗二只觉得先生清清冷冷的目光，仿佛洞穿世情，看得人无处遁形。

"虎头还不到十岁，往后出去了，时时记得念书，不可荒废了。"姚娘俯身替虎头抚平衣角，心中确是不舍。

先生背转身，默然向外，看着院子里的书怔怔出神。

姚娘无奈，对罗家兄弟歉然一笑。

先生却淡淡开口了。

“外边世道，果真很好？”

罗二见先生开口，反而松一口气，忙笑道：“先生久居山中，有所不知，自当今圣上开国以来，大赦天下，减免赋税兵役，在边荒离乱之地重置田地，安置流民……当年离家逃难的人，如今大多还乡安居，勤于耕种，世道一年好过一年。”

先生背着身，仍不说话。

罗二看了看姚娘，见她低头不语，便又道：“从前寒家子弟除了投军打仗，再无出头之路，如今圣上在各地设了长秋寺，选拔寒庶贤能，好些贫家子弟都被选入京师去了……”

罗大听得似懂非懂，兴奋且迷惘地问道：“长秋寺是什么地方，莫非是寺庙吗，将人选去岂不是要做和尚？”

“当然不是做和尚。”罗二啼笑皆非，却也摇头说不出为什么叫“长秋寺”。

却看先生负手而立，低声道：“长秋，是汉代皇后的宫名，用以名官，称其官署为长秋寺。寺监即是中宫近侍官，亦是帝后亲信之人，宣达旨意，署理事务。”

罗家兄弟恍然大悟。

“先生足不出户，能知天下事，真是高人啊！”罗二叹道。

先生略回身，似有一丝辛涩笑意，“若真如你所言……他，倒确实不错。”

罗二没有听明白，只知先生说不错，颇有赞许之意，顿时受了鼓励，滔滔不绝起来。从圣上开国，讲到北蛮降伏，又说江夏王归朝之际如何盛况空前。他并未到过京师，也不过是道听途说，从旁人口中辗转听来，越发渲染得神乎其神，直把那江夏王讲得有如谪仙下凡。

直把罗大、虎头与李果儿听得目瞪口呆。

罗二讲得口干舌燥，咽了下唾沫，将手一拍，扬眉道：“那江夏王归朝之后，即被拜为太傅。”

“什么是太傅？”李果儿打断他。

“就是太子的师傅，教殿下念书的先生。”罗二说着，望向负手而立的先生，大有敬慕之色。

“那殿下又是什么？”虎头愣愣问道。

罗二一怔，还未来得及答话，却被姚娘笑着打断，“好了，好了，这些话说起来三天三夜也没完。这会儿时辰也不早，不如就在舍下用个便饭。”

罗家兄弟忙要推辞，姚娘却不由分说地拉了虎头和李果儿去帮忙做饭。

先生也微笑着挽留，神色和悦许多，不若方才冷淡。

罗二见谦辞不得，忙拿出包裹好的绸缎，双手奉上，“这是我们兄弟的微末心意，感谢先生和姚娘多日教导照拂，东西虽粗陋些，还望姚娘不弃。”

姚娘不肯收，让他拿回去给虎头裁件新衣。

罗二也笑，“姚娘莫要嫌弃，这两块缎子确是简素了些，只是如今还在国丧期间，不能穿戴红绿，也只得如此……”

姚娘一呆，“国丧？”

“是啊，国丧才半年，未满服孝之期。”罗二解释道，“山里偏远，不通音讯，国丧这般大事也未能传来村里，难怪二位不知了。”

见姚娘神色怔愣，罗二方要解释，却听先生骤然开口：“是太皇太后薨了？”

罗二摇头，“太皇太后早几年就薨了。”

姚娘的语声骤然尖促，“那是……”

“是敬懿皇后。”罗二叹道，“人说红颜薄命，想不到贵为国母……”

他的话音未尽，却听身后咣当一声——先生原本负手立在窗下，背后堆了满满一架还未整理的书，不知何故，竟被先生碰翻。

那堆积满落尘的旧书本，凌乱地散落了一地，微尘直呛人鼻端。

屋子大门正开着，恰好卷过一阵风，吹得满地书册哗哗乱翻。

不知是夹在什么书里的一叠旧稿，散跌了出来，被风吹得漫空扬起，白纸墨痕，四散翻飞。

李果儿反应最快，叫了声“哎呀”，忙奔过去拾捡。

那些泛黄的旧纸张，轻薄异常，随风翻卷，扑打着飘出门外，越发被风吹得七零八落。

罗二回过神来，见满地零乱，忙招呼虎头一起去拾。

“先生，先生，这张飘进井里了……”李果儿在院子里急得大叫。

回头，却见青衫单薄的先生，直直站在原地，手僵在半空微抬，痴痴地望着眼前凌乱

飞舞的纸片，眼底空茫一片。罗二出声唤他，他的目光却直勾勾地落向远处，越过院墙，越过藩篱，越过天边流云……辰巳交替时的阳光，穿过窗户，白花花的耀人眼目。

先生的脸，被这阳光正正照着，没有半丝血色。

姚娘呆了一刻，耳中反复盘旋回响着“敬懿皇后”四个字……怎么都不像是真的，犹疑身在梦中，醒过神来，眼前还是方才的景象，满地书册散乱，白纸零乱飞舞……一页纸，打着旋儿，轻飘飘地擦过她鬓旁，飘落在对面那人脚前。

他仍痴痴地僵立着，对眼前一切，仿佛视而不见。

姚娘张口，欲唤他的名，声音却哽在了喉头。

却见他终于有了反应，缓缓俯身，伸手去捡面前那页纸。

分明就在他眼睛底下，触手可及的地方，他的手却颤颤巍巍，几次都抓不住那泛黄的一页纸。

姚娘再也忍不住，疾步上前，屈身拾起了那张纸。

他拾了个空，伸出的手就那么悬空顿住，忘了收回。

姚娘将纸放到他手里，让他拿着……他的手一颤，纸又飘落在地。

不待姚娘伸手去扶，他径自攀了门框，缓缓站起，迈步朝外走去。

“先生！”罗二茫然唤他。

他头也不回，脚下似有些虚浮，迈出门时，身子踉跄一晃。

罗二忙要去扶，却听姚娘幽幽道：“别去。”

回头，见姚娘跌坐在地上，脸色惨然，噙了幽幽一丝笑，“别再扰他。”

愣在一旁的虎头与罗大，这才回过神来。

罗大不知道方才兄弟说错了什么，窘急得涨红了脸。

虎头蹲身拾起那张纸，怯怯地递给姚娘，“姚娘，你莫哭。”

姚娘一震，转眸看虎头，展颜一笑，“我怎会哭……”

话音未落，她陡觉脸上一片温热的湿。

接过那张纸，上面的字迹潦草细弱，还是他初到此地，大病初愈后所录——

燕燕于飞，差池其羽。
之子于归，远送于野。
瞻望弗及，泣涕如雨。

燕燕于飞，颉之颃之。
之子于归，远于将之。
瞻望弗及，伫立以泣。

燕燕于飞，下上其音。
之子于归，远送于南。
瞻望弗及，实劳我心。

仲氏任只，其心塞渊。
终温且惠，淑慎其身。
先君之思，以勖寡人。

番外二【绿衣】

“给皇上拿回去，老奴受不起……”

琉璃碎，玉瓯裂，老妇人苍凉虚弱的声音从内殿传出，伴随着摔杯裂盏的声音和侍女的惊呼。

几名侍女狼狈地退出来，转身却见殿上屏风后静静转出一名女子，宫妆高髻，眉目温婉。

“越姑姑。”众侍女忙俯身行礼，为首一人诚惶诚恐道，“赵国夫人摔了皇上赐下的丹参露，不肯就医，奴婢等万般惶恐。”

越姑姑垂首不语，似有一声低不可闻的叹息。

她接过侍女手中的药碗托盘，淡倦道：“有我侍候赵国夫人，你们退下吧。”

侍女们长舒一口气，正欲退出，忽听殿门侍监通传，“承泰公主驾到——”

众人慌忙俯跪在地，却听环佩声动，绮罗窸窣，一名鸾帔环髻的宫装女子疾步而入，行走间袖袂纷扬，将身后侍从远远抛在后面。

“赵国夫人怎样了？”承泰公主劈面急问。

殿内明烛光影，照在她因奔跑过急而绯红的脸颊上，修眉薄唇，明眸转辉，虽不若延宁公主绝色，却自有一番皎皎风神，绰约不群。

越姑姑看了一眼内殿，黯然摇头。

承泰公主咬唇，极力抑制眼底泪意。

越姑姑挥手令左右退下，轻按住公主肩头，柔声叹道：“寿数天定，徐姑姑荣华半生，如今也算得享天年，公主不必太过忧伤，珍重自己才能令她老人家安心。”

承泰公主闭目哽咽道："母后一早去了，父皇身子一年不如一年，如今连徐姑姑也要抛下我们……姑姑，我着实怕了……"

越姑姑缓缓抚过公主的鬓发，一时凄然无语。

"公主，你劝劝徐姑姑服药吧，她或许还肯听你的。"越姑姑忍了泪，对公主笑笑，"人老了，越发倔强得很，只怕我也劝不住她了。"

承泰公主默然点头，接了托盘，缓缓步入内殿。

望着她纤削背影，越姑姑心中一阵恍惚，步出外殿，倚了回廊栏杆怔怔出神。

不觉经年……当初年方及笄的少女，早过了双十年华，算起来，公主今年已经二十五了。

二十五，敬懿皇后在这个年纪已经身为国母，助皇上践登九五，江山在握了。

自己的二十五呢，如今，连三十五也过了……如花年华，就在这深深宫闱里逝去了。

"越姑姑。"

承泰公主不知何时来到她身后，悄无声息，眼角犹有泪痕。

越姑姑忙欠身道："徐姑姑可曾服药了？"

"服下了，这会儿刚睡下。"承泰公主黯然低头，两人一时相对无语。

半晌，承泰公主幽幽道："徐姑姑还是怨怪父皇。"

越姑姑默然。

"这么多年了，她还记恨着，总怪父皇累死了母后。"承泰公主蓦然掩住面孔。

越姑姑掉过头，强忍心中酸楚。

自敬懿皇后薨逝，徐夫人便深恨皇上，若非为这帝王业所累，皇后也不至以风华茂盛之年，耗尽了一生的心血，溘然长逝。随后，皇上下旨，封闭含章宫，任何人不得踏入，并将年仅七岁的太子与公主带走，不再由徐夫人抚育，另赐徐夫人诰命之封，封赵国夫人。纵然如此，徐夫人依然不肯原谅，动辄对皇上冷言讥讽。

普天之下，只有她敢对皇上如此无礼。

也只有她，不论如何无礼，皇上始终宽仁以待，更留她在宫中颐养天年。

承泰公主哽咽道："徐姑姑不肯谅解，澈儿也不懂事，他们各个都不懂得父皇的苦处……"

"先皇后早逝，令徐姑姑伤心太过，她本无家人，一生孤苦伶仃，早将先皇后视作己出。"越姑姑涩然道，"她也是护犊心切，不忍见先皇后受累。"

“母后自己是甘愿的！”承泰公主脱口道。

越姑姑怔怔地凝望公主的眉目，虽然与风华无双的先皇后并无相似，神态之间却又依稀曾见。是了，她恍惚记起来，先皇后也总是这般决绝无悔的神色。

看着公主从十一岁长到现在，她突然分不清应该欣慰，还是应该痛惜。

“是甘愿，这世间总有一人，肯为另一人甘愿……”越姑姑终究忍不住，抬眸深深地看着她，“公主，已经十年了。”

承泰公主一怔。

越姑姑缓缓道：“长安侯也心甘情愿地等你十年了。”

承泰公主的脸色渐渐变了，眸底涌上深浓悲哀。

长安侯，征西大将军……比起这些显赫的名字，她却只愿记得当初的称呼，小禾哥哥。

那个白衣银枪的少年，从血火中凛然而来，向她伸出双手。

那个温煦含笑的少年，陪着她在御苑放飞纸鸢。

那个沉默悲悯的少年，在母后大丧后日日分担她的哀伤。

可是，从什么时候起，一切都变了。

“过去种种已经变了，再不一样了……”承泰公主黯然一笑。

“他并没有变。”越姑姑静静地看着她，一语切中。

不错，他没有变，改变的，只是她一个人而已。

“一个女人并没有太多的十年可以虚耗。”越姑姑垂下眸子，语声飘忽，怅惘无尽。

“十年……”承泰公主有些恍惚。

原本母后已经拟了懿旨，只待她及笄礼一过，便要为她和小禾哥哥赐婚了。她却自请舍身往慈安寺带发修行三年，为母后祈福，为生身父母超度。那是她第一次拒婚，从此承泰公主纯孝之名传扬天下。父皇大为感动，小禾哥哥也遵从她的意愿。唯独母后很生气，整整三日没有同她说话，最终也拗不过她的倔强。在她离宫前往慈安寺那日，母后只说了一句话：“沁儿，若不能看清楚自己的心，离开宫廷也是躲不过的。”

这一句，令她当场汗流浃背，也令她整整三年不敢面对母后。

她以为没有人能看透她的秘密，没人知道她拒婚的缘由……原来，母后的眼睛早已洞察一切。

三年之后，她仍未能挣脱心魔，却已没有了推托的借口和退路。

原本她已死了心，认了命，却不料一夜之间，哀钟惊彻六宫。

母后的薨逝改变了一切，许多人的命运之辙从此转向另一条轨迹。

国丧，母丧，孝期又三年。

她又一次躲过了天赐良缘，躲过了默默等待她的小禾哥哥。

从此，小禾再未求娶，孤身一人至今。其间父皇屡有赐婚之意，都被她托词回绝。

“长安侯西征之日，皇上再度赐婚，公主却拒绝了。”越姑姑长长叹息，“已经错过两次……公主，恕奴婢多言，人世无常，得珍惜处且珍惜。”

承泰公主黯然垂眸，长久沉默。

半年前，西疆外寇与北突厥暗中勾结，时有犯境。

父皇震怒，深恨昔年未能尽诛突厥余孽，欲领军亲征，踏平西疆。

然而这两年，父皇操劳政务，呕心沥血，加以年事渐高，昔年征战中多有旧伤复发，群臣力谏，劝阻皇上亲征。父皇忧及太子年少，不足十五，未敢留下太子监国，思虑再三，最后答允了小禾哥哥的请战，任他为征西大将军，领二十万大军讨伐外寇。

出征之日，小禾哥哥入宫辞行，来景桓宫见了她。

他一反平日疏离，不称公主，却叫了她的闺名，“沁之，谢小禾虽不能英雄盖世，也自有男儿热血，此去西疆，马踏山河，不立万世功业必不回来见你！”

他说，不管多久，他总会等到她愿意。

他还说：“沁之，你心中自有英雄，谢小禾也不是庸人。”

“公主——”

越姑姑轻摇她肩头，见她脸色苍白，紧咬了唇，半晌不语，不由心中忧切。

承泰公主回过神来，怅惘一笑，“没事……夜凉了，我去看看澈儿夜读可曾添衣。”

越姑姑欲言又止，望着她孑然离去的身影，只余一声长叹。

有情皆孽，她怜惜她，谁又来怜惜自己。

一行清泪从越姑姑已染风霜的脸颊滑落。

二月里，赵国夫人逝于醴泉殿。

四月季春，却临近敬懿皇后的忌辰。

年年此时，宫中一月之内不闻丝竹，不见彩衣。

三月里西征大捷，长安侯平定边关，扬威四疆，即将班师回朝。

太子殿下代天巡狩，亲临各地长秋寺遴选贤能，赢得世人称颂，民间皆言年方十四的殿下必能承袭今上之贤，再启煌煌盛世。

下月初，延宁公主就要从宁朔回京了。

这几日，皇上龙心甚悦，对臣下时有嘉赏，宫中诸人也罕有地热闹喜气起来。

景桓宫里，承泰公主领了越姑姑，听着内廷诸司监使的禀奏。

越姑姑侍立在侧，看着公主一一询问，细致无遗，署理内廷事务越发从容练达，不由欣然。到底是敬懿皇后亲自教养的，近几年内廷事务逐渐由承泰公主一手掌管，大小繁杂事务打理得井然有序，亦为皇上分忧解劳不少。

同为姐妹，延宁公主却被皇上宠溺太过，整日游戏人间，全然不知职责为何物。

一个皇家公主，却随江夏王去边荒大漠游历，一走半年，听说在塞外乐不思归，整日逐鹰走马，弯弓射雕，不知成何体统——每每想到娇憨烈性的小公主，越姑姑就觉得头疼。

实在不明白皇上是怎么想的，三个子女之中，待太子严苛异常，却待延宁公主宠溺无边，唯独对年长又非己出的承泰公主，才有君父的慈和威严。

内廷监使逐一禀奏完毕，退出殿外，承泰公主这才卸下端肃神色，对越姑姑吐舌头一笑，顽皮如小女孩，“真要命，这帮人说话总是这般冗长拖沓。”

越姑姑笑着奉上参茶，忍不住念叨道：“这次延宁公主回京，可不能再由着皇上那么娇惯她，十四岁的女孩，转眼要及笄了，总这样野，成什么样子！公主可要好生劝劝皇上！”

承泰公主爽然笑道：“越姑姑说话越来越像老夫子了！我倒觉得潇潇这样子很好，无拘无束，自有天地，何尝不是皇家公主的风范。”

“话虽如此，延宁公主总归有一天要下嫁，不能让皇上宠一辈子……”越姑姑蹙眉。

承泰公主莞尔，复又低眸，轻声道：“越姑姑，帝王家中，自在无忧本就是奢求。我明白父皇的心意，他希望潇潇能做一个帝王家的例外，不受皇家之累，我亦如此盼望。”

陡然涌上的心酸，令越姑姑霎时红了眼眶。

她又何尝不明白，皇上竭尽所能给予延宁公主的纵容，多少是对亡妻的歉疚吧。

先皇后生前曾渴盼过，却终生未得的梦想，他要尽数给予她的女儿。

“永陵已经落成，父皇前日巡视归来，很是满意。”承泰公主淡淡转过头，抬眸望向宫墙外的天空，恍若未见越姑姑的泪光。

越姑姑叹道："皇上一生俭肃，不兴土木宫室，唯独永陵整整修了七年。"

母后已经葬入地宫最深处的寝殿，外宫和整个皇陵的修建却耗时七年。

七年……承泰公主怅然微笑，那是他们相约携手于永恒的家园，七年又算得什么。

——不知道永陵地宫会是怎样的绮丽辉煌。

除了父皇、监造官员与工匠，从来没有人能踏进皇陵半步。

四月廿日，风急，阴雨如晦。

宫闱内外被风雨笼罩，各宫早早挂起纯白宫灯，殿阁中飞扬的垂幔也已换作青纱素帷。

十年间，年年今日，都是如此。

入夜，含章殿，承泰公主素服而至。

殿中没有掌灯，唯有烛影深深。

侍从远远侍立在殿外廊下，殿中无人值守。

含章宫，是六宫禁地，除了皇上，任何人不得踏入。

承泰公主蹙眉问内侍："听太医说，皇上今日不曾服药？"

内侍惶惶摇头，"皇上吩咐，未得传召，任何人不得打扰，奴才等不敢进药。"

"这药一日也不可停的。"承泰公主忧切道，凝望殿中半晌，犹自惴惴，不知进还是不进。

这含章殿，每年开启一次。父皇平日不来此处，亦甚少见他流露思念之情，偶有提及母后，亦不见他有喜悲之色。然而一年之中，每逢母后忌日，他必定独宿于此，不容旁人打扰。

今日一早，上朝，议事，召太子问答国策，批阅奏章至深夜……她时时留心，却见父皇依然淡定如常，勤勉理政，喜怒不形于色，除了穿戴黑衣素冠，与平日没有半分不同，亦不见分外悲戚。她以为，七年过去，也该淡了……

承泰公主长叹一声，"传太医进药。"

言罢，不待内侍通禀，她徐步直入殿门。

内侍呆呆地望着她的背影，手心里渗出汗来，欲唤公主止步，却不敢开口。

推开那扇熟悉而久违的殿门，承泰公主有刹那迟疑。

前殿，立柱，垂幔，屏风……时光仿佛骤然倒流，昨日重现眼前。

殿内弥散着她再熟悉不过的优昙香气，袅袅萦回，似在身边，又不可追寻。

一切都没有变，连琴案上那一帖未填完的曲谱还在原处，似乎墨迹仍未干透。

琴弦上不沾半点儿尘灰，仿佛片刻之前，还有人弹过。

她有刹那的错觉，好像母后还在这里，就在那屏风后，绮窗下，闲闲倚了锦榻看书，听到她或潇潇欢笑着跑进来，会莞尔抬眸，取了丝巾，轻轻为她们拭去奔跑间冒出的微汗。

她会柔声陪孩子们说话，听他们彼此争闹，说累了，总会轻轻咳嗽。

每每此时，父皇就会将她们赶走，不许再缠住母后。

恍惚间，那屏风后真有低低咳嗽声传来。

“母后！”她几乎脱口惊呼，转念却惊觉那是父皇的声音，是他在咳嗽。

她疾步趋近，到了屏风前，骤然驻足，没有勇气转出来。

父皇会生气吗？她就这么闯进来了……承泰公主陡然手足无措，似乎做错事的孩子。

“你来了。”

父皇低沉含笑的声音，从屏风后传来，透着淡淡温柔。

她一惊，脸上顿时火烧一般发烫，心下急跳。

“躲着就让我瞧不见吗？还不过来！”父皇的声音几乎让她不敢相信，这哪里是平日冷肃的帝王，朦胧含笑间，浓浓暖意，深深缱绻，令她心中顿时如小鹿乱撞一般。

承泰公主低头从屏风后走出，含怯垂眸，不敢抬头。

良久，却不闻动静。

她怔怔地抬眼，却见那凤榻之上，绣帷低垂，榻前杯盏半倾，酒浆四溢。

玄衣散发的父皇，脱冠敞衣醉卧于帷幔后，似醒非醒。

“父皇？”她颤颤地试着唤了一声。

不闻应答，却听他低低笑了声，竟吟唱起断断续续的曲子。

“绿兮衣兮，绿衣黄里。心之忧矣，曷维其已……”

她一时呆了，从未听过父皇吟唱，竟不知他的声音如此深沉缠绵，闻之心碎。

——《绿衣》，竟是这首悼怀亡妻的悲歌。

她再也听不下去，蓦地屈膝，重重跪在榻前，“父皇，求您珍重龙体。”

帷幔后的吟唱停了，她看见父皇半支了身子，侧首望过来，清俊容颜犹带悲戚，眼底似有泪光隐隐，霜白两鬓散落了银丝几许，烛光下，竟显出几分落拓沧桑。

"怎会是你？"他看见她，飞扬入鬓的浓眉立刻深蹙。

她亦怔住，不知如何作答。

父皇忽而一笑，颓然躺下，喃喃道："奇怪，朕怎会梦见沁儿……阿妩，又是你在弄鬼？"

他呵呵低笑，翻身向内而卧，"你不来入梦，我自会去见你。"

承泰公主呆呆地跪在原地，脸色转白。

"父皇……"她薄唇翕动，忽然再不能自抑，泪水潸然滑落。

原来，他只是误将她当作了她，连梦里也不愿多见自己一眼。

七年相守，她陪着他，伴着他，敬他如君，待他如父，分担他的孤寂哀伤……

少年时，只知敬畏，仰望他如凛凛天神。

渐至成年，看着他与母后一路执手，两情缱绻，方知世间果有情深至此。

短短四年良辰如瞬，母后长逝，那高高在上的王座，从此只余他一个人，只影向天阙，手握天下生杀予夺大权，却挽不回最重要的一个人。十年生死，天人永隔……一天天，一年年，她从豆蔻少女而至韶年芳华，他从雄姿英发而至两鬓染霜。

他是君，是父，是她名义上的父皇……他收养她，予她荣宠亲恩，亲自教抚她和弟妹，不曾因母后早逝，而令他们少获半分关爱。他永虚后位，不纳六宫，世间女子再不曾入他眼里。

母后在时，她也有小女儿态，也曾承欢膝下。

母后不在，她成了长姐，必须站出来，代替母后留下的空白，呵护年幼弟妹，陪伴在他身侧。

父皇，澈儿，潇潇，都已是她最重要的亲人。

不知从什么时候起，她已舍不得离他们而去，即便是小禾哥哥，也不能代替他们。

旁人不懂，为什么她会执意留在宫中，误了嫁期，误了年华，转眼已是二十五的年纪。

有人说承泰公主自负尊贵，连长安侯这般俊彦也不肯下嫁；也有人说承泰公主纯孝无双，甘愿长留宫中以报亲恩……是的，她真的甘愿！甘愿终身不嫁，只愿长伴在他身边，陪他一起走这漫漫帝王路。

"父皇，你没有做梦，我是沁儿！"她哽咽着扑到榻边，不顾一切地抓住了父皇的手。

“大胆！”萧綦霍然惊醒，起身，拂袖将她甩开。

她跌在地上，哀哀地抬头看他。

“沁儿？”萧綦愕然蹙眉，犹带醉意，目中惊怒略消，随即归于疲惫，“谁让你进来的？”

承泰公主凄然一笑，“父皇真的不愿看见我吗？”

他揉了揉额角，闭了闭眼，“朕头痛……你退下吧。”

“沁儿知罪！”她终于鼓足勇气，颤声说出深埋心底已久的话，“父皇的悲伤，沁儿感同身受，看着您这样，沁儿……沁儿会心痛！”

萧綦眉峰一挑，缄默地看着她，起身披上外袍。

那是一件洗得发白的旧袍，她认得，上面有母后亲手绣上的飞龙，灿金绣线已有些褪色。

“你当知道今天是什么日子。”萧綦语声淡淡，透着憔悴和冷意，“平日你是最懂事的，今日却这般不知轻重，朕与皇后寝居之处，可以任人擅入吗？”

她咬紧了唇，倔强地忍回眼泪，“沁儿擅入寝殿，只为提醒父皇进药，太医说，药不可停。”

萧綦默然看着她，目光稍见回暖。

“有这份孝心，朕很欣慰。”他仍沉下脸，“今次朕不罚你，下不为例。来人——”

殿外侍卫不敢入内，在外面高声应诺。

“将值守内侍廷杖二十。”萧綦冷冷道。

侍卫齐声应是，连求饶声也未闻，便将人拖了下去。

承泰公主跪在地上，只觉得手足发凉，全身微微颤抖。

“下去吧。”萧綦挥了挥手，神色尽是倦怠。

承泰公主缓缓起身，一步步退至屏风处，却又转身站定。

“父皇，我听到你唱《绿衣》。”她噙了一丝笑容在唇边，目光迷离，“沁儿还想再听一次。”

萧綦一震，蹙眉看她，旋即黯然一笑。

“那不是给你听的。”他神色落寞，抬眼看了看眼前举止反常的长女，微觉诧异，“沁儿，你可是有事要对朕说？”

承泰公主笑了，目光盈盈，略带小女儿娇态，“父皇，你先告诉我，绿衣是什么

意思？”

萧綦深深地看着她，烛光下，这娇嗔痴缠的小女儿模样，隐隐掀起他心底一处久已尘封的记忆。

曾经，他的阿妩也会这般娇蛮含嗔，会撒娇地说，萧綦，你再讲一个故事我就睡觉！

那时候她也才双十年华，比今日的沁儿更年少。

她只在他面前流露小女儿的娇痴，总爱缠住他讲故事，爱听他戎马征战的经历，听他少年时不为人知的趣事……她说，她想知道更多关于他的故事。

他侧过头，不敢再看这样一双眼睛，不敢再回想往日情状。

“绿衣，是一个男子怀念妻子的歌谣。”他缓缓开口，抚过身上旧袍的绣纹，淡淡而笑。

绿兮衣兮，绿衣黄里。
心之忧矣，曷维其已！
绿兮衣兮，绿衣黄裳。
心之忧矣，曷维其亡！
绿兮丝兮，女所治兮。
我思古人[①]，俾无訧兮！
絺兮绤兮，凄其以风。
我思古人，实获我心！

他的声音低沉微哑，一声声，一字字，都似断肠。

“父皇永远忘不了母后，永远看不到旁人吧？”承泰公主含了一丝笑，低低探问。

萧綦却未回答，恍惚良久，喃喃道：“沁儿，你看，含章殿里一切犹在……她还在这里，不曾离开。”

是的，即便母后不在了，她的影子却永久留在这宫闱里，留在父皇心里，无处不在。

承泰公主默默向萧綦屈身，“请父皇千万珍重，务必记得服药。”

“朕知道了。”萧綦略点头。

“儿臣确有一事，想求父皇恩准。”她说着，盈盈下拜，行了端庄的大礼。

① 注：即故人，指亡妻。

萧綦笑了，“何事如此郑重？”

承泰公主一字一句道：“儿臣愿嫁与长安侯，请父皇赐婚。”

四月廿九，圣旨下，承泰公主下嫁长安侯，待班师之日，即行大婚。

这桩喜事令宫闱京华为之轰动。

皇室已有许多年不曾有过婚嫁之喜。

每个人都为这桩天赐良缘赞叹不已，更赞颂承泰公主孝德有嘉。

父皇很是欣慰，但最高兴的人，大概还是越姑姑和澈儿。

澈儿说，皇姐终于嫁出去了，以后再没人唠叨了。

越姑姑甚至流下泪来，“承泰公主得遇良人，皇后在天之灵必会赐福于你。”

西疆已定，长安侯班师回朝。

五月初三，晴日，长空无云。

一道三百里加急军报飞速传送入宫。

御书房里，醉卧初起的承泰公主被急召入内。

云鬓微松，罗衫犹带酒污，承泰公主茫然踏进殿来。

萧綦负手立在窗下，鬓发如霜，轩昂身形在这一刻竟似有些僵直。

他缓缓回身，望着承泰公主。

“父皇召儿臣何事？”她疏懒淡漠地笑笑，自赐婚之后，再未在父皇跟前撒娇。

萧綦伸手，揽住她单薄肩头，一语不发将她拥入怀抱。

这一瞬间，威严的开国帝王，只是一个痛心无奈的父亲。

承泰公主僵住，任由父皇拥住自己，忘记了应该说什么，应该做什么……

他，第一次，拥抱她。

自收养她为义女以来，十年有余，今天第一次拥抱了她。

虽是慈父，余愿已足。

承泰公主颤抖着闭上眼睛，几乎忘却了一切，只想父皇永远这样抱着自己。

“沁儿，父皇对不住你。”父皇的声音如此沉痛，“小禾，不能回来了。”

她还在迷离沉醉中，没有听懂父皇的话，怔怔地问：“小禾哥哥要去哪儿？”

萧綦深深看进她眼底，一字一字道：“马革裹尸，青山埋骨。”

耳边似乎嗡的一声，她怔怔地看着父皇，听见他口中说出的八个字。

突然之间，天旋地转。

眼前掠过那白衣少年的身影，掠过他温煦的笑容……

他说，此去西疆，马踏山河，不立万世功业必不回来见你。

小禾哥哥，你骗了我。

终究，我也错过了你。

——征西将军谢小禾于棘城决战中孤军杀入敌后，斩杀敌军主帅，鼎定胜局，身受九处重伤，带伤赶赴回京，途中伤势恶化，于三日前猝逝于安西郡。

朝野震动，百官致哀。

长安侯灵柩入京之日，皇上亲率太子迎出城外，抚棺长恸，当郊洒酒，祭奠英魂。

承泰公主以未亡人之身，服孝扶灵入城。

永陵。

没有仪仗护卫，只一驾鸾车悄然自晨雾中驰来。

素服玄裳的承泰公主缓缓步下车驾，满头青丝绾作垂髻，一支玉钗斜簪，通身上下再无珠翠。

“这便是永陵吗？”她仰头静静地凝望眼前恢宏的皇家陵寝，眉目间一片疏淡。

身后小侍女咋舌惊呼：“好宏伟的皇陵！”

皇陵依山为穴，以麓为体，方圆几十里，入目一片松柏苍郁，四下旷野千里，雄浑开阔。

陵前神道宽数丈，笔直通往地宫之上的恢宏大殿。神道两侧列置巨大的灵兽石雕，东为天禄，西为麒麟。天禄目瞋口张，昂首宽胸，翼呈鳞羽长翎，卷曲如钩云纹；麒麟居西，与天禄相对，意为皇帝受命于天，天威至高无上。

皇家天威，震慑四方，也只有这样的地方才配作为一代开国帝后长眠之所。

这里，长眠着母后，长眠着一位千古传奇的红颜。

仰望恢宏皇陵，承泰公主慨然微笑，心中终觉宁定。

未嫁而先寡，谁爱过谁，谁守候谁……终逃不过命运弄人。

宫里处处伤情，再不是吾家。

她倦了，世间竟没有一处可依托的地方。

从前悲伤时，孤苦时，总有母后在身边，总有她能懂得。

或许来到皇陵，与母后相伴，才能获得些许平静。

父皇准了她自请赴皇陵侍奉先皇后的意愿，破例允她进入地宫。

她曾幻想过许多次，母后的地宫该是何等金碧辉煌，流光溢彩。

真正踏入深闭地下的宫门，九九八十一盏长明灯亮起，她却不敢相信自己的眼睛。

地宫正殿中央，没有她想象的华美宫室。

只有一座精巧的屋舍，门前搭有花苑、曲径、小桥……竟是一户民间宅院。

翡翠雕出修竹，玛瑙嵌作芍药，滚落绢草绫叶间的露珠，却是珍珠千斛。

巧夺天工，神乎其技，锦绣繁花盛开于此，犹如长眠其中的敬懿皇后，红颜不老，花木不凋，任它千秋万世，风云变幻，只待他百年之后，相偕归去。

此间，再没有纷争、孤寂、别离，只有独属于他们的永恒与宁定。

番外三 【汉广】

那束光从黑暗深处刺进来，令她一颤，以为看见了日光。

待光轮渐渐移近，才明白错了，这暗如永夜的牢中哪有天日可睹，来的是一盏灯。

这灯光仿如月轮，平日狱卒拎的风灯只如鬼火荧荧。

她蜷身向阴湿的壁角缩去，眯了眼，久不见日光目力已弱，迎光只觉一阵刺痛。

那光亮停在牢门前，却是盏宫灯。

提灯的人敛声垂首，低绾双鬟。

身后另有一人，隐在风帽下，不辨形貌。

狱卒上前窸窸窣窣打开牢门锁链，恭然道：“犯妇盈娘在此。”

“带她出来。”

风帽之下，出声的是个妇人，语声清冷得很。

牢门轧轧带起一股霉味，狱卒进去，将蜷缩在一堆破絮里的女犯拽起。

女犯身量轻飘，只一松手便委顿在地。

宫灯前移，照见她身上污脏，蓬发将面容都挡了，憔悴不堪。

风帽下的妇人叹一口气。

盈娘伏在冰冷地上，从这叹息中听出恻隐之意，竭力抬起无力颈项，投去哀求目光。

眼前是披风曳地，露出一截宫缎，有华美幽冷的光泽。

她伸手想抓住那一角美如昔日的衣角。

宫装妇人略退了半步，沉声吩咐：“将她梳洗洁净。”

外面已是深宵，露冷月白。

盈娘只仰头看了一眼月亮的模样，便被送入一辆马车，厚毡落下，厢壁密不透风。

湿发还未干透，新换上的洁净布衣大约是给临刑囚犯穿的。

抚着手臂上的肌肤，牢狱之中已磨得粗涩，未曾照镜，不知这张脸枯槁成什么模样。

下狱三月来第一回梳洗，看着从头到脚冲下的泥垢，几疑这副皮囊残躯已不属于自己。

她伏下，细抚车内软缎坐垫，比起森冷地牢，车厢中已算极乐，便死在此间也知足了。

马蹄声疾，车轮转驰，这一程走得比她想的还要久。

终于停下来，车帘挑起，夜风灌进，带来令她心口一悸的熟悉甜香。

扶着车辕下来，落地时双膝软软，盈娘望着眼前黑沉沉笼罩在夜雾中的府邸，一时失魂。

三个月前，这里还是赫赫的相府。

如今落叶满阶，满目肃杀，只见月悬孤檐，乌鹊绕树，半丝人声也无。

仰首望了那扇门，盈娘生生打个寒战，想起了当日朱门溅血的惨象。

那一日，狼烟冲破京师荣华，兵围相府，马踏玉阶。她在房里听见马嘶人叫，幼童惊啼。刀剑铁甲带着血腥气撞开了女眷们的内院，家仆跪了一地，不跪的全被屠戮当场，死尸横路，流血满地……她吓得魂都丢了，战战兢兢随着女眷们被押到前门，见到了森然列阵的禁军，和那个刀剑寒光辉映下，端坐鸾车，素颜覆霜的女子。

豫章王妃。

想起这名讳，她又是一寒，仿佛再次被当日那霜雪似的目光穿透。

不想此生还能归来，这相府，这内院，这广筑。

他给她的居处，在相府内苑南隅，曲水相隔，小桥连通，取名广筑。

此间岁月与别处不同，流光仿佛不会经过，只有昼深夜长的清寂，连飞鸟掠过也自轻悄。

说是广筑，只不过是个小巧别院——昔日她问他广在何处，他笑而不答。

囚在天牢石室里，无数次想起这里，再不觉得方寸寂寥，若到泉下还能遇着他，她要对他说，这广筑是世间至美的地方。

她陷在恍惚里，任人摆布，像只饱受惊吓的幼猫。

昔日相府深闭的门开了，里头森然幽寂，蜿蜒亮起一路宫灯，照着去向广筑的路。

将她带出天牢的妇人，披着连身遮颜的风帽，一言不发地走在前头，直到走过曲桥，到了灯火明亮的广筑门口，才驻足拂下风帽，回头嘱咐道："见了贵人须恭敬，好好对答，莫怕。"

最后二字令盈娘心底一热，抬了眼，看清风帽下的宫妆妇人，面容已老，犹见温雅风仪。

广筑中月华流泻，亭台花木扶疏如故，物在人归。

灯烛全都亮起，廊间灯下侍立的宫人，悄无声息地隐在暗处，这般端肃气象往日也不曾见。

她不敢有丝毫猜想，深垂了头，只跟那宫妇沿连廊前行，一路行至庭中。

这简素处所，是他常居的书房。

庭中树影森森，投在地上，搅得一地月色起了波纹，像有幽魂欲破土而出。

她怕鬼，此刻却隐隐盼望有鬼，有魂能自泉下归来。

"随我来。"

宫妇的语声令她回过神来，随之步入一别数月如隔世的门后。

里边空空如也，四壁成空。

想来他的书房是被里外查抄过，一函一匣都作为谋逆的罪证被抄走了。

只有窗下孤零零的书案上，还搁着久已积尘的琴，那道屏风也还在。

她怔怔地望向那隔开内室与栏杆的屏风，栏杆外的庭院有一树海棠，虬枝伸入檐下，月夜里树影绰约，映在素绢屏风上，天然成画。

昔日他最爱这屏风，这海棠影。

最爱叫她坐在屏风后，花影下，为他抚琴。

他从来是自斟自饮，不言不语，听着琴音至醉方休。

那些时日如水流过，夜夜如此，只有琴声流淌，并无多少言语。他和她之间常常隔着那屏风。

他只在夜里来，鲜少留宿，多是独眠。

他寡言少语，只这样隔着屏风远远地看她，目光成痴。

有风自庭中送人。

今夜的屏风，依然映着昔日月影，只是海棠花早已落尽。

素绢上面，却有淡影如画。

月下身影映出云髻嵯峨，衣袂翻飞，仿佛天人。

宫妇屈身行礼，“奴婢已将盈娘带到。”

屏风后人影微动，传来低婉语声，“你退下吧。”

这个声音，仿佛冰凉的深红绸缎滑过，令盈娘剧震。

是她。

这语声听过一次，盈娘再也难忘，寒意从心底生出。

裙幅拖曳过地面，瓔珞摇动的清响自屏风后传来。

盈娘朝那身影软软跪下，语声发颤，“王妃……”

“你怕我？”屏风后的人问。

“犯妇不敢。”

屏风后静了静，语声略柔，“那日我曾命人将刀架在你颈上，迫你招出孝穆公主下落……是那时惊着你了。”

盈娘惶惧里听得似懂非懂，不知谁是孝穆公主。

自从下狱，再不曾听过外间半分消息，只知他败了、死了，宋氏一门谁也逃不过株连。

屏风后的王妃竟似知道她所想所惑，缓缓道：“孝穆公主是玉岫追封的名号，她以节烈殉难，不受牵连，也不再是宋夫人了。”

“夫人也去了……”盈娘并不意外，想到昔日府中，夫人待自己不薄，心中惨然。

“她是自尽的。”

王妃哀伤语声，不像是在说当日你死我活的叛臣。

可盈娘分明记得那时候兵围相府，豫章王妃冷冷下令将宋家妇孺一并押走。

“陛下赦免宋氏亲族连坐的死罪，改为流徙。”王妃顿了顿，唤她名字，“盈娘，你愿与宋氏族人一同西徙，或是归乡还家，自去安置？”

盈娘不敢相信耳中听见的话，伏在地上良久不敢应声。

只听王妃又道：“你与逆案无涉，可还清白之身，自此刻起，你便是无罪之人。”

屏风后环佩有声，逶迤裙幅上的金赤鸾纹映入盈娘眼里。

“谢，谢王妃……”

“你可愿随宋家西徙蜀地？”

盈娘心中一团纷乱，喜极惶极，不敢应声，只是摇头。

“也罢，你自去别处，往后不可再对人提及‘宋怀恩’这三字。”

盈娘伏在地上，额头鼻尖贴着冷森森的砖面，周身起了一阵战栗。

宋怀恩。

这三个字听在耳中像冷透的死灰堆里跳出一粒火星，亮了一亮，寂灭无踪。

“犯妇谨记。”盈娘闭上眼睛，字字哽咽。

“你已无罪，不必再称犯妇。”王妃一顿，语声略低，“盈娘，抬起头来。”

“奴婢不敢。”

即便是她饶了自己的罪名，盈娘还是惧怕这个谈笑间杀人，手握生死予夺大权的女人。

“抬头。”

这低婉语声蕴有无形的力量。

盈娘缓慢直起身，颈项发僵地将脸扬起，目光一丝也不敢抬，只平平地落在王妃的腰间。

披帛绕臂之下，王妃袅弱的腰身令她讶然——刚强得可以领兵平叛的豫章王妃，原来生得如此单薄。

当日相府门前，她没有胆量直视那鸾驾上的女子，只记得刀剑铁甲的辉映下，那清寒如雪夜的目光。

她深深垂目，在同样的目光注视下屏住了气息。

也不知过去了多久，只感到王妃的目光一直停驻在自己脸上，盈娘的汗珠渐渐渗出鬓角。

“你家乡何方？”

问话令她屏住的气息一松，眼皮略颤，“回王妃，奴婢是流民弃下的孤儿，自幼被乐班收留，十二岁随乐班到帝京……家乡，实不知在何处。”

王妃的目光仿佛从脸上移到自己手上，只听她道：“伸出手来。”

盈娘慢慢将双手平举，袖子滑落至肘，露出细瘦手腕。

确是一双磨出琴茧，自幼操劳，虽秀美却不柔软的手。

王妃良久没有言语，低不可闻地叹了口气，“日后你有何去处？”

盈娘略踌躇，怯声回道：“如蒙恩准，奴婢想去……徽州。”

“徽州？”

王妃语声微扬，深夜静室里蓦然起了一丝凉意，迫得盈娘噤声。

屏风上树影婆娑，庭外木叶簌簌。

“为何是徽州？”王妃淡淡问。

徽州，何其美妙。

若没有这二字遥遥照进天牢阴森黑暗的囚室，如月在天，一日日在煎熬里支撑自己等下去，盈娘想，怕是熬不到今日的。

多少回午夜冻醒、饿醒、被鼠蚁惊醒，便瑟瑟地想，“我要活着出去，去那仙境般的地方，他说那里群山叠水，仙山琼阁，星河触手可及，天人近在咫尺……”

几回醉里拥她凭栏，他只有在似梦似醒的时候，才肯对她说这许多话，每个字她都记得。

那夜月色也如水，他说给她听的徽州，美得不似人间。

那夜他的目光却如深渊，浮着一层痴远的雾。

那夜醉得深了，他紧握住她的手腕，目光灼灼，“总有一日我要与你重登那高楼，俯瞰山川，俯瞰这天下！”

她何曾随他去过，醉里胡话说说罢了。

山高水远，帝京与徽州遥隔千里，怕是要等到他辞官归老的那一天，她已老妪，他已迟暮，才得相偕同去。

她当真想过会有那一天，却不知道，原来他心之所向，是那九重天阙。

“这是他的话？”

王妃的语声极轻，袅如天外游丝。

“他是这样说的。”

盈娘神色恍惚，一时间忘却惶恐，往昔仅有的好时光又都涌上心头，原来一刻也不曾忘。

屏风海棠影下的诺言，随风而去。

她却牢牢记得他说过，一生最思念之地，是徽州。

如今他不在了，徽州仍在。

王妃缄默听着，再没有说过一字半句，直至盈娘的声音因哽咽而窒住。

一方素绢将盈娘脸庞托起，为她拭去泪水。

是王妃的手，手指尖很凉，宫袖凤镯下的手腕皓如凝霜。

盈娘目光颤然抬起，第一回真真切切地看到豫章王妃的模样。

绿鬓修眉，容光清绝，眉梢眼角竟不觉得陌生，似在哪里曾见。

当日相府门前的豫章王妃，与眼前却不像是同一人，那凤瞳之中霜雪融去，不见凛冽，只觉潋滟温柔。

这目光令盈娘忘了惶恐，恍惚这半生悲苦，不需言说，都有这双眼睛在看着，都有这一人懂得。

“徐姑姑。”

王妃垂下重锦广袖，目光似又隐回云层。

宫妇自门外悄无声息地进来。

“送她去徽州，寻个清净处安置。”

“是。”

盈娘心底酸热齐涌，俯身以额触地，“叩谢王妃再生之恩！”

王妃拂袖转身，语声难掩疲惫，“去吧，往后好好过活。”

宫妇近前，将跪地不起的盈娘扶起。盈娘再次重重叩头，“奴婢今生永记王妃恩典。”

“是皇后。”宫妇在她耳边低声道。

盈娘一震，原来狱中数月，外间江山已变色，豫章王已登基，王妃已是皇后。

“无须谢我，你原不该陷进这恩怨中来。”

皇后王儇没有回头，语声低到极处，也凉到极处。

随着徐姑姑往门外走去，盈娘脚步沉沉，每一步都觉得地面空陷，踏出去便再也回不了头。

这书房，这广筑，这门，一步迈出，此生是再也见不到了。

盈娘强抑心底翻涌，却扛不过一股无形之力的牵引，到底回头看了屏风一眼。

再也挪步不得。

她双膝一软，直直跪下。

“奴婢斗胆，恳求皇后……”匍匐地上，盈娘泪如雨下，“求皇后开恩，准奴婢临去之前，再弹一支曲子。”

皇后没有回应。

只徐姑姑蹙眉问：“弹什么曲子？”

盈娘哽咽道：“《汉广》。”

皇后回身，目光深幽，“汉之广矣？”

“是。”盈娘低了头，泪光盈睫，“这曲子是他令乐师按《汉广》谱了曲，命奴婢学弹，奴婢粗笨，未曾练得上手，他已去了……求皇后恩准，让奴婢临走之前，弹这一曲《汉广》。”

良久静默，皇后问：“你可知这诗寓意？”

盈娘的头垂得更低了，“奴婢识字不多，不通文墨，只听他说起，此处取名广筑，是取汉广之广的意思。”

“广筑……”皇后低喃，低垂的袍袖纹丝不动。

“奴婢只求弹这一回。”盈娘仰起脸来，满是泪水。

皇后垂眸看她良久，颔了颔首，“琴在案上。”

盈娘忘了谢恩，晃晃悠悠地起身，到那书案前，拿衣袖将琴上灰尘小心拂去。

琴是名琴，弦是故弦，却不再有昔日光彩，连它也知人去台空，听琴的人已经不在。

那个醉里听琴，掷杯舞剑的人，为何不再回来，不来听这一曲《汉广》。

泪水，坠在弦上。

僵硬的手指抚上冰冷的琴弦，弦动，如割在心，颤颤溢出一声悲咽。

弦音起得那样低，转低，复转低，低至不可闻。

南有乔木，不可休思。
汉有游女，不可求思。
汉之广矣，不可泳思。
江之永矣，不可方思。
…… ……

翘翘错薪，言刈其蒌。

之子于归，言秣其驹。[①]

汉之广矣，不可泳思。

江之永矣，不可方思。[②]

袅袅余音，终有断绝。

一曲终了，满室凄清。

高悬如明月的宫灯也照不开屏风上树影深深的寒凉。

琴上双手舍不得离开，眷恋地抚过琴弦，盈娘眼中泪水悄然敛去，满腹悲酸释出，终是无憾。

这曲《汉广》到底弹给他听了。

再无旧事牵绊她的离去。

盈娘推琴起身，朝皇后深深行过礼，一言不发地退向门口。

“将琴带了去吧。”

皇后静立在屏风下，不再回身。

琴是千金难求的名琴，如今算在抄没之物里。

盈娘怔怔地望向皇后的背影。

徐姑姑轻声道：“赐给你了，你便带走。”

盈娘一时恍惚作声不得，上前抱了琴，屈身跪拜谢恩。

皇后抬手，止住她下跪，“罢了。”

---

① 注：“之子于归，言秣其驹”：也有解为“姑娘就要出嫁了，我要快快喂饱她的马”，或解为“姑娘若肯嫁给我，我将喂马去迎她”。作者倾向于后一种解读。

② 《汉广》大意为：

南山有木高且直，树下不可歇荫凉。

汉江之上有游女，隔水瞻望不可求。

汉江滔滔宽且广，浪高水急不可泅。

江水悠悠去千里，乘筏策舟不可渡。

茂盛柴草错杂生，挥刀割取长蒿条。

何日伊人来下嫁，饲马引缰相迎候。

汉江滔滔宽且广，浪高水急不可泅。

江水悠悠去千里，乘筏策舟不可渡。

盈娘抬起目光，竟忘了礼数，怔怔地望着皇后问：“《汉广》，是讲什么？”

皇后并无愠容，目光飘向远处，缓缓道：“这诗是说，有个男子恋慕一水之隔、远在彼岸的女子。”

徐姑姑知她不忍说出后话，便让这女子只知一半意思也好。

一水之隔。

盈娘垂眸，唇角有了一丝笑，想他让她住在此处，以曲水环绕，拱桥连接，从此端到彼岸，不过数十步之隔——汉之广，却是这一般心思，这一番情愫。

盈娘抱琴辞去。

退出门外，复又回首，朝皇后隐在屏风后的身影遥遥一鞠。

倒是个知情知义的女子，送她出来的徐姑姑，从旁无声地看着，将她交与候在一旁的宫人，颔了颔首。

目视她转身，袅弱身影一步步融进连廊阴影里。

徐姑姑的目光不觉凝住，见那纤细背影在夜色里悄然挺直，临去时刻，流露出不为人知的坚韧。

从来觉得无稽，怎么可能相像，一个龙章凤姿，一个弱质荏荏，无非眉眼间略有形近罢了。

然则此刻，徐姑姑终究长长地叹了口气。

折回房中，一室清冷，似琴音袅绕未散，曲中怅恨犹自绵绵，却见皇后伫立屏风下，望着庭外树影出神。

“夜凉了。”

徐姑姑将一件风氅轻轻搭上皇后如削双肩。

大病初愈，阿妩又见瘦了……私心里，徐姑姑仍唤这乳名，唤了多少年，任她由小郡主，至王妃，终至皇后，总还是那个小阿妩。

阿妩却缄默。

“此间久无人住，阳气不足，你身子才好，莫要久留。”徐姑姑直言相劝。

“这宅邸就要拆了。”阿妩低声道。

徐姑姑微诧，想一想道：“也好，长久荒废倒也可惜。”

“皇上原想留着，日后赐还宋家孩子……手足袍泽，他总是念着的。”阿妩环顾四下，神色疏淡，“拆这宅子是我的意思。阖族流徙西蜀，是皇上亲择的地方，山水甚好，

鱼米富足，一族老小迁过去，耕织屯垦，平安度世，也算对得起故人旧义。只是俊文兄妹，我要他们而立之后，方可离开蜀地，终生不得回京。”

“为何是而立？”徐姑姑不解。

“到那时，最小的孩子也已有了家室妻小，心中仇怨虽不能平，身边自有牵绊慰藉。”阿妩的侧脸笼在宫灯下，如有玉泽，一点唇色是仅有的暖，“人有了牵念，总是不同。”

徐姑姑无言以对，心口隐隐地疼——她这般缜密心思，十余年后的事也在计量中，如何不伤身伤神，如何能长寿康健。

“俊文已能记事，山河易改，仇怨难消，我护不了他别的，高宅华堂抵不过一生平安，换不来玉秀泉下心安，只有将他远放江湖，自安天命……于私心里，我辈恩怨我辈销，只愿百年之后，留给澈儿一个干干净净的江山。”

她目中映了月色清辉，纵是徐姑姑也觉不可直视。

“京城是他们父母殒身之地，灵柩也随族人西迁，人去宅空，何必再留，留下的无非都是憾事。”阿妩缓步到栏杆前，仰首看那庭树，“我还记得，初来时这树只及栏高，玉秀甚爱，想移栽去她院中，怀恩却不肯。他在外头修渠引水，筑成别院，轻易不许人进。那时玉秀同我说起，笑他性子孤僻。那一年怀恩生辰，皇上携我同来赴宴，宴后君臣二人曾在此间对饮……彼时尚未有君臣之分。”

静了片刻，阿妩低低道：“怀恩至死不臣，在他眼里，再不必分什么君臣了。”

“那逆臣贼子，险些害了皇后与二位殿下，如何当得起陛下宽赦。”徐姑姑隐忍不得，道出心中愤恨。当日是她护着襁褓中一双幼儿逃亡，种种惊魂犹在眼前。

“他原是大好男儿……权位误他，我亦误他。”

阿妩微微合目，苍白手指抚了积落尘灰的栏杆。

徐姑姑敛声动容，细想来，好个广筑，好个汉广，那贼子也是痴人。

庭外树影动摇，天地间似有叹息声。

阿妩拂袖，终是怆然，“江之永矣，不可方思……怀恩，你原知不可为。”

汉之广，水之长，终不得渡。

眼中人，心上伤，永在彼方。

番外四 【静好】

天祈三年，储君代天北狩，四月还京。

京郊南麓，紫川渡口，原是出京南下必经之道，有过百余年繁喧时光，自七年前凿开南麓，有了官道衔通南北，经这紫川桥去往江南的人便少了。沿河两岸原有客栈酒招如林，如今早已萧条，只余寥寥几间老店还在。

望乡酒家的掌柜钟叟自幼在这渡口村头长大，老来不舍离家，依旧守着老酒铺，偶有几个往来客人，但凡进来坐下，要一碗酒，少不得听他叙说一番紫川渡口得名的由来。

人老了便爱忆旧，同样的话，说过百十遍也不知厌倦。

最难得的是，有人肯听你将同一桩事，翻来覆去说个百十遍。

十几年了，钟叟已经习惯在每年暮春时节，等候一个客人。

等他走进铺子，在推窗望见桥头的上位坐下，叫一碗酒，自斟自饮。

钟叟会眯缝着老眼，拄杖过来，问他知不知这紫川渡从前不叫紫川渡。

客人总会微笑道："老丈与我说说。"

钟叟便手抚长须，坐下来讲。

这里原叫长宁渡。

那一年王郎离京去往江南，紫锦玉带，策马风流。

前来相送王郎的京中女眷，油壁青厢，车马家仆，结成一路锦绣，引来远近争睹。

昔年豫章王妃，后来贵为敬懿皇后的王郎之妹，亲至桥上相送。

晨风吹落王妃缠臂的紫纱罗，飘坠水面，岸上深紫浅粉的藤花抛送落英，纷纷如雨，

将一川流水都映上紫色，时人戏言紫川。

这渡口慢慢也被叫作紫川渡。

“那是神仙似的人啊。”

每每忆起这一幕，钟叟皱成核桃般的脸上便有骄傲红光，莫说乡间山野，就是官家子弟又有几个见过那般人物。

王郎离京，一川染紫的故事，老人说了十几年，人人都听腻了。

只有这个客人还是回回爱听。

钟叟说了多少年，他便听了多少年。

客人从不多话，听完便端起酒碗，一饮而尽，对钟叟拱手笑笑，起身离去。

站在外头檐下等候的随从为他牵过马，他会亲手将酒钱放入门口的陶盆。

从前还是新陶，如今陶盆已斑驳豁口。

他每次付的酒钱都够在此喝上一整年，却一年只来一回。

钟叟的背越来越佝偻。

客人两鬓霜白也渐增，眉间纹路深如刀刻，却不见多少老态，只觉威仪愈盛。

钟叟偶尔想起还会自嘲山野之人世面见得少，头一回给这客人端酒时，手上抖索，竟泼洒了半碗。

初时是很畏惧这客人的。

这人气度非凡，相貌堂堂，一身简素玄衣，下着乡野人家的连齿木屐，从来不笑不语，饮酒如饮水。

他的坐骑，通身如墨似漆，雄壮异常，牵去歇马处，对地上干草看也不看，农家拴在近旁的驮马，见了它都伏耳避让。

他的侍从，布衣佩剑，举止恭敬庄重，走路几乎不发声响。

钟叟从不敢与他搭话。

却有一回，钟叟倚杖坐在门口，跟初到京城的边地客人说起紫川旧事，听者莫不惊羡神往。

那客人也在铺里听着。

饮罢出门，他到钟叟面前，“老丈，明年此时还说这紫川旧事与我听，可好？”

次年暮春时节，他如约前来，此后年年不改。

十几年来，钟叟惯了，早已不以为怪。

今年却与往年有些不同。

客人饮完了酒并不离去，却负手立在门前檐下，悠然乘荫，偶或望一眼南面，像在等什么人。

钟叟颤巍巍拄杖走近，“客官在等人？”

客人颔首笑笑。

“是等你家儿郎？”

“老丈怎知？”

客人侧首，浓眉略扬，露出一分惊诧。

钟叟抚着稀疏长须，呵呵笑，“每月小儿回来，我与老婆子也是早早站在村头盼的。”

客人怔了怔，摇头而笑。

钟叟奇怪，“客官为何摇头？”

“无妨。”客人摆了摆手，似不愿说，抬眼看见钟叟笑得慈和的脸，顿了顿，缓声道，“我是头一回迎他回家。”

“噢，噢。”钟叟抚了抚须，心下暗想，大户人家礼数不同，当父亲的自然没有来迎儿子的道理。

“他已离家半年，今日回来，恰要从渡口过，我来迎他一程。”客人的语气，听来倒与寻常人家慈父一般无二。钟叟连连点头，笑咧了缺牙的嘴，“你家儿郎大有出息啊。”

“老丈过奖。”客人一笑，又问，“令郎不在家中，平日何人侍奉二老？”

“媳妇在家。”钟叟叹道，“我与老婆子福薄，老来才得这么一个儿子，还没添孙儿……你家孙儿已能入学了吧？”

客人淡淡道：“小儿还未娶亲。”

钟叟奇了，想问又不敢问，暗忖这贵客的儿子莫不是长相丑陋，或是有疾在身，迟迟未娶妻可真说不过去。

客人对他的惊诧不以为意，负手缓步走上桥头，望了一川流水，衣袂在风中微微翻动。午后天地间洒满日影碎金，却照不开这黑衣深深，投在桥上如墨一样的影子。

桥下静水深流，流向林间尽头，归路在望。

离此两里外的驿站，也冷落得久了，今日却有四人四骑，早早策马迎候在路口。

为首一人竹笠遮颜，三人布衣无冠，平常装束，佩的是宝剑，骑的是名驹。

日过正午，轻简车驾往南而来，马蹄声踏破林间静谧。

四骑前迎，当先那人率众翻身下马，齐齐单膝屈跪。

车驾徐徐停在路中。

布衣大汉除下竹笠，日久已褪为浅褐色的刀痕斜过脸庞，肃然敛首，“臣魏邯，恭迎殿下回京。”

车帘掀起，白衣单纱，紫缨小冠的少年从容步下车来。

“有劳将军亲迎，请起。”年轻的储君长身玉立，振袖虚扶。

阳光照耀林间，飞鸟惊起，三两片树叶旋落，掠过他乌黑发际。

他看向林梢碧色，微微一笑，“京里真好时节，难怪父皇嘱我从此道入京，一路看尽春深夏浅。”

魏邯起身，望了少年储君如有玉质清坚的笑容，恍觉时光易逝，昔年有这般相似容颜的人已长眠皇陵，血火中守护过的幼主，转眼间却从襁褓小儿长成一言一笑隐见威仪的天之子。

“是，此间甚好，皇上也甚爱紫川渡上风光。”不苟言笑的魏邯露出一丝笑意，顿了顿道，“皇上已在前面渡口等候殿下。”

储君怔住，良久作声不得，只问：“是父皇来了？”

魏邯看出少年老成的储君，在不动声色之下，极力掩抑着孺慕激动。

“回殿下，皇上一早亲至，在渡口等候已久。”魏邯从不多话，见储君这般喜色，不由补上一句，“皇上素爱到紫川桥微服踏青，难得今日殿下回京，特命微臣来此迎驾。”

原来父皇年年出宫，便是来此，少年储君略微有些诧异。

此间风景虽秀丽，却也无甚特别，他深知父皇昔年征战南北，已看惯山川胜景的。

天下皆知储君代天北狩，巡视边疆归来，却不知月余前，他又受命从徽州悄然折往江南，今日方才风尘仆仆，一路南归。

亦君亦父，亦严亦慈，但在太子萧允朔眼中，只羡胞姊允宁能在父亲膝下尽享宠怜，自己身为储君，自幼教严，父子间倒是君臣之分占得多些，天伦之乐实是奢侈。去岁秋后奉皇命北狩，在极寒的北境度过有生以来最酷严的冬天，方知昔年父皇开疆北伐之不易，也知父皇磨砺自己的一番苦心。开春的北疆雪融草长，山川奇绝，允宁又来了。堂堂公主胡服男装，恣意纵游在北方原野，无拘女儿身份，远不受父皇管束，近得舅父江夏王的宠

爱。看着胞姊逍遥快活，自己却又得奉旨南下，时至暮春才得回京。在城外接到宫人传旨，弃官道，从旧津微服还宫，太子萧允朔只道父皇的意思是轻简仪从，不必入城扰民。

万万想不到，父皇竟会亲自来迎。

萧允朔当即弃车换马，跃上一骑，催马朝渡口驰去。

马蹄声中，一骑绝尘而来，袍袖随风扬起，踏云英姿，仿佛天人。

倚门眺望的钟叟，颤巍巍地揉眼，一时看得呆了，只疑王郎归来。

原来世上仍有这般人物，风流不逊当年。

少年立马彼岸，跃下马背，广袖翻飞地走在桥上。

伫立桥头的黑衣客人凝目远望，直到少年走得近了，才颔首而笑。

少年拂衣而跪，垂首唤声“父亲万安”。

桥下流水潺潺有声，日光温和，照在父皇肩头，如披金辉。

不曾抬眼，已看到熟悉的玄色布衣，连齿木屐，多年俭素如一。

“在外面不必拘礼。”

父皇伸手过来，一托之力，不容抗拒。

这只执掌乾坤的手，强而有力，掌心暖意微透。

萧允朔敛袖起身，感到父皇深邃目光久久停驻在自己脸上，抬眼望去，被他鬓边新添的银丝刺痛了眼。

那白发拄杖的老人从酒铺里蹒跚走到父皇身旁，咧着缺牙的嘴，“终于等来了啊，公子真是好人才！”

“老丈谬赞。”父皇难得和煦如斯，“劳烦老丈再来一坛好酒，难得今日有闲，我父子许久不曾同饮了。”

“好好好。”老人欣然应诺，蹒跚转身，却又拄杖回头，“是了，我那窖中还藏有一坛多年老酒，如二位贵客不嫌山野鄙陋，且至舍下，开坛来喝？”

父皇朗声笑，“老丈啊老丈，原来这些年你都不舍得将好酒拿与我喝。”

老人扶杖也笑，“客官莫怪，这坛酒原是我早年存下，等这酒铺歇业之日喝的闭门酒。到底年岁不饶人，明年今日怕是不能再讲紫川旧事与你听了，来来去去这些年，也只有你爱听……人老掉牙，事老便忘，只有酒老仍香。”

说罢，老人长长叹息。

父皇沉默半晌，也是一叹，喃喃道："何曾能忘。"

多年故人终有一别，渡口的酒，也有饮尽的一日，紫川旧事终于无人再说。

"好，这坛酒，今日我父子喝定了。"父皇慨然笑道，"澈儿，你为老丈牵马来。"

侍从早将马都备好了。

萧允朔依言牵来，父皇亲手扶了老人上马，手抚马鬃道："老丈，再将紫川旧事讲给这少年人听一听吧。"

钟叟笑着应允。

于是去往山间农家的路上，老人娓娓道来，将昔年豫章王妃与江夏王曾走过这座古桥的光景，讲与并缰徐行的太子萧允朔听。

而那玄衣孤骑，已遥遥走到前面去了。

远处一缕炊烟，竹篱掩映古井，茅屋三间，山花错杂，柴犬迎门吠叫。

钟叟的家，在山脚绿竹林下。

远远听见犬吠，已有村妇出来开门，见有外客来，慌忙低头回避在门旁。

钟叟吩咐儿媳妇快快炊煮待客。

这农家院落看在萧允朔眼中别有山野闲趣，却也粗陋，却不知父皇为何一踏入院中，便似神往无尽，着了迷地四下流连，一井辘，一磨盘，一爬犁，都细细看过，难掩羡叹。

一代开国雄主，在朝在战，这般情态怕是谁也不曾见过的，连阿姊也没机缘得见呢……萧允朔心念忽动，想起早逝的母后，不知她可曾见过这样的父皇。

"魏邯，魏邯何在？"父皇负手立在屋檐下呼道。

随侍在外的魏邯应声而入，"主公，属下在。"

"你将这屋顶拣一拣。"父皇抬手指了一间茅屋顶上，似乎覆顶的茅草有些塌漏。

"主公……"魏邯却愣住，脸上讪讪，极不自在。

堂堂魏大将军，战功赫赫，武艺超卓，拣补房顶却着实不会。

父皇瞪他，"怎么，要朕教你？"

萧允朔在旁忍笑咳嗽一声，提醒父皇的自称，说漏了嘴。

钟叟倒是没听出来，只拦道："不劳烦，不碍事，等我家小儿得闲回来再拣。"

魏邯一声也不敢抗辩，领命自去，将随侍护驾的禁中高手通通召来修补屋顶。

钟叟拄了杖，跟去帮着指指点点。

父皇负手，远远地皱眉看着。

萧允朔悄声问：“父皇当真会吗？”

“什么？”父皇似不明所以。

萧允朔望了眼屋顶，意思是他方才瞪魏邯时说的“要朕教你”。

父皇一怔，哼了声，转头不言。

果然他也是不会的，横扫千军、马踏天阙的父皇，也修补不来一间小小茅屋。

萧允朔忍笑，将唇角忍成一弯月弧。

“要笑便笑。”父皇头也不回地说。

没等说惯的一句“儿臣知错”出口，萧允朔惊觉自己的笑声已抢了先。

这一笑竟停不下来，笑罢看见父皇峻严侧脸，也有了温和笑容。

多久没在父皇面前这样大声笑了，自成年后，渐渐成了父皇跟前的储君萧允朔，不再是母后口中柔柔的“澈儿”。

“你笑起来最是像她。”父皇缓声道。

萧允朔垂下目光，“听舅父说，我相貌虽肖母后，性情却是阿姊更像。”

父皇笑，“那是自然。”

提起阿姊允宁，萧允朔不由长眉斜飞，“那日阿姊穿一身红衣，与贺兰氏的王子赛马，贺兰氏使诈，阿姊一怒扬鞭，竟将人抽下马来。舅父大笑道，母后少时也曾将冒犯她的两个宗室子，当着太后的面鞭打。”

“打得好，贺兰家的蛮子，还妄想求亲。”父皇冷哼，“打几鞭子算得什么，若以阿妩的凶悍……”

语未竟，声已黯，后半句父皇再也未说出来，就此沉默。

母后的名讳，他是极少在人前提起的。

萧允朔心下不忍，微笑着引开了话，“阿姊挂念父皇，嘱我向父皇问安。”

“她挂念的是天宽地阔，悠游自在，哪有闲挂念一个无趣老头子。”父皇的语气真似一个与儿女赌气的寻常老人，萧允朔听来莞尔，却听他顿了顿语声，仿若无事般问起，“江夏王可好？”

问的是江夏王，不是舅父，这让萧允朔心中一凝。

“江夏王与昆都女王皆安好，北疆宁定，军心稳固。”萧允朔应道，“只是冬来江夏王略感了风寒，北地酷寒，颇为难耐。”

“他可有归乡之意？”父皇问得意味深长。

萧允朔揣度着他的心思，不敢妄语，只斟酌道：“未听舅父提过……江南虽常有书函信使来，舅父却从不复信。”

父皇漫不经心地一笑。

“舅父不问外事，常年闭门谢客，连亲故也少见。”萧允朔用词极慎。

“他是极聪明的人，王氏一门总不乏智者。”父皇似笑似叹，“历三朝更替而不衰，不是没有缘由。”

萧允朔思索这话，目光投向远处的魏邯，落在他的佩剑上。

想起帝师曾谓，离皇权最近之处，最为凶险。

然则愚者险，勇者危，智者安，王氏百年以来，总在离皇权最近之处，不近不疏，不犯不离，广植根脉，门庭亲缘无处不在。

朝代更迭仿若剑锋钝去又新，新而又钝，剑锷始终在手，无论执剑者何人，终需剑锷相护。

王氏便是那剑锷。

然而年轻储君的心中，藏有久久不得解释的迷惑。

既有如此经营，王氏何不自拥天下。

父皇自是忌惮自己的妻族，才将舅父长久外放北疆，却为何托以重兵。

这迷惑看在父皇眼中，他只寥寥地笑，“你尚年少，待朕百年后，换你坐上龙庭便懂了。”

“儿臣惶恐。”

“惶恐什么，朕也是人，岂能当真万岁万万岁。”父皇嗤笑，“何谓寡人，朕是寡人，你亦是寡人，一姓天下之主，至高至孤至寡，一朝踏上，永无退路，子孙万世都在这条孤途上了。”

萧允朔抬目，怔怔地望着父皇，心中震动，似有万古寒气自地下悄然升起。

“只有别无退路的人，方能登临至尊。”父皇面色沉如水，静无波，“王氏则不然，他们永远留有退路。世家之所以为世家，不在于位高权重，在于宠辱不惊，游刃有余。当世王氏一门，以你母后与舅父最是聪明绝顶。当年江夏王自请离京北放，不涉朝政，朕则以重兵相托，这是朕与王氏不言之契。”

萧允朔垂目聆听，心念翻沸如潮涌。

以舅父宰辅之才，父皇却将他外放北疆，明里让他手握重兵，信如股肱，实则六军上下对父皇的忠诚，任谁也难以撼动分毫。

多年来父皇擢升寒族，贬抑世家子弟概不手软，唯独王氏以后族之尊，得明里倚重，暗里远放，果真非如此不能两全。

要革除士庶之妨，门第之弊，自有摧筋动骨之痛，世家首当其冲。

王氏若在朝，势不能免当锋之痛。

以父皇待母后情深如斯，也不免计算权衡，萧允朔默然，心中倏忽掠过一个少女的明净笑靥，那桓家女儿，在他面前仿佛一颗水滴，剔透莹莹。

倘若是她入主东宫，做了太子妃，日后还能有多少澄澈笑容。

“此番让你代朕巡狩北疆，朕的用意，你舅父是明白的。”

父皇的话将他心神拉回。

父皇望着他，缓缓道：“朕有生之年，王氏仍是天下第一高门，朕不负你母后，日后江夏王也不会负你。”

少年储君眼尾微扬，目中清辉闪动。

父皇语声略沉，薄而锐的唇边有一丝莫测笑意，“再往后的事，天知地知，人力不可计量。天家与外戚此消彼长之争，历代不免。在朕手里或有几十年安宁，到你手里，后世子孙手里，没有王氏也有别家，这纷争永远没有尽头。一姓一家天下，离不了联姻为盟，孤家寡人坐不稳江山。迟迟不册太子妃，便是要各家相争相忌。朕要让那些孤高自傲的世家门阀先遭重挫，再在你的恩威下重获荣光，日后才会服膺于新君。”

君父用心良苦至此。

凝望父皇鬓边银丝，萧允朔强抑心中震动，将唇角抿出坚毅纹线。

父子二人这般神情如出一辙。

“澈儿，你要记得朕今日的话——”父皇看着自己，唤了这声乳名，眼中罕有的柔软一闪而没，转为肃然，“王氏为世家之首，立于帝侧，即便是朕也忌让三分。纵然如此，朕仍信之用之。只因将军阵前，遇敌杀敌，逆我者亡是武人手段。为君者，于绝顶处观天下，谁不觊觎，谁不忌惮，杀是杀不完的。倘若面前有拦路恶犬，只需击杀之，若有啸傲猛虎，则驯服之。你需记住，帝王术是驭人术，不是杀人术。”

萧允朔敛容屏息，眼前如有磅礴云气，万里山河随父皇这番话，无声铺展翻腾。

良久，他肃然垂首，“儿臣谨记。”

修齐治平，只在父子寥寥闲言间。

那边屋顶茅草已拣补一新，钟家儿媳妇煮好了风干的鹿肉，端上石桌，为客人佐酒。

陈年窖存的老酒坛子，泥封拍开，奇香熏得满院花木都要醉了，人在其中，飘飘欲仙。

素来不好酒的萧允朔也不禁深吸了一口浮动在山风里的酒香，未饮已陶然。

父皇抓起一只土陶酒碗抛向魏邯，“来吧，有酒同饮！”

魏邯躬身接住，也不辞让，过来拎起酒坛，逐一斟酒。

“我来。”萧允朔伸手接过酒坛，亲手为父皇斟满。

四只酒碗举起，溅起的酒花在夕阳下晶莹清冽。

父皇一倾而尽，连呼好酒。

钟叟却向萧允朔拊掌赞叹，“看不出公子也好酒力！”

但见他碗底涓滴不剩，陈年老酒直饮下去，冠玉似的脸上却从容如旧。

萧允朔只是一笑，觉察到父皇斜目一瞥间的嘉许，心中豪兴暗生。

“山野人家没什么好菜款待贵客，且尝尝这鹿肉，是小儿亲手打的。”钟叟乐呵呵地举箸，却见鹿肉还未切开，忙唤来儿媳，责备她怠慢贵客。

“无妨无妨，老丈，待我来切。”父皇朗声笑，抽出不离身的短剑，寒气泛人眉睫，刀光过处，一盆鹿肉已片片匀薄。

直叫钟叟看得瞠目。

父皇饶有兴味地掂了掂手中宝刃，笑叹：“拿此物切肉作脍，还是第二回。”

这原是母后随身之物，如今留在了父皇身边，萧允朔啼笑皆非，“敢问父亲，第一回是何时？”

父皇眼也不抬，“不可说！”

钟家儿媳呆立在侧，这才回过神来，满面窘红地向家翁贵客赔罪，道：“方才灶上煎给阿母的药沸了，忙乱里，未顾得及……”

父皇浓眉略扬，“老丈，尊夫人也在家？”

钟叟点头，叹了口气，“在是在的，她有眼疾，出来待客，只怕要让贵客见笑的。”

父皇搁下酒碗，“老丈哪里话，既有酒肉，怎能少了主人，快请尊夫人出来。”

钟叟略踌躇，吩咐媳妇，“去吧，给你阿母添件衣再出来，起风了。”

一句叮咛，说来平常，听在萧允朔耳中却是一呆，目光斜处，但见父皇默然侧首。

钟叟老妻在媳妇搀扶下蹒跚而来。

白发蓬首的老妇人，满面堆皱，眼里生了白翳，目力衰微，到桌边摸摸索索坐下。

村妇不识礼数，木讷地陪坐一旁也无甚言语。

媳妇为她夹肉，喂给她吃，她偏了头慢慢咀嚼，口角有沫。

钟叟侧过身，颤巍巍地举起袖子一面替老妻抹去嘴边食渣，一面慢悠悠地笑，“早年我劳作，她送饭，如今老了，反将过来。”

父皇端酒在手，良久一动不动，只低声一笑，“老丈真好福气。”

萧允朔听出父皇语声隐有凄然。

“有什么福气，少年夫妻老来伴咯。”钟叟摇头笑。

“宜言饮酒，与子偕老。琴瑟在御，莫不静好。”父皇喃喃，念的是《女曰鸡鸣》，直望着一双白发老人，落寞失神。

酒饮未半，钟叟已醉了。

父皇将空碗顿下，命魏邯再斟。

魏邯略有迟疑，手中酒坛被父皇劈手夺过。

“澈儿，你陪朕喝。”父皇拎酒起身，头也不回走向屋前，拂袖不许旁人相随。

径直沿山间小径走了许久，直到前头无路，只得半方池塘，瑟瑟漂满浮萍枯叶。

周遭杳无人迹，林鸟惊飞。

父皇在一块大石上坐下，一言不发，仰头连饮几口，扬手将酒坛抛来。

萧允朔接过，就着酒坛喝了一大口，生平第一遭这样饮酒，溅得衣襟半湿。

何以解忧，唯有杜康。

酒尽人醺，林涛如诉。

“紫川渡的酒，朕再不来喝了。”父皇扬手将空空酒坛掷了出去，落入池塘，溅起水花哗然，浮萍四散，“这老儿，教朕好不羡妒！”

说罢父皇大笑，笑声远震山林，隐有怆然。

萧允朔也笑，“父皇若想饮酒，天南海北，儿臣相陪。”

父皇侧首看向自己，目光恍惚于刹那。

“天南海北……东海浩瀚，西蜀险峻，滇南旖旎……是了，朕还有澈儿相陪。”他喃喃，念着萧允朔听不懂的话，似笑似狂，挟七分醉意，往大石上仰天躺了，合目便睡。

“这里风凉，天色已晚，父皇该回宫了。”

他摆了摆手，“朕累了，莫吵。”

话音落，他当真就睡了过去，片刻已气息酣沉。

萧允朔望着父亲睡容，解下外袍轻轻覆在他身上，也挨着他躺下来。

最熟悉又最遥远的气息，父亲的气息，将自己密密笼罩。

林间的风也暖了，云也停了，再无一处比此间更安稳，无一刻比此际更宁静。

耳中听着父亲匀长气息间，偶有呓语，知他已在梦中。

萧允朔合上眼睛，极想知道父亲在做一个怎样的梦。

山中黄昏光影在眼中徐徐合拢，碎金迷离，光晕染绿。

朦胧中，晚风拂面，如有歌吟。

是谁的声音，远远传来，穿过层层时光，柔软了天地。

循声四望，那低吟着熟悉歌谣的人，仿佛在小径尽头，农舍之中。

“父皇，你听……”

想要推醒父皇，抬眼却见前方，大袖飘飘，那疾步而行的高大身影不是父皇是谁。

他忙追了上前，一路跟着父皇，回到钟家竹篱虚掩的院前。

父皇推门而入，立在庭中，含笑唤：“阿妩，阿妩！”

应这一声呼唤，柴门轻启，款款走出素衣无尘的母后。

她笑眸如丝，容颜未老，两鬓却如父皇一般尽成雪色。

父皇上前执了她的手。

她抬袖为父皇拂去肩上一片落叶。

两个身影，渐渐在梦中的萧允朔眼里叠作一个，分不清是父皇还是母后，似游龙又似惊鸿，淡入天际流岚，终与连绵山川连在了一处。